KB061861

아, 김수환 추기경

2

아, 김수환 추기경 2

_인간을 향하여

교회 인가 2016. 1. 4. | 2016. 1. 14. (서울대교구)
1판 1쇄 발행 2016. 2. 19.
1판 3쇄 발행 2016. 2. 21.

저자 이충렬
감수 조광

발행인 김강유
편집 김윤경 | 디자인 이경희
발행처 김영사
등록 1979년 5월 17일(제406-2003-036호)
주소 경기도 파주시 문발로 197(문발동) 우편번호 10881
전화 마케팅부 031)955-3100, 편집부 031)955-3250
팩스 031)955-3111

값은 뒤표지에 있습니다. ISBN 978-89-349-7311-9 03810, 978-89-349-7365-2(세트)

독자 의견 전화 031)955-3200
홈페이지 www.gimmyoung.com 카페 cafe.naver.com/gimmyoung
페이스북 facebook.com/gybooks 이메일 bestbook@gimmyoung.com

좋은 독자가 좋은 책을 만듭니다.
김영사는 독자 여러분의 의견에 항상 귀 기울이고 있습니다.

• 이 책 인세의 절반은 천주교 서울대교구 옹기장학회의 장학기금으로 기부됩니다.

1980~2009

아, 김수환 추기경

2

인간을 향하여

이충렬 지음 | **조광** 감수

김영사

"너희와 모든 이를 위하여"

"주님은 나의 목자. 나는 아쉬울 것 없어라"

| **김수환 추기경의 묘비명** |

| 추천의 글 |

참행복을 전하는 책

—

염수정 추기경

예수님께서는 "행복하여라, 마음이 가난한 사람들! 하늘나라가 그들의 것이다"(마태 5:3)라고 하셨습니다. 이 말씀을 깊이 간직하고 사셨던 김수환 추기경님은 서울대교구장 자리를 물러난 뒤 자신이 하느님 앞에 설 때 야단을 맞을 것이라며 부끄러워하셨습니다. 자신의 삶을 돌아볼 때마다 가장 후회스러운 것은 더 가난하게 살지 못하고 고통받는 사람들에게 더 다가가지 못한 것이라고 자책하셨습니다. 김수환 추기경님은 자신의 허물과 부끄러운 모습 그리고 부족한 모습을 하느님과 세상에 고백하는, 참으로 솔직하고 겸손한 사제이셨습니다.

김수환 추기경님께 교회와 세상은 하나였습니다. "가난한 이들에게 복음을, 소경과 같이 어둠 속에서 방황하는 이들에게 광명을, 억압된 사람들에게 인간으로서의 해방을 주는 것이 교회의 사명"이라면서, "절망과 체념에 빠지기 쉬운 사회와 세계 속에 희망의 빛"을 비추는 등대가 되어주셨습니다. 서울대교구장에 착좌할 때의 사목 목표인 '세상 속의 교회'를 위해 교회의 높은 담을 헐고 세상 속에 교회를 심고자 하셨습니다.

제가 서울대교구 사무처장을 수행하면서 김수환 추기경님을 옆에서 지켜볼 수 있었던 것은 큰 행운이었습니다. 예수님이 가난하고 병든 이들을 사랑하셨듯이 김수환 추기경님도 세상에서 소외된 이들과 그늘진 곳에서 힘들어하는 이들을 진심으로 사랑하셨습니다. 그분은 자신을 필요로 하는 곳이면 어디든 달려갔고 그들과 마음의 친구가 되셨습니다.

그러나 김수환 추기경님은 당시의 불안한 정치 상황으로 고뇌와 번민의 밤을 보내실 때가 많았고, 불면증의 고통과 함께 사셨습니다. 그래도 늘 편안한 미소로 사람들을 만나고 유머로 딱딱한 분위기를 부드럽게 하려고 노력하셨습니다. 어떤 사람을 만나도 그 시간만큼은 최대한 그 사람에게 집중하고 귀를 기울이고 진솔한 만남을 가지려고 애쓰셨고, 상대를 편안하게 해주셨습니다. 참으로 소탈하고 맑은 영혼의 소유자이셨습니다.

추기경님의 선종 7주기인 올해, 전기작가이자 김수환 추기경님의 동성중고등학교 후배인 이충렬 실베스텔 씨가 김수환 추기경님 87년의 삶을 복원한 전기 《아, 김수환 추기경》을 출판한다는 소식을 들었습니다. 지난 3년 동안 준비한 책이라고 합니다. 김수환 추기경님이라는 큰 산을 담아내기 위해 많은 자료를 조사하고 많은 분들을 인터뷰해서 만든 노력의 흔적이 역력한 책이라고 생각합니다. 저조차 생각하지 못한 사진자료 또한 풍부해서 놀랐습니다. 그리고 이 책을 꼼꼼하게 감수해 주신 교회사 연구의 권위자인 조광 교수님께 감사의 마음을 드립니다.

7년 전, 김 추기경님은 "고맙습니다, 서로 사랑하세요"라는 말씀을 남기고 선종하셨습니다. 마지막까지 우리에게 감사와 사랑을 전해주셨고, 자신의 두 눈을 이웃에게 내어주는 나눔을 몸소 실천하셨습니다. 김 추기경님께서 평생 동안 남기신 말씀을 살펴보면, 그 모든 것은 한마디로 '사랑'이었습니다. 하느님을 사랑하고, 이웃을 사랑하고, 자신을 사랑하는 것이 바로 참행복의 길임을 알려주셨습니다.

이충렬 실베스텔 작가는 김수환 추기경님의 '나눔 정신'을 따르기 위해 이 책의 인세의 반을 서울대교구 옹기장학회의 장학기금으로 기부하기로 했습니다. 이에 진심으로 감사의 인사를 전합니다.

이 책이 나오기까지 수고해주신 작가님과 도와주신 모든 분들과 독자들에게 하느님의 은총이 가득하기를 기원합니다.

2016년 1월

천주교 서울대교구장

추기경 염수정 안드레아

| 감수의 글 |

김수환 추기경을 통해서 본 한국 현대사와 천주교사

—

조광 고려대학교 명예교수

한 인물의 전기는 그 사람이 걸었던 길을 합리화하고 정당화시키는 작업이거나, 그의 영웅적 면모를 제시하면서 그를 모방하도록 강요하는 도구일 수는 없다. 한 인물의 전기는 대상 인물에 대한 가감 없는 서술을 통해서 그의 인간다움을 드러내주며, 그의 진실을 전하려는 작업의 결과여야 하기 때문이다. 그리고 전기를 저술하는 작업은 특정 인물이라는 조그마한 창문을 통해 그 인물이 살았던 시대와 사회를 바라보는 일임에 틀림없다.

단재 신채호는 "역사란 시간과 공간 그리고 인간의 세 요소가 갖추어져야 한다"고 말했다. 이 말은 그 자신의 고유한 견해라기보다는 근대 역사학에서 일반화된 관념을 정리하여 제시한 것이었다. 그러나 그는 인간이 역사에서 중요한 역할을 함을 이렇게 강조했다. 그는 인간이 시간과 공간을 통해서 구체적 존재로 드러남을 알고 있었다. 그리고 우리는 그 인간이 '한 일'에 대한 서술과 의미 부여 작업을 역사라고 한다.

단재 신채호는 한때 역사상의 위인이나 영웅을 중시하기도 했다. 그러나 그는 얼마 안 가서 이를 포기하고, 역사 발전에 참여한 사람들 모두가 역사의 주역이라고 보았다. 이 역사의 주역들은 발전하는 시간과 공간 안에서 다른 모든 사람들을 존엄한 존재로 인식해나가면서 자신의 존엄성을 드러낸다. 특정 인물에 대한 전기는 바로 이 인간존엄성에 대한 상호 이해가 되어야 한다.

우리는 이 역사 과정에서 남달리 의미 있는 일을 한 사람들을 만나게 된다. 그들은 평범한 인간이 이루어갈 수 있는 위대한 역사를 설명해주는 사람이며, 우리가 그 역사의 주역임을 일깨워주는 이들이다. 한국 사회와 한국 천주교회가 만난 현대인 가운데 하나인 추기경 김수환은 바로 그런 사람이었다. 가난한 옹기장이의 아들로 태어나 교회와 한국 사회에서 추기樞機의 자리에 올랐지만, 결코 자신이 가난한 사람임을 잊지 않고 가난한 사람에 대한 우선적 선택을 마다하지 않았던 사람이었다.

추기경 김수환에 대해서는 지금까지 몇 편의 평전과 어록이 간행된 바 있다. 여기에 더하여 작가 이충렬은 '추기경 김수환'을 다시금 조명하고자 했다. 그런데 그가 수행한 이번의 작업은 종전의 평전이나 어록을 모아 집대성한 작업이 결코 아니었다. 이충렬은 이번의 작업을 통해서 다른 작가들이나 연구자들이 드러내지 못했던 김수환의 전체를 새롭게 드러내고자 했다. 그리고 그는 이 일을 성공적으로 마무리할 수 있었다.

나는 무척 다행스럽게도 지난 3년 동안 그의 작업 과정을 지켜보았고, 감수자라는 명분으로 그 작업 과정을 좀 더 세심히 들여다보며 약간의 의견을 줄 수도 있었다. 그는 역사가의 정신과 문인의 필재를 겸비하여 이 작업에 임했다. 그는 김수환 추기경의 삶을 추적하는 과정에서 역사가 못지않은 정밀함을 발휘하고자 했다. 모든 서술에서 확실한 전거를 중시했고, 이를 찾기 위한 탐색 작업에 결코 게으르지 않았다. 그는 많은 사람들을 거침없이 만나서 김수환에 관한 '이야기'를 들었고, 이 '이야기'와 자료들을 가다듬어 역사로 서술했다.

그러면서 작가 이충렬은 김수환이란 개인의 창을 통해서 1930년대 식민지시대부터 우리가 살고 있는 지금까지에 이르는 한국 사회를 서술해주었다. 그의 이 책에는 인간과 시간과 장소가 조화와 균형을 이루며 서술되고 있다. 작가 이충렬은 인간을 사랑했던, 그리하여 인간의 존엄성을 깨닫도록 일깨움을 준 이 땅의 추기경을 서술했다. 그가 쓴 추기경 김수환의 전기는 인간의 존엄함과 위대함에 대한 탐구였다. 그리하여 작가는 추기경 김수환을 통해서 20세기 역사의 격랑을 헤치고 나아간 한국 사회와 한국 천주교회를 서술해주었다.

한국은 근현대 사회에 이르러 여러 경험을 하게 되었다. 전통과 근대의 대결, 민족자결의 원칙과 식민주의의 갈등, 자본주의와 공산주의라는 이념이 빚어낸 동서문제의 체험, 빈부의 갈등을 반영하는 남북문제의 제기, 민주주의와 전체주의의 대립, 자본과 노동의 대립은 우리를 격랑 속으로 밀어붙였다. 우리가 체험한 현대사는 격랑 그 자체였고 뒤끓는 용광로였다. 이 시기 한국 교회도 그 사회상 못지않게 변동을 체험하며 갈등과 결의와 감동을 함께했다. 이 갈등의 현장에서 한국 교회는 정련되어갔고, 한국 사회와 인류를 위해 자신의 경험을 이제는 나눌 수 있게 되었다.

격동하는 시대를 살았던 추기경 김수환의 생애는 개인사에 그치지 않고 깊은 역사적 의미를 가지고 있다. 김수환 추기경의 전기에는 무수한 사람들이 등장한다. 이 책은 한 개인의 전기임과 동시에 당대를 살았던 교회 안팎의 많은 사람들에 관한 집단 전기이기도 하다. 그러므로 이 책은 추기경 김수환 당대의 한국 현대 교회사와 한국사 이해의 지름길이요 마중물이 된다. 언젠가는 부지런한 역사가가 나타나 이 책을 기초로 삼아 새로운 집단전기학集團傳記學, prosopography의 방법을 구사하여 한국 현대 사회와 현대 교회를 분석해낼 수도 있을 것이다.

물론 작가 이충렬의 작업에는 천주교 추기경이었던 김수환의 전통적 종교활동에 관한 부분은 상대적으로 약하게 서술되어 있다. 그러나 이 때문에 이 책은 일반 독자들에게 좀 더 쉽게 다가갈 수 있으며, 종교의 활동 영역에 대한 새롭고 폭넓은 인식을 줄 수 있을 것이다. 그의 작업을 통해 한국 현대 인물 연구는 한 걸음 더 나아갈 수 있었다. 작가 이충렬은 이 모든 일을 해냈다.

2016년 1월

조광

| 차례 |

2권 + 인간을 향하여

| 차례 | 1권 + 신을 향하여

2권

+

인간을 향하여

지상의 평화

IV

"미움이 있는 곳에 용서를,
분열이 있는 곳에 일치를"

—

오늘날 우리 사회는 예수께서 수난하실 때처럼 어둡습니다. 때는 밤입니다. 불의와 부정이 정의와 진리를 가리는 밤입니다. 주님, 당신이 주신 십자가가 너무 무겁습니다. 당신께서 제 손을 잡아주시지 않으면 쓰러질 것 같습니다. 주여, 당신의 종 스테파노를 불쌍히 여겨주소서…….

1980년의 봄

30

"비상계엄은 계속되고 있었지만, 사제들은 두려워하지 않았다.
그들이 입고 있는 수단의 검은색은 이미 세상에서는 죽고
하느님께 봉헌된 삶을 산다는 뜻이었다."

1980년 1월 1일 아침, 새벽잠에서 깬 김수환 추기경은 제의를 입고 3층 소성당으로 가서 무릎을 꿇었다. 지난 10년 동안 희망으로만 품고 있던 민주화와 정치 발전이 질서 속에서 평온하게 이루어지고, 가난한 사람들도 희망을 가질 수 있는 사회, 병으로 고통 중에 있는 이들이 위로받을 수 있는 세상이 되게 해달라고 기도했다. 더불어 그는 자신이 겸손을 더욱 깊이 깨닫고, 그 겸손으로 이웃 형제들에게 사랑의 봉사를 할 수 있게 해달라며 십자가 앞에서 고개를 숙였다.

방으로 돌아온 그는 창문을 열었다. 아직 사위는 어두웠다. 그의 머릿속은 오늘 오전에 방문하기로 한 전두환 소장과 신군부의 장성, 장교들에 대한 생각으로 가득했다. 고개를 들고 명동성당 첨탑 위 십자가를 바라봤다. "주님께서 주시는 십자가입니다"라는 말이 귓가를 맴돌았다. 1968년 주한 교황청 대사 히폴리토 로톨리 대주교가 서울대교구장 임명 소식을 전해주면서 했던 말이었다. 자신이 감히 질 수 없는 무거운

십자가라는 생각에 얼마나 아뜩했던가.

그는 서울대교구장에 착좌하면서 이제까지 담장 안에 있던 교회를 '세상 속의 교회'로 변화시키겠다고 다짐했었다. '세상 속의 교회'는 1962~1965년 로마에서 열린 가톨릭 최고 회의인 제2차 바티칸공의회에서 제시한 방향이었다. 현대 세계에서 가톨릭교회는 더 이상 높은 담장 안에 안주해 있으면 안 된다면서, '세상 안에 교회가 있고, 세상을 위해서 교회가 있고, 그래서 교회가 세상과 같이 소통하면서 살아가야 한다'고 선언한 것이다. '교회 현대화'이고 '교회 쇄신'이었다. 이때부터 전세계 가톨릭교회는 사회정의 실현과 정치 · 사회 · 경제적 피압박 계층의 자유 회복, 그리고 가난한 사람들의 삶에 대해 적극적으로 관심을 갖게 되었다. 김수환 추기경 역시 가톨릭교회가 한국 사회에서 빛과 소금의 역할을 할 수 있도록 방향을 제시하면서 유신시대를 지나왔다.

박정희 대통령이 세상을 떠난 후 민주화의 길이 보이는 것 같았다. 그러나 지난해 말 12 · 12사태가 일어나면서 전두환 소장을 비롯한 신군부가 모습을 드러냈다. 이들 중에는 전두환 소장을 비롯해 전부터 알던 가톨릭 신자가 여러 명 있었고, 그들이 오늘 새해인사를 하러 오겠다고 했다. 사실 며칠 전 1월 1일 방문하고 싶다는 전화가 걸려왔을 때 불안감이 뇌리를 스쳤다. 가까운 사이가 아닌데도 오겠다는 건, 조용히 군대생활을 할 사람들이 아니라는 걸 시위하는 것 아닌가. 그는 다시 한 번 성당 첨탑 위 십자가를 바라봤다.

"주님, 한국 교회가 또다시 무거운 십자가를 지지 않게 해주소서……."

김수환 추기경은 교구청 식당에서 신부들과 떡국을 먹으며 새해 덕담을 나눴다. 1980년대에는 경제성장보다 민주화가 이루어졌으면 좋겠다는 국민이 73퍼센트라는 여론조사 결과도 화제에 올랐다. 신부들은 대다수 국민들이 인권과 자유를 갈망한다면서 이구동성으로 새로운 세상에 대한 기대와 희망을 이야기했다.

집무실로 온 김수환 추기경은 시계를 봤다. 보안사령관 전두환 소장과 몇 명의 군인 신자들이 새해인사를 오겠다는 시간이 가까워왔다. 전두환 소장과는 2년 전에 만난 적이 있었다.[1] 그는 1978년 강원도 1사단 사단장으로 부임한 후 사단의 성당 준공을 적극적으로 지원했다. '베드로'라는 세례명을 가진 가톨릭 신자였다.[2] 강원도를 관할하던 지학순 주교, 1사단 군종신부인 정인준 신부와 가깝게 지냈다. 1979년 3월 보안사령부로 간 후에는 그곳에 군종실을 만들었고, 지학순 주교에게 부탁해서 정인준 신부를 그곳으로 오게 했다. 나름대로 군종사목에 기여한 신자였다.

잠시 후, 전두환 소장 일행이 정명조 육군본부 군종신부의 안내를 받아 집무실로 들어왔다. 모두들 위풍당당했지만, 추기경 앞에서는 겸손했다. 새해 덕담이 오고간 후 12·12사태로 이야기가 흘렀다.

"추기경님, 그때 정승화 총장이 10·26 박정희 시해 사건과 관련된 혐의가 나타났기 때문에 연행 조사가 불가피했습니다."

전두환 소장은 12·12사태가 왜 일어났는지 길게 설명을 했다.[3]

한참 이야기를 듣던 김수환 추기경은 12·12사태에 대한 자신의 생각을 이야기했다.

"전 소장 말을 들으니까 어떤 점은 좀 이해되는데, 근본적으로 우리나라 전체를 위한 정권이 서부활극 모양으로 돼서는 안 됩니다. 어느 쪽이 총을 먼저 빼들었느냐에 따라 군의 전권이 왔다갔다 한다는 것은

---

1 《그이는 나무를 심었다》(지학순정의평화기금 엮음, 도서출판 공동선, 2000) 236~237쪽.

2 훗날 불교로 개종했다.

3 1995년 11월 23일 서울대 강연, 경향신문 11월 24일자 기사, '김수환 추기경 1987년 6월 미공개 인터뷰'(《신동아》 2009년 4월호 93쪽).

슬픈 일입니다. 전 소장 쪽이 총을 뽑았기 때문에 군대의 실권을 잡은 것 아니오?"

전두환 소장의 표정이 굳어졌다. 그러나 그는 개의치 않고 전두환 소장과 함께 온 장성과 장교들에게 당부했다.

"지금 우리 국민은 정말 군이 나라를 위해 국방에 전념하기를 바라고 있습니다. 나라가 지금처럼 힘의 공백 상태에 있을 때 군인들이 다른 마음을 갖는 일이 생겨서는 절대 안 됩니다. 모두 중요한 위치에 계신 분들이니 부디 국방의 임무를 충실히 해주시면서, 새로운 정부가 성공적으로 출범될 수 있도록 협조해주시면 좋겠습니다."

김수환 추기경의 말에 모두들 잘 알겠다고 대답했다. 더 이상 이야기가 오고갈 분위기가 아니었다. 그는 자리에서 일어나 전두환 소장 일행을 배웅했다.

1월 23일, 김수환 추기경은 명동성당에서 지학순 주교 등과 함께 군종후원회 창립 10주년 기념 감사미사를 드렸다. 군종신부 62명과 역대 후원회장 그리고 후원회원 1천여 명이 참석했다. 후원회원 중에는 군장성이나 장교들도 많았다.

미사가 끝나고 축하연이 진행되고 있을 때였다. 한 장성이 그에게 다가와 인사를 하더니, 전두환 소장이 새해인사 때 그의 서부활극 발언에 대해 '대단히 섭섭하다'는 말을 했다고 전했다. 김수환 추기경은 전두환 소장 입장에서는 그렇게 생각할 수도 있겠다며 고개를 끄덕였다. 그러나 전 소장이 그런 반응을 보였다고 사과의 말을 전할 생각은 없어 그냥 듣기만 하고 지나갔다.

3월, 개학을 한 각 대학에는 긴급조치로 해직 또는 제적되었던 교수와 학생들이 돌아왔다. 학생들은 학원 내 언론자유와 어용교수 퇴진,

김수환 추기경은 생전에 군인들의 신앙생활에 큰 관심을 가졌다. 추기경에 서임되고 다음 해인 1970년에 군종후원회를 설립했고, 1974년에는 전방 사단지역에 군종신부 배치를 완료했다. 사진은 1980년 1월 28일 명동성당에서 거행된 군종후원회 창립 10주년 기념 감사미사. 웃고 있는 김수환 추기경 오른쪽이 제3대 군종신부단 총재를 역임한 지학순 주교다.

재단운영 개선 등을 요구하는 시위를 했다.

김수환 추기경은 3월 30일자《뉴스위크》와의 인터뷰에서 "현 최규하 정부는 국민들에게 민주화의 약속이 지켜질 것임을 확신시켜줘야 한다"고 밝혔다.[4] 비상계엄이 유지된 채 민주화 일정이 명확하게 나오지 않는 것을 우려한 발언이었다.

4월 14일, 전두환 보안사령관이 중앙정보부장서리에 임명되었다. 계급도 소장에서 중장으로 진급했다. 학생들은 유신잔당과 신군부 세력이 정권욕을 보이기 시작했다며 "유신 세력 퇴진"과 "계엄 철폐"를 외쳤다. 5월 2일부터 대학생들이 가두로 진출했다.

5월 9일, 김수환 추기경과 전국 14개 교구 주교들은 한국 천주교주교회의 사무실에 모여 비상계엄을 해제하라는 담화문을 발표했다.[5] 한

---

4 매일경제 1980년 3월 31일자.
5 동아일보 1980년 5월 9일자.

국 천주교주교회의 명의로 발표된 이 담화문에서 주교들은 "오늘의 한국 시국은 이 나라 운명을 좌우할 중대한 고비에 서 있다"고 천명하고, "국민 대다수가 지닌 높은 질서의식과 애국심을 충심으로 인정하여 비상계엄을 해제하라"고 촉구했다. "언론자유 보장을 비롯해 민주정치를 정착시키는 것만이 시국의 불안을 해소하는 첩경임을 명심해야 할 것"이라고 지적하면서, "국민 모두가 양심, 겸허, 성실을 다하고 질서를 지킴으로써 민족의 운명을 영광된 역사의 단계로 이끌어나가자"고 호소했다. 그러나 정부는 계엄을 해제하지 않았다.

5월 13일 밤, 서울 광화문 일대에서 6개 대학 2,500여 명의 학생이 "계엄 철폐!"를 외치며 가두시위를 감행했다. 그리고 이날 밤 서울 시내 27개 대학 학생 대표들은 14일부터 일제히 가두시위에 돌입할 것을 결의했다.

14일, 서울 시내 21개 대학 5만여 명의 학생들은 빗속에서 밤늦게까지 종로·광화문·시청 앞 등 도심지에서 가두시위를 벌였다. 지방 10개 도시의 11개 대학도 가두시위에 돌입했다.

15일에도 전국적으로 격렬한 시위가 이어졌다. 이날 저녁 서울역 광장에는 5만여 명의 학생들이 집결해서 "계엄 철폐"와 "유신 잔당 퇴진", "정치군인은 물러가라" 등의 구호를 외치며 시위를 벌였다.

16일 이화여대에서 열린 제1회 전국대학총학생회장단 회의에서는 17일부터 정상수업을 받으면서 시국을 관망하기로 의견을 모았다. 그러나 16일 밤 광주 도청 앞에서는 학생과 시민 3만여 명이 횃불시위를 벌였다.

5월 18일 0시, 최규하 대통령은 지역계엄을 전국계엄으로 확대하고 계엄포고령 제10호를 발표했다. 전국 대학에는 휴교령이 내려졌다. 합동수사본부장 겸 보안사령관 겸 중앙정보부장서리인 전두환 중장은 김

위는 5월 15일 서울역 광장에서 연좌데모를 하며 구호를 외치는 대학생들. 이날 서울역 시위에는 5만 명이 집결했고, 학생 지도부는 청와대로 향할 것인지 아니면 시위를 마친 후 해산할 것인지에 대해 격론을 벌였다. 80년대 대학생운동사에서는 이날 해산 결정을 '서울역 회군'이라고 부른다. 아래는 같은 날 시청 앞에 모여 구호를 외치는 대학생들.

대중, 김종필, 이후락 등 26명의 정치인들을 학원·노사분규 선동과 권력형 부정축재 혐의로 합동수사본부에 연행했다. 정치인뿐 아니라 고은 시인, 리영희 교수, 김동길 교수, 문익환 목사, 인명진 목사 등 문인, 교수, 종교인을 가리지 않고 잡아갔다.

같은 날 오후, 서울 주교회의 사무실에서는 김수환 추기경, 윤공희 대주교 등이 참석한 주교회의 상임위원회가 열렸다. 아침에 광주에서 출발해 도착한 윤공희 대주교는 어두운 표정으로 광주의 상황을 설명했다.[6]

"어제 비상계엄이 전국으로 확대되면서 밤 9시 이후 야간 통행이 금지되고, 오늘 새벽에 계엄군이 진입했어요. 오늘 오전에 광주교구청(광주 가톨릭센터, 광주 동구 충장로) 6층에서 내려다보니까 계엄군이 시위 학생들을 마구 짓밟더라고요. 내가 그 옆에 있었더라면 뜯어말리기라도 했을 텐데……. 무슨 큰일이 날 것만 같아요."

윤공희 대주교는 더 이상 말을 잇지 못했다. 괴로운 듯 얼굴을 감쌌다. 그러고는 회의가 끝나자마자 학생들이 걱정되어 빨리 가봐야겠다며 다시 광주로 내려갔다.

그날 저녁 김수환 추기경은 사무실에서 교구청 신부들과 텔레비전을 뚫어지게 바라봤다. 그러나 광주 얘기는 한 마디도 나오지 않았다.

5월 19일, 광주를 빠져나온 사람들이 전하는 이야기가 들려왔다. 군

---

6 5·18광주민주화운동 당시 가톨릭과 김수환 추기경 부분은 가톨릭신문 1980년 6월 1일자, 윤공희 대주교 회고 '내가 만난 김수환 추기경'(가톨릭신문 2009년 3월 1일자), '윤공희 대주교 회고'(한겨레신문 2013년 11월 12일자), 《생활성서》 인터뷰(1988년 9월호), 김수환 추기경의 명상록 《우리가 서로 사랑한다는 것》(사람과사람, 1999) 24쪽, '고건의 공인 50년 64회'(중앙일보 2013년 5월 15일자), 《추기경 김수환 이야기》 232~233쪽을 참고해서 재구성했다.

인들이 대검을 휘둘러 사상자가 속출한다는 심상치 않은 내용이었다. 그는 가만히 앉아 있을 수 없었다. 군종신부들을 통해 전두환 중장과의 만남을 부탁했다. 다행히 약속이 잡혔다.

광주 5월 19일.

김수환 추기경은 중앙정보부 안가로 갔다. 그러나 전두환 중앙정보부장서리는 전화를 받느라 정신이 없었다. 시시각각 보고를 받고 지시를 내렸다. 얘기를 조금 하면 전화가 울리고, 중단됐던 화제를 다시 꺼내려고 하면 또 벨이 울려댔다. 그렇게 30분쯤 흐르자 전 중장은 전화기를 내려놓으며 일어났다.

"추기경님, 죄송합니다. 지금 광주에서 내란이 일어났습니다. 육군본부에 가봐야 합니다."

전두환 중장은 말을 마치자마자 뛰쳐나갔다.

저녁때가 되었다. 김수환 추기경은 위컴 한미연합사 사령관이 떠올랐다. 그와 연결할 방법을 찾기 위해 미8군 군종신부에게 몇 차례 전화를 했지만 헛수고였다. 그는 마음이 급해져 가만있을 수가 없었다. 어떻게든 더 이상의 인명피해를 막아야 했다.

김수환 추기경은 주한 교황청 대사관으로 갔다. 루치아노 안젤리니 대주교에게 광주의 상황을 설명하면서 글라이스틴 주한 미 대사와 위컴 사령관을 만나게 해달라고 부탁했다. 교황대사는 여기저기 전화를 걸었다. 그렇게 한 시간 가까이 노력을 했지만 연결이 되지 않았다. 미국 쪽 역시 비상상황이었던 것이다.

그는 자정이 넘어 교구청으로 돌아왔다. 허탈했다. 나라 안에서 수많은 인명이 희생되는데도 아무것도 할 수 없다는 사실이 너무나 안타까웠다. 그는 문득 청와대 정무수석으로 있는 고건 전 전라남도 도지사가 생각났다. 늦은 시간이었지만 그런 걸 따질 상황이 아니었다. 다행히 집에 있어 전화 연결이 되었다.

"고 지사, 이게 어떻게 된 일입니까? 고 지사가 청와대에 있는데 어떻게 이런 일이 있을 수 있습니까?"

김수환 추기경은 따지듯 물었다. 고건 수석의 목소리는 심하게 떨렸고, 중간중간 말을 잇지 못했다. 그는 울고 있었다.

"추기경님, 저도 며칠 전에 사표를 제출하고 민간인 신분이 돼 있습니다."

5월 17일 비상계엄 확대를 반대하며 사표를 제출했던 것이다. 김수환 추기경은 울음 섞인 목소리로 광주의 상황을 전했다. 그의 울음에 고건 전 정무수석도 목이 메었다. 두 사람은 수화기를 붙들고 오랫동안 흐느꼈다.

5월 20일, 광주에서는 20만여 명의 시민이 군경 저지선을 뚫고 시청 건물을 장악했다. 계엄군은 모든 시외전화를 끊었고, 광주는 고립되었다. 무력진압이 초읽기에 들어간 것 같다는 소식이 계속 들려왔다.

김수환 추기경은 초조했다. 무장군인과 시위대가 충돌하는 참극은 어떤 일이 있어도 막아야 했다. 머뭇거릴 여유가 없었다. 그는 이희성 계엄사령관을 만났다. 시위대와 대화를 해보는 게 우선 아니냐며 설득했지만 소용없었다.

그는 광주의 윤공희 대주교에게 편지를 썼다. 어려운 상황에 처해서

광주 5월 20일.

곤란하겠다, 평화롭게 해결되어야 한다, 그리고 광주의 진실을 알려야 한다, 따라서 진실이 필요하다, 혹시 부상자 치료에 도움이 될지 몰라 돈도 좀 넣었다는 내용이었다. 광주가 외부와 차단된 상태라, 이희성 계엄사령관의 협조를 구해 군종신부 편으로 편지를 보냈다. 다행히 편지와 돈 1천만 원은 서울대교구 군종신부와 광주대교구 군종신부를 거쳐 윤공희 대주교에게 전달되었다.

이날 밤 11시경 계엄군은 시민들을 향해 발포했다.

5월 21일, 계엄군의 발포로 수십여 명이 사망하자 시민들은 스스로를 '시민군'이라 부르며, 경찰서나 계엄군으로부터 탈취한 소총으로 무장을 했다. 이날 주교회의에서는 김남수 주교와 전주교구 김재덕 주교에게 광주교구를 방문하도록 했지만 광주 진입이 막혀 되돌아왔다.

5월 22일, 시민군은 도청을 장악하고 광주의 유지급 인사 15인으로

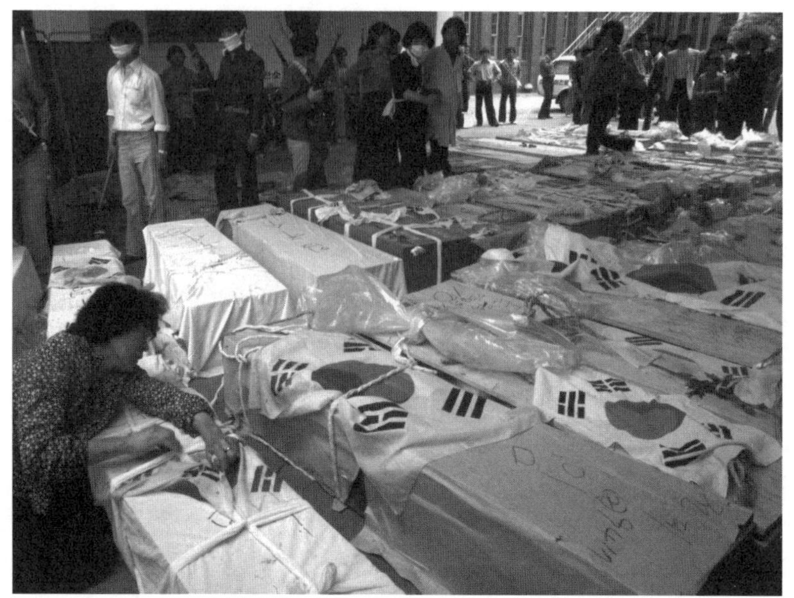

5월 22일, 전날 밤 사망한 시위대의 시신이 도청에 안치되자 유가족이 오열하고 있다.

'수습대책위원회'를 결성했다.

5월 23일에는 확대수습위원회를 구성하고 윤공희 대주교를 고문으로 추대했다. 이때부터 윤공희 대주교는 시민군과 계엄군 사이를 오가며 협상을 했다. 수습위원회는 23일 오후 회수된 무기 200정을 계엄사에 반납했고, 화순탄광에서 도청 지하실로 옮겨온 TNT도 군부대 요원을 잠입시켜 뇌관을 제거하게 했다.

같은 날, 서울에서는 김수환 추기경이 한국 천주교주교회의 긴급 상임위원회를 소집했다. 이 회의에서 그는 "지금은 누구의 책임을 따지기에 앞서 우리 모두가 이성을 되찾고 한 인간의 본연의 자세를 회복, 남을 추궁하고 몰아세우기에 앞서 형제의 마음을 이해하려는 마음의 여유를 되찾자"면서, "여하한 일이 있더라도 더 이상 같은 땅에서 같은 핏줄의 형제들끼리 피를 흘리는 비인간적인 충돌은 저지해야 한다"고 호소하는 '서한문'을 채택했다. 서한문에는 "정부는 냉철한 자기반성으로 국민의 여망이 무엇인지를 깨달아 우리 모두가 평온한 나날을 보낼 수 있게 해달라"는 내용의 대정부 비판도 담겨 있었다. 그는 서한문을 전국의 각 교구에 보내면서, 25일 주일미사 때 각 성당에서 신자들에게 낭독한 후 기도에 동참하도록 해달라고 부탁했다.[7]

김수환 추기경의 마음은 계속 초조했다. 도저히 잠을 이룰 수가 없었다. 그는 '시국에 관한 담화문'을 써내려갔다.[8]

> 오늘날 우리 겨레는 누구나 깊이 우려하고 있듯이 중대한 위기에 놓여 있습니다. 정치와 경제 질서가 와해되어가고 있습니다. 이럴 때일수록 국민의 화합과 단결이 절실히 요청됩니다. 반면에 우리는 화합과 단결이 불가능해 보일 만큼 상호간에 불신과 대립, 미움과 단절로 치닫고 있습니다.
>
> 오직 물리적 힘에 의한 외형적 질서 유지에만 익숙해온 위정자들은 학생들이나 근로자들이 일으킨 새 질서 추구의 물결을 건설적인 방향으로 받아들일 줄 몰랐습니다. 정치 지도자들은 이 젊은이들이 학원소요나 노동쟁의의 와중에서도 사회의 근본 질서를 지키는 이들의 애국애족심을 읽을 줄 몰랐습니다. 그들의 순수한 영혼이 내포하고 있는 건설적 힘과 새 질서 창조의 신화를 보지 않음으로써 단지 국가 사회 질서 문란의 위험분자들로만 보게 되었습니다.
>
> 그리하여 위정자들은 바른 정치보다는 물리적 힘으로 제압하는 길을 택했습니다. 그 결과 광주사태와 같은 엄청난 비극을 낳게 했습니다. 정치활

---

7 가톨릭신문 1980년 6월 1일자.

8 《김수환 추기경 전집》 5권 224~228쪽 요약.

동이 금지되고 학원이 폐쇄됐으며, 언론이 봉쇄되었습니다.

외형상으로는 질서가 유지되고 있습니다. 그러나 이것은 힘에 의한 침묵과 죽음의 질서입니다. 정부는 지금 민주 발전을 이룩하겠다고 말하지만, 이제 이 말을 믿는 이들은 많지 않습니다. 또 사실상 물리적 힘으로만 유지되는 이런 침묵과 죽음의 질서를 바탕으로 민주 발전은 기대할 수 없습니다.

이제 우리는 어떻게 하면 이 같은 국가적 · 민족적 위기를 극복할 수 있습니까? 본인은 한 종교인으로서 감히 우려하는 탓에, 저의 견해를 밝히고 문제 극복에 도움이 될까 합니다.

첫째, 우리는 국가적 · 민족적 위기라는 진실을 인정해야 합니다. 지금 우리가 분열하고 있다는 그 사실을 냉정히 인정하고, 대다수 국민들이 정부와 군을 신뢰하지 않는다는 사실을 인정해야 합니다.

둘째, 힘의 통치가 결코 장기간에 걸친 통치방법으로 용인될 수 없다는 것을 깊이 인식해야 합니다. 특히 위정당국은 여기에 대하여 맹성猛省을 해야 하며 힘의 사용을 즉각 중지해야 합니다.

셋째, 계엄령을 조속한 시일 내에 해제해야 합니다. 현재의 계엄령은 바로 그 자체가 정부에 대한 불신을 증대시키는 것입니다. 따라서 계엄령이 사회 안정에 도움을 주는 것이 아니라 오히려 사회 속에 공포 분위기를 만들고 국민을 불안하게 함으로써 안보 사회 체제의 불안정 요소가 되고 있음을 정부와 군은 인식해야 합니다.

넷째, 광주사태에 대해 정부와 군이 학생과 국민들의 시위 진압에 있어도가 지나쳤으며, 군경을 포함하여 학생과 시민 등 수많은 희생자를 내게 한 데 대해 깊이 사과하고, 그 같은 엄청난 유혈사태를 일으킨 책임자를 엄단해야 합니다.

다섯째, 10 · 26사태 이후 억류되어 있는 모든 양심수와 아울러 5 · 18사건 이후 수감된 모든 양심범을 석방해야 합니다. 그들의 주장은 한마디로 민주 회복 또는 민주 헌정 확립이었습니다. 그것이 어떻게 죄가 됩니까? 이 땅의 민주 세력을 말살하는 것은 바로 그 자체가 북한 공산집단을 이롭게 하는 이적행위입니다.

여섯째, 정부는 진실과 정의를 바탕으로 이 같은 조치를 취하면서 참으로 진지하게 국민에게 그간의 잘못에 대해 사과하고 나라의 건설을 위해 호소하십시오. 국민은 반드시 이 호소에 따라서 정부에 진심으로 협조할 것입니다.

담화문 작성을 마친 그는 언론에서 보도해주지 않으면 유인물로 만들어서 배포해야겠다고 생각했다. 그러나 사방에서 들려오는 소식에 따르면, 젊은이들의 감정이 매우 격화된 상태였다. 가톨릭대학생회도 들썩였다. 이런 상황에서 자신이 그런 일을 벌이면 성난 젊은이들을 불행으로 내몰 가능성이 크다고 생각해 담화문 발표를 포기했다.[9]

5월 26일 아침, 김수환 추기경은 윤공희 대주교가 최규하 대통령에게 보내는 편지를 받았다. 윤 대주교는 대통령이 25일 광주를 방문한 뒤 발표한 담화가 광주의 진상과 정황을 제대로 파악하지 못하고 있다는 인상을 받았다고 했다. 사태의 정확한 판단과 사후 원만한 수습을 위해 대통령에게 고언하는 편지를 추기경이 전달해달라는 것이었다.[10] 편지는 가톨릭의료원 원목신부로 의료진과 함께 지원차 광주에 가 있던 김중호 신부를 통해 김수환 추기경에게 전해졌다.

그는 사안이 중대하다고 판단하고 또다시 긴급 상임위원회를 소집했

9 《추기경 김수환 이야기》 327~328쪽.

10 윤공희 대주교 회고(가톨릭신문 2001년 3월 1일자).

도청을 접수한 계엄군.

다. 머리를 맞대고 최 대통령을 만날 방법을 사방팔방으로 알아봤지만, 길은 열리지 않았다. 이날, 확대수습위원회는 계엄사와 계속 협상을 했지만 결국 결렬되었다. 계엄사는 수습위원회에 최후통첩을 했다.

27일 0시, 계엄군은 광주 외곽을 모두 봉쇄하고 네 방향에서 도청으로 집결했다. 그들은 새벽 4시 10분 도청을 포위했고, 진압작전은 45분 만에 끝났다.

김수환 추기경은 밤이 늦도록 십자가 앞에서 기도를 하다 새벽에 일어났다. 아침이 되자 계엄군이 시민군과 총격전을 벌인 끝에 도청을 장악했다는 소식이 들려왔다. 그는 망연자실했다. 최규하 대통령에게 편지를 전하지 못한 것에 대한 자책과 회한이 몰아쳤다. 그는 다시 십자가 앞에 무릎을 꿇었다.

5월 31일, 김수환 추기경은 광주에 내려갔다. 3일을 머물면서 윤공희 대주교와 사제단, 수도자, 평신도들을 만났다. 그는 가슴이 찢기는 듯한 아픔을 느끼며 그들의 이야기를 들었다. 아니, 그들의 한 맺힌 울부짖음을 들었다. 광주 시민들은 나라의 실권을 잡은 일부 군인들에 의해 무참히 짓밟히고 피를 흘리고 생명까지 빼앗겼다. 수일간 마치 적에게 점령된 듯 외부와 단절된 고립무원의 상태에서 공포를 겪었다. 일어나서는 안 될 민족사의 비극이었다. 분노가 일었다. 그러나 지금은 수습을 해야 할 때였다. 그는 광주의 아픔과 상처가 치유되려면 오랜 시간이 걸릴 것 같다는 생각을 하며 서울로 돌아왔다. 오는 내내 귓가에서 "이번 사태는 앞으로 한국 사회가 오랫동안 안고 가야 할 멍에"라던 어느 시민의 말이 떠나지 않았다. 그의 가슴속에서는 하염없이 눈물이 흘렀다.

김수환 추기경은 깊은 슬픔과 분노 속에 잠을 제대로 이루지 못했다. '독재의 전령사'가 떠나자 '죽음의 전령사'가 나타난 형국이었다. 그는 그때부터 살아 있는 자들이 감당해야 할 역사적 책무에 대해 생각했다. 먼저 광주 시민들의 분노를 어떻게 달랠 수 있을지 생각했다. 그러나 정부와 군인들에 대한 불신이 가득하고, 아직도 계엄이 지속되는 상황이었다. 그는 지금 자신이 할 수 있는 일은 기도뿐이라고 생각했다. 정치에 관여하고 있는 일부 군인들이 인간의 존엄성을 깨닫고 인간을 사랑하는 마음을 갖게 해달라고 매일 밤 십자가 앞에서 무릎을 꿇고 기도했다.

김수환 추기경은 최규하 대통령을 만나야겠다고 생각했다. 아무리 힘이 없는 임시대통령이라고 해도 국군통수권자였다. 광주에서 일어난 일을 자세히 알리고 그에 대한 진상조사와 책임자 처벌을 건의하는 것이 역사에 대한 자신의 책무라고 생각했다.

6월 14일, 김수환 추기경은 청와대를 방문해 최규하 대통령에게 윤공희 대주교가 5월 26일 작성한 상황일지 형식의 편지를 전달했다. 이제라도 진상조사를 해달라는 의미였다. 그러나 최 대통령은 당시 지휘체계에 대해 아무런 언급도 하지 않았다.

6월 중순, 5 · 18 당시 광주의 상황이 유인물로 만들어져 유포되었다. 5월 26일 윤공희 대주교가 최규하 대통령에게 쓴 편지에 담겨 있던 내용과 추후에 알려진 내용이 포함되어 있었다.

광주의 여러 성당에서 광주항쟁 진상규명을 위한 시국기도회가 열렸다. 비상계엄은 계속되고 있었지만, 사제들은 두려워하지 않았다. 그들이 입고 있는 수단의 검은색은 이미 세상에서는 죽고 하느님께 봉헌된 삶을 산다는 뜻이었다.

신부들이 '증언자'로 나섰다.[11] 무고한 광주 시민들이 공수부대의 총칼에 억울한 죽음을 당했다는 사제들의 증언은 인간의 존엄과 정의를 지키려는 봉화였다. 신부는 봉수군, 성당은 봉화대가 되었다. 유인물을 낭독하며 울먹이는 신부도 있었고, 강론에 인용하며 눈시울을 붉히는 신부도 있었다. 신자들은 이제까지 언론을 통해서 알려진 것과 다른 사실을 들으며 경악했다. 아무리 언론을 통제해도 결국 진실은 밝혀진다. 그것이 역사다. '광주의 진실'은 무서운 속도로 퍼져나갔다. 여러 유인물을 종합해 재구성한 '광주사태, 어느 목격자의 증언'이라는 녹음테이프도 국내뿐 아니라 일본, 미국, 유럽으로 전달되었다.

7월 8일, 계엄사는 광주대교구 사제 8명, 서울대교구 사제 5명, 명동성당 노동문제상담소 여직원 1명을 연행했다.[12] 박정희 때보다 더 많은

11 2012년 5월 23일 '5 · 18민주화운동 32주년 기념 학술대회', 광주항쟁과 천주교회의 진실 알리기(서중석 성균관대 교수), 부끄러움 또는 질문하는 역사의식-5월 민중항쟁과 광주 · 전남 가톨릭교회(은우근 광주대 교수).

12 동아일보, 경향신문 1980년 7월 12일자.

신부들이 한꺼번에 붙잡혀간 것이다. 김수환 추기경은 이 사태를 매우 엄중하게 생각하며 계엄사의 발표를 기다렸다.

7월 12일, 계엄사는 "광주사태의 진상을 고의적으로 왜곡, 허위사실을 유인물로 대량 제작, 일반 시민들에게 유포한 신부들을 연행, 조사하고 있다"고 발표했다.

7월 22일, 김수환 추기경의 분노가 폭발했다. 그는 '광주 시민의 아픔에 동참하며'라는 담화문을 발표했다.[13]

> 친애하는 형제자매 여러분!
>
> 우리는 지금 현대 한국 교회사상 가장 큰 시련을 겪고 있습니다. 조선 말엽의 박해와 공산 학정을 제외하고 성직자가 이렇게 많이 수난을 겪은 적은 근래에 없었습니다.
>
> 당국의 발표에 따르면, 이들은 광주사태의 진상을 고의적으로 왜곡하여 허위사실을 진실인 것처럼 조작, 유포하였을 뿐 아니라 강론을 통해 신자들에게 궐기하도록 선동하였다는 혐의를 받고 있습니다. 이런 단순한 해석과 일방적 판단은 참으로 유감스러운 일이 아닐 수 없습니다. 우리는 앞으로 진전 과정에서 보다 공정한 판단이 내려질 것을 기대하면서 다음 몇 가지를 명백히 해두고자 합니다.
>
> 이들은 광주사태가 발생한 후 그 진상이 보도되지 않자 진실을 알려줄 책임이 있다고 판단, 관련된 소식을 정확하게 확인하지 못한 가운데 성급하게 유포한 것으로 사료되나, 당국의 발표와 같이 이들이 허위사실을 고의로 조작했다는 것은 전혀 사실과 다릅니다. 그들은 이웃의 고통을 무심

13 《김수환 추기경 전집》 10권 494~496쪽 요약.

히 지나쳐버리지 못하고 함께 나누며 진실을 옹호하여 세상에 알려야 한다는 순수한 그리스도인의 양심에 입각하여 행동하였을 뿐입니다.

정부의 발표를 정면으로 부인하는 담화였다. 그러나 정부는 꿈쩍도 하지 않았다. 당시 신군부는 언론사에 반정부적인 기자 711명을 해직하라는 압력을 넣을 정도로 무소불위의 힘을 행사하고 있었다. 7월 말에는 《창작과비평》, 《씨알의소리》, 《뿌리깊은나무》 등 172개 정기간행물의 등록을 취소했다. 공포의 세상이었다.

8월 16일, 최규하 대통령이 하야했다. 국민들은 놀라지 않았다. 같은 날 전두환 중장은 대장으로 진급했다. 그리고 8월 26일 전역했다.

8월 27일 오전, 장충체육관에서 대통령 보궐선거가 실시되었다. 어제 군복을 벗고 양복을 입은 전두환 후보가 단독 출마했다. 통일주체국민회의 대의원 2,525명이 투표하여 찬성 2,524표 무효 1표로 대한민국 제11대 대통령에 당선되었다. 잔여 임기는 1984년 12월 26일까지였지만, 체육관선거를 통해 평생 연임할 수 있는 유신헌법은 계속 유지되고 있었다.

10월 22일, 정부는 대통령의 임기를 7년 단임제로 하는 새 헌법에 대한 국민투표를 실시했다. 새 헌법은 통과되었고, 체육관에서 하는 간접선거 방법은 그대로 유지되었다. 전두환 대통령은 새 헌법에 의한 대통령선거를 81년 3월에, 국회의원선거는 4월에 하기로 결정했다.

11월 3일부터 열린 계엄고등군사재판에서는 광주민주화운동(당시 표현으로는 '광주사태') 관련자 175명에 대해 사형, 무기, 15년 등의 무거운 형량을 선고했다.

11월 5일, 미국에서는 카터 대통령이 연임에 실패하고 '강력한 미국'을 주장한 공화당의 레이건 후보가 대통령에 당선되었다.

하야하는 최규하 대통령이 전두환 중장과 악수하는 모습.

11월 20일, 김수환 추기경은 세계주교대의원회의와 로스앤젤레스를 비롯한 미국 서부 지역 한인 천주교회 사목 방문을 마치고 귀국했다. 암울한 소식뿐이었다. 무엇보다도 광주민주화운동 관련 인사들이 사형을 비롯한 중형을 선고받았다는 사실이 가슴을 답답하게 했다. 물론 대법원 판결까지는 아직 시간이 있었지만, 크게 기대할 상황은 아니었다. 그렇다고 가만히 있을 수는 없는 일이었다. 전두환 대통령과 만나기 위해 여기저기 알아봤지만 면담은 쉽게 잡히지 않았다.

12월 9일, 전두환 대통령은 내년 총선에 대비해 여당인 민주정의당(약칭 민정당) 창당준비위원회를 출범시켰다. 12월 22일에는 중앙정보부를 국가안전기획부(약칭 안기부)로 이름을 바꾸기로 각료회의에서 결정했다.

12월 31일 오후 3시, 김수환 추기경은 광주대교구장인 윤공희 대주교와 함께 청와대를 방문해서 전두환 대통령을 만났다.[14] 윤공희 대주교는 광주의 민심을 가감없이 전하고, 구속자들에 대한 선처, 특히 사

김수환 추기경은 1980년 12월 31일 청와대에서 전두환 대통령을 만나 비상계엄의 빠른 해제를 요청했다. 오른쪽은 윤공희 대주교다.

형선고를 받은 사람에 대한 감형을 건의했다. 김수환 추기경은 많은 것을 잃은 한 해였다고 전제하고, 새해에는 무엇보다도 불안이나 공포가 없어야 한다면서, 하루빨리 비상계엄을 해제해달라고 요청했다.

"정부가 주장하는 정의사회가 구현되기 위해서는 먼저 위정자들에게 인간의 가치, 인간의 존엄성에 대한 깊은 인식이 절대적으로 필요합니다. 그래야만 인간 상호간 사랑의 정신이 사회에 자리 잡고 궁극에는 밝은 사회, 정의로운 사회가 구현됩니다."

그러나 전두환 대통령은 어느 것 하나 명쾌한 답을 주지 않았다. 정

14 《김수환 추기경 전집》 15권 197쪽.

부의 입장만 이야기할 뿐이었다.

명동성당 주교관으로 돌아온 김수환 추기경은 노을이 내리는 하늘을 바라보며 뜨락을 거닐었다. 시련의 한 해였다.[15] 슬픔과 고통의 한 해였다. 그 혹독한 시련으로 이 땅에 참으로 빛은 없는가, 정의의 빛은 없는가, 사랑의 빛은 없는가, 하고 더욱 간절히 빛을 찾았던 한 해였다. 그러나 아직도 길은 보이지 않았다. 그는 주교관 3층 소성당으로 발길을 옮겼다.

---

15 1980년 회상은《김수환 추기경 전집》1권 143쪽.

구속자 가족들의 눈물

31

"시루에 물 붓기라도, 그 시루에서 콩나물이 자라는 걸 왜 모르시나!"

| 김동한 신부 |

1981년 1월 24일, 비상계엄이 해제되었다.

3월 3일, 전두환 대통령은 임기 7년의 12대 대통령에 취임했다.

3월 31일, 김수환 추기경이 점심식사를 마치자 비서 허근 신부가 넌지시 말을 건넸다.[16]

"추기경님, 오늘은 명동성당으로 산보하러 가시죠."

"그럴까?"

그는 허근 신부와 함께 계성여고 담장을 따라 걸었다. 허근 신부가 조심스러운 목소리로 말했다.

"추기경님, 지금 지하 성당에 광주사태로 구속당한 사람들의 가족들이 와서 기도를 하고 있습니다."

---

16 허근 신부 회고(《주간조선》 2011년 2월 28일자 20~23쪽).

"그래? 그럼 가자. 기도라도 해드려야지."

이날 아침 대법원 형사부는 광주민주화운동 관련자 82명에 대한 상고심 선고공판을 열고 정동년 등 3명에게 사형, 김종배 등 7명에게 무기징역, 67세의 홍남순 변호사 등 3명에게 징역 15년, 이재호 등 2명에게 징역 12년 등 모두 유죄를 선고하고 한 명에게만 선고유예 판결을 내렸다. 재판을 방청하던 사형수 부인들은 대성통곡을 했다. 그렇다고 계속 법원에 머물 수는 없는 일, 법원을 나온 구속자 부인 30여 명 중 누군가가 명동성당에 가서 김수환 추기경에게 매달려보자고 했다. 그러나 무턱대고 집무실로 갈 수는 없었다. 먼저 명동성당 지하에 있는 소성당으로 가서 눈물을 흘리며 기도했다. 아이를 업고 온 부인들도 있었다. 명동성당 신부들이 이 광경을 목격하고 김수환 추기경의 비서인 허근 신부에게 알린 것이다.

그가 계단을 내려가자 기도를 하던 구속자 가족들이 일제히 그를 바라봤다. 그는 걸음을 멈췄다. 찰나였다. 간절한 눈동자에 맺힌 눈물을 본 것은. 그는 가슴이 먹먹하고 아득했다. 그의 가슴에서도 눈물이 흘렀다. 작년에 광주에 내려갔을 때 "이번 사태는 앞으로 한국 사회가 오랫동안 안고 가야 할 멍에"라던 어느 시민의 말이 귓가에 울렸다.

김수환 추기경은 부인들 앞으로 다가갔다. 손을 잡았다. 그리고 고개를 숙였다. 목이 메어 아무 말도 나오지 않았다. 부인들도 아무 말도 하지 못한 채 흐느끼기만 했다. 아이들도 엄마를 따라 울었다. 민족이 처한 아픔이자 교회의 아픔이었다.

모두들 의자에 앉았다. 눈을 감았다. 너나 할 것 없이 한마음이 되어 기도했다.

"주님, 당신의 자녀들입니다. 저희를 불쌍히 여겨주소서. 감옥에서 고초를 겪고 있는 저들의 남편을 불쌍히 여겨주소서……."

김수환 추기경은 한참 동안 기도한 후 일어섰다. 구속자 가족들을 향해 저녁때 다시 오겠다고 인사하고 계단을 올라왔다. 그때, 부인들도 줄을 지어 따라나왔다. 인사하기 위해서가 아니었다. 그의 뒤를 따라 집무실까지 왔다. 막다른 골목에 다다른 부인들에게 김수환 추기경은 마지막 위로자요 희망이었다. 그는 가족들에게 자리를 권했다. 그중 사형 확정 판결을 받은 세 사람의 부인들은 "추기경님께서 나서서 우리 남편 죽지 않게 도와달라"며 눈물을 흘렸다. 서러운 눈물이었고, 아픔의 눈물이었다. 그는 어떤 장담도 할 수 없지만 최선을 다하겠다고 했다. 부인들은 고맙다며 눈물을 흘렸다. 그녀들은 돌아가지 않았다. 추기경 집무실과 교구청 사무실에 눌러앉았다.

김수환 추기경은 군종교구 정명조 신부(훗날 부산교구장)를 비롯해 전두환 대통령과 대화가 가능한 군 장성 가톨릭 신자들에게 연락을 했다. 얼마 후, 전두환 대통령에게 친필로 구속자 가족들의 사정을 써서 전달하면 좋을 것 같다는 연락을 받았다. 그는 친필로 쓰라는 의미가 무엇인지 알고 있었다. 그는 그날 밤 늦게까지 고민했다. 그러나 자신의 자존심보다 중요한 것은 사형을 받은 이들에 대한 감형이었다. 그는 흰 종이 위에다 탄원서를 썼다.

다음 날 오후, 그는 허근 신부를 불렀다.

"자네, 지금 이 편지를 청와대에 갖고 가서 허삼수 사정수석비서관에게 전달하게. 연락을 해놨으니까 정문에 가서 찾으면 나올 거야."

허삼수는 정승화 육군참모총장 체포 때 공을 세워 전두환 대통령의 신임을 받고 있는 '실세'로, 한강성당 신자였다.

"예, 추기경님."

허근 신부는 그길로 청와대에 가서 허삼수를 만나 편지가 담긴 봉투를 전달했다. 허삼수가 어디 허씨냐고 묻고는 종씨宗氏라며 반가워했지만, 허근 신부는 더 이상 말을 잇지는 않았다.

"추기경님, 잘 전하고 왔습니다."

"그래, 수고했다. 이제 우리가 광주에서 올라온 가족들을 위해 더 많은 기도를 해야겠다."

"예, 추기경님."

4월 4일, 광주민주화운동 관련자들에 대한 감형 조치가 발표되었다. 사형수 등 23명은 감형, 58명은 특별사면으로 석방된 것이다. 윤공희 대주교는 광주에서 수녀원 버스를 타고 명동성당에 와서 단식농성을 하고 있던 부인들을 데리고 갔다.

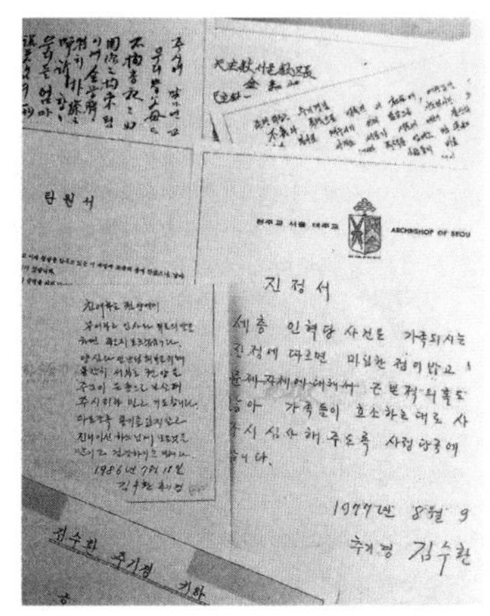

김수환 추기경이 썼던 탄원서 모음.

김수환 추기경은 5월 26~28일 열린 주교회의 봄 총회에서 3년 임기의 의장에 선출되었다. 한국 천주교의 실질적 지도자인 그가 한국 천주교의 대표 기관인 주교회의 의장이 되는 게 좋겠다는 것이 주교들의 생각이었다. 부의장에는 윤공희 대주교, 총무에는 수원교구장인 김남수 주교가 선출되었다.

7월 초, 김수환 추기경의 셋째형인 김동한 신부로부터 전화가 왔다.

"예, 형님. 그동안 전화도 못 드리고 죄송합니다."

"추기경님 바쁜 거 다 아는데 뭐. 내가 내일 서울 올라가는데, 내일 무슨 행사 있어요?"

"내일은 없습니다. 올라오시면 교구청으로 오세요."

"아니야. 내가 교구청으로 가기는 그렇고, 추기경님이 오후 3시에 계성여자중고등학교 정문 옆에 있는 가톨릭여학생관(지금의 전진상교육관)

가톨릭여학생관에서 김동한 신부와 만나 손을 잡고 이야기 나누는 모습. 얼굴에 걱정이 가득하다.

으로 오세요."

교구청 사무실로 찾아가면 동생을 등에 업는다는 오해를 살 수도 있어 근처에서 만나자고 한 것이다.

"예, 형님. 제가 거기로 가겠습니다."

이튿날 그는 가톨릭여학생관에서 형님을 만났다.

"건강은 좀 어떠세요?"

"아직 괜찮아."

김동한 신부는 아무렇지도 않다는 듯 대답했다. 그러나 이미 그때는 당뇨합병증으로 시력이 감퇴되고 수족에 마비현상이 일어나고 있었다. 그런데도 계속해서 환자를 받아 수용시설이 감당하지 못할 정도라는 이야기가 들려오곤 했다.

"형님, 건강도 안 좋은데 일을 너무 벌이시는 것 아닙니까? 수용 환자 수를 줄이세요."

"추기경님, 모르는 소리 하지 마. 오갈 데 없는 건 고사하고 그냥 두면 죽을 게 뻔한 중환자들이 도와달라고 하는데, 어떻게 외면해."

김수환 추기경은 걱정스러운 눈길로 형님을 바라봤다. 형님 신부는 당신 자신을 바쳐 환자들을 사랑했다. '밀알회'가 발족되어 전에 비해 형편이 나아지기는 했지만, 요즘도 새벽 4시에 일어나 몇몇 교우들, 직원들과 함께 대구 팔달시장에 가서 배추시래기를 줍는다는 이야기가 형님의 동창 신부님들을 통해 들려오곤 했다. 약값이 우선이기 때문에 언제나 부식비가 부족했던 것이다.

김동한 신부는 묵묵히 그 일을 했다. 김수환 추기경 또한 형님에게 사사로운 도움을 주지 않고 매달 밀알회비만 낼 뿐이었다. 사사로운 도움은 형님도 바라지 않는 일이었다. 그건 당신이 감당해야 할 몫이라며 아픈 다리를 끌고 '모금 강론'을 다녔다. 그뿐 아니었다. 노동력을 잃은 균음성(전염성이 없는) 노약자들과 치료 가능성이 적은 균양성(전염성이 있는) 환자를 따로 수용할 수 있는 시설을 증축할 계획을 세우고 있었다. 우리나라 최초의 난치 결핵 환자 재활보호시설이었다. 주변에서 걱정이 많았다.

"신부님, 시루에 물 붓기예요. 이제 그만 좀 쉬세요."

"이 사람아, 그 시루에서 콩나물이 자라는 걸 왜 모르시나."

김동한 신부는 국내뿐 아니라 멀리 미국까지 모금을 하러 다녔다. 결국 이 사업은 얼마 후부터 밀알회 사업으로 적극 추진되었고, 우여곡절 끝에 결실을 맺었다.

"추기경님, 놀라지 말고 들어. 얼마 전 추기경님이 미국에 있을 때 작은누님이 돌아가셨어."

"예?"

명금 누님이 돌아가시다니, 그는 고개를 떨궜다. 그동안 누님들에게 너무 무심했다는 생각에 고개를 들 수가 없었다.

"사실 나도 그동안 신경을 못 썼는데, 일흔이 넘어가면서부터 건강이 안 좋으셨대. 어차피 우리는 가족을 떠난 사람들이니까 너무 자책하지 말고, 경산에 있는 공원묘지에 모셨으니까, 언제 한번 내려올 일 있을 때 같이 가."

그는 아무런 대답을 하지 못했다. 이것이 길이었고, 운명이었다. 그날 저녁 그는 십자가 앞에서 무릎을 꿇고 기도했다. 가난하게 태어나 평생 고생만 하신 누님에게 영원한 안식을 주시라고, 제가 할 수 있는 건 기도밖에 없으니, 하느님 저의 기도를 들어달라고 오랫동안 엎드려 기도했다.

10월 18일 오전 10시, 여의도광장에서는 80만 명의 천주교 신자들, 전국의 교구장과 주교들 그리고 500여 명의 사제들이 참석한 가운데 천주교 조선교구 설정 150주년 기념 신앙대회가 열렸다.

한국 천주교 설립 이래 가장 큰 행사였다. 김수환 추기경은 이날 강론에서, 한국 천주교회가 그동안의 성장에 자만하지 않고 민족과 사회 안에서 어떤 역할을 해야 할지에 대해서 강조했다.[17]

"오늘날 우리 겨레가 놓인 현실은 안팎으로 결코 밝다고 할 수 없습니다. 우리의 미래는 어디로 향해 있는지 모를 만큼 불투명합니다. 도농道農 간의 차이, 빈부의 격차를 비롯하여, 계층과 계층 사이에, 지역과 지역 사이에 위화감만을 심각하게 드러내고 있습니다. 금력金力과 권력의 우상화, 가치관의 붕괴 그리고 물신주의가 팽창하고 있는 가운데 인간존엄성이 유린되고, 인간성이 상실되어가고 있는 것이 가장 큰 문제

17 《김수환 추기경 전집》 12권 292~298쪽 요약.

천주교 조선교구 설정 150주년 기념 신앙대회

가톨릭新聞

여의도廣場메운 80萬 信仰人波

18日 조선교구설정 150周기념 全國信仰大會 개최

새모습으로 이世上에 드러난 敎會의 重大事件

세상의 빛·땅의 소금役 굳게다

民族史의 빛과 누룩돼야

各界에 感謝 표명

1981년 10월 25일자 가톨릭신문.

1831년 9월 9일 교황 그레고리오 16세는 1792년 이래 북경교구장 주교의 개인적 보호와 지도에 맡겨져 있던 조선에 독립적인 교구, 정확하게는 조선대목구를 설정했다. 외국인 선교사의 도움 없이 자발적으로 교회를 설립하고 박해 속에서도 교회를 지킨 지 47년 만에 조선 천주교회가 가톨릭교회 체계에 정식으로 소속되면서 교구장 주교가 파견된 것이다. 그 150주년을 기념하는 신앙대회가 끝난 후 신문들은 이 미사에 80만 신자들이 운집했지만 미사가 끝난 후 여의도광장에 단 하나의 쓰레기도 남지 않은 사실에 주목했다. 주요 일간지들은 천주교 신자들의 시민의식을 높이 평가하는 기사와 사설을 실었다.

150주년 기념 신앙대회는 전두환 정권 초기 신자들의 좌절감을 극복하는 데에도 큰 기여를 한 것으로 평가된다. 실제로 신앙대회를 마친 다음 한국 천주교는 교회의 역동성에 대한 자신감을 회복하면서 사회적 책임을 수행했다.

입니다. 인간에겐 빵도 필요하지만, 인간이 인간답게 살기 위해서는 진리, 정의, 사랑과 자유 등 정신적 가치가 더욱 필요합니다. 이제 우리는 이런 사회와 나라의 현실 속에서 교회사의 과거를 기릴 뿐 아니라 민족의 현재를 변혁시키는 누룩이 되고, 민족의 미래를 밝히는 빛이 되고자 합니다. 우리의 순교 선열들이 그 혹독한 박해와 시련 속에서도 목숨을 바치며 치켜들었던 믿음의 등불, 희망과 사랑의 등불을 다시 밝히자는 것입니다."

행사는 성황리에 종료되었다. 김수환 추기경은 이 행사의 성공을 계기로 1984년 한국 천주교 200주년 행사 때 교황 요한 바오로 2세의 초청을 준비하기 시작했다.

한국 천주교의 고뇌

32

"만약 예수님께서 이 같은 상황에 놓이셨다면
도움을 청하는 사람을 내몰았겠습니까? 밀고를 하셨겠습니까?"

| **김수환 추기경** |

1982년 3월 18일 오후, 부산시 중구 대청동에 있는 미국 문화원 건물에서 불이 났다. 건물은 전소되었고, 도서관 열람실에서 책을 보던 대학생 한 명이 사망하고 세 명이 부상당했다. 불길이 치솟은 직후 800미터 떨어진 국도극장과 유나백화점에서 '민주주의를 염원하는 광주 시민을 무참하게 학살한 전두환 파쇼정권을 타도하자'라는 제목의 유인물 200~300장이 살포되었다. 부산 시내 곳곳에도 '미국은 더 이상 한국을 속국으로 만들지 말고 한국에서 물러가라' 등의 내용이 적힌 유인물이 뿌려졌다. 미국에도 광주민주항쟁 강제진압의 책임이 있다는 것이었다. 반미운동의 서곡이었다.

정부는 매우 엄중한 사건으로 판단했다. 방화범에게 당시로서는 최대 규모인 2천만 원의 현상금을 걸었다. 전대미문의 사건에 전 수사기관은 범인 검거를 위해 비상근무를 했고, 각 시도에 수사본부가 설치되었다.

3월 20일, 서정화 내무장관이 "범인을 숨기고 있는 단체나 개인이 있다면 경찰관서에 즉시 신고해야 하며, 만약 범인을 숨겨주다 적발되는 단체나 개인이 있다면 정부는 은닉자도 방화범과 똑같은 불순분자로 간주할 것"이라는 담화문을 발표했다. 연일 수사속보가 보도됐고, 범인들의 윤곽이 한 명 두 명 드러났다.

3월 23일, 부산시장과 부산시경국장은 부산의 종교단체 대표들을 초청해서 사건의 엄중함을 설명하면서 협조를 요청했다.

3월 28일, 수배령이 내려진 문부식과 김은숙이 원주교구청에 있는 원주교육원으로 최기식 신부를 찾아왔다. 두 사람은 지학순 주교를 만나 의논을 하고 싶다고 했다. 그러나 지 주교는 브라질의 가톨릭계를 방문 중이었다. 최기식 신부는 두 사람을 원주교육원에 머물게 하고 자수를 권유했다.

3월 31일, 정부는 이번 사건의 주모자가 문부식과 김은숙이라고 발표했다. 두 사람은 최기식 신부에게 자수를 결심했다는 의사를 밝혔다. 최 신부는 정의구현사제단에서 함께 활동하는 서울 한강성당 주임 함세웅 신부와 방법을 상의했다. 함 신부는 한강성당 신자인 허삼수 사정수석비서관에게 연락했다. 최 신부는 서울로 올라가 함 신부와 함께 허삼수 비서관을 만났다. 최 신부는 몇 번에 걸쳐 선처를 부탁했다. 허삼수 비서관은 연락을 해줘 고맙다면서 내일 아침 수사관들을 보내겠다고 했다.[18]

4월 1일 아침, 문부식과 김은숙은 원주시 봉산동 가톨릭교육원에 도착한 수사요원들의 자동차를 타고 서울로 압송되었다. 언론에서는 "최

18 《그이는 나무를 심었다》(지학순정의평화기금 엮음, 도서출판 공동선, 2000) 256~257쪽.

기식 신부의 설득으로 자수했다"고 보도했다.

당시 원주교육원에는 또 한 명의 수배자가 있었다. 광주항쟁 관련 수배자인 김현장으로, 1년 10개월 동안 숨어 지내고 있었다. 최기식 신부는 1981년 6월, 초췌해진 모습으로 찾아와 도움을 청하는 김현장을 받아들였다. 지학순 주교는 최 신부가 알아서 하라며 일임했다. 최기식 신부는 김현장이 받은 정신적 상처가 아물도록 돕기 위해 틈틈이 가톨릭 교리를 가르쳤다. 김현장은 세례를 받고 신자가 되었다.

최기식 신부는 문부식과 김은숙이 자수를 하자 김현장에게도 자수를 권유했다. 두 사람이 김현장의 은신처를 알고 있는 이상, 수사요원들이 들이닥치는 것은 시간문제라고 판단했던 것이다. 그러나 김현장은 쉽게 결심하지 못했다.

4월 2일 오후 6시 50분, 김현장은 자수를 결심하고, 최기식 신부는 급하게 전화를 해서 자수 의사를 밝혔다. 그러나 이미 교육원 밖에는 수사요원들이 도착해 차에서 내리고 있었다. 최기식 신부는 수사관들에게 '자수'임을 강조했지만, 수사관들이 이미 도착했기 때문에 언론에는 '검거'라고 보도되었다. 김현장은 교육원 정문에서 부산 미 문화원 사건의 배후조종 혐의로 체포되었다. 원주에서 부산에 내려가 문부식 등에게 의식화 교육을 하며 방화를 지시했다는 혐의였다.

4월 5일, 경찰은 최기식 신부를 체포해서 서울 치안본부로 압송했다. 국가보안법 위반 및 범인 은닉 혐의였다. 이창복 등 원주교구 관계자들과 신자 다섯 명도 함께 체포했다. 그뿐 아니었다. 김현장이 검거된 후 심문에서 그와 연락을 취하고 있던 일부 수배자들이 가톨릭 사제들의 도움을 받고 있다는 사실이 드러났다.

경찰은 제천성당의 이병돈 신부를 연행했다. "그동안 교회의 특수성을 감안, 교회에 대해서는 직접적인 수사는 피하고 다만 협조를 요청하

1981년 4월 5일, 경찰은 원주교구 최기식 신부를 '국가보안법 위반 및 범인 은닉' 혐의로 체포해서 서울 치안본부로 압송했다. 김수환 추기경은 이틀 후 "최기식 신부의 행동은 사제의 본분에 어긋남이 없는 정당한 행동이었다"고 밝혔다.

는 형식에 그쳐왔으나 최근 좌경의식화 범법자들에 의한 범죄 형태가 부산 미 문화원 방화 사건 등 파괴와 반미 노선을 표방, 국가의 존립을 위협하는 사태까지 치닫고 있어, 앞으로 이를 비호·보호하는 세력은 신분이나 단체를 가리지 않고 모두 엄중히 문책, 뿌리 뽑을 방침"이라고 발표했다. 안기부에서도 '광주사태 관련 수배자들을 숨겨주고 있는 신부들'에 대해 파악이 되는 대로 소환할 계획이라고 밝혔다.[19]

이때부터 언론에서는 '신앙 존중돼도 범인 숨길 권리 없다', '성당과 고해성사는 성역聖域인가' 등의 제목으로 가톨릭을 비판하는 기사를 보도했다. 당시 정부는 언론통폐합을 통해 언론을 완전히 통제하고 있었기 때문에, 언론이 정부의 압력을 거부할 수 있는 상황이 아니었다.

---

19 경향신문 1982년 4월 5일자.

김수환 추기경은 한마디 해달라는 기자들의 요청에 "이성으로 대처해야 할 작은 문제가 확대되고 있는 것 같다. 이런 확대는 나라에 아무런 이익을 줄 수 없을 것"이라면서, "천주교단에서 공식 입장을 밝힐 때까지 모두 이성을 찾기를 바란다"고 말했다.[20] 그는 연일 언론에서 방화범들보다 최기식 신부를 집중 보도하는 이유를 곰곰이 생각했다. 그리고 광주 문제가 미 문화원 방화의 원인이라는 사실을 덮음과 동시에, 1970년대부터 도덕적 우월성을 확보하고 있는 가톨릭의 위상을 무너뜨리기 위한 의도라고 파악했다.[21]

4월 7일 오전 10시, 김수환 추기경은 명동성당에서 강론을 통해 이번 사건에 대한 천주교의 입장을 밝혔다.[22] 그는 먼저 사제직의 유래를 설명한 후, 사제직의 원천은 사랑이고, 예수님처럼 사랑에 철두철미할 때 비로소 완성될 수 있다고 했다.

"사제는 도움이 필요한 사람, 버림받은 사람을 형제적 사랑으로 대하기 위해 자신을 열고 비울 줄 알아야 합니다. 이 같은 행위가 때로는 큰 희생을 요구하고 박해와 같은 시련을 초래하며 목숨까지 바쳐야 하는 일이 있을지라도 사제로서의 길을 가야 합니다. 현재 원주교구의 최기식 신부가 법의 문책을 받는 사건 앞에 직면해 있습니다. 이 사건은 우리나라의 정치현실과 뼈아픈 광주사태와 깊이 관련되어 있습니다. 그런데 저는 이 시대 우리 사회의 아픔을 말해주는 이 사건을 왜 이렇게 야단스럽게 매스컴을 통해 가톨릭교회가 범죄의 소굴인 양 유도해나가는지 모르겠습니다."

---

20 경향신문 1982년 4월 5일자.

21 《추기경 김수환 이야기》 365~366쪽.

22 가톨릭신문 1982년 4월 18일자.

그는 잠시 말을 멈추고 신자들을 바라봤다. 신자들은 조용히 경청하며 그의 다음 말을 기다렸다. 그는 심호흡을 했다.

"만약 교회가 속죄양이 되어야만 사회가 안정되고 번영된다면 기꺼이 되어주겠습니다."

그의 목소리는 결연했다.

"만약 예수님께서 이 같은 상황에 놓이셨다면 도움을 청하는 사람을 내몰았겠습니까? 밀고를 하셨겠습니까?"

그는 신자들에게 최기식 신부의 행동이 결코 사제의 본분에 어긋남이 없었다고 강조했다.

이날 오후, 최기식 신부와 원주교구 관계자 다섯 명은 구속되어 다음날 부산구치소로 이송되었다. 최 신부는 이감되기 전 부산 남부경찰서에서 면회 온 부산교구 이갑수 주교에게 "나는 사제로서 양심상 한 점 부끄러움이 없다. 그러나 내 행위가 실정법에 저촉돼 벌을 받아야 한다면 달게 받겠다. 광주사태와 관련 있는 이 사건은 우리 모두의 비극이다"라는 양심선언을 했다. 이갑수 주교는 "언론이 천주교를 죽이려 한다"면서, 최기식 신부의 양심선언을 부산교구 전체 성당에 배포되는 '부산교구 주보'에 발표했다.

4월 10일, 신문을 보던 김수환 추기경이 한숨을 내쉬었다. 연일 최기식 신부 문제를 대서특필하는 것도 모자라 이번에는 종교계 두 곳에서 미 문화원 방화 사건에 대한 유감성명을 발표한[23] 것이 사회면에 크게 보도됐기 때문이다. "뜻밖에 어떤 종교단체에서 이적행위를 한 것은 유감"이라는 표현까지 있었다. 그는 다시 한 번 깊은 한숨을 내쉬었다. 우

23 동아일보 1982년 4월 10일자.

1982년 4월 10일 부활성야 미사 강론.

리 사회가 왜 이렇게 분열을 강요당하고 있는지, 슬픔이 가슴 깊은 곳으로 몰려왔다.

저녁 8시, 흰색 제의를 입은 김수환 추기경은 명동성당에서 부활성야 미사를 주례했다. 제1부 '빛의 예식' 전례를 마치고 제2부 말씀의 전례가 시작되었다. 독서가 끝나자 제대 초에 불이 붙여졌다. 김수환 추기경이 사제들과 함께 "하늘 높은 데서는 하느님께 영광" 하며 대영광송을 합송하자 복사가 작은 종을 쳤다. 신자들이 "땅에서는 주님께서 사랑하시는 사람들에게 평화" 하며 합송했다. 대영광송이 끝나고 기도, 서간 봉독, 복음 선포가 마무리되자 그는 강론대 앞으로 나왔다.[24]

그는 과학적으로 증명할 수 없는 부활의 의미를 설명했다. 부활은 빛이고 희망이고 사랑이라고 했다. 그래서 우리는 이 그리스도를 믿고 그리스도와 같이 진리에 사는 사람, 정의에 사는 사람, 무엇보다도 사랑에 사는 사람이 되어야겠다고 힘주어 말했다.

"오늘날 우리는 참으로 이런 사람들을 필요로 합니다. 오늘날 우리 사회는 예수께서 수난하실 때처럼 어둡습니다. '때는 밤입니다. 불의와 부정이 정의와 진리를 가리는 밤입니다'라는 말씀을 지난 한 주일 동안

---

24 《김수환 추기경 전집》5권 14~18쪽.

실감했습니다. 매스컴들이 양식 있는 소수를 제외하고는 연일 대서특필하고, 우리 가톨릭교회를 마치 범죄 소굴처럼 보도하면서 소란을 피웠습니다. 그런데 문제의 초점은 무엇입니까? 문제는 사제들 또는 신자들이 당국이 수배 중인 이른바 범인들을 은닉시켜주었다는 것입니다. 사제들이 은닉시켜준 사람들은 광주사태, 또는 재작년 5월 학생 소요사태와 관련되어 쫓기는 젊은 학생들이었습니다. 배후 영향을 미친 것 같은 인상을 주지만, 그것은 아닙니다. 오히려 권고하여 자수케 했습니다. 어떻든 쫓기는 사람들을 은닉시켜준 것이 국법에 저촉되면 여기에 우리는 이의를 제기하지 않겠습니다. 단지 매스컴과 이로 말미암아 오도된 사회 여론까지 사제들의 이 행위를 죄악시하는 것, 이것이 문제입니다. 제가 오늘 다시 이 문제를 지난 목요일에 이어 거론하게 된 것은, 사회의 상당수 사람들이 그간 언론들의 의도적 여론 오도로 부산 미 문화원 사건 배후에 가톨릭교회가 개입되어 있는 양 인식하고 있기 때문입니다. 저녁 신문을 보면 심지어 국내 모모 굴지의 종교단체들이 이런 뜻으로 유감스럽다는 성명서까지 발표하고 있습니다. 가톨릭이라고 명시는 하지 않았지만, '뜻밖에 어떤 종교단체가 이적행위를 한 것은 유감스럽다'고 말함으로써, 누구든지 그것은 우리를 가리키고 있음을 알 수 있습니다."

김수환 추기경은 답답하다는 표정을 지으며 신자들을 바라봤다. 그리고 강론을 계속했다. 그의 목소리에는 안타까움이 담겨 있었다. 표정은 안타깝다 못해 처연했다.

"우리는 어떤 종교인, 어떤 사제를 원합니까? 범인일지라도 즉시 밀고하는 사제를 원합니까? 아니면 차라리 국법에 저촉되어 문책을 받을지언정 일단은 보호하는 사제를 원합니까? 버림받은 자일수록 사랑을 베풀어야 할 사제까지 처벌이 두려워 밀고자가 되어야 한다면, 이런 사회는 참으로 얼마나 삭막합니까? 밀고를 시민의 고발정신으로 간주하여 이를 권장하는 사회, 밀고자가 학원을 비롯하여 사회 구석구석까지 침투해 있는 사회, 그런 사회는 인간성을 타락시키는 사회입니다. 우리 사회가 이런 사회가 되기를 원합니까? 지금 그렇게 보입니다. 참으로 슬픈 일입니다."

당시 대학교와 노동자들의 작업장, 노조, 군대 그리고 정당에서는 경찰과 정보기관의 협력자인 이른바 '프락치'들이 암약하고 있었다. 돈을 받고 동료들을 밀고하는 프락치가 하나둘이 아니었고, 그들 중에는 정보기관에 특채되거나 공기업 또는 대기업에 쉽게 취직해서 출세가도를 달리는 이들도 있었다.

"지난 성 목요일 성유미사 때에도 말씀드렸습니다만, 저는 예수께서 우리 신부님들과 같은 경우를 당했다면 어떻게 했을까 생각하지 않을 수 없었습니다. 예수님은 도움을 구하는 자를 밀고했을까? 그를 고발하는 자들과 함께 이 가련한 자에게 돌을 던졌을까? 절대로 아닙니다. 예수님은 간음한 여인을, 고발한 자들로부터 구해내신 분입니다. 예수님은 그만큼 죄인, 버림받은 자들을 끝까지 사랑하시어 죽으셨기에, 하느님 아버지는 그를 부활시키셨습니다. 예수님의 사랑이 이같이 컸기에 죄인들의 참된 회개가 있었고, 실의와 좌절에 빠진 사람들의 인간 회복과 인간 부활이 있었습니다. 오늘 우리 사회에는 이 같은 인간 부활이 절실히 요청됩니다. 이를 필요로 하고 갈망하는 사람들이 너무나 많습니다. 가난하고 헐벗은 자, 고독하고 슬피 우는 자, 상처입고 한 맺힌 자, 누구도 돌보지 않는 버림받은 자들이 너무나 많습니다."

그는 그리스도를 본받아 진리와 정의와 사랑에 살 줄 아는 사람이 되고, 여기에 고난이 따르고 희생이 크더라도 이 길을 가자면서 강론을 마쳤다. 신자들은 고개를 숙이고 강론 말씀을 묵상했다. 그리고 세례

예식과 성찬의 전례를 마치면서 세 시간 동안의 부활성야 미사는 마무리되었다.

4월 11일 오전, 김수환 추기경은 부활대축일 미사를 주례했다. 그리고 강론 때 다시 한 번 최기식 신부 문제와 언론 보도를 거론하면서 "천주교는 국법에 따른 문책을 피할 수 있는 특권을 결코 요구하지 않는다"고 밝혔다. 그리고 "서로가 믿을 수 있는 신뢰의 뿌리를 가톨릭교회 안에서라도 우선 마련해야 할 것"이라고 호소했다.

당시 신자들 중에서도 언론 보도를 믿고 가톨릭이 큰 잘못을 한 것처럼 생각하는 이들이 많았다. 사회 여론도 '용공집단', '좌경옹호집단'인 것처럼 흘러갈 정도로 상황이 엄중했기 때문에 다시 한 번 언급한 것이다. 일부 언론은 김수환 추기경의 발언을 단신으로라도 보도했다.

4월 14일 오전 10시, 김수환 추기경은 서울 충무로2가에 있는 천주교중앙협의회CCK 6층에서 열린 천주교 사회주교위원회 회의에 참석했다. 사회주교위원회는 천주교 산하 네 개의 주교위원회 중 하나로, 사회와 관련된 문제를 다룬다. 그는 위원장인 윤공희 대주교, 위원인 지학순 주교, 이갑수 주교, 두봉 주교와 함께 최기식 신부 구속 사건과 일방적인 언론 보도에 대한 대책을 논의했다.

4월 15일 오후 2시, 어제와 같은 장소에서 천주교주교회의 상임위원회가 열렸다. 상임위원장이자 주교회의 의장인 김수환 추기경과 부의장 윤공희 대주교를 비롯해 김남수 주교, 나길모 주교, 박정일 주교 등 다섯 명의 상임위원이 모여, 어제 사회주교위원회에서 논의한 사항을 의결하고, 그 내용을 '신자들에게 보내는 담화문'으로 작성해서 내일 기자회견을 통해 발표하기로 했다. 담화문은 김수환 추기경이 작성하기로 했다.

주교관으로 돌아온 그는 밤을 새워 담화문을 작성했다.

최근 부산 미 문화원 방화 사건에 관한 보도를 접하면서 우리는 놀라움을 금치 못하고 있습니다. 이번 사건의 중대성에 비추어 진실이 왜곡되지 않기를 바라는 마음에서 우리는 교형자매 여러분에게 교회의 입장을 분명히 밝히고자 합니다.

모든 언론을 동원한 사건 보도는 국민들로 하여금 가톨릭교회를 불온집단의 온상으로 오해하도록 유도하면서, 마치 최기식 신부를 방화의 배후 인물 또는 좌경의식화 교육의 주관자로 부각시켰습니다.

오늘 이 사회의 언론자유 실상을 잘 알고 있는 우리는 이러한 일방적인 보도의 저의를 묻지 않을 수 없으며, 국민들 사이에 불신감과 위화감을 조장해온 일련의 보도 사태를 극히 유감스럽게 생각하는 바입니다.

정부당국이나 언론이 여론을 오도하여 교회를 비방하더라도 교형자매 여러분께서는 순교로 점철된 200년 교회사에 뿌리박은 우리의 신앙을 의연히 지켜가시리라 믿습니다. 믿음과 희망과 사랑 안에서 기도와 일치로써 꿋꿋하게 고난과 시련을 극복해나갈 것을 호소하는 바입니다.

또한 '모든 사람들을 위해 모든 것이 되어야' 하는 사제직의 근본을 올바로 이해해야 하겠습니다. 가톨릭교회의 사제는 그가 누구이든 방화를 교사할 수 없으며, 좌경의식화 교육을 통해 우리 젊은이들을 공산주의자로 만들 수는 없습니다. 그러나 도움과 보호를 요청하는 버림받은 사람들에게 증오의 돌을 던지거나 밀고할 수도 없는 것이 사제의 신원입니다.

이번 방화 사건과 관련해 교회를 찾아와 그 보호를 받고 있던 사람들을 본인들의 뜻에 따라 당국에 자수하도록 주선해준 최기식 신부의 행위는 사제로서 최선의 길이었음을 우리 교회는 확신하는 바입니다. 또한 광주사태로 말미암아 쫓기고 있는 사람들을 보호해준 사제들의 양심을 전적으로 존중하는 바입니다.

여기까지 써내려간 김수환 추기경은 많은 사람들이 혼란스럽게 생각하는 '보호의 범위와 한계'에 대해 설명했다.

공익이나 제3자에게 또 다른 피해가 확실시되지 않는다고 양심적으로 판단되는 경우, 신앙인은 도움을 간청하는 범법혐의자를 고발할 수는 없습니다. 더구나 광주사태는 그 진상과 원인 또는 책임의 소재가 공정하게 밝혀진 바 없으므로, 사제들은 자신의 사제적인 양심에 따라 보호를 요청해온 혐의자들을 외면할 수 없었던 것입니다.

신앙인은 그 신앙 안에서 양심법에 따라 살아야 합니다. 그렇다고 하여 우리 교회가 어떠한 특권을 주장하거나 사회의 실정법을 경시한다는 것은 결코 아닙니다. 양심법의 선택이 결과적으로 실정법에 위배되었다면 그 실정법에 따른 처벌을 각오할 수밖에 없습니다.

그는 계속해서 담화문을 써내려갔다. 때로는 가슴속에서 불길이 치솟아올랐지만 감정을 억제하며 차분하게 쓰고자 노력했다. 그러나 꼭 해야 할 말은 했다.

우리는 이번 사건의 원인을 진실하게 성찰해야 할 것입니다. 우리 교회는 지난날 광주사태와 김대중 사건 등 불행한 시대를 살아온 겨레의 아픈 상처를 들춰내는 것이 나라와 겨레에 도움이 되지 않는다는 자세를 견지해왔습니다. 오직 사랑과 화해의 정신으로 정의와 관용을 바탕으로 구시대를 청산할 것을 촉구해온 것입니다. 부산 미국 문화원 방화 사건과 관련하여 우리는 민족화합의 염원이 균열되지 않기를 바랍니다.

정부에 대한 엄중한 경고였다. 그는 공정한 재판에 대해서도 언급하면서 방화로 희생된 학생들과 그 가족들에게 심심한 위로를 보냈다. 그는 폭력사태의 악순환이 거듭되지 않기를 바라면서, 가톨릭교회는 어떤 상황에서도 인간 생명의 존엄성을 수호한다고 천명했다. 그는 마지막 부분을 써내려갔다.

> 가난하고 힘이 없어 짓눌리고 고통받는 사람들, 특히 산업사회의 그늘에서 인간의 권리를 빼앗긴 채 자신의 목소리마저 잃어가는 노동자, 농민들의 편에 서서, 우리 가톨릭교회는 누구 하나 소외되지 않고 모든 사람이 하느님의 자녀로서 그 존엄성을 존중받는 사회를 끝까지 지향할 것입니다.
>
> 죽음의 암흑 속에서 우리 주 예수 그리스도를 부활시킨 전능하신 하느님께 우리 모두 일치된 마음으로 정의와 평화를 간구하여야 하겠습니다.

창밖에 먼동이 터왔다. 그는 세수를 하고 3층의 성당으로 갔다. 십자가 앞에 무릎을 꿇고 당신의 교회를 지켜달라고 간절히 기도했다.

4월 16일 오전 9시 30분, 주교회의 상임위원회 사무총장 정은규 신부가 천주교중앙협의회 회의실에서 기자들에게 담화문을 발표했다. 정부에 대한 경고 때문이었을까, 이날 석간신문에는 천주교 담화문이 전에 비해 비중 있게 소개되었고, 이때부터 가톨릭이나 최기식 신부에 대한 기사도 사라졌다.

12월 31일 저녁, 김수환 추기경은 주교관 3층에 있는 성당 십자가 앞에서 무릎을 꿇었다. 그는 하느님께서 주신 시간을 잘 살았는지, 혹 허송세월을 한 건 아닌지, 저무는 한 해를 반추했다.[25]

너무나 많은 사건이 있었던 한 해였다. 최기식 신부 일도 그렇지만,

부산 미국 문화원 방화 사건에 연루된 김현장과 문부식 두 사람에게는 사형선고가 내려졌다. 두 문제 모두 아직 해결책이 보이지 않고 있었다.

서울대교구장과 추기경으로서 해야 할 일도 너무나 많았다. 각 성당으로 사목 방문을 해야 했고, 교회 단체행사의 축사, 수녀원 종신서원 미사, 사제 서품 미사, 원로 신부님들 금경축 미사, 서울대교구 신부님들 장례미사 등에 참례해야 했다. 또 주교회의 의장으로서 주교회의와 관계되는 일들뿐만 아니라 아시아주교회의와 교황청 회의 등 각종 국제회의에도 참석해야 했다. 몸을 두세 개로 쪼갤 수 있으면 좋겠다는 생각이 들 때가 많았다.

그는 나지막이 외쳤다.

"주님, 당신이 주신 십자가가 너무 무겁습니다. 당신께서 제 손을 잡아주시지 않으면 쓰러질 것 같습니다. 주여, 당신의 종 스테파노를 불쌍히 여겨주소서……."

---

25 《김수환 추기경 전집》 1권 149~152쪽, 15권 256~268쪽.

사제의 숙명

33

"누가 이 사람을 모르시나요."

1983년 1월 1일, 아침식사를 마친 김수환 추기경은 신문을 펼쳤다. 동아일보와 연세대 도시문제연구소가 조사한 '서울 시민의 생활 및 가치의식 조사'가 눈에 들어왔다. 서울 시민의 15퍼센트가 스스로를 중상류층, 38퍼센트가 중류층, 26퍼센트가 중하류층이라고 생각한다는 내용이었다. 서울 시민의 약 80퍼센트가 자신을 중산층이라고 생각하며 현실에 안주하는 시대가 된 것이다.

6월 30일 밤 10시 15분, 김수환 추기경은 텔레비전 채널을 KBS에 맞췄다. 이산가족 찾기 프로그램인 〈누가 이 사람을 아시나요〉의 첫 방송을 보기 위해서였다. 예비신학교에 입학하던 1934년에 만주로 떠났던 큰형님이나 그 자손들이 남은 가족을 찾지 않을까 하는 기대감이 있었다. 패티 김의 노래가 배경음악으로 흘러나오는 가운데 시작된 이 프로그램을 보면서 그는 자신도 모르게 눈물을 흘렸다. 그리고 자신도 나가서 "누가 이 사람을 모르시나요"라고 외치고 싶었다. 가족을 떠나는 것

KBS는 1983년 11월까지 연장 방송을 했고, 방송 기간에 약 5만 명이 여의도를 찾았으며, 1만여 명이 상봉의 기쁨을 누렸다. '이산가족 찾기 생방송' 기록물은 2015년 '유네스코 세계기록유산'으로 등재되었다.

이 사제의 숙명이지만, 마음속 깊은 곳에 남아 있는 혈육의 정은 끊을 수 있는 것이 아니었다.

애초 KBS는 이 프로그램을 기획하면서 7월 1일 새벽 1시까지 세 시간 정도 방영할 예정이었다. 그러나 이산가족을 찾는 행렬이 예상을 뛰어넘었다. 접수를 하러 왔다가 공개홀에서 가족을 찾은 이가 있었는가 하면, 세 번씩이나 동명이인으로 확인되어 가족을 만나지 못한 안타까운 사례도 있었다. KBS가 있는 여의도광장에는 이산가족이 된 사연을 적은 종이들이 바다를 이뤘다. 광장이 장사진을 이루자 KBS는 모든 정규방송을 취소한 채, 5일 동안 〈이산가족 찾기〉 생방송을 진행했다.

7월 초, KBS 〈이산가족 찾기〉 방송팀에서 전화가 걸려왔다. 그 순간 그는 혹시 큰형님 소식인가 하고 가슴이 벌렁거렸다. 떨리는 손으로 전화를 받았다. 그러나 큰형님 소식이 아니라, 방송국에 오셔서 이산가족들에게 한말씀 해달라는 부탁이었다.

7월 7일, 그는 KBS에 출연해서 이산가족들을 위로했다. 그때 방송기자가 물었다.[26]

"추기경님께서는 이 방송을 보시면서 어떤 느낌을 가지셨는지요?"

그는 잠시 마음을 가다듬은 후 대답했다.

"나이가 좀 들어서인지 감회가 깊고 혼자 텔레비전을 보면서 같이 찾는 느낌이 들어 찔끔찔끔 눈물을 흘리기도 했습니다. 이렇게 큰 아픔이 있는데 그동안 뭘 했나 하는 아쉬움도 남고요…… 이제 봇물처럼 터진 이 문제를 어떻게 수렴할 것인가 하는 점이지요. 4~5일 기다린 끝에 그나마 찾는 분은 다행인데 못 찾은 분은 전보다 더 큰 아픔을 어떻게 할지 문젭니다."[27]

그러나 그는 자신의 가족사는 밝히지 않았다. 가족을 떠나 하느님께 자신을 봉헌한 성직자가 혈육의 정에 연연하는 모습을 보이는 게 바람직하지 않다고 생각했던 것이다.[28]

8월 3일 오전, 둘째형님으로부터 전화가 걸려왔다. 사업에 바빠 연락을 안 하시던 분이 무슨 일인가 의아해하며 전화를 받았다.

"추기경님, 큰누이가 오늘 새벽에 돌아가셨다오."

"예?"

"나도 지금 막 전화를 받았는데, 팔순 생신날 돌아가셨다고. 큰신부(김동한 신부)에게 전화를 했더니, 건강이 너무 안 좋아 움직일 수가 없대요. 그러니 추기경님이, 사정이 어떤지 모르겠지만, 와서 장례미사를

---

26 동아일보 1983년 7월 8일자.

27 KBS에서는 이후에도 계속 접수를 받았다. 11월 14일까지 총 100,952건이 접수되어 10,180여 이산가족이 상봉했다.

28 《추기경 김수환 이야기》 72쪽.

집전하면 좋을 것 같아."

"예, 형님……."

그는 전화기를 내려놓고 방으로 올라갔다. 어릴 때 자식처럼 돌봐주신 누님인데도 그동안 거의 찾아뵙지 못했다는 회한이 몰려왔다. 그는 침대 위에 손을 기댄 채 깊은 슬픔에 잠겼다. 잠시 후 그는 정신을 가다듬고 집무실로 내려가 비서신부에게 몇 가지 서류처리를 부탁한 후 양산으로 내려갔다.

그는 장례 일정을 마치고 둘째형과 함께 셋째형 김동한 신부가 있는 대구 춘광원에 들렀다. 김동한 신부는 심한 당뇨합병증으로 검은색 안경을 쓰고 있었다. 그리고 며칠 전 발에 종창腫脹이 생겨 체온이 오르고 그 좋던 식성도 잃은 상태였다.

"추기경님, 큰누님 장례는 잘 치렀고?"

"예, 형님."

그는 셋째형의 심상치 않은 상태에 가슴이 울컥했다. 그러나 김동한 신부는 애써 괜찮은 척하면서 춘광원 직원을 불러 삼형제의 사진을 찍어달라고 했다.

"형님, 제가 대구의 서정길 대주교님께 양해를 구할 테니 서울 성모병원으로 가시지요."

김수환 추기경의 목소리에는 걱정이 가득 담겨 있었다.

"아니야. 며칠 후에 이문희 주교를 만나 여기 요양원 문제를 상의한 후 대구 가톨릭병원에 입원하기로 했으니까 걱정 마. 올 3월에 새 부지에 건축허가를 받고 4월에 정지작업을 위해 중장비를 투입했는데, 현지 주민들이 결핵 환자가 들어오면 땅값이 떨어지고 자녀들 혼사에 지장이 있다고 결사반대를 했어. 한동안 애를 먹었는데, 이제 거의 해결이 되었어. 그런데 내가 이렇게 쓰러졌으니, 요양원 일과 건물 신축 일

김수환 추기경이 형님들과 함께 찍은 사진. 김동한 신부(왼쪽)는 당시 심한 당뇨합병증으로 검은색 안경을 쓰고 있었고, 이 사진을 찍고 얼마 후 선종했다. 삼형제가 찍은 마지막 사진이다.

을 대구교구에 인계하려고."

'밀알의 집' 건축 규모는 본관 2층을 포함 연건평 420평이었다. 건축 소요 예산이 당시로서는 큰돈인 2억 8천만 원이었는데, 정부보조금 7천만 원, 현대 아산재단 지원 7천만 원 그리고 밀알회에서 1억 4천만 원의 후원금을 모아 건축비는 모두 준비된 상태였다.[29] 김수환 추기경은 셋째형이 자신의 건강을 돌보지 않고 그 일을 하느라고 몸 상태가 이렇게 나빠진 거라는 생각에 더욱 마음이 아팠다.

"형님은 정말 훌륭한 목자세요."

"추기경님, 이제 그만 올라가봐. 며칠 자리를 비웠으니, 일이 얼마나

---

29 김동한 신부가 선종하기 하루 전에 착공한 경북 고령군 '밀알의 집'은 1984년 9월 28일 완공되었다.

밀려 있겠어. 로마 회의 준비도 해야 할 거고. 나는 입원해서 잘 치료받을 테니까 걱정하지 마."

"예, 형님. 그럼 오늘은 올라가고, 제가 대구 가톨릭병원으로 연락드릴게요."

"그래, 그렇게 하고 어서 올라가."

김수환 추기경은 몇 번이나 뒤를 돌아보며 떨어지지 않는 발길을 돌려 서울로 올라왔다.

9월 22일, 김수환 추기경은 요양 중에 있는 서정길 대주교를 대신해서 대구대교구 행정을 맡고 있는 이문희 보좌주교의 양해를 얻어 김동한 신부를 서울 강남성모병원으로 옮기게 했다. 한 달 동안 대구 가톨릭병원에 입원을 했지만 별 차도가 없었다. 이미 썩어가고 있는 오른쪽 다리를 절단해야 한다는 결과가 나왔지만, 김동한 신부는 하느님께서 주신 지체肢體를 그대로 갖고 가겠다며 의사의 권유를 받아들이지 않았다. 서울에서도 같은 결과가 나왔다. 김동한 신부는 김수환 추기경의 간곡한 설득에 수술을 결정했다.

9월 25일, 김수환 추기경은 김동한 신부를 찾아갔다. 9월 29일부터 로마에서 열리는 세계주교대의원회의에 참석하기 위해 다음 날 출국하기 때문에 인사하러 간 것이다.

"형님, 내일 로마 회의차 출국합니다. 40일 정도 걸릴 겁니다. 수술 잘 받으시고 그때까지는 꼭 회복하세요."

"추기경님, 걱정 말고 잘 다녀오시오. 지금도 매일 조금씩 좋아지고 있으니 추기경님 돌아오실 때는 멀쩡할 거야. 그리고 '사랑의 집' 신축 공사도 내일모레부터 시작한다니, 빨리 퇴원해서 내려가야 하고."

"예, 형님. 그렇게 하셔야지요. 그럼 로마에 가서도 기도 많이 하겠습니다."

"나도 추기경님 위해서 기도할 테니 걱정 말고 다녀오시오."

김수환 추기경은 이것이 이승에서의 마지막 만남인 줄 모른 채 형의 손을 잡으며 다시 한 번 수술 잘 받으시라는 인사를 했다.

9월 26일 오후 9시, 김수환 추기경은 로마를 향해 떠났지만 비행기 안에서는 형님 수술 걱정으로 가득했다. 어제 만난 정형외과 의사의 말이 귓가를 맴돌았다. 다리 절단이 큰 수술인 데다 당뇨인 경우에는 지혈이 잘 안 될 수 있고, 그럴 때는 절단 부위를 다리 끝까지 올려야 한다고 했다. 그래도 형님 간병을 맡은 이들이 너무나 잘해주고 있어서 조금 안심이 되기는 했다. 그런 생각을 하며 비행기를 갈아타고 로마로 가는 사이, 김동한 신부는 당뇨합병증으로 폐에 물이 차는 폐수종肺水腫 현상으로 선종했다.

9월 28일, 김수환 추기경이 로마에 도착하자 내년 한국 천주교 200주년 행사 준비로 로마에 와 있는 장익 신부가 마중을 나왔다. 그는 장 신부와 함께 바티칸 근처에 있는 중국식당에 가서 저녁식사를 했다. 그가 접시를 비우고 젓가락을 내려놓자 장 신부가 평소보다 어려워하는 자세로 머뭇거리며 입을 열었다.[30]

"추기경님, 오늘 서울에서 형님 신부님이 선종하셨다는 연락이 왔습니다."

그 순간 김수환 추기경은 머리가 하얘지면서 아무 말도 못했다. 장익 신부는 그를 부축해서 숙소로 안내했다. 방에 들어선 그는 가방만 내려놓은 채 침대 위에 손을 얹고 주르르 눈물을 흘렸다. 자신을 한없이 사랑해주셨던 형님, 아니 불과 이틀 전에도 손을 잡으며 수술을 잘 받으

30 김동한 신부 선종 부분은 '나의 형님 김동한 신부'(《밀알회와 김동한 신부》, 밀알회 발행, 1993, 43~48쪽), 《추기경 김수환 이야기》 343~345쪽을 참고해서 재구성했다.

대구대교구청 성직자묘소에서 거행된 김동한 신부 장례 예식.

시겠다던 형님이 세상을 떠나셨다는 사실이 믿어지지 않아 통곡을 삼키며 울고 또 울었다.

"형님, 형님은 참 좋은 분이셨습니다. 저를 이 세상에서 어머니 다음으로 자신의 몸처럼 사랑해주셨던 분입니다. 그리고 형님은 많은 사람들을 진심으로 사랑하고 위하셨습니다. '밀알 하나가 땅에 떨어져 썩으면 많은 열매를 맺는다'는 주님의 말씀처럼 형님은 진정 그 밀알 하나가 되셨습니다. 형님, 보고 싶습니다. 그런데 이렇게 훌쩍 하늘나라로 가시면 저는 어쩌란 말입니까, 형님……."

마음 같아서는 내일 아침 비행기로 되돌아가 형님의 마지막 모습이라도 보고 싶었다. 그러나 사제의 삶은 이미 가족을 떠나고 고향을 등진 이별의 삶이었다. 그는 로마에서 세계주교대의원회의 참석뿐 아니

세계주교대의원회의에 참석한 모습. 1983년 9월 29일.

라 교황의 내년 방한 날짜를 조율해야 했다. 그것이 그의 운명이었다. 하지만 그도 인간이었다. 한 달 동안 회의에 참석하고 이런저런 일을 처리하면서도 마음의 공허를 달랠 수 없었다.

11월 7일, 김수환 추기경은 귀국 후 즉시 대구대교구청 경내 성직자 묘소에 있는 형님의 무덤을 찾았다. 아직 잔디가 없는 마른 흙 봉분 앞 십자가에 쓴 '사제 고 김 가롤로 동한 지묘'라는 글자를 보는 순간, 형님의 죽음이 현실로 다가왔다. 그가 고개를 숙이고 기도를 하고 있는데 연락을 받은 요양원 식구들이 묘소에 도착했다. 그는 그들과 함께 봉분 앞에서 형님을 위한 위령미사를 봉헌했다. 미사를 마치자 요양원 식구들이 형님에게 받은 사랑을 이야기하며 눈물을 흘렸다.

김수환 추기경은 서울로 올라가지 않고 형님이 계시던 요양원으로 갔다. 그리고 형님이 머물던 방에 들어갔다. 주인 없는 방은 텅 비어 있

로마에서 돌아온 후 김동한 신부의 묘소를 찾은 김수환 추기경.

었다. 그의 마음의 빈자리도 더욱 깊게 파였다. 그는 형님의 방에서 밤을 새웠다.

결핵으로 마산 요양원에 계실 때 가난한 환우들의 딱한 사정을 옆에서 지켜보면서 불우한 결핵 환자들을 돕는 요양원을 열겠다는 결심을 굳게 세우셨던 형님, 스스로 그들의 고통을 나누는 벗이자 형제가 되려고 하셨던 형님, 그들을 위해서는 어떤 계산도 필요치 않은 듯 앞뒤를 가리지 않고 너무나 열정적이셨던 형님이었다. 찾아온 환자를 절대로 문전박대하지 못하고, 또 어려운 처지에 놓인 환자가 있다면 자신이 가서 직접 데려오기도 하신 형님, 오직 결핵 환우들의 병고를 덜어주고 그들을 완치시켜 살리려는 일념뿐이었던 분이셨기에 지병인 당뇨병이 악화된 형님…….

그는 몇 번이나 형님을 불렀지만, 대답이 없었다. 이 세상에서는 다

서울 마포구 상암동에 있던 난지도 '아기들의 집'을 방문해서 성탄미사를 봉헌하는 김수환 추기경. 그러나 이날 방문 일정이 기자들에게 알려져 대혼잡을 이루자 다음 해부터는 비공개로 진행했다.

시 만날 수 없는 형님이었다.

"주님, 형님 가롤로 신부가 천국에서 영원한 삶을 누리게 하여주소서."

12월 24일 오후 8시, 김수환 추기경은 흰 눈이 수북이 덮인 서울 마포구 상암동 난지도 쓰레기하치장을 방문했다. 명동성당이 지원하고 서울 가톨릭사회복지회가 운영하는 '아기들의 집'에서 성탄미사를 봉헌하기 위해서였다. 내년 봄 쓰레기 매립이 완료되면 이곳을 떠나야 하지만 아직 갈 곳을 찾지 못해 불안해하는 주민들이 많다는 이야기를 듣고 찾아온 것이다. 살을 에는 듯 강바람이 매서웠지만 폐품을 주워 생활하는 영세층 주민 40여 명과 어린이들이 참석했다. 그곳에서 주민들과 똑같은 삶을 살면서 사랑을 나누고 있는 '예수의 작은 자매들의 우애회' 수녀들도 함께했다.[31]

그는 강론을 통해 "예수님은 그 누구도 소외감을 느끼지 않고 누구든지 그분에게 가까이 다가갈 수 있도록 가장 비천하고 가난한 모습으로 외양간에서 태어나셨다"면서 "나를 사랑하시는 하느님을 향해 마음을 열 때 구원은 분명 우리 앞에 있게 될 것"이라고 했다. 강론을 마친 그는 아직 난지도에 남아 있는 주민들이 역경을 딛고 그리스도와 함께 생활할 수 있게 해달라고 간절히 기도했다.

미사가 끝난 후 김수환 추기경은 준비해온 장난감을 어린이들에게 골고루 나눠줬다. 그리고 수녀들이 준비한, 유통기한이 지나 쓰레기로 버려진 통조림으로 만든 저녁을 주민들과 함께 먹으며 난지도 사람들의 어려운 형편을 위로했다.

---

31 동아일보, 경향신문 1983년 12월 26일자.

한국 천주교 200주년

34

"그 혼란한 박해시기에 무슨 기록이나 증언이 남아 있어 기적을 증명할 수 있겠습니까? 100년에 걸친 박해 속에서도 복음이 퍼져나가 세례자가 한 해에 10만 명에 달하고 성소 지원자가 넘치는 것이 '기적'이 아니고 무엇이겠습니까?"

| **김수환 추기경** |

1984년, 김수환 추기경은 새해 벽두부터 정신없이 바빴다. 한국 천주교 200주년이 되는 해였다. 5월 초 교황 요한 바오로 2세의 방한을 비롯해 103위 복자의 시성식 등 많은 행사를 치러야 했다. 그는 단순히 외형적인 치레에 그치지 않고, 신자들이 참된 믿음과 사랑을 가슴속에 간직하는 계기가 될 수 있도록 신앙대회를 비롯해 각종 행사를 준비했다.

한국 천주교회는 1784년에 시작되었다. 남인 가문에서 태어난 이승훈李承薰은 진사에 입격한 후 아버지를 따라 동지사冬至使 사절단에 끼어 북경에 갔다. 떠나기 전에 천주학을 연구하던 이벽李蘗으로부터 교리와 그 실천 방법을 자세히 살피고 천주교에 관한 서적을 구해올 것을 부탁받았다. 당시 남인 계열 일부 학자는 중국에서 들어온 천주교 관련 서적을 새로운 학문 차원에서 공부하고 있었다.

이승훈은 40일 동안 북경에 머물면서 예수회의 그라몽Jean-Joseph de Grammont 신부로부터 교리 교육을 받은 후 '베드로'라는 이름으로 세례를 받았다. 그는 귀국할 때 천주교 서적, 성화聖畵, 성물聖物을 갖고 왔다. 그해 겨울 이승훈의 주도로 서울의 수표교 부근에 있던 이벽의 집에서 첫 번째 세례식이 거행되었다. 이때 이벽, 권일신, 정약용이 세례를 받으면서 한국 천주교회가 설립된 것이다. 그 후 명례방(지금의 명동) 김범우의 집 사랑방에서 이벽, 이승훈, 권일신, 정약전, 정약종, 정약용 등 신자들이 모여 천주교 신앙집회를 열었다. 이렇게 외국 선교사(신부) 없이 신자들의 자발적인 노력으로 시작된 것은 세계 천주교회 역사상 한국이 유일한 예다.

김수환 추기경이 200주년 행사 중 가장 공을 들인 것은 103위 시성식과 교황 요한 바오로 2세의 방한이었다. 특히 한국인 성인 탄생은 한국 천주교의 오랜 숙원이기도 했다. 한국 천주교는 많은 교회사연구자들이 "한국 천주교회는 순교자의 피로 세워진 교회"라고 말할 정도로 순교자가 많지만 성인은 없었다.

가톨릭 성인이 되기 위해서는 시성 대상자에게 '의술의 엄정한 심사로 기적적 치유가 인정되거나 진정한 초자연적 기적의 성격을 지닌 징표 중 한 가지의 기적'이 검증되어야 했다. 그러나 조선시대 수많은 순교자들 중에서 이름과 순교 행적이 남은 경우는 많지 않다. 교회법에서 요구하는 기적을 증명하는 것은 불가능한 일이었다.

한국 천주교주교회의에서는 1925년에 시복된 기해박해(1839)와 병오박해(1846) 때 순교자 79위와 1968년에 시복된 병인박해(1866) 때 순교자 24위에 대해 1978년 4월부터 시성 신청을 했다. 이중 한국인 순교자는 한국 최초의 사제인 김대건 신부를 비롯해 93위, 나머지 10위는 당시 조선에서 활동하다 순교한 파리 외방전교회 신부들이었다. 그러나 문제는 '기적 심사'였고, 결국 두 번에 걸쳐 반려되었다.

김수환 추기경은 포기하지 않았다. 지난 1983년 4월 20일, 교황 요한

1983년 교황청 방문 때 교황 알현.

바오로 2세를 만나 한국 순교 복자 103위의 '기적'에 대해 설명했다.[32]

"그 혼란한 박해시기에 무슨 기록이나 증언이 남아 있어 기적을 증명할 수 있겠습니까? 100년에 걸친 박해 속에서도 교회가 다시 일어서고 복음이 퍼져나가 세례자가 한 해에 10만 명에 달하고 성소 지원자가 넘치는 것이 '기적'이 아니고 무엇이겠습니까? 이번에 제가 '기적 보고'와 '기적 관면서'를 갖고 왔으니 부디 긍정적으로 검토해주시기를 부탁드립니다."

교황 요한 바오로 2세는 그냥 면제가 아니라 '기적'을 인정해달라는 그의 청원서를 교황청 시성성 장관 팔라치니 추기경에게 건네며 검토

32 가톨릭신문 1983년 10월 2일자, 《추기경 김수환 이야기》 356쪽.

를 지시했다.

두 달 후인 6월 7일, 교황청 시성결정회의에서 교황 요한 바오로 2세는 "사목적인 중대한 면을 고려해서 규정상 실시하는, 보고된 기적의 법적 심사를 한국의 이번 경우에는 면제한다"고 발표했다.[33] 그리고 9월 27일, 교황청 시성 최종 자문회에서 만장일치로 103위 시성을 승인했다. 교황 요한 바오로 2세는 한국 천주교 200주년 행사 때 방한해서 103위 시성식을 주례해달라는 김수환 추기경의 요청도 받아들였다.

1984년 5월 3일 오후 2시 20분, 김수환 추기경은 김포공항에서 교황 요한 바오로 2세를 영접했다. 교황은 무릎을 꿇고 한국 땅에 입을 맞췄다. 4박5일 방한 일정의 시작이었다.

오후 6시, 교황은 혜화동 가톨릭대학교에서 신학생들을 위한 미사를 집전했다. 그때 성균관대학생들이 군에 입대했다가 의문사한 사학과 이윤성 군의 1주기 행사를 마치고 교문 앞에서 시위를 벌였다. 경찰이 쏜 최루탄가스가 가톨릭대학교까지 스며들었다. 교황은 슬픈 표정으로 눈물을 닦으며 연신 재채기를 했다.

교황 요한 바오로 2세는 짧은 일정 동안 광주, 소록도, 대구, 부산 등을 방문했다. 광주에서는 무등경기장에서 미사를 집전했고, 소록도에서는 한센병 환자들을 위로, 격려한 후 함께 사진을 찍었다.

5월 6일에는 여의도광장에 모인 100만 신자들의 환호 속에 103위 시성식을 거행했다. 한국 가톨릭 신자들은 한국인 성인 탄생에 환호했다. 그뿐 아니었다. 가톨릭 역사상 최초의 100명 이상의 시성식이었고, 최

---

33 가톨릭신문 1983년 7월 17일자.

교황 요한 바오로 2세의 소록도 방문.

초의 로마 밖 시성식이었다. 한국 천주교의 경이적 발전 자체를 기적으로 간주하여 구체적 기적 심사를 면제받았기 때문에 가능한 일이었다.

그런데 이날 또 하나의 '기적'이 여의도광장에서 일어났다. 1981년 조선교구 설정 150주년 기념 신앙대회 때처럼, 100만 신자들이 떠난 후 여의도광장에는 쓰레기가 하나도 남아 있지 않았다.

5월 7일 오전 9시, 김수환 추기경과 한국 주교단 그리고 성직자들은 4박5일의 피곤한 여정을 마치고 비행기에 오르는 교황 요한 바오로 2세를 향해 힘차게 손을 흔들었다. 비행기는 활주로를 이륙해 다음 방문지인 파푸아뉴기니로 향했다.

김수환 추기경은 프레스센터에서 한국 주교단을 대표해 기자회견을 갖고 교황 방한 기간 중 보여준 전국민과 관계자들의 환영에 깊은 감사의 뜻을 표했다. 이어서 "한국 천주교는 200주년과 한국 순교자 103

1984년 5월 6일 여의도광장에서 100만 신자들이 운집한 가운데 열린 103위 순교 성인 시성식. 한국 천주교의 위상을 세계 가톨릭에 알린 행사였다.

위의 시성을 계기로, 우리 민족과 인류를 위한 봉사의 자세를 가다듬어 가난하고 고통받는 모든 이들을 참다운 형제로 맞아들이며, 민족의 쇄신과 민족문화의 창달을 위해 책임을 다하겠다"고 밝혔다.

10월 24일 밤, 김수환 추기경은 책상에 앉아 일기를 썼다.[34]

34 《김수환 추기경 전집》 17권 241쪽.

나의 영혼 상태가 아주 병들어 있다. 그리고 어제 로마에서 돌아오자마자 신학교 문제 등 몇 가지 교구의 어려운 이야기를 들으니 머리가 아프기 시작했다. 오늘 나는 내가 결코 이 교구의 본주교가 아니고, 본주교는 예수님이시라는 생각과 함께, 그분이 분명히 문제를 주셨으면 해결도 주실 것이라는 생각이 들었다. 나는 물론 최선을 다해야 할 것이다. 그분의 진리와 선과 사랑의 도구가 되어야 한다.

저녁에, 성덕聖德에로 나아가야 한다는 마음의 다짐을 다시금 가졌다. 기도생활이 이렇게 해이해져서는 안 된다. 나는 진정 나날이 나 자신에게 죽어야 한다. 그리스도와 함께 나는 매일 죽어야 한다. 이것을 결심하면, 그래도 실천적인 문제는 아주 단순하다.

성덕으로 나아가자. 교황님이 지난 5월 이것을 우리 주교들에게 강조하셨다.

그는 일기장을 덮었다. 이 무렵 혜화동에 있는 가톨릭대학 신학부 및 강남에 있는 가톨릭대학 의학부를 종합대학 체제로 발전시키는 문제가 현안이었다. 한국 천주교 200주년 기념 사목회의에서도 가톨릭종합대학의 설립을 적극 건의했다. 일부 신부와 평신도들은 설립을 본격적으로 추진하기 위해 추진위원회를 만들었고, 미국 천주교가 100주년 기념사업의 하나로 워싱턴에 미국 가톨릭대학교를 설립해서 오늘의 유수한 종합대학이 되었음을 상기시키기도 했다. 그러나 김수환 추기경은 너무 어마어마한 비용이 들어가는 계획이라 찬성하지 않았다. 교구 재정이 균형을 잃지 않기 위해서는 어쩔 수가 없었다. 이 문제는 다음 해 여름까지 진통이 계속되면서 그는 '독재자'라는 비난까지 들었다. 그러나 그는 끝내 승인하지 않았다.[35]

아무리 잠을 자려고 해도 잠이 오지 않았다. 10년 넘게 계속되는 불면증이었다. 새벽 3시가 되도록 잠을 이루지 못했다. 고통이었다. 결국 그는 조금이라도 잠을 자기 위해 수면제를 한 알 삼켰다. 그는 피정을 다녀오고 싶었지만, 한국 사목회의, 한국 천주교 200주년 폐막 미사, 미주 한인성당 사목 방문 등 12월 중순까지 일정이 꽉 차 있었다. 그는 예수님께서 도와주시고 성령께서 함께해주실 것이라고 믿으며 하루하루를 버텨나갔다.

---

35 당시 사목국장이었던 송광섭 신부의 증언, 가톨릭신문 2009년 3월 29일자, 중앙일보 1984년 8월 9일자. 김수환 추기경은 1985년 7월 4일자 일기에서도 같은 고민을 토로했다.

격화되는 학생시위

35

"추기경님, 저희를 도와주십시오."

1985년, 전두환 정부에서 제적된 학생은 지난해까지 1,300명이 넘었고, 교도소에 들어간 학생만 해도 400명에 가까웠다. 그러나 날이 갈수록 학생들의 시위는 거세졌다.

5월 23일, 학생운동 단체인 전국학생총연합(전학련) 산하의 투쟁기구 '삼민투위三民鬪委'에 소속된 서울의 5개 대학 남녀 학생 73명이 서울 미 문화원을 기습 점거해서 농성에 들어갔다. 당시 학생들은 4월 17일 고려대에서 대중 조직으로 전국학생총연합을 결성하는 한편, 전위적 투쟁기구인 삼민투위를 대학별로 결성, 민생 문제와 외채 문제 해결 및 전두환 방미 반대 등을 주장하며 투쟁을 전개했다. 그리고 광주민주화운동 계승 기간을 맞아 광주사태에 대한 미국 측의 책임을 폭로·규탄하기 위해 서울 미 문화원을 점거해서 농성을 시작한 것이다.

을지로에 있는 미 문화원 도서관에 들어간 대학생들은 '광주학살을 지원한 미국의 공개 사과', '전두환 정권 지원 중단', '주한 미 대사와의 면담'을 요구했다. 그리고 72시간 만에 스스로 농성을 풀고 나와 경찰에 모두 연행됐다.

6월 29일 새벽, 경찰은 서울대·고려대·연세대 등 9개 대학에 467명의 병력을 투입해서 삼민투위 관련자 66명을 연행했다. 1984년 학원자율화 조치 이후 "대학 총학장의 요청 없이는 경찰을 대학에 투입하지 않는다"는 원칙을 깬 것이다. 정부의 방침이 강경해졌다는 신호였다.[36]

7월 15일, 서울 미 문화원 점거농성 사건에 대한 첫 공판에서는 피고들과 방청객들이 반미 구호를 외치고 운동권 노래를 부르며 재판을 거부했다.

전두환 대통령은 격노했고, 정부 모처에서는 학생 약 5천 명을 수용해 순화시키겠다는 '학원정상화 임시조치법안'을 준비했다. 구체적으로는 첫째 교육 중 단식·탈출·집단행동에 대한 벌칙을 강화하고, 둘째 내무반별로 10~20명을 수용하여 훈련시키고, 셋째 오지의 감호소를 활용하라는 내용이었다. 정부 내에서도 반대가 있었지만 전두환 대통령의 의지가 워낙 강경해 8월 15일경 임시국회를 열어 단독 통과시킬 기세였다.

8월 7일 오전 11시, 김수환 추기경은 집무실을 방문한 이원홍 문화공보부 장관을 만났다. 이 장관은 데모 학생들을 강력히 처벌하는 '학원안정법' 시안에 대해 설명했다. 정부도 학원안정법이 너무 강경한 걸 알고 먼저 사회 지도층의 양해를 얻기 위해 방문한 것이었다.[37]

한참 동안 설명을 들은 김수환 추기경은 "학원안정법은 학원 문제 해결에 결코 도움이 되지 못할뿐더러 오히려 대학생들의 극렬화와 좌

---

36 《한국근현대사사전》(한국사사전편찬회 편, 가람기획, 2005) 526~527쪽.

37 '이종찬 회고록 22-학원안정법', 동아일보 2015년 1월 17일자.

「學園安定法」철회촉구

金추기경 "不幸自招할 위험한 발상

예방한 「학원법」관계자에

반대뜻 강력히 피력

김추기경

改新敎界 대표와 철회 원칙 合意

가톨릭신문 1985년 8월 18일자.

경화를 부채질하는 결과를 낳게 될 것으로 극히 우려"된다면서, 국가의 장래를 위해서 절대 제정하면 안 된다고 강력하게 반대의사를 밝혔다.

8월 9일 오전 11시, 이번에는 손제석 문교부 장관이 그의 집무실을 찾아왔다. 김수환 추기경은 "학원 문제 해결은 결코 힘으로 되는 것도 아니"라면서 학원안정법 제정 계획을 재고해줄 것을 다시 한 번 강력하게 요청했다.[38]

8월 13일 오전, 김수환 추기경의 집무실로 한국기독교교회협의회KNCC 부회장인 김윤식 목사와 기독교방송CBS 사장인 김관석 목사가 찾아왔다. 두 사람은 학원안정법에 대한 그의 의견을 물었다. 그는 다시 한 번 반대의사를 밝혔다. 그의 반대의사를 확인한 김윤식 목사와 김관석 목사는 만약 정부가 학원안정법을 통과시키면 가톨릭과 기독교계가 공동으로 반대 운동을 펼치자고 제의했다.

김수환 추기경은 같은 날 오후 가톨릭신문과의 인터뷰에서 "학원안정법은 불행을 자초할 위험한 발상"이라면서 "정의감에 불타는 학생들이 이 법의 제정을 보고만 있지 않을 것이기 때문에 나라의 장래에 비극이 될 것"이라고 다시 한 번 강조했다.[39]

---

38 동아일보 1985년 8월 9일, 10일자.

39 가톨릭신문 1985년 8월 18일자.

8월 15일, 김수환 추기경은 명동성당에서 열린 성모승천대축일을 겸한 광복 40주년 기념 특별미사 강론에서도 학원안정법을 반대한다고 분명히 밝혔다.

8월 17일, 전두환 대통령은 학원안정법 처리에 관해 "아직도 야당과 사회 일각의 이해가 부족하고 오해가 있는 것으로 느꼈다"면서 "정부와 민정당은 좀 더 시간적 여유를 갖고 검토하라"며 임시국회 통과를 유보시켰다. 김수환 추기경은 이 소식을 들으며 가슴을 쓸어내렸다. 정부가 학원안정법을 밀어붙일 경우 서울대교구 전체 교회가 '9일기도회'를 한 후 강력한 대정부 메시지를 발표할 계획이었다.[40] 교회가 전두환 정권과의 충돌을 피하게 돼 다행스러웠다.

12월 24일 자정, 명동성당 안팎에는 2천여 명의 신자들이 참석해서 그의 강론에 귀를 기울였다. 그는 먼저 이사야 9장 1절을 인용했다.[41]

"오늘날 우리가 살고 있는 현실을 보면 정말 암담합니다. 나라는 분단 상태 그대로인데, 우리 사회는 갈기갈기 찢기고 있습니다. 우리 사이에는 믿음이 없고, 사랑이 없고, 용서가 없고, 화해가 없습니다. 지금은 '한강의 기적'을, 또는 '선진 조국'을 구가할 때가 아닙니다. 우리는 지금 정치 부재, 진리 부재, 정의 부재, 마침내는 인간 부재의 어둠 속에 갇혀 있습니다. 진리와 정의를 바탕으로 국민을 화해로 이끄는 민주화, 모든 국민의 인권을 존중하고 아름다운 삶을 보장하는 민주화, 그것이 오늘날 국난 극복의 요체요, 어둠을 뚫고 빛의 새날을 밝히는 길입니다. 오늘의 젊은이들이 부르짖는 것도 바로 이것입니다. 민주화는 오늘의 문제에 대한 너무나 명백한 답입니다."

---

40 《월간조선》 1986년 5월호에 실린 오효진 차장과의 인터뷰에서 밝힌 내용이다.

41 《김수환 추기경 전집》 1권 483~486쪽.

김수환 추기경은 위정자와 정치가들에게 이 나라를 어둠의 빛으로부터 구출하는 위대한 업적을 남겨달라고 간절한 목소리로 호소했다. 그리고 구세주의 은총이 가득하기를 바라며 강론을 마쳤다.

성탄 자정미사를 마치고 주교관으로 돌아온 그는 십자가 앞에서 무릎을 꿇었다.[42]

"주님, 생각해보면 올 1년 동안 받은 은혜는 참으로 큽니다. 모진 세파 속에서, 세계 도처에서 큰 재난이 있고 많은 생명이 죽어갔는데, 그래도 이 시간까지 살아왔다는 것은 물론이요, 저의 존재, 저의 삶, 저의 시간, 그 어느 것 하나 주님으로부터 받지 않은 것이 없습니다. 참으로 모든 것이 주님의 것입니다. 주님이 허락하시지 않으면 제가 1분 1초라도 살 수 없습니다. 그런데 저는 지난 1년 동안 얼마나 감사하는 마음으로 살았습니까? 주님을 얼마나 자주 생각했습니까? 주님께서는 저를 사랑하여 목숨까지 바치셨는데, 저는 주님을 위하여 무엇을 했습니까? 주님, 저는 올 한 해도 여전히 자기중심으로 살았고, 저의 욕심을 따라서, 저의 안위만을 찾아서 살았습니다. 그래서 남을 사랑할 줄 몰랐고, 화해할 줄도 몰랐습니다. 그 결과, 지금 이 시간 남은 것은 죄의식과 허탈감뿐입니다. 저를 비우고 남을 위한 사랑에 살 줄 알았더라면, 지금 이 시간 훨씬 큰 보람과 기쁨을 누릴 수 있었을 것이고, 며칠 후 희망찬 새해를 맞이할 수 있었을 것입니다. '나는 길이다'라고 하시면서 '나를 따르라'고 하신 주님, 당신만이 빛과 생명으로 인도해주십니다. 이 시간 다시 한 번 예수님을 진심으로 알고 사랑하고 따르기를 결심합니다. 주여, 당신의 종 스테파노를 불쌍히 여겨주소서."

---

42 《김수환 추기경 전집》 4권 128~130쪽.

1986년 1월 16일, 전두환 대통령은 새해 국정연설에서 86년에는 아시안게임이 있고, 88년에는 서울올림픽이 있다면서, 개헌은 혼란을 피하기 위해 89년에 논의하자고 했다. 노태우 당시 민정당 대표위원에게 대통령 자리를 물려주고 물러나겠다는 생각이었다. 신민당은 89년 개헌은 절대 불가라며 86년 개헌을 주장했다. 그리고 지난해 말에 준비한 '직선제 개헌 1천만 명 서명 운동'을 본격적으로 추진했다.

1월 24일 오전, 김수환 추기경은 집무실에서 가톨릭대 의과대학에 지원했다가 불합격한 학생 세 명과 부모들을 만났다. 1차 전형에는 합격했지만 2차 전형 면접에서 가벼운 소아마비라는 이유로 불합격 통지를 받은 학생과 부모들이었다.[43] 그는 이미 전날 신문 보도와 비서신부의 보고를 통해 대강의 내용을 알고 있었다.

먼저 지난해에 정신여고를 졸업한 권미선 양이 입을 열었다.

"추기경님, 저는 초등학교 1학년 때 소아마비를 앓아 왼쪽 다리가 오른쪽보다 2센티미터가량 짧아서 신체 균형상 보조기를 착용하고 있습니다. 그러나 중·고교 6년 동안 개근할 정도로 통학 등 학업에 어려움이 없었고, 이번 학력고사에서도 304점을 받았습니다. 지난해 서울대 치대에 지원했다가 2차 전형에서 떨어져 재수를 했습니다. 올해 제가 가톨릭의대를 지원한 이유는 모집요강에 '신체결격 사유가 있는 자는 원서접수 전에 본 대학 교의校醫에게 적격 여부를 확인받을 것을 권장합니다'라는 내용이 있어서였습니다. 그래서 원서접수 전인 지난 8일 가톨릭대 교의인 김찬성 강남성모병원 내과 과장 선생님에게 신체 상태를 확인받았고 입학이 가능하다는 판정을 받았습니다."

---

43 중앙일보, 동아일보, 경향신문 1986년 1월 24~28일자 기사 참고해 재구성했다.

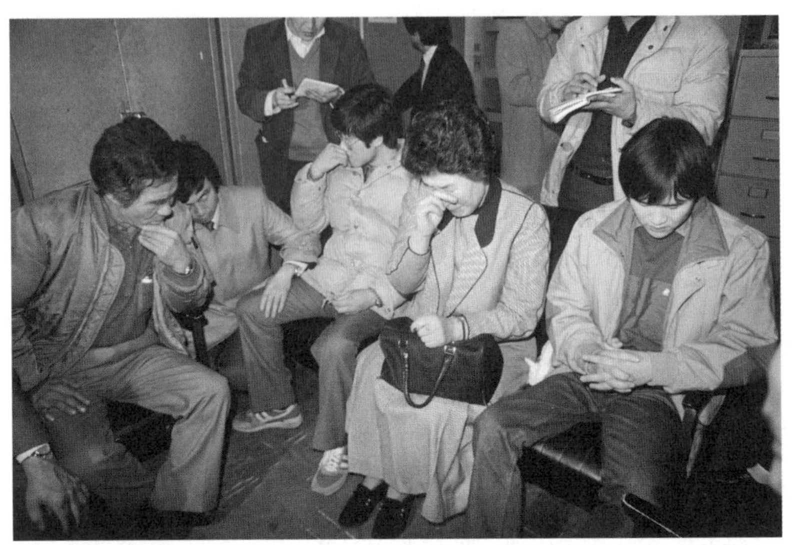

정립회관에서 침통한 모습으로 기자들의 질문에 대답하고 있는 가톨릭의대 불합격 학생들과 부모들.

권 양이 설움에 북받쳐 말을 잇지 못하자 아버지가 나섰다.

"현재 가톨릭대학 의예과 재학생 중에도 지체부자유 학생 세 명이 학업을 계속하고 있는 것으로 알고 있습니다. 미리 안 된다고 말했으면 다른 대학에라도 지원할 수 있었는데 지원하라고 해놓고 뒤늦게 불합격 조치한 것은 납득할 수 없습니다. 추기경님, 저희들을 도와주십시오. 저희는 신체장애자이기 때문에 특혜를 달라는 것이 아닙니다. 동정을 바라는 것이 아니라, 너무 억울한 차별을 시정해달라는 겁니다. 모집요강대로 해서 적격 판정을 받았고 성적도 충분한데도 불합격 처분을 받는 건 억울합니다. 아이의 가슴에 이렇게 못을 박아도 되는 겁니까? 저도 너무 억울하고 원통해서 헌법까지 찾아봤습니다. 이번 처사는 헌법에 명시된 '교육받을 권리'를 빼앗는 거라고 생각합니다. 추기경님, 추기경님은 가톨릭대학 재단이사장이시지 않습니까. 제 딸과 다른 두 명의 학생을 구제해주십시오. 간곡히, 정말 간곡히 부탁드립니다."

당시 가톨릭대학이 밝힌 불합격 이유는 '실험, 실습 등 수학에 지장을 초래하는 신체적 결함을 가진 자'라는 규정이었다. 문교부 입시요강과 보사부 관련법에 학교 입학 때 장애자에게 불이익 처분을 내릴 수 있도록 한 '특수교육진흥법'이라는 예외규정이 있었다. 면접 교수들은 이를 근거로 '학업 수행 가능 기준'을 주관적으로 판단했던 것이다.

이번에는 유원종 군이 나섰다.

"추기경님, 저는 여섯 살 때 소아마비를 앓아 오른쪽 다리가 2센티미터가량 짧을 뿐 정상인과 비슷할 정도로 보행 등에 지장이 없습니다. 그래서 저는 저처럼 몸이 불편한 사람들을 위해 꼭 의대에 진학하고 싶어 삼수까지 했습니다. 학교 측이 단지 소아마비 학생이라는 이유로 학업에 지장이 있다고 어떻게 단정할 수 있습니까. 너무 억울합니다."

유 군의 아버지도 나섰다.

"추기경님, 우리 원종이는 병원에서 유효기간이 지난 소아마비 예방접종약을 주사 맞는 바람에 여섯 살 때 소아마비에 걸렸습니다. 그때 맺힌 한 때문에 삼수를 해서라도 의사가 되려 했습니다. 의사의 길을 갈 수 있도록 도와주십시오."

제동성 군의 아버지는 아들이 축구와 등산을 즐길 정도의 가벼운 소아마비로 장시간의 실험 등 의대 수업을 받는 데 전혀 지장이 없다며 가슴을 쳤다. 학생들은 계속 울기만 했다. 세 학생 모두 학력고사에서 295점 이상을 받은 고득점자들이었다. 그들로서는 김수환 추기경이 마지막 희망이었다.

이야기를 충분히 들은 김수환 추기경은 나지막이 한숨을 내쉬며 세 학생과 부모들을 바라봤다. 그의 가슴속에서도 눈물이 흘렀다. 다른 대학도 아니고, 관공서도 아닌, 이웃을 사랑하고 소외된 사람을 사랑하라는 가톨릭 이념으로 세운 대학에서 이런 일이 일어났다는 사실이 그의 가슴을 더욱 아프게 했다.

"먼저, 신체적 조건을 극복하고 의과대학을 마쳐 훌륭한 의사, 당당한 사회인으로 활동하겠다는 여러분들의 의지와 정신에 존경을 보냅니다. 이번 일은 저 자신도 대단히 가슴이 아픕니다. 제가 가톨릭대학 재단이사장이긴 하지만, 학교 측의 재량권 문제가 있으므로 당분간 기다려주시기를 부탁드립니다. 그러나 이번 일은 학생 여러분의 장래가 달린 일이고, 신체가 조금 불편한 분들에 관한 일이므로 긍정적으로 처리하도록 최선의 노력을 하겠습니다. 오늘 이런 말씀밖에 드릴 수가 없어 정말 죄송합니다."

학생들과 부모들은 이구동성으로 고맙다고 머리를 숙여 인사한 후 집무실을 떠났다. 그는 교구청 3층에 있는 성당으로 가서 무릎을 꿇고 지혜를 달라고 기도했다. 얼마나 억울하고 답답하면 여기까지 왔을까. 그런데 내가 이들을 위해 무엇을 할 수 있을까.

그날 밤, 김수환 추기경은 가톨릭대 의과대학 교수들에게 편지를 썼다.[44]

경애하는 교수 여러분!

가톨릭대학은 30년이라는 짧은 역사 속에서 어려운 희생과 노력으로 국내에서 손꼽히는 대학이 되었습니다.

본인은 대학의 모든 운영과 계획을 여러분에게 맡기고 발전하는 대학의 모습을 바라보면서 여러분에게 신뢰와 감사의 정을 지켜왔습니다. 본인은

---

44 동아일보 1986년 1월 27일자.

여러분의 양식과 판단에 대해서 단 한 번도 이의를 제기한 바 없으며, 이 점에 대해 여러분을 자랑스럽게 생각합니다.

대학은 국가 발전의 요체요, 대학 교육은 겨레가 나아가는 지표를 밝히는 등불입니다. 그러므로 대학과 대학교수는 존중돼야 하고 모든 국민의 신뢰와 존중을 받아야 마땅하다고 본인은 믿고 있습니다.

이번 86학년도 전형사정에 있어 사회적 물의가 있는 지체장애자에 대한 여러분의 판단은 소신과 양식에 의한 것임을 본인은 추호도 의심치 않으며 여러분의 결정을 존중합니다.

그럼에도 불구하고 본인은 불구자를 구원하시고 인류 자체를 사랑하신 예수의 모범을 이 시대에 재현하고자 하는 본 대학의 설립 취지와 각종 장애자들을 돕자는 국민의 일치된 염원을 여러분 모두에게 상기시키면서 86학년도 입학전형을 재심해주시도록 간곡히 부탁드립니다.

1월 25일 오후, 가톨릭대 의과대학은 전체 교수회의를 열었다. 62명의 교수 중 50여 명이 참석했고, 김대군 의료원장이 김수환 추기경의 편지를 낭독했다. 곧바로 토론이 시작되었다. "가톨릭 이념에 비추어볼 때 이들을 구제하는 것이 대학의 권위를 지키는 것보다 우선"이라는 의견과 "입학시험과 종교 이념은 엄연히 별개다. 장애학생들의 신체 상태로 미루어 의학 과정 이수가 불가능한 만큼 이들에게 이중 고통을 주지 않기 위해서라도 불합격을 취소해서는 안 된다"는 의견이 팽팽하게 맞섰다. 결국 이 회의에서는 결론을 내리지 못하고 27일 오후에 다시 속개하기로 했다.

그 소식을 들은 김수환 추기경은 허탈했다. 당시 교구청에는 신자들의 항의전화가 빗발쳤다.[45]

"교회가 외적으로 아무리 발전한다 해도, 그 핵심은 사랑 아니냐?"

"한국 천주교가 가난한 사람들, 지체부자유자들, 고통받는 사람들, 소외당한 사람들을 정말 생각하는 교회냐?"

"작년 200주년 기념행사도 다 허사가 되었다."

그는 그 내용을 전해들을 때마다 자괴감에 얼굴을 들 수 없었다. 가슴이 찢어지는 듯했다. 교회가 이 땅에 빛을 밝히고 또 희망을 주기 위해서는, 이 차디찬 사회에서 굳어버린 사람들의 마음을 따뜻하게 어루만져주어야 하는데, 오히려 대못을 박고 있다는 자책감이 그를 괴롭혔다. 그렇다고 세상에다 대학은 자율적으로 움직인다고 변명을 할 수도 없는 일이었다. '가톨릭'이라는 단어가 붙은 이상 최종 책임은 교회가 져야 했다. 그래서 교회에서는 활동 단체가 이름에 '가톨릭'이라는 단어를 사용할 때는 주교회의의 승인을 받게 하는 것이다.

1월 27일 오후 4시, 2차 교수회의가 열렸다. 한 시간 30분에 걸친 찬반토론이 이어졌지만 의견은 좁혀지지 않았다. 결국 표결로 결정하기로 했다. 그런데 표결에서는 팽팽하리라는 예상과 달리, 참석 교수 51명 중 49명이 찬성을 하고 2표는 기권이었다.

결과가 나오자 최진 의학부장이 밖에서 기다리던 기자들에게 "당초 장애자 세 명에 대한 입학전형 결정에는 잘못이 없었다. 그러나 이제까지 학교 측에 대해 어떠한 요청도 한 적이 없는 재단이사장 김수환 추기경이 가톨릭 정신에 따라 재고해달라고 완곡하게 요청해와, 불합격 조치를 철회하고 합격시키기로 결정했다. 당초에는 민사소송 등을 통해 해결하려는 방침이었으나, 사회 여론과 사회 · 종교 지도자로서 국민의 추앙을 받는 김 추기경의 재고 요청을 무시할 수 없었다"고 밝히면

45 김수환 추기경, '진정한 교회의 길'(《경향잡지》 1986년 3월호).

서, "이번 일을 계기로 정부당국에서는 조속히 장애자들의 입학, 취업 등에 관한 통일된 지침을 마련해달라"고 요청했다.

기자회견이 끝나자 가톨릭의대 교무계장은 오후 5시 30분 학생들과 학부모들이 모여서 결과를 기다리고 있는 서울 구의동 정립회관(지체장애자회관)으로 전화를 걸어 황연대 관장에게 합격 통보를 하면서 내일 학교에 와서 입학 수속을 하라고 했다. 그 소식을 들은 세 학생과 학부모들은 일제히 일어나 서로 얼싸안고 기쁨의 눈물을 흘렸다. 유원종 군은 기자들에게 "힘들게 얻은 합격이니만큼 앞으로 열심히 공부해 훌륭한 의사가 되도록 노력하겠다. 사회와 김수환 추기경님에게 감사한다"고 말했다.

장애자3명 合格
가톨릭大교수회의 "金추기경 요…
정말이냐, 얼싸안고 기쁨의 눈물

신체부자유 학생들과 학부모들의 환호. 동아일보 1986년 1월 28일자.

가톨릭의대가 불합격 취소 결정을 내리자 동국대도 다음 날인 28일, 86년 입시에서 뇌성마비라는 이유로 불합격시킨 수학과 수험생 김희승 군을 구제해주기로 했다. 이지관 총장은 "면접 교수들이 사정규정에 따라 불합격 판정을 내린 것은 전혀 잘못이 없다"고 밝히고, "그러나 불교 종립 대학으로서 부처님의 자비정신을 구현하고 인도주의에 입각, 김 군에게 배움의 기회를 주기로 했다"고 말했다. 김희승 군은 어렸을 때 뇌성마비를 앓아 보행과 언어가 다소 불편했지만 지능지수가 139였고, 친구들로부터 '수학박사'라는 별명을 얻을 정도로 수학에 뛰어났으며 바둑도 아마3단의 실력자였다.

문교부와 보사부는 학교 재량에 의해 장애자의 입학을 거부할 수 있도록 예외조항을 두고 있는 '특수교육진흥법' 10조를 개정하기로 했다. 내년부터는 재활의학 전문의가 참여하는 '신체장애자 수학판정심사위'(가칭)를 구성, 이 위원회가 대학 지원 한 달 전에 심사해 적격 판정을 받은 학생은 불이익 처분을 당하는 일이 재발되지 않도록 하겠다는 내용이었다.

2월 7일, 정부는 187명의 대학생들에 대한 구속영장을 신청했다. 지난 4일 서울대에서 있었던 '86 전학련 신년 투쟁 및 개헌서명운동추진본부 결성대회'에 참가했다가 연행된 서울과 경기도 지역 15개 대학에 재학 중인 학생들이었다. 개헌 논의를 88서울올림픽 이후인 1989년에 하겠다는 정부의 입장 발표에 반대하는 학생시위를 처음부터 강경하게 대처하겠다는 뜻이었다.

이때부터 정부와 야당 그리고 학생들의 개헌공방이 전개되었다. 야당인 신민당과 학생들은 2년도 채 안 남은 제13대 대통령선거를 계속 장충체육관에서 통일주체국민회의 대의원들이 투표하는 '체육관선거'로 치를 수는 없다고 생각했다.

2월 14일 저녁 7시부터 자정까지 경찰은 "개학을 앞두고 예상되는 시위와 학생들의 개헌 서명을 사전에 막고 수배 중인 학생들을 검거하기 위해" 전국 114개 대학의 캠퍼스를 일제히 수색했다. 전국의 대학을 동시에 수색한 것은 역사상 처음 있는 일로, 경찰관 1,584명뿐 아니라 각 대학 직원 961명이 동원되었다. 그러나 수배 학생은 한 명도 검거하지 못했다.

2월 25일 밤, 20년 동안 독재를 하던 필리핀의 마르코스 대통령이 부정 당선을 규탄하는 국민들의 시위에 굴복, 가족과 함께 미국령인 괌으로 망명했다. 필리핀에서는 환호의 함성이 터져나왔고, 한국 정부는 더욱 긴장했다.

김수환 추기경은 경색되고 있는 정국을 우려했다. 이제 곧 개학을 하는 학생들이 필리핀 사태에 고무되어 1980년 봄처럼 대규모 시위를 할 경우 또 한 번 비극이 일어날 수도 있다는 생각이 들었다. 전두환 정권이 원초적으로 갖고 있는 잔학성과 학생들의 쌓인 증오가 충돌하는 일은 일어나지 말아야 했다. 그는 무슨 일이 있어도 이 땅에서 인명이 희생되는 일이 다시 일어나서는 안 된다고 생각하며 자신이 할 수 있는 일이 무엇인지를 고민했다. 그의 고민은 깊어갔고, 불면의 밤도 계속되었다.

그는 1980년에 사태가 이미 발생했을 때는 그 무슨 방법으로도 사태를 멈추게 할 수 없다는 사실을 뼈저리게 경험했다. 그렇다고 지금 언론이 철저하게 통제되어 있는 상황에서 성명서를 발표해봐야 별 효과가 있을 것 같지도 않았다. 박정희 시대에도 여러 번 성명서를 발표했지만 단신으로조차 보도되지 않았듯이 지금도 마찬가지였다. 일부 기자들 말에 의하면, 오히려 박정희 때보다 통제가 더 심해져 기사의 위치와 크기까지 정해줄 정도라고 했다. 그는 계속 고민하며 기도했다.

2월 28일, 김수환 추기경은 결단을 내렸다. 서울대교구 내 125개 성당에서 3월 1~9일 매일 저녁 8시부터 한 시간 동안 '정의와 평화를 간구하는 9일기도'를 드린다고 발표했다. 그는 '9일기도'가 끝나는 9일 정오 명동성당에서 직접 기도회를 주례하면서 '교우들에게 보내는 메시지'를 발표하고, 서울대교구의 모든 성당에서도 함께 낭독할 예정이라고 했다. 강론이 아니라 '메시지'라고 표현한 것은, 단순히 가톨릭 신자들을 향한 내용이 아니라 전국민에게 보내는 내용이기 때문이었다. 현 시국을 매우 심각하게 판단하고 있다는 표시였다.

그는 이때부터 메시지를 작성하는 내내 마음이 무거웠다. 쓰고 있는 메시지가 얼마나 효과가 있을지는 오직 하느님만이 아신다고 생각하며 창문을 열고 명동성당 첨탑 위의 십자가를 바라보았다. 1968년 서울에 온 후 지금까지 18년이나 되었지만 사회문제를 생각하지 않은 날이 며칠이었던가. 도대체 우리나라는 언제나 참된 민주주의가 실현되고 안정이 되는 것일까. 나는 언제까지 이런 종류의 강론을 하고 메시지를 낭독해야 하는 것일까. 아니, 이제 내 나이 64세, 언제까지 이런 일을 감당할 수 있을까.

그는 외롭다는 생각이 들었다. 그러나 고민을 나눌 친구도 가족도 없었다. 오직 하느님만 있을 뿐이었다. 힘이 들어도, 외로워도 하소연할 곳은 오직 하느님뿐이었다. 주여, 이 스테파노를 불쌍히 여겨주소서…….

3월 8일, 민정당은 '89년 개헌'을 당론으로 확정했다.

3월 9일 정오, 김수환 추기경은 '9일기도' 마지막 날 미사를 주례하면서 메시지를 발표했다.[46] 현 정부는 고문과 폭력으로 사람의 인격을 파괴하는 사람들은 하느님이 보고 계심을 깨달아, 모든 국민의 인권을 존중하고 인간다운 삶을 보장하는 민주화를 추진해야 한다고 강조했다. 그리고 개헌 문제를 언급했다.

그는 계속해서 정치인들이 사리사욕과 당리당략을 떠나 대합의를 이루기를 간절히 바란다면서, 이를 위해 자신과 교회는 기도하겠다고 했다. 그리고 전두환 대통령의 결단을 촉구했다. 임기를 마치면 물러나겠다고 했으니, 임기 전에 개헌을 해서 새 헌법에 의한 선거를 치르게 하라는 것이었다.

46 《김수환 추기경 전집》 5권 231~237쪽.

김수환 추기경은 정부당국이 우리의 미래를 짊어질 학생들과 노동청년들을 적대시하지 말고, 그들이 데모를 하지 않아도 되는 사회를 만들어달라고 요청했다. 또한 구속되어 있는 학생, 노동청년, 정치범들을 석방하라고 촉구했다. 그것이 오늘 복음에서 읽은 '아버지의 사랑'이고 '하느님의 사랑'이라고 했다. 노동자의 저임금 문제도 지적했다.

"때마침 내일 3월 10일은 '근로자의 날'이기에 그분들을 위해서 한 말씀 드립니다. 우리는 자주 우리나라의 국민소득이 2천 불임을 자랑하고 '한강의 기적'을 구가합니다. 이 같은 경제 발전이 있기까지 지금 천만을 헤아리는 근로자들의 공이 막중하였다고 말하지 않을 수 없습니다. 이분들의 피와 땀이 모여 오늘의 발전이 이룩되었다 해도 과언이 아닙니다. 그런데 어찌하여 그 발전의 열매를 맛보는 기쁨을 이분들은 누리지 못하는 것입니까? 어찌하여 부익부 빈익빈 현상이 늘어나고, 많은 근로자들이 아직도 생계의 위협 앞에서 고통을 겪어야 합니까? 왜 그들이 자신들의 권리를 주장한다고 해서 탄압을 받아야 합니까? 근로자들의 기본권인 노동삼권은 우리나라의 건전한 산업 발전을 위해서, 또 사회 안전과 나아가 국가 안보를 위해서도 존중되어야 합니다. 근로자들이 인간다운 대접을 받고 인간다운 삶을 영위할 수 있을 때, 우리 사회는 비로소 중진국에서 선진국으로 도약할 수 있습니다."

그는 최근의 필리핀을 예로 들면서, 그렇게 되기 전에 스스로 회개하고 변화되어야 하며, 우리 모두가 갈망하는 민주화가 적대와 투쟁의 산물로서가 아니라 화해와 합의의 산물로 이루어져야 한다고 강조했다.

메시지 낭독이 끝나고, 잠시 침묵 속에 각자의 소망을 간절하게 기도하는 시간이 되었다. 명동성당에는 무거운 침묵이 흘렀다. 미사가 끝나자 600여 명의 대학생들이 '군사독재헌법 철폐하자'는 현수막을 앞세우고 명동성당 언덕을 내려가 경찰과 대치했다.

1986년 3월 9일 미사 후 600여 명의 학생들이 개헌을 요구하는 시위를 했다.

이튿날인 3월 10일, 그 어떤 신문이나 방송에도 "개헌은 빠를수록 좋다"는 메시지의 내용은 보도되지 않았다. 동아일보는 사회면 기사와 사설에서 김수환 추기경의 메시지 중 개헌 부분을 뺀 나머지를 소개했다. 그리고 사설에서 "이 땅의 정신계精神界를 지도하는 사람의 한 분이라서만이 아니라, 그런 위치에 있는 분들의 공명정대한 말을 접하기가 퍽 드물었던 우리는, 김 추기경의 메시지가 뜻하는 바를 곰곰이 새겨봐야 할 시점인 것을 확인한다"면서, 다른 종교 지도자들도 "이제는 침묵의 벽을 깨어주기 바란다"는 주문을 했다.

3월 11일, 민주화추진협의회(민추협)와 신민당은 서울 혜화동 흥사단에서 '개헌추진위 서울시지부 결성대회'를 열었다. 이때부터 부산, 광주, 대구, 대전, 청주 등 전국 대도시를 순회하면서 개헌추진위 현판식을 했다. 학생운동권과 재야운동권도 집회를 열었다. 이날 한국기독교

"民主化는 하느님과 화해하는 길"

金추기경 메시지 「對立」의 악순환 벗어날때

동아일보 1986년 3월 10일자 기사.

보도지침

당시 모든 언론은 "개헌은 빠를수록 좋다"는 김수환 추기경의 발언을 보도하지 못했다. 한국일보 김주언 기자는 1986년 9월 9일 명동성당에서 기자회견을 갖고, 1985년 10월부터 1986년 8월까지 문화공보부가 각 언론사에 시달한 '보도지침' 584건을 폭로했다. 정부는 보도지침을 통해 '가, 불가, 절대불가' 등의 구분으로 각종 사건이나 상황, 사태 등의 보도 여부는 물론 보도 방향과 내용, 형식까지 구체적으로 결정했다. 보도지침 이행률은 중앙일간지 평균 77.8퍼센트였다.

교회협의회도 시국선언문을 발표했다. 나라 전체가 개헌 열풍에 휩싸인 형국이었다.

3월 12일, 동아일보는 '편집국장 칼럼'에서 다시 한 번 김수환 추기경의 메시지가 주는 의미를 다뤘다. 이번에는 그가 언급한 노동자 문제까지 포함시켰다.

3월 15일에는 '최일남 칼럼'에서도 그의 메시지가 언급되었다. 이 칼럼이 파급력을 갖고 확산되자, 정부는 일부 언론을 통해 김수환 추기경에 대한 비판적 칼럼을 싣게 했다. 민정당 정순덕 사무총장은 "종교계 전체의 뜻으로 크게 확대해석할 필요는 없다"는 의견을 표명하기도 했다.

3월 21일, 노태우 민정당 대표위원은 87년 선거에서 당선되는 대통령이 한시적 대통령이냐는 말이 민정당에서 나오자 "전두환 대통령이 연초에 개헌을 89년도에 논의하겠다고 한 말이 89년에 개헌을 한다는 뜻이라고 단정하는 것은 잘못"이라는 '폭탄발언'을 했다. 정국은 다시 소용돌이 속으로 휩쓸려들어갔다.

3월 26일, 임시국회에서는 노신영 국무총리가 출석한 가운데 대정부 질문이 시작되었다. 신민당의 허경만 의원이 "현실정치에 가장 초연한 입장에 있는 김수환 추기경마저 현 상황을 위기로 단정하고 그 위기를 극복하는 방법은 개헌밖에 없다"고 했는데, 국무총리의 의견은 어떠냐고 물었다. 그러자 노신영 총리는 "김수환 추기경의 말씀을 전체적으로 보면 사회 안에 대립하고 있는 요소들을 극복하기 위해서는 마음으로부터의 화해와 대화, 타협으로 어려운 문제들을 해결해야 한다는 내용으로 해석하고 있다"면서, "정부는 어떤 제도나 법이 영구불변이라고 생각하지 않는다. 그러나 개헌 문제는 올해 아시안게임과 88년 정권교체와 올림픽 등 세 가지를 성공적으로 치른 후 89년에 가서 국민이 필요하다고 느낀다면 적법한 절차에 따라 개헌을 할 수 있다는 것이 정부의 입장"이라고 답변했다. 전두환 대통령과 노태우 대표의 힘겨루기 양상이 된 것이다.

3월 29일, 김수환 추기경은 명동성당에서 부활전야 미사를 주례하면서 강론을 했다.[47] 그는 다시 한 번, 고문을 중단하고 언론의 자유가 허용되어야 한다고 강조했다.

"감옥의 안팎에서 고문과 폭력으로 몸이 으스러지는 이들이 그 고통을 호소할 방법도 기회도 없이 분노하는데, 언론은 제구실을 못하고, 그래서 대부분의 사람들은 이를 알 길이 없습니다. 우리가 살고 있는 세상이 끝없는 죄악의 늪으로 빠져들어가고 있는 듯한 두려움을 금할 수 없습니다."

연행되거나 구속된 학생, 지식인, 정치인들이 당하는 고문은 상상을

---

47 《김수환 추기경 전집》 1권 352~355쪽.

초월할 정도로 잔인했다. 몸이 만신창이가 되고 정신이 이상해져도 그의 말대로 어디 한 곳 하소연할 데가 없었다. 그래서 지난해 5월 서울미 문화원 점거농성 사건 후 급증한 구속 학생들의 학부모들은 8월에 '민주화실천가족운동협의회(민가협)'를 결성했고, 가톨릭여학생관에 모여서 회의도 하고 농성도 했다. 김수환 추기경은 그곳에 들를 때 구속 학생들과 구속자들에 대한 고문 실상을 접하며 분노했기 때문에 그들의 아픔을 이해하고 있었다.

그는 악의 권세가 아무리 거대해 보여도 거기에 압도되어서는 안 된다고 강조했다. 오늘 우리가 사는 세상도 역사의 어느 때보다 악이 그 위세를 확장하고 있는 것 같지만, 우리는 이 악의 위세에 압도되는 일 없이 부활하신 그리스도의 숨결과 빛에 희망을 걸고 굳게 서 있어야 한다면서 강론을 마무리했다.

김수환 추기경은 미사를 집전한 후 사제관으로 돌아왔다. 그는 알고 있었다. 그가 아무리 부르짖어도 변화가 없을 것이라는 사실을. 그리고 전두환 대통령의 입장과 노태우 민정당 대표의 입장이 다른 상태에서 두 사람이 공통적으로 택할 수 있는 방법은 강경책뿐이라는 것도. 이제부터 자신과 교회는 고난의 길을 가야 할지 모른다는 생각이 들었다. 그는 이제 우리 민족의 장래는 오직 하느님만이 아신다고 생각하며, 자신과 교회가 더욱 기도를 열심히 해야겠다고 다짐했다.

4월 13일, 명동성당 사회정의위원회와 청년위원회는 앞마당에 '독재헌법 철폐하자', '개헌 서명은 주권자로서 국민이 갖는 기본권입니다'라고 쓰인 현수막과 피켓을 부착한 네 개의 개헌 서명 접수대를 설치했다. 김수창 주임신부의 허락을 받고 하는 행사였다. 주일미사에 참례하기 위해 명동성당에 오던 신자들은 앞마당에 설치된 접수대와 현수막을 본 후 줄을 서서 서명을 했다. 미사 시간에 늦은 신자들은 미사 후에

1986년 4월 13일 중앙일보와 인터뷰 도중 착잡한 표정을 짓고 있다.

나오면서 했다. 물론 서명을 하지 않고 성당 앞마당에서 무슨 짓이냐며 혀를 차는 신자들도 있었다. 그리고 마음은 있지만 이름을 남기면 혹시 불이익을 당하게 될지도 모른다는 생각에 용기를 내지 못하는 신자들도 꽤 있었다. 그래도 접수대에서는 이날 하루 3,130명의 서명을 받았다.

5월 1일, 전국 53개 천주교수녀회의 대표 모임인 '한국 여자수도회 장상연합회'는 "지난 3월 9일 명동대성당에서 발표된 김수환 추기경의 말씀에 따라 우리나라 현실의 심각성을 의식했다"면서 "4천 명의 한국 수녀들은 민주화를 위한 모든 움직임이 인류를 구원하는 복음의 정신에 따라 이루어지기 위해 어느 때보다 절실한 기도와 희생을 바쳐야 할 때임을 의식하고 '민주화를 위한 9일기도회'를 시작한다"고 발표했다. 그리고 5월 8일에는 철야기도 및 단식으로 고통에 동참하고, 마지막 날인 5월 9일에는 명동성당에서 김수환 추기경 주례로 '9일기도 봉헌미사'를 바친다고 했다. 이 기간 중에 개헌 서명도 함께 하기로 했다.

5월 3일, 신민당은 인천 시민회관에서 개헌추진위원회 인천및경기지부 결성대회 개최를 준비했다. 그러나 며칠 전인 4월 30일 이민우 신민당 총재가 여야영수회담에서 좌익 학생들을 단호하게 다스려야 한다는 발언을 한 데 불만을 품은 학생과 재야운동권이 대회 시작 전부터 격렬한 시위를 벌였다. 오후에 경찰의 진압으로 해산된 시위대는 인천 시내 도로를 점거하면서 다시 시위를 벌였다. 1만여 명의 시위 참가자가 스크럼을 짜고 화염병과 돌을 던지며 경찰과 충돌했다. 시위대는 신민당의 각성을 요구하면서 국민헌법 제정과 헌법제정민중회의를 소집할 것을 주장했다. 이른바 '5·3인천사태'다. 이 사건으로 319명이 연행되고 129명이 구속되었다. 재야의 중심이던 민주통일민중운동연합(민통련) 지도부 역시 모두 구속되거나 수배되었고, 학생운동 단체와 노동운동 단체들도 집중적인 탄압을 받았다.

그날 저녁, 김수환 추기경은 텔레비전을 통해 시위 현장을 보면서, 더 큰 불상사가 발생하지 않은 것이 다행이라는 안도감과 함께 깊은 슬픔에 젖었다. 무엇보다도 젊은이들이 시위 학생과 진압하는 전투경찰로 갈라져 쌍방에 부상자가 속출하는 것이 가슴 아팠다. 그리고 급진적인 학생들이 쏟아내는 구호와 배타적이고 비타협적인 주장들도 안타까웠다.[48] 어쩌다 우리 젊은이들이 이 지경에까지 이르렀는지, 그는 자신도 모르게 한숨을 내쉬었다.

그는 수녀들의 '9일기도'가 끝나는 날 할 강론을 준비했다. 현재 부

48 《김수환 추기경 전집》 5권 238~239쪽.

산, 마산, 대구, 광주, 인천에서 각각 개헌 집회를 해도 몇만 명씩 모이는데, 만약 서울에서 수녀들이 거리로 나서면 사태는 걷잡을 수 없게 확산될 것이었다. 필리핀처럼 수녀들까지 거리로 나서는 상황은 막아야 했다. 그러나 그는 서울대교구장이라고 해도 수녀들에게 순명을 요구할 권한은 없었다. 수녀들에게 순명을 요구할 수 있는 것은 소속 수녀회 총원장, 즉 장상長上들뿐이었다. 그것이 가톨릭의 제도다.

5월 9일 오후 7시 30분, 김수환 추기경은 명동성당에서 1,200여 명의 수녀들이 모인 가운데 9일기도회 마지막 날 미사를 주례하면서 강론을 했다. 전국에서 모인 수녀들에게 하는 강론이었지만, 지난 3월 9일처럼 정부와 여야 정치인 그리고 학생들에게 보내는 메시지이기도 했다.[49] 그만큼 그가 느끼는 위기감은 매우 컸다.

"친애하는 수녀님들, 오늘 우리는 나라의 평화와 민주화를 위한 수녀님들의 9일기도를 마치면서 같은 지향으로 이 미사를 봉헌하게 되었습니다. 9일기도는 오늘로 끝나지만, 수녀님들이 계속 기도하여주실 것을 믿고 또 미리 부탁드립니다. 왜냐하면 우리나라는 지금 아주 어려운 국면에 서 있기 때문입니다. 필리핀의 수녀님들이 손으로 탱크를 막았듯이, 우리 수녀님들은 기도로써 남북으로 갈라진 이 겨레가 제발 내부 분열과 파탄에 이르지 않도록 막아주시기 바랍니다. 특히 지난 5월 3일 토요일에 있었던 인천사태 이후 이런 필요성을 절실히 느낍니다."

그는 자신이 인천사태를 보며 느낀 슬픔을 이야기했다. 우리 젊은이들이 외치는 급진 구호를 보며 착잡했던 심정도 토로했다.

"그런데 더 큰 문제는 이 같은 사태를 어떻게 대처하느냐 하는 것입

---

49 《김수환 추기경 전집》 5권 238~243쪽.

전국 수녀회 연합 '평화와 민주화를 위한 9일기도회' 마지막 날 미사. 1986년 5월 9일.

니다. 어떻게 대처하느냐에 따라서 문제를 푸는 방향으로 갈 수도 있고, 반대로 풀지 못할 뿐 아니라 폭발적인 상황으로까지 몰고 갈 수도 있습니다. 때문에 하느님께서 우리 정치 지도자들에게 지혜를 주시어 이 문제를 슬기롭게 순리대로 풀어가도록 기도해야겠습니다."

1,200여 명의 수녀들은 조용히 그의 강론에 귀를 기울였다.

"우리나라의 정치는 너무나 오랫동안 국민의 참여를 배제하고, 국민을 단지 정치의 도구로만 이용하는 비민주적인 것이었고, 경제 발전은 농민과 노동자 및 도시빈민들의 희생 위에 이룩되다시피 함으로써 잘 사는 사람은 말할 수 없이 잘살고, 못사는 사람들은 기가 막히게 못사는 빈부의 격차와, 여기에 따르는 사회의 내적 분열을 노사 간, 지역 간, 또는 계층 간에 초래하고 있는 우리 현실이 순수한 학생들로 하여금 이렇게까지 극단적인 주장을 외치게 하였습니다. 한마디로 오늘의 정치·경제 체제와 우리 사회의 부조리가 이런 극렬 학생을 낳은 것입니다."

김수환 추기경은 당시 학생들의 급진 구호는 기성세대가 그들을 품지 못하고 억압만 했기 때문이라고 판단하고 있었다. 그래서 우리나라의 미래인 학생들을 가능하면 이해하고 포용하려고 노력했다.

그는 학생들을 계속 이렇게 억압하고 사회정의가 이루어지지 않으면 그 후유증은 아주 오래갈 것이라고 걱정하고 있었다. 그의 강론은 절절했다. 이 땅의 젊은이들을 진심으로 사랑하기에, 그들을 위한 변호는 계속되었다.

"저는 이 학생들을 용공분자로 몰고 법으로 다스리는 등 힘으로 이 문제를 해결하려 들면, 그것은 사태를 더욱 악화시킬 뿐이라고 봅니다. 그것이야말로 수습 불가능의 국면으로 이 나라를 몰고 가는 것입니다. 뿐더러 학생들의 생각이 극단적이었다 해도 왜 그런 문제제기를 했는지 반성하고, 이유가 있다고 볼 때 시정할 줄 모른다면 우리 기성세대는 참으로 학생들로부터 거부되어 마땅합니다. 결국 문제 해결은 다른 데 있지 않습니다. 그것은 인간존엄성을 바탕으로 한 정치의 참된 민주화와 모든 국민의 인간다운 삶을 위한 사회정의의 실현입니다."

김수환 추기경은 작심한 듯 학생들과 소통하지 않고 힘으로 밀어붙이는 정부를 신랄하게 비판했다.

"때문에 정부 여당은 이제야말로 주저하지도, 어떤 단서도 붙이지 말고 자신을 비우는 마음자세로 민주화를 위해 일대 결단을 내려야 한다고 봅니다. 참으로 정부 여당이 오늘 우리나라의 운명을 손에 쥐고 있다고 해도 과언이 아니기에, 이분들이 누구보다도 자신들이 가진 모든 것을 바쳐서 국민을 위하는 정치를 해야 합니다. 그중에서도 농민과 노동자 및 도시 서민들의 생활 안정을 위한 정치를 해야 합니다. 정치의 목적이 바로 여기에 있습니다. 이것이 올림픽을 개최하는 것보다도 더 중요하고 우선되어야 할 일입니다. 결코 본말이 전도돼서는 안 됩니다. 참으로 이분들은 자신을 비워야 합니다. 자기혁신을 해야 합니다."

긴 강론이었지만 수녀들은 허리를 꼿꼿이 세운 채 귀를 기울였다. 상당수의 수녀들은 공책에 강론 내용을 받아적었다.

그의 강론은 결론에 접어들고 있었다. 이제 남은 건 급진적 학생들에 관한 내용이었다. 그는 이 부분을 쓰는 동안 많은 학생들에게 상처를 주지 않기 위해, 그리고 자신의 말이 악용되지 않도록 하기 위해 고심을 거듭했다.

"저는 이 기회에 급진적 주장을 펴는 학생들에게도 간절히 호소합니다. 여러분이 왜 그런 주장을 하게 되었는지 제가 충분히 알지는 못한다 하더라도, 나름대로 이해하고 있습니다. 여러분의 주장에는 확실히 일리가 있습니다. 그 이유가 우리 기성세대에게 있음은 너무나 자명합니다."

그는 숨을 한 번 골랐다. 학생들에게 상처를 주어서도 안 되고, 자신의 주장이 정권이나 언론에 악용돼서도 안 될 일이었다.

"그러나 저는 여러분의 주장에 문자 그대로는 참으로 동의할 수 없습니다. 무엇보다도 혁명이론에 동의할 수 없습니다. 왜냐하면 그것은 여러분이 사랑하는 우리나라와 겨레에 너무나 큰 희생을 초래할 것이요, 우리 사회의 분열과 증오, 대립과 투쟁을 더욱 심화시킬 것이며, 결과적으로는 얻는 것이 아무것도 없을 것이기 때문입니다. 우리에게 필요한 것은 우선 평화적으로 정치의 민주화가 실현되는 것입니다. 민주화가 실현되면 그것을 바탕으로 인권이 존중되고 사회정의가 실현될 것입니다."

그의 목소리에는 안타까움이 배어 있었다. 순수한 학생들이 왜 이런 주장까지 하게 되었는지, 기성세대로서의 자책이 가득했다.

그는 알고 있었다. 학생들이 대규모로 시위를 하면서 급진 구호를 외칠 경우 어떤 사태가 일어날지. 그래서 간곡한 목소리로 부탁했다.

"여러분에게 호소합니다. 여러분은 지금의 급진적 사상을 지양하고 순수하게 이 나라의 민주주의를 위해서 서 있어주십시오. 여러분이 아무것도 가진 것이 없어, 아무 힘에도 호소하지 않고 오직 이 나라와 겨레를 사랑하는 가슴 하나만으로 모든 인간의 존엄성을 살리는 민주주의를 외친다면, 그런 여러분의 모습은 얼마나 아름답겠습니까? 때문에 손에 든 돌멩이, 각목도 다 놓고 화염병도 버리십시오. 그러면 여러분은 힘을 잃는 것이 아니라 더 큰 힘을 얻게 될 것입니다."

김수환 추기경의 표정은 침통했다. 나라의 장래가 걱정되었다. 그는 이럴 때 '하느님에게 소속'된 사제와 수도자들이 할 수 있는 것은 기도뿐이라고 생각하며 수녀들을 향해 이야기했다.

"친애하는 수녀님들, 결국 우리 자신이 이 땅에서 이 같은 의미의 평화의 일꾼, 화해의 도구가 되어야 하겠습니다. 무엇보다도 우리는 이 시기에 미움이 있는 곳에 용서를, 분열이 있는 곳에 일치를 심는 사람이 되어야 하겠습니다. 우리가 이것을 하기 위해서는 양편으로부터 다 같이 핍박을 받을지도 모릅니다. 그러나 우리는 중간에서 돌을 맞으면서도 사명을 다해야 합니다."

그가 계속해서 화해와 대화를 외치는 이유였다. 실제로 그는 당시에도 돌을 맞았고, 훗날에도 돌을 맞았다. 그러나 그는 피하지 않았다.

김수환 추기경의 강론은 이튿날인 5월 10일 각 언론에 보도되었다. 강론 내용이 지금의 난국을 풀어나갈 수 있는 방법을 제시하고 있었기 때문이다. 지난 3월 서울대교구의 9일기도회 강론을 부정적으로 보도했던 언론들도 이번에는 비중 있게 보도했고, 동아일보는 강론 내용을 축약한 '요지'를 별도의 박스기사로 보도했다. '화해와 대화'가 필요한 때라는 내용이 설득력을 얻은 것이다.

그는 민주화가 시급하다는 사실을 알리기 위해 당시 많은 택시기사들이 주파수를 맞춰놓고 듣는 CBS의 인기 프로인 〈오늘을 생각하며〉에 출연하기로 했다.

또한 5월 12~24일 숭실대학교 철학과 이삼열 교수와 대담 형식으로 종교의 현실 참여, 정의와 평화, 종교와 국가, 민족통일 등 다양한 주제에 대해 이야기했다.[50] 첫날은 개신교와의 협력에 대해 이야기했고, 둘째 날에는 '고통받는 이웃과 교회'에 대해 대담했다. 셋째 날은 학생 문제, 사회와 경제의 부조리한 부분들, 민주화의 당위성에 대해 이야기했고, 그의 대담 내용이 언론에 소개되었다.

5월 14일 오전, 노태우 민정당 대표위원이 그의 집무실로 찾아왔다. 그는 비공개로 한 시간 동안 노태우 대표와 이야기하면서, 현재의 난국을 힘이 아니라 화해와 대화로 풀 것을 주문했다.

이날 CBS와의 대담에서는 언론의 자유에 대해 이야기했다. 그는 언론에 자유를 돌려주어야 하고, KBS는 공정성을 회복해야 한다고 주장했다.

5월 15일, 동아일보는 언론의 자유에 대한 김수환 추기경의 CBS 대담을 사회면에 5단 크기로 비중 있게 보도하면서, 방송 시간과 앞으로 다룰 주제를 소개했다.

5월 16일, 동아일보는 김수환 추기경의 '언론의 자유 회복이 시급하다'는 CBS 대담 내용을 장문의 사설로 다루면서, 민간 언론활동에 왜 정부가 개입하느냐면서, 언론 통제를 하는 주무부서가 문공부 홍보정

---

50 대담은 모두 열두 차례 진행되었다. 《김수환 추기경 전집》 15권 357~408쪽.

노태우 당시 민정당 대표의 교구청 방문. 1986년 5월 14일.

책실임을 암시했다. 전두환 정권 이후 가장 강력한 항의였고, 정부의 '보도지침'에 대한 불만이 높아지고 있음을 시사한 것이었다.

동아일보는 이날 사회면에서도 그의 CBS 대담 내용을 크게 보도했다. 그가 "KBS TV 시청료 거부 운동은 비폭력적 현실 참여의 좋은 예"라고 한 내용을 소개하면서 필리핀 사태 때 가톨릭의 역할에 대해 이야기한 것도 소개했다.

5월 18일 오전 10시, 명동성당 청년회원들은 성당 문화관 1층에 '광주영령 추모 분향소'를 차렸고, 같은 장소에서 '광주민중항쟁 사진전'을 열었다. 오후까지 계속된 행사에 2천여 명의 시민과 학생들이 찾아와 분향했다.

오후 4시, 명동성당 문화관 2층에서는 청년 신자 1천여 명이 모여 '광주학살 진상규명대회'를 열었다. 대회 도중에 5·18 당시 기록을 담은 비디오 필름을 상영했다. 오후 6시 40분부터는 '광주영령 추모미사'를 봉헌했다. 미사가 끝난 후 8시부터 300여 명이 한 시간 동안 스크럼을 짜고 성당 밖으로 진출, 시위를 벌였는데 이 과정에서 68명이 연행되었다.

명동은 점점 민주화의 중심지, 민주화를 향한 정신적 구심점이 되어 갔고, 김수환 추기경의 CBS 발언 수위도 높아졌다.

5월 19일, 그는 CBS 대담 방송에서 "국가란 '공동선'을 추구해야 하는 정치공동체로서, 공동선을 추구하기 위해서는 인간의 존엄성과 기본 인권이 존중되고, 의식주가 보장되어야 하며, 언론 · 집회 · 신앙의 자유가 보장되어야 한다고 강조했다. 만약 국가가 '공동선'의 이름으로 개인을 유린하고 희생시킨다면 그것은 완전한 '공동선'이 아니라면서, 공동선은 국가의 이익과 다르다고 지적했다.

그는 만약 국가가 국민을 탄압하거나 종으로 부릴 경우, 그리스도교 신자들은 국가가 국가 본연의 모습으로 돌아올 수 있게 하기 위해 '예언자적 발언'을 하거나 항의를 할 수 있다고 했다. 현재 헌법 아래서의 대통령 선출 방법에 대해서도 은유적으로 비판했다. 대통령의 권위는 합법적인 절차, 정의로운 절차를 밟아서 가져야지, 비합법적이거나 도둑질하듯 가지면 안 된다고 지적했다.

그는 자신의 이런 발언은 우리나라가 이 어려운 시기를 어떻게 잘 극복하고 국민이 원하는 민주화를 어떻게 이루어야 하는가 하는 문제를 놓고 충정에서 하는 것이라면서, 다시 한 번 정부와 여당의 결단을 촉구했다.

이날부터는 여러 신문이 김수환 추기경의 발언을 보도했다. 동아일보는 어제 명동성당 문화관에서 열린 5 · 18 추모 행사와 시위를 사회면 가운데에 4단 크기로 보도했고, 그의 CBS 발언도 그 옆에 5단 크기로 보도했다.

24일까지 계속된 그의 대담은 큰 반향을 일으켰고, '5 · 3인천사태'로 야기되었던 '극렬 학생'들에 대한 비판도 수그러들었다. 여론도 다시 조기 개헌 쪽으로 무게중심이 옮겨갔다. 정부와 여당도 개헌특위 카드를 만지작거렸고, 야당인 신민당도 개헌특위를 설치하면 협상에 나설 뜻이 있음을 비쳤다.

5월 28일, 민정당은 개헌안을 9월 정기국회에 제출하겠다고 발표하면서, 이에 대한 협의를 위한 여야영수회담을 하루라도 빨리 열자고 제의했다.

이날 신민당 이민우 총재가 김수환 추기경의 집무실을 방문했다. 다음 날 여야영수회담을 앞두고 조언을 구하기 위해서였다. 그는 이 총재에게 "지금은 대화를 통해 시국을 풀어야 할 때"라면서 "과격 학생의 수가 적을지 몰라도 그들의 주장에 동조하는 학생들의 수는 의외로 많은 것 같으니 야당에서 관심을 갖고 근본 문제를 풀어나가야 할 것"이라면서 특별한 관심을 부탁했다.

5월 30일, 민정당 노태우 대표와 신민당 이민우 총재는 6월 임시국회에서 '헌법 개정 특별위원회'를 구성한다는 데 합의했다.

6월 초, 성심수녀회 손인숙 수녀가 집무실로 그를 찾아왔다. 성심수녀회는 그가 추기경 서임 후 선물받은 캐딜락을 돌려주게 한 주매분 수녀가 소속된 수녀회로, 성심여자중고등학교와 성심여자대학교를 운영하는 수녀원이었다. 손인숙 수녀는 학교에서는 가난한 사람을 만날 수 없다며 지학순 주교가 교구장으로 있는 원주교구에서 사목하던 사북탄광에 가서 활동했다. 얼마 전 서울로 돌아왔는데, 김수환 추기경을 찾아와 서울의 빈민 지역에서 일하고 싶다며 추천을 부탁했다.

"손 수녀, 그럼 상계동으로 가라."[51]

상계5동은 20년 전 서울시가 청계천과 한남동 지역 철거민을 집단

이주시킨 지역으로, 약 1,500가구가 살고 있는 영세민 집단 거주 지역이었다. 네 평짜리 방 하나가 한 집으로, 열 집씩 마주보게 하고 골목을 만든 연립주택 단지였다. 월세 3만 원, 전세 20~30만 원이면 얻을 수 있는 이곳의 집은 아이가 많은 세입자들에게 특히 인기였다. 애가 떠든다고 주인에게 야단을 맞지 않아도 되는 구조였기 때문이다. 그런데 작년 4월 지하철 4호선 개통과 동시에 서울시에서 재개발예정지구로 지정했다. 지하철 4호선 상계역에서 내려 상계5동 쪽을 보면 완전 달동네였기 때문에, 88올림픽 때 북한 기자들이 와서 사진을 찍어갈 거라는 논리였다. '자진철거 고시'가 나붙었고, 그때부터 철거를 둘러싸고 재개발조합 측과 세입자들이 대립하고 있는 곳이었다.

"예, 추기경님. 그런데 그곳은 곧 철거가 예정된 곳인데, 저희 수녀 몇 명으로 괜찮을까요?"

용역들이 트럭으로 몰려와 쇠망치를 휘두르며 철거를 하던 시절이었다. 손 수녀의 말에 그는 고개를 끄덕이며 잠시 생각을 했다.

"그건 그렇네. 그럼 예수회 정일우 신부에게 얘기해서 가라고 할 테니까 수녀들이 먼저 들어가."

정일우 신부는 시흥 복음자리 인근으로 오는 입주민들을 돕고 있었고, 제정구와 함께 작년 3월 '천주교 도시빈민사목협의회'라는 평신도 단체를 만들어 자신들의 경험을 나누고 있었다. 김수환 추기경의 제안을 받은 정일우 신부는 상계동으로 가서 성심수녀회 수녀들과 함께 활동했다.

---

51 상계동 부분은 손인숙 수녀의 2012년 12월 20일 서울 중앙동성당 강연(《그리운 김수환 추기경 1》 42~63쪽) 참고.

김수환 추기경의 분노

36

"우리가 여기에 무관심하다면,

이것은 우리 자신의 인간성 포기를 말하는 것입니다."

| 김수환 추기경 |

1986년 7월 3일, 석간신문을 보던 김수환 추기경은 사회면 맨 아래 구석에 조그맣게 실린 기사가 눈에 들어왔다. '여 구속자에 가혹한 신문. 가족 30여 명 항의농성. 부천경찰서에 몰려가'라는 제목의 작은 기사였다.

> 인천 지역 구속자 가족 30여 명이 2일 오전 경기도 부천경찰서 1층 현관에 몰려가 '부천경찰서 조사계 문모 형사(39)가 여자 해고 근로자를 신문하면서 옷을 벗기는 추행을 했다'고 주장, 관련자 처벌을 요구하며 농성을 벌였다.
>
> 이들은 문 형사가 6월 7일 밤 9시경 위장취업을 했다는 이유로 해고당한 K양(23, 서울대 4년 제적)을 조사계 2호실에서 단독으로 취조하면서 추행한 사실을 K양이 변호사 접견 때 알려주어 뒤늦게 밝혀졌다고 주장했다.

그는 다음 날 아침, 지학순 주교 사건 때부터 가깝게 지내는 이돈명 변호사에게 전화를 해서 이 사건에 대해 자세히 알고 싶다며 집무실에 들러달라고 했다. 이돈명 변호사는 1970년대부터 인권변호사로 활발하게 활동해왔고, 지난 2월부터 윤공희 대주교가 담당하는 천주교정의평화위원회의 회장을 맡고 있었다.

"女구속자에가혹訊問"
가족30여명 항의농성
富川경찰서 몰려가

仁川지역 구속자가족 30여명이 2일오후2시경 京畿도 富川경찰서 1층현관에 몰려가『부천경찰서 조사계 文모형사(39)가 여자해고근로자를 신문하면서 옷을 벗기는 추행을 했다』고 주장, 관련자처벌을 요구하며 농성을 벌였다.

이들은 文형사가 지난7일 밤9시경 위장취업을 했다는 이유로 해고당한 K양(23·서울대 4년제적)을 조사계2호실에서 단독으로 취조하면서 추행한 사실을 K양이 변호사접견때 알려주어 뒤늦게 밝혀졌다고 주장했다.

동아일보 1986년 7월 3일자.

며칠 후 이돈명 변호사가 집무실로 찾아왔다.

"추기경님, 이 사건을 현재 조영래, 홍성우, 김상철, 이상수, 박원순 변호사가 맡고 있어서 자세히 알아봤습니다. 피해 여학생은 서울대 의류학과를 다니다가 노동운동을 위해 친척의 주민등록증을 변조해 취업했다가 적발되어 부천경찰서로 연행되었다고 합니다. 경찰서에서 주민등록 변조와 위장취업 사실을 시인했지만, 취조를 하던 문귀동 경장이 5·3인천사태 관련 수배자의 행방을 물으면서 6월 6일과 7일 이틀에 걸쳐 성적 수치심을 일으키는 성추행을 했다고 합니다."

그 말을 듣는 순간 그는 몸서리를 쳤다.

"이 변호사님, 어쩌다 이런 세상이 되었는지 모르겠습니다. 이 사건은 어린 여학생의 존엄성을 유린하고 모독한 패륜적인 사건인데, 그래서 지금 어떻게 되어가고 있습니까?"

"그런데 이게 지금 정부가 이러니까 아랫사람들까지 나쁘게 변질되는 것 같습니다. 그 학생은 수치심으로 괴로워하다가, 더 이상 다른 여학생이나 여성 피해자가 나오는 것을 막기 위해 변호사에게 그런 사실을 이야기했습니다. 그래서 아까 말씀드린 변호사들이 7월 3일에 문귀동 경장을 강제추행 혐의로 인천지검에 고소하며 진상규명을 요구했습니다. 그러나 공안검사들은 오히려 여학생을 공문서 변조 및 동행사, 사문서 변조 및 동행사, 절도, 문서 파손 등의 혐의로 구속 기소했고, 다음 날 문귀동 경장은 독실한 기독교 신자인 자신이 어떻게 그런 짓을 할 수 있겠느냐며 명예훼손 혐의로 여학생을 인천지검에 맞고소했습니다. 그래서 변호인단은 7월 5일에 문귀동 경장과 옥봉환 부천경찰서장 등 관련 경찰관 6명을 독직, 폭행 및 가혹행위 혐의로 고발했습니다. 그러자 이번에는 문귀동 경장이 여학생을 무고 혐의로 맞고소하는 상태에 이르렀습니다. 그런 와중에 변호인의 입을 통해 이른바 '부천경찰서 성고문 사건'이 조금씩 알려졌고, 며칠 전에 동아일보에 조그맣게 보도가 되면서 본격적으로 알려지게 된 겁니다."

이돈명 변호사의 설명을 들은 김수환 추기경은 긴 한숨을 내쉬었다. 그는 정권의 잔학성이 미치는 영향이 얼마나 무섭고 위험한 것인지를 다시 한 번 느끼며 사건의 추이를 주시했다.

7월 7일, 동아일보가 사설에서 이번 사건을 철저히 수사해야 한다고 주장했다. 여성단체에서도 규탄성명이 나오자 검찰은 마지못해 수사에 나섰다.

7월 10일, 민정당의 정순덕 사무총장은 "좌경급진 사상 가담자들의 가치관과 윤리관은 일반인들과 다르다"면서, "이 사건도 좌경급진 세력이 정부를 뒤흔들려고 하고 있다는 시각에서 봐야 할 것"이라며 검찰의 조사 결과가 어떻게 나올지를 암시했다.

7월 17일, 검찰은 "성적 모욕은 없었다. 여학생의 말을 사실로 인정할 수 없다"는 내용의 수사 결과를 발표했다.[52] 그리고 이 사건에 대한 '보도지침'을 각 언론사에 보냈다.[53]

오늘 오후 4시 검찰이 발표한 조사 결과 내용만 보도할 것.

사회면에서 취급할 것(크기는 재량에 맡김).

검찰 발표문 전문은 꼭 실어줄 것.

자료 중 '사건의 성격'에서 제목을 뽑아줄 것.

이 사건의 명칭을 성추행이라 하지 말고 성모욕행위로 할 것.

발표 외에 독자적인 취재보도 내용 불가.

시중에 나도는 반체제 측의 고소장 내용이나 여성단체 등의 사건 관계 성명은 일체 보도하지 말 것.

대부분의 언론은 정부의 보도지침에 따라 "급진과격 학생들이 이제는 정부의 입장을 곤란하게 하기 위해서 성적 수치심까지 정치적으로 이용한다"는 내용의 논평을 내보냈다. 일부 언론에서는 "성을 혁명의 도구로 이용한다"고도 썼다.

김수환 추기경은 분노했다. 지금 누구보다 억울해하고 슬퍼할 이는, 이 땅의 민주화를 위하여, 인권과 사회정의를 위하여 자신의 부끄러움을 세상에 알린 여학생일 것이었다. 감옥 안에서 외롭게 권력, 그것도 아주 거대한 권력에 상처를 받은 그 여학생을 생각하면 할수록 가슴에서 불덩이가 치밀어올랐다. 그는 주교관 3층 성당으로 가서 십자가 앞에 무릎을 꿇었다.

"주님, 도대체 또 어느 나라에서 이런 불의한 일이 있단 말입니까. 도대체 이 정권은 누구를 위한 정권이고, 이 나라는 누구를 위한 나라란

---

52 이 사건은 1988년 2월 대법원이 재정 신청을 받아들였고, 문귀동 경장은 4월에 구속되어 징역 5년을 선고받았다.

53 1986년 9월 9일 월간《말》특집호〈보도지침-권력과 언론의 음모〉. 정부는 문건을 폭로한 한국일보 김주언 기자, 민주언론운동협의회 김태홍 사무국장, 신홍범 실행위원을 국가보안법 위반으로 구속했다.

말입니까. 참으로 이해할 수 없습니다. 이렇게 국민의 인권을 무시하고 고문을 일삼으면 결국 학생과 젊은이들뿐 아니라 국민들 모두 정부에 대해 원한을 품게 될 것이고, 그것은 곧 사회 안정을 크게 해치는 무서운 요인이 될 것이 불을 보듯 분명한데, 그런 불안 요소를 왜 정부 스스로가 만들고 있는지 모르겠습니다. 주님, 지금처럼 국민들, 그중에서도 학생과 젊은이들의 인권을 억누르고 도시빈민이나 가난한 노동자 및 농민의 생존권을 위협하는 힘의 통치를 계속하면 누구도 이런 정부를 옹호할 수 없고, 동시에 이른바 극렬 학생들이 지금 강력히 주장하는 혁명이론을 반박할 길이 없습니다. 또 그런 이념의 확대를 막을 길이 없습니다. 주님, 이렇게 인간 존중의 가치관이 결여된 부당한 정치로 이 사회 속에 불의와 부정이 늘어가고, 그 결과 혁명을 부르짖는 극렬 학생들 역시 늘어간다면, 우리나라의 장래는 대단히 어둡게 될 것입니다……."

이날, 여학생의 변호인단 중 한 명인 김상철 변호사가 그에게 권 양에게 용기를 잃지 말라는 위로 편지를 한 장 써달라고 부탁했다. 그러면 권 양에게 크게 위로가 되고 이 사건을 알리는 데 도움이 되겠다는 것이었다.[54]

그날 밤 그는 권 양에게 위로 편지를 썼다.

친애하는 권 양에게.

무어라 인사와 위로의 말을 하면 좋을지 모르겠습니다. 양심과 인간성 회복을 위해 용감히 서 있는 권 양을 주님이 은총으로 보살펴주시리라 믿

---

54 《인권변론 한 시대》(홍성우 · 한인섭, 경인문화사, 2011) 574~575쪽.

고 기도합니다. 아무쪼록 용기를 잃지 말고 진리이신 하느님께 모든 것을 맡기고 건강하시기를 빕니다.

_1986년 7월 18일, 김수환 추기경

다음 날 아침, 그는 김상철 변호사를 불러 편지를 건넸다. 김 변호사는 그 편지를 복사해서 각 언론사에 전달했다. 그리고 일부 석간신문에 '김수환 추기경 권 양에게 격려 편지'라는 제목으로 보도되면서 내용 일부도 소개되었다.

김수환 추기경 자필 위로 서한.

이날, 지난 5월 초에 '9일기도회'를 했던 한국 여자수도회 장상연합회에서 7월 21일 오후 7시에 '여성과 가난한 이를 위한 생존권과 인권 회복을 위한 미사'를 봉헌하겠다면서 강론을 부탁했다.

7월 19일 이른 아침, 명동성당 주변에는 2,500여 명의 경찰이 배치되었다. 신민당과 33개 재야단체에서 이날 오후 2시 명동성당에서 '성고문 용공조작 범국민폭로대회'를 개최한다고 발표했기 때문이었다. 병력 배치를 마친 경찰은 오전 10시부터 사람들의 명동성당 출입을 완전히 차단했다. 그뿐 아니라 경찰은 김대중, 함석헌, 백기완, 송건호, 박형규, 김재준, 이소선, 박영숙 등 재야인사들을 아예 집 밖으로 나오지 못하게 가택연금했다. 그러나 이날 새벽 명동성당 안에 들어가 있던 재야단체 및 각 종교단체 청년회원들은 '성고문 용공조작 범국민폭로대회'라는 대형 현수막을 성당 입구에 걸었다. 그리고 박정희 때처럼 대형 옥외 스피커를 설치하고 오후 1시 20분부터 '사건 진상'을 낭독하면서

명동성당 입구를 봉쇄하는 경찰.

대회 안내방송을 했다. 경찰은 명동성당에 현수막을 내리고 옥외방송을 자제하지 않을 경우 압수수색 영장을 발부받아 압수하겠다고 통보했지만, 그 말을 들을 사제는 없었다.

동대문 신민당사에 집결해 있던 이민우 총재와 김영삼 고문, 국회의원, 당원들은 50여 대의 승용차로 오후 2시 15분 명동 입구에 도착했다. 경찰이 제지하자 당원, 학생, 시민 등 수백 명과 스크럼을 짜고 명동성당으로 향했다. 당원들이 준비해온 현수막 세 개를 펼치며 '독재타도'를 외치자 시위대는 순식간에 3천 명으로 불어났다. 경찰은 저지선이 뚫리자 최루탄을 쏘았고 시위대는 30분 만에 해산했다. 그러나 다른 골목에서 수백 명의 시위대가 다시 스크럼을 짜고 명동성당을 향해 행진을 했고, 명동성당에서는 계속 옥외방송을 했다. 이때부터 명동 곳곳에서는 시위대와 경찰의 공방전이 벌어졌고, 최루탄 연기가 자욱한 명동성당 주변에는 긴장감이 고조되었다. 그러나 저녁 어스름이 내리면서 시위는 잦아들었고, 다행히 큰 불상사는 일어나지 않았다.

7월 21일 오후 7시, 서울·경기도·인천 지역 수녀 1,200여 명과 800여 명의 신자 등 2천여 명이 명동성당과 앞마당을 가득 메웠다. 민감한 시기라 안기부, 보안사, 경찰서 정보과 등 모든 정보기관의 기관원들도 신자들 사이에 앉았다.

'말씀의 전례' 순서에 따라 성경 봉독 후 김수환 추기경이 강론대 앞으로 나왔다.[55]

"친애하는 형제자매 여러분! 우리는 오늘 저녁 다시금 이 땅의 정의와 평화를 하느님께 간구하기 위해 이 성당에 모였습니다."

그는 오늘 미사를 드리게 된 이유를 설명한 후 조금 전에 봉독한 하바쿡서 1장 3~4절의 내용으로 강론을 했다. 도시 철거민들, 집도 절도 없이 쫓겨나 몸 붙이고 살 곳을 찾지 못하는 세입자들, 직장에서 쫓겨나 오갈 데 없이 헤매고 블랙리스트에 올라서 일터도 구할 수 없는 노조 가입 노동자들, 이 땅의 인간화와 민주화를 위하여 인권과 사회정의를 위하여 투신하다가 잡혀 고문을 당하고 옥고를 치르고 있는 수많은 사람들을 위로했다. 그리고 정부는 진정 이들의 생활 향상과 권익을 위한 정책을 수립하고, 이를 착실히 실천에 옮기는 것을 정치의 최우선으로 삼아달라고 부탁했다. 그다음으로 최근의 부천경찰서 사건을 언급했다.

"우리가 민주화를 강조하는 것은 인간화를 위해서입니다. 인간화가 따르지 않는 곳에 참된 민주화는 있을 수 없습니다. 따라서 진정한 민주화는 권력구조나 선거제도를 바꾸는 개헌만으로 이룩될 수 없습니다."

---

55 《김수환 추기경 전집》 5권 338~344쪽.

그는 개헌이 여야의 당리당략 싸움으로 지지부진해지고 있는 현상을 개탄했다. 여야 정치인들이 국가와 민족의 장래를 위한 개헌 협상을 하는 것이 아니라, 자신들이 권력을 잡을 수 있는 방법을 위해 싸우고 있다며 걱정스러운 눈으로 개헌 논의를 바라보았다.

"참으로 우리에게 필요한 것은 인간을 존중할 줄 아는 정신입니다. 특히 가난한 이들, 약한 이들의 인권을 존중할 줄 아는 것입니다. 이 정신을 먼저 정부 여당의 지도층을 비롯하여 모든 공무원, 특히 일선 경찰의 대국민 자세에서 볼 수 있다면, 그것이 가장 확고한 민주화의 바탕이 되는 것입니다. 그런 의미에서 저는 특히 최근에 문제가 된 부천경찰서 '성모독 사건'을 주시하지 않을 수 없습니다."

성당에는 무거운 침묵이 감돌았다. 모두들 숨을 멈추고 그의 다음 말을 기다리는 듯한 그런 침묵이었다.

"왜냐하면 이 사건은 그것이 사실이라면, 공권력에 의한 인간존엄성 유린과 모독의 극치이기 때문입니다. 우리가 이 사건으로 말미암아 너무 흥분해서도 안 되겠지만, 그러나 너무 무관심해서도 안 됩니다. 이런 인간존엄성 모독이 자행되는데도 무관심하다면 그것은 이 사건 자체보다도 더 큰 불행입니다. 왜냐하면 그것은 우리 사회의 가치 부재와 정신의 공백을 말하는 것이기 때문입니다."

그는 여기서 잠시 강론을 멈추고 수녀들과 신자들을 바라봤다. 그리고 호흡을 가다듬은 후 말을 이었다.

"저는 이번 사건을, 불행히도 권 양의 고소와 변호인단의 고발장에 기재된 내용이 사실이었다는 것을 믿어 의심치 않습니다. 그 이유는 변호인단의 고발장과 그 후 신문에 발표된 검찰의 조사 발표, 그리고 다시 이에 대한 변호인단의 견해와 결의문을 읽고, 또 저를 직접 찾아온 변호인단의 더 자세한 설명을 들은 후, 이번 사건은 불행히도 사실 그대로였다는 것을 믿지 않을 수 없게 되었습니다. 더욱이 갇혀 있는 몸으로서, 어떤 무서운 보복을 당할지도 모르는데 막강한 경찰 권력과 그 이상의 정부 권력을 상대로 해서 감히 없는 일을 있었던 것처럼 꾸며서 고발한다는 것은 실로 상상을 초월하는 것입니다."

수녀들의 흐느낌이 여기저기서 흘러나왔다. 깊은 한숨소리와 탄성도 터져나왔다.

"그런 사례가 우리나라는 물론이요, 이 세상 어디에 있을 수 있는지 묻고 싶습니다. 이번 검찰 발표와 함께 발표된 이른바 공안당국의 분석 주장, 즉 '급진좌경 학생들은 혁명을 위해서는 성도 도구화하여……' 운운하면서 다시금 권 양이 혁명적 투쟁을 선동하려는 동기에서 없었던 일을 날조하였다고 모든 매스컴을 동원하여 크게 선전하는 것은 참으로 사리에 맞지 않고 양심의 가책도 느끼지 못하는 파렴치한 주장이라 하지 않을 수 없습니다. 그러면 왜 검찰은 권 양에 대하여 무고죄 고소를 무혐의로 처리하였는지 묻지 않을 수 없습니다. 앞뒤가 맞지 않고 자가당착도 이만저만이 아닙니다."

공안당국에 대한 꾸짖음이었다. 그의 준엄한 강론은 계속 이어졌다.

"이번 사건은 그 자체로 우리에게 엄청난 충격을 안겨주고 있습니다. 첫째는 생명의 원천이요 상징인 인간의 신성한 성이, 인간이 인간에게 저지를 수 있는 야만적 행위의 극치인 고문의 대상이 되고 있다는 것입니다. 더욱이 여성에 대한 인간 파괴와 인생의 파탄을 초래할 성고문이 이 땅에서 이루어졌다는 사실입니다. 이는 참으로 말할 수 없이 슬픈 일이요, 어찌하여 우리가 이 지경에 이르렀는지 통탄할 일입니다."

그의 목소리는 깊게 가라앉았다. 슬픔이 분노가 되고, 분노가 슬픔이 되었다. 수녀들의 흐느낌도 이어졌다.

"우리가 여기에 무관심하다면, 이것은 우리 자신의 인간성 포기를 말하는 것이고, 이런 중대한 것을 외면한 채 우리는 복지국가도 민주사회도 이룩할 수 없습니다. 이번 사건을 어떻게 처리하고 매듭짓느냐 하는 것은, 우리 자신을 포함하여 이 사회와 우리 정부의 도덕성과 직결되어 있습니다. 때문에 이 사건의 해결을 결코 얼버무릴 수는 없습니다. 더구나 진실 은폐는 이 사건으로 야기된 오늘의 사태를 더욱 악화시키는 것밖에 안 됩니다. 저는 이 같은 이유에서 정부는 이 사건의 진실을 진실대로 밝히는 것이 나라를 위해서는 물론이요, 정부당국을 위해서도 유익하다는 것을 말하지 않을 수 없습니다. 우리는 지금 참으로 빛나는 내일을 창조해야 하는 아주 뜻깊고 중대한 지점에 서 있습니다. 그것은 곧 우리나라의 참된 민주화입니다. 이것은 결코 제도의 변화만으로 이루어지는 것이 아닙니다. 이미 지적하였듯이, 인간존엄성과 기본 인권의 존중이 선행되어야 합니다. 또한 언론자유와 함께 집회와 결사의 자유 등 시민의 기본 자유가 먼저 회복되어야 합니다. 보다 구체적인 조치로서는 갇힌 사람은 석방되고 묶인 사람은 해방되며 쫓기는 사람은 풀려야 합니다. 모두가 인간으로서의 당연한 자유를 누릴 수 있어야 합니다. 그리고 이런 권리와 자유는 법 이전의 문제로, 인간의 천부적인 불가침의 기본 권리입니다. 이것은 정부당국은 물론이요, 우리 모두가 존중하고 실천해야 할 과제입니다. 이번 부천경찰서 사건을 다시 진실대로 밝혀줄 것을 호소하면서, 우리 모두도 스스로 정의와 진리에 따라 살 뿐 아니라 참사랑의 실천자가 되자고 호소하는 것입니다."

강론이 끝나자 수녀들이 '신자들을 위한 기도'를 하면서 권 양과 상계동 철거민 문제 등을 통해 일어난 우리 사회의 비인간화 현상이 하루빨리 이 땅에서 사라지고 진실과 정의가 통하는 사회가 이룩되기를 기원했다.

그러나 김수환 추기경의 간곡한 호소와 충고에도 전두환 정부는 진실을 밝히는 길을 택하지 않았다. 이때부터 학생들과 재야단체들의 시위는 그치지 않았고, 명동성당은 시위의 중심지가 되었다. 그리고 이 시위들은 이듬해 '박종철 고문치사' 사건과 '은폐 조작' 사건 때까지 이어진다.

11월 3일, 둘째형이 86세로 세상을 떠났다. 김수환 추기경은 마지막 남아 있던 형제인 둘째형의 부고에 전화기를 떨어뜨릴 뻔했다. 큰형이 만주로 떠난 후 집안의 장남 몫을 하던 형님이었다. 셋째형이나 자신과는 다른 길을 걸었지만, 동생 신부들을 위해 늘 마음을 써주던 형님이었다.

그는 주교관 3층 성당에 가서 무릎을 꿇었다. 일본에서 돌아온 후 청진동 여관으로 찾아갔을 때가 생각났다. '형님께서 저를 필요로 하시면 신학교를 가지 않고 형님을 도와 집안을 일으키겠다'고 했을 때, 오랫동안 담배를 피우며 고심하다가 여관 밖으로 등을 떠밀던 형님, 주교에 수품되어 마산교구장에 착좌할 때 아는 여행사 사장에게 부탁해서 가톨릭시보에 커다란 축하 광고를 내주신 형님, 서울대교구장에 착좌할 때와 추기경 서임 기념행사를 할 때에는 전세버스를 빌려 대구와 마산에 사는 일가친척을 모시고 서울로 오셨던 형님…….

"주여, 형님에게 영원한 안식을 주소서. 당신의 빛으로 그를 밝혀주소서……."

12월 24일, 김수환 추기경은 철거가 막바지에 이른 상계동에서 봉헌할 성탄전야 미사의 강론을 준비했다. 당시 상계5동 173번지 재개발 지역에서는 성심수녀회의 손인숙 수녀를 비롯해 외국인 수녀 몇 명, 그리고 정일우 신부가 활동하고 있었다. 남아 있는 세입자 90세대 400여 명의 요구는, 이주비로는 지하 월세로밖에 갈 수 없으니 건설회사에서 개발이익금 중 일부로 세입자들이 이주할 수 있는 땅을 구입해달라는 것이었다.

오후 늦게 상계동에서 생활하고 있는 손인숙 수녀가 다급하게 전화를 걸어왔다.

"추기경님, 조금 전에 깡패들이 와서 오늘 저녁 성탄전야 미사를 위해 단장한 천막 등을 모두 부수고 사람들이 모이지도 못하게 구덩이까지 팠어요. 그 난리통에 미사 전례 도구들도 대부분 분실됐고요. 아무래도 장소가 너무 엉망이라 미사 봉헌이 어려울 것 같아서 연락드렸어요……."

분노와 슬픔이 가득한 목소리였다. 그가 상계동에서 성탄전야 미사를 집전한다는 소식이 언론에 보도되자 건설회사에서는 용역깡패를 동원했고 포클레인으로 땅까지 파서 도저히 미사를 드릴 수 없는 형편이 된 것이다.

"이봐, 손 수녀. 괜찮아. 내가 전례 도구도 모두 챙겨갖고 갈 테니까 어디 한 귀퉁이에서라도 미사를 봉헌하자고."

그의 말에 손인숙 수녀는 가슴이 울컥했다. 손 수녀에게 그는 든든한 '빽'이었다. 용역깡패들이 들이닥친다고 다급한 목소리로 전화를 하면 시내에서 다른 일을 보다가도 달려와서 주민들을 위로했다. 철거가 한창이던 11월엔 두 번씩이나 찾아왔다. 그가 상계동에 나타나면 철거는 중단되고 철거민들을 막고 서 있던 전·의경들은 반대로 철거하는 용역들을 막아섰다. 그는 사람이 있는 집을 포클레인으로 찍어눌렀다며 울부짖는 철거민들을 위로하면서 함께 성가를 불렀다. 그리고 앞날을 걱정하는 주민들의 응어리진 설움을 밤늦게까지 들어주었다.

저녁 7시, 김수환 추기경은 철거민들이 급하게 땅을 메운 곳에서 야외 미사를 집전했다. 천막도 없는 맨땅에 50여 명의 신자와 주민 30여

1986년 12월 24일, 김수환 추기경은 상계동 철거민들을 위해 천막도 없는 맨땅 위에서 성탄전야 미사를 드렸다. 이날 왼편에 서 있던 이들 중 한 명은 철거민 문제에 깊은 관심을 갖고 있다가 얼마 후 수도자가 되었고, 현재 활발하게 활동하고 있다.

명 그리고 위로 방문객 20여 명이 모였다. 그는 정일우 신부의 복음 낭독이 끝나자 강론을 했다.[56]

"친애하는 여러분! 제가 무슨 말로 여러분들을 위로할 수 있을지 모르겠습니다. 오늘 오후 늦게 지금 이 자리에 쳐 있던 천막도 제거되고, 또 불살라졌다는 말을 전해듣고 참으로 마음이 착잡했습니다. 제가 온다는 것이 이곳 개발에 관계되는 분들을 더욱 자극했는가 하는 생각도 들고, 저 때문에 여러분이 더 고생하는 것 같기도 하고, 참으로 착잡합니다. 그렇다면 용서하여주십시오."

---

56 《김수환 추기경 전집》 6권 454쪽.

그는 잠시 말을 멈추고 눈을 감으며 마음을 진정시켰다.

"그리고 오늘 저녁, 이 자리에서 탄생하시는 예수님은 베들레헴에서 여관방을 얻을 수 없어서 마구간에서 태어나셨는데, 오늘은 이곳 밤이슬을 가리는 천막도 없는 곳에서 탄생하시게 되었구나 하는 생각이 듭니다. 예수님이 베들레헴의 그날 밤처럼 오늘 저녁 이 서울에 오신다면, 바로 집도 절도 없는 몸이 된 여러분 가운데 오실 것입니다."

그는 계속해서 예수님이 가난한 사람들에게 복음을 전하러 오셨고, 가난한 이와 약한 이를 사랑하시며, 병자와 억눌린 자, 소외되고 버림받은 자들, 죄인들을 더 가까이 대하고 얼싸안으셨다고 강조했다.

"저는 지난번 이곳에 방문했을 때 여러분이 고통을 겪으시는 중에도 서로 사랑하고 돕는 모습과 또 다른 고통받는 모든 이들을 위하여 기도하는 모습에서 주님의 현존을 체험했습니다. 특히, 신자가 아닌 한 청년과 한 부인이 다음과 같이 하신 말씀에 깊은 감명을 받았습니다. 청년은 '저는 지금까지 하느님이 계시는가? 계시면 어디 계시는가? 하고 찾으며 살아왔습니다. 그런데 이제는 우리 공동체 안에 계시다는 것을 느낍니다'라고 하셨습니다. '이 공동체가 서로 위하는 사랑 속에, 함께 기도하며 정의를 위해 서 있는 모습 속에 하느님이 함께하신다는 것을 체험하고 있는 듯 느꼈습니다'라고 말했습니다. 그리고 부인은 지난번 여기서 철거반으로부터 폭행을 당해 앞니 몇 개가 부러졌을 때를 이야기하시고, 그다음 날 미사 때 이렇게 기도하셨다고 했습니다. '하느님, 저는 제가 얼마나 약한 자인지를 잘 알 수 있었습니다. 그러나 저의 약함 속에 하느님이 계심을 보았습니다.' 참으로 두 분이 말씀하시는 하느님은 우리와 함께하시는 하느님이십니다. 성탄에 오신 주님을 '임마누엘'이라고 합니다. 곧 '우리와 함께 사시는 하느님'이라는 뜻입니다. 두 분은 바로 이 하느님을 몸소 체험하고 증거하는 말씀을 해주셨습니다. 저는 이 하느님이 오늘 저녁 모든 것을 빼앗긴 이 자리에 여러분과 함께하고 계심을 믿습니다. 성탄에 오시는 하느님은 참으로 우리와 함께 계시는 하느님이십니다. 아멘."

미사가 끝난 후 그는 철거민들이 끓여내온 라면을 먹으며, 더 추워지기 전에 근본적인 해결책이 마련되기를 기원했다. 그러나 겨울이 지나도록 문제는 해결되지 않았고, 철거민들은 마지막 철거가 이루어진 이듬해 4월 명동성당으로 와서 텐트를 쳤다.

이날 밤 12시, 김수환 추기경은 명동성당에서 성탄전야 미사를 집전했다. 그는 강론을 통해 올해 기쁜 일도 있었지만 너무나 가슴 아픈 일도 많이 겪었다고 회고했다. 개헌 정국을 둘러싼 정치인들의 극한 대립과 독주는 우리 모두에게 이 나라의 내일에 대한 심각한 우려와 불안을 가중시키고 있다고 걱정했다. 이 나라의 주인인 국민들의 간절한 열망은 묵살당하고, 오로지 힘을 과시할 수 있는 사람들의 논리만 있을 뿐이라고 개탄했다. 수출이 늘고 경기가 호전되었다고 하지만, 그 혜택은 세계에서 가장 긴 시간을 일하고 있는 근로자들에게 돌아가지 않고 있고, 농어민들이 부채에 짓눌려 있다고 지적했다. 한편에서는 신축 아파트들이 남아돌고 있는데, 도시 재개발로 보금자리를 빼앗긴 철거민들은 갈 곳이 없어 추위에 떨고 있다면서, 재개발로 인한 그 엄청난 이익이 다 어디로 가는지 모르겠다고 한숨을 내쉬었다.

그는 우리를 뒤덮고 있는 어둠이 너무 두텁고 넓어서 좌절과 체념에 빠질 수 있지만, 우리가 그리스도 안에서 살아가는 한, 또 우리가 이 그리스도의 사랑을 증거하며 그분의 사랑으로 무장할 때, 우리는 반드시 모든 어둠을 극복해나갈 것이라며 위로했다.

미사를 마치고 주교관으로 돌아온 그는 일기장을 펼쳤다.

우리의 현실은 밤과 같은 어두운 세상…… 진리도, 정의도 없다. 어디로 가야 할지, 어떻게 살아야 할지 모르는 세상 속에서 참으로 사랑할 줄 알아야 한다. 그때 성당은 그 어두움을 밝히는 빛이 된다.

국민의 한 사람인 박종철은 어디 있느냐?

37

"하느님이 두렵지 않으냐?"

| 김수환 추기경 |

1987년 1월 15일, 중앙일보를 보던 김수환 추기경의 눈이 '경찰에서 조사받던 대학생 쇼크사'라는 제목의 기사에서 멈췄다. 당시 인기 시사만화가 정운경 화백의 '왈순아지매' 바로 오른쪽에 있었다. 당시에는 기자의 신변보호를 위해 무기명으로 보도되었지만, 신성호 검찰출입 기자가 작성한 기사였다.[57]

14일 연행되어 치안본부에서 조사를 받아오던 공안사건 관련 피의자 박종철 군(21, 서울대 언어학과 3년)이 이날 하오 경찰 조사를 받던 중 숨졌다.

경찰은 박 군의 사인을 쇼크사라고 검찰에 보고했다. 그러나 검찰은 박 군이 수사기관의 가혹행위로 인해 숨졌을 가능성에 대해 수사 중이다.

---

57 JTBC 2014년 1월 15일 보도. 신성호 기자는 2015년 현재 대통령 홍보특보다.

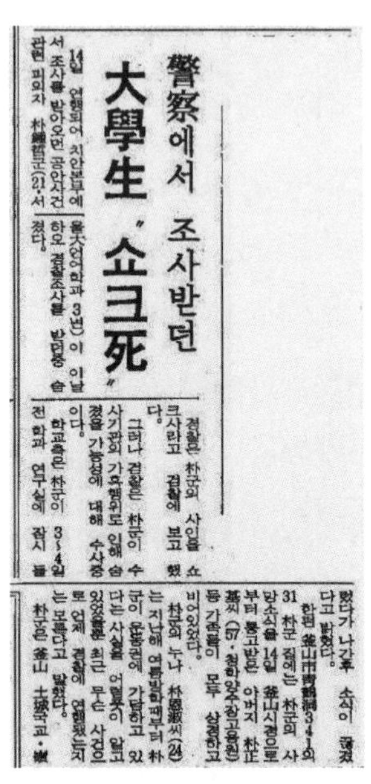

警察에서 조사받던

大學生 "쇼크死"

14일 연행되어 치안본부에서 조사를 받아오던 공안사건 관련 피의자 朴鍾哲군(21·서울大언어학과 3년)이 이날 하오 경찰조사를 받던중 숨졌다。

경찰은 朴군의 사인을 쇼크사라고 경찰에 보고 했다。

그러나 경찰은 朴군이 수사기관의 가혹행위로 인해 숨졌을 가능성에 대해 수사중이다。

학교측은 朴군이 3~4일전 학과 연구실에 잠시 들렀다가 나간후 소식이 끊겼다고 밝혔다。

한편 釜山市[illegible]3 4 1의 31 朴군 집에는 朴군의 사망소식을 14일 釜山시경으로부터 통고받은 아버지 朴正基씨(57·청학양수장고용원)등 가족들이 모두 상경하고 비어있었다。

朴군의 누나 朴恩淑씨(24)는 지난해 여름방학때부터 朴군이 운동권에 가담하고 있다는 사실을 어렴풋이 알고 있었으나 최근 무슨 사건으로 언제 경찰에 연행됐는지는 모른다고 말했다。

朴군은 釜山 土城국교·

박종철 군 고문치사 사건을 최초로 보도한 기사. 중앙일보 1987년 1월 15일자 7면.

김수환 추기경의 손이 부르르 떨렸다. 그는 이 기사를 계속해서 몇 번을 읽고는 깊은 한숨을 내쉬었다. 자신도 모르게 "이제는 아예 학생들을 고문하다가 죽이기까지 하는구나"라는 장탄식이 새어나왔다.

1월 16일, 모든 신문에 '박종철 군 사망 사건'이 보도되었다. 치안본부로서는 해명을 하지 않을 수 없었다. 결국 강민창 치안본부장이 기자회견을 했다.

"1월 14일 오전 8시 10분경, 서울 관악구 신림동 하숙방에서 연행한 후, 10시 51분경부터 조사를 받던 중 수사관이 주먹으로 책상을 '꽝' 치며 사실을 추궁하자 '억' 하고 책상 위에 쓰러져 중앙대 부속병원으로 옮겼으나 12시경 사망했습니다."

기자들은 왜 사건이 발생한 지 30시간이 지나도록 발표하지 않았는지를 따졌다. 강민창 치안본부장은 "먼저 가족들에게 경찰이 결백하다는 것을 납득시키고 부검 결과가 나오면 나중에 떳떳이 전모를 밝히려고 발표를 미뤄왔다. 내가 아는 한 가혹행위는 없었다"고 밝혔다. 경찰은 부검이 끝난 박종철 군의 시신을 이날 오전 8시 45분에 화장火葬했다. 부검의의 입만 막으면 다시 한 번 진실은 은폐될 거라고 생각한 것이다. 그러나 이번에는 언론이 가만히 있지 않았다.

1월 17일, 신문에서는 박종철 군 사건을 대대적으로 보도하기 시작했다. 김수환 추기경은 먼저 동아일보에 속보로 보도된 내용을 자세히 읽었다. 속보는 남영동 대공분실에서 숨진 박 군을 처음 진료한 중앙대

부속 용산병원의 오연상(당시 32세) 내과 의사와, 사체 부검에 입회했던 한양대 마취과 의사 박동호 박사의 증언이었다.

오연상 내과의는 "오전 11시 45분 조사실에 도착했을 당시 박 군은 바지만 입은 채 윗옷이 벗겨져 있었던 것으로 기억되며, 약간 비좁은 조사실 바닥에는 물기가 있었다. 박 군을 검진한 결과 이미 사망한 상태였다. 외상의 흔적은 발견할 수 없었지만, 복부팽만이 심했다"면서 물고문이 있었음을 암시하는 결정적 증언을 했다.

박동호 박사는 "뒷머리 쪽에 피멍이 있었고, 가슴 부위 살갗이 벌겋게 변해 있었으며, 가슴 부위 피하층에 구슬 크기만 한 피멍이 여러 군데 보였다. 또 목과 왼쪽 허벅지 윗부분에도 피멍이 두세 개 있었다"고 밝혔다.

부검하는 것을 지켜본 박종철 군의 삼촌도 기자들에게 "머리 한쪽에 피멍이 드러나 보였으며 이마, 뒤통수, 목, 가슴, 하복부, 사타구니 등 여러 군데에 피멍자국이 있었다"고 증언했다.

김수환 추기경은 다시 한 번 깊은 한숨을 내쉬었다. 그리고 계속해서 6면에 실린 '이 아비는 할 말이 없다이'라는 제목에 '경찰 조사받다 숨진 대학생의 아버지, 철아 잘 가그래이, 피맺힌 외마디 절규'라는 부제가 달린 박스기사를 읽었다.

> 형 종부 씨는 박 군의 유해를 가슴에 꼭 끌어안은 채 경찰이 마련한 검은색 승용차에 올랐다. 잠시 후 가족은 화장장 근처의 임진강 지류에 도착했다. 아버지 박 씨는 아들의 유골을 싼 흰 종이를 풀고 잿빛 가루를 한 줌 한 줌 쥐어 하염없이 샛강 위로 뿌렸다.
>
> "철아, 잘 가그래이……."
>
> 아버지 박 씨는 가슴속에서 쥐어짜는 듯한 목소리로 말했다. 박 씨는 끝

으로 흰 종이를 강물 위에 띄우며 "철아, 잘 가그래이. 이 아부지는 아무 할 말이 없다이……"라고 통곡을 삼키며 허공을 향해 외쳤다. 이를 지켜보던 주위 사람들은 흐느끼거나 눈시울을 붉혔다.

김수환 추기경은 다시 한 번 분노했다. 그뿐 아니라 모든 국민들이 분노했다. 이제 "쾅 치니까 억 하고 죽었다"는 말을 믿는 국민은 없었다. 그러나 정부는 부검 결과가 나올 때까지 기다리자며 시간을 끌었다. 정부는 관계기관 대책회의를 열고 후속조치를 논의했다. 그리고 사건이 확대되지 않도록 경찰이 자체 조사를 해서 발표하기로 결정했다. "대공수사 요원의 사기를 꺾지 않기 위해서"라는 이유를 붙였지만, 이런 형식적인 수사가 네 달 후 어떤 결과를 불러올지는 아무도 예측하지 못했다.

1월 18일 일요일 정오, 김수환 추기경은 명동성당 정오미사를 집전했다. 그는 강론 때 박종철 군과 가족을 위해 기도하고 슬픔에 동참하자고 했다. 아직 수사 결과가 발표되지 않았지만, 그렇다고 언급을 안 할 수 없었다. 그는 수사 결과가 발표되면 정의평화위원회 주최로 주교단과 사제단 공동으로 고문 근절을 위한 미사를 봉헌할 생각을 하고 있었다.

1월 19일 오전 10시, 강민창 치안본부장은 "자체 조사 결과 박종철 군은 치안본부 대공수사2단의 조사관인 두 명의 경찰관이 물고문을 가한 끝에 질식해 숨진 것으로 밝혀졌다. 담당 조사관인 조 경위와 강 경사를 이날 오전 구속했으며, 대공수사2단장에게는 감독 책임을 물어 직위해제했다"고 발표했다. 하루 만에 조사를 마친 것이다.

김종호 내무부 장관은 대국민 사과를 했다. 그러나 민심은 들끓었다. 학생들의 분노는 폭발 직전의 화산처럼 활활 타올랐고, 국민의 분노도 하늘을 찔렀다.

김수환 추기경은 한국 천주교정의평화위원회 위원장인 윤공희 대주교에게 연락해서 '고문 근절을 위한 인권 회복 미사' 계획을 상의했다. 사제들이 많이 참석할 수 있게 1월 26일 월요일 오후 6시 30분에 명동성당에서 봉헌하고, 강론은 그가 하기로 했다.

1월 20일, 전두환 대통령은 내무부 장관과 치안본부장을 교체했다. 그리고 '고문 방지 특별기구'를 설치하겠다고 발표했다. 그래도 성난 민심은 가라앉지 않았다.

1월 22일, 노태우 민정당 대표는 연두기자회견에서 "내각제 개헌을 신속히 마무리하고 연내에 총선을 하자"고 제안했다. 고문치사 사건을 진화하기 위한 정부의 전략이었다. 그러나 대학가와 재야단체의 박종철 군 추모 행사 열기는 계속 확산되었다.

1월 23일, 전국 17개 대학에서 추모시위가 벌어졌고, 일부 교수들이 분향소에 들러 조문을 했다. 신문에서는 연일 고문치사 후속기사를 비중 있게 보도하면서 정부의 인권정책을 압박했다.

김수환 추기경은 정부의 발표와 조치들을 지켜보며, 이 정부에 과연 고문을 근절시키려는 의지가 있는지를 의심했다. 아무리 봐도 진정성이 보이지 않았다. 그는 분노를 다스리기 위해 십자가 앞에 무릎 꿇기를 반복하며, 이제 더 이상 고문으로 희생되는 젊은이가 나오지 않게 해달라고 기도했다. 그러나 분노는 쉽게 가라앉지 않았다.

그는 밤을 지새우며 26일 강론을 준비했다. 정부에 보낼 수 있는 가장 강력한 메시지를 담았다. 무엇을 잘못했고, 앞으로 어떻게 해야 하는지를 깨달으라고 전두환 정권의 정통성 문제까지 포함시켰다.

1월 26일 오후 6시 30분, 명동성당에서는 한국 천주교정의평화위원회와 서울대교구 정의평화위원회 공동으로 '박종철 군 추모와 고문 근

'박종철 군 추모와 고문 근절을 위한 인권 회복 기구 미사' 집전.

절을 위한 인권 회복 기구 미사'가 봉헌되었다. 김수환 추기경, 윤공희 대주교, 지학순 주교와 100여 명의 사제단이 공동으로 집전하는 미사였다. 이날 미사는 며칠 전 신문에 보도되어, 신자들뿐 아니라 학생과 재야인사, 일반인들까지 명동성당으로 모여들었다. 1,200명이 앉을 수 있는 성당 안이 발 디딜 틈 없이 꽉 차자 성당에서는 앞마당에 옥외 스피커를 설치했다. 찬바람이 부는 쌀쌀한 날씨였지만, 성당에 들어가지 못한 1천여 명의 신자들과 일반인들이 앞마당과 언덕길을 메웠다. 전투경찰들도 속속 성당 언덕길 아래 배치되었다.

미사가 시작되었다. 제1독서, 제2독서, 복음 낭독이 끝나자 김수환 추기경이 강론을 시작했다.[58]

"친애하는 형제자매 여러분! 오늘 우리는 지난 1월 14일, 하늘마저 노할 경찰의 포악한 고문으로 숨진 서울대학생 고 박종철 군의 참혹한 죽음을 애통해하면서 이 자리에 모였습니다. 솟구쳐오르는 의문 속에 온 나라의 이들이 눈물을 흘리며 할 말을 잊고 하늘만 바라보고 있는 어제 오늘입니다. 민주국가, 법치국가, 정의사회라는 대한민국 안에서 백주白晝에 한 젊은이가 경찰에 연행된 지 수시간 후 시체로 변했다는 이 어처구니없는 사건을 기정사실로 받아들여야 하는 오늘의 우리 현실을 한없이 아파하면서, 이제 정신을 가다듬고 각자가 처해 있는 위치에서 과거에 대한 뼈아픈 반성과 앞으로 나아갈 길을 생각해봐야겠습니다."

김수환 추기경의 카랑카랑한 목소리는 옥외 스피커를 통해 명동성당 입구까지 울려퍼졌다. 1970년대에 그랬던 것처럼, 지나가던 행인들도 길 건너 YWCA 빌딩 앞을 중심으로 모여들어 그의 강론에 귀를 기울였다.

"오늘 제1독서에서, 하느님께서 동생 아벨을 죽인 카인에게 '네 아우 아벨은 어디 있느냐?'고 물으시니, 카인은 '제가 아우를 지키는 사람입니까?' 하고 잡아떼며 모른다고 합니다. 창세기의 이 물음이 오늘 우리에게 던져지고 있습니다. 지금 하느님께서는 우리에게 묻고 계십니다."

김수환 추기경은 침통한 표정으로 신자들을 바라봤다. 그리고 슬픔에 잠긴 목소리로 말했다.

"너희 아들, 너희 제자, 너희 젊은이, 네 국민의 한 사람인 박종철은 어디 있느냐?"

여기저기서 흐느낌이 흘러나왔다. 나지막한 한숨소리도 들렸다.

그때 그의 목소리가 높아졌다.

---

58 《김수환 추기경의 신앙과 사랑》(천주교 서울대교구 엮음, 가톨릭출판사, 1997) 142~153쪽.

"'쾅' 하고 책상을 치자 '억' 하고 쓰러졌으니 나는 모릅니다. 수사관들의 의욕이 좀 지나쳐서 그렇게 되었는데, 그까짓 것 가지고 뭘 그러십니까? 국가를 위해 일을 하다가 실수로 희생될 수도 있는 것 아니오? 그것은 고문경찰관 두 사람이 한 일이니 우리는 모르는 일입니다, 라고 하면서 잡아떼고 있습니다. 바로 카인의 대답입니다. 그러나 제2독서의 말씀과 같이 우리는 모두 성령의 힘에 의해서 하나로 묶여 있으며, 같은 하느님의 피조물이요, 한 아버지의 자녀이기 때문에 책임을 회피할 수 없다는 것을 알아야 합니다. 이런 신앙을 떠나서라도 우리는 박종철 군과 한 겨레요, 한 핏줄입니다. 위정자도, 국민도, 여당도, 야당도, 부모도, 교사도, 종교인도 모두 한 젊은이의 참혹한 죽음 앞에 무릎을 꿇고 가슴을 치며 통곡하고 반성해야 합니다."

그는 고개를 숙였다. 그리고 잠시 후 다시 고개를 들어 전두환 정권의 각성을 촉구했다.

"오늘 이 성전에서 근본적으로 박종철 군의 죽음에 책임이 있는 이 정권에 대해 우선 하고 싶은 한 마디 말은 '하늘이 두렵지도 않으냐?' 하는 것입니다. 이번 박종철 군의 참혹한 죽음은 우연한 돌발적인 사고가 아닙니다. 이번 고문 사건은 지난해 6월에 있었던 천인공노할 부천경찰서의 권 양 성고문 사건과, 재작년 9월에 있었던 전 민청련 의장 김근태 씨에 대한 안기부의 잔혹한 고문 사건, 이밖에 연속적으로 일어난 고문 사례 중의 하나이며, 다른 한편으로 헤아리기 힘들게 많은 수의 양심인들이 감옥에서 고통당하고 있는 것과 같은 맥락에서 발생한 것입니다. 오늘날 우리 한국 사회를 뒤덮고 있는 지속적인 불의의 사태는 극도로 악화된 단계로 보입니다. 현 정권은 자신을 반대하는 모든 사람을 힘으로 다스리고, 또 그중 상당수를 공산주의자들에게 적용하는 국가보안법으로 처벌하고 있습니다. 지난 한 해 동안 정치적인 이유로 구속된 사람의 수는 2,400여 명이 넘고, 그보다 앞선 5년 동안 구속한 양심수는 약 1,200명이라고 합니다. 오늘의 젊은 학생들은 누가 무어라 해도 머지않아 우리 사회를 짊어질 하나의 역사적 세대인 것입니다. 또 일상생활의 구체성 안에서 보면 우리 사회 각 가정의 귀한 아들딸들입니다."

그는 계속해서, 정부에서는 학생들을 '나쁜 혁명분자'처럼 몰아붙여서는 안 된다고 강조했다. 그리고 이제까지 고문 금지의 법조문이 없어서 고문이 자행된 것이 아니라, 인권 옹호의 법과 제도가 있는데도 경찰과 검찰이 무시하고 따르지 않아서 휴지화되었다면서, 여기에는 법의 존엄을 수호해야 할 사법부도 의무를 다하지 않은 책임이 있다고 지적했다.

천주교 서울대교구 1987년 2월 1일자 주보. 김수환 추기경은 1월 26일 미사 강론 원고를 2월 1일 서울대교구의 각 성당 주일미사 때 배포되는 '서울 주보'에 싣도록 했다.

1987. 2. 1. 천주교 서울대교구 홍보국 제469호 연중 제4주일

서울 주보

"하느님께서는 강하다는 자들을 부끄럽게 하시려고 이 세상의 약한 사람들을 택하셨습니다." (I고린 1,27)

행복의 조건은 허심(虛心), 겸손, 정의

말씀

1987. 2. 1. 3

박종철군의 죽음을 민주제단에 바친다

박군 고문살인은 우리 모두의 책임

교회는 사람들에게 희망을 주는 원천이 되어야 합니다.

"그렇다면 문제는 참으로 심각합니다. 인권을 옹호하고 존중해야 할 공권력이 오히려 인권을 말할 수 없이 거듭거듭 유린하고, 사람을 죽음에까지 이르게 하고 있습니다."

그의 목소리가 더 높아졌다.

"이것이 현실일 때 우리는 공권력 행사의 최고 책임을 지고 있는 이 정권의 도덕성에 대하여 깊은 의문을 제기하지 않을 수 없습니다. 이 정권의 뿌리에 양심과 도덕이 도대체 있느냐? 아니면 이 정권의 뿌리에는 총칼의 힘뿐이냐? 하는, 이 정권의 도덕성에 대한 회의가 근본적으로 야기되지 않을 수 없습니다. 이것은 국민인 우리에게 이런 정권을 그대로 따라야 하는지에 대한 중대한 양심 문제를 던지고 있습니다."

충격적인 발언이었다. 성당에는 무거운 침묵이 감돌았다. 중간중간에 앉아서 녹음을 하던 기관원들의 얼굴이 흙빛으로 변했다. 다른 사람 같았으면 발언을 중지시키고 연행했을 내용이었다.

강론은 결론으로 접어들었다.

"친애하는 형제자매 여러분! 우리는 모두 인간다운 삶과 그런 삶을 보장하는 정의로운 사회를 갈망하고 있습니다. 그렇다면 고문과 같은 인권 유린, 하느님의 모습을 따라서 창조된 존엄한 인간에 대한 모독 중에서도 모독인 이런 행위는 차제에 참으로 근절되어야 합니다. 고문이 있는 한 우리는 민주사회도, 인간다운 사회도 이룰 수 없습니다. 고문은 실로 인간을 파괴하고, 사회를 파괴하고, 나라를 무너뜨리는 중죄입니다."

그는 지금까지 고문에 대해 남의 일처럼 무관심했던 우리 모두가 회개하고 하느님 앞에 "우리는 살인죄를 범하였습니다"라며 진심으로 참회의 눈물을 흘려야 한다고 했다. 그리고 고 박종철 군의 명복을 빌며, 자식을 잃고 애통해하는 가족들에게 깊은 애도의 마음을 전했다.

'박종철 군 추모와 고문 근절을 위한 인권 회복 기구 미사' 후 명동성당 앞 시위.

두 시간에 걸친 미사가 끝나자 사제단은 박종철 군의 영정과 십자가를 들고 명동성당 언덕을 내려갔다. 50여 명의 수녀와 2천여 명의 신자들이 그 뒤를 따랐다. 사제단은 전경들의 장벽 앞에서 한 시간 동안 기도를 드리며 침묵시위를 벌인 후 다시 성당으로 돌아와 '고문 종식과 민주주의를 위한 기도회'를 진행했다.

김수환 추기경은 종교인과 재야 각계가 모여 발족한 '고 박종철 군 국민추도준비위원회'에 고문으로 참여했다. 준비위는 2월 7일 토요일을 '국민추도일'로 정했다. 김수환 추기경은 이날 오후 2시 명동성당에서 추도식 행사를 해도 좋다고 동의했고, 명동성당 주임인 김병도 신부에게 그날 오후에 예정된 몇 차례의 혼배성사(결혼식)를 다른 성당에서 하도록 조치하라고 했다.

2월 5일, 정부는 전국에서 3만 3천 명의 경찰을 동원해 '명동성당 봉쇄 3일 작전'을 시작했다.

2월 6일, 경찰은 명동성당 부근에 삼중 방어벽을 설치했다. 오전 11시부터 인근 지하철역과 버스정류장에서는 지하철과 버스가 정차하지 못하게 조치를 했다. 버스회사들은 운전기사들이 오후 2시에 경적을 울리지 못하도록 경적 연결선을 제거했다.

2월 7일 오후 1시, 명동성당이 철저하게 봉쇄되자 학생들과 재야운동권 인사들은 명동 곳곳에서 산발적인 시위를 벌이기 시작했다. 시민들은 이전과 달리 학생들에게 박수를 보냈고, 학생들과 함께 "독재타도!"를 외쳤다. 경찰이 연행하려고 하면 야유를 보냈다. 일부 시민들은 경찰에 달려들어 연행되는 학생을 구출하기도 했다. 민심이 전두환 정권에 등을 돌렸다는 뜻이었다. 시민 '넥타이 부대'는 이해 6월 학생들에게 큰 힘이 되었다.

오후 2시, 명동성당 종탑에서는 박종철 군의 나이에 맞춰 스물한 번의 조종이 울렸다. 그리고 1분가량의 묵념이 끝나자 사제단 50명과 30명의 수녀, 미리 들어와 있던 운동권 인사들이 김승훈 신부의 주례로 추도미사를 봉헌했다. 미사가 끝난 후에는 마당에서 사회를 맡은 오태순 신부가 고은 시인의 조시 〈박종철 군 영령 앞에서〉를 낭독하며 국민추도식을 거행했다. 김수환 추기경은 사제관 성당에서 홀로 기도를 드렸다.[59]

오후 3시, 사제단은 박종철 군의 영정과 대형 십자가를 들고 명동성당 언덕길을 내려오는 침묵시위를 벌였다. 전투경찰과는 충돌하지 않고, 기도를 드린 후 다시 성당으로 돌아왔다. 명동 일대에서의 산발적

---

59 박승철 기자의 '명동성당의 하오 2시', 《월간경향》 1987년 3월호.

인 시위는 저녁 8시경에 끝났다. 이날 경찰은 800여 명을 연행, 그중 40여 명을 구속하고 80명은 즉심, 나머지는 훈방했다.

김수환 추기경은 거의 모든 일정을 중단한 채 기도와 묵상에 침잠했다. 이제는 이 나라의 민주화를 위해 수난과 십자가의 길을 마다하지 않겠다는 것이 그의 심정이었다. 다시는 이 땅에서 "철아, 잘 가그래이. 이 아부지는 아무 할 말이 없다이……"와 같은 절규가 나와서는 안 된다고 생각했다. 그러나 재야운동권처럼 사제들과 수녀들을 데리고 거리로 나갈 수는 없는 일이었다. 그는 지금의 이 난국에 어떻게 대처하는 것이 국가와 민족을 위해 바람직한 방법인지 하느님께 지혜를 구했다.

그는 우리 사회의 회개를 촉구하려면 서울대교구뿐 아니라 한국 천주교 전체에서 '9일기도회'를 하는 게 효과적이라고 판단했다. 주교회의 상임위를 소집해, 2월 28일부터 3월 8일까지 전국의 2천여 성당에서 '민주화와 회개를 위한 9일기도회'를 열기로 결정했다.

이튿날, 그는 그동안 마음이 안정되지 못해 쓰지 못했던 위로 편지를 썼다.

> 고 박종철 군 부모님과 형제분들께.
>
> 사랑하는 아드님과 동생을 잃고 한없는 슬픔과 비통에 젖어 있는 분들께 무슨 말로도 위로를 드릴 수 없습니다.
>
> 단지 마음으로 아픔을 나누면서 종철 군의 명복을 빌고 또다시 이 땅에 그런 참혹한 죽음이 없기를 기원하며, 부모님과 형제분들도 슬픔을 이기고 밝은 새날을 맞이하기를 빕니다.
>
> _1987년 2월 15일, 추기경 김수환

2월 28일, 명동성당을 비롯해 전국의 성당에서 9일기도회를 시작했다. 김수환 추기경은 그때부터 외부 행사를 최대한 줄이고 마지막 날 강론 준비를 시작했다. 이번 사건은 절대로 그냥 흐지부지되어서는 안 된다고 생각했다. 80년 5월 광주에서 잔학한 짓을 한 것으로도 모자라 계속 학생과 젊은이들을 잡아들여 가혹한 고문을 하는 행태는 종식되어야 했다.

3월 8일 오후 7시, 김수환 추기경은 '민주화와 회개를 위한 9일기도회'의 마지막 날 순서와 미사를 주례했다. 명동성당 안팎에는 2천여 명의 신자와 일반인들로 가득했다. 그는 강론을 통해서 정치 지도자들의 반성을 촉구했다. 경고도 했다.

"오늘날 우리나라의 정치 상황은 대단히 어둡습니다. 앞이 보이지 않습니다. 우리 사회는 세계에서 이름난 인권 유린의 나라가 되고 말았습니다. 현 정권이 어떤 길로 정권을 잡았으며, 지금도 국민을 얼마나 우롱하고 있으며, 또한 자기들을 반대하는 사람들을 인정사정없이 얼마나 가혹하게 다루는지 알면서도 침묵을 지키고 있기 때문에 이른바 '부천경찰서 성고문 사건'을 비롯하여 '박종철 군 고문살인'과 같은 기막힌 사건들이 백주에 이 땅에서 저질러졌습니다. 결국 우리가 권력자들이 어떤 폭력을 휘둘러도 무관심하고, 관심이 있어도 그것을 감히 표현하지 못하고, 한 번도 힘 있게 항의하지 않았기 때문에 오늘 우리는 법과 질서라는 미명 아래 실제는 폭력이 지배하는 사회에 살게 된 것입니다. 그렇다고 저는 여기서 우리 모두 반항하자, 일어나 싸우자, 투쟁하자고 말하는 것이 아닙니다. 뿐더러 저는 어떤 이들의 주장이 만일 민중봉기의 투쟁 방식이면 그것을 반대합니다. 왜냐하면 그런 투쟁은 나라 전체의 존립을 위태롭게 할 염려가 크기 때문입니다. 또한 저는 전에도 한 번 말한 바 있습니다만, 일부 젊은이들이 이른바 좌경화로 기울어져 혁명을 부르짖는 것에도 반대합니다. 왜냐하면 그것은 문제 해결이 아니요, 더 큰 불행을 가져올 염려가 너무나 명백하기 때문입니다."

그는 좌경 학생들의 문제가 왜 생겼는지를 냉정히 생각해봐야 한다고 지적했다. 좌경 학생 출현의 근본 원인은, 정부의 강권정책, 권력과 금력을 가진 사람들의 횡포, 사회의 부정부패 때문이라는 것이었다. 그 책임은 정부에 있다고도 했다. 그래서 정부는 이 학생들을 구하려면 민주화를 해야 한다고 소리를 높였다. 그중에서도 전두환 대통령이 진정한 민주화를 실천하는 것이 오늘의 좌경 학생 문제를 해결하는 길이라고 주장했다. 이 이야기는 그가 이제까지 수없이 반복한 내용이었지만, 해결 방법은 오직 이 길밖에 없기에 다시 한 번 강조한 것이다. 그는 숨을 한 번 고른 후, 준엄한 목소리로 전두환 정권을 향해 경고했다.

"만약 우리 정치가들이 이 예수님의 뜻을 깨닫지 못하고 여전히 국민을 업신여기고 자신들의 총칼의 힘만 믿는다면, 칼을 쓰는 자는 칼로 망한다는 성경말씀대로 그들 스스로의 칼로써 스스로의 죽음을 자초하게 될 것입니다. 저는 우리 정치가들이 여야 모두 참으로 권력과 금력과 욕망과 그 사슬에서 해방되기를 빕니다. 그들의 마음이 그들 자신의 생존을 위해서도 참으로 빈 마음이 되기를 간절히 기도합니다. 여러분이 만일 오늘 이 시기에 마음을 비우지 못하면, 국가와 민족에 반역한 역사의 심판을 면치 못할 것입니다."

이제까지 그의 발언 중 가장 강도 높은 발언이었다. 그는 인류 역사에서 이런 폭압정치의 결말이 어땠는지를 알고 있었다. 인류 역사를 들먹이지 않아도 박정희 대통령의 결말만 봐도 알 수 있는 일이었다. 그래서 단호하게 경고를 한 것이다. 그는 우리 자신의 회개를 위하여 기도하면서, 이 나라 정치 지도자들의 회개를 위해서도 기도하자면서 강론을 마쳤다.

그의 강론은 이튿날 거의 모든 신문에 보도되었다. 동아일보는 5단

크기로 강론 내용을 자세하게 소개하면서, "현 정권을 전례 없이 강한 어조로 비판했다"고 보도했다. 그러나 정치 지도자들에게는 마이동풍馬耳東風이었다.

3월 9일, 신민당의 이민우 총재와 김영삼 고문이 민주화와 개헌 일정을 놓고 갈등을 빚었다. 얼마 후에는 김영삼 고문과 김대중 민추협 공동의장이 신민당 운영을 놓고 노선 대립을 시작했다. 며칠 후 두 김 씨가 갈등을 봉합하자 이번에는 신민당 주류와 비주류의 대립이 표면에 드러났다.

3월 26일, 전두환 대통령은 노태우 민정당 대표에게 정국 주도권을 부여한다고 발표했다. 야권의 자중지란을 틈타 노태우 대표에게 정권을 승계하겠다는 계획이었다. 이런 상황에서도 신민당의 당내 갈등은 더 깊어졌다.

4월 8일, 김영삼·김대중 두 김 씨는 신당 창당을 선언했다.

4월 10일, 노태우 민정당 대표는 신당 창당은 합의 개헌을 포기하는 것으로 간주한다면서 호헌護憲 여부를 곧 발표하겠다고 했다.

4월 13일, 전두환 대통령은 특별담화를 통해 "고뇌에 찬 결단"이라면서 현행 헌법으로 88년 2월에 정부를 이양하고, 올해 안에 대통령선거를 실시하겠다고 발표했다. 아울러 민정당 대통령후보를 곧 선출하겠다고 밝혔다.

김수환 추기경은 깊은 분노와 실망과 슬픔에 잠겼다. 박종철 군의 억울한 죽음이, 권력 욕심과 당리당략 앞에서 다시 한 번 흐르는 강물 속으로 사라지는 것 같았다. 그는 허탈한 마음을 다잡으며 언론사에 보낼 부활절 메시지를 써내려갔다.[60]

친애하는 형제자매 여러분!

주 예수 그리스도의 부활축일을 맞이하여 부활하신 주님의 은총이 여러분 위에 가득하시기를 빕니다.

오늘이 또한 1960년 이 땅의 젊은이들이 민주화를 위해 많은 피를 흘린 4·19 기념일이어서 더욱 부활의 은총이 우리나라와 사회에 넘치기를 빌고 싶습니다. (중략)

국민은 있어도 주권은 없고, 신문 방송은 있어도 언론은 없으며, 국회나 정당은 이름뿐이요, 힘만 있고 정치는 없는 공허 속에서 우리는 살고 있습니다. 국민의 여망인 민주화가 정략의 도구로 쓰이고, 보다 밝은 정치의 새 시대를 열 것으로 기대되었던 헌법 개정의 꿈은 기만과 당리당략의 술수 아래 무참히 깨졌습니다.

마지막 순간까지 우리는 통치권자의 마음을 비운 결단을 기대했습니다. 사실 통치권자가 진정 이 땅의 정치적 안정을 위하여 허심탄회하게 상대방 대표들과 대화하고 구속자 석방, 사면, 복권, 언론자유 등 모든 민주적 조치를 과감하게 단행해왔더라면, 오늘 우리는 이 세상에서 가장 자랑스러운 대한민국 국민으로서 긍지와 기쁨을 누릴 수 있을 것이고, 국민 모두가 일치단결하여 있을 것입니다. 그리고 현 대통령은 근세 우리 역사에서 국민의 여망인 민주화를 이룩한 가장 빛나는 지도자로서 모든 국민의 존경을 받고 있을 것입니다.

그러나 현실은 정반대였습니다. 민주화, 민주화 하면서 민주화를 위한 조치는 아무것도 취한 것이 없습니다. 거기다 막상 내려진 이른바 '고뇌에 찬 결단'은 한마디로 국민들에게는 슬픔만을 안겨주었습니다. 민주화를 생각하는 이들의 마음은 더 큰 고뇌로 가득 차게 되었습니다. 이 땅 위에

---

60 《김수환 추기경 전집》 1권 356~361쪽 요약.

는 다시금 최루탄이 그칠 줄 모르고 터지며, 국민의 눈과 마음속 깊은 곳에서는 눈물이 마를 날이 없게 되었습니다.

병든 사회 속에서 범죄는 날로 흉포해지고, 병든 법치 속에서 인권 유린이 다반사가 되어 마침내는 성고문의 충격이 고문살인의 경악으로 이어졌지만, 사회에서나 옥중에서나 인권 보호와 처우 개선의 약속은 허공에 뜬 구호에 그칠 뿐입니다.

참으로 진실도 없고, 정의도 없고, 사랑도 없으며, 가난한 자와 약한 자에 대한 배려도 인정도 없는 황량한 풍토 위에 우리는 서게 되었습니다.

그는 펜을 놓고 창밖을 바라보았다. 어느새 새벽이 가까워졌다.

4월 14일, 그는 부활절 메시지를 미리 언론사에 보내는 관례에 따라 강론 원고를 서울의 각 언론사로 보냈고, 거의 모든 석간신문에서 그의 메시지를 보도했다. 동아일보는 '거대한 개헌 꿈 깨져, 국민 슬픔 안겨줬다'는 제목으로 사회면에서 크게 다뤘고, 사설에도 그의 메시지를 소개했다.

통일민주당 김영삼 창당준비위원장은 전두환 대통령에게 민주 개헌을 위한 실질 대화를 갖자고 제의하면서 노태우 민정당 대표가 함께 참석해도 좋다고 했다.

이날 정부는 상계동 재개발 지역을 강제철거했다. 아이들이 학교에 간 오전 9시 40분, 73대의 트럭을 타고 온 1천여 명의 철거반원이 들이닥쳐 가재도구를 밖으로 실어낸 후 포클레인 네 대와 쇠망치를 동원해 두 시간 만에 상계5동을 폐허로 만들었다.

당시 서울시와 재개발추진위가 마련한 대책은 경기도 포천과 남양주에 4~5평짜리 방 한 칸 블록집을 지어주고 양계장을 해보라고 빈터를 구입해주는 것이었다. 이주비로는 50~70만 원을 책정했다. 그러나 주

1987년 4월 14일, 정부가 상계5동 재개발 지역에 남아 있던 집들을 강제로 철거하자 거처를 잃은 세입자들이 격렬하게 항의하고 있다. 이날 철거민들은 명동성당으로 거처를 옮겼다. 김동원 감독은 상계동 철거민들의 애환을 필름에 담아 다큐영화 〈상계동 올림픽〉을 만들었다.

민들은 대부분 행상과 막노동, 파출부 등으로 생계를 꾸려오던 이들이라 시골에 가서 양계를 할 엄두를 내지 못했다.[61]

철거 광경을 바라보던 정일우 신부가 손인숙 수녀를 비롯한 성심수녀회 수녀들에게 "명동으로 모여요, 명동으로!" 하며 손짓했다. 그러자 수녀들은 73가구 300여 명의 주민들과 함께 지하철을 타고 명동성당으로 갔다. 그리고 지하 소성당에 모여 농성을 시작했다. 이 소식을 듣고 양평동3가에 있던 철거민 14세대도 합류했다. 조그만 성당에 350명이 들어찼다.

---

61 동아일보 1987년 4월 14일자.

4월 15일, 정부는 민정당 대통령후보 선출은 6월 15일께, 선거인단선거는 12월 초, 대통령선거는 12월 15~20일께 하겠다고 발표했다.

상계동과 양평동 철거민의 농성은 계속되었고, 정일우 신부와 제정구는 김수환 추기경에게 1985년 3월에 만든 '천주교 도시빈민사목협의회'를 서울대교구 직속기구로 편입시켜달라고 건의했다. 그는 그들의 건의를 받아들여 '천주교 도시빈민사목협의회'를 '서울대교구 도시빈민사목위원회'로 확대 개편하고, 초대위원장에 교구청 사무처장인 김병도 명동성당 주임신부를 임명했다.

4월 16일, 상계동 철거민들의 농성이 3일째로 접어들자 평신도들 중에서 불평을 하는 이들이 생겨났다. 그 이야기를 전해들은 김수환 추기경은 침통한 표정을 지었다. 그리고 자책했다. 강론 때마다 그토록 소외된 이웃에 대한 사랑을 강조했는데도 신자들, 특히 지도층에 있다는 이들이 이런 생각을 한다는 것은 자신의 책임이라고 생각했다.

그는 잠시 지난 세월을 반추했다.

'이곳에 온 게 1968년 5월, 만으로 19년이 되어가는구나. 강산이 두 번 바뀔 동안 그토록 사랑과 정의를 외쳤는데도, 성당의 불편함을 생각하는 이기주의가 사랑에 우선하는구나. 이러고도 나는 교구장 직무를 제대로 했다고 할 수 있을까?'

가슴속에서 눈물이 흘러내렸다. 그는 3층에 있는 성당으로 올라갔다. 십자가 앞에 무릎을 꿇었다.

"주님, 저는 신자들의 마음에 주님의 사랑을 심어주지 못한 죄인입니다. 저는 양떼들을 잘못 인도한 엉터리 목자입니다. 주님 앞에 갔을 때, 이 엄청난 죄를 용서받을 수 있을지 두렵습니다. 저로서는 하노라고 했는데도 신자들 마음은 차갑습니다. 주님, 이 죄인을 용서해주십시오. 당신이 맡겨주신 임무를 다하지 못한, 불충한 당신의 종 스테파노를 불쌍히 여겨주소서…….”

그는 오랫동안 무릎을 꿇은 채, 사랑에 이르는 길이 얼마나 힘든지를 느끼면서, 자신이 하느님 앞에서 얼마나 부족한 인간인지를 다시 한 번 깨달았다.

집무실로 돌아온 그는 소성당에 있는 손인숙 수녀를 불렀다. 손 수녀가 불안한 표정으로 그의 앞에 앉았다. 그녀도 성당 신자들이 자신들을 거북해한다는 소식을 듣고 있었다.

“손 수녀, 오늘 성목요일 세족례를 하는데, 상계동과 양평동 철거민에서도 한 명씩 대표를 뽑아.”

그의 말을 듣는 순간 손인숙 수녀는 눈시울이 붉어졌다. 그리고 속으로 생각했다. 이분이 진심으로 가난한 이들을 사랑하시는구나…….

세족례는 예수가 열두 제자의 발을 씻겨준 걸 기리는 예식이었다. 김수환 추기경은 이날 저녁 성목요일 미사를 집전하면서, 상계동 철거민 황길구 씨(당시 58세)와 양평동 철거민 김을규 씨(당시 31세), 그리고 신자 열 명의 발을 씻겨주었다.

4월 17일, 철거민 농성은 4일째에 접어들었다. 300명 이상이 계속 소성당에 머물 수는 없는 일이었다. 정일우 신부와 손인숙 수녀는 철거민들과 함께 소성당을 나왔다. 명동성당 관계자들은 그들이 떠나는 줄 알았다. 그러나 아니었다. 이미 상계동에서부터 천막생활에 익숙했던 그들은 교구청 테니스장(지금의 별관) 옆 빈터에다 천막을 쳤다.

4월 18일, 김수환 추기경은 다시 한 번 손인숙 수녀를 불러, 오늘 밤 부활성야 미사 때 ‘신자들의 기도’를 하라고 했다. 성당 마당에 천막까지 친 심정을 기도하라는 뜻이었다. 손 수녀는 다시 한 번 고개를 숙였다.

그날 손 수녀는 “예수님이 겟세마니 동산에서 사람들이 잡으러 올까 봐 걱정하셨듯이, 저희들도 어젯밤에는 경찰이 와서 강제로 연행해 포

명동성당에 천막을 친 상계동 철거민.

천이나 남양주에 던져놓을까 봐 벌벌 떠는 마음이었습니다"라고 기도했다.

그 기도를 들은 신자들은 자신들이 강제철거하는 경찰보다 나쁜 사람이 될 수는 없다는 생각을 했고, 김수환 추기경은 다음 날 손인숙 수녀를 불러 "감동했다, 잘했다"며 격려했다.

김수환 추기경은 며칠 후, 도시 철거민 이주 경험이 많은 정일우 신부와 제정구를 불렀다. 도시빈민사목위원회 위원장을 맡고 있는 김병도 신부와 상의해서 상계동과 양평동 철거민 문제를 해결할 방법을 찾아보라고 했다.[62]

5월 9일, 김수환 추기경은 집무실에서 서류 한 통을 받았다. 재야인사인 김정남으로부터 전달된 '박종철 군 고문치사 사건의 진상이 조작되었다'는 내용의 편지였다.[63] 김수환 추기경이 김정남을 알게 된 건 지

62 도시빈민사목위원회는 8개월 후인 이듬해 1월 부천시 고강동에 부지를 마련했다.

학순 주교 구속 때였다. 가톨릭여학생관에서 처음 만나 옥바라지에 대한 조언을 받았었다. 그 후 신부들의 구속이 늘어나면서 만남이 잦아졌고, 구속된 신부들에게 슬리핑백을 넣어주라는 조언도 받았다. 신뢰할 만한 사이였다.

그는 "1) 박종철 군을 직접 고문하여 죽인 하수인은 따로 있다"로 시작되는 글을 읽어내려갔다. 박종철 군을 고문한 경찰은 다른 사람들이라면서, 진범 세 명의 이름과 소속을 확인했다는 내용이었다. 치안본부 고위 간부들이 진상을 은폐·조작했고, 검찰은 수사 과정에서 실체적 진실을 밝히려 하지 않았고, 경찰 발표에 따라 범인을 그대로 인정, 구속 기소함으로써 범인 조작을 은폐·방조했다는 내용도 있었다. 치밀하게 조사했을 뿐 아니라 객관적 증거도 있었다.

그는 이 정권이 국민을 상대로 너무나 큰 거짓말을 하고 있다는 생각에 소름이 끼쳤다. 지난해의 부천경찰서 성모독 사건도 틀림없이 이렇게 조작·은폐되었을 것이었다. 그러나 김정남의 편지에는 어떻게 처리해달라는 내용은 없었다. 그는 김정남이 다시 연락을 할 거라고 생각했다.

김정남은 자신이 수배자라는 초조함에 5월 초 열린 임시국회에서 야당 의원을 통해 발표할까 생각했다. 그러나 그들은 몸을 사렸다. 김정남은 김수환 추기경을 떠올렸고, 고영구 변호사의 부인 황국자 여사와 딸 은영을 통해 편지를 보내서 축소·조작을 알렸다. 당시 김정남은 고영구 변호사 집에 숨어 있었다. 그러나 김수환 추기경에게 그 내용을 폭로해달라는 부탁은 차마 하지 못했다. 그 대신 서울대교구 홍보국장으로 있는[64] 함세

---

63 김정남 회고 '6월 항쟁 20주년-박종철 사망 사건 전말 中'. "그때 나는 고영구 변호사의 집에 은신하고 있었다. 나는 함세웅 신부와 김수환 추기경에게 편지를 썼다. 그것을 고영구 변호사의 부인 황국자 여사와 딸 고은영(당시 이화여대 4년 재학) 양을 통해 전하게 했다."

고문치사 범인이 조작되었다는 사실이 알려진 경위

이부영이 감옥에서 김정남에게 보낸 편지.

김정남이 고문치사 사건의 조작·축소를 알게 된 것은 영등포교도소에 복역 중인 이부영 민통련 사무처장이 보낸 편지를 통해서다.[65]

이부영 처장이 복역하고 있던 영등포교도소에는 마침 고문치사 사건의 범인들로 지목된 두 경찰관이 수감되어 있었다. 이부영 처장은 교도소 안에서 자신을 친형제처럼 생각하며 여러 가지 편의를 봐주던 한재동 교도관[66]으로부터 고문경관들이 가족면회 때 억울함을 하소연했다는 이야기를 들었다. 이부영 처장은 전직 기자답게 엄청난 폭발력을 가진 사건임을 직감하고, 운동 시간 등을 이용해 이 사람 저 사람에게 물어서 사건이 조작·축소되었음을 알게 되었다.

이 처장은 한재동 교도관의 도움으로 필기도구를 구해 그 내용을 종이에 적었고, 한 교도관의 도움을 받아 친구이자 서울대 정치학과 동창인 김정남에게 전달했다. 그때가 3월 중순경이었다. 이때 두 명의 경찰관은 이미 검찰에 사실을 이야기했지만, 3월 7일 오히려 의정부교도소로 이감되었고, 교도관들에게는 보안단속이 내려온 상황이었다.

편지를 받은 김정남은 재야의 마당발이었지만, 그도 수배 중이었다. 그러나 그 역시 사건이 사실로 밝혀질 경우 커다란 파장을 불러올 수 있다고 판단하고, 그 때부터 고문치사 사건이 보도되었던 1월 신문을 자세히 살폈다. 당시 조사실에는 여러 명이 있었다는 내과의 오연상의 증언이 눈에 들어왔다. 그는 고영구, 조영래, 황인철 등 인권변호사들을 통해 재판 중인 두 경찰관의 법정 기록 등을 확인해 보다 구체적인 단서를 찾았다.

얼마 후, 김정남은 축소되어 빠진 세 경찰관의 이름에 오자가 포함되긴 했지만 실제 인물이라는 사실을 확인했다. 이부영이 보낸 편지에 있는 '방근곤' 대신 경사 반금곤이 있었고, 이정오 대신 경장 이정호가 있었다. 황정웅은 정확한 이름으로 경위였고, 이들은 모두 치안본부 대공수사2단 5과 2계 학원분과1반 소속이었으며, 당시까지도 경찰관 신분을 유지하고 있었다. 이부영의 편지 내용이 틀림없는 사실이라는 것을 확신하게 해주는 결정적 단서였다.

웅 신부가 일요일 미사를 집전하는 구파발성당에 황국자 여사를 보내 진범 세 명의 이름과 소속 등이 담긴, '박종철 군 고문치사 사건의 진상이 조작되었다'라는 제목의 성명서가 담긴 봉투를 전달했다. 이 봉투에는 세상에 알려달라고 부탁하는 간곡한 편지도 동봉했다.

5월 11일경, 김수환 추기경의 집무실로 홍보국장인 함세웅 신부가 찾아왔다.[67] 함 신부는 그에게 김정남이 작성한 성명서 사본을 건넸다. 며칠 전에 받은 내용과 같았다. 그는 그때서야 김정남의 의도가 무엇인지를 알 수 있었다.

이 엄청난 사건을 어떻게 발표할 것이냐가 문제였다. 저녁이면 3층 성당에서 무릎을 꿇고 기도를 했다. 이번 일은 지난 19년의 서울대교구장 생활, 그리고 18년 동안의 추기경 생애에서 가장 결정을 내리기 힘든 일이었다. 만약 사실이 아니거나 정부에서 덮고 언론을 통해 천주교를 공격하면, 자신이 책임을 지고 물러난다고 해도 천주교는 치명적인 상처를 입을 것이고, 그렇게 되면 신자들의 동요 역시 대단히 클 것이었다. 몇 년 전 부산 미 문화원 방화 사건 범인들을 숨겨주었다가 받은 오해나 비난과는 비교하기 힘들 정도의 시련이 예상되는 일이었다. 그의 기도는 계속되었다.

며칠 후, 김수환 추기경은 김병도 명동성당 주임신부를 불러, 5월 18일 저녁에 '5 · 18항쟁 희생자 7주기 추모미사'를 준비하라고 일렀다.[68] 그동안 광주민주화운동에 대해서는 매해 강론을 했지만, 5월 18일 미

---

64 1985년 8월 16일 발령.

65 박종철 군 고문치사 진상 조작 관련은 김정남의 《진실, 광장에 서다》(창비, 2005) 567~573쪽, 김정남의 《이 사람을 보라》(두레, 2012) 185~188쪽, 김정남 회고 '6월 항쟁 20주년-박종철 사망 사건 전말 中'을 근거로 재구성했다.

66 김정남은 한재동 교도관의 실명은 그가 정년퇴임한 후에 출판한 《이 사람을 보라》에서 밝혔다.

67 《흘러가는 세월과 함께》(김병도 몬시뇰, 천주교 구의동교회, 2001) 203쪽.

사는 처음이었다. 그는 자신이 직접 주례하겠다고 했다. 그리고 김병도 신부에게 함세웅 신부와 함께 성명서 내용의 진위를 확인한 후, 틀림없는 사실이면 미사 후에 성명서를 발표해도 좋다고 허락했다.[69] 누가 발표할지는 모르겠지만 성명서를 자신이 주례한 미사에서 발표하게 함으로써, 이 문제는 자신이 알고 있고 발표를 허락했기 때문에 최종적인 책임은 자신이 지겠다는 의미였다.

추기경이 강론에서 성경말씀에 근거한 강론이 아니라 성명서를 낭독하는 것은 또 다른 논란을 낳으면서 문제의 초점을 흐릴 수도 있다고 판단했다. 실제로 성명서 발표 후 일부 기자들은 "평신도가 작성한 초안을 신부들이 검토, 사제단 이름으로 발표하는 것은 여러 측면에서 뜻밖의 문제를 초래할 수 있다"고 지적했다.[70]

5월 18일 오후 6시 30분, 김수환 추기경은 명동성당 안팎에 2천여 명의 신자들이 참석한 가운데 '5 · 18항쟁 희생자 7주기 추모미사'를 주례했다. 그는 강론을 통해 "현 정권은 광주사태의 진실을 밝히고 참으로 회개하는 것만이 그들 자신을 구하고 나라를 위하는 길"이라면서, "지금이라도 겸허하게 자기를 비우고 반대자들도 받아들이고 야당과도 대화로 문제를 풀어나가려고 노력하면서 민주화를 위한 모든 조치를 취한다면, 광주의 아픔은 조금이라도 덜 수 있고, 오늘날의 정치적 불안도 현저히 줄일 수 있으리라고 기대한다"고 촉구했다.

이어서 그는 사제들의 단식기도를 치하하면서 "우리나라에 이 시대

---

68 《이 사람을 보라》 187쪽. "광주민주항쟁 7주기 기념미사는 오직 박종철 군 고문치사 사건의 진상이 조작되었다는 성명을 발표하기 위해 기획되고 마련된 미사였다는 것이 나의 확신이다."

69 《흘러가는 세월과 함께》 203쪽.

70 《김수환 추기경, 로마에서 명동까지》(류가형 편, 규장각, 1987) 150쪽.

위는 '5·18항쟁 희생자 7주기 추모미사'를 집전하는 김수환 추기경. 아래는 미사 후 '박종철 군 고문치사 사건의 진상이 조작되었다'는 내용의 성명서를 낭독하는 김승훈 신부.

의 사제직의 의미가 바로 그렇게 그리스도와 함께 자신을 비우고 고난의 길을 가는 데 있다는 것을 몸소 체험했으리라 믿으며, 부디 신부님들께서 이 정신을 길이 간직하면서 이 시대에 우리 겨레의 구원의 십자가를 사제로서 전생애를 바쳐 지고 가기를 기원한다"고 밝혔다. 미사 후에 발표할 성명서로 인해 신부 몇 명이 구속될지도 모르는 상황이었기에 격려를 한 것이다.

추모미사가 마무리되자, 정의구현사제단 대표 김승훈 신부가 제대 앞으로 나왔다. 수첩이나 카메라를 든 기자들이 제대 근처로 모였다. 홍보국장인 함세웅 신부가 기자들에게 "5 · 18 미사가 끝난 후에 신부들이 구속을 불사하는 엄청난 행동을 할 것이다"라고 귀띔을 했기 때문이었다. 각처에서 나온 기관원들은 무슨 일인지 몰라 당황하며 정면을 뚫어지게 바라봤다. 신자들의 시선도 김승훈 신부에게 집중되었다.

김승훈 신부는 비교적 크게, 떨리는 목소리로 '박종철 군 고문치사 사건의 진상이 조작되었다'라는 성명서의 제목을 읽은 후 "당국은 철저하게 이 사건을 은폐했고, 그 과정 일체도 조작해서 국민을 다시 한 번 속였다"고 말했다. 기자들과 신자들은 너무나 엄청난 사실에 숨을 제대로 쉬지 못할 정도였다. 사진기자들은 플래시를 터뜨렸고, 김승훈 신부는 모두 3,120자(200자 원고지 16매 분량)의 성명서를 낭독했다. 정의구현사제단 신부들은 기자들에게 정의구현사제단 명의로 된 성명서를 나눠주었다.

박종철 군 고문치사 사건의 진상이 조작되었다.

1. 박종철 군을 직접 고문하여 죽게 한 하수인은 따로 있다. 진짜 범인은 치안본부 대공수사2단 5과 2계 학원분과1반 소속 황정웅 경위, 경사 반금곤, 경장 이정호로서, 이들 진범들은 현재도 경찰관 신분을 유지하고 있다.
2. 범인 조작 각본은 경찰에 의해 짜여졌고 또 현재도 진행 중이다.
3. 사건의 조작을 담당하고 연출한 사람들은 고문치사 사건 직후 직위해제되었다가 4월 8일 복직되었다.
4. 검찰은 이와 같은 사건 조작의 내용을 알고 있으면서도 이를 밝히지 않고 있다.

5. 이 사건 및 범인 조작 책임은 현 정권 전체에 있다.
6. 박종철 군에 대한 고문치사 사건은 처음부터 그 진상이 다시 규명되어야 하며, 진상조사 활동에 방해나 탄압이 없어야 한다.
7. 조한경 경위와 강진규 경사에 대한 재판은 공개되어야 하며, 두 사람에 대한 신변의 위협이 없어야 한다.
8. 이 사건 조작에 개입한 모든 사람은 처벌되어야 한다.
9. 박종철 군에 대한 고문살인 행위의 범죄와 범인이 조작되어 어떠한 사람이 억울하게 천추의 한을 안게 되는 일이 있어서는 안 된다.
10. 박종철 군의 죽음은 결코 헛되지 않아야 하며, 그 진실은 낱낱이 밝혀져야 한다.
11. 이 사건 범인 조작의 진실이 박종철 군의 고문살인 진상과 함께 명쾌하게 밝혀질 수 있느냐 없느냐에 따라, 과연 우리나라에서 공권력의 도덕성이 회복되느냐 되지 않느냐 하는 결말이 날 것이다. 또한 우리 사회가 진실과 양심, 그리고 인간화와 민주화의 길을 걸을 수 있느냐 없느냐 하는 중대한 관건이 걸려 있다.

모두 11개항으로 된 성명서의 각 항목에는 정부에서 부인하기 힘들 정도로 철저하게 취재한 내용이 포함되어 있었다. 이날 미사에는 그동안 연락을 맡아준 고영구 변호사의 부인 황국자 여사도 참석했다. 미사 후 황 여사는 김정남에게 '거사'가 성공했다는 소식을 전했다.

성명서를 발표한 김승훈 신부는 기다리고 있던 김수환 추기경과 함께 경기도 시흥군 의왕리의 라자로마을에 있는 '아론의 집'으로 떠났다.[71] 서울대교구 사제 26명이 1987년도 연례 피정을 하고 있는 곳이었다. 김수환 추기경과 김승훈 신부도 그곳에서 기도하면서 정부의 발표를 기다렸다. 정부의 입장이 보도되는 대로 기사를 복사해서 가지고 와

달라고 부탁해둔 상태였다. '아론의 집'에서 꼼짝도 하지 않기 위해서였다.

다음 날인 5월 19일은 조용했다. 언론에서는 폭로에 대한 기사만 조그맣게 보도했을 뿐 정부 쪽 반응은 일절 나오지 않았다.

이틀 후인 5월 20일, 치안본부는 우왕좌왕하는 발표를 거듭했다. 처음에는 "일고의 가치도 없다"고 일축한 후 "공범이 더 있을지 모른다는 주장은 몰라도, 진범이 조작되었다는 주장은 전혀 터무니없다"고 했다. 그리고 성명서에 언급된 세 명을 모두 다른 곳으로 발령 냈다. 그러나 오후 늦게 "진범이 조작되었다는 건 상식적으로 불가능한 일이지만, 이 같은 주장이 나오게 된 경위에 대해서는 조사하겠다"고 발표했다.

5월 21일, 검찰은 성명서에서 지목한 세 경찰관을 구속하여 의정부교도소에 수감했다. 그러나 검찰은 사제단의 폭로로 구속한 것이 아니라 자신들도 이미 그 사실을 파악하고 있었고, 자신들의 조사 결과에 따라 구속한 것이라고 발표했다. 이때부터 모든 신문은 범인 조작 사건에 지면을 아끼지 않았다. 1면부터 시작해서 사회면 전체가 범인 조작 기사로 뒤덮였다. 국민들은 경악했고, 민심은 다시 한 번 급격히 돌아섰다.

그리고 이날에서야 김승훈 신부가 성명서를 발표하는 사진이 보도되었다. 그동안은 언론도 확신이 없어, 성명서 발표를 1단 기사로 조그맣게 다뤘을 뿐이었다. 기자들이 앞을 다투어 '아론의 집'으로 달려왔다. 각 대학에서는 범인 조작을 규탄하는 시위가 시작되었다. 6월 10일 전당대회를 열어 노태우 대표를 대통령후보로 선출하려던 정부와 민정당

---

71 《김수환 추기경, 로마에서 명동까지》 140~142쪽.

은 당황했다.

5월 23일, 김수환 추기경은 송건호, 성내운 등 재야운동권에서 결성한 '박종철 군 국민추도회 준비위원회'의 고문직을 수락했다. 준비위원회는 '박종철 군 고문살인 은폐·조작 범국민규탄대회'를 민정당 대통령후보 선출일과 같은 날인 6월 10일에 열기로 했다.

東亞日報

朴鍾哲군 拷問致死 警官 3명 더 있었다

물拷問범인 추가拘束

관련上司 모임에서 犯人축소造作 모의

檢察 은폐배후 철저수사키로

조작引責 內閣사퇴요구

박종철 군 고문치사 사건 범인 조작 관련 기사. 동아일보 1987년 5월 22일자 1면.

5월 25일, 동아일보 기자 132명은 '민주화를 위한 우리의 주장'을 발표하며 언론에 대한 부당 간섭 철폐를 요구했다.

5월 26일, 정부는 노신영 국무총리, 장세동 안기부장을 비롯해 내무부 장관과 법무부 장관, 검찰총장을 경질하는 개각을 단행했다. 김수환 추기경은 신임 내무부 장관에 고건 전 전남 지사(최규하 정부 때 정무수석)가 임명된 사실을 눈여겨봤다. 시위를 담당하는 경찰이 내무부 산하였기 때문이었다. 그는 고건 장관과는 광주민주화운동 때 서로 전화기를 붙잡고 울음을 터뜨린 사이였기 때문에, 다른 이들에 비해서는 합리적일 수 있겠다는 기대를 했다.

이날부터 전국 23개 대학에서는 은폐·조작을 규탄하는 시위를 벌이면서, '독재타도'와 '호헌철폐'를 외쳤다. 이날 오후 서울대 박봉식 총장은 "수업 거부 주동 학생을 학칙에 따라 중징계하겠다"고 밝혔다.

5월 27일, 검찰은 이 사건 수사를 대검 중앙수사부(중수부)가 맡고, 검찰 1차 조사팀에 대해서는 감사를 벌여 문책하겠다고 발표했다. 민주당과 재야단체들은 '박종철 군 국민추도회 준비위원회'를 '민주헌법 쟁취 국민운동본부'로 재구성했다. 김수환 추기경을 고문으로 추대했으나, 그는 정중하게 사양했다. 추도모임과 모든 재야단체와 정당이 모여서 만든 운동본부는 성격이 다르기 때문이었을 것이다.

5월 29일, 검찰은 축소·조작한 치안본부 고위 간부 세 명을 구속했다. 대검 중수부는 서울지검이 범인 축소·은폐 기도를 안 것은 5월 초가 아니라 2월 27일이었고, 3월과 4월에도 제보가 있었지만, 의도적으로 은폐한 것은 아니고 객관적 증거 수집에 시간이 걸린 것이라고 발표해 다시 한 번 국민들을 분노하게 만들었다.

5월 30일, 이한기 신임 국무총리서리는 대국민 사과 담화를 발표했다.

6월항쟁과 명동성당

38

"제가 하는 말을 결정권자에게 전해주십시오.
경찰이 성당에 들어오면 제일 먼저 나를 만나게 될 것입니다."

| **김수환 추기경** |

6월 1일, '민주헌법 쟁취 국민운동본부'는 '박종철 군 고문살인 은폐 규탄 및 호헌철폐 국민대회'를 10일 오후 6시 덕수궁 옆에 있는 성공회 대성당 및 전국 20개 대도시에서 연다고 발표했다. 직장인들이 참여할 수 있는 시간으로 정한 것이다. 이와 함께 '국민행동요강'도 발표했다. 전국의 자동차는 대회 당일 오후 6시 정각 애국가가 끝남과 동시에 경적을 울리고, 전국의 교회와 사찰에서는 종을 울리며, 모든 대회 참가자는 태극기를 지참하고 대회장으로 나오라고 했다. 아울러 "국민대회는 철저히 평화적으로 진행할 방침이며, 이와 같은 행동요강을 무시하는 사람은 우리의 대회를 오도하려는 세력으로 규정할 것"이라고 발표했다.

6월 2일, 정부와 민정당은 6월 10일 잠실체육관에서 전당대회를 강행하기로 결정하고, 노태우 대표를 대통령후보로 추대하기로 당론을 확정했다. 6월 10일 전당대회와 국민대회의 큰 충돌은 불가피했다.

6월 8일, 정부는 6·10국민대회는 불법이므로 강력 봉쇄하겠다고 발표했다. 그리고 재야 및 정치권 인사 80여 명을 가택연금하고, 전국 110개 대학을 수색했다. 서울시는 현수막 제작 업체에 시위 현수막을 만들어주지 말라고 지시했다.

6월 9일, 정부는 전국에 5만 8천 명의 전투경찰을 배치했다. 서울에 2만여 명을 배치했는데, 성공회 대성당 주변은 3중, 4중의 방어선을 구축했다. 시위 주동자 및 극렬 가담자는 모두 구속하겠다고 발표하면서, 각 경찰서에 검사들을 파견해서 신속한 수사체계를 갖추겠다고 밝혔다.

또 경찰은 오후 6시 행인들이 애국가를 제창하지 못하게, 각 동사무소와 파출소, 학교에 오늘은 애국가 옥외방송을 하지 말라고 지시했다. 국가가 나서서 애국가를 부르지 못하게 하는 초유의 사태였다. 6시에 경적을 울리는 자동차에 대해서는 도로교통법 위반으로 의법 조치하겠다고 했다. 경찰은 시청 앞, 을지로와 명동 주변의 고층 빌딩 옥상에서 유인물을 뿌릴 것에 대비해 구청과 동사무소 직원들을 동원, 옥상으로 통하는 문을 모두 잠갔다. 경찰은 이외에도 서울 시내 버스회사와 택시회사에 연락해 버스와 택시에서 차량 경음기를 제거하도록 지시했다.

오후 4시, 연세대학교에서 '애국 연세인 총궐기대회'가 열렸다. 교문까지 내려온 학생들은 신촌로터리로 진출하기 위해 교문을 나섰다. 그때 경의선 철로 다리 아래 있던 경찰들이 학생들을 향해 일직선으로 최루탄을 쐈고, 학생들은 다시 학교 안으로 돌아갔다. 그때 경영학과 2학년 이한열 군(당시 21세)이 뒤돌아서는 순간, 최루탄이 그의 머리를 강타했다. 이 군이 정문 수위실 부근에서 피를 흘리며 쓰러지자 취재 중이던 외신기자 두 명이 달려와 일으켜 세웠고, 학생 네 명도 달려와 그를 교문 안으로 부축해 갔다. 왼쪽 머리 부분이 찢어져 출혈이 심했고, 코와 입에서도 피가 흘렀다. 이한열 군이 "뒷머리가 아프다"고 고통을 호소

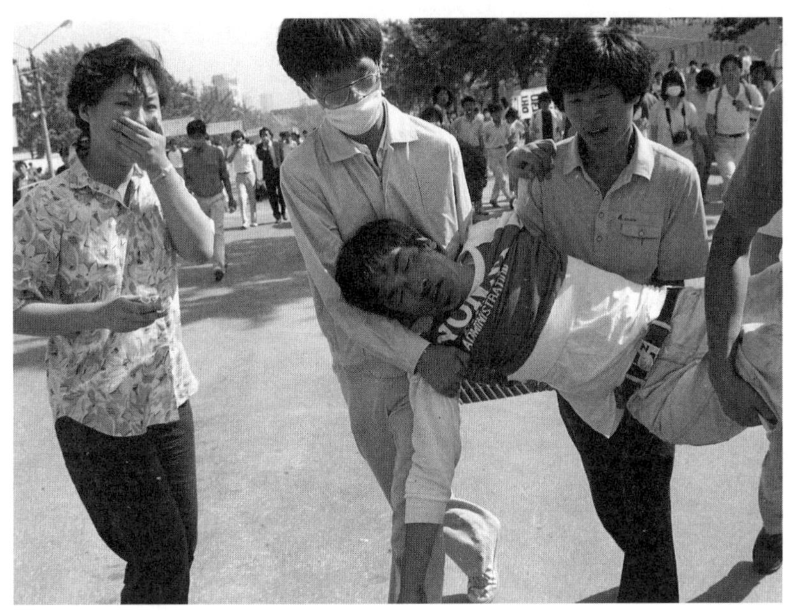

친구들에 의해 병원으로 옮겨지는 이한열 군.

하자 학생들은 그를 세브란스병원 응급실로 데리고 갔다.[72]

5시 35분경, 이한열 군은 산소호흡 등의 응급치료를 받았다. 6시 45분 신경외과 중환자실로 옮겨졌으나, 이 군을 진찰한 신경외과 의사는 "이 군의 뇌 속에 다량의 이물질이 있어 현재로서는 중태이기 때문에 뇌수술을 할 수 없다"고 밝혔다.

얼마 후 이 군의 상태가 세상에 알려졌고, 가족을 비롯해 기자들과 기관원, 재야인사들이 몰려왔다.

연세대 학생뿐 아니라 그 소식을 접한 다른 대학 학생들의 분노가 하

72 동아일보 1987년 6월 10일자.

늘을 찔렀다. 기관원들은 무전기로 이한열 군의 상태를 보고했다. 고건 내무부 장관은 저녁 8시 치안본부에 도착해 그곳에서 이 군의 상황을 보고받으며 침통한 표정을 지었다. 그리고 그곳에 24시간 상황실을 차리고 다음 날에 대한 준비 상황을 진두지휘했다. 폭풍전야였다.

6월 10일 오전 10시, 민정당은 잠실체육관에서 '제4차 전당대회 및 대통령후보 지명대회'를 개최했다. 체육관에는 '총재에게 영광을, 후보에게 축하를, 국민에게 희망을'이라고 쓴 대형 현수막이 펄럭였다. 11시에 시작된 투표가 끝나자 개표하는 사이에 여흥 시간이 마련되었다.

그러나 잠실체육관 주변에서는 대학생들의 시위에 대비해 삼엄한 경비를 펼쳤고, 일부 당직자와 기관원들은 복도에서 수시로 시내 상황과 분위기를 보고받았다. 개표가 끝나자 전두환 대통령이 당원들의 열렬한 환호 속에 입장했고, 대의원들은 모두 일어서서 전 대통령과 노태우 대표의 대형 사진을 흔들며 함성을 질렀다. 천장에 매달아놓은 대형 바구니가 터지면서 오색 테이프와 꽃가루가 체육관을 뒤덮었다. 후보 수락 연설을 끝낸 노태우 후보는 커다란 민정당기를 흔들며 만면에 미소를 지었고, 이 모습은 석간신문 1면 오른쪽에 게재되었다. 그리고 그 왼쪽에는 국민대회 기사가 실렸다.

같은 시각인 오전 10시, 무교동 민추협 사무실에서는 옥외방송을 통해 6시 국민대회 참여를 호소했다. 점심때가 되자 무교동 식당으로 가던 넥타이를 맨 직장인들도 민추협 회원과 민주당원들과 어울려 "호헌철폐, 독재타도"를 외쳤다. 지난 2월 명동에 등장했던 '넥타이 부대'가 이번에는 무교동에서 다시 등장했다. 넥타이 부대가 몰려들자 시민들도 동조했다. 시위대는 순식간에 2천여 명으로 불어났고, 경찰은 오후 2시부터 최루탄을 쏘며 해산작전을 펼쳤다.

서울 시내 40여 개 대학 학생들은, 이한열 군이 중태에 빠져 의식을 회복하지 못하고 있다는 소식에 수업을 거부하고, 오전 10시부터 시내로 출발했다. 학생들은 시내 곳곳에 삼삼오오 모여들었고, 을지로2가에는 여러 대학 학생 500여 명이 집결했다.

오후 4시 45분경, 누군가가 "호헌철폐, 독재타도"를 외치자 학생들은 스크럼을 짜고 차도를 점거해 연좌농성을 시작했다. 맞은편 롯데백화점 앞에 모여 있던 시민들이 태극기를 흔들며 호응했다. 경찰이 최루탄을 쏘며 해산을 시도하자, 남대문시장 골목에 모여 있던 학생들이 한국은행 쪽으로 나오며 구호를 외쳤다. 을지로 쪽에서 최루탄을 피해 온 학생들이 합류하자 시위대는 1천여 명으로 늘어났다. 이때부터 시청, 을지로, 명동 일대에서 산발적인 시위가 계속됐다.

6시 정각, 성공회 대성당에서 종소리가 울리며 옥외 스피커를 통해 애국가가 흘러나오자 그 근처를 지나가던 차량들은 일제히 경적을 울렸다. 버스 안에 있던 승객들도 시위대를 향해 박수를 쳤다. 완전한 민심 이반 현상이었다. 그러나 성공회 대성당 부근은 완전 봉쇄되어 학생과 시민들은 신세계백화점과 명동, 퇴계로 방향으로 몰려갔다. 이때부터 경찰과 시위대의 본격적인 힘겨루기가 시작되었다. 신세계 쪽에서 경찰이 밀리자 경찰은 당시 '지랄탄'이라고 불리던 다두탄과 페퍼포그를 집중 발사했다. 최루탄 연기가 신세계백화점 일대를 뒤덮자 시위대는 퇴계로 쪽으로 몰려갔다.

이날 명동성당에서는 오후 6시 30분에 '민주화를 위한 특별미사'를 봉헌했다. 이 미사에는 박종철 군의 어머니 정차순 여사가 참석해 400여 명의 신자들과 함께 미사를 드렸다. 정 여사는 미사 후 사제와 신자들에게 감사의 인사를 한 후 주교관으로 김수환 추기경을 방문했다. 추기경은 "무어라고 위로를 드릴 만한 말을 찾기 어렵다"며 고개를 숙였

박종철 군 어머니와 대화하는 김수환 추기경.

고, 정 여사는 "진실을 파헤쳐주신 여러 신부님께 감사의 인사를 드리려고 왔다"고 인사했다. 그는 15분 동안 위로의 말을 전했고, 정 여사는 "아직도 가혹행위 등에 대한 진실이 제대로 밝혀지지 않았다"며 울먹였다.

저녁 8시경, 다시 모인 시위대는 퇴계로2가 파출소를 점거했지만 30분 후에 물러났다. 그러나 신세계백화점 쪽에서 온 2천여 명의 시위대들이 다시 파출소를 점거했고, 이때 전경 20명이 붙잡혀 무장해제를 당했다.

2천여 명의 시위대는 민정당 대통령후보 지명 축하 리셉션이 열리는 남산 힐튼호텔로 향했고, 호텔 부근에서 경찰과 치열한 공방전을 벌였다. 무교동과 종로에서도 2천여 명의 학생들이 "호헌철폐, 독재타도"를 외쳤다.

이날 서울에서 시위는 밤 11시경까지 도심 60여 곳에서 계속되었다. 퇴계로와 신세계백화점 앞에 있던 시위대 중 경찰에 쫓기던 1천여 명은 9시경부터 명동성당으로 들어왔고, 신부들은 문화관을 시위대에게 내줬다. 공권력을 피해 온 '사회적 약자'들에 대한 보호조치였다. 학생과 시민이 섞인 시위대는 문화관에서 철야농성을 했다.[73] 이날 시위로 서울에서만 2,392명이 연행되었고, 전국 20여 개 도시에서 1,439명이 밤샘조사를 받았다.

6월 11일 오전 10시, 명동성당에 계속 남아 있는 시위대의 수는 600명 정도였다. 이들은 오전부터 명동성당 입구로 진출해 중앙극장 쪽과 로얄호텔 쪽에 바리케이드를 치고 "호헌철폐, 독재타도"를 외치다 허수아비를 만들어 독재정권 화형식을 거행했다. 국가 지도자의 이름이 달린 허수아비가 활활 타는 장면을 본 시위 진압 책임자는 최루탄 발사와 해산 명령을 내렸다. 이때부터 명동성당 입구는 최루탄 가스로 뒤덮였고 시위대는 돌과 화염병을 던지며 대항했다. 그러나 경찰이 바리케이드를 철거하며 연행을 시작하자 시위대는 다시 명동성당으로 돌아왔다.

전경들은 성당 입구를 몇 겹으로 둘러쌌다. 결국 김병도 주임신부가 보좌신부들과 함께 언덕을 내려가서 책임자를 만났다.

"명동성당을 이렇게 꽉 막아놔서 우리 신자들의 불편이 아주 큽니다. 일부를 열어놓아 숨통 좀 틔웁시다. 그래야 신자들이 드나들 수 있지 않겠소. 명동성당은 종교시설이니까 그렇게 해주셔야 합니다."

책임자는 알았다면서 신자들이 출입할 수 있는 공간을 만들었다.

---

73 이날부터 6월 15일 시위대가 해산할 때까지 명동성당 시위 부분은 김병도 몬시뇰의 《흘러가는 세월과 함께》 222~257쪽, 동아일보·중앙일보·조선일보·경향신문 당시 기사, 《추기경 김수환 이야기》 369~372쪽을 참고해서 재구성했다.

오후가 되면서 학생들이 명동성당 부근으로 몰려왔다. 각 대학에서는 수업을 거부하고 '명동성당 지원 출정식'을 했다. 학생들은 명동 골목골목으로 모여들어 산발적인 시위를 벌였다. 시위대들이 구호를 외치는 소리가 들리면 명동성당에 있던 시위대는 다시 언덕을 내려와 돌과 화염병을 던졌고, 경찰은 성당 쪽을 향해 최루탄을 쐈다. 시위대와 경찰의 공방전은 더욱 치열해졌다.

정부는 명동성당이 시위의 근거지가 되고, 최고 권력자가 화형식까지 당하는 상황을 심각하게 받아들였다. 오후부터는 오전과는 달리 시위대가 언덕 위로 물러가도 계속해서 최루탄을 발사했다. 시위대는 끊임없이 날아오는 최루탄에 우왕좌왕했고, 사과탄에 맞아 피를 흘리는 부상자가 발생하기도 했다. 수녀들이 다친 부상자를 문화관으로 옮겨 치료했다. 성당이 마치 전쟁터를 방불케 했다. 부상자가 늘어나자 김병도 신부는 '명동성당'이라는 글씨가 박힌 성당 전용 자동차로 인근 백병원과 분도병원으로 옮기게 했다. 그리고 시위대에게 더 이상 돌과 화염병을 사용하지 말고 비폭력적으로 하라고 당부한 후, 시위대가 사용하던 확성기 마이크를 잡고 언덕 앞에 섰다.

"명동성당에 최루탄 쏘는 것을 중지하세요! 당신들이 성당에 최루탄을 쏘는 것은 예수께 총부리를 대는 것과 같습니다. 책임자는 즉각 부대원들에게 최루탄 발사를 중지하도록 하세요! 만약 계속해서 최루탄을 쏜다면 전두환 정권이 가톨릭교회에 도전하는 것이오! 그러면 나는 응할 용의가 있소. 더 이상 명동성당에 최루탄을 쏘지 마세요!"

그러나 전경들은 잠시 후 다시 최루탄을 쏴댔다. 상부의 지시였다. 명동성당은 최루탄 연기 속에 갇혔고, 전경들에 둘러싸였다. 서울 한복판에서 '외로운 섬'이 된 것이다.

시위대 중 일부는 최루탄 공세에 공포를 느껴 명동성당에서 나가고 싶어 했다. 그러나 어제 빠져나가던 학생들 중 일부가 체포되었다는 소식에 다시 주저앉기도 했다. 정부가 명동성당 시위대는 무조건 구속이라는 원칙을 세우고 어제 11명을 구속했다는 보도를 라디오를 통해 들은 것이다. 그때 김병도 신부가 진압 담당자를 만나 집에 가는 학생들을 위한 '길 터주기'와 불체포를 약속받아 왔다. 그때부터 귀가 희망 학생들은 수녀들과 함께 명동성당을 빠져나갔다.

김병도 신부는 김수환 추기경에게 "혼자서 감당하기에는 힘에 부치니, 서울교구의 젊은 보좌신부를 명동성당으로 불러들여 회의를 하고 대책을 세우겠다"고 했다. 그는 허락했다. 김병도 신부는 지난번 명동성당에서의 단식에 참여했던 신부들을 불렀다. 대책회의에서 신부들은 "시위대가 돌을 던지고 화염병을 만들어 던지는 폭력행위와 전경들의 최루탄 과다 발사 모두 잘못된 것"이라는 데 의견이 일치했다. 그리고 이날 밤부터 매일 저녁 시국미사와 기도회를 하기로 합의했다.

오후 6시, 김병도 신부는 50명의 사제단과 함께 명동성당 언덕을 내려갔다. 경찰은 최루탄 발사를 중지했다. 중부서장이 앞으로 나왔다. 기자들도 다가왔고, 카메라 플래시가 터졌다. 텔레비전 방송 카메라도 다가왔다.

"몇 시간 전에 성당 안으로 최루탄을 쏘지 말라고 했는데, 왜 계속 쏩니까?"

"위에서 내려온 지시를 따를 뿐, 저에게는 권한이 없습니다."

"성당 앞마당에 최루탄을 쏘면 효과가 있다고 생각하세요?"

"계속 최루탄을 쏘면 학생들이 나올 테고, 그러다 보면 자연히 흩어질 겁니다."

"학생들은 지금 문화관에 들어가 있습니다. 소용없습니다."

"……."

시위 학생들과 대화하는 김병도 신부. 마이크를 잡은 이가 김병도 신부고, 그 옆 한 명 건너 점퍼 입은 이가 함세웅 신부다.

"우리도 지금 나라 걱정을 하고 있고, 학생들이 해산하도록 최선을 다하고 있소. 우리 신부들과 학생들은 당신들과 원수지간이 아니라 같은 나라 백성인데, 꼭 원수를 대하는 것처럼 이렇게 무자비하게 최루탄을 쏠 수 있소? 앞으로는 최루탄을 쏘지 마시오."

김병도 신부는 몇 차례 더 최루탄을 그만 쏘라고 당부하고 신부들과 함께 명동성당으로 돌아왔다.

기도회를 마친 김병도 신부는 문화관 앞에 모여 있는 시위대에게 '비폭력적으로 하라'고 설득했다. 집으로 가고 싶은 사람은 수녀, 신부들과 함께 경찰이 터놓은 길을 통해 명동성당을 빠져나갔다. 문화관에 남은 인원은 학생 250명과 시민 100명 등 모두 350명이었다.

신부들은 밖에 나가 빵을 사왔고 명동성당 옆 샬트르 성바오로 수녀원에서는 밥을 해왔다. 각 성당에서 온 보좌신부들은 12시까지 남아서 시위대와 대화를 했고, 다음 날 다시 오기로 하고 각자의 성당으로 돌아갔다. 명동성당 안에는 그들이 모두 잠을 잘 곳이 없었던 것이다.

이날 밤, 정부는 안기부를 비롯한 정보·치안 기관과 검찰 수뇌부가 모여 6·10대회 구속자 범위와 명동성당 시위대 문제에 대해 이튿날 새벽까지 관계기관 대책회의를 했다. 오전만 해도 노태우 대통령후보 선출과 관련해 구속자를 최소화하는 유화정책을 펼 것이라는 예상이 많았지만, 화형식 소식이 전해지면서 강경책으로 선회했다. 그리고 이때부터 명동성당 진입설이 나오기 시작했다. 그러나 저녁 7시에 열린 공안장관회의에서 고건 내무부 장관, 안무혁 안기부장, 이상연 안기부 차장, 이춘구 민정당 사무총장은 경찰의 명동성당 진입에 반대했다.[74]

6월 12일 새벽, 미국 국무성 부대변인은 정례 브리핑 때(미국 동부 시간으로 11일 오후) 한국의 시위 사태에 대한 질문을 받고 "미국은 시위자들이 명동성당에서 바리케이드를 치고 있다는 보도에 주목하고 있다. 우리는 계속해서 정부와 반대자들이 폭력에 호소하지 않고 이견異見을 해결할 수 있도록 모든 가능한 방법을 다하도록 촉구한다. 명동성당 사건이 평화적으로 해결되기를 기대한다"고 대답했다. 이 답변은 통신사를 통해 세계 각국과 국내에도 보도되었다. 지난해 필리핀에서 가톨릭이 마르코스 정권의 붕괴에 결정적 역할을 했고, 관계기관 대책회의가 강경 분위기였다는 주한 미국 대사관의 보고도 작용했던 것으로 보인다.

6월 12일 아침, 시위대가 명동성당에 들어온 지 3일째 되는 이날도 명동성당에서는 아침미사를 드렸지만, 신자들은 거의 없었다. 명동성

---

74 고건 회고 '고건의 공인 50년 71~72회, 87년 6·10민주항쟁 1~2', 중앙일보 2013년 5월 27~28일자.

당에는 아침까지 최루탄 가스가 남아 있었고, 전경들은 여전히 성당 입구를 겹겹으로 에워싸고 있었다. 최루탄을 맞고 중태에 빠진 연세대생 이한열 군은 계속 혼수상태에서 사경을 헤맸다.

350명의 시위대는 아침 8시 30분부터 대형 태극기를 앞세우고 성당 앞으로 나가 30분 동안 "호헌철폐, 독재타도"를 외치고 다시 성당으로 돌아왔다.

이날 오전, 서울에 있는 대부분의 대학에서는 교내시위가 벌어졌다. 대학생들은 수업을 거부하고 교내시위를 마친 후 명동 부근으로 진출했다.

오전 11시 30분, 어제 밤늦게 돌아갔다가 다시 온 신부들은 시위대에게 "폭력을 무력하게 하는 것은 폭력 앞에서 의연한 양심과 정의를 갖는 것이지, 더욱 강한 힘으로 맞서는 것이 아니"라고 호소하면서, "사제단은 여러분이 아무런 피해를 입지 않고 일상의 터전과 학교로 돌아가도록 안전하게 호송할 뜻을 갖고 있다"고 밝혔다. 그리고 명동 상인들의 생활권을 보장하기 위해서라도 돌과 화염병은 사용하지 말라고 부탁했다.

회의를 한 시위대는 경찰이 최루탄을 쏘지 않으면 비폭력시위를 하기로 결정했다. 신부들은 곧바로 명동성당 언덕을 내려가 시위대가 쳐놓은 바리케이드를 치웠다. 비폭력시위를 하겠다는 상징적인 조치였다.

한편, 성당 안에서는 350명의 먹거리를 해결하기가 쉽지 않았다. 처음에는 수녀원에서 밥을 해왔지만 언제까지 계속할 수는 없는 일이었다. 그런데 성당 안쪽에 자리한 계성여고 학생들이 학급마다 걷은 도시락을 갖고 왔다. 성당 담장으로 먹거리가 담긴 상자들이 넘어오기 시작했고, 남대문시장 상인들은 옷을 보내주었다. 의약품과 성금도 전달되었다. 신부들은 성금으로 라면과 쌀을 사서 성당에서 천막생활을 하고 있는 상계동과 양평동 철거민들에게 시위대의 밥을 해달라고 부탁했다. 철거민들은 솥과 냄비를 내다걸고 밥을 하고 라면을 끓였다.[75]

낮 12시, 명동 부근 빌딩에서 근무하던 직장인들 중 일부가 점심을 먹으러 가지 않고 명동성당 쪽으로 몰려왔다. 길거리에 서서 대학생들을 기다리던 그들은 인원이 500명쯤 되자 누군가 '와' 소리를 지르며 길거리로 나서는 것을 신호로 우르르 몰려나가 "호헌철폐, 독재타도"를 외쳤다. 지난 2월 '명동성당 봉쇄 3일 작전' 때 나타났던 넥타이 부대의 재등장이었다. 직장인들이 애국가를 부르자 시위대 수는 점점 늘어났다. 〈선구자〉도 불렀고 "호헌철폐, 독재타도"도 외쳤다. 1시경이 되자 시위군중은 2천여 명으로 불어났고, 결국 경찰은 해산작전을 시작했다.

오후 1시 30분, 조종석 서울시경국장은 대학생들의 명동성당 농성과 관련한 특별담화문을 발표했다. 더 이상 방치하지 않겠다는 내용이었다. 명동성당 진입이 가까워왔음을 공식적으로 선언한 것이다.

집무실에 있던 김수환 추기경은 담화문이 발표되자 깊은 고민에 빠졌다. 한국 천주교의 심장이라고 할 수 있는 명동성당에 최루탄을 사정없이 쏘아대는 것으로도 부족해 경찰들이 난입해서 학생들을 잡아간다는 것은, 상상하기조차 괴로운 일이었다. 성당은 그리스도의 몸이다. 하느님이 계신 성스러운 곳이고, 인간과 하느님이 만나는 장소다. 그곳에 전투경찰이 군화를 신고 들어오고, 학생들이 비명을 지르며 끌려간다면, 그것은 인간이 지켜야 하는 마지막 성소聖所가 파괴되는 일이었다. 엘살바도르에서는 오스카 로메로 대주교가 미사를 드리다 무장괴한들

75 '서울을 걸으며 6월항쟁과 재회하다', 중앙일보 2013년 6월 7일자.

(훗날 예비역 장교로 밝혀짐)에 의해 암살당했지만, 그런 나라에서도 군인이나 경찰이 성당에 난입한 적은 없는데, 우리나라에서 그런 일이 일어난다면 세계는 우리 민족을 어떻게 볼 것인가. 그러나 전두환 정권은 이미 광주에서 민간인들에게 총질을 하고 정권을 잡지 않았던가. 그들로서는 충분히 저지를 수 있는 일이었다. 그렇다면 내가 할 수 있는 일은 무엇이란 말인가? 서울대교구 주교좌성당이 유린되는 것을 어떻게 막아야 하는가? 그는 주교관 3층 성당에 가서 무릎을 꿇고 기도했다.

오후 5시, 시경국장의 연락을 받은 김병도 신부는 함세웅·이기정 신부와 함께 로얄호텔에서 조 국장을 만났다. 김병도 신부는 안전한 귀가를 보장하고 처벌은 하지 않겠다는 약속을 하면 학생들을 설득하겠다고 했다. 시경국장은 안전 귀가에는 동의하지만, 처벌은 사법당국의 결정에 따라야 한다고 했다. 신부들이 그 조건은 받아들일 수 없다며 일어서자, 시경국장은 상부와 상의는 해보겠다며 여운을 남겼다.

같은 시각, 시내로 나온 대학생들은 도심 곳곳에서 시위를 벌였다. 신세계백화점 부근에서는 시민 수백 명이 인도 위에서 학생들을 기다리기도 했다. 그들은 신세계백화점 앞에서 불심검문을 받던 대학생이 연행되려고 하자 50여 명이 몰려가서 "왜 데리고 가"라고 고함을 치며 학생을 백화점으로 빼돌린 뒤 경찰과 대치했다. 시민들의 위세에 눌린 경찰은 남대문시장 상인들이 나오기 시작하자 물러났다.

대학생들의 시위는 오후 5시 30분경부터 본격화되었다. 그들은 소공동 조선호텔에서 미도파백화점(지금의 롯데 영플라자)에 이르는 4차선 도로를 점거하고 "호헌철폐, 독재타도"를 외쳤고, 주변에서 구경하던 시민들은 시위대를 향해 박수를 쳤다.

시청 주변 도로 곳곳에서도 시위가 벌어졌고, 퇴근하던 직장인들이 동참했다. 시민들은 학생들을 향해 최루탄을 쏘려는 전경들을 에워싸고 발사하지 못하게 했고, 학생들을 연행하려고 하면 야유를 보내며 항의했다.

김병도 신부와 함세웅 신부는 최루탄 연기를 뚫고 명동성당으로 돌아왔다. 기자들이 오늘 밤에 계엄령이 선포되고 군인들이 명동성당에 진입할 가능성이 높다고 귀띔해줬다. 명동성당 진압 책임자가 "어떤 요구조건도 받아들여 빨리 농성을 풀도록 하는 게 급선무"라고 상부에 보고했지만 묵살당하고 강제진압이 유력해졌다. 경찰 지휘관들은 강제진압을 할 경우 비난을 다 경찰이 뒤집어쓸 것을 우려해 "차라리 계엄령을 선포하는 게 낫다"는 말을 공공연히 하고 있었다.[76]

김병도 신부는 김수환 추기경을 찾아갔다. 시경국장을 만나서 나눈 대화 내용을 보고하며 기자들에게 들은 얘기도 전했다. 그리고 시내의 시위 분위기도 전했다.

김수환 추기경은 올 것이 오는구나, 하는 생각에 다시 한 번 깊은 고민에 빠졌다. 김병도 신부는 그런 그의 모습을 보며 공연히 얘기했다는 자책이 들었다. 그때 김수환 추기경이 말했다.

"우리는 기도로서 이 문제가 잘 풀리도록 하자."

그가 기도를 하면서 얻은 결론은 기도와 하느님의 도움 외에는 방법이 없다는 것이었다. 그는 다시 입을 열었다.

"만약 그런 조짐이 보이면 즉시 학생들을 명동성당 안으로 전부 들여보내고, 우리 신부들도 전부 다 들어가서 문을 잠그고 기도하자."

이 말을 듣는 순간 김병도 신부는 모든 문제가 풀리는 것 같은 기분이 들었다. 그럴 경우, 경찰이 성당 문을 부수면서까지 성당 안으로 들

---

76 동아일보 1987년 6월 16일자.

명동성당 언덕에 앉아 성가를 부르며 경찰의 진입에 대비하고 있는 수녀들.

어오지는 못할 것이라는 생각이 든 것이다. 그리고 만에 하나 그런 일이 일어날 경우, 전국의 가톨릭 신자들뿐 아니라 국민들도 전두환 정부의 야만성에 분노하면서 국민적 저항이 일어날 것이었다.

주교관을 나온 김병도 신부는 문화관으로 가서 학생들과 대화를 하고 있는 신부들을 만나 김수환 추기경의 메시지와 행동강령을 전했다.

같은 시각, 명동성당을 둘러싼 동서남북 거리에서는 학생들과 시민들이 합세한 시위가 더욱 격렬해졌다. 을지로2가에서는 학생과 시민 1천여 명이 을지로3가 쪽으로 향하는 도로를 점거한 채 시위를 벌였고, 경찰이 최루탄을 쏘자 청계천2가 쪽으로 몰려갔다. 학생들은 청계천2가 도로를 점거하고 보도블록을 깨서 경찰과 투석전을 벌였다. 이때 시민들이 합세하자 경찰이 밀렸고, 시위대는 2천여 명으로 늘어났다. 성난 시위대는 충무로 2가 파출소를 점거했고, 방범초소를 불태웠다. 시위대에 붙잡혀 무장해제당한 전경들도 속출했다. 그러나 학생들은 같은 젊은이들인 전경을 구타하거나 괴롭히지는 않았다.

오후 7시 30분경에는 퇴계로와 충무로 일대에서 2천여 명의 학생들이 도로를 점거한 채 가두시위를 벌였다. 경찰은 병력 부족으로 진압을 하지 못하고 바라보기만 했다. 전경들은 예비병력이 모자라 식사 교대도 제대로 하지 못했고, 무더운 날씨에 두꺼운 옷을 입고 있어 기진맥진한 상태였다.

시위 규모가 가장 큰 곳은 명동 한복판이었다. 4천여 명의 학생과 시민들이 명동 가운데 길에서 연좌시위를 벌이며 "호헌철폐, 독재타도"를 외쳤다. 길거리에서 가두토론회도 열었다. 한 명씩 나와서 현 정권을 비판하면 사람들이 질의응답을 하면서 박수를 치는 형식이었다. 그동안 대학 캠퍼스 안에서 벌어지곤 했던 시국토론회가 거리로 나온 것이다. 명동 곳곳에서는 이런 가두토론회가 활발하게 이루어졌다. 상황을 살피러 나왔던 내무부 차관도 명동성당 언덕 아래에서 열린 가두토론회에 귀를 기울이다가 그를 알아본 신문기자들이 사진을 찍자 성난 시민들에게 쫓겨가는 일도 있었다. 정부는 시민들의 참여가 늘어나는 상황을 심각하게 주시하고 있었다.

오후 8시, 김병도 신부는 명동성당에서 '나라를 위한 특별미사'를 봉헌했다. 문화관에 있던 신부 60여 명, 수녀 250여 명, 농성 중인 대학생과 시민 그리고 일반 신자 등 모두 800여 명이 참석했다. 미사를 마친 후 사제단은 '우리들의 바람과 고발'이라는 성명을 발표했다.

"지난 10일부터 계속되고 있는 학생들의 농성시위는 민주화 요구를 표현하는 정당한 행동이므로, 우리는 이들의 뜻과 행동을 적극 지지하

사제들의 침묵시위.

고, 이들을 끝까지 보호할 것이다. 우리는 시위 학생들의 몸부림이 민주화를 향한 큰 걸음을 내디딜 수 있는 계기가 되기를 희망하며, 이를 위해 오는 15일까지 명동성당에 남아 기도할 것이고, 15일 저녁 8시에는 이곳 명동성당에서 전국 차원의 기도회를 개최할 것이다."

사제단은 성명서 낭독이 끝난 후, 십자가와 대형 태극기 세 개, '민주헌법 쟁취하여 민주정부 수립하자'라고 쓰인 대형 현수막을 들고 성당 입구까지 평화행진을 하고 10시경에 돌아왔다. 학생들은 문화관으로 들어갔고, 사제들은 성당에서 철야기도를 했다. 수녀들도 샬트르 성바오로 수녀원에서 철야기도를 하며, 혹시 있을지 모르는 강제진압에 대비했다.

밤 11시 30분, 김수환 추기경의 집무실로 안기부 고위 간부[77]와 시경 치안국장이 찾아왔다. 가톨릭 신자인 안기부 간부가 급히 찾아뵐 일이 있다고 전화를 해서 오라고 한 것이다. 그러나 그는 우물쭈물 망설이기만 할 뿐, 찾아온 목적을 이야기하지 못했다. 신자의 어려움을 덜어주는 것도 추기경이 해야 할 일, 그가 먼저 본론을 꺼냈다.

"무슨 말씀인데 그렇게 망설이십니까? 오늘 밤에 학생들을 강제연행하기 위해 경찰 병력을 투입하기로 결정을 했다는 통보를 하러 오신 거지요?"

안기부 간부는 얼굴이 벌게지며 아무 말도 하지 못했다. 그러자 치안국장이 정부의 입장을 장황하게 설명했다. 김수환 추기경이 대답했다.

"그 얘기는 이미 특별담화문을 봐서 압니다. 그리고 오후에 우리 명동성당 신부님들이 시경국장을 만나서 나눈 이야기도 보고받았습니다. 그러나 나는 학생들을 안전하게 보내주겠다는 약속을 듣지 않는 한 경찰 진입에 동의할 수 없습니다. 우리 주임신부님 생각도 같습니다. 잠시 기다리십시오."

그는 김병도 신부에게 들어오라고 연락을 했다. 김병도 신부는 급한 일인 것 같아 함세웅 신부와 함께 서둘러 주교관으로 왔다. 집무실에 불이 환하게 켜져 있었다. 두 신부가 들어오고 모두 아는 사이인지라 서로 인사를 나눈 후, 김수환 추기경은 30분 이상 얘기를 나눴지만 계속 평행선을 달리고 있으니 명동성당 주임신부가 얘기를 나눠보라고 했다. 그러나 김병도 신부라고 해서 다를 것이 없었다. 안기부 간부가 난처해하자 치안국장이 다시 한 번 정부의 입장을 설명했다. 마치 최후 통첩을 하는 듯한 분위기였다.

다시 김수환 추기경이 나섰다. 그는 명동성당에 있는 학생들은 이 땅의 민주화를 위해 몸부림치는 것이며, 교회는 경찰을 피해 온 학생들을

---

77 김수환 추기경과 김병도 신부의 회고록에서 익명으로 처리한 것을 존중해 실명을 밝히지 않는다.

보호할 종교적 의무가 있다고 강조했다. 만약 이 나라에 민주화와 사회 정의가 실현되었다면 학생들이 이렇게 나서지 않았을 거라면서 학생들을 변호했다. 그리고 박종철 군이 고문을 받다가 사망하고 이한열 군이 직격 발사한 최루탄에 맞아 의식을 회복하지 못하는 상황에서 보더라도 현 정권이 민주적으로 나라를 이끌어가지 않고 있기 때문에 학생들이 나선 것이라고 역설했다. 그는 안기부 간부와 치안국장을 바라보며 말했다.

"학생들을 체포하지 않는다는 보장을 하고 확약서를 써주면 오늘 밤에 당장 내보내리다. 그러나 강제로 몰려와서 학생들을 체포하는 것은 절대 용납할 수 없어요."

확약서까지 요구하는 그의 목소리는 단호했다. 그러나 그들은 그렇게 할 수 없다고 버텼다. 그 순간 김수환 추기경이 더 이상 참을 수 없다는 듯, 얼굴이 붉어지면서 엄중한 목소리로 말했다.

"제가 하는 말을 결정권자에게 전해주십시오. 경찰이 성당에 들어오면 제일 먼저 나를 만나게 될 것입니다. 그다음에는 지금 이 시간에도 명동성당에서 철야기도를 하고 있는 60명이 넘는 신부들을 만나게 될 겁니다. 또 그다음에는 수녀님들을 만나게 될 겁니다. 당신들이 잡아가려는 학생들은 수녀님들 뒤에 있을 겁니다. 경찰들이 학생들을 체포하려면 제일 먼저 나를 밟고, 그다음 신부들을 밟고, 그다음에 수녀들을 밟고 넘어가야 합니다."

안기부 간부와 치안국장은 김수환 추기경의 단호한 의지에 놀라 아무런 대답도 하지 못했다. 그러자 김병도 신부와 함세웅 신부가 거들었다.

"정부당국은 명동성당에 공권력을 행사할 수도 있겠으나, 그럴 경우 전국의 신부들이 명동성당에 모여 구속을 각오하고 맞서는 새로운 국면을 맞게 될 것입니다."

"신부들뿐 아니라 수녀들과 전국에 200만이 넘는 가톨릭 신자들이 상상할 수 없는 저항을 할 거라는 사실을 명심해야 할 겁니다."

두 사람은 상부에 보고하겠다며 자리에서 일어났다. 김수환 추기경은 멀리 나가지 않는다며 문 앞에서 배웅했다. 그는 두 신부에게 오늘 밤은 넘어갈 것 같지만 그래도 모르니 철야기도하는 신부들이 순번을 정해 경찰의 움직임을 살피라고 하고 3층 성당으로 가서 기도했다.

6월 13일 토요일 아침이 밝았다. 시위대가 명동성당에 들어온 지 4일째였다. 아침에 치안본부 관계자들이 김병도 신부에게 연락을 해서 만나자고 했다. 김 신부는 함세웅 신부와 함께 시청 앞 플라자호텔로 갔다. 그들은 "성당이라고 해서 치외법권 지역이 아닐뿐더러, 명백히 현행법을 위반한 시위 학생들을 마냥 방치할 수는 없다"고 협박조의 경고를 했다. 그러나 두 신부는 어제처럼 안전한 귀가를 보장하고 처벌을 하지 않겠다는 약속을 해달라고 요구했다. 결국 서로 얼굴만 붉히고 헤어졌다.

같은 시각인 오전 9시, 청와대 본관 회의실에서는 대통령 주재 시국관계회의가 소집됐다.[78] 고건 내무부 장관을 비롯해 어제 관계기관 대책회의에 참석했던 관계자들이 모였다. 참석자들은 전두환 대통령이 입장한다는 소리에 모두 자리에서 일어나 회의실 입구에 도열했다. 전 대통령과 그 뒤로 안무혁 안기부장이 들어왔다. 안 부장은 이미 대통령과 면담을 마친 상태였다. 모두 허리를 숙여 인사했다. 고건 장관은 안 부장을 바라보면서 눈짓으로 '어떻게 됐느냐'고 물었다. 안 부장의 입가에 부드러운 미소가 떠올랐다. 그리고 조심스레 오른손을 들더니 동

---

78 고건 회고, 중앙일보 2013년 5월 28일자.

그라미를 그렸다. 고건 장관은 '됐다'고 생각하며 속으로 안도했다. 자리에 앉은 전 대통령이 고건 장관에게 시국 상황을 보고하라고 했다.

"일부 시민이 동조, 가담하거나 고무하고 있습니다. 경찰 역시 피로가 쌓여 있는 데다 시민들의 야유로 사기가 많이 위축돼 있습니다."

고건 장관이 브리핑을 마치자 전두환 대통령이 대응지침을 밝혔다.

"정부가 명동성당 사태에 대해 인내를 보여주도록 합시다."

명동성당 시위대를 강제진압하지 않겠다는 뜻을 공식적으로 밝힌 것이다.

오후 2시, 김수환 추기경은 가톨릭회관 7층 강당에서 서울대교구 사제 임시총회를 열었다. 그는 현재 상황을 설명하고 신부들의 의견을 물었다. 사제들은 "농성 학생들이 귀교 또는 귀가하도록 설득하고, 이들이 성당을 떠날 당시나 그 뒤에라도 연행하거나 처벌하지 않는다는 보장을 경찰에 요청하는 것이 최선의 방법"이라는 데 의견을 모았다.

같은 시각, 김병도 신부는 안기부 간부의 전화를 받았다. 김 신부는 함세웅 신부와 함께 남산에 있는 하얏트호텔로 갔다. 이미 아침에 온건책이 결정되었음에도 그는 어제와 같은 주장을 되풀이했다. 그러면서 신부들이 충동질해서 학생들이 더 강경해진 게 아니냐며 따지듯이 물었다. 정부의 진전 없는 태도에 화가 난 두 신부는 어젯밤 김수환 추기경의 발언을 다시 한 번 상기시키면서, 정부의 이런 태도는 문제 해결에 전혀 도움이 되지 않는다고 강조했다. '우리는 무엇보다도 학생들이 체포되지 않도록 보호하는 것이 중요하다. 천부당만부당한 소리 하지 마시라'고 못을 박자, 안기부 간부는 태도를 누그러뜨려 자기도 노력을 다하겠으니 신부님들도 최선을 다해달라고 부탁했다. 김병도 신부는 '그럼 우리도 당신을 믿을 테니 잘 마무리되도록 노력해달라'고 화답했다.

명동성당으로 돌아온 두 신부는 김수환 추기경에게 회담 내용을 보고했다.

“그럼 잘 해결되기를 기도하자. 그런데 오늘은 시내와 여기 상황이 어떠냐?”

“예, 토요일이라 학생들이 학교에 모이지도 않고, 시내로 나오지도 않은 것 같았습니다. 명동 일대도 조용합니다.”

“그거 다행이구나. 그런데 오늘 결혼식은 몇 건이나 있나?”

“예, 오전 11시부터 모두 네 건의 혼배성사가 있습니다.”

“그래도 눈물 흘리지 않고 결혼식을 올릴 수 있어서 다행이구나.”

김수환 추기경이 빙그레 웃으며 고개를 끄덕였다. 그는 오늘도 시위가 벌어지면 신랑신부가 일생에서 가장 기뻐야 할 날에 눈물을 흘릴까 봐 내심 걱정을 하고 있었던 것이다.

이날도 명동에서는 산발적인 시위가 있었지만 네 쌍의 결혼식은 무사히 마무리되었다. 그리고 문화관에 있던 시위대 중 100명이 하객들 틈에 끼어 무사히 집으로 돌아갔다. 이제 250명 정도가 남았다.

김수환 추기경은 이날 밤 11시쯤 서울교구 사제 40여 명과 수녀 200여 명이 기도를 하고 있는 명동성당으로 들어와, 20분 동안 함께 기도를 한 후 앞마당으로 나왔다. 그곳에서 한 시간 동안 신부와 수녀들을 격려했다.

6월 14일 일요일 0시 30분, 조종석 시경국장은 김병도 신부에게 “해산 뒤에도 학생들을 처벌하지 않겠다”는 상부의 메시지를 전하면서, 내일 아침 학생들을 해산시켜달라고 요청했다. 그러나 김 신부는 오전에는 미사 때문에 어떻게 할 수가 없고, 오후에 설득하겠다고 했다.

그런데 정오미사가 끝나자 성당 앞마당에 3천여 명의 시민들이 모여 “호헌철폐, 독재타도”를 외쳤다. 김병도 신부는 확성기를 들고 오늘은 성당에서 미사를 드리는 날이니 소란스럽게 해서는 안 된다며 조용

간절하게 기도하는 김수환 추기경.

히 해줄 것을 부탁했다. 함세웅 신부도 "내일 저녁 8시 명동성당에서 '민주화를 위한 전국 사제단 미사'가 있고, 김수환 추기경께서 강론할 예정"이라며, 내일 모여줄 것을 부탁했다.

군중들이 흩어지자 두 신부는 문화관으로 가서 학생들에게 "고위 당국자로부터 안전 귀가 보장과 사법처리를 하지 않겠다는 약속을 받았다"면서, 이제 농성을 풀고 학교와 집으로 돌아가라고 설득했다. 그러나 학생들은 이미 연행한 학생과 시민들을 석방해야 한다고 주장했다.

오후 2시, 김병도 신부와 함세웅 신부는 명동성당 안에 있는 교육관 2층에서 기자회견을 했다. 김 신부는 기자들에게 "고위 당국자로부터 안전 귀가 보장과 사법적 책임을 묻지 않겠다는 약속을 받았다"고 밝혔다. 함 신부는 보충설명을 통해 "만약 안전 귀가 후 학생들을 연행한다면 이는 학생들의 문제가 아니고 교회의 문제가 될 것"이라고 했다. 아울러 "이제 남은 일은 학생들이 지성인답게 스스로 빠른 시일 내에 거취를 결정하는 것뿐"이라며 학생들의 결단을 촉구했다.

이날 문화관에 있던 학생 40여 명이 집으로 돌아갔다. 남은 학생과 시민은 200여 명이었다. 그러나 남아 있는 학생들의 분위기는 예상외로 냉랭했다. 경찰에 대한 불신이 가장 큰 원인이었다.

밤 10시, 함세웅 신부는 명동파출소에서 현장을 지휘하는 정해수 중부서장을 만났다. "학생들이 농성을 풀 수 있는 분위기가 조성되도록 병력을 철수해달라"고 부탁했다. 중부서장은 치안본부에 연락했고, 10시 15분부터 명동성당 주변의 경찰 병력이 철수하기 시작했다. 자정 무렵 명동 일대에서는 전경의 모습을 볼 수 없었다.

6월 15일 새벽 1시, 문화관에 남아 있던 학생과 시민들은 자진해산을 놓고 전체회의를 시작했다. 김수환 추기경은 시위대의 투표 결과를 기다렸다. 만약 자진해산을 선택하지 않을 경우, 저녁에 있을 '민주화를 위한 전국 사제단 미사'가 평화롭게 진행되지 않을 수도 있다는 걱정에서였다. 그러나 강경파와 온건파의 의견이 팽팽히 맞서 날이 밝아올 때까지도 결론을 내지 못하고 있었다. 강경파의 주장은 "우리를 지원하는 각 대학 학우들의 뜻을 저버릴 수 없다", "경찰이 철수했다고 해산한다면, 경찰이 무서워 여기서 시위한 것으로 오해받을 수 있다"는 것이었고, 토론에서는 강경파의 주장이 우세했다.

오전 7시, 함세웅 신부가 토론장에 들어가 두 시간 가까이 학생들과 대화하며 설득했다. 결국 학생들은 투표로 결정하기로 했다. 투표 결과 98대 85로, 해산이 조금 많았다. 그러자 강경파들은 기권이 너무 많다며 2차 투표를 요구했다. 2차 투표 결과 111대 104로, 역시 해산 쪽이 약간 우세했다. 강경파는 이번에는 표 차이가 너무 적다며 3차 투표를 요구했다. 함세웅 신부가 나서서 "경찰에 사후대책까지 보장받았는데 분열하는 모습을 보여줘서는 안 된다"고 설득했지만 강경파들은 막무가내였다.

결국 김병도 신부가 김수환 추기경에게 상황을 보고했다. 그는 한숨을 내쉬고는 문화관으로 올라갔다. 문화관 앞에는 이미 기자들이 수십 명 이상 몰려와 있었다.

그가 회의장 앞에 도착했을 때에도 학생들은 결론을 내지 못하고 있었다. 김병도 신부가 그를 안으로 안내하려고 했다. 그는 손을 저으며

학생들을 설득한 후 문화관을 나서는 김수환 추기경.

결론이 날 때까지 복도에서 기다리겠다고 했다. 학생들에게 김수환 추기경이 복도에서 결과를 기다리고 있다는 소식이 전해졌다. 강경파들은 기권자를 인정하지 않기로 하고 거수 방법으로 마지막 투표를 하자고 했다. 그는 계속 복도에서 기다렸다. 세 번째 투표에서도 119대 94로, 역시 해산이 많았다. 그러자 강경파 학생들은 시민 70명이 대부분 찬성을 했다면서, 시민들 표는 인정할 수 없다고 우겼다.

김수환 추기경은 착잡한 마음으로 회의장 안으로 들어갔다. 학생들이 박수를 치면서 그를 맞았다. 그가 핸드마이크를 잡았다.

"교회는 학생 여러분들을 사랑합니다. 그 때문에 여러분의 안전 귀가 보장을 경찰에 요청했습니다. 여러분의 투쟁은 여기서 끝나는 게 아니라, 새롭게 전개해나가는 것이 바람직합니다. 교회는 여러분이 가정에 돌아간 뒤에도 보호하겠습니다. 그리고 교회는 박종철 군 고문치사 축소·은폐에 대한 진실을 밝혀내고, 국민을 삶의 주체로 세우기 위한 노력을 계속할 것입니다. 여러분이 민주주의 원칙에 따라 결정한 것과 투표 결과에 승복한 것에 감사합니다."[79]

3차 투표 결과를 해산 결정으로 받아들여야 한다는 그의 목소리에 강

79 《흘러가는 세월과 함께》 239쪽.

경파 학생들은 고개를 떨궜고, 나머지 학생들은 박수를 치며 호응했다.

김수환 추기경은 발언을 마친 후 울고 있는 강경파 학생들의 손을 잡아주며 달랬다. 그가 문화관을 나오자 기자들의 질문이 쏟아졌지만 그는 "설득하러 간 게 아니라 격려하러 갔었다"며 잘 해결되었음을 시사했다.

12시 20분, 농성 학생들은 대형 태극기를 앞세우고 스크럼을 짠 채 문화관을 나왔다. 기자들의 플래시가 터졌다. 학생들은 명동성당 언덕길을 내려가 중앙극장 쪽과 로얄호텔 등을 돌며 가두행진을 했다. 명동 일대에 있던 시민 2만여 명은 학생들을 향해 박수를 치면서 "호헌철폐, 독재타도"를 함께 외쳤다. 학생들은 다시 명동성당으로 돌아와 성명서를 발표한 후 해단식을 했다.

2시 50분, 학생들은 명동성당에서 준비한 세 대의 버스에 학교별, 지역별로 나눠 타고 명동성당을 떠났다. 각 버스에는 신부들이 몇 명씩

해단식 후 버스에 탑승해 명동성당을 떠나는 시위대.

타 각 대학까지 동행했다.

김수환 추기경은 주교관 창문을 통해 학생들이 떠나는 모습을 바라보며, 안도의 한숨을 내쉬었다. 그가 간절히 바라던 '평화적 해결'이었다. 그는 3층 성당으로 가서 무릎을 꿇고 하느님께 감사의 기도를 드렸다. 그리고 다시 집무실로 내려와 저녁미사 때 할 강론 원고를 손질했다. 지난 며칠 동안 학생들이 농성을 계속하는 상황으로 생각하고 준비했기 때문이었다.

같은 시각, 명동 일대에서는 학생과 시민들의 산발적인 시위가 계속되었고, 최루탄 가스가 명동 일대를 뒤덮었다.

저녁 8시, 명동성당에는 전국에서 온 사제 400여 명, 수녀 1천여 명을 비롯해 신자와 시민 1만여 명이 모였다. 성당 안에서는 입당성가가 울려퍼지면서 400여 명의 사제단이 제대 앞으로 나오기 시작했다. 사제들의 행렬은 장엄했고, 표정은 한결같이 엄숙했다. 사제들 뒤로 김수환 추기경이 들어섰다. 그의 표정 또한 무겁고 심각했다. 입당성가가 끝나고 신자들이 자리에 앉자 미사가 시작되었다. '말씀의 전례' 순서에 따라 제1독서, 제2독서 그리고 복음 낭독이 끝나자 그가 강론을 시작했다.[80]

"친애하는 형제자매 여러분. 우리는 오늘 저녁 다시금 우리나라의 민주화를 위하여 하느님께 간구하기 위해 이 미사를 봉헌하게 되었습니다. 참으로 주께서 우리나라 위정자를 비롯하여 모든 정치인들에게 진정 국민을 위한 올바른 정치를 하는 희생·봉사정신과 무엇보다도 난국을 타개하는 데 있어서 필요한 대화의 정신을 불어넣어주시도록 기

80 《김수환 추기경 전집》 5권 248~254쪽.

도해야겠습니다. 아울러 우리 국민 모두도 각자 서 있는 위치에서 이 나라의 민주화를 위하여 헌신하며, 그것은 단순히 정치의 민주화만이 아니라 근본적으로 인간다운 사회 건설이어야 하겠습니다. 인간다운 사회 건설은 모든 인간의 존엄성과 기본권이 존중되고, 서로가 서로를 아끼는 정의와 사랑의 실천으로 가능하다는 것을 깨달을 수 있도록 기도해야겠습니다. 여러분이 아시는 바대로 오늘 저녁 이 미사를 봉헌하는 직접적인 계기는 지난 6월 10일 민주화를 위한 국민대회 이래 이곳 명동성당에서 있었던 학생들의 농성이었습니다. 학생들이 여기에 들어왔을 때 우리는 그들이 이 자리를 택한 것이 무엇 때문인지 충분히 이해하면서도, 오늘날 학생시위에 대하여 초강경책을 쓰고 있는 정부당국 앞에서 이 학생들을 어떻게 보호하느냐가 큰 고심거리였습니다. 더군다나 거리에서 의사표시를 하다가 경찰에 쫓겨들어온 학생들에게 피난처를 제공하는 이 교회의 성역에 최루탄이 빗발치듯 무차별 난사될 때에 저는 우리 민족의 존엄과 긍지가 무너지는 위기감마저 느꼈습니다. 왜냐하면 우리 선조들의 순교로 이루어진 이 신성한 성역이 무너질 때 국민 양심의 보루가 무너지는 것이 되기 때문입니다."

이때 후드득 빗방울이 떨어지더니 폭우로 변했다. 그러나 성당 앞마당과 언덕길 그리고 명동길을 메운 1만여 명의 신자와 시민들은 동요하지 않았다. 하지만 그 비는 보통 때의 비가 아니었다. 명동 일대에 떠 있던 최루탄 가스가 빗물에 녹아 최루액이 되어 내리고 있었다. 눈을 비비거나 재채기를 하는 사람이 있었지만, 모두들 그 자리에 그대로 서서 강론에 귀를 기울였다.

"처음에는 지상에 보도된 바와 같이 농성 학생 전원 구속이 당국의 방침이었습니다. 여기에 대하여 학생들은 호헌철폐와 독재타도를 위해 이 자리에서 끝까지 투쟁한다는 강경한 자세였습니다."

비 오는 언덕길에 앉아 미사에 참례하는 시민들.

그는 평소에는 '타도'라는 단어를 사용하지 않았다. 다른 이를 미워하고 증오하는 뜻이 담겨 있기 때문에 그리스도인이 지향해야 하는 '사랑'에 어긋나는 비복음적인 단어라고 생각했던 것이다. 그러나 이날 강론에서는 학생들의 강경했던 분위기를 설명하기 위해 그대로 인용했다.

"이런 두 강경 사이에서 교회는 민주화를 위한 기본 뜻에 있어서는 학생들과 같이하면서도, 그 민주화를 위해서나 학생들 자신을 위해서 또 한 나라의 평화를 위해서 한 사람도 다치지 않도록 보호하며 동시에 그들이 가능한 한 조속한 시일에 안전하게 귀가할 수 있도록 최선을 다해야 했습니다. 이를 위해서 특히 사제단은 강경한 당국과의 대화에 있어서, 또 역시 젊은 혈기에 강경한 자세를 취하고 있는 학생들을 설득하기 위해, 기도 속에 말할 수 없이 큰 노력을 하였습니다. 그 노력이 성과를 맺어 오늘 오후 3시에 학생들은 자진해산하고 무사히 귀가할 수 있었습니다. 이번 사태 해결에 있어서 우리와 언제나 함께하시고 끝까지 은총으로 도와주신 하느님께 먼저 감사를 드립니다. 또한 교회의 말에 귀를 기울여주어 학생들의 안전 귀가를 보장해준 정부와 치안 당국에 이 기회를 빌려 깊이 감사드립니다. 동시에 사제단의 사랑과 정성을 다한 의견을 받아들여서 농성을 풀어준 학생들에게도 감사의 뜻을 표하며, 이 학생들이 언제나 몸과 마음이 건강하고 또한 이 나라의 민주화를 위하여 헌신하여줄 것을 믿고 기도하는 바입니다. 아울러 문제 해결을 위해 노력한 여러 신부님과 기도로써 도와주신 수도자, 신자 여러분에게도 감사합니다."

쏟아져내리던 비가 그쳤다. 성당 밖에 있는 사람들은 촛불을 밝히기 시작했다. 어둠 속에서 만 개의 촛불이 바람을 타고 흘렀다. 바람이 불 때마다 촛불이 흔들렸지만, 만 개의 촛불은 꺼지지 않았다. 하나가 꺼지면 두 개가 켜졌고, 두 개가 꺼지면 세 개가 켜졌다. 촛불은 바람을 따라 흘렀고, 바람은 촛불이 되어 명동성당 언덕을 내려갔다.

"이번 사태 해결에 가장 큰 걸림돌은 학생들의 마음에 쌓이고 쌓인 정부에 대한 불신이었습니다. 그것은 비단 학생들에게만 국한된 것이 아니라 온 국민의 마음이었다고 생각됩니다. 따라서 이번 사태의 평화적 해결이 갖는 가장 큰 의의는 정부와 국민 간에 무너진 신뢰를 회복하는 첫걸음을 내디뎠다는 겁니다. 이번에 정부당국이 강경책을 버리고 인내와 관용의 자세를 취한 것은 학생들을 타협할 수 없는 범법자로서가 아니라, 당연한 발언권을 가진 한 겨레 한 핏줄이요 민족의 미래로 보고 존중하였기 때문입니다. 이러한 자세는 국민의 열망을 외면하

명동성당을 밝힌 1만 개의 촛불.

지 않은 과감하고 신선한 조치입니다. 한마디로 참으로 잘한 일입니다. 그러므로 저는 신뢰와 인간성 존중에 바탕을 둔 이러한 평화적 해결의 자세가 이곳에 있었던 학생들뿐만 아니라 6·10국민대회로 말미암아 구속된 모든 이에게도 취해질 것을 호소합니다."

김수환 추기경의 목소리가 높아졌다.

"그리고 마땅히 이러한 조치를 과감히 취하여 정치적 이슈로 수감되어 있는 모든 이에게 적용하고, 우리 겨레 모두의 열망인 대한민국 민주화를 위해 4·13호헌조치를 철회하고, 인간성의 교류인 대화로 돌아올 것을 간곡히 호소합니다."

성당 언덕 아래에는 계속 사람들이 몰려들었다. 지나가던 사람들도 발걸음을 멈췄고, 방패를 든 전경들도 그의 강론에 귀를 기울였다. 그들도 이 땅의 젊은이였고, 국방의 의무를 위해 어쩔 수 없이 전경복을 입었을 뿐이었다.

그의 강론은 결론으로 향했다.

"우리나라 정치인 여러분들에게 진정으로 호소합니다. 여러분이 참으로 나라를 위하신다면 정말 사심을 버리십시오. 모든 사리사욕, 당리당략을 떠나고, 권력에 대한 욕망을 버리십시오. 그리고 어떤 전제조건도 붙이지 말고 여야 간 실질적 차원의 대화를 조속히 하시기를 간절히 호소합니다. 그리하여 지금 벼랑에 서 있는 이 나라를 구해야 합니다. 이 나라 정치를 절대로 시위 학생과 전투경찰의 대치, 화염병과 최루탄의 대결에 맡겨두어서는 안 됩니다. 그렇지 않으면 너무나 큰 비극이 우리 모두를 불행하게 만들 것입니다. 우리 국민 모두가 정치인 여러분을 믿고 생활의 안정과 평화를 하루빨리 찾을 수 있게 하여주십시오. 우리는 이 같은 은혜를 자비로우신 하느님께서 우리나라 정치인들에게 주시고, 우리 모두에게도 당신의 화해와 사랑, 정의와 평화의 정신을 주시도록 기도합니다."

그는 '우리로 하여금 이 땅에서 당신의 사랑과 화해, 정의와 평화의 도구가 되게 해달라'고 기도했다. 이 땅에 미움과 분열로 갈라진 마음들이 주 예수의 가르침에 따르고 그 마음을 본받아서 서로 용서할 줄 알고 사랑함으로써 주님 안에 하나가 될 수 있도록 해달라고 기도했다.

밤 10시, 미사가 끝나자 신부, 수녀, 신자, 시민들이 촛불을 들고 명동성당 언덕을 내려갔다. 평화시위는 두 방향으로 나뉘었다. 한 무리는 을지로 쪽으로 갔고, 또 한 무리는 명동 언덕길을 내려가 미도파백화점 쪽으로 갔다. 명동 거리에서 미사가 끝나기를 기다리던 학생과 시민들도 합세했다. 시위군중 수는 1만 5천 명으로 늘어났다. 그러나 시위는 평화롭게 끝났다.

김병도 신부와 함세웅 신부가 명동성당 보좌신부들과 함께 주교관에 가서 김수환 추기경에게 상황을 보고했다. 그는 폭우가 쏟아지는데도 사람들이 흩어지지 않았다는 얘기를 듣고는 고개를 끄덕였다.

"그처럼 많은 사람이 명동성당에 모여 장대비를 맞으며 기도했다는 것은 기적과 같은 일이다. 이런 기도들을 통해서 결국 이 나라에는 민주주의가 올 것이다……."

그의 목소리는 낮았다. 그러나 신부들은 그의 목소리에서 기대와 희망을 느낄 수 있었다. 그는 다행이라는 듯 안도의 한숨을 내쉬며 신부들에게 그동안 수고했다면서, 오늘 밤에는 모두들 다리 뻗고 푹 자라며 격려했다.

이한열 군은 인공호흡으로 연명하면서 계속 사경을 헤매고 있었다. 또 하나의 '태풍의 눈'이었다. 대학생들의 시위는 그치지 않고 전국으로 번져나가면서 더 격렬해졌다. 6월 16일에는 전국 8개 도시에서 학생들과 시민들이 합세한 시위가 벌어졌다. 전국에서 파출소 일곱 곳, 검문소 세 곳, 지서 세 곳이 습격을 당했고 파출소 한 곳은 불에 탔다. 경찰 버스와 트럭 네 대도 불에 탔다. 민정당 지구당사 세 곳에 화염병이 투척됐고, 학생들은 남해고속도로와 경부국도에서 연좌농성을 벌였다. 박정희 정권 때 '부마사태'가 발생했던 부산에서도 격렬한 시위가 벌어졌고, 시청 앞에서 수천 명이 모여 연좌농성을 벌였다.

6월 17일에는 시위가 더욱 격렬해졌다. 문교부는 조기방학을 지시했지만, 학생들의 시위를 막기에는 역부족이었다. 이날 밤 부산에서는 택시기사들이 차를 도로에 세운 채 경적을 울리며 시위를 벌여 도심 교통이 막히는 상황에 이르렀다.

6월 22일 11시, 김수환 추기경은 집무실을 방문한 김영삼 민주당 총재를 만나 한 시간 20분 동안 시국 수습을 위한 김 총재의 의견을 듣고 자신의 생각을 이야기했다.

1시 45분에는 노태우 민정당 대표의 초청으로 여의도 63빌딩에서 45분 동안 만났다. 이 자리에서 노 대표는 민정당의 입장과 정치력을 통한 시국 수습 노력을 설명하고, 시국 안정에 협조해줄 것을 요청했다. 그는 노 대표의 이야기를 40분 가까이 들으면서, 지난해 11월 14일 워커힐 호텔에서 만났을 때 두 시간 동안 자신의 주장을 장황하게 늘어놓던 기억이 떠올랐다. 이날도 마찬가지였다. 그는 국민의 뜻에 따라 4·13호헌 조치를 거둬들이고 직선제 개헌을 하는 것이 가장 바람직하고, 정치적인 이유로 구속된 이들을 석방해야 한다는 자신의 의견을 밝혔다.

6월 25일 오전 9시, 김수환 추기경은 청와대를 방문해서 전두환 대통령과 만났다. 그는 한 시간 10분 동안 시국 수습에 대한 의견을 교환하면서, 직선제 개헌의 필요성과 당위성을 이야기했다.

그는 청와대를 나오면서 시국 수습을 위해 자신이 할 수 있는 일은 다 한 것 같다는 생각을 했다. 그리고 그날 저녁 일본으로 떠났다. 몇 달 전에 일본 카리타스수녀회 창립 50주년 기념식에서 강연을 하기로 약속했기 때문이었다. 카리타스수녀회는 1956년부터 한국에도 들어와 고아원, 양로원, 유아원 등을 설립해서 활동하고 있어 꼭 가겠다고 했던 것이다. 그는 일본 라디오 뉴스와 NHK 텔레비전 방송을 통해 국내 소식을 접했다.

6월 26일 금요일 오후 6시, '민주헌법 쟁취 국민운동본부' 등 재야 단체와 민주당, 민추협 등이 주도한 '6·26국민평화대행진' 행사가 전국 33개 도시와 4개 군에서 열렸다. 전국에서 수십만 명의 학생과 시민이 참여했다. 행진을 막기 위해 동원된 전투경찰은 6만여 명이었다. 전투경찰은 각 도시의 행진 집결지 부근을 봉쇄한 후 최루탄을 난사했고, 행진은 과격시위로 바뀌었다. 서울, 부산, 광주, 전주 등 대부분의 도시에서는 새벽까지 철야시위를 벌였다.

6월 27일 토요일, 정부와 민정당은 각계 인사들을 만나 수렴한 민의民意를 토대로 종합적인 수습대책을 다음 주 초에 발표하겠다고 밝혔다.

6월 29일, 김수환 추기경은 택시를 타고 호텔로 가다가 뉴스를 통해 노태우 민정당 대표의 대통령직선제 개헌 요구를 받아들이겠다는 내용의 '6·29선언' 소식을 들었다. 그는 눈을 감았다.[81] 명동성당에서 최루탄을 뒤집어쓰고 눈물을 흘리면서 민주화 구호를 외치던 젊은이들이 생각났다. 그리고 그들을 무사히 집에 돌려보내기 위해 한밤에 안기부 고위 간부와 대화를 나누던 긴박한 순간이 떠올랐다. 그는 택시 창밖으로 쏟아져내리는 여름 햇살을 바라봤다. 이 순간을 위해 얼마나 많은 학생들과 시민들이 피를 흘리고 심지어는 목숨까지 잃었는가. 가슴속에서 감격의 소용돌이가 휘몰아쳤다. 하느님께서 개입해 이루신 역사役事라는 생각에 감사기도가 절로 나왔다.

"하느님, 감사합니다. 드디어 한국에서도 민주주의의 꽃이 필 것 같습니다."

그는 행사를 마치고 숙소에 돌아와 오랫동안 감사기도를 드렸다.

7월 1일 오후 12시 40분, 김수환 추기경은 일본 방문을 마치고 김포공항에 도착했다. 각 언론사의 기자들이 그를 기다리고 있었다. 그는 '6·29선언'이 아주 잘된 일이라고 생각하며 진심으로 환영한다고 밝혔다.[82] 기자들의 질문이 이어졌다.

"앞으로 천주교회가 나아갈 길에 대해 말씀해주십시오."

며칠 전에도 명동성당 앞마당에서 1천여 명의 학생과 시민들이 농성을 벌였기 때문에, 앞으로 천주교의 사회 참여 혹은 그 한계에 대해 질

---

81 《추기경 김수환 이야기》 372쪽.

82 조선일보 1987년 7월 2일자, 동아일보 1987년 7월 1일자.

문한 것이다.

“우리 천주교는 그동안 정치적인 의도에서 민주화운동을 벌여온 것은 아니었습니다. 무엇보다도 정의롭고 인간이 존중되며 기본권이 최대한 보장되는 사회가 이룩되도록 교회가 이바지하기 위한 것이었습니다. 따라서 교회는 이 같은 사명을 다하기 위해 계속 노력할 것입니다. 물론 현재의 여러 가지 문제들이 금방은 해결되기 어렵겠지만, 우리 사회가 정치적으로 민주화가 되면 소외된 계층이 없어야 할 것이며, 누구도 억울하게 권리를 침해받지 않도록 노력할 것입니다.”

“일본에서 가진 국내 신문과의 인터뷰에서 잘못하면 모두를 잃어버릴 수도 있다고 하셨는데, 구체적으로 말씀해주십시오.”

“여야 정치인들이 당리당략을 뒤로하고, 무엇이 진정으로 나라를 위한 길인지를 진지하게 생각해야 할 때라는 말입니다.”

마지막으로 가장 민감한 질문이 나왔다.

“양 김 씨와 그 주변 사람들이 갈등을 빚어 80년의 반복이 될지도 모른다는 일부 국민들의 우려가 있습니다. 추기경님께서는 어떻게 생각하시는지요?”

1980년 ‘서울의 봄’ 때 김종필, 김대중, 김영삼 등 ‘3김’으로 나뉘었던 것처럼, 두 김 씨가 모두 출마해 노 대표와 3파전을 벌일 가능성에 대한 우려가 담긴 질문이었다.

“그분들도 산전수전 다 겪었고, 많은 고통을 통해 느낀 것이 많을 테니 특별히 부탁하지 않아도 잘해줄 것이라고 생각합니다.”

회견을 마친 그는 주교관으로 돌아와 밀려 있던 서류를 결재하고 교구청 사제들과 저녁식사를 했다.

그날 저녁, 그는 오랜만에 편안한 마음으로 휴식을 취했다. 마치 긴 터널을 지나온 것 같았다. 박정희 대통령 시절부터의 일들이 주마등처

1987년 7월 5일 사망한 이한열 군의 빈소를 찾아 기도하는 김수환 추기경.

럼 눈앞을 스쳤다. 강화도 심도직물 사건부터 비상대권 문제로 성탄절 자정미사 중계방송 중단 사건, 유신 선포, 긴급조치, 지학순 주교 구속 사건, 명동성당 3·1절 구국선언 사건, 오원춘 사건 그리고 12·12사태로 권력을 장악한 전두환 신군부에서 일어난 광주민주화운동, 부산 미문화원 방화 사건 때의 가톨릭 음해, 지난해 부천서 성모독 사건, 올해 1월의 박종철 군 고문치사와 축소·은폐 사건, 6·10 명동성당 농성 사건 때 안기부 간부와의 담판 등.

그는 자신이 이 험난한 세월을 헤쳐나올 수 있었던 건 자신의 힘이 아니라 하느님이 함께해주신 덕분이라고 생각했다. 그리고 하느님은 힘든 일뿐 아니라 좋은 일도 주신 것에 감사했다. 우리나라에서 처음으로 추기경에 서임되었고, 무려 103위의 성인이 탄생해서 교황 요한 바오로 2세가 방한해 여의도에서 100만 신자가 모인 가운데 거행한 시성식은 잊을 수 없는 감동이었다. 그리고 서울대교구가 두 명의 보좌주교가 필요할 만큼 성장한 것도 큰 보람이었다.

어머니의 모습이 떠올랐다.

"어머니, 제가 한 달 전에 만으로 예순다섯 살이 되었습니다. 벌써 그렇게 되었다는 생각밖에 안 들 정도로, 저도 모르게 세월이 흘렀습니다. 이제 저도 머지않아 어머니 곁으로 갈 나이가 되었습니다. 어머니, 요즘도 천국에서 이 막내아들을 걱정하시겠지요? 막내아들을 위해서라면 열 번이면 열 번 다 목숨까지라도 바치셨을 어머니, 보고 싶습니다."

10월 27일, 민주화의 종이 울렸다. 대통령 직선제 및 5년 단임제, 언론 검열 금지와 표현의 자유 확대, 헌법재판소 신설 등이 담긴 개헌안이 국민투표에 붙여져 93퍼센트의 찬성으로 통과된 것이다. 정부는 대통령선거를 12월 15일에 실시하기로 잠정 결정했다. 그리고 다음 날인 10월 28일, 김대중 민주당 고문은 대통령선거 출마와 신당 창당을 선언했다. 그는 착잡한 마음으로 그 발표를 바라보았다.

12월 16일, 제13대 대통령선거가 국민의 직접투표로 실시되었고, 노태우 민정당 대표가 37퍼센트의 득표로 대통령에 당선되었다. 그는 아쉬웠지만 두 김 씨가 선택한 길이었다. 그는 그래도 이제 직선제 대통령 선출로 우리나라에서 군사정권은 종식되었다고 판단했다. '민주주의에도 시간표가 있다'는 생각을 하며[83] 명동성당 첨탑 위의 십자가를 바라보았다. 커다란 달이 휘영청 떠 있었다.

---

83 《추기경 김수환 이야기》 372, 375쪽.

낮은 곳으로

V

"섬김을 받으러 오신 것이 아니라
섬기러 오셨습니다"

—

예수님이 베들레헴의 그날 밤처럼 오늘 저녁 이 서울에 오신다면, 바로 집도 절도 없는 몸이 된 여러분 가운데 오실 것입니다.

술주정을 받아주는 추기경

39

"추기경 아저씨, 바지 좀 다려 입으세요."

| 막달레나의 집에서 |

1988년 1월 23일, 김수환 추기경은 가칭 '가톨릭 재단법인 평화방송·평화신문' 창립추진위원회를 구성했다. 그동안 가톨릭신문 하나뿐이었던 가톨릭 언론을 신문 두 개, 라디오방송 하나, 텔레비전방송 하나로 늘리겠다는 계획이었다. 교회의 첫째 사명이 복음 전파이고, 세상이 점점 미디어시대로 변하고 있었기 때문에 내린 결정이었다. 가톨릭신문은 대구대교구에서 운영하는 신문이었기 때문에 서울대교구로서는 처음으로 자체 언론을 운영하게 되는 것이기도 했다. 위원장에 김병도 명동성당 주임신부, 부위원장에는 김 신부와 호흡이 잘 맞는 서울대교구 홍보국장 함세웅 신부를 임명했다. 이해 5월 15일에 신문이 창간되었고, 초대사장에 함세웅 신부가 임명되었다. 라디오방송국은 1990년 5월에, 케이블TV는 큰 비용이 필요해 1995년에야 개국했다.

2월 23일 오후, 김수환 추기경은 비서신부도 대동하지 않고 용산역 성매매 지역 인근에 있는 어느 집 앞에 멈춰섰다. 허름한 점퍼 차림이 막 농사일을 마무리하고 시골에서 올라온 할아버지 같은 모습이었다. 그는 다시 한 번 주소를 확인한 후 벨을 눌렀다. 성매매 여인들을 돌보는 '막달레나의 집'이었다.

'막달레나의 집'은 그가 1976년 9월에 만든 서울대교구 서울가톨릭사회복지회에 소속된 복지기관이지만, 용산역 부근의 성매매 여성들이 편하게 와서 쉴 수 있도록 언론이나 사회에 노출을 시키지 않은 곳이었다. 간판도 없었다. 그래서 이옥정 대표는 그에게 방문을 부탁하면서 사제복이 아니라 평복 차림으로 조용히 와달라고 했다. 만약 추기경 복장을 하고 오거나 기자들이 함께 오면 소문이 나서 성매매 여성들이 찾아오기 어려워질 수 있기 때문이었다.

이옥정 대표와 문 요안나 수녀가 문을 열고 반갑게 그를 맞았다. 그가 집 안으로 들어서자 재활 여성들이 인사를 했다. 그는 한 명 한 명에게 인자한 눈길을 주며 악수를 했다. 그때 한 여성이 구김이 많고 후줄근한 그의 바지를 보더니 냉큼 한마디 했다.

"추기경 아저씨, 바지 좀 다려 입으세요!"

이옥정 대표가 천주교에서 제일 높은 분이라고 소개했지만, 쉼터 여성들에게는 추기경이라는 단어 자체가 생소했던 것이다. 이 대표는 얼굴이 붉어지면서 '이 결례를 어쩌나' 하는 난감한 표정을 지었다. 그러나 그는 허허 웃더니 "그래, 그래" 하면서 자리에 앉았다. 이 대표에게는 걱정하지 말라는 눈짓을 보냈다.

김수환 추기경이 '막달레나의 집'을 방문하게 된 건 작년 크리스마스 때 이옥정 대표와 문 요안나 수녀가 보낸 편지를 받고서였다.

가톨릭 신자인 이 대표는 보험 판매를 하면서 용산역 부근의 자신의 집에서 성매매 여인들의 어려움을 상담해주는 일을 하고 있었다. 당시 용산에서는 성매매로 생계를 이어가는 여성의 자녀들이 어머니가 일하

점퍼 차림으로 '막달레나의 집'을 방문한 모습.

는 밤 동안 길거리에서 놀다가 잠이 들기 일쑤였다. 1983년 어느 날, 이옥정 대표는 낯선 사내가 한 여자아이의 속옷을 벗기는 걸 보았다. 경찰에 신고하고 보니, 겨우 여섯 살 난 아이였다. 경찰 말로는 당시 그 지역에서 비일비재한 일이라고 했다.

이 대표는 그때부터 본격적으로 성매매 여성들 사이로 들어갔다. 그녀들을 가톨릭 신자로 만들기 위해서가 아니었다. 그 공간에서 벗어나 새로운 삶을 살면 좋겠다는 생각도 하지 않았다. 그동안 그녀들과 대화하면서, 그녀들이 스스로를 사랑하는 마음을 잃어가고 있으며, 삶의 희망도 함께 잃어가는 것이 안타까워서였다. 그녀들 곁에서 하루하루의 삶을 나누고, 그녀들의 이야기를 들어주고, 그녀들이 어려움에 처하면 자신이 보험 판매를 할 때의 '오지랖'으로 도울 수 있는 한 돕고, 그녀들이 외로워하면 위로하면서, 언젠가 그녀들 역시 소중한 하느님의 딸이라는 걸 깨달을 수 있도록 하기 위해서였다.

이옥정 대표는 그 지역에서 일하기로 결심했을 때 업주들 때문에 어려움을 겪으리라는 예상을 했지만, 업주들을 싸워서 이겨야 할 적으로 생각하지는 않았다. 그러나 점차 그녀들을 위해 업주와 대립하는 일이 생기다 보니, 경찰서에 가야 하는 일도 있고 수용소인 동부여자기술원이라는 곳에도 드나들게 되었다. 아는 신부님의 주선으로 '막달레나의 집'을 서울가톨릭사회복지회의 산하기관으로 등록하고 명함에 그 이름을 넣은 후에는 관공서에 드나들 때 큰 소용이 되었다.

이 대표는 1984년 10월에 서울가톨릭사회복지회 송옥자 선생의 소개로 아모르AMOR(아시아 오세아니아 수녀협의회)의 현장교육 프로그램을 자신의 집에서 진행했다. 얼마 후 그때 왔던 세 수녀 중 한 명이 전화를 해서 어눌한 한국말로 함께 살아도 되겠느냐고 물었다. 동료가 있으면 좋겠다고 생각하던 이 대표는 얼른 승낙했다. 그 수녀가 지금도 함께 살고 있는 문 요안나 수녀다.

이옥정 대표는 간호사 자격증이 있는 문 수녀의 합류로 천군만마를 얻은 기분이었다. 문 수녀는 아픈 여인들을 찾아다니며 건강 문제를 상담해줬고, 돈이 없어 수술을 못 받는 여인들은 가톨릭계 자선병원에 입원시켰다. 그리고 서울가톨릭사회복지회의 도움으로 1985년 7월에 성매매 집결지 한복판에 있는 경남식당 2층으로 이사를 했고, 서울대교구 서유석 신부가 지도신부가 되어 정식으로 '막달레나의 집' 개원미사를 드렸다.

문 수녀는 천성적으로 눈물이 많았다. 동네에서 여인이 세상을 떠났다고 하면 다른 일을 다 제치고 달려가서 밤을 지새웠다. 여인들은 하느님의 '하' 자도 꺼내지 않는 '노랑머리 예수쟁이'에게 속말을 털어놓

문 요안나 수녀

맨 오른쪽이 문 요안나 수녀. 맨 왼쪽이 막달레나의 집을 설립한 이옥정 대표다.

이름은 진 말로니(Jean Maloney), 1930년 뉴욕주의 시러큐스에서 쌍둥이 자매로 태어났다. 어린 시절 한센병 환자들을 돌보는 수녀들이 나오는 영화를 보고 수녀가 될 결심을 했고, 1950년 성요셉간호대학에서 수석간호사 자격을 획득했다. 메리놀수녀회에서 3년 동안 수련 기간을 거친 후 1953년 종신서원했다.

같은 해 10월 1일 한국에 파견된 후, 부산에 있는 메리놀병원에서 근무했다. 처음에는 한국말을 못해 하루에 열세 시간씩 병원 문 앞에서 물밀듯이 밀려드는 2천여 명의 환자들에게 번호표 나눠주는 일을 했다. 이를 지켜본 환자들이 그를 '문 수녀'라고 부르기 시작했다.

1963년부터 문 수녀는 역시 메리놀회의 사목 지역인 인천교구의 강화도에서 의료활동을 시작해 옹진군의 섬들에까지 진료 범위를 넓히는 데 공헌했다. 당시 메리놀회는 제2차 바티칸공의회 정신을 적극 받아들여 인천교구에서도 '현실에 맞는 사목 방향'을 추구하고 있었다. 노동자, 도시빈민 등 가난한 사람들과 소공동체 활동을 시작했는데, 문 수녀도 메리놀회와 메리놀수녀회의 사목 방향에 따라 1970년에는 성남과 가리봉동에서 공동체 생활을 했다. 이때 가리봉동에서 만난 한 노동자 친구가 '사랑(愛)과 지혜(賢)가 드나드는 문'이라는 의미라며 '애현'이라는 이름을 지어주었다.

메리놀수녀회는 1980년대 들어서면서 사목활동 범위를 소외계층으로 넓혔다. 문 수녀는 새로운 사목지를 찾았다. 서울가톨릭사회복지회의 소개로 1984년 10월 용산에 현장교육을 왔다가 너무나 큰 충격에 며칠 동안 울기만 했다. 문 수녀는 자신과는 아무 상관이 없는 사람들이라고 생각했던 여인들의 가슴 아픈 얘기를 듣고는 자신이 위선자였다는 생각을 떨칠 수가 없었다. 메리놀수녀회 총원장수녀에게 용산으로 가겠다고 했지만 성매매 지역 사목은 수녀회로서도 처음 있는 일이라 회의에 회의를 거듭했다. 그러나 문 수녀의 결심은 바뀌지 않았다. 문 수녀는 그런 과정을 거쳐 이 대표와 합류했다.

문 수녀는 이옥정 대표와 12년을 함께 활동한 후 은퇴해서 미국 메리놀수녀회로 돌아가 아시아 여성 문제에 대한 자문을 하고 있다.

았고, '식당집' 2층은 여인들로 붐비기 시작했다. 여인들이 많이 오면 문 수녀는 보일러가 잘 들어가지 않는 윗목에 앉고, 자고 가는 여인들이 많을 때는 윗목에서 잠을 잤다.

그러나 식당집이 너무 사창가 한가운데 있다 보니 업주들 눈치 때문에 선뜻 걸음을 하지 못하는 여인들이 많았다. 그때부터 사람들 눈에 좀 덜 띄면서도 여러 사람이 살 수 있는 단독주택을 찾았는데, 다행히 같은 성당에 다니는 교우가 전셋집을 내놨다고 해서 가봤더니, 안성맞춤이기는 한데 보증금이 1,500만 원이라 엄두를 낼 수가 없었다. 문 수녀는 그때부터 사방팔방으로 뛰어다니며 이 사람 저 사람을 데리고 그 집 구경을 갔다. 결국 7개월 후 여러 수녀회와 서울가톨릭사회복지회의 도움으로 1987년 5월에 이사를 했고, 자립을 원하는 여성 몇 명과 환자 한 명이 와서 함께 지내기 시작했다.

'막달레나의 집'을 드나드는 여인들이 점점 많아졌다. 가끔 성당이 어떤 곳인지 함께 가보고 싶다고 하는 이들도 있었다. 그러나 성당 어른들 중에는 "저 여자 창녀 아니냐? 여기 데리고 오면 안 돼. 성당 이미지 나빠져"라며 노골적으로 싫어하는 경우도 있었고, 심지어는 화장실도 같이 안 쓰려는 신자들도 있었다.

연말에 이옥정 대표와 문 수녀는 김수환 추기경에게 성탄카드를 보냈다. 자신들을 소개한 후, 추기경님이 바쁘신 줄은 알지만, '여자들의 명절'이라는 정월 대보름 즈음에 한번 방문해서 격려를 해주시면, 여인들에게도 위로가 되고, 성당이나 용산에서도 함부로 하지 않을 것 같다고 청원했다.

김수환 추기경은 지난 연말 두 사람의 편지를 읽고 가슴이 먹먹했다. 교회에서 큰 지원을 하는 것도 아닌데 자발적으로 우리 사회의 가장 낮은 곳에 들어가서 사랑을 실천하고 그들에게 희망을 주려고 노력하는 두 사람이 너무나 고마웠다. 그리고 자신이 방문함으로써 힘이 되고 위로가 된다면 열 번이고 백 번이라도 가야 한다고, 아니 그런 어려운 사목을 실천하지 못하는 자신이 당연히 해야 할 일이라고 생각했다. 그는 남아 있던 성탄카드를 꺼내 답신을 썼다.

'막달레나의 집'에 보낸 답신.

찬미예수.

문 요안나 수녀님과 이옥정 씨.

보내주신 두 분의 편지 잘 받았습니다. 할 수 있는 대로 빠른 시일 내에 가보고 싶습니다. 단지 어느 날이라고 약속을 못하여 죄송합니다. 전화로 미리 알려드리지요.

두 분과 그곳 모든 이에게 주님의 위로와 사랑이 가득하리라 믿습니다.

_1987년 세모, 김수환

김수환 추기경은 연초에 바쁜 일들을 마무리한 후 비서신부를 불러, 2월 말 로마 교황청 회의에 가기 전에 오후 일정이 없는 날을 물었다. 비서신부는 2월 23일 오후가 비어 있다고 했다. 달력을 보니 음력 1월 6일이었다. 이옥정 대표가 이야기한 정월 대보름 열흘 전이었지만, 더 이상 시간을 조정할 수 없었다. 그래서 이옥정 대표에게 연락을 한 후 오늘 온 것이다.

김수환 추기경이 방으로 들어가 앉자 미혼모 아이들과 여인들이 차례로 세배를 했다. 그는 당시 세뱃돈으로 누구에게나 5천 원을 줬기 때문에, 이날도 아이들과 어른 구별하지 않고 똑같이 줬다. 행복하고 건강하라는 덕담도 건넸다. 그런데 한 여인이 따졌다.

"추기경님, 이건 좀 불공평합니다. 어떻게 아이하고 어른하고 똑같이 5천 원짜리 한 장입니까? 어른에게는 한 장 더 얹어주셔야 하지 않나요?"

이옥정 대표의 얼굴이 다시 붉어졌다. 그러나 그는 껄껄 웃으며 대답했다.

"나한테는 자네들도 다 어린아이다."

그 말에 방 안은 웃음바다가 되었고, 말을 꺼낸 여인은 아무 대꾸도 못하고 입맛만 다셨다. 그때 다른 여인이 물었다.

"아저씨, 이 세뱃돈으로 막걸리 받아와도 돼요?"

"야, 추기경님께 아저씨가 뭐야?"

세뱃돈 타령을 하던 여인이 거들었지만, 그가 다시 웃으며 말했다.

"괜찮다. 아저씨도 좋고 할아버지라고 불러도 좋다."

그 말을 듣는 순간 이옥정 대표는 아득한 눈으로 그를 바라보았다. 예수님이 가난한 사람들과 친구처럼 사셨듯이, 이분도 우리집 식구들과 격의 없이 친구처럼 어울리시는구나.

'막달레나의 집'에는 업소에서 나와 재봉틀을 하나 사서 독립을 준비하는 여인도 있었고, 병이 나서 온 여인도 있었고, 공부를 하겠다며 학원에 다니는 여인도 있었다. 그리고 일단 지긋지긋한 업소를 빠져나온 상태의 여인들도 있었다.

세배가 끝나자 큰 상이 없어 조그만 밥상 몇 개를 펼쳤다. 오곡밥과 정성스럽게 만든 보름나물이 올려졌다.

"추기경님, 입맛에 맞으실지 모르지만, 저희들의 정성으로 생각하시고 맛있게 드세요."

이 대표가 조심스러운 목소리로 식사를 권했다.

"콘세크라타, 아주 훌륭해. 사실 나는 가난한 집 출신이라 보리밥에 김치 한 가지 먹으면서 자랐어. 이런 상은 생일 때도 못 받아봤어."

'콘세크레타'는 이옥정 대표의 세례명이었다.

"추기경님도 진짜로 가난하게 사셨어요?"

한 여인이 물었다.

"그럼, 초가집에 살면서 학교까지 10리씩 걸어다녔고, 점심은 굶었어."

"정말요?"

"추기경은 거짓말 안 해."

그 말에 다시 웃음바다가 되었다.

밥을 먹는 중에 막걸리가 들어왔다. 그도 오랜만에 한 모금 마셨다. 밥상이 나가자 윷놀이판이 벌어졌고, 그는 꼭 이기겠다며 여인들과 경쟁을 했다. 여인들은 계속 막걸리를 들이켰다. 유명한 사람이 왔다는 얘기를 듣고 온 몇 명은 "어, 텔레비전에서 본 높은 사람이다", "성당에서 최고 높은 사람이래" 하고 수군거리며 들어와 술자리에 합류했다.

윷놀이가 끝나자 그는 여러 여인들과 둘러앉아 그녀들의 이야기를 들었다.

"신부님, 이 집이 왜 막달레 집인지 아세요?"

그가 빙그레 웃자 다른 여인이 끼어들었다.

"응 그건, 뭐든 달라고 하면 주기 때문에 막 달래 집이라고 그러는 거래. 신부님, 제 말이 맞죠?"

그가 다시 웃자 이번에는 또 다른 여인이 말했다.

"그게 아니고, 우리같이 막다른 길에 있는 사람들이 찾아오면 도움을 주는 집이야. 그러니까 우리같이 막된 사람들이 찾아오면 살살 달래서 새사람 만들어주는 집이라서 막 달래 집이라고 하는 거야."

그는 여인들이 자신들의 처지를 자조적으로 이야기하는 모습을 보며 코끝이 찡했다. 누가 이 여인들에게 돌을 던질 수 있으랴. 그때 다른 여인이 그에게 물었다.

"신부님, 제가 언니한테 들었는데요. 옛날에 석녀라는 여자가 있었는데, 애를 못 낳아서 석녀가 아니라 돌무덤 앞에서 예수님을 처음 본 사람이라 석녀라는 게 진짜예요? 전 아무래도 큰언니가 지어낸 얘기 같아요. 진짜예요?"

여인들은 이옥정 대표를 '언니', '큰언니'라고 불렀다. 그런데 돌무덤 앞에서 예수님을 만난 성녀 막달레나에 대한 이야기를 그렇게 이해하고 있었던 것이다. 그때 '막달레나의 집'에서 재봉틀로 재활 훈련을 하던 여인이 실력이 쌓이면 추기경님 한복을 해드린다며 일어나세요, 앉으세요 하면서 사이즈를 재고는 치수를 조그만 공책에 적었다.

병이 나서 막달레나의 집에서 요양을 하고 있는 '현숙'이라는 여인이 자신이 이 집에 오게 된 이야기를 했다.

"추기경님, 저는 언니와 수녀님이 정말 고마워요. 제가 업소생활을 오래 하다 보니까 몸이 다 망가졌어요. 그래서 도저히 더 이상 일을 할 수 없어 언니에게 얘기해서 이 집에 살면서 수녀님 도움을 받아 병원에도 가고 그러려는데, 업주가 찾아왔어요. 제가 빚이 20만 원이 남아 있었거든요. 처음에는 어디 있는지 몰랐는데, 여기 있다는 걸 알고 찾아와서는 언니에게 빚을 대신 갚든지 아니면 저를 내놓으라고 행패를 부렸어요."

그는 연신 "힘들었구나!", "고생 많았구나!" 하며 안타까운 표정을 지었다.

"그런데 결국에는 언니가 이겨서 제가 여기 있게 된 거예요. 저 때문에 언니가 아는 여자 깡패 언니까지 데려오고, 몇 달 동안 난리도 아니었어요."

그때 이옥정 대표가 끼어들었다.

"야, 너는 뭐 그런 걸 말씀을 드리냐. 추기경님, 그 친구가 바로 저기 있는 금순인데요, 여자 깡패는 아니고, 그냥 이 동네 사는데 오지랖 넓고 성격 괄괄하고 의협심이 많아서 자발적으로 도와준 겁니다."

그때 금순이가 술 취한 목소리로 변명을 했다.

"추기경님, 저 절대로 깡패 아니고요. 제가 업소에서 나온 후 남편 죽고 살 길이 막막해서 딸은 시골 친정에다 맡겨놓고 포장마차, 택시기사, 식당 일 그리고 아이스크림 장사까지 안 해본 일 없이 살다 보니까 얘들이 그런 소리를 하는 거예요."

그때 또 한 여인이 끼어들었다.

"신부님, 금순 언니가 깡패는 아니지만요, 순경들도 무서워하는 건 진짜예요. 한번은요, 역 앞 파출소에서 순경이 요강 안 갖다준다고 파출소 바닥에다 오줌도 눴어요. 그리고 경찰서에서는 옷 벗고 난리부르스를 춰서 순경이 옥정 언니 불러서 데리고 가라고 했고요."

그 말에 방 안은 다시 웃음바다가 되었다.

"고생들이 많았구나. 그래, 현숙이는 병원에는 잘 다니고?"

"예, 이 친구는 콩팥이 안 좋아서 일주일에 두 번씩 꼬박꼬박 투석을 받으러 다니고 있습니다."

"다행이구나."

"언니가 생활보호대상 1종 카드를 받게 해주고 수녀님이 도와준 덕분에 병원에서도 잘해줘요."

"그래, 열심히 치료받아서 건강을 회복해야지."

"예, 추기경님. 그런데요, 제가 콩팥이 나빠 보통 때는 먹고 싶은 걸 마음대로 먹지 못하지만, 혈액을 투석하는 날에는 뭐든지 먹을 수가 있어서 좋아요. 헤헤."

현숙이는 아이처럼 해맑은 표정으로 웃었다.

"추기경님, 현숙이는 병원 가는 날에는 새벽같이 일어나 도시락까지 쌉니다. 그렇게 도시락 싸들고 나서는 걸 보면 꼭 소풍 가는 아이 같아요."

이옥정 대표의 말에 그는 고개를 끄덕이며 현숙이를 바라봤다.

그가 이야기를 들어주자 술주정을 하는 여인도 생겼다. 그러면 그는 "술 말고 안주도 먹어야지" 하면서 안주를 집어 건네줬다. 여인들이 이것저것 먹기를 권하며 입에 넣어주는 것도 사양하지 않았다.

그때 술에 취한 금순이가 그의 무릎에 기대 눕더니 담배를 빼 물었다. 사람들은 거룩하신 추기경님 무릎에 여자가 누웠다고 웃고 난리가 났다. 그는 이번에도 허허 웃었다. 그러고는 옆사람에게 라이터를 달라고 해 담뱃불을 붙여줬다.

저녁 어스름이 내릴 무렵 그는 '막달레나의 집'에서 나왔다. 이옥정 대표와 문 수녀가 내년 대보름 때도 와달라고 부탁하자, 그는 흔쾌히 꼭 오겠다고 약속했다. 그리고 남은 세뱃돈을 이 대표의 손에 쥐여줬다. 이 대표는 다시 한 번 가슴이 뭉클해져 고개를 떨궜다. 그리고 주먹을 꼭 쥔 채 작은 소리로, 이렇게 오랜 시간을 함께해주셔서 정말 고맙다고, 외롭고 힘든 여인들에게 정말 큰 힘과 용기를 주셨다며 허리를 숙였다. 문 수녀도 고맙다고 인사를 하면서 배웅했다.

주교관으로 돌아온 그는 3층 성당에서 무릎을 꿇었다.

"주님, 오늘 제가 갔던 막달레나의 집은 가난하고 불우한 처지에 있는 여인들에게 정신적·육체적 쉼터 구실을 다하고 있습니다. 저는 오늘, 여성들에게 어머니와 같은 문 요안나 수녀와 큰언니와 같은 이옥정 콘세크라타 자매의 사랑의 봉사, 희생적 봉사를 보며 그런 사랑을 실천하지 못하는 저 자신이 부끄럽고 안타까웠습니다. 주님, 그렇지만 오늘 만난 여성들이 저를 잘 아는 이웃집 아저씨처럼 대해줘서 참 기뻤습니다. 처음에는 저를 너무 어려워하지 않을까 염려되었는데, 막걸리 한잔씩 하니 여인들의 말문이 열렸습니다. 너무나 슬픈 이야기들이었습니다. 주님, 막달레나 성녀가 예수님을 만나서 사랑받고 희망을 품고 변화했듯이, 그 쉼터에 있는 여인들도 주님의 사랑 속에 몸도 마음도 건강하기를 간절히 빕니다. 그리고 막달레나 성녀와 같이 주님을 따르고 주님의 부활의 기쁨을 마음 깊이 누릴 수 있게 되기를 또한 빕니다. 주님께서 그 쉼터의 시작부터 함께 계셨으니, 모든 일에 있어서, 또 모든 이에 대하여 구원자가 되어주소서."

4월 26일, 제13대 총선이 실시되었다. 그런데 노태우 정부의 발목을 잡는 여소야대의 결과가 나왔다. 비례대표를 포함한 총 299석 중 민정당이 125석, 김영삼 총재의 민주당이 59석, 김대중 총재의 평민당이 70석, 김종필 총재의 신민주공화당이 35석, 무소속과 기타가 10석을 차지한 것이다.

정국의 주도권을 쥔 평민당과 민주당은 전두환 정권 때 일어난 비리와 1980년 광주민주화운동, 언론통폐합 등을 규명하기 위해 특위 구성을 추진했고 이를 관철시켰다. 5공 비리 청산을 위한 '5공특위(제5공화국에 있어서의 정치권력형 비리 조사 특별위원회)'와 '광주특위(5·18광주민주화운동 진상조사 특별위원회)'를 구성한 것이다.

7월 6일, 두 특위는 위원장을 선임하고 활동에 들어갔다. 한때 권력을 쥐락펴락하던 사람들을 청문회장으로 불러낼 준비를 시작했다.

김수환 추기경은 이런 움직임을 보며 진실은 반드시 밝혀지고, 성경 말씀대로 진리를 통해서 자유로워질 수 있다고 생각하면서, 정부와 여당이 이 땅의 민주화와 국가 발전을 위해 진실을 밝히는 데 협조하기를 바랐다.

그는 현재 우리나라에는 사랑과 아량 그리고 화해와 평화가 필요하다고 생각했다. 그래서 그는 이 청문회가 응징 또는 보복을 목적으로 하지 말고, 해결해야 할 문제를 청산하고 용서와 화해를 통해서 우리가 지향하는 화해와 평화의 길로 나갈 수 있기를 기도했다.[84]

7월 7일 오전 9시, 노태우 대통령은 텔레비전과 라디오 생중계를 통해 "북한을 경쟁과 대결이라는 적대적 대상이 아니라 통일을 위한 동반자, 즉 민족공동체의 일원으로 보아야 한다"는 '7·7선언(민족자존과 통일번영을 위한 대통령 특별선언)'을 발표했다. "자주·평화·민주·복지의 원칙에 입각하여 민족구성원 전체가 참여하는 사회·문화·정치·경제 공동체를 이룩함으로써 민족자존과 통일번영의 새 시대"를 열어나가기 위한 6개항의 정책 추진 방향도 제시했다.

김수환 추기경은 이 발표를 보면서 박정희 대통령 때의 '7·4남북공동성명'을 떠올렸다. 그리고 이 발표가 청문회 정국을 희석시키려는 의도에서 나온 것이 아니기를 바라면서, 이를 통해 새로운 시대가 열리면 좋겠다는 희망도 품었다.

8월 18일, 김수환 추기경은 관훈클럽 초청토론회에 참석했다. 20분의 기조연설을 통해 분단과 통일 논의, 민주화, 올림픽, 두 특위, 소외된 사람들에 대한 자신의 생각과 가톨릭의 입장을 이야기했다. 연설이 끝나자 패널리스트들의 질문이 이어졌는데, 먼저 장행훈 동아일보 출판국장이 그동안 교황청과 북한의 교류, 남북 가톨릭 간의 접촉과 대화에 대해 질문했다.

---

84 1988년 8월 18일 관훈클럽 초청토론회 기조연설, 《김수환 추기경 전집》 12권 434~435쪽.

관훈클럽 초청토론회. 1988년 8월 18일.

"확실히 알고 있는 것만 답변하겠습니다. 지금 바티칸의 우르바노대학에 북한 학생 한 명이 유학 중에 있습니다."

그의 대답에 관훈클럽은 잠시 술렁였다. 당시 북한은 평양에 성당 건립을 준비하면서 "우리 가운데서 신부님을 만들어 미사를 드리겠다"는 목표로 우르바노 신학대학에 학생을 파견했다. 그러나 신부가 되는 과정이 쉽지 않았기 때문인지 아니면 천주교와 바티칸에 대한 탐색을 마쳤기 때문인지, 그 유학생은 반년 남짓 후에 돌아갔다.

"87년 6월 평양에서 열린 비동맹 각료회의에 바티칸 주재 외교관과 서울대교구의 신부 한 명[85]이 참석했습니다. 북한의 초청이 있었을 때 바티칸에서 저에게 어떻게 하겠느냐고 물어왔습니다. 그때 저는 저쪽

85 장익 신부라는 것이 나중에 공개되었다.

의도에 이용될지도 모르겠다는 생각도 들었지만, 북한의 제의를 받아들이는 게 낫다고 생각했습니다. 만약 제의를 거절하면 그나마 북한과의 접촉이 끊어질지도 모른다는 우려에서였지요. 두 분은 북한에 가서 11일간 체류하면서 북한 측에서 소개한 신자 다섯 명을 만났고, 이들과의 대화를 통해서 신자임을 확인했습니다. 바티칸은 그때 만난 신자를 지난 부활절 기간 동안 초청했습니다. 모두 여섯 명이 바티칸을 방문했는데, 그중 가톨릭 신자는 두 명, 북한에 갔을 때 만났던 신자는 한 명이었습니다. 이들로부터 북한에 성당을 지을 것 같다는 암시를 받았습니다."

북한을 방문했던 교황청 대표단은 김수환 추기경에 대한 초청장을 가지고 왔고, 그는 자신의 방북 문제를 정부와 협의하고 있었다. 북한이 바티칸을 통해 여러 차례 답변을 요구해왔지만, 그는 정부와 협의 중이기 때문에 승인이 날 때까지 기다리고 있다는 답변을 전달할 때라 이 이야기는 공개하지 않았다.[86]

당시 김수환 추기경은 1987년 6월 장익 신부가 방북해서 신자들을 확인하고 온 후, 그동안 북한에도 목숨을 걸고 신앙을 지켜온 그러나 자신이 천주교 신자라는 사실을 감히 밖으로 드러낼 수 없었던 양떼가 분명히 있다고 믿고 있었다. 그래서 교황청과 함께, 북한이 평양에 전시효과를 위한 성당만 하나 덜렁 지어놓을 것이 아니라, 최소한의 종교의 자유가 보장된 가운데 신자들의 신앙생활을 도와주는 교회가 되도록, 그리고 중국에서 허용되는 천주교인 '애국교회'[87]처럼 평양에 상주하는 신부, 더 나아가서는 주교가 있어야 한다는 계획을 세울 때였다.

---

86 1990년 4월 21일 서경원 평민당 의원 밀입북 사건 증인 신문에서 밝힌 내용이다.
87 정확히는 '애국회'다. 그러나 한국에서는 '애국교회'라고 부른다.

북한을 설득하기 위해서는 교황청이나 한국 천주교에서 공식 권위를 갖는 추기경 급이 북한에서 권위가 있는 당사자와 만나 이야기해야 한다는 판단 아래 북한과 계속 접촉하고 있었다.[88]

그는 북한에서도 장충성당을 건축하면서 실무자를 중국 베이징에 파견하여 중국 '애국교회'의 조직과 활동을 구체적으로 살펴보고 갔다는 사실을 알고 있었다. 중국 애국교회의 경우 주교와 신부, 수녀가 있고 교황청과 유대가 있는 주교와 사제들도 많아 그 사실이 알려졌다. 그뿐이 아니었다. 북한은 동독, 홍콩, 일본을 통해 사제 양성을 요청했다. 그러나 천주교 신학생이 되기 위해서는 다니는 성당 신부의 추천이 있어야 하고 교구에 소속되어 있어야 한다. 이런 교회 규정에 따라 동독, 홍콩, 일본 가톨릭에서는 교황청에 문의를 했고, 교황청에서는 평양교구장서리인 김수환 추기경과 상의하여 "우리에게 보내면 장학금으로 공부시켜주겠다"는 제의를 했다.

그는 북한 천주교가 중국의 애국교회 수준으로라도 발전하면 좋겠다는 희망을 품었다. 사목자들을 장충성당에 파견하려고 여러 경로로 알아보기도 했다. 로마에 가서 북한 대사를 만날 기회가 있을 때는 "성당에 신부가 상주해야 참다운 교회라고 말할 수 있다"고 설명하고, 한번은 신부 두 명과 수녀 세 명의 명단을 넘겨주고 대답을 기다린 적도 있다.

그러나 그때까지 북한의 대 천주교 접근은 종교적인 순수한 동기라

---

88 한국 천주교의 북한 선교 관련 내용은 교황청에서 '30년 대외비밀 서류'로 분류되어 있다. 생존해 있는 사제들과 관련된 민감한 부분이 있기 때문인 것으로 추정된다. 이 책에서는 북한선교위원회 잡지 《화해와 나눔》 인터뷰(1991년 1월호), 《경향잡지》 인터뷰(1990년 1월호), '목자의 가르침'(《김수환 추기경 전집》 15권 668~669쪽), 동아일보 1988년 11월 19일자, 한겨레신문 1989년 11월 30일과 12월 18일자, 《추기경 김수환 이야기》 396~397쪽을 참고로 최대한 사실에 근거해서 재구성했다.

기보다는 정치적 접근으로 판단되는 요소가 있어서 교황청과 그로서는 상당히 조심스럽게 접근할 수밖에 없었다.[89]

그의 답변이 끝나자 현재의 민주화, 급진 학생 문제, 정치와 종교의 관계 등에 대한 질문이 이어졌다. 그는 그동안의 생각을 이야기하면서 "국민 전체가 느낄 수 있는 구체적인 민주화 조치가 없는 것이 아쉽다"고 지적했다. 국민이 희망을 갖게끔 가난하고 약한 사람을 위한 정치가 진행되고 있다는 걸 피부로 느끼게 해달라면서 "종교인들이 나서서 의견을 말하는 경우가 적어지는 사회가 되면 좋겠다"고 했다.

마지막으로 언론자유를 평가해달라는 요청에 대해서는, 신문사 자체의 이해관계 때문에 논조가 결정되는 것 아닌가 하는 의구심이 있다면서, 기자들이 자율성을 갖고 있는지 궁금할 때가 있다고 했다. 그리고 마지막으로 KBS는 국민 모두가 믿을 수 있는 방송이 되어야 한다며 토론회를 마쳤다.

9월 17일, 서울올림픽이 개막되었다.

9월 20일, 김수환 추기경은 명동성당에서 '한마음 한몸 운동'을 선포했다. 예수가 당신의 생명을 우리에게 내어주셨듯이, 우리도 우리 자신의 생명과 가진 것을 이웃과 나누자는 운동이었다. 그는 '한마음 한몸 운동'을, 20년 전 자신이 서울대교구장에 착좌할 때 선포한 '세상 속의 교회'라는 사목 목표를 심화시킬 수 있는 구체적 실천으로 생각했다. 맹인을 위한 '사후死後 안구기증 운동, 끼니마다 예수님 몫으로 한 줌 쌀을 내어놓는 헌미헌금으로 모은 기금을 통해 베트남 등 아시아는 물론 아프

89 북한선교위원회의 앞의 책, 《김수환 추기경 전집》 16권 54~56쪽.

리카, 남미까지 돕는 운동이었다.

사후 안구기증 서약.

‘한마음 한몸 운동’은 2015년 현재까지도 계속되고 있다. 성가정입양원, 환경사목위원회, 우리농촌살리기운동본부, 민족화해위원회, 생명위원회 등 여러 분야로 세분화되어 발전하면서 세계 교회 속에 한국 천주교회의 위상을 우뚝 세우는 계기를 마련해왔다. 그리고 민족화해위원회는 1990년 중반부터 대북 식량지원 창구가 되어 ‘퍼주기 식 지원’이라는 비난을 감수하면서 식량을 지원했다.

김수환 추기경은 미사가 끝난 후 성당 마당에 차려진 헌혈 상담 책상 앞에 앉아 진찰까지 받았지만, 결국에는 헌혈을 하지 못했다. 대신 그는 그 자리에 온 가톨릭의대 김재호 교수에게 사후에 자신의 눈을 기증하겠다는 헌안獻眼 의사를 밝혔다. 이 역시 그가 서울대교구장에 착좌할 때 “하느님이신 그리스도께서 걸어가신 대로 가난한 이들에게 복음을 전하고, 억눌린 이들에게 해방을 알려주고, 눈먼 이들에게 시력을 주고, 묶인 이들에게 자유를 주면서 주님의 은총을 전해주는 일을 끊임없이 해나아가야 한다”고 했던 다짐에 대한 구체적 실천이었다.

그 자리에서 그의 눈을 검안한 김 교수는 “근시가 약간 있기는 하지만 이식하는 데는 아무런 문제가 없다”면서 기증을 수락했다. 김수환 추기경은 1990년 1월 5일 서울 강남성모병원 안眼병원에서 안구기증서에 정식으로 서명했다.

9월 22일, 서울대교구 홍보국장 함세웅 신부가 집무실로 찾아왔다.

평민당 서경원 의원이 자신의 사무실에 왔는데, 그를 만나고 싶어 한다고 했다.[90] 마침 30분 정도 시간이 있었다. 서경원 의원은 1981년부터 가톨릭농민회 전국 회장을 지냈기 때문에 이름을 기억하고 있었다. 그 후 대통령선거 무렵 재야인사들이 '비판적 지지'를 선언하며 평민당에 입당할 때 함께 들어갔고, 올해 전라남도 함평·영광지역구 공천을 받아 국회의원이 된 신자였다.

그는 국회의원 당선을 축하하는 인사를 건네면서 국회에서 농민을 위해 많은 수고를 해달라고 격려했다. 서 의원은 그의 건강에 대한 덕담을 하더니 추기경님께 전해드릴 말씀이 있어서 왔다고 말했다.

"추기경님, 제가 7월 19일부터 21일까지 사흘간 북한을 방문하고 돌아왔습니다."

서경원 의원이 말문을 열었지만 그는 '방북했다'는 말에 깜짝 놀라 잠시 말을 멈추게 했다. 전화기를 들고 로마에서 돌아와 서울교구청 사목연구실장으로 있는 장익 신부를 집무실로 불렀다. 작년 6월에 북한을 다녀왔고, 현재 바티칸과 한국 천주교 차원에서 추진하는 일이 있어 함께 듣는 게 좋을 것 같았다.

잠시 후 장익 신부가 들어왔다.

"어, 장 신부. 전에 가톨릭농민회 회장을 하시다 지난 총선에서 국회의원이 되신 서경원 의원인데, 7월 말에 북한엘 다녀오셨다니, 북한을 방문한 경험이 있는 장 신부도 함께 듣는 게 좋을 것 같아서 불렀어."

"예, 추기경님."

두 사람이 서로 인사를 마치자 그가 다시 물었다.

---

90 소개자와 배석자 그리고 대화 내용은 1990년 4월 21일 서경원 의원 밀입북 사건 증인 신문에서 밝힌 내용이다.

"북한에는 어떤 방식으로 다녀오신 건지요?"

"예, 유럽을 통해서 다녀왔습니다."

"그런 뜻이 아니라, 정부 허가를 받고 다녀오신 건가요?"

그가 다시 물었다.

"아닙니다."

"그렇다면?"

"그냥 갔다온 겁니다."

그 대답을 듣는 순간 그와 장익 신부는 곤혹스러운 표정으로 서경원 의원을 쳐다봤다. 그러나 서 의원은 그런 표정에 아랑곳하지 않고 자신이 3일 동안 평양에 체류하면서 김일성을 만나 대남방송 중지, 간첩 남파 중지, 볍씨 교환 등을 논의하면서, 김수환 추기경과 윤공희 대주교 등 한국 가톨릭교회 지도자 방북은 물론 평양교구 출신인 지학순 주교를 올라오게 해서 북한의 천주교 교구를 재건하라는 건의도 했다고 말했다.

김수환 추기경은 놀랐다. 평신도가 독자적으로 교구 재건을 건의하고 주교들의 방북을 논의한 사실을 이해할 수 없었다. 장익 신부도 고개를 숙이고 손으로 머리를 만졌다. 그러나 서 의원은 계속해서 김일성이 추기경님을 존경한다고 했다, 남북 군인들을 다 물리시고 판문점을 넘어서 오시라 했다……, 쉬지 않고 말했다. 그러나 그의 귀에는 더 이상 아무 말도 들리지 않았다.

그는 서 의원이 국가보안법을 위반했고, 훗날 밀입북이 알려지면 지금 이 순간 이 이야기를 들은 것 때문에 곤욕을 치를 수도 있겠다는 생각이 들었다. 불고지죄에 대한 처벌이 두려워서가 아니라, 박정희 대통령 시절 부산 미 문화원 방화 사건 때처럼 가톨릭 전체를 용공집단으로 몰아갈 것에 대한 걱정이었다.

그런데 서경원 의원이 다시 한 번 깜짝 놀랄 이야기를 했다.

"추기경님, 그리고 미국 뉴욕에서 메리놀신학교에 유학 중인 전주교구 문규현 신부가 평양을 방문할 예정이랍니다."

그 말을 듣는 순간 김수환 추기경과 장익 신부는 놀란 눈빛으로 서로 얼굴을 바라봤다.

"문규현 신부와 연락을 하신 적이 있는지요?"

"직접 만나서 얘기를 들은 건 아니고 북한에서 들었습니다. 뉴욕에 거주하는 재미교포 한 분이 중간에서 북한과 연락을 하고 있는데, 북한에서는 제가 가톨릭농민회장을 했다고 하니까, 문 신부님에 대해 물어봐서 좋게 말해줬습니다."

당시 김수환 추기경은 북한에서 천주교 재건의 불씨를 만들기 위해 교황청과 함께 할 수 있는 노력은 다 하고 있었다. 이런 상황에서, 미국에 유학하면서 뉴욕주의 성브리지성당에서 한인 사목을 하고 있는 문규현 신부가 방북할 경우, 천주교의 '창구 단일화'에 균열이 생기면서 그동안의 노력이 수포로 돌아갈 수도 있는 상황이었다.

그는 서경원 의원에게 물었다.

"그럼 문 신부도 서 의원님처럼 그냥 북한을 방문하려는 거라고 하던가요?"

"아닙니다. 그분은 미국 영주권을 갖고 있고, 현재 소속이 전주교구가 아니라 뉴욕교구라서 뉴욕에 있는 한국 영사관에 사전이나 사후에 신고만 하면 합법이라고 들었습니다."

7·7선언 1항(해외동포들의 남북한 자유왕래 허용)에 의해 국가보안법 위반은 아니라는 것이었다. 국내 교구 소속 신부가 해외에서 사목을 할 경우 서류상으로 소속 교구를 사목지 성당 교구로 옮겼다. 가톨릭교회법에는 사제가 자신의 교구가 아닌 다른 교구에 가서 미사를 집전하기

위해서는 그곳 교구장의 허락을 받아야 했다. 그래서 그도 독일 유학 시절 학비 조달을 위해 독일 수녀원에서 미사를 집전할 때 그곳 교구장으로부터 '미사 위임권'을 발급받았던 것이다. 그러나 '미사 위임권'은 미사만 집전할 수 있을 뿐 교회 행정에는 관여할 수 없었다. 문 신부와 같이 한인공동체를 담당하는 경우에는 성당이 속해 있는 교구에 행정적으로 처리할 일이 많아서 임시로 교구를 이전했다. 그리고 미국 교구 소속 사제일 경우 본인이 원하면 영주권을 받을 수 있기 때문에 문 신부는 1988년 2월에 미국 영주권을 취득한 해외동포 신분이었다.

"뉴욕에 계신 분과는 연락이 되십니까?"

"예, 추기경님."

"그럼 그분께 문 신부가 평양에 가지 않게 해달라고 꼭 말씀드려주십시오."

그의 단호한 목소리에 서경원 의원의 표정이 굳었다.

"예, 추기경님. 그렇게 전하겠습니다."

김수환 추기경의 곤혹스러운 표정을 본 장익 신부가 추기경님께서 다음 약속이 있다며 자리를 정리하고 집무실 문을 열어줬다. 서 의원은 그에게 인사를 한 후 일어섰다.

두 사람은 아무 말도 못하고 멍한 표정이었다. 잠시 후 장 신부가 사무실로 돌아가자 그는 함세웅 신부를 불러, 서경원 의원이 좋은 뜻으로 북한을 다녀왔을지 모르나 실정법을 위반했으니, 언젠가 적당한 시기에 자수하도록 말해보라고 했다. 전에 원주교구 최기식 신부가 김현장 등에게 자수를 권유했듯, 그 외에는 달리 뾰족한 방법이 없었다.

그는 3층 성당으로 가서 모든 걸 하느님 뜻에 맡긴다며, 이 문제로 인해 또다시 가톨릭이 용공시비에 휘말려 신자들에게 상처를 주지 않게 해달라고 기도했다.

10월 말, 서울대교구 사목연구실장 장익 신부와 로마에 유학 중인 정의철 신부가 교황청 특사 자격으로 북한을 방문했다. 한국 정부와도 상의해서 허락을 받은 사목적 방문으로, 얼마 전 평양에 세워진 장충성당에서 미사를 봉헌하기 위해서였다. 두 신부는 60여 명의 신자가 참석한 가운데 10월 30일 저녁미사와 성인대축일인 11월 1일 아침미사를 집전했다. 그리고 미사를 마친 후 교황 요한 바오로 2세가 신자에게 보내는 성작, 성합, 성서, 전례서, 성가집을 성당회장 박경수 씨에게 전달했다. 그러나 장익 신부는 당시 언론 보도와는 달리 장충성당의 축성식은 하지 않았다. 가톨릭에서 성당의 축성은 세속적인 목적으로 사용되지 않는다는 것이 확인되어야 하고, 주교에 의해 그 예식이 이루어져야 하기 때문이었다.

장익 신부는 서울로 돌아와 김수환 추기경에게 장충성당에서 미사를 봉헌할 때 한국전쟁 이전에 사용했던 라틴어 미사 전례 용어를 알고 라틴어 성가를 부를 줄 아는 신자들이 다수 참석했다고 보고했다.[91] 신자들이 확실하다고 판단할 수 있는 결정적 근거였다. 그는 한국전쟁 때 쓰러진 뒤 '침묵의 교회'로 변한 북한 교회에 뭔가 변화의 가능성이 있는 것이 아닌가 하는 희망을 품었다.

---

91 동아일보 1988년 11월 19일자.

좌절된 북한 천주교 재건 계획

40

"우리 모두가 평화를 갈망하면서도 평화가 없는 것은
서로 나눌 줄 모르기 때문입니다."

| **김수환 추기경, 1989년 세계성체대회** |

1989년 1월 1일, 김수환 추기경은 어느덧 67세가 되었다. 은퇴 정년까지는 아직도 8년이 남았고, 올해에도 할 일이 산더미였다. 무엇보다도 10월 4일부터 한국에서 열리는 제44차 세계성체대회 준비를 잘해야 했다. 교황 요한 바오로 2세와 세계 각국의 가톨릭 지도자들과 신자들이 대거 참석하는 큰 행사였다. 그는 외부 행사 참석을 최대한 줄이고 세계성체대회 준비에 집중했다.

북한의 김일성은 신년사를 통해 '남북정치회담'을 제의하면서 민정당, 평민당, 민주당, 신민주공화당의 총재와 김수환 추기경, 문익환 목사, 백기완 선생을 평양으로 초청했다. 같은 달 30일에는 '지도급 인사들의 정치협상회의 준비위원회' 허담 위원장 명의로 같은 내용의 편지를 보냈다. 그는 이 소식을 들으며 북한이 자신에게 종교적 차원이 아니라 정치적 차원에서 접근하고 있다고 판단했다.

2월 4일, 서울대교구 홍보국은 "김수환 추기경이 평양교구장서리로

서 북한 동포와 교우들을 위해 사목적 관점에서 북한을 방문하고자 하는 염원에는 변함이 없지만, 남북 교회 관계가 정치의 연장선상에서 논의되는 것을 바라지 않고 신앙의 관점에서 논의되기를 바란다"고 발표했다. 김일성의 초청이 정치적 초청이기 때문에 거절한다는 의미였다.

그는 이후에도 자신의 방북이 대남 전략에 이용되는 것은 철저히 배격했다. 평양교구장서리로서 자신의 관할 지역을 방문하고 싶은 마음이 굴뚝같았고, 사제 한 명 없는 '침묵의 교회'에 가서 남아 있는 신자들의 손을 잡아주고 싶었지만, 순수한 사목적 방문이 아니면 방북할 수 없다는 원칙을 고수했다.

2월 19일, 음력으로 1월 14일이었다. 김수환 추기경은 지난해에 이어 두 번째로 용산 '막달레나의 집'을 방문했다. 세계성체대회 준비로 정신이 없었지만 작년에 올해 정월 대보름에 오겠다고 했던 약속을 지키기 위해서였다. 이번에는 로만칼라가 있는 클러지셔츠 위에 검은 양복을 입고 비서신부와 함께 갔다. 얼마 전 전화에서 이옥정 대표가 그동안 신부님들과 수녀님들이 드나드셨기 때문에 작년처럼 점퍼 차림으로 오지 않으셔도 된다고 했던 것이다.

그가 문을 두드리자 이 대표와 문 수녀 그리고 작년에 본 여인들이 반갑게 나와 인사를 했다. 지난해에 비해 식구가 늘었고, 긴장이 누그러진 표정이었다. 그도 손을 흔들며 "안녕!" 하고 인사를 했다. 마루로 들어가자 작년에 술에 취에 그의 무릎에 누웠던 금순이가 고운 한복을 입고 수줍은 얼굴로 양복 위에 카네이션을 꽂아줬다. 조그만 목소리로 작년에 실수를 한 게 너무 창피해서 준비했다며 고개를 숙였다. 그는 "고맙다, 정말 고맙다"면서 금순이의 손을 잡아줬다.

아이들과 여인들은 줄을 서서 세배를 했고 그는 올해도 건강하라는 덕담과 함께 세뱃돈으로 5천 원짜리 지폐 한 장씩을 나눠줬다. 이번에는 아무도 세뱃돈 투정을 하지 않았다.

오곡밥을 먹고 상을 물리자 윷놀이판이 벌어졌다. 금순이가 그냥 하면 재미없다면서, 모두들 판돈으로 2천 원씩 묻어놓고 이기는 사람이 다 가져가자고 했다. 그도 돈을 묻었다. 금순이는 말판을 그의 옆에 펼쳤다. 추기경님이 말판을 관리하셔야 속이는 애들이 생기지 않고 싸움도 일어나지 않는다는 설명도 곁들였다. 그는 그 말을 들으며 빙그레 웃었다. 윷이 오르락내리락거리면서 분위기가 무르익어가는데 한 여인이 소리쳤다.

"어, 신부님이 말판을 속이신다!"

"야, 너 무슨 소리야?"

금순이가 질책하듯 물었다.

"조금 전에 신부님이 '개'가 나왔는데 말을 두 칸이 아니라 네 칸이나 보내셨어. 내가 똑똑히 봤어. 정말이야."

 '막달레나의 집'에서 윷놀이하는 모습.

그러자 금순이가 그를 바라보며 믿을 수 없다는 표정으로 물었다.

"추기경님, 정말 속이셨어요?"

그가 대답 대신 허허 웃자, 금순이의 목소리가 높아졌다.

"아니, 거룩하신 추기경님께서 어떻게 그러실 수가 있으세요?"

그러자 그가 다시 허허 웃으며 대답했다.

"나도 따야지."

그의 말에 방 안은 웃음바다가 되었다. 세상에 정말 믿을 놈 없다고 방바닥을 치면서 웃는 여인, 신문에 날 일이라며 허리를 잡는 여인, 산전수전 다 겪어봤지만 신부님이 말판 속일 줄은 꿈에도 생각 못했다며 웃는 여인, 벌금 내시라고 소리치다 너무 웃어서 눈물을 닦는 여인…… 이옥정 대표는 그 모습을 보면서 가슴이 먹먹해졌다. 이분이 정말 우리 식구가 되어주시는구나. 세상에서 버림받은 여인들의 친구가 되어주시는구나. 우리의 부족함, 우리의 못남에도 불구하고 우리를 진짜 사랑해주시는구나.

금순이가 벌금 받은 돈으로 막걸리를 사왔다. 다시 막걸리판이 벌어졌다. 막걸리가 한 순배 돌자 한 여인이 그에게 물었다.

"신부님, 제가 진짜 궁금한 게 하나 있어요."

"그래, 말해봐라."

그가 빙그레 웃으며 대답했다.

"옥정 언니가 작년 부활절 때 선물이라고 달걀을 하나 줬어요. 저뿐 아니라 동네 아가씨들에게 예수님이 다시 태어나신 날이라 기뻐서 주는 선물이라면서요. 그래서 제가 이렇게 귀한 걸 우리 같은 죄인이 받아도 되는 거냐고 물었거든요. 그랬더니 언니가 우리는 모두 죄인이라며, 받으라고 해서 받았어요. 그런데 제가 그 귀한 걸 먹기가 아까워서 방에다 모셔뒀는데, 며칠 지나니까 이상한 냄새가 나요. 그래서 제가 언니에게 달려와 성스러운 걸 손님 받는 방에다 둬서 그렇게 된 거 같다고 하니까, 언니는 아니라는데 저는 아무리 생각해도 그래서 그런 것 같은데, 언니 말이 맞는 거예요 아니면 제 말이 맞는 거예요? 만약 제 말이 맞으면 올해는 그 방에다 안 놓으려고요."

그는 가슴이 먹먹해졌다. 누가 저 여인에게 돌을 던질 수 있단 말인가. 그때 이옥정 대표가 대신 나섰다.

"얘는, 안 먹고 끼고 있으니까 당연히 썩지. 달걀이 돌덩이냐? 안 썩고 남아 있게."

"맞다. 올해는 달걀 선물 받으면 얼른 맛있게 먹어라."

그의 말에 여인의 얼굴이 환해졌다.

"아, 다행이다. 호호호."

그 여인이 웃자 다시 막걸리가 한 순배 돌았다. 작년과는 달리 여인들은 앞다투어 지난 1년 동안 자신들의 변화에 대해 이야기했다. 다섯 살 난 아들을 막달레나의 집에 맡기고 파출부를 한다는 여인도 있었고, 봉제공장에 가서 한 달에 8만 원밖에 못 받지만, '그 일'보다는 편하다는 여인도 있었다.

작년에 추기경님 한복 해드린다고 일어나세요, 앉으세요 하며 사이즈를 재던 여인은 양재학원비를 아끼기 위해 학원에서 청소와 잡일을 해주면서 기술을 배우고 있다고 했다. 이 여인은 양재학원 강사를 거쳐 1991년에 가게를 열었고, 그때 그는 축하금을 보내 가게를 채울 옷감을 준비하도록 했다. 그렇게 일어선 그녀는 전문대, 대학, 대학원을 거쳐 막달레나의 집 출신 '박사 1호'가 되었고, 2015년 현재 강남에서 '한복연구소'를 하고 있다.

투병생활을 하는 현숙이는 '막달레나'라는 세례명으로 입교했다고 했다. 그는 흐뭇한 눈길로 현숙이를 바라보았다. 막달레나의 집 출신

중 첫 번째 세례자였다. 그러나 그녀는 이듬해 3월에 세상을 떠났다. 이옥정 대표는 김수환 추기경이 관심을 가지면서 격려해준 여인이라 전화로 부고를 알렸다. 그는 곧바로 조화와 손수 쓴 위로의 메시지를 영안실로 보냈다. 가족 한 명 없는 영안실에 추기경의 조화가 놓이자 조문을 왔던 여인들이 깜짝 놀랐다. 그리고 이튿날 연락도 없이 잠시 틈을 내서 봉천동에 차린 영안실을 찾아와 조문했다. 그는 현숙이가 자신이 죽으면 천주교 식으로 장례를 치러달라고 했다는 이옥정 대표의 이야기를 듣고 삼각지성당에 연락해 그곳에서 장례미사를 봉헌하도록 해주었다.

이 소식은 용산을 발칵 뒤집어놓았다. 당시 성매매 여성들은 영안실에서 곧바로 벽제 화장터로 가 화장하거나 시립공원묘지 등에 묘비도 없이 묻히는 것이 일반적이었다. 찾아주는 가족도 거의 없었다. 게다가 업주들은 외출을 허락하지 않았고, 성매매 여성들도 아주 친했던 경우가 아니면 초상집은 재수 없다며 찾지 않았다.

하지만 김수환 추기경이 장례식장에 조화를 보내고 직접 찾아와서 조문을 했다는 소식이 전해지자, 천주교에서 제일 높은 분이 조문을 했는데 자신들이 안 가볼 수 없다며 너도나도 모여들었다. 그리고 장례미사 날에는 어디선가 흰 소복을 구해서 입고 삼각지성당까지 왔다. 외출을 통제하던 업주들조차 이날은 말리지 않았다.

이옥정 대표는 급히 버스를 두 대 수배했다. 성당을 떠나 용산에서 노제를 지낼 때 여인들은 "현숙이가 죽어서야 사람대접을 받았다"며 목놓아 울었다. 그 후, 그를 한 번도 못 본 여인들도 추기경이 자신의 집에 오신 것처럼 자랑하고 다녔고, 이옥정 대표에게 "나도 죽으면 천주교 식으로 장례를 치러달라"고 말하곤 했다.

막달레나의 집에도 변화가 있었다. 용산 지역의 아이들을 위해 작년 여름부터 서울가톨릭사회복지회와 청담동성당의 도움을 받아 '배론 글방'이라는 방과후교실을 열었다. 당시 업소 여인들의 아이들은 학교가 끝나면 길거리에서 고스톱을 치거나, 오락실에 가거나, 어느 집에 모여 음란비디오를 보는 게 일상이었기 때문이다. 이옥정 대표는 업소 여인들의 아이들뿐 아니라 업주의 아이들, 펨푸(호객꾼)의 아이들, 부근의 가난한 집 아이들까지 모두 받아들였다. 몰려드는 아이들로 인해 막달레나의 집은 발 디딜 틈 없이 북적거렸지만, 이 대표와 문 수녀 그리고 여인들은 아이들과 교사들이 먹을 간식을 열심히 만들었다.

김수환 추기경은 그런 이야기를 들으며 연신 흐뭇한 표정을 지었다. 그러나 막달레나의 집에 왔다가도 환각제와 술을 끊지 못하고 다시 돌아간 여인들, 배움과 기술이 부족해 적당한 일거리를 찾지 못해 돌아간 여인들, 취직했다가도 담배를 피우거나 술을 마시다 해고되어 돌아간 여인들, 결혼을 했지만 남편이 과거를 들추며 때리는 걸 견디다 못해 돌아간 여인들의 이야기를 들을 때는 매우 안타까워했다.

이날도 그는 다섯 시간이나 여인들과 함께 지낸 후 주교관으로 돌아왔다. 그리고 역시 오랫동안 여인들과 막달레나의 집을 위해 기도했다. 그는 그 후에도 막달레나의 집에 중요한 행사가 있으면 만사를 제쳐놓고 달려갔다.

3월 25일, 문익환 목사와 황석영 작가가 정부의 허락 없이 북한을 방문했다는 소식이 속보로 보도되었다. 통일의 물꼬를 트겠다는 순수한 동기에서의 방북이었지만, '무단방북'이라는 사실에 국민들은 크게 놀랐다. 그러나 운동권 학생들과 재야단체들은 두 사람의 용기에 박수를 보냈다.

문익환 목사는 김일성과 두 차례 회담을 한 후 귀국했고, 구속되었다. 조선작가동맹 작가들과 만나 남북 문학교류를 논의했던 황석영 작가는 귀국하지 않고 베를린예술원의 초청작가로 서독에 체류했다. 이때부터 정국은 정부의 '공안정국'과 재야와 학생들의 '통일운동'으로 새로운 갈등 국면을 맞았다.

김수환 추기경은 이즈음 교황청과 정부의 허락을 받아, 7월 1~8일 평양에서 열리는 제13차 세계청년학생축전 행사에 신부를 파견하겠다고 북한 당국에 제안했다.[92] 외국인이 많이 오고 천주교 신자가 많이 찾아올 테니 사제가 필요하지 않겠느냐는 생각에서였다. 그리고 이 제안에는 천주교에 대한 북한의 관심에 조금이라도 종교를 생각하는 마음이 있는지 아니면 철저히 정치 도구로 이용할 생각인지를 알아보려는 의도도 있었다.

6월 5일, 전주교구 소속으로 미국 메리놀신학교에 유학 중인 문규현 신부가 미국 메리놀 외방전교회 조셉 베네로소 신부와 함께 방북했다.

6월 6일, 그 소식을 들은 김수환 추기경은 허탈했다. 지난해 서경원 의원으로부터 문 신부의 방북 의사를 알게 된 후 여러 경로를 통해서 말렸고, 심지어는 한 달 전인 5월 윤공희 대주교가 뉴욕을 방문해서 그를 만났을 때도 이야기했음에도 끝내 방북을 했다는 사실에 할 말을 잃고 말았다.

아침부터 기자들이 집무실로 찾아와 문 신부의 방북 성격에 대해 물었다. 그는 "방북은 대단히 중요한 일인데, 문 신부는 소속 교구장과 평양교구장서리인 본인에게 한마디 의논도 없었다. 통일은 감정으로 되지 않는다"고 밝힘으로써, 문 신부의 방북이 한국 가톨릭 차원이 아니

92 북한선교위원회 잡지 《화해와 나눔》 인터뷰(1991년 1월호), 《김수환 추기경 전집》 16권 56쪽 재인용.

라 개인적 결정이었음을 분명히 했다.

6월 21일, 문규현 신부가 북한 방문을 마치고 미국에 도착했다. 문 신부는 기자회견에서 주체사상연구소의 철학 전공자들을 만나 통일에 관해 진지한 대화를 많이 나눴다고 말했다.[93] 그리고 북한 천주교 관계자는 만나지 못했지만 6월 6일, 11일, 18일 세 차례에 걸쳐 평양의 장충성당에서 미사를 집전했다고 했다. 문 신부는 작년에 방북하려고 했으나 주변 사람들의 만류로 이번에 방북했다면서, 5월에 만난 윤공희 대주교에게도 보고하지 않았다고 밝혔다. 그는 자신의 방북에 대한 김수환 추기경의 의견에 대해 "사람마다 주관이 다르니 이견이 있을 수 있는 일이다. 나는 양심에 따라 결행했다. 감정적 차원이 아니"라면서, 자신의 방북은 "예수 그리스도의 가르침에 위반이 되지 않는 사명이라고 생각하지만, 그에 따른 박해가 있다면 감수하겠다"고 했다.

문 신부가 평양에서 미사를 집전하기 위해서는 평양교구장서리인 김수환 추기경의 승인을 받아야 했다. 그러나 문 신부는 그런 절차를 무시하고 평양에 있는 성당에서 미사를 집전했고, 그것은 가톨릭교회법을 어긴 것이었다. 김수환 추기경은 이 기사를 보며 깊은 한숨을 내쉬었다.

6월 25일, 평민당 서경원 의원이 검찰에 출석해 지난해 7월 19~21일 사흘간 비밀리에 북한을 방문했음을 밝혔다는 뉴스가 속보로 보도되었다. 3일 동안 평양에 체류하면서 김일성을 만나 대남방송 중지, 간첩 남파 중지, 볍씨 교환 등을 논의하면서, 한국 가톨릭교회 지도자들의 방북과 북한의 천주교 교구 재건을 건의했다는 것이었다. 그리고 3일 전

---

93 한겨레신문 1989년 6월 23일자.

인 22일 평민당에 이 사실을 알렸고, 작년에 김수환 추기경에게 자신의 방북 사실과 가톨릭 관련 내용도 이야기했다고 밝혔다.

6월 27일, 서경원 의원이 정식으로 구속되었고, 김수환 추기경은 서 의원으로부터 방북 이야기를 듣고도 정부당국에 신고하지 않았다는 '불고지죄' 파문에 휩싸였다.

6월 30일에는 한국외국어대학교 4학년에 재학 중인 임수경 양이 평양 세계청년학생축전에 전국대학생대표자협의회 대표로 참석했다.

재야인사와 학생들의 잇단 방북으로 정국은 급격히 공안정국으로 치달았다.

7월 1일 오전, 김수환 추기경은 서울대교구청 회의실에서 서경원 의원 밀입북 사건과 관련한 기자간담회를 했다. 그는 먼저 지난해 9월 서 의원이 자신을 찾아와 북한 방문 사실을 알린 바 있다면서, "그것이 잘못을 고백하는 고해성사는 아니지만, 자신의 내면적 비밀을 본인에게 신뢰를 전제로 이야기한 것이었기 때문에 인격적인 고백이었다"고 밝혔다. 그리고 일부 언론에 보도된 '함세웅 신부의 추기경 방북 추진설'은 사실무근이며, 방북할 기회가 온다면 자신이 현재 교황청에서 평양교구 사목 책임자로 임명되어 있기 때문에 당국과 충분한 협의를 거친 후 방문할 것이라고 말했다.

그의 기자간담회는 이날 석간신문과 다음 날 조간신문에 비중 있게 보도되었다. 그를 처벌해야 한다는 의견도 있었고, 종교적 차원의 결정이었으므로 책임을 묻기가 어렵다는 의견도 있었다.

7월 4일, 안기부는 김수환 추기경에 대해서는 수사를 마무리할 때 참고인으로 조사를 하겠다고 발표했다.

7월 7일 오전, 김수환 추기경은 그의 집무실에서 안기부 간부 두 명과 함께 온 수사관 한 명으로부터 불고지죄 혐의 조사를 받았다. 평생 처음으로 받는 조사였지만 양심에 거리낄 게 없어 담담하게 임했다.

그는 조사관에게 "성직자는 신자의 내면적 비밀과 그 내용을 발설하거나 제3자에게 전할 수 없는 윤리적 의무가 있기 때문에 신고하지 않았다"면서, 기자간담회 때 한 이야기를 다시 한 번 했다. 그리고 "서경원 의원 사건에서 불고지죄에 연루되어 구속된 사람들이 많은데, 불고지죄를 적용하려면 나를 포함해 신부들에게도 똑같이 적용해달라. 다른 사람들에게만 적용하고 나를 어중간하게 놔두면 내가 특권층으로 당신들에게 특혜를 받는 것 같아 마음이 편치 않다"면서, "나를 비롯한 사제들을 기소하지 않으려면 불고지죄로 구속된 모든 사람들을 풀어달라"고 요구했다.[94]

이날 오후, 함세웅 신부와 정호경 신부 그리고 문정현 신부도 조사를 받았다. 서경원 의원이 함세웅 신부가 김수환 추기경과 면담 약속을 잡아줬다고 자백했기 때문이었다. 안동교구의 정호경 신부는 서경원 의원이 가톨릭농민회에서 일할 때 지도신부였다. 문정현 신부는 얼마 전 방북했던 문규현 신부의 형이다. 다음 날은 현재 가톨릭농민회 지도신부인 김승오 신부와 서경원 의원의 김수환 추기경 면담 때 배석했던 장익 신부도 조사를 받았다.

7월 10일, 김수환 추기경은 서울대교구 사제들과 의정부에 있는 한마음수련장으로 3일피정에 들어갔다. 그는 현재 명동성당 마당에서 벌어지고 있는 전교조 농성, 노점상 농성 그리고 함세웅 신부가 사장 겸 편집인으로 있는 평화신문 노조원들의 해고 철회와 편집권 보장 요구 농성, 불고지죄 파문, 세계성체대회 준비 등 수많은 복잡한 일들을 모

94 《사목》 1989년 10월호, 《김수환 추기경 전집》 15권 637쪽.

두 잊고 오로지 기도에만 빠져들기 위해 마음을 비워내는 데 몰입했다. 머릿속에 교구 일이 떠오르면 혼자서 성가를 부르거나 성경을 읽으며 마음을 가라앉혔다. 그리고 하느님께서 그의 마음속에 들어와주시기를 기다렸다. 침묵의 기도였다. 하느님께서 밤이슬을 내려 대지를 적셔주시듯, 메마른 내 마음도 적셔달라며 기도했다. 그렇게 고독과 침묵 속에 3일피정을 마치고 돌아왔다.

7월 14일, 안기부는 김수환 추기경과 사제들에 대해서는 종교적 관점에서 불기소하기로 결정했다고 발표했다. 그는 당국의 불기소 결정이 진정으로 종교적 기능을 존중해서인지, 아니면 자신과 신부들을 기소할 경우 10월 한국에서 열리는 세계성체대회 때 방한하는 교황과 세계 각국의 가톨릭 지도자들에게 한국에 대한 부정적인 인상을 주고 국제 여론이 악화되는 것을 피하기 위해서인지를 판단할 수 없어 마음이 착잡하고 괴로웠다. 평소에 종교를 충분히 이해한다고 보기 힘든 6공 정부였기 때문이다.[95]

7월 17일, 김수환 추기경은 뉴욕으로 출발했다. 문규현 신부의 재방북설 때문이었다. 뉴욕에 도착한 그는 문규현 신부를 만났다. 이때 문 신부는 "조만간 평양을 방문해서 임수경 양과 함께 판문점을 통해 귀환하겠다"고 밝혔다. 그는 북한 천주교 재건을 위해서는 창구를 단일화해야 한다고 설명하면서, "문 신부의 재방북은 대단히 좋지 못한 영향을 미칠 수 있기 때문에 안 된다"라고 단호하게 말했다.[96] 그러나 가톨릭교회법에는 아무리 추기경이라도 그가 교구장으로 있는 서울대교구 신부가 아닌 다른 교구 신부에게는 '순명'하라고 말할 수 없었다. 그럼

---

95 《사목》 1989년 10월호, 《김수환 추기경 전집》 15권 637쪽.

96 서경원 의원 밀입북 사건 2심 증언, 경향신문 1990년 4월 21일자.

에도 당시 그로서는 북한 천주교 재건을 위한 절박한 심정으로 문규현 신부를 찾아갔던 것이다.[97]

7월 26일 아침, 김수환 추기경은 성동구 능동으로 옮긴 천주교중앙협의회 사무실에서 열릴 주교회의에 참석할 준비를 하고 있었다. 그때 정의구현사제단 상임위원들이 그를 찾아왔다.

상임위원들은 정의구현사제단에서 임수경 양의 귀환을 돕기 위해 문규현 신부를 북한에 파견했고, 조금 후에 기자회견을 할 예정이라고 통보했다. 그는 "남북관계에 해가 될 테니 기자회견을 하지 않을 수 없겠느냐"고 만류했다.[98] 그러나 상임위원들은 문규현 신부가 오늘 오후에 평양에 도착한다면서 뜻을 굽히지 않았다. 상의를 하러 온 것이 아니라 통보를 하러 온 것이었다.

그는 문규현 신부가 자신의 간곡한 만류에도 방북한 것보다도, 창구 단일화를 통한 북한 천주교 재건 계획이 수포로 돌아가는 것 같아 허탈했다. 그는 잠시 마음을 정리한 후 회의가 열릴 천주교중앙협의회 사무실로 향했다.

김수환 추기경과 전국 13개 교구장 주교가 통일과 민족 문제에 대한 사목 대책을 논의하기 위해 모인 자리였다. 그는 주교들에게 문규현 신부가 정의구현사제단의 결정으로 재방북했다는 사실을 알렸다. 그리고 대책을 논의했다.

같은 시각, 정의구현사제단은 기자회견을 통해 "북한을 방문 중인 가톨릭 신자 임수경 양이 판문점을 통해 귀국할 때 동행하기 위해 미국에

---

97 한겨레신문은 1994년 10월 14일자 19면 기사에서, "89년에 신부와 수녀가 한 명씩 (상주하기 위해) 방북하는 데 합의까지 했으나, 북한 쪽의 돌연한 입장 변화로 이뤄지지 못했다"고 밝혔다.

98 동아일보 1989년 7월 28일자 5면.

체재 중인 문규현 신부를 북한에 파견했고, 오늘 오후 5~6시에 평양에 도착할 것"이라고 밝혔다. 계속해서 "김수환 추기경과 주교회의에는 사전 보고를 하지 않았고, 기자회견 직전에 상임위원들이 방문해서 사후 보고를 했다. 문 신부는 필리핀 소재 아시아주교회의 인성회(인간개발위원회)의 사무총장으로 발령이 나서 준비하던 중, 정의구현사제단의 파북 제의를 받고, 인성회 책임주교인 일본 요코하마교구장 하마오 주교에게 방북을 허락받았다. 정의구현사제단의 문규현 신부 파북에 대한 승인도 함께 받았다"고 발표했다.

주교단은 텔레비전 뉴스를 통해 이 소식을 접했다. 그는 다른 주교들에게 "도저히 이해할 수 없는 태도"[99]라고 자신의 입장을 밝혔다.

주한 교황청 대사도 "문 신부의 방북은 바티칸의 원칙, 즉 사제가 지켜야 할 규정을 지키지 않았다"면서 이 문제를 매우 심각하게 받아들였다. 그리고 교황 요한 바오로 2세는 얼마 후 세계성체대회를 위해 한국에 도착하자마자 논현동성당에서 열린 한국 사제들과의 미사에서 이 문제를 언급했다. 교황은 강론을 통해 "사제들은 항상 주교와 일치하고 동료 사제들과도 일치해야 한다. 사제들은 분별과 성숙과 겸허한 자세를 가지고 화합하여, 합법적인 권위 아래서 함부로 자기 뜻대로가 아니라 그리스도의 몸의 선익을 위해 일해야 한다"고 강조했다.

가톨릭은 교회법, 교계제도, 의식에 있어 '전통'을 매우 중요시하는 보수성이 있기 때문이었다. 그러나 김수환 추기경은 그 보수성이 "폐쇄적 · 비인간적을 의미하지는 않고, 관용과 대화 · 화해로 풀어나가는 열린 보수"이고, "진보보다 더 열려 있다고 자부"하고 있었다.[100]

---

99 경향신문 1989년 7월 28일자 3면.
100 《시사저널》 인터뷰, 1990년 4월 27일자.

천주교중앙협의회 사무실에서 김수환 추기경과 주교들은 문규현 신부의 방북과 정의구현사제단 문제를 본격적으로 논의했다. 회의는 다음 날까지 계속되었다. 기자들이 달려왔지만 회의실 문은 굳게 닫혔고, 그와 주교들은 그곳에서 숙식을 해결하며 밖에 나오지 않았다. 일부 신문에서는 정의구현사제단 해단조치설까지 추측 보도했다.

사태가 예상외로 심각해졌기 때문이었을까. 정의구현사제단은 한겨레신문 27일자에 '주교들에게 보내는 편지'를 발표했다. "저희들 정의구현사제단 상임위원들은 죄스럽고 고통스러운 심정에서 주교님들께 이 글을 드립니다"로 시작해서, "저희들의 이러한 뜻이 주교님들께 상의 없이 이루어짐을 깊이 사과드립니다. 사안의 성격이 그러하다고 생각했고, 또한 주교님들이 그로 인해 받게 될 심려를 헤아리던 끝에 이러한 결정에 달하였습니다. 저희들의 순수한 뜻을 자비로운 마음으로 헤아려주시기를 간청합니다"로 끝나는 편지였다.

7월 27일 오후 6시, 주교회의 의장인 수원교구장 김남수 주교는 이틀 동안 주교회의에서 논의한 시국과 교회 문제, 민족 문제, 북한 선교 문제 등에 관해 주교단 이름으로 작성된 담화문을 발표했다.

> 우리나라는 지금 민주화와 함께 통일을 향한 열망이 소용돌이치는 가운데, 국민 개개인은 희망 혹은 고통을 느끼며 나름대로 나라의 발전을 위하여 기여하고자 노력하고 있으며, 천주교 신자들도 이 나라 국민으로서 함께 통일을 향한 대장정에 동참하고 있습니다.
>
> 이런 상황에서 몇몇 사람이 법질서에 혼란을 초래하면서 개별적으로 통일을 위한 대화에 나선다는 명목으로 북한의 제의에 응하는 사례가 나타나고, 그들은 거의 기독교인이며 천주교 신자임으로 인하여 천주교가 마치 용공집단인 것 같은 오해를 받기에 이른 것도 부인 못할 사실입니다.

그러나 여기서 분명히 밝힐 것은, 천주교는 근본적으로 무신론이며 유물론인 공산주의를 수용하지 않습니다. 다만 공산주의자들도 인격적인 사랑을 주고받아야 할 대상이라는 것은 모든 사람을 사랑하라는 그리스도의 가르침 그대로입니다.

국가적인 차원의 협상과 개인적인 차원의 친교 내지는 대화 사이에 일어날 수 있는 불명확한 한계의 어려움 때문에, 남북한 관계의 모든 대화와 교섭은 특별히 신중하여야 할 것이라 생각합니다.

주교단은 정의구현사제단이 기자회견을 통하여 발표한 문규현 신부 파견에 대한 소식을 충격과 함께 접하게 되었습니다. 정의구현사제단이 한국 천주교회에서 공인한 단체가 아니더라도, 천주교 신부의 단체라는 점에서 주교단은 유감의 뜻을 표하지 않을 수 없습니다. 통일을 촉진하고 싶은 마음은 충분히 이해하나 우리 사회의 상황에서 수용하지 못할 행동이 앞섬으로 인해 많은 국민에게 우려와 불안을 준 것은 마땅한 행동이 아니었음을 지적하지 않을 수 없습니다. 그리고 차제에 우리 주교들도 최근에 일어난 일련의 사태에 책임을 느끼는 바입니다.

이 나라가 어떻게 되든, 이 사회가 혼란에 빠지든 상관없이 각자의 판단에 따라 각자가 행동하면 그만이라고 생각하는 사람들의 자기주장이 과도히 분출하고 있음을 보면서, 우리 사회는 하루속히 거시적이고 올바른 판단으로 신중한 행동을 하게 할 수 있는 여유를 가져야 할 것이라고 믿습니다. (하략)

담화문 발표 후 김남수 의장은 기자들의 질문을 받으면서 "비록 사제들의 행동이 지혜롭지 못했던 것은 사실이지만, 사제로서 '어린 양'을 보호해야 한다는 뜻에서 그 같은 일을 했다는 정의구현사제단의 입장은 순수하게 받아들인다"며 감쌌다. 김수환 추기경은 멀리서 기자회견을 바라보다 차를 타고 명동성당으로 향했다. 또 하나의 골치 아픈 문제가 기다리고 있었던 것이다.

같은 날, 평화신문 사장을 겸하고 있는 함세웅 신부는 신문의 잠정 휴간을 발표했다. 그러나 평화신문 노조는 '해고자 복직과 편집권 독립'을 요구하면서 발행인인 김수환 추기경이 나서서 문제를 해결해달라며 농성을 계속했다.

평화신문이 노조와 충돌을 일으킨 원인은, 창간 때 신문의 성격을 순수한 '복음 선교 신문'이 아닌 일반 사회 부분도 함께 보도하는 '시사 주간신문'을 표방했기 때문이었다. 그래서 기자 모집도 '시사주간지'에 더 중점을 두고 이루어졌다. 그러나 시간이 흐르면서 신자들과 사제들 사이에서는 평화신문이 '평화민주당 기관지'인지 '복음 선교 신문'인지 모르겠다는 비판이 일었다. 이런 과정에서 '복음 선교 신문' 성격을 강화하려 하자 기자들이 편집권 독립을 주장하며 파업을 한 것이다. 노조는 사장이자 편집인인 함세웅 신부와 대화가 제대로 이루어지지 않고 있다고 주장했다.

결국 김수환 추기경은 노조와의 대화 상대로 양권식 신부를 파견했다.[101] 대학 시절 학생운동을 한 양 신부는 명동성당 보좌신부로 있을 때 대우의 옥포조선소 노사갈등 문제 해결을 돕기 위해 파견되었는데, 옥포성당 신부와 함께 노사 양쪽을 잘 설득해서 파업을 마무리시킨 경험이 있었다.

7월 28일 저녁 8시, 김수환 추기경은 명동성당 김옥균 보좌주교와 함께, 정의구현사제단 신부 10여 명이 농성 중인 명동성당 옆 가톨릭회관

---

101 한겨레신문 1989년 8월 8일자.

3층 회의실에 갔다. 문규현 신부의 방북을 추진했다고 사전구속영장이 발부된 남국현, 구일모, 박병준 신부를 만나기 위해서였다. 그는 "여러 분들에게 영장이 발부되었다는 소식을 듣고, 이제 구속되면 언제 석방될지 알 수 없어 답답한 심정으로 왔다"면서 세 신부를 격려했다.

김수환 추기경은 정의구현사제단의 문규현 신부 파북 결정과 신부들이 구속되어 자유를 박탈당하는 상황은 구별했다. 그는 상대가 자신과 다른 신념이나 생각을 가졌다 하더라도 마음을 열고 만났다. 더욱이 신부들은 그리스도 안에서 한 형제였다. 당연히 만나서 위로를 해야 한다고 생각한 것이다. 그는 농성 중인 신부들 옆에 앉아 정의구현사제단의 입장을 20여 분 동안 듣고는 "이 같은 일이 일어나는 상황 자체가 안타까우며, 여러분이 한 일이 잘되었으면 좋겠다"고 위로했다.

7월 29일 오전 11시 45분, 세 신부는 명동성당 입구에서 수사관들의 차를 타고 동대문구 장안동에 있는 서울시경 공안분실로 향했다.

8월 1일 밤 10시, KBS 〈남북의 창〉에 문규현 신부가 북한에서 연설하는 모습이 방송됐다. 지난 7월 27일 오후 2시 판문점 북쪽 지역에서 연설하는 장면이었다. 여러 개의 마이크 앞에 선 문 신부는 로만칼라가 있는 클러지셔츠 위에 양복을 입고 있었다. 텔레비전 화면 속에서 문 신부는 현 정권을 "미 제국주의의 하수인", 미국에 대해서는 "민족분단을 자행한 유엔이라는 이름 아래 이 강토를 점령한 미 제국주의자들", 판문점에 있는 유엔 관계자들에 대해서는 "미 제국주의자들에게 속고 있는 사람들" 등의 표현을 사용하면서 반미 · 반체제 연설을 했다.[102]

유심히 텔레비전을 보던 김수환 추기경은 자신의 눈과 귀를 의심했

---

102 '문규현 신부의 판문점 연설 전문' 중에서, 경향신문 1989년 8월 3일자 15면.

다. 그러나 틀림없는 문규현 신부였다. 그는 다시 한 번 깊은 한숨을 내쉬었다.

그는 "정의구현사제단이 문 신부를 북한으로 보낸 행위가 뜻은 순수하지만, 도대체 누구를 도왔느냐, 우리나라에 무엇을 도왔느냐",[103] "오히려 수구 세력을 돕는 아주 좋은 기회가 되었고, 수구 세력은 이것을 자기들에게 좋을 대로 200퍼센트, 300퍼센트 이용하는 결과를 갖고 올 것"이라며, "혹시 이다음에 정의구현사제단의 문규현 신부 파북 결정이 예언자적인 역할을 했다는 평을 받을 수 있을지 모르겠지만, 이런 일이 없었다면 천주교로서는 더 많은 교류가 있지 않았겠는가"라고 안타까워했다.

1989년 7월 27일, 판문점 북쪽 지역인 판문각에서 구호를 외치는 문규현 신부, 왼쪽은 임수경 양, 오른쪽은 북한 당국자다.

8월 2일, 아침부터 조간신문을 비롯해 모든 신문과 방송이 문규현 신부와 정의구현사제단을 비난했다. 교구청으로 일반 신자와 시민들의 항의전화가 빗발쳤다.

8월 3일, 정부는 정의구현사제단 신부들의 추가 방북을 막기 위해 상임위원 16명 등 모두 28명에 대해 출국금지 조치를 취했다. 정의구현사제단에서 대변인 역할을 하는 장용주 신부는 문규현 신부의 판문점 연설에 대한 사제단의 입장을 묻는 기자들의 질문에 "문 신부의 연설은 미국 자체를 부인하는 것이 아니라 미국의 잘못된 정책을 꾸짖은 것으

---

103 《사목》 1989년 10월호, 《김수환 추기경 전집》 15권 640~614쪽.

로 보인다. 문 신부가 미국 영주권자이지만 한국인이기에 판문점을 넘어 조국의 품으로 돌아오고 싶은데 이를 미군이 막고 있어서 감정이 다소 격앙돼 있었을 것"이라고 밝혔다.[104] 또 "문 신부가 과격한 목소리와 몸짓으로 표현한 것이 국민에게 충격을 주기는 했지만, 발언 내용 전체를 알지 못한 채 부분만 가지고 판단해서는 곤란하다"고 지적했다.

이날 오후, 정부는 KBS와 MBC에서 방영된 내용이 "편집에 의한 여론 조작"인지 "신부로서 적절치 못한 행동"인지를 국민들이 정확히 알게 하기 위해서라며, 문규현 신부의 연설 전체를 각 언론사에 보냈다. 그리고 한겨레신문을 비롯한 여러 신문에서는 '발언 전문'을 소개했다. 그 결과 여론은 더욱 악화되었다.

8월 5일 밤, 정의구현사제단 대변인 장용주 신부는 MBC 시사토론 프로그램에서 "정의구현사제단은 문규현 신부에게 임수경 양의 귀환에 동행할 것을 위임했을 뿐, 문 신부가 북한에서 한 연설 내용을 부탁, 지시하지 않았다"고 선을 그었다.

다음 날 기자들이 김수환 추기경에게 달려왔다. 그러나 그는 기자들과 만나지 않고, 묵묵히 천주교로 쏟아지는 모든 비난을 감당했다. 지금은 문규현 신부와 임수경 양의 무사 귀환이 그 어떤 일보다 먼저라고 생각한 것이다.

김수환 추기경은 당시 두 사람의 방북은 노태우 대통령이 작년에 발표한 7·7선언에 고무된 결과로 빚어졌다고 판단했다.[105] 그래서 두 사람의 방북과 발언이 비록 논란의 여지가 많고, 비난의 소리도 대단히

---

104 동아일보 1989년 8월 3일자 15면.

105 이 부분은 1989년 8월 20일 '젊은이 성찬제' 미사 강론 내용, 동아일보 1989년 8월 21일자 5면.

크고, 이 때문에 교회는 많은 고통을 겪고 있지만, 그들의 순수한 뜻은 이해되기를 바랐다. 그는 무엇보다도 그들의 방북이 그들의 뜻과는 달리, 한국이나 북한으로부터 일방적으로 왜곡되고 악의의 정치선전에 이용되는 부당한 일은 결코 없어야 한다고 생각했다.

8월 7일, 매일 힘든 소식만 접하던 그에게 기쁜 소식이 날아왔다. 133일을 끌어온 평화신문 노조의 파업이 끝났다는 소식이었다. 평화신문에 파견된 양권식 신부가 열흘 만에 노사타협을 이뤄낸 것이다. 노조는 회사 쪽이 서울대교구인 만큼 복음적 편집 방향을 수용했고, 회사는 해고 철회와 앞으로의 인사에서 노조원 개인 의사를 존중하고 이듬해 평화방송 라디오가 개국하면 희망자는 그쪽으로 보내주기로 약속해서 이루어진 타결이었다. 평화신문이 다시 정상화되자 김수환 추기경은 함세웅 신부에게 계속 사장직을 맡겼다.

그는 이즈음 불면증이 심해지면서 두세 시간도 채 못 자는 날이 많아졌다. 적은 나이도 아닌데 정의구현사제단과의 이견, 명동성당에서 장기화되는 농성, 세계성체대회 준비 등이 겹친 결과였다.

8월 15일 정오, 김수환 추기경은 명동성당에서 성모승천대축일과 광복절 미사를 집전했다. 성당 앞마당에서의 농성 때문일까, 아니면 문규현 신부 문제 때문일까. 가톨릭 신자들이 중요하게 생각하는 대축일 미사인데도, 성당에는 불과 500명의 신자가 모였다. 민주화와 정의, 인권은 많은 신자와 국민들이 공감할 수 있는 문제지만, 남북문제에는 이념이 개입하기 때문일 것이다.

미사가 끝나고 주교관으로 돌아오니 비서신부가 문규현 신부와 임수경 양이 오후 2시 20분 판문점 군사분계선을 통과해 남한 땅에 도착했다는 텔레비전 속보가 나오고 있다고 보고했다. 그도 텔레비전을 켰다. 두 사람은 헬리콥터 편으로 서울로 압송되었고, 건강진단을 마치는 대로 문 신부는 서울시경에서, 임수경 양은 안기부에서 조사한다는 소식이었다.

그는 두 사람의 북한 방문이 남한과 북한 양쪽으로부터 왜곡되고 악의적으로 이용되지 않기를 바라면서도, 양쪽이 그러지 않을 리가 없다고 생각했다.

8월 30일 오후 4시 20분, 김수환 추기경은 경기도 의왕시 포일동에 있는 서울구치소를 방문, 수감되어 있는 정의구현사제단 신부 세 명을 면회하고 성체성사를 베풀었다.

8월 31일 저녁 8시, 그는 KBS TV 시사프로그램인 〈르포60〉에 출연했다. 10월 4일부터 한국에서 열리는 세계성체대회와 문규현 신부의 방북이 주제였다. 두 가지 모두 국민들에게 설명할 필요가 있다고 판단해 출연 승낙을 한 것이다.[106]

그는 먼저 성체대회에 대해 "간단히 말하면 인종, 피부색, 민족, 국경을 초월하여 세계에서 온 성직자와 신자들이 미사를 아주 성대하게 드리는 대회"라고 규정했다.

"우리들도 그리스도의 자기희생 정신을 본받아 삶으로써 평화를 이룩하자는 것이 이번 성체대회의 목적이다. 평화는 오늘의 세계, 특히 미·소 양 진영의 긴장과, 후진국과 선진국 사이의 긴장으로 각 나라, 세계가 가장 필요로 하는 것이다. 그 틈바구니에서 분단된 우리나라 역시 아주 필요로 한다. 또한 우리나라에 있어서도 지역, 계층, 세대 간에 긴장과 갈등이 심화되는 처지여서 정말 평화가 소망스럽다. 그런데 이 평화를 어떻게 이룩할 것인가? 그냥 평화를 주제로 내걸고 외친다

---

106 《김수환 추기경 전집》 15권 618~619쪽, 경향신문 1989년 9월 4일자.

고 평화가 이룩되는 것이 아니다. 화해와 일치를 위해서 노력함으로써 이룩되는 것이다. 그 노력이란 구체적으로 가난한 이웃, 고통받는 이웃 등과 고통을 함께 나누는 사랑의 실천이다."

통일 논의 그리고 문규현 신부와 임수경 양의 방북에 대한 질문도 있었다.

"노태우 대통령의 7·7선언으로 국민들에게 통일에 대한 열의를 많이 일으켰지만, 구체적 실행 방법이 제시되지 않아 우리에게 분열을 가져왔다. 그 결과 최근의 통일 논의에는 화해, 용서, 사랑의 정신이 결여돼 있다. 문규현 신부와 임수경 양의 방북은 사회적 물의와 충격으로 유감스럽고 없었던 것보다 못한 결과가 됐다. 시기 선택 등 지혜롭지 못한 행동이었고, 우리에게 분열을 초래하고 남북관계를 경색시켰다."

그는 "문 신부의 판문각 발언과 행동은 유감스러우나, 문 신부가 밖에서 말하는 그런 급진적 사상을 가진 사람은 절대 아니"라고 옹호했다.

명동성당에서 계속 벌어지고 있는 전교조와 노점상의 농성과 시위에 대해서는 "항상 데모하는 모습이 뉴스 사진으로 나와 괴롭다"면서, "성당에서 행동할 때는 예수 그리스도의 사랑과 용서, 평화의 정신을 존중하는 자세가 필요하다"면서 아쉬움을 나타냈다.

당시 그의 솔직한 심정은 명동성당에서는 데모가 없었으면 좋겠고, 또 데모를 하더라도 성당을 존중했으면 하는 것이었다.[107] 그는 성당은 진리·정의·사랑을 드러내는 곳이고, 바로 그리스도를 드러내는 곳인데, 거기서 그 정신과 반대로 미움을 부르짖고, 적들을 타도하자는 구호를 외치는 것에 무척이나 아픔을 느꼈다. 그는 그래도 성당에서 데모

107 《사목》 1989년 10월호, 《김수환 추기경 전집》 15권 655~656쪽.

를 하고 싶으면, 성당에서 지켜야 하는 경건함과 엄숙함은 인정하면서, 성당에 맞는 데모, 합리적이고 평화적인 데모를 해야 한다고 생각했다. 그러나 당시 시위대 중에는 질서와 평화적 시위를 요구하는 명동성당 신부들에게 "이곳이 왜 당신들 겁니까? 우리 모두의 것이지요", "헌금 받아서 무엇 합니까?"라고 되물으며 따지는 이들도 있었다. 그래도 그는 마음으로 가난한 이, 슬피 우는 이, 진리와 정의에 목말라하는 이, 박해받는 이, 하느님밖에 달리 호소할 길이 없는 이들을 위해 성당을 개방하고 있었던 것이다.

9월 22일, 김수환 추기경은 세계성체대회 준비위원장 자격으로 북한 천주교 신자 20명의 제44차 세계성체대회 참석 및 성지순례를 목적으로 하는 초청 승인 서류를 통일원에 접수했다. 만약 정부가 승인하면 초청장은 로마 교황청을 통해 로마 주재 북한 대사관에 전달하고, 북한이 초청에 동의하고 방문 예정자 명단을 보내오면 '북한 주민의 남한 방문 절차'에 따라 다시 정부에 승인을 요청하겠다고 적시했다. 방문 및 귀환 경로는 판문점으로 했다.

9월 25일, 이홍구 통일원 장관은 북한 신자 20명 초청을 승인했다. 지난 6월 12일 '남북교류협력 기본지침'이 마련된 이후 첫 번째 승인조치였다. 그는 초청장을 교황청으로 보내면서, 이제 자신이 할 일은 기도밖에 없다고 생각하며, 북한 신자들이 세계성체대회에 올 수 있기를 간절히 기도했다.

10월 4일, 세계 10억 천주교 신자의 영성축제인 제44차 세계성체대회의 전야제인 '평화의 날' 행사가 열렸다. 세계 100여 개국의 신자와 성직자들이 참가했다. 그러나 정부의 허락을 받고 초청한 북한 천주교 대표 20명은 아직 판문점에 도착하지 않고 있었다.

첫째 날인 5일에는 오전 10시부터 '평화대강연'이 열렸다. 올림픽체

1989년 10월 4일 올림픽경기장에서 열린 제44차 세계성체대회 전야제에서 강론하는 김수환 추기경.

조경기장에서 김수환 추기경과 브라질의 해방신학자 카마라 대주교가 강연을 했다. 그는 "참평화는 인간이 존엄성을 지닌 인간으로서 자유를 누리고 육체뿐 아니라 정신적으로 인간답게 숨 쉬는 곳에 있다"면서, "우리 모두가 평화를 갈망하면서도 평화가 없는 것은 서로 나눌 줄 모르기 때문"이라고 했다. 결국 인간이 서로 사랑할 줄 모르기 때문이고, "가진 자가 가지지 못한 자에게, 부자 나라가 가난한 나라에게 나눔의 사랑을 베풀 때 평화의 길이 열린다"고 강조했다.

카마라 대주교는 "세계성체대회는 성체 안에 계신 그리스도를 가장 크게 기리는 행사"라고 정의했다. 그리고 "인류의 20퍼센트가 세계 생산의 80퍼센트를 차지하고 있고, 인류의 80퍼센트가 생산물의 20퍼센트만 가지고 살 수는 없는 현실이기 때문에 세계 여러 나라들 사이에 평화가 없다"면서, "평화를 위해서는 성체대회의 상징인 빵 한 덩어리만 보지 말고, 그 안에 감추어진 그리스도의 사랑과 나눔의 정신을 믿는 것이 중요하다"고 강조했다.

이날 오후 올림픽역도경기장에서 열린 '평화를 위한 대기원' 행사에는 개신교, 불교, 이슬람교, 성균관, 한국민족종교협의회 등 국내 8개 종파 80개 교단 관계자들이 참석해 공동으로 평화를 기원했다.

둘째 날인 6일에도 행사가 계속되었지만 북한 천주교인들은 도착하지 않았다.

셋째 날인 7일에는 교황 요한 바오로 2세가 도착했다. 교황은 내한 직후 논현동성당에서 사제들을 위한 미사를 집전했다. 강론을 통해 '주교와의 일치'와 '성숙성' 그리고 '함부로 자기 뜻대로 하지 말고 합법적인 권위 아래서 행동할 것'을 엄숙한 목소리로 강조했다.

이어서 참석한 '젊은이 성찬제'에서도 교황은 봉헌물인 최루탄과 화염병, 성경의 복합조형물이 지닌 의미에 대해 공감을 표하면서 "그러나 증오와 폭력만으로는 여러분의 문제를 해결할 수 없으며, 그리스도의 사랑으로 모든 문제를 풀어가야 한다"고 당부했다.

이날, 조선천주교연맹에서는 장문의 전문을 보내왔다. 이번 성체대회에서 정부의 임수경 양과 문규현 신부, 문익환 목사의 구속을 규탄하고 세 사람의 석방을 위해 노력해달라는 내용이었다. 전문을 읽은 김수환 추기경은 허탈했다.

마지막 날인 8일, 여의도에서는 65만여 명의 신자들이 참석한 가운데 교황 요한 바오로 2세의 주례로 '장엄미사'가 열렸다. 그는 '교황 환영사'를 통해 "평화가 주제인 이번 성체대회의 뜻을 더욱 살리기 위하여 분단된 이북 형제들을 초대하였고, 이 시간까지 간절히 기도하며 기다렸지만 결국 오지 않았다"면서, "국토의 분단보다 마음의 분단이 더 큰 것 같다"고 아쉬움을 전했다. 교황 요한 바오로 2세는 강론과 평화의 메시지를 통해 "성체의 화해와 나눔, 일치의 정신으로 참평화를 향해 나아가야 하며, 남북한이 신뢰와 존경심을 갖고 화해해 형제애의 기

위는 성체대회에서 김수환 추기경과 교황 요한 바오로 2세. 아래는 여의도 장엄미사.

뺌 속에서 재결합하기를 기원한다"고 했다.

성체대회는 이로써 막을 내렸다. 이날 여의도 행사를 본 교황청과 세계 각국에서 온 성직자들은 한국 신자들의 열정과 질서유지에 찬사를 아끼지 않았다.

10월 9일, 교황 요한 바오로 2세는 한국을 떠나면서 한국의 정치가, 종교인, 젊은이들에게 "순수한 마음으로부터 나오는 열의와 인간에 대한 존엄성을 가지고 한국 사회에서 정의와 평화의 장인匠人이 되어달라"고 당부했다.

이날 김수환 추기경은 세계성체대회 결산 기자회견을 했다. 성체대회 이후의 사목 방향에 대해 "과거와 달리 이제 사회 모든 분야에서 제각각의 목소리를 내고 있기 때문에, 교회는 이제 화해와 나눔, 사랑이라는 성체대회의 참뜻을 실현하는 데 앞장서겠다. 구체적으로는 '한마음 한몸 운동'을 지속적으로 전개하고, 이웃과 나눔을 강조해나가면서, 우리 사회가 안고 있는 지역 간, 빈부 간, 세대 간 격차들을 천주교인들의 사랑의 실천으로 화해와 일치로 이끌어나가도록 하겠다"고 밝혔다.

"북한 측 가톨릭 신자들이 성체대회에 참석하지 않아 매우 유감스럽다"고도 말했는데, 얼마 후 교회잡지인 《사목》과의 인터뷰에서 "자세히 밝힐 수는 없지만, 북한 신자들이 오는 일은 '꿈'이 아니라 어느 정도까지 일이 진전되고 있었다. 그런데 무산되었다는 말 이상은 할 수가 없다"고 밝혔다.

12월 31일, 김수환 추기경은 십자가 앞에 무릎을 꿇었다.[108]

---

108 《김수환 추기경 전집》 1권 173~177쪽.

"주님, 참으로 다사다난했던 1989년을 보내고 1990년을 맞이하게 되었습니다. 동시에 지난 80년대를 보내고 90년대를 맞이하는 뜻깊은 순간입니다. 주님, 80년대는 우리나라를 위해서, 교회를 위해서, 기쁜 일도 있었고 마음 아픈 일도 있었습니다. 광주사태와 비리로 점철된 제5공화국, 거기에서 일어난 민주화의 물결, 또 그 물결 속에서 나온 6 · 29 선언과 양대 선거를 거쳐서 태동된 제6공화국의 출범, 서울올림픽 개최, 두 번의 교황님 방한과 103위 성인 시성 등, 기쁨과 슬픔이 교차되는 일이 많았던 10년이었습니다. 주님, 이제 80년대를 보내고, 20세기의 마지막 10년을 여는 1990년 새해가 시작됩니다. 새해와 함께 시작되는 90년대에는 과거의 불의와 부정, 비리와 사회적 불안이 절대로 되풀이되지 않기를 간절히 빕니다. 우리 사회와 나라는 화해와 일치 속에 발전과 번영을 이룩함으로써 평화를 누리고, 더 나아가서는 민족통일의 날이 밝아오기를 간절히 바랍니다. 주님, 무엇보다도 우리 민족이 우리가 살고 있는 이 나라 이 사회를 참으로 아름답고 인간다운 정이 넘치는 밝은 사회로 만들 수 있도록, 당신의 은총으로 항상 축복해주시기를 간절히 기도합니다."

그는 1980년대의 마지막 기도를 마치고 교구청 마당으로 내려왔다.

내 탓이오

41

"화해와 일치는 현실과 동떨어진 이상 같지만,
이것이 아니고는 살길이 없습니다."

| 김수환 추기경 |

1990년 1월 22일, 민정당 총재 노태우 대통령과 김영삼 민주당 총재, 김종필 공화당 총재는 청와대에서 회동을 갖고 정국 불안정을 해소한다는 명분으로 3당합당과 함께 민주자유당(민자당) 창당을 선언했다. 노태우 정권의 여소야대 정국을 타개하기 위한 것으로, 민자당은 전체 원내 의석 299석 중 3분의 2가 넘는 218석을 보유한 거대여당이 되었다. 3당합당으로 제1야당이던 김대중 총재의 평민당은 소수야당으로 전락했다. 민주당에서는 훗날 16대 대통령이 되는 노무현 의원을 비롯해 이기택, 김정길 의원 등 다섯 명이 3당합당을 거부하고 독자적인 정당 건설에 나섰다.

1월 29일 오후, 김수환 추기경은 노태우 대통령의 초청으로 청와대를 방문했다. 노 대통령은 그에게 3당합당의 배경을 설명하면서, 이해와 협조를 부탁했다. 아울러 경제의 어려움을 호소하면서 노사분규에 대해 단호히 대처하겠다는 의지를 밝혔다. 그러나 그는 노사문제를 사측의 입장에서만 해결하려 해서는 안 된다는 단호한 의견을 전달하면서, 정부는 가능한 한 공권력 개입보다 노사가 합리적인 대화로 문제를 풀도록 해야 한다고 강조했다.

법정 출두. 1990년 4월 21일.

4월 21일에는 법정에 출두해 선서를 하고 증언을 했다. 그가 법정에 방청객이 아닌 신분으로 출두한 일은 이때가 유일했다. 변호인단에게 자신의 증언이 서경원 의원 재판에 도움이 된다면 법정에 서겠다고 해서 이루어진 법정 출두였다. 그는 검찰로부터 계속 공격적인 질문을 받았지만, "저도 증명은 못하겠지만, 느낀 바로는 서 의원이 절대 지령을 받은 것 같지는 않았다"고 증언했다.

9월 말, 김수환 추기경은 경향신문 창간 44주년 기념 인터뷰를 했다. 그는 작년 성체대회 이후 거의 1년 동안 언론사 창간 인터뷰조차 하지 않았다. 지금의 사회는 모두들 자신의 주장과 생각이 옳다면서 다른 이의 말에 귀를 기울이지 않고 있기 때문이었다. 그러나 경향신문 손광식 논설고문은 집요했다. 경향신문은 서울대교구가 창간해서 1960년대 중반까지 운영했던 신문이다. 독자들이 요즘의 정치, 노사문제, 우리 사회에 만연한 갈등, 대학생 문제, 언론 문제 등에 대해 그의 의견을 궁금해한다면서 몇 차례나 요청을 했고, 창간기념호 중 한 면을 비워놨다며

김수환 추기경과 서정훈 신부

서정훈 신부.

방북 사건으로 아버지께서 법정에 서게 되었을 때, 제 아버지를 위하여 증언을 해주시던 김수환 추기경님의 모습을 가까이에서 지켜보면서 큰 감동을 받았습니다. 가난과 소외로 고통받는 사람들의 편에 우선적으로 서신 복음서의 예수님, 이러한 예수님을 그 당시 추기경님의 말씀과 행동에서 발견하였기에 그러하였습니다. 예수님의 모습을 김 추기경님을 통해 보았던 그때의 체험이 바로 하느님께서 저를 사제로 부르신다는 확신을 갖게 된 첫 번째 사건이었습니다.

제 미래에 대한 청사진을 가시적으로 그려갈 대학 신입생 시절, 감옥에 계신 아버지께 "저는 가톨릭 사제가 되고 싶습니다. 하느님이 저를 부르십니다"라고 편지를 올렸습니다. 아버지께서는 "나도 기쁘구나. 내가 이 세상에서 가장 존경하는 김 추기경님을 찾아가 뵙고 상의하여라" 하고 말씀하셨습니다.

추기경님께서는 저를 대면한 첫 만남에서 감옥에 계신 아버지에 대한 걱정과 함께 면회 가고자 하는 뜻을 보이셨지만, 형편이 여의치 않아 이루지 못하셨습니다. 그렇지만 "서 요한 방북 사건과 관련하여 힘없는 사람들은 감옥에 보내고, 나는 힘이 있다고 하여 감옥에 보내지 않고 있으니 제가 미안합니다"라는 말씀을 제 어머니에게 하신 추기경님의 겸손에 탄복했습니다. 또 저를 볼 때마다 "아버지 면회를 못 가서 미안하다"라고 말씀하셨습니다.

제가 가톨릭대학교 성심교정에 재학 중이던 예비신학생 시절, 김수환 추기경님께 저의 사제 성소에 관련된 편지를 올리면, 추기경님께서는 언제나 저의 편지에 답장을 주시어 하느님께서 저를 사제로 부르신다며 성소에 용기를 주시고 존중해주셨습니다.

_서정훈, 《내가 만난 추기경》(가톨릭대학교 김수환추기경연구소, 2013) 16~19쪽 요약.

설득했다. 결국 끈질긴 부탁을 거절하지 못하는 성격 때문에 인터뷰를 하게 되었다.[109]

109 경향신문 1990년 10월 6일자.

손광식 논설고문은 먼저 현재 우리 사회에 대한 진단을 부탁했다.

"한마디로 우리 사회는 배금주의, 집단이기주의, 이데올로기의 갈등 등 대단히 우려할 만한 상황에 처해 있다고 봅니다. 그동안 우리는 너무 물질 위주의 발전을 추구함으로써, 인간의 소중함과 인간의 가치를 도외시해왔지요. 인간을 발전 목적의 주체로서가 아니고, 오히려 발전의 도구로 삼은 것입니다. 오늘 우리는 가치관을 잃고 물질적 재화가 행복의 목표인 것처럼, 돈이 제일인 듯이 수단 방법을 가리지 않고 돈을 벌기 위해 살인, 강도까지 하지 않습니까."

손광식 고문은 6 · 29선언 이후의 민주화 과정에 대한 그의 생각을 물었다.

"부정적 시각과 긍정적 시각이 공존하고 있습니다. 그러나 군사정권을 청산한 지 겨우 3년입니다. 그만큼 민주화를 한 지 얼마 안 되는 것 아닙니까. 인격적 발전과 자유, 그리고 공동선의 추구가 시민의식으로 정착되어야 하는데, 아직 정착이 안 되고 부작용이 문제가 되고 있습니다. 결국 과도기적인 현상이라고 볼 수 있습니다."

그는 노태우 정부가 막대한 자금을 동원한 금권선거를 했다고 해도 국민의 선거를 거친 합법적 정부라는 인식을 분명히 가지고 있어야 한다고 생각했다.[110] 그래서 재야와 학생운동권에서 타도 일변도로 나가면 끝이 없고, 받아들일 건 받아들이면서, 잘못한 것을 비판해야 한다고 강조했다.

"최근 천주교평신도사도직협의회(평협)가 신뢰 회복 운동의 일환으로 '내 탓이오'라는 스티커를 붙이는 것으로 압니다. 남의 탓이 아닌 바

---

110 《시사저널》 인터뷰, 1990년 4월 27일자.

로 내 탓이라는 이 운동을 통해 사회에 이야기하고자 하는 뜻은 무엇이라고 생각하시는지요?"

'내 탓이오'는 가톨릭의 '고백의 기도'에 나오는 구절이다. 신자들은 미사 때 사제와 함께 '고백의 기도'를 하면서 가슴을 세 번 치며 "내 탓이오, 내 탓이오, 내 큰 탓이로소이다"라고 한다. 결점투성이인 인간이 자기 자신의 의지로 지은 죄를 반성하면서 죄 사함을 청하는 기도다.

평협은 이 기도문 중의 한 구절인 '내 탓이오'를 통해, '신뢰 회복 운동'을 벌이고 있었다. 최근 사회에서 일어나는 온갖 문제점과 어려움을 남 탓으로 돌리지 말고, 내 탓으로 인정하면서 서로 아끼는 사회를 만들자는 취지였고, 그 의미를 확산시키기 위해 '내 탓이오' 스티커를 배포했다.

김수환 추기경도 이 운동에 동참해 자신의 자동차에 스티커를 붙였는데, 이 사진이 9월 24일 각 언론에 소개되자, 천주교 신자뿐 아니라 일반 시민들도 스티커를 구해 각자의 승용차에 붙였다. '내 탓이오'라는 문구는 국민들에게 '신선한 충격'으로 다가왔고, 평협이 준비했던 30만 장의 스티커가 순식간에 동이 났다. 스티커 요청은 계속되었고, 평협은 추가로 10만 장을 인쇄했다.

각 언론에서도 '내 탓이오' 캠페인을 기사, 사설, 칼럼으로 소개해, '내 탓이오'를 모르는 사람이 없을 정도였다. 한겨레신문의 김근 논설위원은 칼럼에서 "성당 안의 종교의식이 사회로 진출해 많은 사람들에게 양심의 세례를 주고 있다"고 썼다.

김수환 추기경은 '내 탓이오' 운동과 자신이 자동차에 스티커를 붙인 일에 대해 천천히 대답했다.

"차를 타고 다니며 느끼는 것은 서로 양보를 안 해서 교통질서가 마비된다는 점입니다. 이 같은 이기주의, 남을 생각할 줄 모르는 민주시

자동차에 '내 탓이오' 스티커를 붙이는 모습.

민 의식의 결여가 다른 생활부문에서도 똑같은 현상을 불러오고 있습니다. '내 탓이오'는 사회의 모든 부정적인 현상에 대해 시민 각자가 나의 탓으로 알자는 것이지요. 이것은 우선 정치인, 사회 지도층이 각자 나누어야 할 책임입니다. 다행히 요즘 신뢰 회복 운동, 바로 살기 운동, 질서 회복 운동 등 뭔가 변화되어야 한다는 움직임이 일고 있습니다. 매스컴이 이를 여론화하면 큰 희망을 주는 물결로 변모되어갈 것이라는 희망을 갖고 있습니다."

그는 '내 탓이오' 운동이 우선 정치인과 사회 지도층에서 이루어지면 좋겠다는 희망을 갖고 있었다. 그러나 그의 희망과는 달리, 국민들에게는 긍정적 효과가 파급되었지만, 정치권에서는 이를 악용했다. 민자당 대변인이 평민당을 향해 "'내 탓이오'를 알아야 한다"고 공격했다. 일부 기업주도 노동자들에게 같은 말을 했다. 그래도 '내 탓이오' 운동은

계속 추진되었다.[111]

손광식 고문은 계속해서 이 시대의 정치 지도자들의 역할에 대해 물었다.

"저는 정치에 대해서는 잘 모릅니다. 그러나 정치인에 대한 국민들의 신뢰도는 굉장히 떨어졌습니다. 3당을 통합해서 민자당을 만들었으면 정치적 안정감을 주어야 하는데, 결과적으로는 그렇게 안 되었습니다. 제 생각에 정치란 국민의 여망을 따를 때 그것이 좋은 정치입니다. 국민의 소리를 들을 줄 알고, 국민의 소리를 정치로 실현시키는 것, 그것이 좋은 정치라고 생각합니다. 정치인이 정말 국민 여망이 어디에 있는가를 살피고, 국민 여망대로 따라가면 문제가 풀립니다. 정치가 국민의 여망에 부응하지 못하기 때문에 국민의 신뢰가 떨어지는 것입니다. 우왕좌왕하며 국민에게 실망을 주는 국회의원은 소용없다는 소리가 앞으로 나올지 모릅니다."

이번에는 노사관계에 대한 질문이 이어졌다.

"민주사회에서 건전한 자유노조가 있어야 합니다. 우리는 기업 자체를 흔드는 노사분규와 공권력의 개입이란 과정을 겪어왔습니다. 이 과정에서 노사 양측이 이래서는 안 된다, 합리적인 대화로 문제를 푸는 것이 양쪽을 위해 좋다는 인식이 조금씩 자리를 잡아간다고 봅니다. 정부는 가능한 한 공권력 개입보다 노조가 자율적으로 커나갈 수 있도록 해야 합니다. 그리고 노동운동은 이데올로기를 되도록 배제하고 정치투쟁까지 가서는 안 된다고 생각합니다. 노동운동이 정치에 영향을 미치지 않을 수 없으나, 정치투쟁화하거나 이데올로기화하면 근로자들을

---

111 동아일보 1991년 1월 12일자.

위한다는 본래의 뜻에서 벗어날 위험이 있습니다."

손광식 고문은 세대 간, 계층 간, 지역 간, 빈부 간의 갈등이 큰데 어떻게 해야 그가 이야기하는 화해와 일치를 이룰 수 있겠는지에 대해 물었다.

"화해와 일치는 현실과 동떨어진 이상 같고 노력이 요구되지만, 이것이 아니고는 살길이 없습니다. 어렵다고 제쳐놓으면 더 깊은 나락으로 떨어집니다. 우리가 살기 위해서는 사회에 깊게 파인 골을 분명히 메워야 합니다. 지금은 빈부의 격차, 노사 간의 빈부의 격차가 너무 커서 대화가 잘 안 됩니다. 이 같은 빈부격차를 줄이기 위해 가진 자가 생활태도를 검소하게 바꾸고, 생각과 삶을 바꿔야 합니다."

이어서 손 고문이 대학가 운동권에 대해 묻자, 김수환 추기경은 새 학기 들어 대학가에서 과격함이 줄고 이데올로기에서 사회적인 것으로 전환하는 등 변화하고 있는 것에 긍정적인 평가를 했다. 대학생들이 이데올로기에 기울면서 이데올로기 투쟁을 하는 것은 아쉬운 일이라면서, 대학생들이 우리나라가 가장 필요로 하는 가치를 탐색하고, 이런 가치를 운동화할 때 우리 사회에 변화를 가져올 수 있을 것이라고 조언했다.

마지막으로 과거의 진보적인 자세에서 보수로 방향 전환을 했느냐는 질문에 대해서는 "의도적으로 진보에서 보수로 바꾸거나 자기정리를 하지는 않았습니다. 다만 그때그때 종교인으로서 무엇을 해야 할지 계속 기도를 해왔습니다. 민주화가 안 되었을 때는 민주화를 이야기했고, 요즘처럼 민주화 과정에서 혼란이 생기면 우려를 표명한 것입니다"라고 밝혔다.

김수환 추기경은 이 인터뷰 이후 사목 방문에 집중했다.

성탄전야 미사에 5천 명이 참석했다. 그는 대 사회적인 메시지 대신

서로 사랑하고, 서로 위하고, 서로 돕고, 서로의 잘못을 용서하고, 서로의 짐과 가진 것을 나누자고 당부했다. 그렇게 그리스도를 따라 사랑의 길을 갈 때, 우리 자신은 구원되고, 오늘날 우리 사회에 너무나 골이 깊은 지역 간, 계층 간, 세대 간의 벽이 사라질 것이라고 했다.

안타까운 '분신정국'

42

"지금 우리 사회에 필요한 건 자기만을 생각하지 않고 남을 생각할 줄 아는 마음,
남을 향해 열린 마음, 남과 고통을 나눌 줄 아는 마음입니다."

| **김수환 추기경** |

1991년, 주교 서품 25주년이 되는 해였고, 우리 나이로 70세, 즉 고희古稀였다. 연초에 교구청 사제들이 경축식 준비를 상의했다. 김수환 추기경은 세월이 벌써 그렇게 흘렀다는 실감이 나지 않았다. 그는 거창한 경축식은 절대 하지 말고, 은퇴 신부님들과 함께 미사를 봉헌하면서 간소하게 하자고 했다.

당시 그는 한국 사회를 매우 걱정하고 있었다. 가치관 부재에 온갖 범죄가 범람하고 모두가 개인적 · 집단적 이기주의에 빠져 있기 때문에, 부익부 빈익빈으로 빈부 간의 격차는 더욱 심화되어가고 있다며 안타까워했다. 이런 가치관이 사회를 지배하면 앞날은 대단히 어두울 수밖에 없다. 그는 지금 우리 사회에 필요한 건 자기만을 생각하지 않고 남을 생각할 줄 아는 마음, 남을 향해 열린 마음, 남과 고통을 나눌 줄 아는 마음, 그런 사랑의 마음이 오늘의 우리 사회와 우리 자신을 구할 수 있다고 생각했다.[112]

그러나 사회는 그의 바람대로 흘러가지 않았다. 봄이 되면서 한국 사회를 소용돌이 속으로 몰아넣는 사건이 연이어 발생했다. 일찍이 한국 사회가 경험하지 못했던 새로운 형태의 위기였다.

4월 26일, 명지대학교 경제학과 학생 강경대 군이 학교 앞에서 등록금 인하를 주장하다 구속된 총학생회장을 석방하라고 시위하다가 붙잡혀, '백골단'이라고 불리던 사복진압경찰들이 휘두른 쇠파이프에 2~3분을 두들겨맞아 숨졌다.

김수환 추기경은 큰 충격을 받았다. 대한민국 경찰이 백주대낮에 쇠파이프로 학생을 두드려패서 숨지게 하는 일이 어떻게 일어날 수 있는지 망연자실했다.

노태우 대통령은 이튿날 내무부 장관을 경질했지만, 학생들은 대통령의 사과와 책임자 처벌을 요구하며 연세대에서 모여 시위를 벌였다. 시위는 곧 전국으로 번져나갔는데, 그 양상이 심상치 않았다.

4월 29일, 전남대학교 박승희 양이 강경대 사건 규탄집회 중 분신焚身했다. 이어서 5월 1일에는 안동대학교 김영균 군, 5월 3일에는 경원대학교 천세용 군이 분신했다. 백골단을 동원한 정부의 무자비한 시위 진압에 대한 항의였다.

김수환 추기경은 계속되는 학생들의 분신에 다시 한 번 큰 충격을 받았다. 5월 4일, 기자들이 달려왔다. 그는 강경대 군의 사망에 유감을 표하며, 학생들에게 더 이상 분신이라는 불행한 일이 없어야 한다며 자제를 호소했다. 아울러 정부는 반성해서 이 같은 일이 재발하지 않도록 근본 대책을 세워야 한다고 주문했다. 일주일 후 평화신문과의 인터뷰

---

112 《김수환 추기경 전집》10권 30~31쪽.

에서는 "민주화를 위해 자신을 희생하겠다는 정신은 높이 살 만한 것이지만, 생명을 끊는 것이 타당한가"를 먼저 생각해야 한다고 지적했다.[113] 생명은 거룩하고 존엄한 것이기 때문에 함부로 끊는 것은 잘못된 판단에서 나온 행위라는 것이다. 생명을 스스로 끊는 것이 당사자에게는 죄가 아닐 수 있지만, 객관적인 상황 속에서는 '죄'라고 할 수밖에 없다는 것이 그의 생각이었다. 그러나 죽음은 계속되었다.

5월 6일에는 부산 한진중공업 박창수 노조위원장이 안양병원에서 투신자살했다.

5월 8일에는 전국민족민주운동연합(전민련) 김기설 사회부장이 서강대 본관 옥상에서 "노태우 정권 퇴진하라"는 구호를 외치며 분신한 후 건물 아래로 뛰어내렸다.

같은 날 낮 12시 30분, 서강대 총장인 박홍 예수회 신부는 교내 메리놀강당에서 교수 300명과 기자들이 모인 가운데 학교 관계자들이 수집한 사건경위를 설명했다. 박홍 총장은 김기설 씨 분신과 관련, "지금 우리 사회에서 죽음을 선동하는 어둠의 세력이 있다"면서, "우리는 이 세력의 실상을 반드시 폭로해야 한다"고 말했다. 그는 계속해서 "고귀한 생명을 파괴해서라도 이념을 실천하겠다는 젊은이들의 사상적 황폐함과 이들의 죽음을 묵인하고 조장하는 사회 분위기도 어둠의 세력을 돕고 있다"면서, "좌익이든 우익이든 생명을 담보로 싸움을 벌이는 쪽은 인간존엄성을 뿌리째 파괴하는 길에 들어선 것"이라고 경고했다. 박 총장은 "부모의 자식임을 거부하고 조국의 아들이라며 죽음의 길로 달려간 젊은이의 심정이 안타깝다"면서, "그러나 생명을 파괴하는 분신은

---

113 평화신문 1991년 5월 12일자.

건설적인 사회개혁의 수단이 될 수 없음은 자명한 사실"이라고 말했다. 그리고 김기설 씨를 위한 기도를 올렸다.

몇 시간 후, 정구영 검찰총장은 전국 검찰에 "최근의 분신자살 사건에 배후세력이 개입하고 있는지를 철저히 조사하라"고 지시했다.

5월 9일, 강경대 군 사망 이후 전국대학생대표자협의회(전대협)와 재야운동단체 55곳이 모여 만든 '강경대 군 사건 대책회의'는 이날을 '민자당 해체의 날'로 선포했다. 대책회의는 연세대에 본부 사무실을 설치하고 시위를 주도했다. 서울뿐 아니라 대구, 광주 등 전국 주요 도시에서 밤늦게까지 격렬한 가두시위가 이어졌다. 지난 5월 1일 노동절 시위와 4일 시위 때와는 달리 적극적으로 화염병과 돌을 던지며 전국 곳곳에서 경찰의 '방어선'을 무너뜨렸다. 경찰은 전국에 380개 중대 4만 5천여 명의 병력을 동원, 시위 진압에 나섰으나 시위대에게 장비를 빼앗긴 곳이 많았다.

서울에서는 오후 6시경 종로2가에 3만 5천여 명이 모여 동대문까지 8차선 도로를 점거하고 가두행진을 했다. 서울역과 신세계백화점 앞, 광교 일대에서도 오후 6시 30분쯤부터 1만 5천여 명으로 늘어난 시위대가 화염병과 돌을 던지며 경찰과 공방전을 벌였다. 밤 11시쯤 시위대 중 500여 명은 명동성당으로 몰려가 철야농성을 한 후 해산했다. 그러나 30여 명은 계속 성당에 남았고, 이때부터 명동성당은 다시 농성장이 되었다.

5월 10일, 시위는 계속되었다. 오후 7시경에는 전민련 회원과 대학생, 시민 500여 명이 명동성당에서 '살인정권 규탄 및 고 김기설 동지 분신항거 추모대회'를 가졌다. 추모대회가 끝난 뒤에는 명동으로 진출해 촛불시위를 벌였고, 이중 100여 명은 명동성당으로 들어가 9일부터 천막을 치고 농성을 하고 있던 30여 명과 합류했다. 이들은 명동성당 입구

1991년 5월 9일, 천주교 10개 단체로 구성된 천주교 대책위원회(5월 8일 결성) 회원들은 명동성당 언덕에서 사망 학생 추모 행사를 갖고, 백골단 해체와 강경대 군 사건 관련 고위 관계자 처벌을 요구하는 규탄집회를 열었다.

에 분향소를 차렸고, 아침마다 성당 입구로 내려와 구호를 외치며 시위를 했다.

11일에도 시위는 그치지 않았다. 밤 9시에는 학생 등 1,500여 명이 명동성당에 집결했다. 두 시간가량 농성을 한 후 명동으로 진출해서 방범초소를 전소시켰다. 전대협 소속 대학생과 재야인사 60여 명은 계속 명동성당에 남았다. 이때부터 연세대에 있는 대책본부를 조만간 명동성당으로 옮기겠다는 말이 나왔다.

5월 14일, 강경대 군 장례식이 사망 19일 만에 명지대에서 치러졌다. 재야인사 및 학생, 노동자 등 1만여 명이 참석했다. 그러나 당초 계획했던 서울시청 앞 노제가 경찰의 저지로 무산되자, 대책회의 측은 운구행렬을 연세대로 되돌렸다. 신촌로터리에서 열린 6인 분신사망자 추모집회에는 7만~8만 명이 주변도로를 가득 메웠다.

영결식과 신촌로터리 추모집회에는 신민당 김대중 총재와 민주당 이기택 총재 등 야당 의원들이 대거 참석해 원외투쟁 돌입을 예고했다. 학생, 노동자, 재야인사들은 오후 6시 40분쯤부터 격렬하게 시위를 벌였다. 시위대는 8시 20분쯤부터 도심으로 진출했다. 명동성당 주변, 을지로입구, 종로2가 등지에서 2만여 명이 화염병과 돌을 던지며 경찰과 대치했다. 9시경에는 7천여 명의 학생이 명동성당 앞에 모여 '노제 방해 규탄대회'를 벌였다. 부산, 광주, 마산 등 전국 47개 지역에서도 밤늦게까지 시위가 이어졌다.

이날 밤 10시, 전교조 해직교사 120여 명과 서울지역총학생회연합(서총련) 소속 대학생 50여 명은 성당 뒤편 성모동산에 대형 천막 여섯 개를 쳐놓고 무기한 단식농성에 돌입했다. 이들은 대책회의가 명동성당으로 본부 사무실을 옮겨 대정부 투쟁을 계속 벌여나갈 것이라고 밝혔다.

명동성당(주임 조순창 신부)의 경갑실 수석보좌신부는 "대책회의는 정치단체이고 정치투쟁을 하기 위해 성당에 오려는 것이기 때문에 보호할 의무가 없어 받아들이지 않기로 공식 결정했다"고 불허 입장을 밝혔다.

김수환 추기경은 시위대가 며칠째 성모동산에서 천막을 치고 농성을 하고 있다는 소식에 침통해하며, 다음 날 저녁 명동성당에서 있을 '노동헌장 반포 100주년 기념미사'의 강론 원고를 준비했다.

5월 16일 오전 9시, 대책회의는 심야회의 끝에 강경대 군의 장례식을 18일에 다시 거행한다면서, "오전 10시에 연세대를 출발해 정오에 시청 앞에서 노제를 지낸 뒤 장지인 광주 망월동 5·18묘역으로 향할 예정"이라고 밝혔다. 그리고 노제가 끝난 오후 4시부터 시청 앞에서 '정권 퇴진을 위한 제2차 국민대회'를 열겠다고 발표했다. 전대협도 오는 18일까지를 '현 정권 퇴진과 공안통치 분쇄를 위한 100만 청년학도 결사투쟁 기간'으로 정했다. 전국 각 대학 총학생회장들은 15일부터 4일간 시한부 단식농성에 들어가고, 명동성당 등 전국 대도시 주요 도심에서 투쟁을 강화해가겠다고 밝혔다. 또 전국노동조합협의회(전노협)와 '연대를 위한 대기업 노조회의', 전국업종노동조합회의 등 세 노조단체는 15일 오전 연세대 학생회관에서 전국 350개 노조 대표 500여 명이 참석한 가운데 전국 노동조합 비상 대표자회의를 열고 18일 하루 총파업하기로 결의했다. 전교조는 현직 교사와 조합원 등 3만 5천여 명이 18일 학교 수업 전후 시간에 광주항쟁의 의미와 현 시국에 대해 학생들에게 설명하고 학교별로 시국토론회를 가진 뒤 집회에 적극 동참하기로 했다.

이날 오후 7시 30분, 김수환 추기경은 명동성당에서 '노동헌장 반포 100주년 기념미사'를 주례했다. 그는 강론을 통해 노사 간, 계층 간, 정부와 국민 간의 갈등을 대립보다는 대화로써 풀어가자고 했다.

"친애하는 형제자매 여러분! 먼저 각자의 이기심을 버려야 합니다. 오늘날의 정치가 거듭 실망을 주고 있는 것은 사실이지만, 개인이나 단체 모두가 자기 이익만 주장하고, 자기 권리, 자기 요구만 주장하려 든다면, 아무도 그 나라를 다스릴 수 없습니다. 정부는 가난하고 소외된 계층, 특히 노동자의 이익과 복지를 보호·증진시키기 위해 최선을 다해 대책을 강구하며, 분배의 정의를 엄격하게 실천해야 합니다. 교회는 사회의 빛과 소금이 되기 위해, 사랑으로 하느님과 이웃을 사랑하도록 이끌며, 덕德으로 나아가는 길을 막는 일체의 장애물을 극복하게 해야 합니다. 기업은 인간을 위해, 인간 위주로 운영되어야 하고, 노동자들의 인간존엄성을 존중하여야 합니다. 노동자는 계급투쟁이 아니라 민주시민으로서 소명을 다해야 합니다."

미사가 끝난 후 그는 주교관으로 돌아와서도 오랫동안 기도를 했다.

화염병과 쇠파이프, 최루탄이 난무하는 이 상황 속에서 더 이상 인간의 목숨이 희생되지 않고, 하루빨리 사회가 안정을 찾고, 명동성당도 조용해지기를 바라며 십자가 앞에 무릎을 꿇고 기도를 드렸다.

5월 18일 오후 4시, 서울시청 앞 광장에서 열려고 했던 '광주항쟁 계승과 노 정권 퇴진을 위한 제2차 국민대회'가 경찰의 원천봉쇄로 무산되자 학생, 노동자 등은 명동과 회현동, 서울역, 을지로 등 도심 곳곳에서 화염병과 돌을 던지며 격렬한 시위를 벌였다. 밤 10시 30분쯤부터는 강 군의 노제에 참석했던 1만여 명이 도심 시위에 합세, 밤늦게까지 경찰과 치열한 공방전을 벌였다. 퇴계로2가 파출소가 시위대가 던진 화염병에 불탔으며 노고산파출소도 일부가 불탔다. 경찰의 최루탄 운반용 트럭도 불탔다. 신세계백화점 부근에서는 시위대가 경찰차 한 대와 전경 수송 버스에서 진압장비를 빼앗아 불태웠다. 서울 중심가는 최루가스로 뒤덮였고, 종로 일대와 명동 신세계 부근, 퇴계로는 자정 넘어서까지 교통이 마비됐다.

밤 12시경, 강경대 군의 운구가 광주로 떠나자, 시위대 1천여 명은 명동성당 뒤 성모동산에 모여 "87년 6월항쟁의 중심지였던 명동성당을 투쟁본부로 삼아 노태우 정권 퇴진 투쟁을 벌여나가자"면서 무기한 천막농성에 돌입했다. 대책회의는 이 자리에서 대표자회의를 열고 '고 강경대 열사 폭력살인 규탄과 공안통치 분쇄를 위한 범국민대책회의'의 명칭을 '공안통치 분쇄와 민주정부 수립을 위한 범국민대책회의(약칭 범국민대책회의)'로 변경하기로 결정했다. 당시 범국민대책회의는 명동성당에 들어오면서 6월 투쟁으로 이어지는 장기농성을 계획하고 있었다.

한편, 천막에서는 이날 검찰로부터 서강대에서 분신한 김기설 전민련 사회부장의 유서를 대필했다는 의혹을 받고 있는 강기훈 전민련 총무부장이 서준식 전민련 인권위원장과 함께 농성을 하고 있었다.

범국민대책회의가 명동성당에서 1천여 명이 참석한 가운데 시국대토론회를 했다.

19일 새벽, 범국민대책회의 농성자들이 쇠파이프로 성당 문화관의 자물쇠를 부수고 실내로 들어갔으나 성당 신부들의 강력한 항의로 다시 성모동산 앞으로 나왔다.

5월 20일, 강기훈 씨는 오후 2시 성모동산에서 기자회견을 갖고 "유서를 대필했다는 검찰의 주장은 전혀 근거 없는 주장이며 민주 세력을 탄압하기 위한 책동"이라고 주장했다.

5월 22일, 서준식 전민련 인권위원장은 성모동산에서 "범국민대책회의가 제출한 자료가 검찰에 의해 작위적으로 해석되고 있는 현 상황에 분노를 금치 못한다"면서, "진실을 밝히기 위해 전민련도 범국민대책회의도 아닌 제3의 관계자들로 진상조사단을 구성하겠다"고 말했다.

이 소식을 들은 김수환 추기경은 검찰이 주장하는 '유서대필'이 사실이 아닐 수도 있다는 가능성을 염두에 두며 이 사건에 관심을 가졌다. 서준식 씨의 합리적 판단과 양심을 신뢰하고 있었기 때문이었다. 그리고 이때부터 범국민대책회의의 정치투쟁과 '유서대필' 사건을 분리해서 바라봤다.

5월 24일, 정구영 검찰총장은 기자들과 만나 "김 씨 유서의 대필 용의자로 지목된 강 씨에 대한 조사가 이뤄져야 이번 사건의 전말을 밝힐 수 있다"면서 "강 씨가 검찰 소환에 계속 불응할 경우에 대비해 강제연행을 위한 성당 내 공권력 투입을 검토 중"이라고 말했다.

강기훈 씨가 명동성당에서 유서대필 의혹 반박 기자회견을 하던 1991년 5월 20일, 김수환 추기경이 서울 수유리에 있는 서울 가르멜수녀원에서 거행된 십자가의 성요한 서거 400주년 미사 전에 목장에 의지해서 기도하는 모습. 수녀들의 증언에 의하면, 김수환 추기경은 당시 처해진 상황으로 극도의 불면증에 시달리고 있다며 수녀원에 와서 하루라도 휴식을 취했으면 좋겠다고 해서 방을 준비했지만 오지 않으셨다고 한다.

이 소식을 들은 김수환 추기경은 이종남 법무부 장관과 정구영 검찰총장에게 전화를 해서 명동성당에 대한 공권력 투입 반대의사를 밝혔다. 그는 만약 공권력이 투입되면 매우 불행한 불상사가 일어날 것이라면서, 이럴 경우 세계 여론에서 정부가 얻을 것은 없고 잃을 것뿐일 것이라고 강조했다.[114] 당시 범국민대책회의의 분위기를 보면, 공권력이 투입될 경우 결사적으로 대항할 것이 분명하고 그럴 경우 인명피해가 일어날 가능성이 매우 높았기 때문이었다.

김수환 추기경과 서준식 당시 전민련 인권위원장

서준식 당시 전민련 인권위원장.

서준식 씨는 재일동포의 신분으로 서울대 법대 4학년에 재학 중이던 1971년 '유학생 간첩단 사건'으로 구속되었다. 그러나 7년형을 마치고도 사상전향을 거부해 무기한 연장될 수 있는 보안감호 처분을 받아 모두 17년의 수형생활을 했다. 그때 김수환 추기경은 이돈명 변호사의 부탁으로 위헌적이고 반인권적인 사회안전법으로 고통당하고 있는 서준식 씨에게 위로와 격려의 편지를 썼다.

서준식 씨는 노태우 정부가 출범하고 얼마 후인 1988년 5월 25일 출소했고, 일주일 후인 6월 3일 이돈명 변호사와 함께 김수환 추기경의 집무실로 찾아와 감사인사를 했다. 그때 김수환 추기경은 "한 사람이 지극한 고통 속에 있었는데도 우리가 아무것도 못해 부끄럽다"면서 위로했다. 아울러 "양심의 자유를 속박하는 사회안전법에 의해 고통당하는 희생자가 더 이상 생겨서는 안 될 것"이라고 말했다. 서준식 씨는 김수환 추기경에게 "북한을 다녀온 일은 뼈를 깎아내는 아픔으로 후회하지만, 양심의 자유에 위배되고 헌법에 위배되는 사회안전법에 타협하는 전향서는 쓸 수 없었다"고 했다. 그때 김수환 추기경은 서준식 씨가 계속되는 고문 속에서도 양심의 가치를 소중히 지킨 모습을 높이 평가했다.

이날 범국민대책회의는 명동성당에서 기자회견을 갖고 "25일 서울, 부산, 광주 등 전국 22개 시에서 '폭력살인 민생파탄 노 정권 퇴진 국민대회'를 동시다발로 개최하겠다"고 밝혔다. 그리고 밤 10시 30분, 명동성당에서 '노 정권 퇴진을 위한 문화 한마당' 행사를 마친 학생과 시민 등 400여 명이 성당 앞 100여 미터까지 진출해서 구호를 외치며 시위를 벌이다 경찰의 강제진압으로 해산했다.

---

114 한겨레신문 1991년 5월 26일자.

5월 25일 오전, 명동성당 경갑실 수석보좌신부와 사제단 여섯 명은 명동성당 교육관 2층에서 "공권력 투입 반대의사는 김수환 추기경에 의해 24일 이종남 법무부 장관과 정구영 검찰총장에게도 전달됐다"면서 "명동성당 신부들도 중부경찰서에 수배자를 체포하기 위해 성당에 공권력 투입을 자제해줄 것을 요청했다"고 밝혔다.

그런데 이날 오후, 성균관대생 김귀정 양이 시위 중에 사망하는 사건이 발생했다. 정부의 시위 강경진압이 다시 한 번 학생들의 분노를 일으켰고, 정부로서는 더 이상 강경진압과 명동성당 내 공권력 투입을 강행하기 힘든 상황이 되었다.

5월 26일, 범국민대책회의는 김귀정 양의 시신이 안치된 백병원 영안실에서 기자회견을 갖고, "김 양의 죽음은 최루탄 난사와 공격적인 진압 방식을 바꾸지 않은 경찰에 의한 살인"이라고 주장하면서, "시위 진압 현장 책임자와 시경국장, 치안본부장, 내무부 장관을 구속 처벌할 것"을 요구했다.

오후 6시, 명동성당에서 문익환 목사 등 재야인사와 학생, 시민 등 500여 명이 참석한 가운데 '노태우 정권 폭력살인, 공권력 만행 규탄대회'를 연 후 김 양의 시신이 안치된 백병원까지 가두행진을 했다. 행진을 마친 범국민대책회의는 이틀 뒤인 28일 명동성당에서 규탄대회를 열고 주말인 6월 1일에는 전국에서 동시다발로 집회를 가질 계획"이라고 발표했다.

5월 27일, 서울지검 강력부 강신욱 부장검사는 전민련 총무부장 강기훈 씨에 대한 사전구속영장이 발부됐다면서, "그러나 강 씨가 있는 명동성당에 공권력을 투입하는 것은 현재로서는 어렵다고 판단, 다른 방법으로 강 씨의 신병을 확보하는 방안을 다각도로 모색하고 있다"고 밝혔다.

5월 28일, 명동성당은 범국민대책회의를 문화관으로 옮기게 했다. 28일에는 '성모의 밤' 행사가 있고, 29일에는 명동성당 축성 93주년 행사가 있었기 때문이었다.

이날 서울지검은 강기훈 씨에 대한 구속영장을 집행하기 위해 강력부 소속 수사관 여섯 명이 명동성당에 가서 서준식 전민련 인권위원장 등을 만나 강 씨의 신병 인도를 요구했으나 거절당하고 돌아갔다.

오후 5시, 성균관대생 4천여 명은 김귀정 양의 죽음에 항의하는 교내 시위를 했다. 학생과 교수들은 명동성당 앞까지 평화행진을 하기로 경찰과 합의한 후 학교를 나서, 원남동로터리와 퇴계로4가를 거쳐 명동성당 앞까지 3.5킬로미터를 경찰이 호위하는 가운데 행진했다.

오후 8시, 평화시위를 마친 성균관대, 고려대, 국민대생 등 학생 7천여 명은 명동성당과 백병원 사이 중앙극장 앞 네거리에서 차도를 점거, 김 양의 죽음에 항의하는 가두집회를 두 시간 동안 가졌다.

5월 29일, 서울지검 강력부 남기춘 검사 등 검사 두 명은 29일 명동성당에서 경갑실 수석보좌신부를 만나 김기설 씨의 유서대필 용의자로 검찰이 지목한 강기훈 씨에 대한 영장 집행에 협조해줄 것을 요청했다. 그러나 경 신부는 "영장 집행이 합법적이므로 강 씨를 만나 뜻을 전달해보겠지만, 강 씨가 응하지 않을 경우 어쩔 수 없다"며 성당 구내에 공권력을 투입하는 것은 자제해달라고 부탁했다.

6월 3일, '시위정국'에 전환점이 되는 사건이 발생했다. 노재봉 총리가 사퇴하면서 신임 총리로 지명된 정원식 국무총리서리가 취임 전 출강해온 한국외국어대 교육대학원에서 마지막 강의를 하다가 외대 학생들에게 봉변을 당했다. 정 총리서리는 학생들로부터 계란과 밀가루 세례를 받았다. 학생들에게 멱살과 허리끈을 붙잡힌 채 끌려나온 정 총리서리는 30여 분간 온갖 욕설을 들으며 주먹과 발길질을 당하다 사복경

한국외국어대학교에서 학생들에게 밀가루와 달걀 세례를 당한 정원식 국무총리서리.

찰관들에 의해 구출되었다.

언론에서는 이 사건을 속보로 보도하면서, 그동안 민주화운동에 크게 기여해온 학생운동의 도덕성에 치명적 타격을 주는 사건이라고 규정했다. 시민들도 경악했다. 한국 전통윤리와 사제관계를 저버린 '반인륜적'인 사건으로 받아들이면서 강한 어조로 학생들을 비판했다. 여론은 급격히 나빠졌다.

이날 저녁 경찰은 87명의 수사관으로 구성된 수사본부를 설치하고, 시경3부장 이완구 경무관[115]을 본부장으로 임명했다. 아울러 9개 중대 1,200명을 동원, 외대 정문부터 청량리 일대에서 모두 347명을 연행했다.

그러나 명동성당에 있는 범국민대책회의 관계자들은 이 소식을 듣고 달려온 기자들에게 "이번 사건은 정 총리서리에 대한 학생, 국민의 분노가 얼마나 큰지를 보여주고 있다"고 밝혔다. 농성하고 있던 전교조 해직교사들은 "1,500명의 교사가 해직당하면서 겪은 고난에 비하면 이번에 정 총리서리가 당한 봉변은 아무것도 아니"라고 했는데, 이 반응이 다음 날 모든 신문에 보도되면서 여론을 더욱 악화시켰다.

6월 4일, 경찰은 연행자를 통해 구타에 가담했던 외대 총학생회장 등 16명의 신원을 파악하고 수배했다. 대학에서도 퇴학 처분을 내렸다. 김

115 2015년 국무총리 역임.

대중 신민당 총재는 "지성인인 대학생이 집단적으로 장시간에 걸쳐 폭력을 자행한 것에 대해 정치인으로서 큰 책임감을 느낀다"면서, "학생들이 폭력을 행사한 것은 큰 잘못"이라고 강한 어조로 꾸짖었다.[116] 여론은 들끓었고, 경찰은 더 이상 폭력시위를 묵과하지 않겠다고 선언했다. '시위정국'의 전환점이었다.

6월 7일 오전, 강기훈 씨는 "유서대필 사건은 검찰의 조작이며, 자신이 범인이 아니라는 것을 양심을 걸고 맹세한다"는 내용의 편지를 김수환 추기경에게 전달해달라고 성당 측에 부탁했다.

이날 오후, 범국민대책회의는 문화관에서 기자회견을 갖고, 8일 오후 3시 서울시청 앞을 비롯 부산, 대구, 광주 등 전국 87개 시군에서 일제히 '6·10항쟁 계승 및 노 정권 퇴진과 민주정부 수립을 위한 제5차 국민대회'를 갖기로 했다고 발표했다.

6월 8일, 각 지역 범국민대책회의가 전국 87개 지역에서 갖기로 한 제5차 국민대회는 대부분 무산되거나 장소를 옮겨 약식으로 치러졌으며, 참가자가 크게 줄어들었다. 서울에서는 행사 예정지인 시청 앞 광장이 경찰에 의해 봉쇄되자 오후 3시쯤 명동성당에서 150여 명이 약식 집회를 갖고 바로 해산했다. 그동안 격렬했던 가두시위도 수그러드는 양상을 보였다.

시위대의 가두행진으로 교통체증을 빚으면 시내버스 운전사와 승객들이 차에서 내려 "학생들이 주장만 할 게 아니라 길이 막혀 급한 일을 못 보는 시민들도 생각해야 하는 것 아니냐"면서 길을 틔워줄 것을 요구하기도 했다. 도로변 상인들도 "시위는 그만하고 공부나 열심히 하

---

116 한겨레신문 1991년 6월 5일자.

라"며 야유를 보냈다.

이날 검찰 고위 관계자는 조만간 명동성당에 공권력을 투입해서 수배자들을 검거하겠다고 밝혔다. 시위에 등을 돌린 여론을 등에 업은 자신감이었다. 그러나 김수환 추기경은 명동성당에 공권력을 투입하는 일이 있어서는 결코 안 된다는 원칙을 고수했다.

6월 9일, 명동성당 주변에 3,500명의 전경과 사복경찰이 배치되었다. 공권력 투입이 임박했음을 알리는 일종의 무력시위였다.

경갑실 신부는 전날에 이어 이날도 서울시경국장을 만났다. 시경국장은 "명동성당에 최루탄을 쏘지 않고 무술경관을 문화관에 투입해 수배자들을 연행할 테니 성당 측이 묵인해달라"고 요청했다. 경 신부는 "죄의 유무를 떠나 성당을 피난처로 삼아 들어온 사람들이 강제연행되는 것을 가만히 두고 볼 수는 없다"는 것이 김수환 추기경의 확고한 입장인 만큼 공권력 투입이 있어서는 안 된다"고 하면서, 15일까지 수배자들이 자진출두하도록 설득하겠다고 했다.

이날, 강기훈 씨와 서준식 전민련 인권위원장은 명동성당에서 김수환 추기경을 대리한 서울대교구 사무처장 박신언 신부를 만났다. 유서대필 사건의 전말을 상세히 설명하면서 결백을 주장한 후, 제3의 안전한 장소에서 수사받을 수 있도록 김수환 추기경이 중재에 나서달라고 부탁했다. 박신언 신부는 이 내용을 김수환 추기경에게 보고했다. 그는 서준식 씨와 강 씨의 설명에 일리가 있다고 생각하고, 서울대교구 정의평화위원회를 소집해서 진상을 파악하도록 지시했다.[117]

6월 10일, 범국민대책회의 상임공동대표인 한상렬 목사는 문화관에

---

117 경갑실 신부 기자회견, 한겨레신문 1991년 6월 13일자.

서 열린 기자회견에서 “김 양의 장례가 끝나는 오는 15일쯤 명동성당 농성 해산집회를 열 계획”이라고 밝혔다.

6월 11일, 경찰은 범국민대책회의 지도부가 빠져나갈 것에 대비해 명동성당을 완전 봉쇄했다. 수배자를 검거하는 사람에게는 1계급 특진과 현상금 500만 원을 내걸었다. 이때부터 경찰은 신자뿐 아니라 사제복을 입은 성직자들에게도 신분증을 요구하는 등 검문검색을 강화했다. 심지어는 성당 정문을 나가는 김수환 추기경이 탄 스텔라 승용차를 검문하면서 신분증 제시를 요구했고, 얼굴을 확인한 후에는 차 뒤 트렁크를 열게 했다. 성당 경비원이 ‘추기경님 차’라고 밝혔지만 소용없었다. 김수환 추기경은 아무 말 없이 검색에 응했다.

명동성당 언덕을 내려오는 김수환 추기경의 승용차. 1991년 6월 명동성당이 완전 봉쇄되면서 그의 차도 검문을 받았다.

6월 12일 오후 8시, 경갑실 신부는 기자회견을 갖고 “김수환 추기경이 유서대필 혐의를 받고 있는 강기훈 씨 문제에 대해 천주교 서울대교구 정의평화위원회에서 신변 문제 등을 포함한 해결 방안을 강구하도록 지시했다”면서, 이미 오후 2시에 변호사 두 명과 신부 세 명으로 구성된 진상조사단에서 1차 조사를 마쳤다고 밝혔다.

6월 14일, 서울대교구 정의평화위원회 산하 ‘5인 진상소위’의 경갑실 신부와 강수림 변호사는 오후 5시 40분쯤 대검 청사로 정구영 검찰총장을 방문, 강기훈 씨의 자진출두 문제와 관련해 검찰의 공정한 수사를 요구하는 내용의 서한을 전달했다.

명동성당은 범국민대책회의와 검찰, 경찰 사이에서 성당 철수 시기와 방법을 둘러싼 막바지 협의를 진행했다. 명동성당 측은 범국민대책회의 수배자의 농성 해제와 신변처리를 위해 수배자 일부가 자수하는 대신 경찰력의 투입 자제 및 포위망 완화라는 중재안을 제시했지만, 검찰과 경찰은 거부했다. 서준식 씨도 "유서대필 사건이 정치적인 이유에서 조작된 사건이기 때문에, 광역의회선거일인 20일 이전에 출두하면 선거에서 악용할 우려가 있어 15일에는 강 씨가 성당 밖으로 나갈 수 없다"면서, "강 씨는 적당한 방법과 시기를 택해 검찰에 자진출두할 것"이라고 밝혔다.

6월 15일 0시 30분, 중부경찰서장이 경갑실 신부를 방문했다. 영장 집행이 불가피함을 설명하면서 수배자들에 대한 연행 방법으로 '1) 경찰서까지 자진출두, 2) 성당 입구에서 임의동행, 3) 성당에서 영장 강제집행' 등 세 가지를 제시했다. 경 신부는 아침이 되기를 기다려 김수환 추기경과 이 문제를 상의했다. 일단 범국민대책회의가 철수하는지를 지켜보기로 했다.

그러나 범국민대책회의 관계자들은 오전에 기자회견을 갖고 "경찰이 성당을 완전 봉쇄하고 있는 한 성당을 나갈 수 없고, 이에 항의해 농성을 계속하겠다"고 밝혔다.

그 소식을 들은 김수환 추기경은 다시 경 신부를 불렀다. 농성자들이 성당에서 계속 머물기로 한 것은 유감스러운 일이지만, 그렇더라도 공권력이 투입되어 강제연행을 하는 일은 절대 일어나선 안 된다고 강조했다. 그리고 사무처장인 박신언 신부를 불러 정원식 국무총리서리와 면담 약속을 잡으라고 지시했다. 경 신부는 즉시 중부경찰서장을 만나 김수환 추기경의 의지를 전달하면서, 오후에 정 국무총리서리를 만날 예정이라는 사실도 밝혔다.

오후 3시 30분, 김수환 추기경은 삼청동 국무총리공관으로 가서 정원식 총리서리를 만나 45분 동안 면담했다. 그는 "범국민대책회의 측이 철수 시한인 15일을 넘기더라도 성당 내에 경찰력을 투입하면 불상사가 우려되므로 충돌 없이 문제를 풀도록 최선을 다해달라"고 요청하면서, "성당으로서도 범국민대책회의가 약속대로 철수를 하고 강기훈 씨도 검찰에 자진출두해 유서대필의 의혹을 풀어야 한다는 게 기본 입장"이라고 밝혔다. 이에 대해 정 총리서리는 "범국민대책회의와 강 씨가 약속을 어겼지만 천주교의 뜻을 존중해서 경찰 투입에 최대한 신중을 기할 테니, 모든 일이 정상적으로 풀리도록 최대한 협조해달라"고 부탁했다.

이날 서준식 전민련 인권위원장은 한겨레신문과의 인터뷰를 통해, 자신이 17년간 감옥생활로 지쳤을 때 김수환 추기경이 힘과 용기를 준 사실을 잊을 수 없다면서, "이번 일은 강기훈 씨와 김기설 씨의 필적이 다르다는 것이 너무나 명백해 결코 천주교와 추기경에게 불명예가 되지 않을 것이며, 진실이 어둠을 이기는 명예로운 일이 될 것"이라고 강조했다. 이즈음 강기훈 씨는 명동성당에 더 이상 폐를 끼치지 않겠다며 성당을 빠져나갈 방법을 모색했지만, 경찰의 철통방어에는 빈틈이 없었다.

6월 16일 오후 2시 30분, 청와대 이효은 치안비서관, 이완구 시경3부장 등 경찰 관계자 네 명이 명동성당으로 와 박신언 신부를 만나 공권력 투입 문제에 대해 논의했다. 그러나 박 신부는 김수환 추기경이 공권력 투입에는 반대한다는 것을 분명히 밝혔다. 만약 공권력을 투입할 경우 매우 불행한 사태가 발생할 것임을 다시 한 번 경고했다.

오후 4시, 경갑실 신부는 기자들과 만나 "현재 성당에서 농성 중인 강 씨가 한 개인의 양심과 결백을 보호해줄 것을 요청해왔기 때문에 성당 측은 유서대필 사건의 진위와는 무관하게 강 씨가 검찰에 자진출두할 때까지 보호키로 결정했다"고 밝혔다. 경 신부는 "강 씨를 현재 농성 중인 문화관 건물에서 사제관으로 옮겨 보호할 계획이며, 경찰 측이 강 씨의 도주를 우려한다면 사제관 주변에 한두 명의 수사관을 배치해도 좋다"는 뜻을 관할 중부경찰서에 통보했다. 또 "전민련 서준식 인권위원장이 강 씨의 보호자로 함께 남기를 원한다면 허락할 수 있다"고 덧붙였다. 그리고 범국민대책회의 측의 신변보호 요청에 대해서는 "강 씨 사건처럼 한 개인의 인권과 양심의 문제가 아니라 정치적인 사안이기 때문에 성당이 보호하는 데는 무리가 따른다"며 거부의사를 표명했다. "범국민대책회의 측이 성당 농성을 독재정권에 맞선 저항으로 주장하고 있으나 국민 다수와 국가 공권력이 이를 범법으로 보고 있기 때문에 성당 측으로서는 조속한 시일 내에 떠나줄 것을 거듭 통고할 수밖에 없다"고 밝혔다.

6월 17일, 서울지검 강력부 강신욱 부장검사는 명동성당이 전민련 총무부장 강기훈 씨를 사제관으로 옮겨 보호하겠다고 밝힌 데 대해 "그 같은 행위는 명백한 실정법 위반임을 밝혀둔다"고 말했다. 결국 강기훈 씨는 자신을 사제관으로 옮겨 보호해주겠다는 명동성당 측의 제의를 거절하고, "광역지자체선거가 끝나는 20일 이후에 자진출두하겠다는 입장에는 변함이 없다"고 밝혔다.

6월 24일 오전, 명동성당 입구로 걸어나온 강기훈 씨가 경찰에 연행되어 구속, 수감되었다. 김수환 추기경은 강 씨를 위해 천주교 서울대교구 정의평화위원회에서 활동하는 강수림 변호사를 검찰청에 보내 공정한 수사를 부탁했다.

6월 29일 오후 2시 45분, 그동안 명동성당에서 농성을 해온 서준식 전민련 인권위원장 등 사전구속영장이 발부된 네 명이 한승헌 변호사 등과 함께 소형 승합차를 타고 성당 입구로 내려왔고, 사복경찰관 한 명이 이들이 탄 차에 동승해 중부경찰서로 출두하는 형식을 취했다. 그리고 경찰은 수배자가 아닌 학생과 재야인사들이 성당을 빠져나가는 것을 묵인했다. 명동성당의 중재였다. 이로써 5월 18일부터 계속된 명동성당 농성은 42일 만에 마무리되었다.

김수환 추기경은 17년의 수형생활 후 출옥해서 단란한 가정을 꾸리고 두 아이까지 둔 서준식 씨가 다시 구속된 걸 몹시 가슴 아파했다. 그리고 무엇보다도 오랜 수형생활에서 얻은 디스크로 거동이 편치 않은 것을 걱정했다. 그는 얼마 후 이돈명 변호사 등과 함께 보석신청 허가 탄원서를 지방법원에 제출했다. 서울지방법원 심창석 판사는 보석신청을 "이유 없다"고 기각했다. 그러나 심 판사는 12월 13일 판결 때 "과거 17년 동안 수형생활을 했고, 시위에 적극 참여하지 않은 점을 참작했다"면서, 보호관찰법 위반을 적용 징역 1년에 집행유예 2년을 선고해서 석방했다.

김수환 추기경이 변호사를 보내는 등 관심을 갖고 지켜본 강기훈 유서대필 사건은 12월 20일, 변호인단이 제출한 증거가 기각된 채 징역 3년이 선고되었다. 이날 재판장은 고개를 숙이고 한 번도 강기훈 씨를 쳐다보지 않은 채 무거운 표정으로 판결문을 낭독했고, 이 판결은 고등법원을 거쳐 대법원에서 확정되었다.

12월 24일, 김수환 추기경은 이날 밤 성탄자정 미사 강론을 통해, 정치는 중병에 걸려 있고, 경제는 날로 침체일로에 있고, 가치관의 부재에다 윤리도덕은 완전히 땅에 떨어졌다면서, 사회 지도층으로부터 시

어머니와 함께 명동성당 언덕을 내려오는 강기훈 씨.

재심에서 무죄 확정판결을 받은 '유서대필 사건'

23년이 지난 2014년 2월 12일 재심에서 재판부는 "1991년 당시 국과수 감정 결과는 신빙성이 없고 검찰의 다른 증거만으로 강 씨가 김 씨의 유서를 대신 작성했다는 증거가 부족하다"며 유서대필 부분에 대해 무죄를 선고했고, 2015년 5월 14일 대법원에서 재심 무죄 판결을 확정했다. 억울하게 누명을 쓴 지 24년, 20대 청년 강기훈은 50대가 되었고, 진실을 밝히려고 사방팔방으로 뛰어다닌 인권운동가 서준식은 60대 후반이 되었다.

작해 국민 모두가 이기심과 물욕物慾을 회개하고 각자 자신의 삶을 깊이 성찰하자고 했다. 그리고 교회가 수적으로는 눈부시게 발전했지만, 부유해진 만큼 가난한 이들로부터 멀어졌고, 사랑과 청빈의 복음적 가치를 제대로 증거하지 못하고 있다며 빛과 소금의 구실을 다하자고 호소했다.

주교관으로 돌아온 그는 십자가 앞에서 무릎을 꿇었다. 그는 강론에서 언급한 것처럼, 서울대교구가 괄목할 만한 교세 성장을 이루었지만, 성당이 커지면서 내적 공동화空洞化를 초래하여 사목자와 신자들 사이의 인격적 만남이 어려워졌고, 신자들은 신자들대로 소속감과 유대감을 상실하여 속이 비고 껍질만 두꺼워지는 현상이 나타나고 있음을 고백하며 자책했다.

23년 전인 1968년 서울대교구장에 착좌할 때 선포한 '세상 속의 교회'라는 사목 목표는 어느 정도 실현되었고, 서울대교구에 소속된 많은 복지단체를 통해 구체적으로 실천되면서 발전하고 있었다. 그러나 신자 수가 늘고 각 성당의 규모가 커지면서 신자들을 온전히 포용하지 못하는 것이 문제로 남은 것이다. 이날 밤 그는 예수님께서 교회를 세우신 목표에 조금이라도 가까이 갈 수 있도록 성령께서 한국 교회에 변화와 쇄신의 바람을 불러일으켜달라며 오랫동안 기도했다.[118]

118 1992년 사목교서, 《김수환 추기경 전집》 1권 68~71쪽.

서울대교구장 사임신청서를 제출하다

43

"무슨 뜻인지는 알겠으나 좀 더 봉사해주십시오.
나를 보십시오. 김 추기경보다 두 살이 많은데도 일하고 있지 않습니까."

| **교구장 사임신청에 대한 교황의 친필 답신** |

1992년, 지난해 고희를 넘긴 김수환 추기경은 몇 년 전부터 자신의 체력과 건강이 예전 같지 않다고 느끼며, 급변하는 사회 속에서 서울대교구와 같은 큰 교구를 계속 맡는 것은 무리라는 생각을 하고 있었다. 서울대교구는 신자 수가 100만에 가깝고, 성당도 140곳이 넘었다. 교구 사제만 300여 명으로, 교구 안에서 봉사하는 수도회 소속 신부님들까지 합치면 더 많았다. 해야 할 일이 너무 많아 버겁다는 생각이 들 때가 한두 번이 아니었다. 오랫동안 책임자로 있다 보니, 자신 때문에 마음을 상하거나 섭섭함을 느끼는 사제나 평신도들도 있고, 심지어는 원한을 품는 이까지 생기는 것도 힘들었다.[119]

그럴 때마다 그리스도를 닮아 사랑으로 자신을 죽이고 바쳐야 한다

119 《사목》 1989년 10월호, 《김수환 추기경 전집》 15권 661~663쪽.

고 자책하며 화해와 일치를 이루기 위해 기도했지만, 시간이 지날수록 불면증은 점점 심해졌다. 그는 교구장을 맡고 있는 주교가 75세에 사표를 내는 교황청 교회법이 서양 사제들에게는 적당할지 모르지만 동양인들에게는 너무 긴 것 같다는 생각을 하곤 했다.[120]

1월 말경, 김수환 추기경은 교황 요한 바오로 2세에게 서울대교구장 사임신청서를 보냈다. 서울대교구가 발전하려면 새로운 리더십을 가진 새로운 교구장이 필요한 시대가 되었고, 개인적으로도 나이 탓인지 자주 피로를 느낀다는 내용이었다.[121]

얼마 후, 그는 교구장 사임신청에 대한 교황 요한 바오로 2세의 친필 답신을 받았다.

> 무슨 뜻인지는 알겠으나 서울대교구를 위해 좀 더 봉사해주십시오. 정 힘들면 3개월이건 6개월이건 장기휴가를 다녀오십시오. 휴식은 꼭 필요합니다. 나를 보십시오. 김 추기경보다 두 살이 많은데도 일하고 있지 않습니까.

교황이 자신의 나이를 언급하며 부탁하는 권고를 따르지 않을 수 없었다. 그는 교황에게 순명하겠다는 내용의 편지를 보냈다.

3월 12일, 김수환 추기경은 서울대교구 사제들에게 '사제생활 지침서'라는 문건을 발송했다. 우리 사회의 무분별한 사치와 낭비를 우려하면서, 먼저 사제들이 검약과 절제를 실천하면서 생활화해야 한다고 강조했다. 구체적 실천 방법도 제시했다. 성당의 사제관은 작은 평수로

---

120 《시사저널》 인터뷰, 1990년 4월 27일자.

121 《추기경 김수환 이야기》 407쪽.

하고, 여가의 방법도 위화감을 준다거나 국민들이 사치스럽게 여기는 것은 자제할 것을 당부했다. 그가 청빈을 강조한 것은, 그것을 떠나서는 사제들이 그리스도를 절대로 닮을 수 없다고 생각했고, 물질과 탐욕이 가득 찬 오늘 우리 사회를 정화하는 데 가장 요구되는 핵심으로 판단했기 때문이었다.[122]

그는 "현재 한국 천주교는 보이지 않는 위기의 현실 속에서 중대한 갈림길에 서 있다"면서, '냉담자 증가와 교회의 중산층화'를 우려했다. 교회의 중산층화로 가난하고 소외된 사람들과 점차 멀어지고 있기 때문에 "문턱이 높아지는 교회가 아니라 가난한 교회, 이웃과 함께하는 교회가 되어야 한다"고 강조했다.

3월 13일, 김수환 추기경은 3주 일정으로 미국과 남미의 한인성당 사목 방문을 위해 출국했다. 여행을 하면서 휴식도 취하고 교포 사목 현장도 둘러보면서 재충전을 하기 위해서였다.

3월 24일, 제14대 국회의원선거가 실시되었다. 3당합당으로 299석 중 218석을 갖고 있던 민자당은 비례대표를 포함해도 과반수가 안 되는 149석을 차지하면서 참패했다. 민주당이 97석, 정계 진출을 선언한 정주영 현대그룹 회장이 이끄는 국민당이 31석, 무소속이 21석, 신정치개혁당을 창당한 박찬종 의원이 서초 갑에서 당선되어 1석을 획득했다. 또다시 여소야대의 정국이 되었다.

김수환 추기경은 아르헨티나의 부에노스아이레스 한인성당에서 특별미사를 집전한 후 이 소식을 들었다. 그는 국민들이 집권 여당에 대해 실망하고 있음을 보여준 결과라고 생각하며, 우리 국민들이 개인주의화

---

122 사제 피정 파견미사 강론, 《김수환 추기경 전집》 10권 219~220쪽.

되면서 정치에 무관심한 것 같지만 바른 정치를 바라는 마음이 크다는 걸 느꼈다.[123]

4월 초, 미주 지역 사목 방문에서 돌아온 그는 낮은 곳을 찾아다녔다. 서울대교구 사제들에게 보낸 지침서에서 이야기했던 '가난한 교회, 이웃과 함께하는 교회'를 만들어가기 위해, 서울대교구장으로서 할 수 있는 실천을 하겠다는 의지에서였다. '한마음 한몸 운동'도 계속 추진했고, 장애인 걷기대회에도 참가했다. 경기도 법원리 같은 멀리 떨어진 성당의 체육대회에도 참석해서 신자들과 어울렸다.

4월 16일에는 유서대필 사건으로 2심 재판을 받고 있는 강기훈 씨에 대해 공정한 재판을 해달라고 촉구하는 서한을 고등법원에 제출했다.

5월 26일에는 국가보안법 위반자에 대한 관대한 처분을 호소하는 탄원서도 제출했다. 그는 이 탄원서에서 "과거 어두운 시대상황에 절망한 나머지 급진적 운동에 종사하였던 많은 젊은이들로 하여금 민주질서 불안에서 사회질서 개혁을 위해 일하도록 적극 유도하는 일이 필요하다"면서, "재판부의 획기적인 선처"를 탄원했다. 이들에 대해 전향적 판결을 할 때 "지금도 구시대적인 비합법 조직운동에 매달리고 있는 급진 세력을 합법 운동으로 나오게 하는 물꼬를 트게 될 것"이라고 했다. 아울러 "남북합의서를 교환한 이 시점에서, 국가보안법을 어떻게 보완할 것인가 하는 논의가 국민적 차원에서 전개될 필요가 있다"고 지적했다.

6월 16일, 김수환 추기경은 서울대교구 사제 피정 미사에서 다시 한 번 청빈을 강조했다. 지난 3월 12일 사제들에게 보낸 '사제생활 지침서'

---

123 동아일보, 경향신문 1992년 3월 28일자.

에 대해 "너무 구체적인 면까지 다루고 강요한다며 못마땅하게 생각하는 분들이 계신 것을 안다. 그래도 사제는 비우시고 또 비우시는 예수님을 닮아야 한다"면서, 청빈은 세상을 정화하는 핵심이라고 강조했다. 그리고 더 나아가 사제는 "쓰레기통처럼 모든 것을 자기 안에 받아들일 줄 알아야 하며, 참으로 마음으로 가난하고 자신을 비울 줄 알아야 한다"면서, 온전히 남을 위해 존재하셨던 예수님을 닮아야 한다고 했다. 당시 그는 사제들뿐 아니라 수녀들에게도 청빈을 강조했다.

7월 1일, 서울의 주요 일간지에 김수환 추기경이 만화로 등장하는 자동차 광고가 실렸다.

회사원 조순호 씨는 어느 날 명동성당에서 아내와 함께 미사를 보고 나

티코 자동차 광고 만화에 등장한 김수환 추기경.

오다 놀라운 광경을 목격했습니다. 추기경님께서 수녀님과 함께 티코를 타고 나오시는 것이었습니다.

'와, 추기경님께서도 티코를 타시는구나!'

놀란 표정으로 서 있는 조순호 씨에게 추기경님께서는 빙그레 미소를 지으셨습니다.

'멋지다! 티코 타는 추기경님! 우리 모두가 저분의 본을 받는다면…….'

조순호 씨는 우리 사회의 희망을 보는 것 같았습니다.

3월 초 시흥 전진상복지관에서 티코 자동차를 구입했다. 그 차를 타고 부활절에 최소희, 유송자, 배현정 그리고 1978년부터 시흥 전진상에 동참한 김영자 간호사가 명동성당에 와서, 미사 후 김수환 추기경을 태우고 외출을 했던 것이다. 그때 명동성당 언덕을 내려오던 신자들이 그 모습을 봤고, 그중에 대우자동차 직원이 있었다. 그 직원은 김수환 추기경이 티코를 타고 외출하더라는 목격담을 회사 홍보실에 알렸다. 당시 티코에는 수녀가 타지 않았지만, 그 직원은 벨기에인 배현정 의사(1985년에 가정의학과 전문의 자격 취득)를 외국인 수녀라고 생각했던 것이다. 이 이야기를 들은 홍보실에서는 김수환 추기경에게 "티코 광고라기보다는 국민 계몽 광고"라고 취지를 설명했고, 그는 선뜻 허락해주었다.

그는 작년 5월 티코 자동차가 처음 나온 얼마 후, 교구청 신부들과 점심을 먹다가 "내 차도 티코로 바꾸면 안 될까"라고 의견을 물은 적도 있었다. 당시 그가 타고 다니는 차는 현대 스텔라였다. 신부들이 "사목 방문을 다니려면 추기경님과 관리국장, 교육국장, 사목국장이 동행하는데 어떻게 다 티코를 탑니까?"라고 했더니, "사목 방문 때문에 어렵겠구나" 하면서 한숨을 쉬었다.[124]

그런 생각을 하고 있던 그였기에, 국민들이 검소하게 생활하는 데 도움이 되는 일이라면 티코 광고뿐 아니라 어떤 광고에 이용되어도 좋다는 심정으로 흔쾌히 응했던 것이다. 그러나 많은 신자들이 "존경의 대상인 추기경이 광고에 오르내려 상업적으로 이용되는 것이 불쾌하다"는 반응을 보이며 대우자동차와 교구청에 항의전화를 했다. 대우차 홍보실과 교구청에서 "추기경님께서 흔쾌히 허락하신 공익 광고"라고 설명해도 소용이 없었다.

그 소식을 들은 그는 깊은 한숨을 내쉬었다. 근검절약을 위한 광고를 이해하지 못하는 현실이 안타까웠다. 그러나 목자로서 선의로 항의하는 신자들의 뜻을 꺾는 것도 바람직한 일은 아니었다. 광고는 며칠 후 중단되었다.

12월 18일, 제14대 대통령선거에서 42퍼센트를 획득한 김영삼 민자당 후보가 33.8퍼센트를 얻은 민주당의 김대중 후보, 16.3퍼센트를 얻은 정주영 후보를 누르고 당선되었다.

12월 19일, 김대중 민주당 총재는 대선 결과에 승복하고 의원직 사퇴와 정계 은퇴를 선언했다.

12월 24일, 김수환 추기경은 부산시 재송1동 베트남난민보호소에 있던 150명을 위해 천주교 서울대교구 명의로 1억 4,900만 원을 전달했다. 영구 이주 허가를 받은 뉴질랜드로 떠나는 데 필요한 비행기 값이었다.

1975년 월남이 패망한 후, 많은 베트남 사람들이 배를 타고 50여 일의 긴 항해를 거쳐 한국으로 왔다. 정부는 1977년 부산에 600평의 땅에 300평의 조립식 캠프 시설을 만들었다. 월남 패망 초기에는 미국, 캐나

---

124 당시 사목국장이었던 송광섭 신부의 증언.

김수환 추기경은 1988년부터 부산에 있는 베트남난민보호소를 방문해서 그들의 어려운 사정에 귀를 기울였다. 사진은 1988년 6월 10일 방문 때 모습.

다, 프랑스, 스웨덴 등 여러 나라에서 정치적 망명으로 인정해 난민들의 이주를 쉽게 허락했다. 부산에 온 베트남 사람들도 594명은 우리나라에 정착했고 1,152명은 새로운 정착지로 떠났다. 그러나 세월이 흘러도 베트남을 탈출하는 난민의 수는 줄지 않았다. 세계 각국은 더 이상 정치적 망명으로 인정하지 않고 '경제적 망명'으로 취급하면서 문을 닫았다.

한국 역시 더 이상은 곤란하다는 입장이었다. 계속 받아준다는 소문이 나면 더 많은 난민들이 한국으로 몰려올 가능성이 높았기 때문이었다. 그럼에도 불구하고 난민은 계속 왔고, 해군 경비정은 그들에게 식량을 주며 다시 공해로 되돌려보냈다. 그런데 일부 난민들은 배에다 불을 지른 후 바다로 뛰어내려 구조를 요청했다. 이런 연유로 1988년 부산 보호소에 180명이 있었지만, 그들을 받아주겠다는 나라가 나서지 않았다.

그 소식을 들은 김수환 추기경은 1988년 6월 10일 보호소를 방문, 한 시간에 걸쳐 그들의 사정 이야기를 듣고, 난민들에게 생활비에 보태라며 금일봉을 전달했다. 그리고 그때부터 세계 가톨릭 봉사단체를 통해 180명의 이주 문제를 알아봤다. 이런 과정에서 뉴질랜드 민간 난민구제회가 적극적으로 나섰고, 1990년 여름 뉴질랜드에서 난민들을 받아주기로 결정했다는 소식이 들려왔다. 그러나 문제는 비행기 값이었다. 그는 서울대교구에서 이주에 필요한 경비를 지원하기로 약속했고, 그때부터 '한마음 한몸 운동' 조직을 통해 경비를 모금했다.

서울대교구는 9월, 1차로 30명의 여비 3,600만 원을 지원했고, 그들은 9월 19일에 뉴질랜드로 떠났다. 그런데 이틀 전인 12월 22일, 한국과 베트남이 수교修交함으로써 남아 있는 난민들이 베트남으로 송환될 처지에 놓였다. '한마음 한몸 운동'에서 모금할 시간이 없었기 때문에 김수환 추기경은 먼저 서울대교구 재정에서 150명의 여비를 지원한 것이다. 그러나 당시에는 난민들의 안전을 위해 비공개로 추진했고, 그들이 세 차례로 나누어 한국을 떠난 후에야 일부 언론에 알려졌다.

12월 24일, 김수환 추기경은 명동성당에서 성탄자정 미사를 집전했다. 그는 강론을 통해 1,500명의 신자들에게 "선거 기간 동안 치열한 경쟁 속에서 빚어졌던 대립, 다시 드러난 지역갈등의 골을 메우고, 계층 간의 차별을 타파하여 용서와 화해로 하나가 되어야 한다"면서, "지금 우리에게 필요한 것은 일치와 화합"이라고 지적했다. 그는 이런 화합은 선거에서 이긴 승자와 그 정당이 솔선수범해야 하며, 패자와 그를 지지한 상대편 모두를 동반자로 인식하며 존중해야 하고, 이런 포용과 화합, 일치와 평화가 이 성탄에 나신 구세주 그리스도의 정신이요 목적이라고 강조했다.

25일 새벽 1시 20분, 미사가 끝날 즈음 그는 "이 자리에는 민족의 통일을 염원한 나머지 단신 월북했다가 온갖 고초를 겪고 어제 교도소에서 풀려난 주님의 어린 딸이 나와 있다"면서, 성탄절 특별가석방으로 풀려난 임수경 양을 소개했다. 신자들은 박수로 환영했고, 임수경 양은 일어나 신자들을 향해 고개를 숙여 인사했다.

김수환 추기경은 이어서 문규현 신부도 함께 석방되었음을 알리고, "문 신부가 북한을 다녀온 것이 잘한 일인지 아닌지는 훗날 역사가 가려줄 것"이라고 하자, 명동성당에는 고요한 긴장이 감돌았다. 그는 그때까지도 1989년 문 신부의 방북으로 공식 접촉과 진전이 무산되면서 북한 교회 재건 작업이 수포로 돌아간 것을 몹시 아쉬워하고 있었다. 그러나 문규현 신부도 형제였다. 그는 "그러나 문 신부가 북한 학생들에게 민주주의가 뭔지 가르쳐주고 왔다고 한 말이 기억에 새롭다"면서 미사를 마무리했다.

12월 28일 오후, 김수환 추기경은 집무실에서 김영삼 대통령 당선자를 만났다. 그는 축하인사를 건넨 후 국민에게 희망을 주는 정치를 해달라고 당부했다.

안중근 의사 추모미사

44

"주여, 영원한 빛으로 그를 비추어주소서……."

| 김수환 추기경 |

1993년 1월 9일, 김수환 추기경은 가장 오래된 친구인 김영일 신부가 선종했다는 전화를 받았다. 부고를 듣는 순간, 그는 믿기지 않으며 마음 한구석이 무너지는 것 같았다. 59년 전인 1934년 성유스티노 예비신학교 시절, 세 살 위인 그를 형처럼 의지했었기에 충격은 더욱 컸다. 군위에서 친구들과 자유롭게 뛰어놀던 때가 그립다는 생각을 하며 파란 하늘을 바라볼 때 다가와 "스테파노, 너 집에 가고 싶어 그러고 있는 거야?"라고 묻던 친구, 어린 나이에도 신부가 되고 싶어 예비신학교에 왔다고 당당하게 말하던 친구였다. 자신의 성소를 위해 기도해주겠다던 친구의 목소리가 귓가를 맴돌았다.

김영일 신부가 전주교구 소속이라 평소에 내왕은 자주 없었지만, 마음으로는 가깝게 지내던 친구였다. 작년 연말에 병중이라는 소식을 들었을 때 바쁘다는 핑계로 안부전화조차 못한 것이 후회되었다.

그는 교구청 3층 성당에 올라가 무릎을 꿇었다. 전주에 갈 때마다 불면증에 좋은 약초라며 그 지방에서는 '멜란초'라고 부르는 산괴불주머니 순으로 만든 비빔밥을 해주던 생각이 났다. 누구에게나 따뜻한 사랑과 정으로 대하는 착한 목자였고, 평생 누구와 말다툼을 했다는 소리를 들은 적이 없는 평화의 사제였다.

"주여, 사제 김영일 아우구스티노에게 영원한 안식을 주소서. 영원한 빛으로 그를 비추어주소서……."

3월 12일 아침에는 지학순 주교가 새벽에 서울 강남성모병원에서 선종했다는 부고가 전해졌다. 당뇨가 악화되어 입원, 치료하다가 세상을 떠난 것이다. 평생의 친구였고, 유일하게 마음을 터놓고 이야기할 수 있었던 친구의 부고에 그는 다시 한 번 깊은 슬픔을 느꼈다.

까까머리 시절인 1936년 봄, 동성학교 을조에서 처음 만난 이후 57년 동안 같은 길을 걸어온 둘도 없는 친구. 두 번이나 결핵과 싸워 일어난 후 1965년 주교에 서품되어 원주교구장으로 발령이 났을 때 "동창 중 꼴찌로 신부가 되더니 첫 번째로 주교가 되었다"며 기쁨을 나누던 일, 강원에 대홍수가 발생하자 독일 미제레오르에 가서 수해복구 지원금을 빌려와 수재민들을 일으켜 세웠던 일, 1974년 김지하 시인에게 돈을 줬다는 이유로 중앙정보부에 연행되었을 때 박정희 대통령을 만나 석방을 부탁하던 일, 그러나 얼마 후 양심선언을 하고 다시 중앙정보부로 끌려가던 뒷모습, 75년 구속집행정지를 받았을 때 서울구치소에 가서 그를 데리고 나오던 일, 82년 부산 미 문화원 방화 사건 주동자 도피 사건이 원주교구에서 일어났을 때 강론을 통해 최기식 신부 행동의 정당성을 주장하던 대찬 모습, 그 후 당뇨 악화로 입원과 퇴원을 거듭할 때의 힘들어하던 모습…….

그는 십자가 앞에 무릎을 꿇었다.

"주여, 당신의 종 지학순 다니엘에게 영원한 안식을 주소서. 영원한 빛으로 그를 비추어주소서……."

김수환 추기경은 친구들의 잇단 선종이 남의 일 같지가 않았다. 역시 나이는 어쩔 수 없다는 걸 실감하며, 자신도 서울교구장 퇴임 전에 언제라도 떠날 수 있다는 생각이 들었다. 그래도 교구 일 대부분을 보좌주교들에게 일임해 큰 혼란은 없을 거라고 생각하며 다시 마음을 다잡았다.

4월 초, 교구청 신부들이 그에게 5월 29일이 서울대교구장 착좌 25주년이니까 경축행사를 준비하겠다고 했다. 가톨릭에서는 사제 서품이나 주교 수품 25주년이 되면 '은경축'이라는 성대한 잔치를 하는 것이 관례였다. 그러나 그는 손사래를 치며 조용히 지나가자고 했다. 지난해 3월 서울대교구 사제들에게 '사제생활 지침서'라는 문건을 발송하면서 검약과 절제를 실천하자고 한 자신이 잔치를 벌이는 것은 모순이라고 생각했던 것이다.

8월 16일 이른 아침, 노길명 고려대학교 사회학과 교수가 찾아왔다. 이른 시간이라 다른 약속이 없어 자리를 권했다. 노 교수는 교회 안팎에서 많은 일을 하는 관계로 자주 보는 사이였다. 노 교수는 그에게 자신이 회장으로 있는 '한국 가톨릭문화사 연구회'에서 '100회 연구발표회'를 열 계획인데, 심포지엄 주제를 '안중근 의사와 가톨릭교회의 관계'로 정했다고 했다.

안중근 의사는 부친 안태훈 진사와 함께 천주교 교리 공부를 한 후 1897년 1월 중순에 '토마스(당시 표기는 '도마')'라는 세례명으로 파리 외방전교회의 빌렘Joseph Wilhelm(한국 이름 홍석구) 신부에게 영세를 받았다. 천주교 신자가 된 안 의사는 자신이 살던 청계동과 인근 마을을 다니며 열심히 전교활동을 했고, 빌렘 신부의 복사로 활동했다. 안중근 의사는 빌렘 신부와 함께 해주·옹진 등 황해도의 여러 지역을 다니며 전교활동을 해서 평신도 대표인 '총대總代'에 선출될 정도로 열렬한 신앙을 가진 신자였다.[125]

그러나 안중근 의사가 1909년 10월 26일 중국과 러시아의 접경지역인 하얼빈역에서 조선통감으로 한일합병을 추진했던 이토 히로부미를 저격하자, 조선 천주교는 그의 의거를 '악한 일'로 규정했다.

당시 조선 천주교의 공식 기관지였던《경향신문》은 1909년 11월 2일자 논설에서 "암살한 사람은 나라를 사랑함으로 하였다 하며, 그 일을 하기 위하여 제 생명을 바치기로 예비하였으니 그 마음이 영특하고 용맹하다 하나, 사람을 그렇게 죽이는 일이 악한 일인즉, 악한 일이라 하노라"라고 썼다. 민족적 관점에서는 훌륭한 일이지만, '살인하지 말라'는 십계명의 여섯 번째 항목을 어겼기 때문에 신앙적 관점에서는 잘못이라는 뜻이었다. 조선대목구장이던 파리 외방전교회의 뮈텔Gustave Mütel(한국 이름 '민덕효') 주교도 1909년 10월 29일자 일기에, 안 의사를 천주교 신자라고 보도한 영자지《서울프레스》를 직접 방문해 "암살자는 천주교 신자가 될 수 없다고 항의하였다"라고 기록했다. 이후 일제강점기가 시작되었고, 조선 천주교에서 안중근 의사는 거론되지 않았다.

안중근 의사가 한국 천주교에 다시 '등장'한 것은 1947년이었다. 광복 직후부터 안 의사의 친척들을 정신적·물질적으로 도와주던 서울대교구장 노기남 대주교가 1947년 3월 26일 명동성당에서 '안중근(도마) 순국 37주년 기념 대례 연미사'를 집전한 것이 첫 행사였다.[126]

노길명 교수는 심포지엄 개최의 목적과 발표 논문들을 요약해 설명

---

125 노길명, '안중근의 신앙과 교회활동',《민족사와 천주교회》(한국교회사연구소, 2005) 109~138쪽.

하면서, 김수환 추기경에게 추모미사를 집전하고 강론도 해달라고 부탁했다. 그는 노 교수의 논문 요약 설명을 들은 뒤 조심스럽게 입을 열었다.[127]

"저도 한국인으로서 안 의사를 존경하지만, 이토 히로부미를 포살한 것은 살인행위이기 때문에, 가톨릭 신앙에 저촉되어 안타깝습니다. 그래서 서울대교구장 신분으로 심포지엄에 가서 미사를 집전하고 강론을 하는 것은 어렵습니다."

"추기경님, 안 의사의 의거는 살인행위가 아니라 일본에 선전포고한 대한의군大韓義軍 참모중장이라는 군인 신분으로서 독립전쟁 중에 행한 전투행위로 보아야 합니다."

노길명 교수는 안 의사 거사의 역사적 정당성을 설명하면서 '살인'이 아니라 '군인으로서의 전투행위'로 인정해달라고 요청했다. 그는 '군인으로서의 전투행위'라는 말에 주목했다. 만약 이 평가가 역사학계의 공통된 의견이라면, 안 의사의 저격은 제2차 바티칸공의회에서 채택한 〈사목헌장〉에 의거해 '신앙적 정당성'을 확보하면서, '찬사를 받을 용기(사목헌장 79항)'로 평가될 수 있겠다는 생각을 하며 되물었다.

"노 교수의 설명 내용이 일부 의견입니까, 아니면 학계의 공통된 의견입니까?"

노길명 교수는 '군인으로서의 정당방위'가 혼자만의 의견이 아니라

---

126 노길명, 《민족사와 천주교회》 135~136쪽. 노길명 교수는 "이에 관해서는 노 주교 일기에 기록으로 남아 있을 뿐, 이 행사의 구체적 내용에 관해서는 자료를 찾기 어렵다"고 밝혔다. 노 교수는 "1979년 9월 2일에도 명동성당에서 '안중근 의사 탄생 100주년 기념미사'를 봉헌했다. 그러나 이 행사는 은퇴한 교구장에 의해 거행된 행사였다는 점에서 한계성을 지니고 있다"고 했다.

127 노길명 교수와의 2014년 인터뷰.

학계의 공통된 의견이고, 양보를 해도 다수의견이라면서 역사학계의 평가를 소개했다. 그러나 시간이 흐르자 비서수녀가 드나들며 다음 면담자가 기다리고 있음을 알렸다. 노 교수는 이번 심포지엄에서 발표할 학자들의 논문 요약을 건넨 후 자리에서 일어났다.

김수환 추기경은 이날 저녁부터 노길명 교수의 '안중근의 가톨릭 신앙', 조광 고려대 교수의 '안중근의 애국 계몽 운동과 독립전쟁', 홍순호 이화여대 교수의 '안중근의 동양평화론'을 읽었다. 발표자 모두 학계에서 인정받는 연구자들이었다.

그는 1965년 12월 7일에 채택되었고 자신이 가톨릭시보 사장신부 시절 밤을 새워 번역했던 〈사목헌장〉을 펼쳤다. '군인으로서의 정당방위'에 대한 부분은 제2부의 제5장 '평화 증진과 국제공동체' 중 제1절 79항 '전쟁의 야만성 방지'에 있었다.[128]

> 수단 방법을 가리지 않고, 어떤 부족이나 종족이나, 소수민족을 완전히 말살하려는 행위들은 숙고하여야 하며, 이는 잔혹한 범죄로 강력히 규탄받아야 한다. 그러나 이런 범죄를 명령하는 자들에게 공공연히 저항하기를 두려워하지 않는 사람들의 정신은 최상의 찬사를 받아야 한다. 전쟁의 위험이 있고 적절한 힘을 지닌 관할 국제 권위가 없는 동안에는, 참으로 평화협상의 모든 방법을 다 써본 정부들의 정당방위권은 부정할 수 없다. 조국 봉사에 몸 바쳐 군대생활을 하는 사람들은 자신을 국민의 안전과 자유를 지키는 역군으로 생각하여야 한다. 이 임무를 올바로 수행할 때에 그들은 참으로 평화 정착에 이바지하는 것이다.

128 《제2차 바티칸공의회 문헌》(한국 천주교중앙협의회, 2004년 2판 2쇄본) 305~307쪽.

그는 이 부분을 몇 번 읽은 다음, 관련 자료들을 찾아봤다.

이튿날 저녁, 그는 〈사목헌장〉 79항이 안 의사의 의거를 '정당방위권'으로 평가할 수 있는 '교리적 근거'라고 판단했다.

8월 18일, 김수환 추기경은 노길명 교수에게 전화를 했다. 21일 심포지엄에 참석해 안중근 의사 추모미사를 집전하면서 강론을 하겠다고 밝히고, 안중근 의사가 황해도 지역에서 가톨릭 총대로서 활동한 자료와 대한의군 자료를 보내달라고 부탁했다.

노 교수는 그날로 안중근 의사에 관한 중요한 연구 결과들을 추려서 집무실로 갖고 왔다. 김수환 추기경은 밤이 늦도록 그 자료들을 보며, 안 의사의 선각자적 신앙에 감탄했다. 특히 1897년부터 시작한 전교활동에는 고개가 숙여졌다. 안 의사는 투철한 신앙심뿐 아니라 상당 수준의 교리 지식도 갖고 있었다. 특히 인권과 사회정의에 대해서는 매우 투철한 의식이 있었고, 그래서 교리 강연 때는 당시로서는 획기적이라고 할 수 있는 '인간존엄성'을 강조했다. 그리고 인권과 사회정의를 적극적으로 실천했다는 부분을 보면서는 그가 정말로 그리스도교적인 사랑과 정의에 바탕을 둔 신앙인이었다는 사실도 알 수 있었다. 방대한 교리 지식으로 교리 강연을 너무 열심히 해서 '번개 입(電口)'이라는 별명을 갖고 있었다는 부분에서는 고개가 숙여졌고, '자신의 성격이 가볍고 급한 데 가깝기 때문에 이름을 응칠應七에서 중근重根으로 바꿨다'는 내용을 통해서는 그의 겸손을 느낄 수 있었다.

8월 21일 오후 4시 10분, 김수환 추기경은 심포지엄이 열리는 혜화동 교리신학원 강당에 도착했다. 원래 계획은 6시로 예정된 추모미사 30분 전에 도착하는 것이었지만, 발표를 듣기 위해 서둘러 온 것이다. 안중근 의사의 신앙과 활동 내용을 좀 더 상세히 이해하기 위해서였다. 강당에는 이미 자리가 없었고 복도에도 청중들로 가득했다. 주최 측에서 언론에 김수환 추기경이 추모미사를 집전하고 강론도 한다는 홍보를 해서, 청중들뿐 아니라 기자도 여러 명 와 있었다.

스피커에서 전주교구 김진소 신부의 카랑카랑한 목소리가 흘러나왔다. 김 신부는 "안중근 의사의 의거는 아직 교회 내에서 정당화되지 못한 채 현안으로 남아 있다. 이 문제를 매듭짓는 것이 오늘날 한국 교회에 주어진 역사적 과제"라고 말했다.[129] 김진소 신부는 당시 조선대목구장이던 뮈텔 주교에 대한 비판도 했다. 김수환 추기경으로서는 처음 접하는 부분도 있어 노길명 교수에게 사실 여부를 확인하기도 했다.

그는 일제강점기 때의 조선 천주교를 연구하는 학자들의 시각과 판단이 매우 비판적이라는 사실을 알았다. 그는 오늘 이 자리에서 서울대교구장과 추기경으로서 입장 정리를 할 필요가 있다고 생각했다. 지금의 서울대교구와 한국 가톨릭이 당시의 조선대목구와 조선 천주교를 이어오고 있기 때문에, 사과할 일에 대해서는 후임 서울대교구장과 한국 추기경으로서 진솔한 사과를 하는 것이 옳다고 결심한 것이다. 안 의사에 대한 뮈텔 주교의 당시 판단이 교리에는 부합한 것이었다 해도, 민족감정에 부합하지 않은 발언과 행동을 한 것은 사실이기에 이에 대해서도 사과해야겠다고 마음먹었다.

주제 발표가 끝나자, 김수환 추기경은 이날 참석한 신부들과 함께 안중근 의사 추모미사를 집전했다. '말씀의 전례'가 끝나자 그는 강론을 하면서 먼저 개인적인 소감을 말했다.

"안중근 의사를 교회 내에서 추모할 수 있도록 기회를 마련해주신 모든 분들에게 우선 감사드립니다. 오늘 발표와 토론을 들으면서, 제가

---

129 동아일보 1993년 8월 22일자, 가톨릭신문 1993년 9월 5일자.

김수환 추기경은 1993년 8월 21일 서울 혜화동 교리신학원에서 안중근 의사에 대한 '의거 인정' 추모미사를 봉헌했다.

무슨 말을 먼저 해야 할지 모르겠습니다."

그는 잠시 말을 멈추고 생각을 정리했다. 조선 천주교의 과거사에 대한 사과는 미처 생각하지 못했던 부분이라 조금 머뭇거려졌다. 그는 조심스럽게 입을 열었다.

"안중근 학술 심포지엄의 여러 주제 발표를 통해 일제 치하의 당시 교회를 대표하던 어른들이 안중근 의사의 의거에 대해 바른 판단을 내리지 못하고 그릇된 판단을 내림으로써 여러 가지 과오를 범한 데 대해 저를 비롯한 가톨릭교계는 연대적인 책임을 느끼고 있습니다."

여기까지 이야기한 그는, 서울대교구장과 추기경으로서의 '과거 청산'에 대한 입장을 이야기했다.

"또한 일제 당시의 교회가 올바르게 하느님의 백성을 인도했다고 보기 힘든, 한국인으로서는 도저히 이해할 수 없는 과오도 있었음을 한국

가톨릭교회를 대표하는 한 사람으로서 마음 아파합니다. 이 모든 과오에 대해 교회를 대표하는 한 사람으로서 사과를 하라면 할 것이고, 속죄를 해야 한다면 속죄를 하겠습니다."

장내는 숙연해졌고, 기자들의 손놀림은 바빠졌다. 이 부분은 기자들에게 배포된 강론 원고에 없는 내용이었기 때문이다.

"그러나 이것만으로 문제 해결이 되었다고는 생각하지 않습니다. 그리스도 신비체 안에서 모든 그리스도인은 과거에나 현재에나 한 몸을 이루고 있습니다. 그분의 지체인 교회가 잘못한 것이 있다면, 역사를 통해 그 과오를 분명히 밝혀야 한다고 생각합니다. 그리고 우리가 싫든 좋든, 지고 온 과거의 짐을 청산하는 자리가 앞으로 좀 더 많이 주어져, 우리 모두가 흔쾌히 참회할 수 있는 시간이 있기를 기대하며, 저의 오늘 강론으로써 참회의 시작이 될 수 있다면 다행으로 생각합니다."[130]

그는 원고에 없는 발언을 마친 후 강론을 했다.

"친애하는 형제자매 여러분. '마음이 가난한 사람들은 행복하다. 옳은 일에 주리고 목마른 사람들은 행복하다. 평화를 위하여 일하는 사람들은 행복하다. 하늘나라가 그들의 것이다.' 이것은 오늘 봉독한 마태오복음 5장 말씀의 요약입니다. 그리고 이 말씀은 오늘 우리가 기리는 안중근 토마스 의사에게 그대로 해당되는 말씀이라 해도 과언이 아닙니다. 그분은 이 땅의 복음화와 하느님 나라 임하심을 위하여, 또한 우리 민족 자존과 국권 수호를 위하여, 정의 실현과 동양 평화를 위하여 자신이 가진 모든 것, 생명까지도 바치신 분입니다. 그리고 이 모든 것은 애국애족심과 함께 하느님께 대한 믿음과 이웃에 대한 사랑 때문이

---

130 여기까지는 가톨릭신문 1993년 8월 29일자 6면, 이후 강론 내용은 《김수환 추기경 전집》 13권 75~80쪽.

었습니다."

그는 계속해서 당시 우리 민족의 시대상황을 설명한 후, 황해도 지역에서의 신앙활동을 소개했다. 교리 강연을 열심히 다녀 경이적인 전교 성과를 이루었고, 부당하게 인권을 침해당하는 억눌리고 소외된 사람들을 위해서는 수백 리 길을 멀다 않고 뛰어가서 그들의 권익을 찾아주려고 노력했다고 했다. 그뿐 아니라 진남포성당에 있던 돈의학교와 삼흥학교에서 민중을 교육했다면서, 민권 수호 활동과 애국 계몽 운동은 그리스도교적인 사랑과 정의에 바탕을 둔 것이라고 강조했다.

"안중근 의사의 삶은 크리스천 생활의 모범이셨습니다. 그분은 하느님의 백성으로서의 소명 실천에 투철하셨을 뿐 아니라, 기도생활과 수덕修德생활에도 철저하셨습니다. 그분은 독립전쟁을 수행하면서도 하루도 빠짐없이 기도하셨으며, 이토 히로부미를 저격할 때에도 자기의 의거가 성공하도록 기도하실 정도로 일상생활 전체를 기도로 생활하신 분이었습니다. 안중근 의사는 가족에게 자신의 장남을 성직자로 키워달라고 유언을 남기셨으며, 성직자들에게는 민족 복음화를 위한 배전의 노력을 당부하셨고, 일본 당국에 대해서는 기왕 자신을 처형코자 한다면 예수께서 수난하신 성금요일(3월 25일)에 처형해달라고 부탁하셨습니다. 참으로 그분은 자신의 생애를 그리스도의 생애와 일치시키고자 하셨던 분입니다."

태극무늬와 십자가 인장. 가톨릭 신자로서의 정체성을 알 수 있다.

김수환 추기경은 안중근 의사가 '대한의군 참모중장'이라는 군인의 신분으로 독립전쟁을 수행하는 과정에서 이토 히로부미를 저격했다는 근거를 설명했다. 〈사목헌장〉 79항을 조목조목 인용한 후, 안중근 의

안중근 의사가 면회 온 빌렘 신부와 아우 정근, 공근에게 유언하는 장면.[131]

안중근 의사의 유언

안중근 의사는 이 자리에서 "내가 죽은 뒤 나의 뼈를 하얼빈공원 곁에 묻어두었다가, 우리 국권이 회복되거든 고국으로 이장해다오. 나는 천국에 가서도 또한 마땅히 우리나라의 회복을 위해 힘쓸 것이다. (중략) 대한독립의 소리가 천국에 들려오면 나는 마땅히 춤추며 만세를 부를 것이다"라는 유언을 남겼다.

사가 조선 백성으로서 대한의군에 가담하고 일본에 선전포고를 하며 전투를 시작할 수밖에 없었던 역사적 배경과 당위성에 대해 설명했다. 그는 당시 우리나라는 일본의 무력침략 앞에 민족의 존엄을 상실하고 국권도 잃어가고 있었다면서, 1907년 헤이그에 밀사를 보내 서구 열강에게 조선의 독립을 호소하려 했으나 실패한 상황을 이야기했다. 나라 안에서 실권을 잡고 있던 일제는 신문법, 보안법 등을 만들어 언론과 출

131 사진은 일본 조신지(淨心寺) 소장, 류코쿠대학(龍谷大學) 기탁보관. 《안중근, 독립을 넘어 평화로》(예술의 전당, 2009)에서 인용.

빌렘 신부.

뮈텔 주교.

빌렘(홍석구) 신부에게 남긴 옥중 유서

홍 신부 전 상서.

예수를 찬미하옵니다. 자애로우신 신부님이시여, 저에게 영세를 주시고 또 최후의 그러한 장소에 수많은 노고를 불구하고 특히 와주시어 친히 모든 성사를 베풀어주신 그 은혜야말로 어찌 다 사례를 할 수 있겠습니까. 감히 다시 바라옵건대, 죄인을 잊지 마시고 주님 앞에 기도를 바쳐주시옵소서. (하략)

_경술(1910) 2월 15일, 죄인 안 도마 올림

뮈텔(민덕효) 주교에게 남긴 옥중 유서

민 주교 전 상서.

예수를 찬미하옵니다. 인자하신 주교님께서는 죄인을 불쌍히 여기시고 그 죄를 용서해주시옵소서. 그리고 죄인의 일에 관해서는 주교께 허다한 배려를 번거롭게 하여 황공하기 이를 데 없습니다. 우리 주 예수의 은혜를 입어 고백, 영성체 등 모든 성사를 받은 결과 심신이 모두 평안함을 얻었습니다. (하략)

_경술 2월 15일, 죄인 안 도마 올림

판에 대한 탄압을 가중시켰고, 집회와 결사의 자유를 억압했을 뿐 아니라 나라를 지키기 위해 있는 군대까지 해산시켰다고 했다.

"그렇다면 대한제국 말기에 일제의 무력침략 앞에 풍전등화와 같았던 나라를 지키기 위해 이 땅의 국민들이 자구책으로 한 모든 행위는 정당방위와 의거로 보아야 합니다. 그렇기에 나라와 민족을 위해 의병을 일으켜 일본군과 맞서 싸우고 일제 침략의 괴수인 이토 히로부미의 제거를 국권 회복을 위한 전쟁 수행에 있어서 필요한 전술전략으로 보고 이를 감행한 것 역시 타당하였다고 보아야 할 것입니다. 이처럼 신앙심과 조국애는 분리될 수 없습니다. 그렇기 때문에 교회는 국가가 위기에 처했을 때는 국가 보위를 위하여 투신할 것을 권장하고 있고, 국가 방위를 위한 전투 중에 발생한 살상행위에 대해서는 단죄하지 않고 있습니다."

안중근 의사의 의거가 '대한의군 참모중장'이라는 군인의 신분으로 독립전쟁의 과정에서 필요했던 전술전략이었고 정당방위권 행사였다는 선언이었다. 제2차 바티칸공의회에서 채택한 〈사목헌장〉이 있었기에 가능한 평가였다. 그는 마지막 결론을 말했다.

"안 의사께서는 조국애를 실천하신 독립운동의 선구자이십니다. 오늘 우리가 그분의 신앙과 삶을 살피고 그분을 추모하는 미사를 드리는 것도 그분의 삶이 숭고했으며 그분의 신앙과 민족운동이 우리에게 큰 귀감이 되고 있기 때문입니다. 그렇기에 우리는 그분이 가톨릭 신자였다는 사실을 강조하는 것만으로, 또한 그분의 의거가 가톨릭의 신앙과 상치되지 않는다는 것을 말하는 것만으로 그쳐서는 안 될 것입니다. 우리는 그분이 갖고 계셨던 불타는 신앙과 조국애를 본받기 위해, 그리고 하느님 나라의 건설을 위해 자신의 모든 것을 아낌없이 바치신 그분의 숭고한 정신을 계승하기 위해 노력해야 할 것입니다."

그의 강론 내용은 다음 날 각 일간신문에 크게 보도되었다. 기사를 읽은 일반인들과 많은 신자들은 안중근 의사가 황해도 지역 교회 발전에 크게 기여했다는 사실을 처음 알게 되었다면서, 안 의사의 의거가 신앙과 상충되지 않고 교리적으로도 문제가 되지 않으며 오히려 '찬사를 받을 용기', '숭고한 행위'라는 김수환 추기경의 새로운 평가를 환영했다.

11월 24일, 여러 일간신문에서 정부가 우루과이라운드 협상의 타결이 올해 12월 15일로 임박함에 따라 쌀시장의 부분개방을 검토한다는 내용을 보도했다. 정부는 일본의 쌀시장 개방이 확실해지는 마당에 한국만 쌀시장을 개방할 수 없다는 주장은 국제사회에서 받아들여지기 어렵다면서, "회담에서 3~5퍼센트의 최소 폭으로 개방을 허용하는 대신 본격적인 수입의 유예기간을 6~10년으로 하는 방안을 제시할 것"이라고 발표했다. 그동안 쌀시장만은 개방을 절대 허용할 수 없다는 정부의 기본 방침이 수정됐음을 뜻하는 내용이었다.

농민들은 필사적으로 반대했다. 농민과 시민단체들은 "쌀 개방 총력 저지 위해 정권 퇴진 투쟁도 불사"하겠다면서 학생들과 대규모 연대집회를 계획했고, 민주당은 쌀시장개방저지특위를 구성해서 쌀을 포함한 기초 농산물에 대한 정부의 개방 방침을 반대하겠다고 밝혔다. 농촌경제연구원에서는 정부가 쌀 등 15개 기초 농산물을 정부의 계획대로 개방할 경우 1995~2000년 농가 피해액은 12조 7천억에 달할 것이라는 연구 결과도 발표했다.

12월 들어 농민들의 반발은 거세졌고, 가톨릭농민회는 12월 3일 명동성당에서 기자회견을 갖겠다고 발표했다. 가톨릭농민회 외에도 천주교평신도사도직협의회(평협)에서도 '나라를 위한 특별미사'를 드리겠다고 했다. 명동성당은 '쌀 개방 저지 운동'의 중심지가 되었다.

김수환 추기경은 쌀 개방 문제에 대해 교회가 적극 나서기로 결정했다. 무엇보다도 농민들은 한국 사회에서 약자 중의 약자였고, 가톨릭농민회는 농민의 이익을 위해 최선을 다하는 '가톨릭 액션' 단체였다. 그리고 1979년 오원춘 사건 때에도 겪었듯이, 농민을 대변한다는 이유만으로 그동안 끊임없이 수난을 받아왔다.

그는 이때부터 가톨릭농민회와 정부의 의견을 들었다. 그리고 전문가들과 함께 교회가 취해야 할 입장과 정부에 건의할 대책에 대해 구체적으로 토론했다. 그러나 전문가들의 의견은 부분개방은 피할 수 없다는 것이었고, 최선의 방법은 유예기간을 늘리는 것과 농촌 지원이었다.

그는 그동안 명동성당에서의 '투쟁'이 있을 때마다 중재안을 마련했듯이, 이번에도 정부와 농민이 함께 상생相生할 수 있는 내용의 기자회견문을 작성했다.

12월 3일 오전, 명동성당 옆 별관 회의실에서는 가톨릭농민회 기자회견 준비가 한창이었다. 회의실에서는 수십 명의 취재진이 김수환 추기경을 기다리고 있었다. 정부가 스위스 제네바에서 미국과 쌀 개방 관련 회담을 벌이고 있을 때라, 김수환 추기경의 의견은 초미의 관심사였다. 그의 의견에 따라 농민들의 분노가 폭발될 수도 있고, 누그러질 수도 있기 때문이었다.

11시 정각, 그가 기자회견장에 나타나자 카메라 플래시가 쉴 새 없이 터졌다. 그가 자리에 앉자 삭발을 한 가톨릭농민회 장태원 회장이 먼저 입장문을 낭독했다. 장 회장은 "정부는 7년 전부터 진행돼온 우루과이라운드 협상 마감을 며칠 앞둔 시점에 와서야 허겁지겁 대응하고 있다"면서 졸속대응을 비난했다. 계속해서 "모든 농민들의 역량을 하나로 모아 쌀 수입 개방 저지에 총력을 기울일 것"이라고 밝히면서, "농업과 민족의 생존을 수호하기 위해 쌀 수입 개방 저지의 기치를 높이 올린 농민들을 지지해달라"고 부탁했다.

그가 의견을 발표할 차례였다. 그는 마이크를 앞으로 당겼다.

"저는 오늘 이 자리에 나오신 농민회 대표들과 뜻을 같이함으로써

가톨릭농민회의 '신토불이' 기자회견.

이분들에게 이 어려운 시점에 격려가 되고 위로를 드릴 수 있었으면 해서 나왔습니다. 농자천하지대본야農者天下之大本也(농민이 천하의 큰 근본이다), 우리는 쌀 개방 문제로 농촌이 맞고 있는 위기를 어떻게 하든지 살려내야 합니다."

참석한 농민회 회원들이 박수를 쳤다. 그러나 그는 조심스러운 목소리로 자신이 생각하는 상생의 방안을 제시했다.

"저는 먼저 우리 농촌을 지키자는 원칙에서 출발하여, 쌀시장을 지킬 수 있는 데까지 지켜야 한다고 생각합니다. 그러면서 동시에 우리는 국제화시대를 외면해서는 안 됩니다. 우리 경제는 구조적으로 해외 의존도가 아주 높습니다. 그렇기 때문에 우리가 언제까지나 쌀만은 절대로 개방할 수 없다고 하여, 세계 속에서 우리만 고립되는 상황으로 몰려서는 안 될 것입니다."

회의실에는 무거운 침묵이 감돌았다. 그는 발언을 계속했다.

"지금은 어떻게 하면 우리 농업을 지키고 개방의 충격을 최소화하느냐에 대한 대책을 세워야 할 때입니다. 저는 개방에는 동의하되, 10여 년 정도의 상당한 유예기간을 갖자는 것이며, 동시에 앞으로 우리 농촌을 한층 더 적극적으로 살리는 방안을 강구하여, 우리 농산물이 국제경쟁 속에서 이길 수 있는 길을 모색해야 한다고 생각합니다."

그가 최소 개방에 동의한다는 발언을 하자 회견장은 잠시 술렁였고, 한숨소리도 흘러나왔다.

"농촌에 대한 자금과 기술 지원을 통해서 고품질의 품종 개발, 영농의 기계화 등, 저는 오히려 지금을 전화위복의 계기로 삼아야 한다고 생각합니다. 정부는 국제화 속에서 적극적으로 농촌을 살리는 대책을 마련하고, 농촌 지원을 최대화해야 합니다. 그리고 국민 모두에게는 우리 농산물과 농토를 사랑하고 우리 쌀을 먹어야 한다는 신토불이의 정신이 필요합니다. 또한 농민들은 용기를 잃지 말고 오히려 국제경쟁 속에서 이기는 농산물을 만들어내는 농업으로 약진하는 기회가 되길 바랍니다."

김수환 추기경은 회견이 끝나고 기자들이 떠난 후에도 계속 자리에 앉아, 가톨릭농민회 간부들과 간담회를 했다. 다음 날 어느 신문은 그가 기자회견에서 "깊이 고뇌하는 모습을 보였다"고 보도했다.

12월 5일 오후, 서울 여의도 한강시민공원에서는 전국 단위농협장과 조합원 2만여 명이 모여 '농협인 궐기대회'를 열고, '쌀 개방 결사저지와 미국의 쌀 개방 압력 즉각 중단'을 결의했다.

7일 오후 2시에는 서울역 광장에 전국에서 올라온 농민, 재야 시민단체, 학생 등 3만여 명이 모여 정부의 쌀 개방을 격렬하게 성토했다. 김영삼 정부 출범 이후 최대 규모의 군중집회였다. 집회가 끝난 후 농민과 학생 1만여 명은 서울역 광장을 출발해 종로 탑골공원까지 거리행진을 했고, 일부 시위대는 청와대 쪽으로 진출하기 위해 경찰과 몸싸움을 벌이다 밤 10시경에 모두 해산했다.

12월 9일 오전 10시, 김영삼 대통령은 청와대에서 쌀 개방과 관련한 대국민 담화를 발표했다. "국민에게 한 약속을 끝까지 지키지 못하는 데 대해 그 책임을 통감하면서, 국민 앞에 진심으로 사과의 말씀을 드린다"면서, "세계화, 국제화, 미래화로 나가기 위해 불가피했다"고 밝혔다.

12월 11일, 김수환 추기경은 농협 교우들을 위한 미사를 봉헌하면서, "절대 패배주의에 빠지지 말고 전화위복의 계기로 삼으라"고 위로했다.

다음 날인 12일 정오에는 평협에서 주관하는 '나라를 위한 특별기도 모임' 미사를 주례하면서 다시 한 번 농민을 위로하고 격려하는 강론을 했다. 그는 쌀 개방 문제 때문에 위기에 처해 있는 우리 농업과 시름에 잠긴 농민들을 위해 우리 모두 힘을 합해서 농촌을 함께 살려보자는 다짐을 하자고 했다. 투쟁 일변도의 농민운동보다는, 정부를 향해 농촌을 살릴 수 있는 방법과 실천을 요구하는 것이 더 중요하고 실질적이라고 판단했다.

그는 이날 미사 후 가톨릭농민회와 평협 관계자들에게 '농촌 살리기 운동'을 천주교 전체 교구 차원에서 추진하겠다면서, 주교회의 사회복지위원회 박석희 주교(안동교구)와 상의해서 구체적인 실천 방안을 마련해보라고 했다. 그 결과 이듬해 5월 29일 명동성당 문화관에서 '우리 농촌 살리기 운동 천주교본부' 출범식을 했다. 쌀 개방이 본격화되는 2004년까지 300여 개의 도시 생활협동조합과 200개의 농촌 생산공동체를 만들어 농가와 도시 소비자를 연결하는 '도농都農공동체'를 만든다는 구체적인 실천 계획을 갖고 출범한 것이다.

12월 13일, 한국과 미국은 스위스 제네바에서 단계적 쌀 개방에 합의했다. 1995년부터 초기 5년간은 국내 소비량의 1퍼센트에서 시작해 매해 0.25퍼센트씩 늘려 1999년까지 2퍼센트 수준으로 올리고, 2000년부터 5년간은 매해 0.5퍼센트씩 늘려 2004년에는 4퍼센트까지 올리기로 한 것이다.

12월 22일 낮, 김수환 추기경은 청와대에서 김영삼 대통령을 만나 쌀 개방에 따른 농촌과 농민 대책을 철저하게 세우고 실행해줄 것을 부탁했다. 그리고 3천여 명의 신자들이 참석한 24일 성탄자정 미사에서 다시 한 번 시름에 잠긴 농민들을 위로하는 강론을 했다.

12월 31일, 그는 주교관 마당에서 명동성당 첨탑을 바라봤다. 성탄절 때의 만월은 어느새 반달이 되어 십자가 위에서 기울고 있었다.

'시간이 저렇게 흐르는구나. 때론 폭풍같이 빠르고 어지럽게 흘렀고, 때론 어둠처럼 천천히 흐른 적도 있었지. 그래도 전에는 인권 문제와 사회정의에 대한 공통된 인식이 있고, 나름 보람도 있었지. 그런데 지금은 어떤가. 부익부 빈익빈이 심화되면서 계층 간 갈등이 심해지고, 정치적 필요와 구호에 휩쓸려 지역갈등의 골이 깊어지고, 자신의 주장을 내세우며 다른 이의 주장에는 귀를 기울이지 않고 서로 상처 주고 헐뜯는 지경에 이르렀다. 나는 무엇을 할 수 있고, 교회는 무엇을 해야 하는 것일까? 교세가 확장되고 교회가 대형화되었지만, 나와 교회는 빛과 소금의 구실을 하고 있는 걸까? 인간과 인간이 서로 사랑할 줄 알고, 나눔과 사랑의 공동체를 형성하고 있는 걸까? 나와 교회는 정말 그 길로 가는 것일까?'

그는 고개를 저었다. 가난하고 소외된 신자들은 교회를 떠나고 있었다.

'교회가 교회다우려면 가난한 사람, 소외된 이웃들과 함께 가야 하는데, 나도 교회도 중산층화되고 보수화되었다.'[132]

그는 잠시 눈을 감았다. 결국 교구장인 자신의 책임이었다. 그는 첨탑 위의 십자가를 바라보며 조용히 읊조렸다.

"주님, 부족한 종을 불쌍히 여겨주시옵소서. 새해에는 다시 마음을 다잡고 낮은 곳으로 내려갈 수 있도록 도와주시옵소서. 저와 교회가 예수님처럼 가난하고 병들고 소외된 이웃을 사랑하게 하여주소서……."

1994년은 그의 추기경 서임 25주년이 되는 해였다. 그러나 그는 작년 교구장 착좌 25주년 때처럼 거창한 경축행사를 사양했다.

4월 24일, 김수환 추기경은 명동성당에서 '외국인 근로자를 위한 미사'를 집전했다. 지난 1월 27일 코라손 아키노 전 필리핀 대통령이 그의 집무실을 방문했다. 코라손 여사는 그에게 한국에서 일하고 있는 필리핀 근로자들의 노동조건이 열악하고 인권을 침해당하는 사례도 많다며 관심과 기도를 부탁했다.

당시 서울대교구에는 외국인노동자상담소가 있었지만 아직 활동이 미미한 편이었다. 그리고 인구의 80퍼센트 이상이 가톨릭 신자인 필리핀에서 온 근로자들을 위한 공동체가 있는 곳은 서울 자양동성당뿐이었다. '착한 목자 수녀회'에서 꾸려가고 있었지만 소공동체 수준이었다. 외국인 노동자들이 하는 일들은 한국인 노동자들이 기피하는 힘들고 위험한 일이었다. 그러나 그들이 받는 급료는 형편없이 낮았고, 산업재해가 발생해도 치료를 못 받는 경우가 대부분이었다. 임금체불은 다반사였고, 비인격적인 대우로 발생하는 문제 또한 심각했다.

그는 명동성당에서 '외국인 근로자를 위한 미사'를 봉헌해서 그들에

---

132 1994년 3월 언론 인터뷰 요약.

코라손 아키노 전 필리핀 대통령과 환담. 1994년 1월 27일.

대한 사회적 관심을 불러일으킬 필요가 있다고 판단했다. 자양동 필리핀공동체를 이끌고 있는 '착한 목자 수녀회'의 마리안느 수녀(당시 62세)와 외국인노동자상담소에 외국인 근로자들이 명동성당에 와서 미사를 봉헌할 수 있도록 홍보를 해달라고 부탁했다. 그래서 이날 미사에는 서울을 비롯해 성남, 안산 등 수도권 지역의 동남아시아 외국인 근로자 1천여 명이 참석했다.

오후 2시, 파이프오르간에서 장엄한 입당성가 반주가 울려퍼지자 참석자들은 모두 일어나 영어로 성가를 불렀고, 필리핀 신자들은 자신들의 고유어인 타갈로그어로 불렀다. 복음 역시 영어와 타갈로그어로 낭독하자, 필리핀 신자들은 감격스러운 표정이었다.

김수환 추기경이 강론대 앞으로 나왔다.

"My dear brothers and sisters! Komusta kayo? How are you?

Mabuhay! Hello! Magandang hapon sa inyo lahat! Good afternoon."

그가 타갈로그어와 영어를 섞어 인사를 하자 외국인 노동자들도 서로 자국의 언어로 화답했다. 그는 영어로 강론을 했다.[133]

"오늘 우리는 '착한 목자 축일'을 기념하고 있습니다. 대개 필리핀 근로자 공동체는 주일미사를 자양동성당에서 드리지만, 오늘은 저와 또 여러분들과 이곳 명동성당에서 함께 미사를 거행하고자 외국인 근로자들을 모두 초대했습니다. 필리핀의 전 대통령인 코라손 아키노 여사가 연초에 이곳을 방문했을 때, 저는 이곳에서 여러분 모두와 함께 미사를 드리겠노라고 약속한 바가 있습니다. 저는 이 미사가 여러분을 향한 한국 교회의 관심과 배려의 표시가 되기를 바랍니다. 우리는 이곳 한국에서 여러분들이 목자 없는 무리가 아니라 한국 교회의, 그리고 세계 교회 속의 진정한 구성원임을 깨닫게 되기를 바랍니다."

그는 그동안 자양동성당에서 필리핀공동체를 위해 수고한 '착한 목자 수녀회'와 마리안느 수녀에게 감사를 표했다. 그리고 외국인 근로자 공동체를 설립하고 뒷받침해준 서울대교구 외국인노동자상담소 직원과 봉사자들에게도 감사의 인사를 했다. 그는 우리나라에 외국인 근로자가 많이 있다는 사실을 인식하고 있으며, 앞으로 서울대교구는 외국인 근로자 편에 서서 적극적으로 일하겠다는 계획도 밝혔다. 아울러 그들이 당하고 있는 부당한 대우가 사라지기를 기도한다면서 강론을 마무리했다.

그는 '성찬의 전례'와 '마침 예식'을 마친 후 성당 앞마당으로 나와서 외국인 근로자들의 손을 어루만지며 위로했다. 그들은 손자손녀처럼

---

133 《김수환 추기경 전집》 13권 334~337쪽.

'외국인 근로자를 위한 미사'를 마치고.

그의 팔에 매달리며 환하게 웃음지었다. 그는 그들의 기뻐하는 모습, 형제애를 반가워하는 모습을 보고 진작 이런 자리를 만들었어야 했다는 반성을 하면서, 앞으로 1년에 한 번 정도라도 정례화해야겠다고 생각했다. 그러면서 이들의 소외감이나 어려움은 일시적인 행사로 해결될 문제가 아니라 우리나라 사람들이 진정으로 이들을 내 형제라고 받아들일 때 비로소 해소될 수 있다는 생각을 했다.

다음 날 언론에는 이날 미사와 코라손 아키노 전 필리핀 대통령이 그에게 특별히 기도와 관심을 부탁했다는 사실이 보도되었다. 그 후 외국인 노동자에 대한 인식에 작은 변화가 하나둘 나타났다. 물론 외국인 노동자에 대한 차별대우와 인권 탄압이 하루이틀에 해결될 문제는 아니었지만, 이해 9월 롯데그룹은 한국 내에서 각종 산업재해를 겪는 외국인 노동자들을 보호하기 위해 50억 원 규모의 복지재단을 설립했다. 노신영 전 국무총리가 이사장에 선임되었다.

10월 21일 아침, 출근길에 성수대교 중간 부분이 붕괴되는 사고로 학교에 가던 학생들을 비롯해 32명이 사망했다. 12월 1일에는 동대문구 청량리에서 도시가스 폭발 사고가 일어났고, 12월 7일에는 마포구 아현동 도시가스 공급기지의 지하 저장탱크가 폭발하는 대규모 사고가 발생했다. 사고뿐 아니라 세무공무원들의 착복을 비롯해 각종 비리가 끊이지 않고 발생했다. '한탕주의'가 극성을 부리고, 정직하게 살면 바보가 되는 세상이 되어가고 있었다.

11월 말, 그는 보좌주교로 임명된 최창무 주교를 불러 내년도가 광복과 분단 50주년이 되는 해이므로, 이에 대한 교회 차원의 준비를 부탁했다. 최창무 주교는 오태순 신부, 조광 교수와 함께 이 문제를 의논했고 북한 선교 문제를 중심으로 서울대교구의 광복 50주년 기념 계획을 수립하기로 했다.

무너진 성역

45

"결국 한반도에 성역은 없어졌다."

| 매일경제신문 |

1995년, 새해를 맞은 김수환 추기경은 일본의 무라야마 도미이치 총리에게 위안부 문제에 대한 진상규명 및 사죄를 촉구하는 서한을 썼다. 올해가 광복 50주년일 뿐 아니라, 지난해 8월부터 일본군 위안부에 대한 사과와 국가의 책임을 회피하면서 '민간 모금에 의한 위로금 지급'을 추진하고 있었기 때문이었다. 그리고 그 자신도 학병으로 끌려가서 젊음의 시간을 불안과 공포 속에서 지낸 경험이 있어, 일본이 전쟁 피해자들에 대해 국가적 차원에서 진심으로 사과해야 한다고 생각하고 있었다.

실제로 그는 자신을 전쟁터에 끌고 갔던 일본을 용서하지 못해 오랫동안 일본항공JAL을 타지 않으려 했고, 일본 물건을 사지 않았다. 물론 성직자가 그런 마음을 갖고 그런 행동을 하면 안 된다는 것을 알면서도 오랫동안 용서를 하지 못했다. 그리고 시간이 흘러서야 자신의 그런 마음과 행동에 대해 공개적으로 반성했다.[134]

내각총리대신 무라야마 도미이치 귀하.

'일본군 위안부' 문제가 세상에 떠오르기 시작한 지 5년이 되어갑니다. 50년 전의 문제가 지금에야 진상이 밝혀지기 시작하고, 피해자들은 50여 년 동안이나 한·일 정부의 무관심과 양국민들의 무관심 속에서 몇 갑절 고통을 당했습니다. 아직도 전쟁의 상처들은 치유되지 않았고, 곳곳에서 피해자들의 호소가 계속되고 있습니다.

본인은 최근에 일본 정부가 '일본군 위안부' 문제에 대해 국가로서 개인 배상을 하지 않고, 민간 모금으로 피해자에게 위로금을 지급하기로 결정했다는 소식을 들었습니다. 본인은 일본 정부의 결정에 대해서 심히 유감의 뜻을 밝힙니다.

일본 정부의 이 결정은 과거 역사의 정리에 어떠한 도움도 되지 못하고, 아시아의 관계 발전에 오히려 악영향을 초래할 뿐입니다.

그리고 이 결정은 '일본군 위안부' 피해자들의 짓밟힌 명예 회복에도 도움이 안 되는 방법이라고 봅니다. 무엇보다도 피해자들과 피해 국민들은 '일본군 위안부' 문제의 진상규명과 정당하게 일본 국가로부터 사죄와 법적 배상을 받기를 원하고 있습니다.

그의 눈썹 사이로 깊은 주름이 새겨지면서 안색이 진홍빛으로 달아올랐다. 마쓰모토 훈련소에서 허구한 날 구타를 당하던 일과 지치지마 섬에서 일본군의 잔학성과 야만성에 치를 떨었던 날들의 기억이 악몽처럼 떠올랐다. 그는 지그시 눈을 감았다.

잠시 후, 그는 다시 미동도 없는 자세로 편지를 써내려갔다.

---

134 선우휘와의 인터뷰, 조선일보 1975년 9월 2일자.

금년 1995년은 우리 민족이 일본 식민지에서 해방된 지 50년이 되는 해이며, 일본이 패전한 지 50년이 되는 해입니다.

본인은 금년이 아주 중요한 해라고 생각합니다. 그래서 금년이 과거 전쟁의 피해자들은 그 고통에서 해방되고, 한·일 간에 그리고 아시아 국가 간에 불합리한 매듭들이 모두 풀려 일본과 한국, 아시아 전체가 참해방을 맞이할 수 있는 해가 되기를 기도하고 있습니다. 이를 위해서는 무엇보다도 가해국인 일본이 그 매듭을 먼저 풀어야 할 것입니다. 매듭을 풀기 위해서 본인은 다음과 같이 귀하에게 요구하는 바입니다.

우선 일본 정부는 과거 역사의 진실을 밝히고, 죄에 대해 솔직히 인정하고 사죄해야 합니다. 그리고 국가의 책임을 회피하는 '민간 모금에 의한 위로금 지급' 방침은 철회해야 합니다. 일본 정부는 독일이 2차대전 시 저지른 유대인 학살 범죄에 대해 범법자 처벌과 피해자에 대한 배상을 실시했고 지금도 계속하고 있는 것과 같이 구체적으로 피해자에 대한 배상을 해야 합니다.

그리고 여기서 끝나는 것이 아니라, 그러한 범죄가 다시는 이 세계에서 일어나지 않도록 교육사업을 계속 실시해나가야 할 것입니다. 그것이 일본이 국제사회에서 범죄국이라는 오명을 벗고, 전쟁 범죄에 대해 반성하고 법적으로나 도덕적으로 책임질 줄 아는 국가라는 인식을 심어줄 수 있는 방법인 것입니다. 그리고 그것은 한·일 간에, 또한 아시아 국가 간에 평화를 마련하기 위한 기초가 될 것입니다.

우리 한국의 가톨릭 신도들과 본인은 이와 같은 요구에 대해 일본 정부가 구체적인 실천으로 답해주시길 기대하겠습니다.

_추기경 김수환

그는 펜을 내려놓았다. 잠시 눈을 감았다. 어쩌면 자신이 아직 일본을 용서하지 못한 것 같다는 생각이 들었다. 그는 교구청 3층 성당에 올라가서 자신의 마음에서 일본에 대한 원망을 없애달라고 기도했다.

이튿날 아침, 김수환 추기경은 비서신부에게 일본어를 잘 번역할 사제나 수도자를 알아봐달라고 부탁했다.

1월 9일, 명동성당 옆 공터에 농성을 벌일 천막이 설치됐다. 이번에는 한국인이 아니라 외국인들이었다. '제발 때리지 마세요', '압수한 여권 돌려주세요'라고 쓴 종이를 든 네팔인 취업연수생 13명과 노동자단체 회원 80여 명이 외국인 노동자들에 대한 인권 유린을 항의했다. 그리고 지난 7일 새벽, 성남의 한 가구공장에서 네팔인 여성 근로자가 공장 간부에게 성폭행 당한 사건을 수사해달라고 촉구했다.

그 소식을 들은 김수환 추기경은 '드디어 터질 문제가 터졌다'는 생각이 들었다. 지난해 외국인 노동자를 위한 미사를 준비하면서, 우리나라가 이른바 '3D업종'의 인력난을 해소하기 위해 실시하고 있는 '외국인 산업기술연수생 제도'에 많은 문제가 있다는 사실을 알았다. 당시 외국인 노동자는 3만 명이 넘었는데, 연수생 신분으로 일을 하면 보수가 불법체류자보다 낮은 월 200달러 수준이었다. 아무리 숙식비를 줄여도 손에 쥐는 돈은 100달러를 넘기 힘들었다. 이 제도는 국내 기업에서 직접 보수를 주지 않고 연수생 취업을 알선한 인력업체에 지불하는 방식이었다. 공장에서는 임금을 지불해도 노동자에게는 전달되지 않는 '배달 사고'가 발생할 수 있는 제도였다. 이런 문제점 때문에 연수생들은 계약했던 사업장을 무단이탈해서 불법체류자가 되는 경우가 많았고, 결국 그 문제가 터진 것이다.

김수환 추기경은 저임금, 여권 압류, 외출 금지, 폭행 등 네팔 연수생들이 받은 비인간적인 대우의 근본 원인이, 언제부터인지 우리가 수전노처럼 돈만 알게 된 데에 있다고 생각했다. 부지런히 일해 돈은 벌었지만, 돈이 좀 있다고 없는 사람들을 업신여기는 등 교만해진 것이 문제라고 생각하며 한숨을 내쉬었다.

그는 도저히 가만있을 수 없었다. 한승수 대통령비서실장에게 전화를 했다.[135] 한승수 비서실장은 부부가 가톨릭 신자로 전부터 잘 아는 사이였고, 훗날 북방 선교 사제 양성을 위한 옹기장학회 설립의 주축이 되면서 초대회장을 지내기도 했다. 그는 간단하게 안부인사를 나눈 후 단호하게 이야기했다.

동아일보 1995年1月10日

外國人노동자 "우리도 人間"

삭풍속의 절규

"작업장서 잇단 폭행

明洞성당서 무기

"떳떳하게 일하고 싶어요"

외국인 노동자의 명동성당 농성 관련 기사. 동아일보 1995년 1월 10일자.

"이런 비인간적인 외국인 대우는 그 자체가 정의에 어긋날 뿐 아니라, 우리나라의 체면을 극도로 실추시키고, 세계화를 부르짖고 있는 대통령의 외침과도 어긋나는 것입니다. 세계화를 하려면 우리 안에 와 있는 외국인들부터 참으로 정의롭게 또 인간답게 대할 줄 알아야 합니다."

한 비서실장은 무슨 말씀인지 알겠다면서 관계기관에서 적절한 조치를 취하도록 하겠다고 했다.

이날 저녁부터 네팔 근로자의 명동성당 농성 소식이 신문과 방송을 통해 대대적으로 보도됐다. 언론에서는 외국인 노동자들이 받고 있는 부당한 대우와 인권 유린 사례도 취재해서 보도했다. 외국인 노동자 문제를 알면서도 모른 척하고 있던 국민들은 충격을 받았다.

---

135 1995년 1월 22일 전진상복지관 20주년 기념미사 강론 때 밝힌 내용이다.

1월 10일, 농성은 계속되었다. 서울지검 공안2부는 어제 성폭행 사건 공장장을 긴급 구속했고, 공장에서의 감금과 폭행, 임금체불에 대해서 철저히 조사하겠다고 밝혔다.

이날, 김수환 추기경은 필리핀 마닐라로 떠났다. 15일까지 열리는 세계 가톨릭청소년대회와 아시아주교회의 정기총회에 참석하기 위해서였다.

1월 11일, 이홍구 총리는 외국인 노동자의 노동 실태를 파악해 개선 방안을 강구하라고 관계기관에 지시했다

1월 12일, 서울지검 특수1부는 국내에 취업 중인 네팔인 등 외국인 노동자들의 임금을 관리하고 있는 22개 인력업체들이 임금을 횡령하거나 유용한 사실이 있는지 수사에 착수했다고 밝혔다.

1월 13일, 노동부 직업안정국장이 전날 연수생 대표를 만나 합의한 대로 여권과 임금 전액을 지불하기 위해 명동성당을 방문했다. 그러나 농성 중이던 연수생들은 어제 합의했던 내용에 추가 요구조건을 제시했다. 노동부 장관 등 한국 정부의 공식적인 사과 그리고 자신들의 요구를 공식 문서로 수용하고 구체적인 실시 시간표까지 제시하라는 내용이었다. 노동부 국장은 하룻밤 사이에 바뀐 주장이 "도를 넘었다"고 판단하면서, 새로운 요구조건들은 함께 농성을 벌이던 노동단체들이 이 사건을 정치쟁점화하려는 것이라고 판단했다. 노동부 국장이 난색을 표하자 연수생들은 여권 수령을 거부했고, 대화와 협상은 중단됐다.

이때부터 그동안 네팔 연수생들에게 우호적이던 언론들이 '노동단체들의 정치투쟁화'를 염려하는 내용의 보도를 했다. "재야 노동운동단체들의 강경한 운동 방식을 보여주고 있다"는 사설도 나왔다. 그동안 정부는 네팔인 여성 근로자 성폭행 공장장 긴급 구속, 검찰의 외국인 노동자 임금체임 수사 착수, 노동부에서 올 상반기 중 근로조건 개선책 마련 약속, 외국인 연수생 임금 본인 통장 입금과 여권 소지 허용 등 모

든 요구조건을 들어주었기 때문이었다.

협상이 결렬되자 명동성당 장덕필 주임신부와 김영태 신부는 다시 바빠졌다. 김수환 추기경이 없는 상황에서 노동부가 강경하게 나오면서 공권력 투입 문제가 대두될 가능성이 있었던 것이다.

1월 15일 오후 3시 45분, 주 일본 네팔 대리대사가 명동성당에서 농성 중인 자국의 연수생들을 방문했다. 대리대사는 연수생들에게 한국 정부에서 연수생들의 요구조건을 대부분 수용했으니 농성을 풀라고 설득했다. 그러나 연수생들은 자국 대사에게 "노동자로서의 정당한 권리를 인정받게 되면 농성을 풀고 한국에 남아 일을 계속하겠다"면서 거부했다. 대리대사는 밤 10시 30분에 다시 찾아와서 설득했다. 연수생들은 내일 오전에 농성 해산 등에 대한 자신들의 입장을 공식적으로 밝히겠다고 했다.

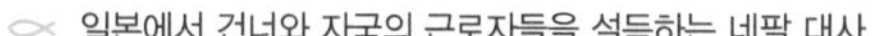
일본에서 건너와 자국의 근로자들을 설득하는 네팔 대사.

1월 16일, 연수생들은 "외국인 기술연수생이 한국의 근로자와 똑같이 법적으로 보호받고 최저임금 이상의 임금 수준에서 사용자와 자유롭게 근로계약을 맺을 수 있도록 보장하지 않는 한 명동성당에서 한 발자국도 떠날 수 없다"고 입장을 밝혔다. 오히려 더 강경해진 주장이었다. 정부로서는 받아들일 수 없는 요구였다. 이 요구를 들어주려면 외국인 산업기술연수생 제도를 새롭게 만들어야 하기 때문이었다. 궁극적으로는 수정을 해야 하지만 당장 고칠 수 있는 문제는 아니었다. 그리고 이런 구체적인 주장은 산업연수생들의 생각이라기보다 노동단체들이 이 농성을 정치쟁점화하려는 의도로 파악하고 강경하게 대응했다. "연수생들이 농성을 계속할 경우 출입국관리법에 따라 모두 강제출국시키는 수밖에 없다"고 발표한 것이다.

김수환 추기경은 16일 낮에 귀국했다. 농성사태에 대한 보고를 받은 그는 다시 한 번 깊은 한숨을 내쉬었다. 강제출국 사태는 막아야 했다. 기술연수생들은 다른 나라인 우리나라에 와서 부당한 대우를 받은 피해자였고 약자였기 때문이었다. 명동성당 신부들은 다시 바쁘게 움직였다.

1월 17일 오후 3시 40분, 열세 명의 연수생들은 자국 대리대사, 중소기업협동조합 중앙회 박상규 회장과 여섯 시간 동안 협상을 한 후, 합의서에 서명을 하고 농성을 끝냈다. 합의 내용은 지난 12일 노동부 직업안정국장과 연수생 대표가 만나 합의했던 밀린 임금 지급, 재취업 보장, 압수당한 여권 반환 등 세 가지에 재해 발생 시 의료혜택이 추가되었다.

김수환 추기경은 문제가 평화적으로 해결된 것을 다행스럽게 생각했다. 그러나 외국인 노동자들의 목소리가 사라지고 "지나친 요구를 했다"고 비판받게 된 상황이 안타까웠다.

그는 불현듯 우리 사회 속에서 소리없이 가난하고 소외된 이웃들을 위해 일하는 시흥 전진상복지관 봉사자들이 보고 싶었다. 최소희 약사, 유송자 사회복지사, 배현정 간호사가 시흥으로 간 것이 1975년 2월. 20년의 세월이 흘렀지만 그들은 아무것도 바라지 않고 꿋꿋하게 그곳을 지키면서 이웃들과 사랑을 나누며 살아가고 있었다.

1월 22일 일요일, 김수환 추기경은 금천구 시흥동에 있는 전진상복지관을 방문했다. 시흥은 그가 올 때마다 발전하고 있었고, 전진상복지관 주변도 변해 있었다. 판자촌이 주택으로 바뀌고, 물과 전기가 끊길 걱정도 없어졌지만, 그동안 봉사자들은 숱한 고초를 겪어야 했다. 그래도 그들은 미소를 잃지 않았다. 그는 20년을 한결같이 수고한 봉사자들과 함께 20주년 기념미사를 봉헌했다. 그리고 강론을 통해 그들의 수고를 치하했다.

김수환 추기경은 봉사자들에게 "여러분이 여기서 실천하는 바로 그 사랑은 겨자씨같이 작아 보이지만, 하늘나라의 비유처럼 많은 새들이 와서 깃들일 수 있는 큰 나무로 자라날 수 있는 것이라고 말씀드리고 싶다"면서 강론을 마무리했다.

그는 미사를 마친 후 봉사자와 동네 이웃들과 어울려 점심을 먹었다. 그리고 탁구를 치는 등 오후를 그들과 함께 보냈다.

다음 날인 23일에는 서울대교구 사회복지단체연합 신년하례 미사를 집전했다. 아직도 세상에는 가난하고 소외된 이웃과 장애와 불치의 병으로 절망 속에서 고통받는 이들이 많았다. 그들을 위해 재원을 마련하고 봉사하는 기관이 전에 비해서는 많아졌지만, 아직도 봉사자들의 근무조건은 열악했다.

그는 강론에서 "여러분을 통해서 많은 가난한 사람들이 도움을 받았고, 절망에 빠진 많은 이들이 여러분의 사랑의 손길을 통해서 희망을

전진상복지관 봉사자들과 함께. 1989년 1월 1일 복지관 신축 전 가건물인 비닐하우스에서.

시흥 전진상복지관의 20년

1975년 2월, 판잣집이 가득하던 동네에 문을 연 전진상의원과 약국의 출발은 험난했다. 처음에는 먹을 쌀이 없어 쌀집에서 외상으로 쌀을 꾸기도 했고, 7년 동안은 보건소에서 일주일에 두 번씩 식수를 받아 썼다. 진료비는 낼 수 있는 만큼만 내는 것을 원칙으로 정했지만, 돈 대신 감자나 고구마, 고추장, 된장을 들고 오는 사람이 대부분이었다. 그러나 돈이 없다고 치료를 못 받는 사람은 없었다. 입소문이 나자 사람들이 몰려왔다. 주말에만 방문하는 의사만으로는 수시로 발생하는 응급상황을 해결할 수 없었다. 결국 벨기에 간호사 자격증을 갖고 있던 배현정 원장이 1981년 중앙대 의과대학에 입학했고, 1985년 가정의학과 전문의 자격을 취득했다. 그때부터 한 달에 외래환자 900여 명을 진료했다. 전진상복지관에서는 환자의 병을 치료하려면 환자의 주변환경을 먼저 이해해야 한다면서 의료사회사업을 병행했다. 환자가 의사를 만나기 전에 사회복지사를 만나 가계도를 그리고 가정환경 상담을 하도록 했다. 허리가 아프다며 온 환자가 정신병을 앓는 아들을 둔 엄마라면 그 아들도 함께 등록시켜 치료받게 하는 방식이었다. 그 환자의 허리를 고쳐주는 것뿐 아니라, 아들 걱정 하지 않고 일할 수 있게 해 경제적 자립을 돕는 것이다. 매주 목요일에는 배 원장이 직접 왕진을 나갔다. 시간이 많이 소요되는 왕진을 고집한 이유는, 환자들은 의사의 얼굴을 보는 것만으로도 '나를 포기한 게 아니구나'라고 안심하기 때문이었다. 그만큼 사랑에 굶주린 동네에서 사랑을 베푼 것이다.

1995년 사회복지단체연합 신년하례식. 김수환 추기경 왼쪽이 평생 노동운동에 헌신한 도요안 신부다.

가질 수 있게 되었다"면서, "이 세상을 구원하는 것은 바로 사랑이고, 우리 자신 한 사람 한 사람을 인간답게 하는 것이 사랑"이라고 강조했다. 그리고 "우리 모두 새해에는 우리가 살고 있는 이 사회가 몰인정한 사회, 돈만 아는 사회가 아닌, 사람을 존중할 줄 아는 사회, 정이 있는 사회, 눈물을 흘릴 줄 아는 사회로 변화될 수 있도록 우리 함께 노력하며 기도하며 살아가자"면서 강론을 마쳤다.

김수환 추기경은 사명감이 없다면 할 수 없는 어려운 일들을 묵묵히 감당하고 있는 그들의 손을 잡으며 격려했다.

3월 1일, 평화방송 TV가 개국했다. 200억 원이 넘는 재정을 마련하는 일이 쉽지 않았지만, 각 성당과 신자들의 성금 덕분에 목표액이 마련되었다. 1988년 5월 평화신문 창간, 1990년 4월 평화방송 개국에 이

한국 천주교의 오랜 숙원이던 평화방송 TV 개국. 김수환 추기경 왼쪽이 강우일 당시 서울대교구 보좌주교, 오른쪽이 김옥균 보좌주교, 맨 오른쪽이 초대 평화방송 TV 사장인 박신언 신부.

어 '영상선교 사업'인 TV까지 개국함으로써 명실공히 '가톨릭 종합미디어 시대'를 연 것이다.

4월 12일, 명동성당 들머리에서 20명의 외국인이 농성을 했다. 이번에는 한국 무역업자에게 사기를 당한 몽골인 '보따리장수'들이었다. 그들은 '돈을 찾지 못하면 우리 인생은 끝장입니다', '우리의 희망은 한 한국인의 사기로 무너졌습니다', '사기꾼을 잡아주십시오', '대통령님, 도와주십시오'라고 쓴 종이피켓을 들고 있었다. 지난 1월 물건 구입을 위해 한국을 방문해서 인천 신환무역 대표에게 물건값을 지불했는데, 대표가 물건을 보내주지 않고 잠적해서 발생한 일이었다. 피해액은 모두 17만 달러였다. 그들 대부분은 은행에서 융자를 받아 보따리장수에 나섰는데, 당시 몽골의 이자율은 한 달에 10퍼센트이고 3개월 만기였다. 상환 기한을 넘기면 매일 원금의 1퍼센트가 벌금으로 부과돼 이자가 눈덩이처럼 불어났다.

이 소식을 들은 김수환 추기경은 다시 한 번 한국인의 명예에 먹칠을 한 무역업체 대표의 행동에 분노가 일었다. 그러나 범인이 이미 중국으로 도주한 상태에서 그가 도울 수 있는 방법은 기도뿐이었다. 그는 난감한 표정을 지으며 한숨을 내쉬었다.

몽골인들도 자신들의 문제는 명동성당에서 해결할 수 없다는 걸 알고 성당에 텐트를 치지 않았다. 명동성당 건너편에 있는 YWCA에 양해를 구하고 설치한 텐트에서 잠을 자고 아침이 되면 명동성당 들머리로 와서 종이피켓을 들었다. 그들에게 명동성당은 억울함을 호소하는 '대나무숲'이었다.

그렇게 이틀이 지나자 언론에서 관심을 갖고 보도했다. 그러나 정부로서도 난감한 일이었다. 사정은 딱하지만 정부에서 대신 해결해줄 수 있는 문제가 아니었다. 농성은 계속되었고, 지나가던 행인들이 같은 한국인으로서 미안하다며 조그만 성의를 표하곤 했다.

4월 18일 저녁 8시, 김수환 추기경은 명동성당 안 문화관에서 열린 일본군 위안부 출신 여성들에 대한 기록영화 〈낮은 목소리, 아시아에서 여성으로 산다는 것〉 시사회에 참석해 영화를 봤다. 일본이 문제 해결에 성의를 보이지 않는 상황이라 답답했지만, 이렇게라도 힘을 보태야 한다는 생각에 문화관에서 시사회도 하고 관람도 한 것이다.

4월 19일, 그는 로마에서 열리는 회의에 참석하기 위해 한 달 일정으로 출국했다. 명동성당 들머리에서 몽골인들의 농성을 바라보며 그들의 문제가 잘 해결되기를 다시 한 번 기도했다.

4월 21일 오후 1시, 한 여인이 명동성당 들머리 몽골인 농성자들 앞에서 발을 멈췄다. 오랫동안 비행 청소년을 위한 사회사업을 해온 추일화 여사(당시 59세)였다. 그녀는 1960~70년대 황폐한 국토에 100만 그루 이상의 나무를 심으며 산림녹화 자선사업을 했던 '나무할머니' 장봉순 여사의 외동딸이었다. 추 여사는 농성단 대표 담딩후 씨에게 같은 한국인으로서 사과를 한 후, "몽골인들이 이번 일로 한국인들에게 왜곡된 감정을 갖지 않도록 하기 위해 돕기로 했다"면서, 그들이 사기당한 금액인 17만 2,445달러를 은행 발행 수표로 전달했다. 몽골인들은 감격에 겨워 말을 잇지 못하다가 눈물을 떨구며 감사인사를 했다. 주변에 모여 있던 사람들이 박수를 쳤고, 10일 동안의 농성은 끝났다.

4월 23일, 정오가 가까워지자 명동성당으로 필리핀, 네팔, 방글라데시, 스리랑카 등 동남아시아 12개 나라에서 온 외국인 노동자들이 삼삼오오 줄을 지어 몰려들었다. 명동을 지나가던 사람들은 깜짝 놀란 표정으로 그들을 바라봤다. 수백 명에 이르는 이들이 농성을 벌인다면 상당히 심각해지기 때문이었다. 그러나 언덕을 올라가는 외국인 노동자들의 표정은 한결같이 밝았고 여기저기서 웃음소리가 들렸다. '외국인 근로자를 위한 축제'에 참석하는 이들이었다. 지난해 김수환 추기경이 1년에 한 번씩은 명동성당에서 모일 수 있는 자리를 만들겠다고 했던 약속을 지킨 것이다. 서울대교구 노동상담소와 수원교구 노동상담소가 주최한 잔치였다.

12시, 명동성당 앞마당에는 1천여 명이 모였다. 먼저 서울대교구와 수원교구 사제들이 합동으로 미사를 봉헌했다. 미사가 끝나자 점심이 나왔다. 작년 9월 외국인 노동자를 위해 설립된 롯데복지재단에서 1천여 명분의 점심과 음료수를 제공했다. 그뿐 아니라 행사 진행에 필요한 경비도 부담했다.

식사가 끝나자 본격적인 축제가 진행되었다. 고향의 그리운 풍경, 실 뽑는 기계 앞에서 일하는 자신의 모습, 고국에 돌아가 차리고 싶은 가게의 모습 등 자신들의 과거와 현재와 미래를 화폭에 담는 그림 그리기와 각국 대항 노래자랑이 열렸다. 필리핀 남녀 4인조 팀은 김수희의 '애모'를 열창했고, 방글라데시 2인조 팀은 모국의 유행가요 '두르더미(당신은 아름다워)'와 김건모의 '잘못된 만남'을 불러 큰 박수를 받았다.

참석자들은 취재기자들의 질문에 "오랜만에 어두운 공장생활을 벗어나 같은 동포들을 많이 만날 수 있어서 너무 행복하다"는 이도 있었고, "한국에서 가장 힘든 일은 불법체류자인 자신이 체포되지 않도록 조심하는 것"이라며 어두운 표정을 짓는 이도 있었다.

5월 중순 로마에서 돌아와 이날 이야기를 들은 김수환 추기경은 앞으로 외국인 노동자에 대해 더욱 관심을 가져야겠다고 생각하며 이런 저런 구상을 했다.

5월 22일 밤, 명동성당 공터에 다시 천막이 설치되었다. 구속영장이 발부된 한국통신 노조 간부 여섯 명의 농성이었다. 한국통신 노조는 조합원 수 5만 2천여 명으로, 국내 최대 단일노조였다. 지난해 5월 조합원 직접선거에 의해 노조위원장이 선출되었지만, 올해 5월부터 시작한 단체협약 노사협상이 제대로 이루어지지 않았다. 그래서 노조위원장은 5월 18일 파업도 불사하겠다는 기자회견을 했고, 김영삼 대통령은 "국가 기간산업인 한국통신 노조의 파업은 국가 전복 음모로 봐야 한다"고 발언했다. 이때부터 정부와 한국통신은 강경하게 대응했다. 회사는 노조 간부 64명을 장관실 점거, 이사회 방해와 회사 간부 폭행 등을 이유로 경찰과 검찰에 고발했고, 경찰과 검찰이 22일 노조위원장 등 주요 간부 14명에 대해 사전구속영장을 발부받아 검거에 나서자 그중 여섯 명이 명동성당으로 들어온 것이다.

5월 23일, 노조 집행부는 명동성당 천막을 임시상황실로 전환하고, PC통신 하이텔을 통해 '투쟁속보'를 발행했다. 경찰은 명동성당 주변에 3개 중대 400여 명의 병력을 배치해서 출입자에 대한 검문검색을 강화했다. 정부는 한국통신 노조가 파업을 할 경우 국가 전산망 운용에 차질이 생긴다며 계속 강경하게 나왔고, 노조는 6월 지방선거를 앞두고 신공안정국을 조성하려는 불순한 의도라며 맞섰다.

당시 김수환 추기경은 김영삼 대통령의 "국가 기간산업인 한국통신 노조의 파업은 국가 전복 음모로 봐야 한다"는 발언에 동의하지 않았다.[136] 그렇다고 노조의 주장에 동의를 하는 것도 아니었다. 그는 비교적 고임금을 받는 큰 사업장 근로자들의 파업은 과거 생존권을 요구했던 파업과는 근본적으로 다르다는 생각을 갖고 있었다.

그래도 그는 "억압받는 이들이 성당에 찾아와 억울함을 호소하는 이상 교회는 이들을 보호해야 할 도덕적 의무"가 있다고 판단해 공권력으로부터 그들을 지켰다. 물론 그는 명동성당이 '치외법권 지역'이라고 주장한 적은 없다. 다만 우리 사회에 공권력과 억압받는 사람 사이에 성역 개념의 '완충지대'는 필요하고, 국가에서도 이런 상징성을 존중해 주기를 바랐다. 그래서 이번에도 이전 농성들과 마찬가지로 원만한 사태 수습을 중재하기 위해 명동성당 장덕필 주임신부와 사제들은 정보통신부, 노동부, 경찰을 만났다.

5월 27일 오전 8시, 다른 노조 간부 일곱 명이 종로에 있는 조계사에 들어가 법당 앞에서 농성을 했다. 같은 날 오후 3시에는 '공공부문 노조대표자회의(약칭 공대위)' 주최로 동숭동 대학로에서 7천여 명이 집회를 갖고 종로4가까지 가두행진을 한 후 명동성당 앞으로 몰려와 진입을 시도했다. 그러나 경찰 방어벽에 막혀 진입이 무산되자 성당 입구와 명

136 《추기경 김수환 이야기》 402쪽.

한국통신 노조 간부들의 천막 농성.

동에서 한 시간 30분 동안 "구속 노조원 석방" 등을 외친 후 해산했다.

6월 2일, 김수환 추기경과 김영삼 대통령이 점심식사를 하며 국정 운영에 대한 의견을 교환하려던 회동 약속이 취소되었다. 한국통신 사태와 노조 간부들의 명동성당 농성이 원만한 합의에 이르지 못하고 있기 때문이었다. 청와대는 영장 집행 방침에 변화가 없는 상황에서 만날 경우 김영삼 대통령의 입장이 어렵다는 이유라고 발표했다. 그것은 정부와 가톨릭계가 해결하기 힘든 상황에서 서로 만나 극적인 합의점을 찾곤 했던 역대 대통령들과 다른 모습이었다.

6월 3일, 정부는 관계기관 대책회의를 열어 엄단 방침을 재확인했다. 명동성당 사제들은 정부 관계자들과 농성하고 있는 노조 간부들을 만나 양측의 원만한 해결을 설득했다. 그런데 이즈음 현대중공업, 쌍용자동차, 조폐공사 등이 잇따라 쟁의 돌입을 선언하는 등 노동계의 움직임이 심상치 않았다.

정부는 6월 4일, 다시 한 번 관계기관 대책회의를 소집해서 명동성당과 조계사에 대한 공권력 투입을 논의했다.

6월 5일, 명동성당 장덕필 주임신부는 조계사 법타 스님과 상의해서 "노조는 현 노조 집행부를 인정하라는 기존 입장에서 양보해 구속영장이 발부되지 않은 노조 간부 세 명을 대표로 새로운 대화창구를 만들고, 정부는 영장 집행을 늦춘다"는 중재안을 만들었다.[137]

이날 오후 서울지검 공안2부 정진규 부장검사는 명동성당과 조계사에 경찰력을 투입해서 노조 간부를 검거하겠다고 밝혔다. 그리고 오후 6시 안병욱 서울경찰청장이 명동성당을 방문해서 농성 중인 노조 간부들에 대한 영장 집행 협조 요청을 했으나, 명동성당 사제들은 거부했다. 조계사도 같은 입장이었다.

이날 저녁, 장 신부와 법타 스님은 플라자호텔에서 경상현 정보통신부 장관을 만나 중재안을 전달했다. 이때 경 장관은 "대화는 어렵지 않으나, 영장 집행은 내 소관이 아니"라고 해 6일 오전에 다시 만나기로 했다.

당시 대부분의 언론은 협상의 진전에 대해 언급하기보다는 "종교가 인권과 양심을 내세워 집행을 저지해야 할 시대는 아니다", "실정법을 어긴 자가 종교적 성소聖所에 들어가 법 집행을 피하는 일이 있어서도 안 되고 종교가 이를 받아들여서도 안 된다", "정부가 법 집행권을 행사하지 못하고 있는 사태는 여간 심각한 문제가 아니다", "경찰이 영장을 제시하며 협조를 '구걸'하는 모습은 국가 공권력의 권위를 스스로

137 장덕필 신부 인터뷰, 한겨레신문 1995년 6월 8일자.

떨어뜨리는 행위다", "정부의 의사결정 체계에 문제가 있다", "보통사람들이 '범법자'를 보호하고 있었다면, 당사자는 물론 집주인까지 '범인은닉죄'로 처벌했을 것이다" 등의 표현을 사용하며 "법 앞에 성역은 없다"는 내용의 기사와 사설을 실었다.

김수환 추기경은 언론의 이런 보도들이 정부의 공권력 투입을 부추긴다고 생각했다.[138] 그래도 그는 문민정부의 주요 인사들 중에는 1987년 6·10민주항쟁 때 명동성당에서 농성을 하던 이들이 많아 공권력 투입은 하지 않을 거라고 믿었다.

6월 6일 오전 8시, 김수환 추기경은 교구청 식당에서 신부들과 함께 아침식사를 하면서 장덕필 신부로부터 어젯밤 정보통신부 장관을 만난 일과 협상 진행 상황을 보고받고 있었다. 그때 명동성당 입구에서는 서울경찰청이 계획한 '광화문 작전'의 실행 명령이 떨어졌고, 경찰들은 발소리를 죽이며 성당 언덕을 올라왔다. 잠시 후 성당 쪽에서 시끄러운 소리가 들렸다. 그는 현충일 아침이라서 별일이 없을 텐데 무슨 소리인가 싶어 신부들에게 알아보라고 했다. 신부들은 밖에서 들리는 고함소리에 표정이 굳어지면서 밖으로 뛰어나갔다. 그러나 천막 안은 텅 비어 있었고, 경찰들이 그들의 짐을 박스에 담고 있었다. 신부들은 성당 앞마당으로 뛰어갔다. 언덕 아래 입구에서 사복경찰들이 파란색 조끼를 입은 노조원들을 경찰차에 밀어넣고 있었다. 그리고 전투경찰들이 주변을 통제했다. '성역聖域'이 무너진 것이다.

김수환 추기경은 서슬 퍼렇던 역대 군사정권에서도 지켜지던 한 뼘의 성역이 사라졌다는 사실에 망연자실했다. 그동안 성당은 온갖 불편

---

138 《추기경 김수환 이야기》 402쪽.

을 감수하면서, 때론 과격한 운동권을 보호한다는 사회적 비난을 무릅쓰면서 성역 보호에 최선을 다해왔다. 그 이유는 하소연할 곳이 없어 찾아온 이들의 이야기를 들어주고 보호해야 한다는 성직자로서의 의무감과 가톨릭교회는 소외되고 핍박받는 사람들을 보호한다는 오랜 전통 때문이었다.

그는 문민정부에서 자신의 모태母胎와도 같은 명동성당에 경찰력을 투입해서 한 뼘의 성역마저 무너뜨렸다는 사실이 믿기지 않았다. 그는 김영삼 정부가 큰 실수를 했다는 소리를 몇 번이나 되뇌었다. 대화가 진전되면서 해결의 실마리가 보이는 상황에서 벌어진 일이라 더욱 안타까웠다. 그는 장탄식을 하며 장덕필 신부에게, 취재진에게 "심히 유감이라고 전하라"고 한 후 3층 성당으로 올라갔다. 명동성당에는 깊은 분노의 침묵이 감돌았다.

낮 12시 30분, 장덕필 주임신부는 문화관에서 기자회견을 했다. 장 신부는 "현 정부는 소외되고 핍박받는 사람들을 보호하는 사회적 완충지대인 성소를 유린했다"면서, "추기경님도 이 점을 가장 마음 아파하시며 심히 유감으로 생각하신다"라고 밝혔다. 계속해서 "정부가 2000년 동안 지켜진 교회의 관습법을 침해한 것은, 교회법과 국법이 서로 존중해야 할 책임을 저버린 것"이라며, "중재가 진행 중이던 시점에서 정부가 공권력을 투입한 것은 권력남용"이라고 강도 높게 비판했다. 배석했던 송천오 명동성당 수석보좌신부는 심정을 묻는 기자들의 질문에 "문민정부는 이제 돌이킬 수 없는 도덕적 상처를 스스로 자초했다"고 단호하게 대답했다.

6월 7일, 청와대는 "과거 독재정권은 인권 탄압에 대한 콤플렉스 때문에 명동성당 등 종교단체의 장소를 성역시했으나 문민정부 하에서는 성역이 있을 수 없다"고 발표했다. 민자당도 "법 앞에는 종교시설도 결코 성역이 될 수 없다"고 논평했다.[139] 이홍구 국무총리도 이날 국무회의에서 "법의 권위는 절대적으로 지켜져야 한다는 것이 정부의 입장"이라고 강조했다.[140]

대부분의 언론은 공권력 투입에 항의하는 기사는 단신으로 취급하고, 정부의 공권력 투입에 정당성을 부여하는 기사와 사설을 비중 있게 실었다. 김수환 추기경은 노골적인 왜곡보도와 일방적인 비판에 분노했다. 지금의 보도는 70년대부터 80년대 중반까지 툭하면 가톨릭을 용공집단으로 매도하던 것과 다름이 없다고 판단했다.

그는 지금 언론이 자유를 누리고 있지만, 그 책임을 느끼고 있는지 묻고 싶었다. 언론은 사회 전체의 가치관을 계도할 수 있어야 하고, 국민들이 올바른 가치관을 정립하도록 여론을 형성해야 하는데, 그동안의 중재 노력과 합의점을 찾아가던 사실은 빼고 이렇게 일방적인 보도를 하는 것이 오히려 국민에게 가치관의 혼란을 일으킬 수 있다는 생각은 안 하는 것일까?[141] 기자들이 공권력과 국민 사이에 완충지대 하나쯤은 필요하다는 생각을 왜 안 하는지, 답답했다. 삼한시대에도 도망자들이 피신할 수 있는 소도蘇塗라는 게 있었는데, 현대사회에서도 하소연할 곳 없는 이들이 찾을 수 있는 장소를 한 곳 남겨두는 것에 왜 그렇게 인색한지, 이해하기 힘들었다.[142]

우리 사회는 아직도 개혁해야 할 일이 산더미처럼 남아 있고, 그 과정에서 갈등이 생기는 건 당연한데, 이제 억압받고 힘없는 사람들은 어디에 가서 하소연해야 할지 안타까웠다. 그는 알고 있었다. 억울함을

---

139 한겨레신문 1995년 6월 8일자.

140 경향신문 1995년 6월 8일자.

141 평화신문 인터뷰, 《김수환 추기경 전집》 16권 190~191쪽.

142 《추기경 김수환 이야기》 403쪽.

들어주는 것이 얼마나 그들에게 위로가 되는지. 그 옛날 대나무숲에 가서 소리를 지르듯이 성당 한구석에서라도 소리를 지르고 나면 그들의 가슴속에 맺혀 있던 응어리가 풀어지면서 마음도 풀어진다는 사실을.

다행히 모든 기자들이 그런 생각을 갖고 있는 것은 아니었다. 이날 저녁 가판대에 나온 내일 아침 매일경제신문에 공권력 투입을 비판하는 임철 사회1부장의 칼럼 '법치와 덕치'가 실렸다.

> 결국 한반도에 성역은 없어졌다. '법 앞에 성역은 없다'는 법치주의 원칙은 최후의 소도였던 서울 명동성당도 법 앞에 굴복시켰다. 명동성당은 이제 삶에 찌든 철거민이나 정치적 구호를 외치는 대학생 또는 재야인사의 피난처로 구실을 할 수 없게 된 것이다. 성역이 허물어진 데 대한 국민들의 시각은 각양각색이다. 정통성을 인정받는 문민정부 아래서 법의 예외지대를 허용할 수 없다는 의견도 있으며, 성지의 이미지를 훼손시킴으로써 국민들의 안식처를 잃는 허탈감을 맛보게 했다는 지적도 제기된다. 우리 사회가 그만큼 여유가 없어지고 팍팍해졌는가 하는 색다른 시각도 있다.

임 부장은 계속해서 법치만 주장하면 한국 사회의 미덕인 덕치德治와 덕정德政의 의미가 퇴색될 것을 우려했다. 그는 법치와 덕치를 대립되는 개념으로 만들어서는 곤란하다며, 우리 국민들은 아직도 위정자들에게 덕德을 요구하고 있음을 간과해서는 안 된다고 충고했다.

저녁 9시 40분경, 명동 부근 신세계백화점 앞에서 도로를 점거하고 경찰과 대치하던 대학생 2천여 명이 명동으로 몰려와, 정부의 공권력 투입에 항의하는 시위를 벌였다. '성역'을 침범한 데 대한 시위를 한 건 아니고, 노조 간부 체포에 항의하는 노학연대투쟁 시위였다. 명동에서 시위를 마친 일부 학생들이 명동성당 앞마당으로 몰려와 해산집회를 마친 후 언덕을 내려갔다. 이때 경찰 병력이 명동성당 언덕 50미터까지 진입해서 학생들뿐 아니라 근무를 마치고 돌아가던 성당 직원, 교리수업을 마치고 귀가하던 신자 등 30여 명을 무차별 연행했다. 이 과정에서 가톨릭대학생연합회 소속 학생 두 명은 이가 부러지고 머리를 다치는 부상을 입고 길 건너 백병원으로 이송되었다.

어제에 이어 두 번째 성당 난입이었다. 송천오 명동성당 수석보좌신부 등 10여 명의 신부와 학생 40여 명은 성당 앞길에서 경찰 호송차를 막고 연행자 석방을 요구했다.

6월 8일 새벽 1시, 경찰의 명동성당 재차 난입 소식을 들은 서울대교구 소속 사제 40여 명이 달려왔다. 이들은 성당 앞에 있는 경찰들에게 재난입을 강력하게 항의한 후 성당으로 들어가 밤샘기도회를 했다.

오후 2시, 최창무 보좌주교는 어젯밤 명동성당 재난입 사태에 대한 경위를 발표하면서, "명동성당에의 공권력 투입은 나약한 이들의 고통에 동참해온 교회의 전통과 그 도덕적 권위에 대한 심각한 도전이며, 국가의 도덕성을 파괴한 사건"이라면서, "현 정권은 교회를 유린하고 자신의 도덕적 기초를 타락시켰다"고 비판했다. 그러나 대부분의 언론은 2차 난입을 보도하지 않았다.

오후 4시, 서울대교구 소속 서품 6~7년차 젊은 사제 135명은 명동성당 문화관에서 긴급 사제단회의를 열고, '성지 침탈에 대한 서울대교구 대책위원회'를 결성했다. 사제단은 6월 9일부터 매일 오후 3시와 8시에 시국미사와 기도회를 갖기로 결정했다.

6월 9일 오전 10시, 김수환 추기경은 서울대교구 사제평의회 임시회의를 소집했다. 김수환 추기경을 비롯, 주교들과 교구청 각 국장 및 지구장신부 등 모두 26명이 참가하는 사제평의회는 서울대교구 최고 권위의 회의였다. 사제평의회가 사회적 문제와 관련해서 임시 소집되기는 이번이 처음이었다. 그만큼 사태를 엄중하게 파악하고 있었다.

이날 회의에서는 서울대교구의 공식 대응을 확정하면서 명동성당에 대한 공권력 투입을 항의하는 성명서도 채택했다. 회의가 끝난 후 김수환 추기경은 침통한 표정으로 기자들을 만나지 않은 채 회의장을 떠났다. 그는 대부분의 언론이 이번 일뿐 아니라 많은 사건에서 공정한 보도를 하지 않고 있다는 생각을 갖고 있었다. 그래서 이해 12월 20일 관훈토론회에서 "때때로 보면 언론이 건설적인 비판을 넘어서 재판하듯이 하는 것을 봅니다. 그래서 여러분들에게 감히 부탁드리는데, 우리나라의 여론을 지도하는 입장에 있는 언론이 사명을 가지고 국민을 앞장서서 인도해주셨으면 하는 마음 간절합니다"라며 쓴소리를 했다.

오후 2시, 최창무 보좌주교는 기자회견을 갖고 사제평의회에서 채택한 성명서와 결정 사항을 설명했다. 성명은 "힘에 눌려 호소할 곳을 잃은 사람들에게 최소한 한 평의 공간이라도 주어야 하는 게 교회의 소명"이라면서, "이런 소명도 부인한 채, 성당도 성역이 될 수 없다는 문민정부의 일방적 통치논리 아래 성당에 난입해서 폭력을 자행한 비도덕적인 만행을 개탄한다"는 내용이었다. 아울러 "정부는 연이은(6일과 7일) 공권력 투입에 대해 국민과 성당에 진심으로

명동성당에 공권력이 투입된 후 임시 소집된 서울대교구 긴급 사제평의회를 마치고 침통한 표정으로 걸어나오는 김수환 추기경.

사과하고 재발 방지를 약속하라"면서, "정부의 신속한 답변과 이행 여부를 지켜보겠다"고 경고했다.

최 주교는 계속해서 "11일에는 서울 지역 175곳의 성당을 포함한 전국의 모든 성당에서 공권력 난입에 대한 평의회의 입장을 설명하고, 13일부터 3주 동안 매일 오후 3시에, 힘없고 가난한 사람들의 피난처와 김영삼 정부의 도덕성이 죽었음을 의미하는 스물한 번의 조종弔鐘을 치기로 결정했다"고 발표했다. 교구 차원에서 시국과 관련해 지침을 전 성당에 내린 것은 처음 있는 일이었다.

장덕필 신부는 기자들에게 보다 구체적인 계획을 밝혔다. 11~13일 단계적으로 항의집회를 갖고, 13일에는 명동성당에서 뜻을 같이하는 전국의 사제와 평신도가 대규모 시국미사를 거행할 계획이었다. 이어서 그는 "정부의 사과는 대통령의 사과를 뜻한다"면서, "만약 정부가 납득할 만한 사과를 하지 않을 경우 강도 높은 2단계 투쟁에 돌입할 것"이라고 경고했다.

오후 3시에는 성지 침탈 사태에 대한 비상대책위원회의 첫 시국미사가 명동성당 지하 성당에서 봉헌됐다. 8시에는 성모동산에서 두 번째 미사가 봉헌됐고, 미사 후에는 명동성당 언덕에서 사제와 신자 400여 명이 항의 촛불시위를 했다.

6월 10일, 서울대교구는 사제평의회에서 작성한 사태경위서를 팩스를 통해 서울과 전국의 성당으로 발송했다.

6월 11일 일요일, 서울대교구 산하 175곳의 성당과 전국 대부분의 성당에서 미사에 참석한 신자들에게 사태경위서를 나눠줬고, 강론을 통해 교회의 입장을 알렸다.

정오, 김수환 추기경은 명동성당에서 거행된 삼위일체대축일 미사를 집전했다. 그는 강론을 통해 공권력의 성당 난입에 대한 입장을 밝혔다. ‘성역 회복을 위한 시국미사’가 13일에 열릴 예정이었지만, 오래전부터 예정되었던 타이완 출장을 도저히 피할 수 없어 이날 교회의 입장과 강한 유감의 뜻을 밝히는 강론을 한 것이다.

그는 먼저 삼위일체대축일의 의미에 대해 강론한 뒤, 공권력 투입에 대한 교회의 입장을 밝혔다.

“이번 사태에 우리가 아픔을 느끼는 것은 명동성당 경내에 우리 정부에 의해 공권력이 투입되었다는 사실과 함께 이제 우리 사회는 비록 손바닥만 한 땅이겠지만 약한 이들, 쫓기는 이들, 힘없는 사람들의 피난처가 없어졌다는 사실입니다. 명동성당이 힘없는 많은 이들에게 피난처가 되고, 또한 동시에 과거 군사독재 아래서는 민주화운동의 보루로 성역과 같이 인정되고 그렇게 지켜진 것은 여기 어떤 법적인 보장이 있어서가 결코 아닙니다. 우리는 여기를 ‘치외법권 지대’라고 주장한 적도 없고 요구한 적도 없습니다. 또 여기에 눈에 보이는 울타리가 쳐 있어서 ‘이곳은 성역이다’ 이렇게 말하는 것도 아닙니다. 명동성당이 성역이 된 것은 물론 교회의 오랜 전통이 바탕이 되어 있습니다. 우리나라의 역사 안에서는 예수 그리스도의 사랑을 본받고자 하는 교회와 사회정의를 추구하고 인간을 사랑하고 인간을 보호하자는, 또 그럼으로써 우리나라의 민주주의를 지켜나가고자 하는 교회의 정신과 이것과 뜻을 같이하는 많은 사람들의 양심에 바탕을 둔 도덕적 힘에 의해서였습니다.”

성당 안에는 무거운 침묵이 감돌았다. 1,300여 명의 신자들은 암울했던 군사정권 시절 정치적 자유와 사회정의 실현을 열망하다 쫓기던 이들에게 ‘마지막 피난처’ 역할을 했던 지난 시절을 반추하며 착잡한 표정을 지었다.

“그 도덕적인 힘이 생겨나기까지는 많은 시련과 고통이 있었습니다.

그 시련과 고통을 감내하면서 우리는 이 자리를 우리 자신을 위해서가 아니라 우리나라를 위해 쫓기는 이들을 위해서, 약한 이들을 위해서 성역으로 지켜왔던 것입니다. 정부가 이번에 공권력이라는 명목으로 힘을 행사해서 침해한 것은 공간적인 의미의 명동성당, 혹은 성역만은 아닙니다. 그보다도 이 자리를 여러 가지 어려움이 있음에도 불구하고, 시련과 고통을 감내하면서 지켜온 도덕적인 힘, 그것을 정부는 공권력 투입으로 짓밟고 말았습니다. 더욱 비애를 느끼는 것은 이런 도덕적인 힘의 결집에서 이른바 현재 문민정부가 탄생했다고 생각하기 때문입니다."

그의 표정과 목소리에는 안타까움이 가득했다.

"친애하는 형제자매 여러분, 어저께가 바로 6·10항쟁 8주년이었습니다. 8주년을 맞으면서 저에게는 그 8년 전 일이 회상될 수밖에 없었습니다. 8년 전에 우리나라의 민주주의를 위해서 싸우던 사람들, 젊은 이들…… 아마 거기에는 현 정부와 관계되는 많은 사람들이 이 자리에 와서 농성하고 있었습니다. 그때도 이번과 같이 경찰력이 완전히 명동을 포위하고 있었습니다. 그리고 마지막 단계에서 공권력 투입을 저에게 전하기 위해서 당국자가 왔습니다. 그때 만일 그 정부의 결정에 우리가 굴복하고 말았다면 6·10항쟁이 성공했겠는가, 오늘의 문민정부가 태어났겠는가 하는 의구심을 아니 가질 수 없습니다. 그렇다면 이 자리를 성역으로 있게 한 그 도덕적인 힘은 이 정부에게 있어서 어떤 의미로 이 정부를 낳게 한 모태라고도 할 수 있습니다. 그런데 그 모태와 같이 존엄한 도덕적인 힘을, 양심을, 정부는 물리적인 힘으로 유린해버렸습니다. 우리는 이런 슬픈 사실 앞에 무엇이라고 말하면 좋을지 알 수 없습니다. 이렇게 도덕적으로 불감증에 걸려 있다고 볼 수 있는 정부가 앞으로도 이러한 일들을 어떻게 처리해갈지 염려되지 않을 수 없습니다."

그의 목소리에는 슬픔이 가득했다. 아니, 슬픔이 된 분노였다. 그는 그때를 생각하면 만감이 교차하는 듯 눈을 감았다. 잠시 후 강론은 다시 이어졌다.

"그러나 저는 결코 이번 사태로 말미암아서 정부와 교회 사이에 긴장관계, 또는 갈등관계가 이 이상 더 악화되거나 오래 지속되기를 바라지 않습니다. 저는 이 정부가 들어서고서 이렇게 미사 중에, 어떤 의미로 정부를 비판하는 말을 하게 된 자체가 참으로 슬픕니다. 이런 것을 저 자신은 적어도 이 정부가 들어서고는 상상해본 적이 없습니다. 그렇기 때문에 이번에 이 사태는 불행한 노릇이지만, 이 불행이 오래 지속되어서는 안 됩니다. 그것은 교회를 위해서도, 나라를 위해서도, 정부를 위해서도 결코 이로운 것은 아니라고 생각합니다. 그렇기 때문에 조속히 마무리짓기를 간절히 희망합니다. 그러나 이는 정부가 어떻게 나오는지, 어떻게 이 문제에 대처하는지에 전적으로 달려 있습니다. 저희는 그것을 지켜볼 수밖에 없습니다. 여러분 모두 참으로 하느님의 은총이, 하느님의 지혜가 저를 비롯해서 우리 교회 지도자들을 밝혀주시고 또 우리 정부의 대통령을 비롯한 모든 이들을 밝혀주시기를 기도해주시기 바랍니다."

정부의 사과와 조치를 요구한 것이다. 강론을 마친 그는 자리에 앉아, 정부에서 내일이라도 진정한 사과와 조치를 취해 6월 13일로 예정된 '성역 회복을 위한 시국미사'를 취소할 수 있기를 간절히 기도했다.

그러나 정부는 김수환 추기경과 서울대교구가 요구한 '공개 사과'는 받아들일 수 없다는 입장을 분명히 했다. "정당한 법 집행에 대해 정부가 잘못을 인정하는 일은 있을 수 없다"는 것이었다. 정부는 이런 공식 입장을 유지하면서 가톨릭 신자들을 통해 문제를 무마시키려고 했다.

이날 늦은 오후, 한승수 대통령비서실장이 김수환 추기경과의 면담을 요청했다. 김수환 추기경은 비서신부를 통해 "대통령 혹은 양보해서 대통령의 의지를 대변할 수 있는 위치에 있는 정부 고위 관계자의 공개적이고 공식적인 사과가 이번 문제 해결의 열쇠이고, 비공개로 유감의 뜻을 표명하는 건 받아들일 수 없다"는 말을 전했다.

12일에는 박관용 정치특보가 극비리에 서울대교구청을 방문했다. 김수환 추기경은 공개적 사과를 상의하려는 면담 요청이 아니라면 만나지 않겠다는 뜻을 분명히 했다. 박 특보는 그냥 돌아갈 수 없다며 김옥균 총대리주교를 만났다. '유감의 뜻'을 밝히고 정부의 입장을 설명했지만 소용없는 일이었다.

6월 13일 오전 11시, 명동성당 정면에 20여 미터의 검은색과 흰색 휘장과 '성전을 침탈한 김영삼 정부는 사죄하라'고 쓰인 현수막이 걸렸다. 오후 3시에는 명동성당과 서울대교구의 모든 성당 그리고 전국 대부분의 성당에서 스물한 번의 조종이 울려퍼졌다. 김수환 추기경은 종소리를 들으며 명동성당을 떠나 타이완으로 출국했다.

오후 7시, 명동성당 안팎에는 전국 15개 교구에서 온 700여 명의 사제와 신자, 시민 2만여 명이 운집했다. 성당 안에는 입추의 여지가 없었고, 앞마당과 가톨릭회관 앞뿐 아니라 들머리 도로까지 메웠다. 가톨릭회관에도 '성전을 침탈한 김영삼 정부는 사죄하라'는 현수막이 걸려 있었다. 성당 앞마당과 가톨릭회관 앞에는 고성능 확성기와 대형 스크린이 설치되었다. 평화방송 TV의 생중계를 볼 수 있는 스크린이었다. 명동성당 들머리를 비롯한 곳곳에서는 '성역 회복'이라고 쓴 검은 리본을 나눠주었다.

'성역 회복을 위한 시국미사'는 두 시간에 걸쳐 진행되었고, 최창무 보좌주교는 강론을 통해 "교회가 사회의 약자나 억울한 사람들을 보호하는 것을 포기한다면 그리스도인이기를 포기하는 것과 같다"면서,

성역 회복을 위한 시국미사. 1995년 6월 13일.

"공권력 투입은 하느님의 신권에 대한 명백한 찬탈"이라고 규정했다. 그는 계속해서 "정부는 조속히 교회와 국민 앞에 공개 사과하라"고 촉구하면서, "만약 정부가 사과하지 않을 경우 오는 20일에 2차 시국미사를 거행하고 전국 교구별로 확대해나가겠다"고 밝혔다.

미사가 끝나자 사제와 신자들은 촛불을 들고 명동성당 입구까지 촛불시위를 벌인 후 해산했다.

6월 16일, 김수환 추기경이 귀국했다. 이홍구 총리는 '명동성당과 조계사 농성 간부들 연행에 대하여'라는 발표문을 통해 유감을 표명했다.

"정부는 농성 노조 간부들을 연행하기 위해 부득이 공권력을 투입하지 않을 수 없었던 점에 대해 종교계를 비롯한 국민 여러분의 이해를 구합니다. 농성자들은 종교적 권위에 의존해 정부의 정당한 법 집행을 끝내 무력화하려고 기도했습니다. 정부의 공권력 투입은 이런 상황을 타개하기 위한 불가피한 조치였으나, 우리 사회에서 특수한 지위와 역사적 의미를 가진 교회와 사찰이 이번 일로 불편과 아픔을 겪은 데 대하여 국민과 더불어 매우 유감스럽게 생각합니다. 현재까지 이 문제로 종교계에서 깊은 우려와 고통을 표시하고 있는 점을 충분히 이해하며, 정부는 앞으로 교회와 사찰의 특수한 위상을 최대한 존중하여 법 집행에 신중을 기할 것입니다. 종교계에서도 이번 기회에 교회와 사찰이 '치외법권 지대'나 '불법투쟁의 안전지대'로 잘못 인식되는 일이 없도록 협조해줄 것을 부탁드립니다."

김수환 추기경은 진정한 사과나 반성의 뜻이 담기지 않고 오히려 성역 훼손을 정당화하며 교회를 향해 훈계를 하는 듯한 발표문 내용에 깊은 한숨을 내쉬었다. 많은 사제들과 신자들도 분노를 표시했다.

그의 고민은 깊어갔다. 정부의 유감 표명을 받아들이지 않고 '정면대결'을 선언할 경우 사제들이 앞장설 것은 불 보듯 뻔한 일이었다. 그런데 지금까지 정부의 태도로 볼 때 이번 유감 표명보다 발전된 사과를 기대하기는 어려웠다. 그럴 경우 사태가 장기화되고, 사제들은 기도회와 시위로 사목활동을 제대로 할 수 없게 되는 결과를 초래할 수 있었다. 그러나 사목자의 본분은 맡겨진 양떼를 돌보는 것이고, 그 본분보다 더 중요한 일은 없다는 것이 그의 지론이었다.[143] 그렇다고 이렇게 무성의하고 오만한 유감 표명을 받아들일 수도 없었다. 그는 하루에도 몇 번씩 3층 성당에 가서 무릎을 꿇고 하느님께 지혜를 달라고 기도했다.

김수환 추기경이 기도하는 동안, 전국 성당 곳곳에서 시국기도회가 열렸다. 6월 16일 오후 7시 30분, 광주대교구는 임동성당에서 시국기

---

143 《추기경 김수환 이야기》 405쪽.

도회를 열었다. 같은 날 마산교구에서는 저녁 8시 양덕 주교좌성당에서 시국기도회를 열고 항의 단식농성에 돌입했다. 19일에는 부산교구에서 사제들과 4천여 명의 신자들이 가두 촛불행진을 했고, 전주교구에서도 중앙성당에서 개최된 시국기도회 후 가두행진을 했다. 11개 지방 교구 사제 대표들은 각 교구장의 허락 아래 '전국 사제 시국대책위원회' 결성을 준비했다. 모두들 그를 바라보고 있었다.

6월 19일, 그는 다시 한 번 사제평의회를 소집했다. 그는 이홍구 총리의 발표 내용은 받아들일 수 없다는 것이 자신의 입장임을 밝혔다. 그러나 지금까지 보인 정부의 태도로 볼 때 더 이상의 사과는 기대할 수가 없을 것 같다면서, 북한 핵문제와 지자체선거 등이 있는 상황에서 국민적인 화해와 일치와 단결을 위해 더 이상의 행동은 유보하고, 현 정부가 앞으로 나라와 국민을 위해 올바른 정치를 해나가는지 계속 지켜보겠다는 선에서 이번 사태를 마무리하면 좋겠다는 의견도 밝혔다.

회의에 참석한 주교와 사제들은, 명분은 확보하고 행동은 유보하자는 '양보'에 동의했다. 그것이 가톨릭이 추구하는 관용의 정신과도 일치한다고 생각한 것이다. 회의에서는 내일 2차 시국미사 강론은 '시국대책위원회' 위원장인 김옥균 총대리주교가 하기로 결정했다.

6월 20일 오후 7시, 명동성당에서는 전국 14개 교구 대표 사제들과 서울대교구 소속 사제들 그리고 신자 1만여 명이 참석한 가운데 '제2차 성역 회복을 위한 시국미사'를 봉헌했다. 김옥균 총대리주교는 강론을 통해 총리의 유감 표명은 수용 못하지만, 4대 지자체선거와 남북문제 등 중요한 국가적 대사를 생각해 행동은 유보하겠다는 교회의 입장을 밝혔다.

미사가 끝나자 촛불을 든 300명의 사제단이 십자가를 높이 들고 앞장섰다. 5천여 명의 신자들이 촛불을 들고 뒤를 따랐다. 침묵 촛불시위였다. 분노를 눈물로 삼키며 명동 한복판을 걸어 롯데백화점까지 갔다. 촛불은 거대한 물결이 되어 흔들렸다. 지나가던 시민들이 발걸음을 멈추고 박수를 쳤다. 촛불은 을지로를 돌아 중앙극장 앞을 지났다. 그리고 명동성당으로 돌아왔다. 신자들은 성전 침탈의 아픔을 가슴에 안고 하나둘 흩어졌다. 그러나 일부 젊은 신부들은 명동성당에 남아 단식농성을 벌였다.

사제와 신자들의 침묵 촛불시위.

김수환 추기경은 침묵시위가 평화롭게 끝났다는 보고를 받으며, '지는 자가 이기는 자'라는 성경말씀을 떠올렸다. 평화롭게 시위를 해준 신자들에게 고마웠다. 그리고 일부 신부들의 농성에 대해서는 "단식농성을 하는 것을 심정적으로는 이해하지만, 사제에게 가장 앞서는 의무는 사목이고, 사목을 희생시켜가며 장기간 단식투쟁을 하는 것은 하느님의 뜻이라고 볼 수 없다"며 해산을 명령했다.

6월 27일, 여당인 민자당은 기초단체장과 광역의원 선거에서 민주당과 자민련에 참패했다. 서울의 경우 민주당 후보인 조순 시장이 당선되었고, 25개 구청장 중 민주당이 23곳에서 당선되었다. 민심이 문민정부에 등을 돌리고 있다는 신호였다.

6월 30일 오후 5시 50분경, 서울 서초구 서초동에 있는 최고급 백화점인 삼풍백화점이 붕괴되는 대참사가 일어났다. 주부들이 저녁 반찬거리를 사러 나온 시간에 사고가 발생해 사망자 502명, 부상자 937명, 실종 6명이라는 해방 이후 최대의 인명피해가 발생했다. 피해가 컸던 이유는 백화점 대표의 욕심 때문이었다. 붕괴 조짐이 보이는데도, 손님들이 장을 보러 오자 영업을 강행했고, 결국 1,500명이 콘크리트 아래 깔린 것이다.

김수환 추기경은 텔레비전을 통해 건물 잔해 속에서 구조를 기다리는 모습을 보며 가슴이 무너져내리는 것 같았다. 그는 아직 살아 있는 사람들이 빨리 구조되게 해달라고 기도했다. 그런데 텔레비전 저녁 뉴스에, 서초경찰서에서 조사를 받던 백화점 대표가 취재하는 기자를 향해 자기 재산도 피해가 났다는 말을 하는 모습이 나왔다. 그 순간 그는 참담함을 느꼈다. 물론 백화점 건물 주인인 그는 내 재산인 백화점이 무너질 줄 알았겠냐는, 고의가 아니었다는 말을 하려는 것이었겠지만, 무참히 죽어간 수많은 생명 앞에서 자기 재산이 손실된 걸 예로 드는 것은 가치관에 문제가 있다고 생각되었다.

그는 이런 가치관이, 그동안 우리 사회가 너무나 정신적·도덕적 가치를 무시하고, 아니 인간과 인명을 존중할 줄 모르고 돈만 아는 황금만능 풍조 속에서 살아온 결과라고 생각했다. 돈이 제일인 사회가 되었기 때문에 모두들 돈을 벌기 위해서는 수단과 방법을 가리지 않게 되었고, 정직과 성실 대신 부정과 부패, 인간 부재의 가치관이 결국 이 엄청난 붕괴 사고를 가져온 것이라고 본 것이다.[144]

그는 삼풍백화점의 모습이 어쩌면 지금 우리 사회의 자화상인지 모

---

144 1995년 9월 14일 국민대 강연.

삼풍백화점 붕괴 현장.

른다고 생각했다. 그래서 지난 2~3년 동안 성수대교와 행주대교 붕괴, 서울과 대구의 도시가스 폭발, 서해 페리호 침몰 사고, 열차 전복 사고 등과 같은 인재人災가 발생한 것이다. 다른 나라가 부러워할 만큼 엄청난 경제적 성장을 이룩했지만, 이렇게 엄청난 사고가 계속되는 건, 부끄럽게도 한국이 어떤 나라인지를 보여주는 것 아닌가. 속은 비어 있고 겉만 화려한 '외화내빈外華內貧'이며, 그동안 우리가 이룩했다고 믿은 것은 사상누각에 불과한지도 모른다…….

그는 이번 일을 우리 모두가 알고 있는 고질적인 '한국병'인 공직자의 부정부패, 권력형 비리, 정경유착, 그리고 정직하게 사는 것보다 오히려 비양심적으로 사는 것이 유리하다고 생각하는 관념, 그 모든 구조악을 시정하고 고치는 기회로 삼아야 할 것이라고 생각했다.[145]

그러나 이후 한보철강 사건이 터지면서 김영삼 대통령의 아들은 물론 수많은 정치인들이 연루된 사건까지 발생했고, 대통령비서관의 집 장롱에서는 돈다발이 쏟아져나왔다. 결국 그의 우려대로 2년 후 나라의 경제가 무너지는 'IMF사태'가 발생했다.

김수환 추기경은 계속해서 텔레비전 화면에 눈을 고정시켰다. 나라가 위태로워지면 이름 없는 민초들이 의병이 되어 싸웠듯이, 붕괴 현장에서는 이름 모를 구조대원과 자원봉사자들이 자기 몸을 돌보지 않고 한 생명이라도 더 구하겠다고 비지땀을 흘렸다. 그는 텔레비전 화면에서 그들의 헌신적인 모습을 보며 가슴이 뭉클해지고 콧등이 찡했다. 참으로 고마운 일이고 아름다운 모습이며, 저런 이들이 우리 사회의 희망이라는 생각이 들었다. 그는 자신도 내일 당장 현장에 가서 구조대원과 봉사자들을 격려하고 싶었다. 그러나 자신이 나타나면 오히려 구조작업에 방해가 될 것 같아, 위로와 격려의 마음을 담아 성금을 보냈다.

7월 16일에는 피해자가 발생한 서초동성당에 가서 희생자들을 위한 추모미사를 집전한 후 유족들을 위로했다. 그리고 서초동 서울교대에 마련된 실종자안내센터를 방문해 가족들에게 "여러분의 고통에 동참하고 싶어 이곳을 찾았다"면서, "이번 사고로 고통을 겪고 있는 여러분께 마음으로 위로를 전한다"고 인사했다. 실종자 가족들의 손을 일일이 잡으며 "아픔이 얼마나 크겠느냐"고 위로의 말을 건네자 일부 가족들은 눈물을 흘리며 애타는 심정을 하소연했다. 그는 묵묵히 가족들의 이야기를 들어줬다. 그렇게 하는 것이 그들의 한을 풀어주고 눈물을 닦아주는 것임을 알기 때문이었다. 그는 자원봉사자들도 일일이 격려한 후 교구청으로 돌아와 다시 한 번 이번 사건의 희생자들을 위해 기도했다.

---

145 1995년 12월 9일 가톨릭실업인 송년미사 강론.

서초동성당에서 눈물을 흘리는 삼풍백화점 붕괴 사고 유가족을 위로하는 김수환 추기경.

7월 19일, 장맛비가 쏟아지는 명동성당 들머리에 다시 천막이 세워졌다. 광주에서 올라온 5·18유족회와 5·18광주민중항쟁부상자회 회원 30여 명이 '5·18 학살자 처벌'을 요구하며 농성을 시작한 것이다. 하루 전인 18일에 검찰이 5·18 관련자 58명에 대해 '공소권 없음' 결정을 내린 데 대한 항의농성이었다. 이들은 명동성당 들머리에 서명대를 설치해서 지나가는 시민들로부터 '학살자 처벌'에 찬성하는 서명을 받았다. 그러나 이들은 수배자도 아니고 불법행위를 하는 것이 아니라 경찰과의 충돌은 없었다.

7월 31일부터는 전국의 78개 대학 교수 3,580명이 5·18특별법 입법청원에 참여했고, 전국 100여 개 대학 학생들도 서명운동과 동맹휴업을 벌였다. 가톨릭에서는 9월 18일까지 신부, 수도사, 수녀, 평신자 등

12만 3천여 명의 서명을 받아 직접 국회에 제출했다.[146]

8월 1일, 서석재 총무처 장관이 친구와 술을 마시다가 전직 대통령 가운데 한 명이 4천억 원대의 가명계좌를 갖고 있다고 말했다. 이 발언은 3일부터 언론에 대대적으로 보도됐다. 국민들은 천문학적 금액에 경악했고, 파문은 일파만파로 퍼져나갔다. 그러나 검찰이 계좌를 찾지 못했다고 발표하면서 비자금 의혹은 일단 수면 아래로 가라앉았다.

8월 17일, 12·12사태 때 육군본부의 통화 내용이 담긴 80분짜리 녹취록이 《월간조선》 9월호에 공개되면서 다시 한 번 국민을 놀라게 했다. 신군부 측이 지휘체계를 무너뜨리는 장면들이 생생하게 드러났기 때문이었다. 다시 전두환, 노태우 전 대통령 처벌론이 고개를 들었다. 그러나 김영삼 대통령은 "16년 전의 일"이라면서 큰 의미를 부여하지 않고 덮었다. 지난 1994년 12월 "12·12사건은 군사반란이 맞지만 국내의 혼란을 우려해 기소유예 처분한다"고 했기 때문이었다.

8월 21일 새벽, 경기도에 있는 용인여자기술학교에 방화 사건이 발생해 원생 37명이 사망했다. 창문마다 쇠창살이 설치되어 있고 출입문이 잠겨 있어 밖으로 빠져나오지 못했던 것이다.

엎친 데 덮친 격으로, 8월 말에는 태풍이 휩쓸고 지나가 전국에서 피해가 속출했다. 호우 피해액이 4천억 원을 넘었고, 사망·실종자도 53명에 달했다. 태풍 피해 여파로 농수산물 가격이 급등했다.

북한에는 남한보다 더 많은 비가 내려 유례없는 대홍수 피해를 입었고, 이로 인해 전대미문의 식량난을 맞았다. 그 소식을 접한 김수환 추기경은 자신이 총재로 있는 서울대교구 민족화해위원회를 통해 9~12

---

146 한겨레신문 1995년 11월 25일자.

월 서울대교구 산하 175개 성당에서 '북한 돕기 헌미獻米 운동'을 벌이기로 했다. 9월 24일 명동성당에서 '북한 형제들을 위한 사랑의 쌀나눔 잔치'를 열고, 이날 각 성당에서는 주일 강론을 통해 운동의 의의와 중요성을 알리기로 했다. 헌미 헌금 액수는 쌀 20킬로그램 한 포대를 한 구좌로 해서 구좌당 3만 원으로 정했고, 서울대교구 산하 '한마음 한몸 운동' 본부가 구좌를 취합해 관리하기로 했다.[147] 그리고 한 달 후 5만 달러를 강영훈 대한적십자사 총재에게 전달했다.

대형 사건, 사고에 홍수까지 겹치자 청와대를 둘러싼 여러 유언비어가 나돌며 민심이 흉흉해졌다. 김영삼 대통령은 김수환 추기경에게 면담을 제의했다. 그는 나라가 처한 어려움을 생각해서 김 대통령의 회동 제안을 받아들였다.

김수환 추기경은 김영삼 대통령 취임 초 '부정부패 척결', '공직자 재산 등록', '금융·부동산 실명제', '하나회 척결' 등 문민정부의 개혁을 국민들이 도와야 한다는 발언을 여러 번 했다. 심지어는 텔레비전에까지 출연해서 "우리나라를 위해 대단히 중요한 것은 지금 문민정부가 추진하는 개혁이고, 이 개혁은 반드시 성공해야 한다"고도 말했다. 그러나 시간이 흐르면서 개혁은 지지부진해졌고, 정치는 독선적으로 흘렀다. 그런 와중에 명동성당에 공권력을 투입해서 관계가 소원해졌다. 그래도 그는 김영삼 대통령이 역사에서 성공한 대통령으로 기록되기를 바랐다. 대통령 개인을 위해서가 아니라, 지난 한 세대 동안 군사독재와 싸워서 이룬 문민정부가 실패한다면 국민 전체에게 패배감을 안겨주면서 민주적인 정부에 환멸과 실망을 느낄 수 있다고 생각했기 때문

---

147 한겨레신문 1995년 9월 3일자.

서울대교구 민족화해위원회가 영양식을 지원한 황해북도 유아원의 어린이들.

천주교 서울대교구 민족화해위원회

“1990년대 중반부터는 ‘퍼주기 식 지원’이라는 비난을 감수하면서까지 식량 지원에 열을 올렸다. 북에 국수 공장을 세우고 배편을 통해 식량을 실어나르는 것은 인도적 차원의 순수한 사랑이었다. 이 과정에서 서울대교구 민족화해위원회가 많은 일을 했다.”[148] 김수환 추기경은 1995년 2월 28일, 서울대교구 ‘민족화해위원회’를 발족시켰다. 광복 50주년을 맞으면서 민족의 화해와 일치를 향한 노력에 박차를 가하기 위해서였다. 그는 평양교구장서리를 겸직하고 있었기 때문에 언제나 마음속에는 북한에 남아 있는 신자들을 보살펴야 한다는 책임감을 갖고 있었고, 북한 교회 재건을 위해 교황청과 함께 많은 노력을 했다. 그러나 상황이 여의치 않자 민족화해위원회를 발족시켰고, 위원회에 선교의 차원이 아니라 ‘민족 화해’의 차원에서 활동해줄 것을 부탁했다. 실제로 그는 ‘북한 선교’라는 말 대신에 ‘민족 화해’라는 새로운 용어를 채택하도록 격려했다.

민족화해위원회는 1995년을 민족 화해의 길을 모색하는 원년으로 삼고, 1차 목표로 2000년까지 지속적인 활동과 사업으로 민족 연대 운동을 전개해나가기로 결정했다. 1996년 광복절에는 대홍수로 식량난에 처한 북한 동포들을 위한 국수 나누기 운동 모금을 시작했다. 이 ‘사랑의 국수 나누기 운동’은 서울대교구 내 각 본당 신자들에서 지방 교구와 해외동포 신자들로 퍼져나갔고, 한 달 동안 무려 45억 원에 달하는 성금을 약정받아 화해와 일치에 대한 천주교 신자들의 열망을 확인했다. 이후에도 서울대교구 민족화해위원회는 옥수수 보내기, 긴급 지원을 위한 100만인 서명 운동, 사랑의 옷 보내기 등 다양한 북한 지원을 계속했고, 2015년 현재까지 활발하게 활동하고 있다.

명동성당에 공권력이 투입된 후 천주교와 김영삼 정부의 관계는 좋지 않았다. 그러나 대형 사건과 사고로 민심이 흉흉해지자 김영삼 대통령은 김수환 추기경에게 면담을 요청했다.

이었다.[149]

9월 6일 정오, 김수환 추기경은 청와대에서 김영삼 대통령과 만났다. 접견실 앞에서 두 사람은 기자들을 위해 악수를 하며 덕담을 나눴다.

"요즘도 산에 가시지요?"

"예, 주로 화요일에 북한산에 가는데 일이 있으면 수요일에도 갑니다. 대통령께서도 산에 가십니까?"

"저는 경호 문제 때문에 등산은 못하고 조깅만 합니다."

두 사람은 점심식사를 하며 한 시간 45분 동안 배석자 없이 이야기를

148 《김수환 추기경 이야기》 397쪽.
149 《김수환 추기경 전집》 16권 229쪽.

나눴다. 회동 후 윤여준 청와대 대변인은 "발표할 내용이 없다"고 했고, 김수환 추기경도 묵묵부답이었다. 대화 내용을 서로 밖에서 이야기하지 않기로 했기 때문이었다. 명동성당에 공권력을 투입한 것에 대해 사과를 하면서 협조를 부탁했을 것이라는 추측만 나돌 뿐이었다.

10월 19일, 민주당 박계동 의원은 국회 대정부 질의 중 노태우 전 대통령의 4천억 원 비자금이 40여 개의 가명계좌에 분산 예치돼 있다면서 '예금조회표'를 물증으로 제시했다. 물밑에 가라앉았던 노태우 비자금 의혹이 다시 수면 위로 떠올랐다. 검찰이 수사에 착수했다.

11월 16일, 노태우 전 대통령이 특정범죄 가중처벌 등에 관한 법률 위반 혐의 등으로 전격 구속되었다. 기업체로부터 받은 수천억 원 비자금의 실체가 드러났기 때문이었다. 김수환 추기경은 천문학적인 액수에 참담함과 슬픔을 느꼈다.

노태우 전 대통령에 대한 구속, 수감을 계기로 전두환 전 대통령의 12 · 12군사반란 및 5 · 18광주민주화운동 유혈진압 수사에 대한 국민적인 요구가 거세졌다. 김영삼 대통령은 공소시효 정지 규정 등을 둔 5 · 18특별법 제정을 지시하고, '역사 바로 세우기 운동'을 선언했다. 헌법재판소도 검찰의 불기소 처분이 부당하다고 판결했다.

11월 25일, 김영삼 대통령은 5 · 18특별법을 제정하겠다고 발표했다. 지난 7월 19일부터 명동성당 들머리에서 '5 · 18 학살자 처벌'을 요구하며 서명을 받고 있던 5 · 18유족회와 5 · 18광주민중항쟁부상자회 회원들은 환영의 뜻을 밝혔다. 그리고 특별검사제를 도입한 진상규명, 책임자 처벌, 보상이 아닌 실질적 배상, 피해자의 명예회복, 기념사업 추진 등 다섯 가지 조건이 관철될 때까지 농성을 계속하겠다고 했다. 그들은 겨울투쟁에 대비해 천막을 걷어내고 합판으로 된 농성장을 만들었다.

11월 말, 검찰은 5·18광주민주화운동 관련 재수사에 착수했다. 동시에 제5공화국의 비리에 대한 수사도 진행됐다. 전두환 전 대통령은 12월 2일 연희동 자신의 집 앞 골목에서 대국민 담화를 발표하며 반발했지만, 12월 3일 12·12와 5·17군사반란 주도 혐의로 구속, 수감되었다. 얼마 후, 전두환 전 대통령이 재벌들로부터 역시 천문학적인 비자금을 받은 사실도 밝혀졌다.

김수환 추기경은 두 전직 대통령의 구속을 보며 마음이 착잡했다. 그리고 두 사람이 진심으로 뉘우치는 계기가 되기를 바랐다. 그래야 양심의 가책과 고뇌에서 해방될 수 있다고 믿었다. 또한 정부와 검찰은 사건을 철저하게 조사하고 의법 처리해야 하며, 이와 함께 모든 정치인들은 부패할 수 있는 정치 풍토가 만들어진 데 대한 책임감을 함께 느끼면서, 이 땅에 권력형 비리가 되풀이되지 못하도록 깨끗한 정치 풍토를 솔선하여 만들겠다는 각오를 다져야 한다고 생각했다.[150]

12월 6일, 김영삼 대통령은 전두환·노태우 두 전직 대통령이 만든 민주자유당(민자당)이라는 당명을 신한국당으로 바꿨다. 신한국당은 이회창·이재오·홍준표·박찬종 등을 영입했고, 김종필 의원은 충청도를 기반으로 하는 자유민주연합(자민련)을 창당했다. 다시 한 번 지역구도에 의한 3당체제가 된 것이다.

두 전직 대통령의 구속 후 신문과 방송에서는 연일 비서실과 홍보 담당 신부에게 인터뷰 요청을 해왔다. 지난 6월에는 명동성당은 성역이 아니라며 비판했던 언론이지만, 지금은 국민적 분노를 정리해줄 '어른'의 목소리가 필요했던 것이다. 그러나 그는 인터뷰를 하지 않았다. 모든

150 관훈토론회 발언, 《김수환 추기경 전집》 16권 223~224쪽.

신문과 방송이 할 말을 남김없이 다 하는 상황에서 같은 소리를 보탤 이유가 없다는 생각에서였다.

그의 침묵이 계속되자 결국 언론인단체인 관훈클럽이 움직였다. 그는 며칠 동안 고민한 후 참석을 수락했다. 1988년 첫 번째 관훈토론회 이후의 사회 변화와 지금의 상황 그리고 앞으로 한국 사회가 나가야 할 방향에 대해, 서울대교구장 사임이 1년 반 앞으로 다가온 지금, 공적으로 한 번 정리할 필요가 있을 것 같다는 생각도 들었기 때문이다. 그는 교회법에 의한 정년인 75세가 되는 1997년에 퇴임하기 위해 내년 초 교황청 정기 방문 때 사직서를 제출할 계획이었다.

12월 20일 오후 6시 30분, 서울 프레스센터 20층 회의실에서 김수환 추기경 초청 관훈토론회가 열렸다. 1988년 8월 18일에 이어 두 번째였다. 그는 마이크 앞에 서서 기조연설을 했다.[151] 그는 먼저, 통일의 꿈을 꾸며 희망찬 기대 속에 맞이했던 광복 50주년은 이 땅의 우리 모두에게 우울함만 남기고 저물어가고 있다면서, 남한에서는 계속되는 대형 참사와 부패한 정치문화, 북한에서는 대홍수와 극심한 식량난으로 7천만 동포 모두의 마음을 아프게 한 한 해였다고 1995년을 돌아봤다. 그리고 참회하는 마음으로 한 해를 정리하고 새해를 맞겠다고 다짐하면서 본론을 이야기했다.

이번 두 전직 대통령 구속 사건은 쿠데타로 정권을 잡은 잘못된 과거를 단죄하고, 권력과 금력에 의한 부정부패를 척결함으로써 그동안 우리 사회와 우리 자신이 깊이 병들어 있던 모든 부조리와 부정부패의 구조악을 치유하고, 인간 존중의 가치관과 정의가 살아 있는 새 한국을

151 기조연설은 《김수환 추기경 전집》 13권 182~186쪽, 질의응답은 《김수환 추기경 전집》 16권 221~238쪽과 각 언론 1995년 12월 21일자 기사.

만들 절호의 기회라고 평가했다. 그러나 정치권이 어느 때보다 더 당리당략으로 흐르고, 이전투구의 모습을 보이고 있는 상태로는 오늘의 난국을 극복할 수 없다면서, 지금은 우리나라의 미래를 위해 모두가 힘을 모아 역사를 바로잡고 나라를 다시 세워야 할 때라고 강조했다.

20분 동안의 기조연설이 끝나자 질의응답으로 이어졌다.

관훈토론회에 참석해서 기조연설을 하는 모습.

"광주 5·18 문제에 관한 질문을 두 가지만 드리겠습니다. 추기경님께서는 현대사의 고비고비마다 시대를 앞서 읽고 이끌어가는 예언자적 사명으로 중대 발언들을 하셔서 시대 흐름의 물꼬를 잡아나갔다는 데에 대해서는 많은 사람들이 공감하고 있습니다. 첫 번째 질문입니다. 그런데 5·18 당시에는 사태의 심각성이나 혹은 상황의 잔혹성을 공개적으로 비판하시거나 지적하신 일이 없는 걸로 기억합니다. 그렇다면 그 당시 그러한 공개적인 비판이나 잔혹성을 지적하시지 못한 저간의 사정이라도 있으셨는지요?"

그는 잠시 생각을 했다. 그러나 이미 인터뷰나 강연을 통해 당시 상황에 대해 이야기했기 때문에 오늘 다시 시시콜콜 구체적으로 이야기할 필요는 없을 것 같았다.

"먼저 광주사태가 있었을 때 그것에 대해 공개적으로 규탄하는 말을 하지 못했습니다. 그것은 의도적으로 안 한 것이 아니고, 그때 상황이 그런 것이 별로 효과가 구체적으로 나타나기가 힘들다고 생각해서 그랬던 것이 아닌가 생각합니다. 그러나 제 나름대로는 광주 분들의 고통을 그 사태 한가운데서 막아보려고 노력한 것도 있습니다."

"둘째 질문은 최근 강론, 강연 등을 통해서 광주 문제 해결의 해법을 제시하셨습니다. 그 내용은 '반인륜적인 범죄에는 처벌의 시효가 있을 수 없다는 것과 진실 규명에 따른 엄정한 법적 단죄가 있은 후에 적당한 시기에 사면을 하는 것이 바람직하다'라는 것으로 요약할 수 있겠습니다. 그런데 저희가 신문 보도 스크랩 등을 보면, 1993년 광주민주화항쟁 13주년 때 TV 회견을 하셨는데, 그 당시에는 광주 시민들의 우선적인 용서를 호소하시는, 말하자면 진실 규명과 처벌의 유보 입장, 더 종교적인 말씀을 드린다면 종교적 입장에서의 화해를 강조하셨던 것으로 되어 있습니다. 그렇다면 1993년 5월에 제시하신 해법과 지금 1995년 12월에 제시하시는 해법에 차이가 있는 것 같다는 생각이 듭니다. 이러한 차이는 추기경님께서 시대의 흐름을 읽는 역사관이 바뀌어서 그런 것인지, 아니면 언론 보도가 진실을 잘못 보도해서 그렇게 된 것인지 말씀해주십시오."

김영삼 정부 출범 당시 일부에서 김수환 추기경이 '돌아섰다'고 비판하던 부분과 현재를 비교하는 질문이었다. 그는 차분한 목소리로 대답했다.

"1993년 당시 대통령께서 5·18을 광주민주화운동으로 규정하는 말씀을 하시면서도 역사의 심판에 맡기자고 하셨을 때, 제가 그것을 지지하는 발언을 텔레비전을 통해 주로 했습니다. 그때 제가 김 대통령의 입장을 옹호하는 말을 한 중요한 이유는, 김 대통령께서 취임한 지 몇 달 안 되는 상태에서, 취임하자마자 그분이 뜻하시는 이른바 공직자 재산 등록이라든지 개혁을 강력하게 추진하고 있을 때였습니다. 그런 상태에서 '우리나라를 위해 대단히 중요한 것은 지금 대통령이 추진하는 이 개혁이다' 이렇게 생각했습니다. 그런데 만일 개혁을 하면서 광주 문제를 건드릴 때에는 결국 그 상태에서 두 사람의 전직 대통령뿐만 아니라, 관계된 사람들을 잡아넣지 않으면 안 되는 것이거든요. 그 사태가 왔을 때 엄청난 정치적 · 사회적 혼란을 가져오지 않겠는가? 그러면 이분이 대통령이 된 지 얼마 되지도 않아 시작한 개혁이라는 것이 무산되어버릴 수 있다, 바로 이런 이유 때문에 그때는 그것을 지지했습니다. 그런데 지금 와서 달라졌느냐? 달라졌습니다. 달라졌다는 것은, 특별히 금년 들어서 여러 곳에서 광주 문제에 대한 특별법 제정이라든지, 여러 요구가 일어나는 것을 보고 저 자신이 생각해볼 때, 광주 문제를 이제는 더 이상 도저히 비켜갈 수 없겠구나 하는 느낌이 들었습니다. 그래서 윗분에게도 '뭔가를 해야 될 것 같습니다'라고 했고, 그리고 몇 번 기자들과 만난 자리에서 진실을 밝혀야 한다는 말을 하게 되었습니다. 그런데 이번에 제가 보기에는, 시작 발언에서도 말씀드렸지만, 많은 분들이 이때가 오기를 바랐지만, 이것이 이런 모양으로 오리라고 생각했고, 인위적으로 어느 누군가가 계획을 해서 할 수 있었겠느냐? 저는 그렇게 보지 않습니다. 여러 정황을 볼 때에 이것은 김 대통령 자신도 본래부터 생각하지 못했던 그런 것을 하게 되었다고 봅니다. 대통령이 되면서 처음부터 전직 대통령 두 사람을 감옥에 잡아넣겠다는 생각은 이분으로서는 도저히 할 수 없었고 하지도 않았다고 합니다. 그때는 국민적인 화해를 위해서도 그럴 필요성이 없었겠는데, 세월이 지나면서 노태우 전 대통령의 비자금 사건이 터져나왔습니다. 이것은 대통령으로서도 조사를 하지 않으면 안 되는 상태에까지 왔고, 이것이 12 · 12와 5 · 18과 연결이 되어 오늘의 결과가 나왔다고 봅니다. 그런 의미로 볼 때 이것은 누가 계획해서, 1993년에는 이랬지만 1995년에는 이것을 반드시 그렇게 해야겠다고 계획한 것이 아니고, 일이 그렇게 진전되었다는 것입니다."

다음 질문이 이어졌다. 정치인들의 추기경 방문에 대한 질문이었다.

"정치인들이 추기경님을 자주 방문하고 또 그 광경이 신문이나 텔레비전에 크게 나오는 경우를 저희들은 많이 보아왔는데, 정치인들이 종교를 정치에 이용하는구나 하는 인상을 받고 있습니다. 그리고 추기경님께서도 가만히 보면 그것을 즐기시는 것 같더라구요. 작은 정치인, 큰 정치인 할 것 없이 찾아오니까 추기경님께서도 기분이 나쁘시진 않으신 것 같고, 추기경님께서도 상당히 정치성향이 강하신 것이 아닌가, 그런 인상을 받았는데, 어떻게 생각하시는지 말씀해주십시오."

질문이 끝나자 그의 표정이 굳어졌다. 그는 정색을 하며 대답했다.

"질문의 요지는 결국 제가 정치적인 성향이 굉장히 짙다, 라는 답을 얻어내기 위한 질문이 아닌가 합니다. 그런데 언론인은 좀 과장이 있는 것 같습니다. 언제 제가 그렇게 많이 만나고 그것이 대문짝만 하게 언론에 보도되고 했는지, 국장님께서 언제 저희 비서실에 와서 확인하신 적 있으십니까? 저를 찾아오는 정치인들은 그리 많지 않습니다. 1년에 몇 번 있는 정도니까요. 긴 시간을 만나는 것도 아니고요. 제가 종교인이니까 정치적인 것도 아니고요. 그것을 즐기느냐? 즐긴다고 해야 질문에 맞는 대답인데, 사실 저는 언론인, 신문기자를 대하는 것이 힘듭니다. 말 한 마디 요만큼 했는데 이만큼 나오니까 늘 조심스럽고…… 정치인들도 그렇습니다. 정치인들이 사진 찍자고 그래서 사진 찍으면 분명히 선거에 이용하고…… 어떤 때는 선거 때 이용해도 좋다고 하고 찍기도 합니다. 그러나 제가 즐기느냐, 아니냐는 여러분의 판단에 맡깁니다."

계속해서 질문이 이어졌지만 대부분 비슷한 범주였고, 그는 대답을 하면서 언론인의 자세와 언론의 사명에 대해서도 간곡하게 부탁했다. 다음 대통령은 개혁을 계속하면서 인간존엄과 사회정의를 구현할 수 있는 분이 되면 좋겠다고 했다. 북한에 인도적 차원의 구호물자를 지원하는 문제에 대해서는 "동족이기 때문에 도와야 한다. 북한을 형제적 사랑으로 껴안고 설득해서 남한만이 당신들을 도울 수 있다는 점을 설득시키고, 차츰차츰 도와서 그들이 어려움에서 빠져나올 때 그들이 우리를 이해하고 평화통일의 길을 열어갈 수 있지 않을까 생각한다"고 대답했다.

마지막으로 가톨릭에서는 왜 여성 사제를 허락하지 않느냐는 질문에는, "교회 안에서 남녀의 차별은 없지만, 남녀의 구별은 있고 그에 따른 역할의 구별도 있기 때문"이라고 답했다.

두 시간이 넘는 토론회가 끝났다. 이것이 그의 마지막 관훈토론회 참석이었다. 그러나 그는 이 자리를 통해 그동안 세간에서 일던 오해에 대한 입장을 밝혔고, 현재와 앞으로 우리나라가 가야 할 방향까지도 밝힐 수 있어 다행이라고 생각했다.

12월 28일, 김수환 추기경은 지난 9월부터 서울대교구 민족화해위원회가 주축이 되어 모금한 북한구호성금 2차분 4천만 원을 대한적십자사에 전달했다. 그러나 정부는 '쌀 및 현금 지원 불가 방침'을 고수하면서, 이 성금으로 북한에 담요, 양말, 식용유와 라면 1만 개를 지원했다. 이 소식을 들은 김수환 추기경은 이런 구호정책 하에서 더 이상 적십자에 성금을 기탁하는 것은 무의미하다면서, 정부의 방침이 바뀌기 전에는 기탁하지 않겠다고 밝혔다.

12월 31일 밤, 그는 교구청 앞마당에서 명동성당 첨탑 위 십자가 옆에 걸린 반달을 바라봤다. 서울에 온 지도 벌써 27년이 지나고 있었다. 그는 강산이 세 번 변할 동안 우리나라에도 많은 변화가 있었고, 이 명동성당도 격동의 시대를 뚫고 나오는 데 나름의 역할을 했다는 생각도 들었다. 그리고 '세상 속의 교회'를 만들겠다는 서울대교구장 착좌 때의 다짐도 어느 정도 이루어진 것 같아 마음이 비교적 홀가분했다. 그는 이제는 새로운 교구장이 와서 새로운 사목 아이디어를 갖고 서울대교구를 새롭게 이끌어갈 때라고 생각하며, 다시 한 번 십자가를 바라보았다.

한국인의 한 사람으로 사과드립니다
46

"여러분이 속임을 당하거나 구타를 당하거나 폭력으로 고통을 받은 일이 있다면,
제가 한국인의 한 사람으로 그들을 대신해서 사과드립니다.
저의 사과가 한국과 여러분의 관계를 회복시키고, 새로운 평화가 정립되기를 바랍니다."

| **김수환 추기경** |

1996년 2월 8일 오후 3시, 김수환 추기경은 광주대교구의 윤공희 대주교와 박상수 총대리신부, 조철현 신부, 조비오 신부 등과 함께 광주시 망월동에 있는 5·18묘역을 찾았다. 얼마 전 피해자 유족인 안성례 광주시의원에게 "광주 망월동 민주화묘역이 확장된 장소로 옮겨가기 전에 찾아달라"는 부탁을 받고 윤공희 대주교와 일정을 상의해서 방문한 것이다. 그는 5·18 희생자와 민주인사들의 영령을 위한 연도(위령기도)를 바쳤다. 헌화 후에는 묘비 하나하나를 살펴보면서 동행한 기자들에게 "다시는 5·18과 같은 비극이 일어나지 말아야 한다"고 강조했다.

오후 7시 30분 송언종 광주시장, 안성례 시의원 등 지역 인사들과의 간담회에서 "5·18은 역사 속에서 민주화운동의 분수령으로 중요한 의미를 갖고 있다. 광주가 입은 상처와 슬픔을 민족을 사랑하는 마음으로 깊이 수용하고 온 국민이 하나가 될 수 있도록 한다면 빛고을이 더욱 빛날 것"이라고 위로했다.

망월동 5 · 18묘역을 방문해서 위령기도를 드리는 김수환 추기경. 그 왼쪽이 윤공희 대주교.

3월 2일 오후, 김수환 추기경은 서울 정동 프란치스코회 강당에서 열린 서울 가톨릭언론인 피정에 참석해 마침미사를 집전하면서 강론을 했다. 그는 언론은 사회의 목탁으로, 한 사회 안에서 여론을 조성하고 그 여론을 이끌어가는 가장 큰 힘을 가지고 있다면서, "한 나라와 사회의 언론이 어떠한가에 따라서 그 나라와 사회가 어떤 사회인지, 선진인지 후진인지, 그 사회가 어떤 가치관에 살고 있는지를 판단할 수 있다"고 말했다. 그는 그만큼 언론이 사회와 인간에 미치는 영향력이 크다면서, 인간 존중의 가치관, 정직과 성실, 이기주의가 아닌 이타주의, 이웃 사랑과 희생정신 그리고 지역 · 계층 간 모든 차별과 갈등을 극복하는 화합의 정신을 가져달라고 부탁했다.

미사를 마친 그는 가톨릭언론인들과의 대화에서 "교회법에 의해 만 75세가 되는 내년 5월 서울대교구장직에서 정년퇴임한다"면서, "퇴임

후에는 좀 자유로운 상태에서 사목활동을 하고 싶고, 그날이 기다려진다"고 밝혔다.

4월 11일 실시된 제15대 국회의원선거에서 여당인 신한국당이 34.5퍼센트의 득표율에 139석(지역구 107, 전국구 32), 새정치국민회의가 25.3퍼센트의 득표율에 79석(지역구 66, 전국구 13), 자유민주연합이 16.2퍼센트의 득표율에 50석(지역구 41, 전국구 9), 통합민주당이 11.2퍼센트의 득표율에 15석(지역구 9, 전국구 6), 무소속이 11.9퍼센트 득표율에 지역구 16석을 차지했다.

제13대 총선 이후 지속되어온 지역할거주의 3당구도가 뚜렷이 드러났다. 투표율은 63.9퍼센트로, 국회의원선거 실시 후 가장 낮은 수치였다. 정치인들의 모습에 실망한 국민들이 정치적 무관심을 보인 결과였다.

4월 14일, 명동성당에서는 세 번째 '외국인 노동자 축제'가 벌어졌다. '인간존엄성과 평화를 위한 연대'라는 주제로 열린 올해 축제에도 서울과 경기도 지역에서 1,500여 명이 참가해서 성황을 이뤘다. 작년에 참가자들이 가장 즐거워했던 노래자랑이 올해도 가장 큰 호응을 얻었다. 드문드문 한국인 사장과 간부들의 모습이 보였고, 이들은 자신의 공장에서 일하는 노동자들이 노래할 때 박수를 치며 응원하기도 했다.

그러나 올해 처음으로 준비한 '우리말 웅변대회'에서는 아직도 외국인 노동자에 대한 차별이 심하다는 것을 알 수 있었다. 참가자들이 "하루에 제일 많이 듣는 말이 '빨리빨리'와 'X새끼'입니다", "한국에 처음 왔을 때, 날씨도 추웠지만 더 견디기 힘든 건 우리를 대하는 차가운 태도였습니다", "처음에는 김치를 냄새 때문에 먹기가 힘들었지만 이젠 맛있게 먹습니다. 마찬가지로 한국 사람들도 우리 냄새를 좋아해줄 수 없나요" 등 서러운 한국 생활을 이야기할 때마다 사람들은 박수를 치면서 울고 웃었다.

1996년 4월 14일 명동성당에서 열린 외국인 노동자들을 위한 축제 참석 .

오전 행사가 끝나자 김수환 추기경이 집전하는 미사가 봉헌되었다. 그는 영어로 강론을 했다.

그는 올해의 주제인 '인간존엄성과 평화를 위한 연대'의 의미를 설명하면서, 서로 굳건한 관계를 맺을 때 인간의 존엄성은 존중되고 발전한다고 강조했다. 또 외국인 노동자들에게 예수 그리스도의 평화가 내리기를 바란다면서, "예수님은 인간이 서로를 사랑하고 함께 살아갈 수 있는 공동체를 건설하기를 원하셨다"고 했다. 그는 고개를 들어 외국인 노동자들을 바라봤다. 그리고 차분한 목소리로 강론을 이어갔다.

"여러분은 어쩌면 부당한 대우나 오해, 또는 그리스도처럼 조롱당하거나 폭력으로 시달린 경험이 있을지도 모릅니다. 여러분이 속임을 당하거나 구타를 당하거나 폭력으로 고통을 받은 일이 있다면, 제가 한국인의 한 사람으로 그들을 대신해서 사과드립니다. 저는, 저의 사과가

1996년 4월 23일 독도 방문.

한국과 여러분의 관계를 회복시키고, 새로운 평화가 정립되기를 바랍니다."

그의 사과에 장내는 숙연해졌고, 강론을 이해한 필리핀 여성 노동자들의 흐느낌이 흘러나왔다. 그는 "여러분들이 한국에서 마음의 평화를 얻으며 살아갈 수 있도록 기도하겠다"면서 강론을 마쳤다.

외국인 노동자들을 위한 프로그램은 오후 늦게야 모두 끝났다. 그러나 그들은 헤어지기가 아쉬운 듯 저녁 어스름이 내릴 때까지 삼삼오오 둘러서서 이야기를 나누다 내년을 기약하며 다시 일터로 돌아갔다.

4월 23일, 김수환 추기경은 김옥균 총대리주교 등 사제단 아홉 명과 함께 공군 헬기로 독도를 방문했다. 일본 정부는 지난 2월 8일 독도의 영유권을 주장하면서, "일본 정부의 동의 없이 부두시설 공사를 하는 것은 일본 주권에 대한 침해"라는 항의서한을 우리나라에 보냈다. 그때부터 시민·사회단체에서는 일본 정부의 사죄를 요구했다. 김수환 추기경이 공동의장으로 있는 '한·일 과거 청산 범국민운동본부'에서도 "독도가 한국 영토임은 역사적·국제법적으로 명확히 입증된 사실"이라며, "일본 정부는 한국에 대한 명백한 주권 침해인 독도 망언을 즉각 취소하고 사죄하라"고 촉구하는 성명을 발표했다. 정부에서도 당시 추진되던 한일정상회담 취소를 검토하고 일본 대표단의 대통령 접견을 거부했다. 그러나 일본의 태도에 변화가 없어 그와 사제단이 독도를 방문한 것이다. 독도는 우리 땅이라는 의지의 발로였다.

그는 외로운 섬에서 24시간 경계근무를 하는 독도경비대원들을 격려한 후, 동백나무 한 그루를 기념으로 식수했다.

명동성당 언덕길 옆에는 다시 농성 천막이 들어섰다. 인권 탄압을 고발하는 외국인 노동자, 복직을 외치는 해고 노동자, 한약 조제 자격시험 원천무효를 주장하는 한의사와 한의대생들이 몰려와서 자신들의 억울함을 호소했다. 한의사와 한의대생을 제외하면 모두 노동자들이었고, 이들은 '노사개혁 하자면서 노조 탄압 웬말이냐', '재벌들은 사죄하는 마음으로 해고자 복직 실시하라', '불법체류 사면하고 외국인노동자법 제정하라' 등의 구호가 적힌 현수막을 걸고 있었다. 그들 중에는 전북 익산에서 올라와 '상경 투쟁'을 하는 노동자들도 있었다. 외국인 노동자들의 농성은 한 달을 넘기고 있었다. 그들은 모두 두 평 남짓한 천막에서 흐르는 눈물을 닦으며 구호를 외쳤다.

명동성당으로서는 불편한 일이었지만, 김수환 추기경은 그들을 제지하지 않았다. 가난한 노동자들에게 명동성당은 마지막으로 기댈 수 있는 언덕이었다.

10월 어느 날, 그는 광주교도소에 수감되어 있는 파키스탄인 사형수

명동성당 언덕에 가득히 들어선 농성 천막.

아미르 자므르와 무하마드 아제즈로부터 편지를 받았다.

존경하는 김수환 추기경님.

저희 무하마드 아제즈와 아미르 자므르는 93년 5월, 한국 법원에서 파키스탄인 두 명을 죽였다는 누명을 쓴 채 사형선고를 받은 사람들로서, 5년 가까이 '오늘이 집행일이 아닐까' 가슴 졸이면서 저희의 무고함이 밝혀지기를 고대하고 있습니다.

편지를 읽은 그는 천주교인권위원회 위원장인 김형태 변호사를 불렀다. 편지를 건네며 천주교인권위원회에서 책임지고 진상을 밝혀보라고 했다. 그때부터 김형태 변호사는 광주교도소와 안동교도소, 진주교도소를 다니며 사건 연루자들을 만났다.

12월 26일 오전 6시, 신한국당은 국회에서 노동관계법 개정안과 안기부법 등 11개 법안을 단독으로 처리했다. 권영길 민주노총 위원장은 명동성당에서 기자회견을 열어 신한국당의 노동법 날치기 통과에 항의하면서 26일부터 무기한 총파업에 돌입한다고 발표했다. 한국노총 역시 파업을 선언했다. 노동계의 총파업은 1948년 정부 수립 이후 처음 있는 일이었다. 이때부터 전국은 파업 열풍에 휩싸였고, 민주노총 지도부가 투쟁본부로 선언한 명동성당은 '태풍의 눈'이 되었다.

12월 28일, 명동성당 뒤뜰에서는 수천여 명의 노동자들이 모여 '노동법 개악 결사반대'를 외치며 연좌시위를 벌였다. 민주노총 권영길 위원장과 집행부는 연말연시의 교통혼란을 우려, 지하철노조는 현장에 복귀하게끔 결의했다. 명동성당에는 집행부 30여 명이 남아 계속 파업을 지휘했다.

12월 29일 오전 11시, 민주노총 소속 노동자 2만여 명은 여의도광장에서 '날치기 규탄대회'를 갖고 여의도에 있는 신한국당 당사까지 가두행진을 했다. 경찰 병력도 1만여 명이 출동했지만 충돌은 없었다.

12월 30일, 민주노총은 여론 악화를 우려, 지하철노조에 이어 병원노조도 업무에 복귀하도록 결의했다. 아울러 연말연시 연휴 동안 총파업을 잠정 중단하기로 결정했다. 한국노총도 반 이상의 파업장에서 파업을 철회했다. 그러나 이날 각 대학 교수 100여 명이 거리행진 시위를 했고, '민주사회를 위한 변호사 모임(민변)' 소속 변호사 70여 명은 서초동 사무실에서 시한부 농성을 벌였다. 개신교와 불교 쪽에서도 규탄성명을 발표하는 등, 새해 정국이 심상치 않을 것을 예고했다.

가장 높은 집의 가장 높은 다락에 예수님이 계신다

47

"좋은 일을 꿈꾸면 하느님께서 반드시 이루어주신다."

| 마더 테레사 |

1997년, 김수환 추기경은 75세가 되었다. 정년이 되는 해였지만 사직서는 나이를 만으로 따지는 서양식에 따라 보통 생일 두 달 전에 제출하는 것이 관례였다.

1월 2일 오후, 권영길 민주노총 위원장은 명동성당 천막에서 기자회견을 했다. 그는 정부가 지난 31일 관보에 게재, 공포한 노동법을 백지화하고 법 개정에 착수하지 않으면 3일 오전부터 50여 개 노조 9만여 명이 총파업에 돌입할 것이라고 밝혔다.

1월 4일, 명동성당에서는 1천여 명의 민주노총 조합원들이 모여 날치기 노동법 규탄대회를 가졌다.

1월 5일, 드디어 검찰이 움직였다. 이튿날인 6일 파업이 대규모일 경우 핵심 간부들에 대해 법적 대응을 해나가겠다고 밝혔다.

1월 6일, 서울지검은 명동성당에서 농성 중인 민주노총 권영길 위원장과 단병호 금속노련 위원장 등 일곱 명에게 7일 오전 11시까지 서울

성북경찰서에 출두하라고 통보했다. 그러나 민주노총 관계자들은 출두 요구서 수령을 거부했다. 이튿날인 7일에는 2차 소환을 통보했다.

1월 10일, 법원은 민주노총 간부 20여 명에 대해 사전구속영장 대신 구인장을 발부했다.

이날 천주교 서울대교구 정의평화위원회와 노동사목위원회는 '최근 노동법 사태에 대한 우리의 견해'라는 성명을 발표했다. 두 위원회는 성명이 김수환 추기경의 승인을 받은 천주교 서울대교구의 입장이라면서, 노사 양측의 대화와 타협을 권유했다. 정부에 대해서는 대화를 거부하지 말고 변칙 처리된 노동법을 수정·보완할 것을 촉구했다. 노동계를 향해서는 총파업이라는 최후의 수단 대신, 먼저 평화적인 방법에 의한 대화와 타협을 통해 자신들의 주장을 관철해나가기 바란다고 당부했다. 성명을 발표한 명동성당 장덕필 주임신부는 "김수환 추기경께서는 성명을 재가하면서 공권력을 투입하면 강도 높은 저항에 직면할 것이라는 뜻이 정확히 알려졌으면 좋겠다고 말씀하셨다"고 밝혔다.

1월 12일 일요일, 명동성당에서의 민주노총 투쟁도 18일째가 되었다. 김수환 추기경은 명동성당에서 '주님의 세례 축일' 미사를 집전했다. 이날 주보에는 지난 1월 10일 서울대교구 산하 정의평화위원회와 노동사목위원회에서 발표한 '최근 노동법 사태에 대한 우리의 견해'라는 성명서가 별지로 들어 있었다. 그는 강론을 통해 예수님이 요르단강에서 세례를 받으신 의미를 설명한 후, 최근의 명동성당 농성에 대한 교회의 입장을 다시 한 번 강조했다.

"……오늘날 우리 사회도 이른바 세계화의 물결 속에서 다시 태어나야 합니다. 그러기 위해서는 주님의 겸손과 사랑, 자비와 용서의 정신이 우리 자신들의 가치관의 근본이 되어야 한다고 저는 믿습니다. 지금 우리 사회는 여러분이 잘 아시는 대로 정치·경제적으로 심각한 사태에 빠져 있습니다. 지난 연말에 변칙 처리된 노동법과 안기부법 등의 개정으로 말미암아 일어난 사태입니다. 이 사태에 대한 교회의 입장은 노사 양쪽이 대화를 통해 문제를 해결하라는 것입니다. 여러분이 오늘 받으신 주보의 간지에서 볼 수 있습니다. 그리고 이 기회에 말씀드리고 싶은 것은, 다시금 이 명동성당이 이른바 성역이냐 아니냐 하는 것이 재론되고 있는데, 종교적 의미로 이곳은 누가 뭐라 해도 성역입니다. 언제나 성역입니다. 그러나 법적으로 치외법권 지역인가? 이렇게 묻는다면 우리는 그렇다고 말할 수 없습니다. 여기가 성역으로 보존될 수 있는지 아닌지는 오로지 우리 모두가 이 자리를 참으로 성역으로 사랑하고 존중하느냐 않느냐에 달려 있습니다. 이 자리를 참으로 성역으로 사랑하고 존중할 때, 이 자리는 성역으로 보존될 수 있습니다. 이 말은 정부가 이 자리를 존중해서 법 집행을 위해 공권력 투입을 하지 않는 것도 중요하지만, 이 자리를 피난처로 삼고 있는 이들도 이곳을 참으로 성역으로 존중하고, 성역으로 생각하고, 그런 마음가짐도 갖고, 그렇게 행동해야 한다는 것입니다. 그러기 위해서는 여기서는 일체의 폭력, 물리적 폭력은 물론이요 말에 의한 폭력도 있어서는 안 됩니다. 더구나 대정부 투쟁을 앞세워서 정부 타도를 서슴없이 폭언과 함께 외치는 소리가 명동성당을 배경으로 해서 거듭되는 것을 볼 때는 마음의 슬픔을 금할 수가 없습니다. 성당은 어디까지나 사랑과 용서와 평화를 상징하고 있습니다. 그 성당을 배경으로 자기와 뜻을 같이하지 않는 사람을 적으로 몰고, 미움을 선동하고 타도를 외치는 것은 참으로 우리로서는 받아들일 수 없는 말의, 또한 행동의 폭력이라고 하지 않을 수 없습니다."

그는 잠시 말을 멈췄다. 그리고 성당을 가득 메운 신자들과 일부 농성자들에게 다시 한 번 부탁했다.

"그러므로 저는 이 자리에서 농성 중인 분들에게 여러분이 이곳을 성역으로 존중하고 그에 상응하는 언행을 할 때에만 이곳이 비로소 성역으로 보존될 수 있다는 것을 명심해주시도록 간곡히 부탁하는 바입니다. 그리하여 비록 법적으로는 이 자리가 아무런 치외법권적인 권리 주장도 할 수 없고 보장도 없다 할지라도, 우리 모두가 이 자리를 평화의 자리로, 사랑의 자리로, 용서의 자리로, 성역으로 사랑하고 존중한다면 이 땅의 가난한 이들, 약한 이들, 의지할 데 없는 이들이 필요할 때 피난처처럼 기댈 수 있는 조그마한 땅이라도 있다는 것은 우리 모두에게 큰 위로가 아닐 수 없습니다. 그리고 아름다운 일입니다. 아무쪼록 이 명동성당이 그런 의미로 아름다운 사랑의 성역, 용서의 성역, 평화의 성역이 될 수 있도록, 우리 모두 함께 이 자리를 존중해주시기를 간절히 호소합니다."

그의 강론이 끝났다. 모두들 숙연한 표정으로 고개를 숙였다.

미사가 끝난 오후 1시, 경찰관 네 명이 노조 집행부에 대한 사전구속영장을 집행하기 위해 성당으로 들어오려고 했지만, 사수대의 제지로 발걸음을 돌렸다. 네 번째 집행 시도였다.

민주노총은 이날 오후 2시 30분, 명동성당 앞마당에서 '날치기 법안 무효화 및 폭력정권 규탄대회'를 개최했다. 노조원들은 김수환 추기경의 간절한 호소에도 불구하고 명동성당을 배경으로 정권퇴진 구호를 외쳤고, 1,500여 명의 노동자들은 장구와 북의 장단에 맞춰 노래를 부르며 춤을 췄다.[152]

1월 13일 오전 9시 55분, 신한국당 이홍구 대표가 김수환 추기경과

---

152 경향신문 1997년 1월 13일자.

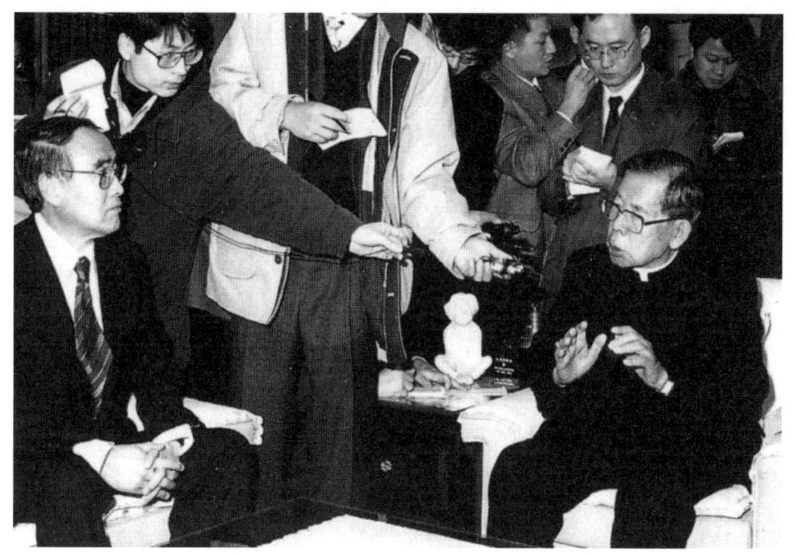

명동성당으로 찾아온 이홍구 신한국당 대표와 면담하는 김수환 추기경.

의 면담을 위해 명동성당을 방문했다. 그는 이홍구 대표에게 "정부와 여당이 오래전부터 국민에게 고통분담 얘기를 많이 했으나, 서민과 노동자들이 피부로 느낄 만큼 고통을 분담하는 모습을 보이지 않았다"면서, "기업인들이 정말 노동자와 고통을 분담하는 모습을 보여줄 때만 노동자들이 이해하고 따라올 것"이라고 충고했다. 이홍구 대표는 "하루속히 여야 대화를 회복시켜 모든 문제를 국회에서 해결하는 것이 바람직하다"면서, 정치권에서 노력하겠다고 약속했다.

1월 15일, 김수환 추기경은 장덕필 명동성당 주임신부에게 청와대를 방문해서 김광일 비서실장을 만나라며 약속시간을 알려줬다. 장 신부는 김 비서실장을 만나 명동성당에 대한 공권력 투입을 자제하고, 평화적으로 사태를 해결해달라는 김수환 추기경의 뜻을 전했다. 비서실장과의 면담에서 돌아온 장 신부는 곧바로 권영길 민주노총 위원장과 단독으로 만나 이야기를 나눴다. 김수환 추기경 역시 명동성당에서 농성 중인 민주노총 배범식 부위원장과 한 시간 30분 동안 대화했다.

1월 17일 오후 4시, 김수환 추기경은 청와대에서 김영삼 대통령과 한 시간 30분 동안 단독으로 회담했다.

5시 40분, 윤여준 청와대 대변인이 기자실에 내려와 대화 내용을 간단하게 브리핑했다. "김수환 추기경은 김 대통령이 포용력을 발휘해 시국을 풀어줄 것을 요청했으며, 이에 대해 김 대통령은 충분히 생각하겠다는 입장을 밝혔다"는 내용이었다.

6시, 청와대에서 돌아온 김수환 추기경은 교구청에서 기다리던 기자들에게 "김 대통령은 엄정한 법 집행을 강조했다. 그러나 나는 강론에서 이미 밝힌 대로 공권력 투입에 적극 반대하면서 대화를 통한 사태 해결을 거듭 강조했다"고 밝혔다.

1월 19일, 검찰은 명동성당에 대한 공권력 투입을 당분간 유보한다고 발표했다.

1월 21일, 김영삼 대통령은 전격적으로 김대중 국민회의 총재, 김종필 자민련 총재, 이홍구 신한국당 대표와 함께 여야영수회담을 했다. 갑론을박 끝에 노동법을 국회에서 다시 논의하고, 파업 주동자에 대한 영장 집행을 유보한다는 합의를 도출했다. 야당에서 노동법 폐지안을 내면 여당에서는 무효화하는 것을 검토한다는 내용이었다.

1월 24일, 민주노총은 명동성당에서 해단식을 갖고 농성 장소를 서울 성북구 삼선동 민주노총 사무실로 옮겼다. 권영길 위원장과 노조 간부들은 김수환 추기경과 장덕필 주임신부를 방문해서 장기간의 농성으로 명동성당에 불편을 끼친 데 대해 사과했다. 그리고 오후 6시 저녁미사에 참석했다. 농성 30일 만이었다.

이날 재계 서열 14위인 한보그룹의 한보철강 부도 사태가 발생했다.

명동성당에서 농성을 끝내고 김수환 추기경을 방문한 권영길 민주노총 위원장.

세계 5위의 제철공장이 완공도 되기 전에 쓰러진 것이다. 그러나 단순한 부도가 아니었다. 검찰에서는 담보가 턱없이 부족하고 은행법상 동일인 여신한도 규정에 위배, 주거래은행이 자기자본의 한도를 넘어 대출해주는 등 적법 절차를 제대로 지키지 못한 경위 등에 주목하여 수사에 착수했다.

얼마 후 부실대출 규모가 무려 5조 7천억 원에 달하는, 건국 이래 최대 금융부정 사건이라는 소식에 온 나라가 술렁거렸다. 국민들은 심한 충격과 함께 구속된 정태수 한보그룹 총회장이 누구에게 로비를 해서 이런 천문학적인 금액을 대출받을 수 있었는지 궁금해했다. 온갖 유언비어가 난무했고, 정계와 관계, 금융계는 긴장했다.

검찰 수사 과정에서 당시 실세로 불리던 신한국당 홍인길 의원이 돈을 받은 것으로 드러나자, 야당은 "홍 의원은 '깃털'에 불과하고, 또 다른 '몸통'이 있다"면서, 김영삼 대통령과 차남 현철 씨에 대한 공세를 강화했다. 그러나 김대중 총재의 오른팔 격인 권노갑 의원도 돈을 받은 것이 드러나면서 사태는 걷잡을 수 없이 커졌다. 국민들은 분노했고 허탈감에 빠졌다.

2월 말, 김수환 추기경은 교황 요한 바오로 2세에게 사직신청서를 제출했다.[153] 사직서가 접수되면 교황의 의지에 따라 금방 받아들일 수도 있고 얼마간 더 계속하게 될 수도 있었다. 만약 사임을 받아들이면, 주한 교황청 대사가 그와 주교회의 주교들의 의견을 수렴한다. 그 결과를 바탕으로 후보를 3배수로 추천하면 교황청에서 이를 종합적으로 판단해 새 교구장을 임명하는 것이 관례였다.[154] 그런데 3월 말 주한 교황청 대사 조반니 불라이티스 대주교가 알바니아 대사로 임명되었다. 그의 후임자 선임은 새로 부임하는 교황청 대사가 올 때까지 기다려야 했다.

3월 7일경, 천주교인권위원회 김형태 변호사가 그를 찾아와, 지난해 10월에 탄원서를 보냈던 아미르 자므르와 무하마드 아제즈는 정말 억울한 누명을 쓴 것 같다는 보고를 했다.

성남 야산에서 일어난 살인사건에는 모두 여섯 명이 연루되어 있었다. 김형태 변호사가 지목한 진짜 범인은 파키스탄인 입국 및 취업 브로커로, 임란 사자드라는 파키스탄인이었다. 그가 범행을 저지르면서 다섯 명을 데리고 갔는데, 아미르 자므르와 무하마드 아제즈는 임란이 일자리를 소개해주겠다고 해서 따라갔다가 현장에 있게 되었다. 임란이 자신의 살인 혐의를 두 명에게 뒤집어씌웠다는 것이 김형태 변호사

153 한국경제신문 인터뷰, 1997년 4월 24일자. 《김수환 추기경 전집》 16권 294~295쪽.
154 동아일보 1997년 9월 3일자.

가 파악한 내용이었다.[155]

이 두 사람이 억울하게 누명을 쓴 이유는, 사건 초기 파키스탄 대사관에 도움을 요청했지만 통역 도움을 받지 못했기 때문이었다. 경찰은 상대적으로 한국어에 능숙한 임란 사자드의 진술에 의존했다. 이태원에서 장사를 하는 한국인도 통역을 했지만, 중요한 진실 규명 과정에 참여할 수 있을 정도의 실력이 안 되었다.

아미르 자므르와 무하마드 아제즈는 교도소로 찾아간 김형태 변호사에게 "경찰이 방망이에 천을 감고 물에 적셔 마구 때리고 전기충격기를 성기에 갖다대는 등 13일 동안 모진 고문을 했다"는 충격적인 증언도 했다. 결국 임란을 제외한 나머지 사람들은 자신이 무슨 혐의로 어떻게 조사받았는지도 제대로 모르는 채 법정에 섰다고 했다.

당시 검찰은 살인의 가장 중요한 증거인 두 자루의 칼도 법정에 제출하지 못했다. 김 변호사는 그 이유가 아마도 임란이 자신의 지문이 나올까 두려워 칼을 버린 장소를 숨겼기 때문이라고 생각했다. 만일 검찰이 제대로 된 통역을 대서 다른 사람들에게 칼의 위치를 묻기만 했어도 사정은 달라졌을지도 모를 일이었다. 다른 관련자들이 교도소를 찾은 김형태 변호사에게 이구동성으로 지금이라도 칼을 묻은 자리를 찾을 수 있다고 했으니 말이다.

김형태 변호사의 조사 결과를 들은 김수환 추기경은 안타까운 표정으로 깊은 한숨을 내쉬었다.

"추기경님, 곧 변호인단을 꾸려서 재심을 청구하겠습니다."

"그게 가능합니까?"

---

155 한겨레신문 1997년 3월 5일자, 3월 23일자, 4월 5일자. 김형태 변호사의 《지상에서 가장 짧은 영원한 만남》(한겨레출판사, 2013).

"물론 쉽지 않습니다. 그래서 유엔 인권위원회에도 이 사건을 알리려고 합니다."

"이렇게 타국 땅에서 억울하게 죽게 할 수는 없으니, 요한(김형태 변호사의 세례명)이 힘이 들더라도 계속 수고를 해주세요. 혹시 내가 도울 일이 뭐가 있겠어요?"

"결국 재심 결정은 법무부에서 하는 거니까, 저희들이 재심 청구 준비가 끝나면 김영삼 대통령에게 편지를 한 장 보내주시면 도움이 될 수도 있을 것 같습니다."

"그래요? 그런 편지라면 얼마든지 쓰지요. 준비가 되면 연락 주세요."

이때부터 김형태 변호사는 팀을 꾸려 재심 청구 준비를 했고, 김수환 추기경은 4월 7일 김영삼 대통령에게 탄원서를 보냈다.

> 존경하는 대통령 각하.
>
> 지금 광주교도소에는 언제일지 모르는 사형 집행일을 불안한 마음으로 기다리며 자신들의 억울함을 호소하는 파키스탄 사형수들이 있습니다. 이들의 억울하다는 주장이 근거가 없지 않고 상당히 신뢰할 만하기에, 각하께서 수사당국이 이 사건을 재수사할 수 있도록 조치하여주시기 바랍니다.
>
> _추기경 김수환

얼마 후, 유엔 인권위원회는 한국 정부의 사건 처리 과정에 문제가 있다고 보고 이를 심리하기로 결정했다. 일부 언론에서도 이 사건을 취재해 보도했지만, 법무부의 입장은 완강했다. 그래도 김수환 추기경과 김형태 변호사는 포기하지 않았다.

한편, 억울한 누명을 쓰고 옥살이를 하고 있던 아미르 자므르와 무하마드 아제즈가 다른 외국인 노동자들에게 새로운 '빛'을 던져주는 계기가 된 일이 있었다. 지난해 말 김형태 변호사가 다룬 사건 재판에서는 시신에 생기는 반점인 시반屍斑, 시신의 강직도인 시강屍强, 음식물의 위장 잔존 시간 등에 관한 법의학 소견이 주요 쟁점이 되었다. 김 변호사는 같은 가톨릭 신자이고 서울대 의대 가톨릭교수회에서 활동하고 있는 안규리 교수(신장내과)에게 도움을 청했다. 김 변호사는 안 교수에게 사건 용의자의 억울한 부분을 이야기하다가, 아미르 자므르와 무하마드 아제즈라는 두 파키스탄인도 억울하게 사형선고를 받고 사형 집행의 불안에 떨고 있다는 이야기를 해주었다. 안 교수는 타국 땅에서 사형 집행을 기다리는 두 사람이 너무 불쌍하다며 면회를 가보고 싶다고 했다.

얼마 후, 안 교수는 무슨 음식을 만들어가면 그들의 입에 맞을지를 고민하다가 카레를 해가지고 갔다. 그러나 교도소에서는 카레의 반입을 불허했고, 안 교수는 면회만 하고 돌아왔다. 오는 내내 두 사람의 선한 눈망울이 눈에 밟혔다. 서울에 올라온 안 교수는 김 변호사에게 전화를 했다.

"아 글쎄, 그 사람들 고향 음식 좀 먹여보려고 없는 솜씨에 카레를 해들고 갔는데 교도소에서 안 받아주네요."

안 교수의 말에 김형태 변호사가 농담 비슷하게 퉁을 놨다.

"아니, 의사 선생님이 의술로 도와줘야지, 카레는 웬 카레예요."

그 순간 안규리 교수의 머릿속에 미국에서 공부할 때 했던 의료봉사 기억이 떠올랐다. 1990년대 초반 미국 샌디에이고에 있는 크립스연구소에서 공부할 때 마더 테레사 수녀를 만난 것이 봉사활동의 계기가 되었다. 당시 샌디에이고와 멕시코 접경지역인 산이시도로에는 마더 테레사의 '사랑의 선교 수녀회'에서 운영하는 무료급식소와 빈민진료소가 있었다. 밀입국자와 불법체류자를 위한 곳이었다. 안 교수는 주말이면 이곳에 가서 외국인 의사들과 무료진료 봉사에 참여했었다.

그러나 안규리 교수는 선뜻 나설 수가 없었다. 자세히 알아보니 당시 무려 22만 명의 외국인 노동자와 이주민이 한국 의료시스템 제도에서 철저히 소외돼 있었다. 몇 명의 의사가 감당할 수 있는 일이 아니었다. 그때부터 안 교수는 고민을 했고, 해를 넘겼다. 주변의 지인들은 네가 무슨 마더 테레사인 줄 아느냐, 지금 한창 연구할 때인데 그렇게 시간을 빼앗기는 일에 매달리는 건 무모한 일이라며 말렸다. 그러나 안 교수의 눈에는 불법체류자들의 안타까운 현실이 아른거렸다.

3월 초, "좋은 일을 꿈꾸면 하느님께서 반드시 이루어주신다"는 마더 테레사 수녀의 말이 안 교수의 가슴에 박혔다. 안 교수는 스승이자 서울대병원 생리학교실을 담당하는 김전 교수를 만나 상의했다. 김 교수는 전적으로 돕겠다고 했다. 김 교수가 지도교수로 있는 서울대 의과대학 가톨릭학생회 학생들도 자원봉사를 하겠다고 했다. 힘을 얻은 안 교수는 가톨릭교수회와 학생회 지도신부인 고찬근 신부를 만났다. 외국인 노동자들을 위한 의료봉사를 고민하고 있다고 밝히면서, 김수환 추기경님의 의견을 듣고 결정하고 싶다고 했다.

3월 중순, 안규리 교수는 교구청 집무실에서 김수환 추기경을 만났다. 서울대 의대 가톨릭교수회 총무로 일하고 있어서 몇 번 만나 인사를 한 적이 있었다.

"테레사 선생, 요즘도 바쁘지요?"

안 교수의 세례명이 '소화 테레사'였다.

"아닙니다, 추기경님."

"고 신부 말로는 무슨 좋은 계획을 생각하고 있다던데, 테레사 선생이 직접 말씀해보세요."

"추기경님, 무슨 거창한 계획은 아니고요…… 인권위 김형태 변호사를 통해서 두 파키스탄인의 이야기를 듣고 면회 다녀온 적이 있습니다. 그런데 교도소에 다녀오고 나서 알아보니까, 외국인 노동자들 특히 불법체류자들은 우리나라 의료시스템 제도에서 철저히 소외되고 있더군요. 그래서 제가 소박하게 서울대 의과대학 가톨릭학생회 학생들과 함께 주말에 외국인 노동자들을 위한 의료봉사를 하려고 생각해봤는데, 규모가 너무 작은 일이라 정말 그들에게 도움이 될는지, 공연히 수선만 피우는 건 아닌지 판단이 안 서서 추기경님께 면담을 신청했습니다."

안 교수의 말이 끝나는 순간 그의 얼굴이 환하게 밝아졌다.

"테레사 선생, 굉장히 좋은 생각입니다. 정말 훌륭한 생각이에요…… 솔직히 나는 보험혜택을 제대로 못 받는 외국인 노동자들을 볼 때마다, 아플 때는 어떻게 하나 하는 생각을 하곤 했어요. 교회에서는 정 급한 이들에게 자선병원을 소개해주는 정도밖에 못하고 있었는데, 테레사 선생이 그들을 위해 의료봉사를 하겠다니, 가슴 한구석에 막혀 있던 게 내려가는 기분입니다. 그들은 우리 사회에서 가장 소외되고 고통받는 사람들인데, 그들을 위해 봉사를 하겠다니 정말 고마워요. 이렇게 의료혜택의 사각지대에 있는 이웃을 돌보는 게 바로 우리들이 할 일이에요. 예수님이 가난하고 병든 자를 치료해주셨던 마음으로 열심히 해보세요. 틀림없이 큰 열매를 맺을 겁니다."

그의 기뻐하는 모습에 안규리 교수의 얼굴이 발그레 달아올랐다.

"추기경님께서 이렇게 기쁘게 격려해주시니까 용기가 납니다. 고맙습니다. 그런데 한 가지 문제는 장소입니다. 어디 주말에만 사용할 수 있는 작은 장소가 없을까요?"

안 교수의 말에 그도 잠시 생각에 잠겼다. 이제 시작하는 곳이고, 시흥의 전진상처럼 매일 진료를 하는 곳이 아니니까 세를 얻기도 애매했다. 그리고 신분이 불법체류자인 이들도 마음 편하게 올 수 있는 곳이어야 했다. 그 순간, 그의 머릿속에 한 곳이 떠올랐다.

"아, 테레사 선생. 내가 혜화동성당에다 연락해서 주말에 외국인 노동자들을 위한 의료봉사를 해도 좋겠는지, 성당 사정을 알아볼게요. 그곳에는 매주 일요일 오후 1시 30분에 필리핀공동체가 미사를 봉헌하고 있어서 700~1천여 명이 참석하니까, 거기가 좋을 것 같네요. 내가 며칠 전에 혜화동성당에서 필리핀공동체 미사를 집전했는데, 주한 필리핀 대사도 참석했을 정도로 큰 공동체예요. 알아보고 고찬근 신부에게 연락할게요."

안규리 교수도 필리핀인 노동자가 많이 모이는 곳이 좋을 것 같았다.

"고맙습니다, 추기경님. 그럼 연락을 기다리고 있겠습니다."

가벼운 발걸음으로 명동성당을 나온 안규리 교수는 의료봉사 계획을 하나둘 진행했다.

3월 28일 저녁, 김수환 추기경은 서울 강북구 미아1동 철거 지역의 가파른 언덕길을 올랐다. 언덕길 옆으로 부서진 담벼락과 울긋불긋 써 있는 글자들이 보였다. '삼양동'이라 불리는 이곳은 재개발 지역이었다. 세입자들은 몇백만 원 남짓한 이주비, 아니면 4~5년 뒤에 입주할 수 있는 임대주택 중 하나를 선택해야 했다. 대부분은 이주비를 받고 떠났고, 100여 세대는 아직 갈 곳을 찾지 못한 채 계속 살고 있었다.

그는 텅 빈 집과 철거된 집 그리고 아직 사람이 살고 있는 집이 어우러진 달동네 언덕길을 20분 정도 걸어올라갔다. 솔샘공동체는 달동네에서 가장 높은 곳에 있었다. 정식 이름은 '서울대교구 사회사목부 도시빈민사목위원회 북부공소'였다.

북부공소는 열 평 남짓한 집이었지만, 이 동네 사는 신자들을 중심으로 '솔샘공동체'를 꾸려가고 있었다. 재개발이 시작되기 전 삼양동에는

2천여 세대의 주민이 살았다. 그들 대부분은 일용직 근로자였다. 1987년 3월에 '솔샘아가방', 1989년에는 '솔샘공부방'이 문을 열었고, 1991년에는 '솔샘공동체'를 설립했다. 재개발 과정에서 생존권 확보를 위한 싸움에서부터 동네잔치, 아이들 교육 문제, 신앙 문제 등 일상에서 일어날 수 있는 모든 문제를 의논하는 공소였다.

솔샘공동체를 방문하기 위해 가파른 언덕길을 오르는 김수환 추기경.

김수환 추기경은 얼마 전 북부공소 철거일이 얼마 남지 않았다는 소식을 들었다. 그래서 성금요일인 이날 공소에서 예수님의 수난 예절을 거행하면서 철거민들을 위로하고 격려하기 위해 찾아온 것이다. 그는 공소에 들어가기 전에 산 아래 펼쳐진 서울의 야경을 바라보며, 이곳은 서울이 아니라 바다 위에 떠 있는 외로운 섬 같다는 생각을 했다.

그가 머리를 숙이며 낮은 대문으로 들어섰다. 조그만 방에는 30여 명의 솔샘공동체 가족들이 앉아 있었다. 그들은 텔레비전이나 신문에서만 보던 그가 산꼭대기까지 걸어올라왔다는 사실이 믿겨지지 않는 듯 인사도 못하고 서로 얼굴만 바라봤다. 곧 공소 회장이 정중하게 인사를 하며 그를 맞았고, 당황한 신자들의 표정은 반가움으로 변했다. 김수환 추기경은 엉거주춤 일어나는 신자들과 인사를 나누며 방으로 들어섰다. 방바닥은 차가웠다.

1990년 6월 16일 금호동 '샛마루공동체'가 운영하는 출소자들의 재활공동체인 '평화의 집'을 방문하는 김수환 추기경.

도시빈민사목위원회와 도시공소

1987년 상계동 철거민들이 명동성당에 와서 천막을 쳤을 때, 김수환 추기경은 '가난한 이들을 위한 우선적 선택'과 '소공동체의 활성화를 통한 교회의 복음화' 정신을 강조했다. 이때 만들어진 도시빈민사목위원회에서는 가난한 사람들이 많이 거주하는 지역에 공소를 설립했다. 1992년에 미아1동 지역(삼양동)에 북부공소 '솔샘공동체'를 만든 후 관악구 봉천3동 지역에 남부공소인 '하늘자리공동체', 동부공소인 금호 · 행당동 '샛마루공동체', 서부공소인 무악동 '독립문공동체'를 설립했다.

이들 네 곳의 도시공소는 해당 지역의 특성을 살리며 지역에서 활동하고 있는 활동가들에게 우선 올바른 신앙을 나누고 배울 수 있는 장을 제공하고, 지역 현안 문제들과 지역 성당의 가교 역할을 하고 있었다. 한국 교회가 대형화되고 중산층화되어가고 있는 상황에서 교회가 어떻게 가난한 이들과 함께할 수 있을지를 고민하는 소공동체 사목이었다.

도시빈민사목위원회는 위원들의 꾸준한 노력으로 1998년 9월 이후 빈민사목 지역센터인 다섯 곳의 '선교본당'과 일곱 곳의 '평화의 집'을 세워 가난한 이들과 함께하고 있다.

그가 앉자 공소 회장이 다락문을 열었다. 조그만 다락문 안으로 성체를 모신 감실이 보였다. 이 산꼭대기에서 가장 높은 집의 가장 높은 다락에 예수님이 계셨다. 그 순간 그는 자신도 모르게 가슴이 먹먹해지며 콧등이 시큰거렸다. 창틀이 부서져 차가운 바람이 들이닥치고, 지붕이 뚫어져 하늘이 보이는 이 집의 다락에 계신 예수님. 그는 감실 앞에서 무릎을 꿇고 고개를 숙였다. 그는 다시 한 번 가난하고 소외된 이웃과 함께 살아야 한다는 다짐을 했다.

성금요일 수난 예절을 마치자 제대는 밥상으로 변했다. 모두 상 앞에 둘러앉았다. 그는 그동안 찾아오고 싶었지만 기회가 닿지 않았다며 주민들에게 일일이 묵주를 선물했다. 그리고 "어려움을 겪고 있는 여러분 곁에는 항상 하느님이 함께 계신다"면서, 철거와 관련해서는 "현실적으로 도움이 되는 위로를 주지 못해 미안하다"며 안타까움을 표했다.

삼양동 북부공소는 철거 후 장소를 옮겼고, 1998년에 삼양동 선교본당으로 확대되었다. '솔샘공동체'는 생존권을 위협받는 주민과 실업 위기에 처한 사람들이 자립할 수 있도록 일자리를 만들어 봉제생산협동조합, 솔샘일터, 재활용협동조합 등으로 발전되었다.

4월 12일 저녁 6시 30분, 김수환 추기경은 여의도 63빌딩 국제회의장에서 열린 '옥수수죽 체험 만찬'에 참석했다. 이날 만찬은 그가 공동대표로 있는 우리민족서로돕기운동(상임대표 서영훈)에서 '북한 동포 돕기 옥수수 보내기 제2차 범국민모금'을 위해 마련한 행사로, 정치·경제·사회·종교계 인사 700여 명이 참석했다. 6개 종단 대표가 연명으로 사회 인사를 공동으로 초청하기는 처음이었다. 지난 3월 '북한 동포 돕기 옥수수 1만 톤 보내기 범국민모금'을 통해 애당초 계획했던 17억 원 이상이 모금돼, 곧바로 중국산 옥수수를 구입해서 대한적십자사를 통해 북한으로 보냈지만, 북한의 식량난은 예상보다 심각했다.

이날 행사에서는 옥수수죽과 김치 단무지 만찬 후 북한 식량난에 관한 비디오를 상영했다. 그리고 김수환 추기경 등 6개 종단 대표 인사,

우리민족서로돕기운동 모금을 위한 만찬회에서 옥수수죽을 먹는 모습. 1997년 4월 12일. 훗날 김수환 추기경은 "북한 식량난에 대한 국민적 관심을 불러일으키기 위해 신문 방송사 카메라 앞에서 옥수수죽을 떠먹었다"고 회고했다.[156]

약정의 시간 등의 순서로 진행됐다.

그는 인사말에서 "북녘 동포들의 식량 사정은 도저히 믿을 수 없을 만큼, 우리의 상상을 초월하고 있을 정도로 심각하다"면서, "어떤 이유나 조건을 떠나 한 핏줄, 한 형제, 한 가족인 북녘 동포들을 도와주어야 하며, 이 참담한 굶주림의 땅을 우리의 사랑과 동포애로 비추어나가자"고 촉구했다.

참석자들은 각자 북녘 동포 돕기 옥수수 보내기 성금 약정서를 써서 제출했다. 그도 가톨릭을 대표해 옥수수 1만 톤에 해당하는 17억 원을

---

156 《추기경 김수환 이야기》 397쪽.

굶는 동포를 살립시다!

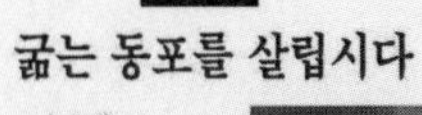

특별기고

굶는 동포를 살립시다

김수환 천주교 추기경

김수환 천주교 추기경이 식량난으로 고통받는 북녘 동포들을 도울 것을 호소하는 글을 〈한겨레〉에 보내왔다. 김 추기경은 이들을 동포에 대한 무조건적 사랑으로 돕는 것이야말로 평화통일의 길을 열 것으로 믿는다고 밝혔다. 편집자

"동포가 죽어가고 있습니다. 북녘의 동포가 죽어가고 있습니다." "음식도 물도 의약품도 떨어져…남은 것은 절망뿐." 이것이 〈한겨레〉를 비롯하여 여러 보도매체와 경로를 통하여 매일 같이 들려오는 북녘 땅 소식입니다. 남의 나라 이야기, 먼 나라 이야기가 아닙니다. 서울서 직선 거리로는 백 리밖에 안 되는 우리 땅 북쪽에서 이런 비극이 벌어지고 있습니다.

우리가 접하는 북녘의 이같이 참담한 소식은 북한 동포를 돕는 데 있어, 더이상 지체할 수 없는 절박한 것입니다. 4~5월 대규모 아사자 발생과 7~8월의 엄청난 비극적 사태 도래 등 들리는 소식마다, 같은 피를 나눈 한핏줄 한민족으로서 우리 마음 속에 깊은 상처를 남기고 있습니다. 어디 그 뿐입니까. 어린이들과 임산부들의 영양 실조와 굶주림은 상상을 초월할 만큼 절박한 상황이라고 전하고 있습니다. 성장기 어린 아이들과

한겨레신문 1997년 4월 15일자 1면에 실린 칼럼.

……우리가 접하는 북녘의 이같이 참담한 소식은 북한 동포를 돕는 데 있어 더 이상 지체할 수 없는 절박한 것입니다. …… 들리는 소식마다 같은 피를 나눈 한 핏줄 한 민족으로서 우리의 마음속에 깊은 상처를 남기고 있습니다.

……어린이들과 임산부들의 영양실조와 굶주림은 상상을 초월할 만큼 절박한 상황이라고 전하고 있습니다. 성장기 어린아이들과 새로운 생명을 잉태한 임산부들의 영양실조와 굶주림, 이는 통일 후 한국의 절망적 미래를 예견해주는 가장 확실한 예표가 아닐 수 없습니다.

……이제 우리는 우리의 마음을 먼저 풀어야 합니다. 50년 맺힌 증오, 미움을 풀어야 합니다. 우리가 먼저 미움, 원한, 증오를 풀고 무조건적인 사랑을 베푼다면, 지난 50년 동안 눈멀고 귀와 입이 막혀 강제로 입력되었던 북한 동포들의 남쪽을 향한 적개심도 와해될 수 있을 것입니다. 사랑이야말로 그 어떤 적개심도 녹일 수 있는 강력한 무기가 될 수 있기 때문입니다.

……우리 종교계는 1차 모금운동에서 보여준 국민들의 뜨거운 호응에 힘입어 이제 북한 동포 돕기 제2차 범국민운동을 전개합니다. 목표액은 1차 캠페인의 열 배인 옥수수 10만 톤으로 설정했습니다. 우리 천주교를 포함 6대 종단의 이 같은 결정은, 물론 우리 종교인과 국민들에게 커다란 부담이 될 것입니다. 그럼에도 불구하고 우리는 모든 신앙인과 국민들께 제2차 범국민운동에 동참해주실 것을 간곡히 요청드리고자 합니다. 이 일은 바로 생명을 살리는 길이며, 우리 남과 북이 함께 살아날 자유와 정의의 길이요, 궁극적으로는 평화통일의 길이라고 믿기 때문입니다.

약정했다. 이날 모금된 약정액은 18억 8천 956만 원이었다. 그는 우리민족서로돕기운동본부가 계획한 10만 톤에 턱없이 부족한 사실에 낙담했다. 이날 저녁, 사제관에 돌아온 그는 '굶는 동포를 살립시다'라는 제목의 칼럼을 썼다.

며칠 후, 민족화해위원회가 활발하게 움직이기 시작했다. 회원 일인당 1톤에 해당되는 '17만 원 모금 운동'을 전개해 7월 말까지 40억 원 이상을 모금했고, 국민들도 십시일반 참여해서 7월 말까지 35억 원을 성금계좌로 입금했다. 당시 휘몰아치던 경제불황을 뛰어넘은 '동포 사랑'이었다. 정부도 긴급구호기금 24억 원과 예비비 10억 원을 돌려 지원하기로 결정했다. 강영훈 대한적십자사 총재는 전국경제인연합회(전경련) 등 경제 5단체를 포함한 60여 개 단체에 협조 공문을 보냈다. 권오기 경제부총리도 경제단체장들과 만난 자리에서 대북 지원을 공식적으로 요청했다.

4월 13일, 안규리 교수와 김전 교수 그리고 서울대 의과대학 가톨릭학생회 학생 네 명이 혜화동성당 한 켠에 있는 백동관에서 의료봉사를 시작했다. 진료소 이름은 가톨릭학생회의 빈민무료진료소 'CaSA'에 기반을 두고 'Clinic CaSA'라고 했고, 진료 시간은 매주 일요일 오후 2시에서 6시 30분으로 정했다. 약품은 대한적십자사로부터 지원받았다. 부족한 약은 안규리 교수가 구입했다. 서울대병원에서 쓰던 의료기기와 집기를 빌려왔고, 학생들이 쓰던 물품을 뒤져서 궤짝 두 개와 간의의자도 몇 개 가져왔다.

첫 진료에 30여 명이 찾아왔다. 시작은 미약했다. 그러나 무료진료는 물론 약까지 공짜로 준다는 입소문이 나면서 환자들이 늘었다. 두 주가 지나면서 70명으로, 한 달 후에는 100명이 왔다. 친구와 후배 의사들이 와서 도와줬지만 공간이 부족해 100명 이상은 도저히 진료를 할 수 없었다. 안규리 교수는 고찬근 신부를 통해 김수환 추기경에게 도움을 요청했다. 그리고 6월에 혜화동성당 뒤에 있는 가톨릭대 신학대학(성신교정 대신학교)에서 리모델링을 위해 사용하지 않는 건물로 옮겼다. 당시 대신학교는 금녀禁女의 땅이었다. 그러나 김수환 추기경의 배려로 여성

의사들과 환자들이 지나다닐 수 있는 통로를 따로 만들었다. 환자들도 계속 늘어났고, 안규리 교수와 김전 교수의 선후배, 동료 의사들이 자원봉사에 합류했다.

5월 8일, 김수환 추기경의 정년이 되는 날이었다. 4월 23일 신임 교황대사에 조반니 바티스타 모란디니Giovanni Battista Morandini 대주교가 임명되었지만, 전임지인 과테말라에서의 인수인계 관계로 아직 부임하지 못하고 있었다. 교회법이 교구장의 정년을 만 75세로 규정하고 있지만, 후임 교구장에 대한 통보가 없으면 후임이 임명될 때까지 임기가 자동 연장되는 것이 교황청의 관례였다. 그는 계속해서 사목활동에 전념했다.

5월 17일, 결국 김영삼 대통령의 차남 현철 씨가 32억 알선수재, 13억 조세포탈 혐의로 구속, 수감되었다.

5월 19일, 국민회의는 김대중 총재를 12월 대선후보로 선출했다.

이즈음 언론에서는 중견그룹 몇 곳이 부도위기에 처했다며 '6월 금융공황설'을 보도했다.

8월 5일, 김영삼 대통령은 민심 수습을 위해 11개 부처의 장관을 교체했다. 그러나 강경식 경제부총리는 유임시키면서 경제팀에 대한 신임을 과시했다. 대선후보로 선출된 이회창 신한국당 대표는 김 대통령이 일방적으로 개각을 단행한 것에 불만을 나타냈다. 정권 재창출을 위해서는 당 대표인 자신과 상의를 해야 했다는 논리였다.

8월 6일 새벽 0시 50분, 승객과 승무원 등 254명을 태운 대한항공 여객기가 괌의 아가냐공항 남쪽 야산 중턱에 부딪히면서 추락했다. 29명이 생존했고 225명이 사망했다. 성수대교와 삼풍백화점 붕괴에 이은 또 한 번의 대형 참사였다. 김영삼 대통령은 희생자를 애도하는 특별성

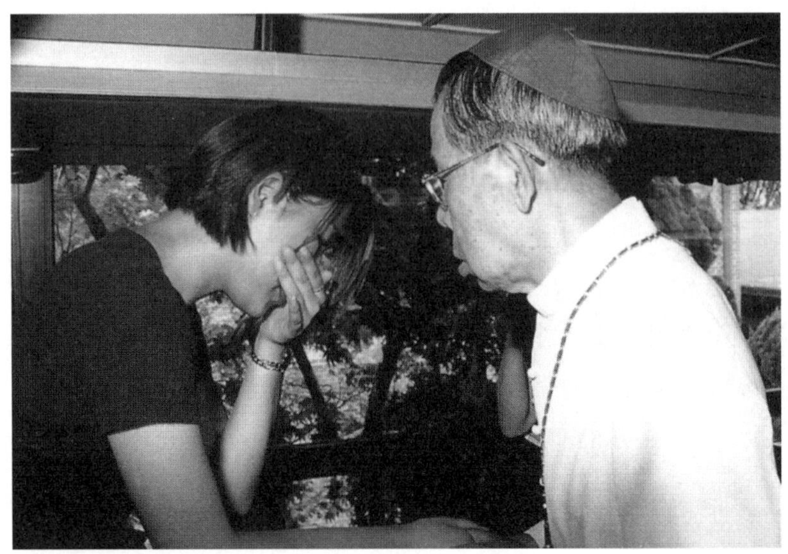

김수환 추기경이 유가족대책본부를 방문해 유족들을 위로하는 모습.

명을 발표했다. 추락 현장 조사로 시신은 계속 괌에 있었고, 시신을 확인하지 못한 유가족들의 통곡도 멈추지 않았다.

8월 7일, 외신들은 제일은행에 대한 외국 신용기관의 우려가 구체화되고 한국의 국가신인도 하락 조짐이 있다고 보도했다.

이날 김영삼 대통령은 이회창 신한국당 대표와 인선 협의를 거쳐 당직 개편을 단행했다. 총재직을 이양할 생각이 없다는 발표도 했다. 강삼재 신임 사무총장은 기자회견을 통해 "야당의 건설적인 의견은 수용하겠지만, 구태의연한 정치공세에 대해서는 적극 맞대응하겠다"고 밝혔다.

8월 9일, 김영삼 대통령은 전두환·노태우 두 전직 대통령을 임기 중에 사면하겠다고 발표했다. 기아자동차 회생과 제일은행에 대한 금융지원 필요성이 거론됐다.

10월 14일, 김수환 추기경은 서울대교구 사제들과 의정부 한마음수련장에서 8일피정에 들어갔다. 그는 이번이 서울대교구장으로서는 마지막 피정이라고 생각했다. 8일 동안 하루도 빠지지 않고 강론을 하면서 사제들에게 당부하고 싶은 말을 했다. 그리고 마지막 날 파견미사를 집전하면서 자신의 교구장 사임에 대해 공식적으로 밝혔다.

"아직 단언할 수는 없으나, 저는 이번 피정이 교구 신부님들과 함께 하는 것으로는 마지막이 될지도 모른다는 그런 생각을 아니 가질 수 없었습니다. 그것은 여러분도 듣고 또 짐작하시는 대로 교회법에 따라서 지난 5월로 만 75세가 되어 교황님께 사임신청서를 드린 상태이기 때문입니다. 그리고 지난 9월 초에 로마에서 교황님을 뵈었습니다. 교황님도 이번이 (1992년에 이어) 두 번째로 사직을 표명한 것이 되어서 거절은 못하고 계시는 것을 확인할 수 있었습니다. 서울대교구장으로 29년하고도 5개월입니다. 해를 넘기면 30년이 됩니다. 너무 길지요. 어떻든 인생으로도 '인중이 길어서 오래 살 것이다' 하지만 알 수 없는 일, 해거름에 와 있는 것도 사실입니다. 그래서 살아온 과거를 30년뿐 아니라, 성직생활 46년을 돌이켜보게 됩니다."

그는 사도 바오로의 예를 들면서 자신의 심정을 밝혔다.

"저는 정말 좀 부끄럽지만 저의 인생, 저의 사제생활을 통틀어서도 자랑할 것이 없습니다. 보속해야 할 것이 산적해 있는 것같이 느껴집니다. 사도 바오로가 어떤 의미로 당신 자신을 '나는 죄인들 중에서 가장 큰 죄인입니다'(1디모 1:15)라고 하셨는지 모르지만, 이 말씀은 제게 있어서는 그대로 맞습니다."

그는 더 이상 말을 하지 못하고 여기서 강론을 마쳤다. 모두들 숙연하게 기도를 했다.

11월 18일, 달러 환율이 폭등하면서 외환거래가 중지되었다.

11월 19일, 단기금융시장이 마비되었고, 정부는 일본으로부터 300억 달러 차입을 추진했다. 한국은행에서는 IMF(국제통화기금) 구제금융이 필요하다고 주장했다. 결국 김영삼 대통령은 얼마 전까지 신임을 보내며 유임시켰던 경제부총리와 경제수석비서관을 경질했다.

11월 20일, 국가안전기획부는 대규모 북한 고정간첩단 사건을 발표했다.

11월 21일, 신한국당 이회창 대선후보는 조순 총재의 민주당과 합당하면서 당명을 한나라당으로 바꿨다. 이날 밤 10시, 임창열 신임 경제부총리는 기자회견을 갖고 "정부는 IMF에 일단 200억 달러의 구제금융을 정식 요청했다"고 밝혔다.

11월 25일, 주가지수는 450선으로 폭락했고, 환율과 은행 금리는 폭등했다. 대기업들은 구조조정에 들어갔다. 한라중공업은 임직원 50퍼센트 감원을 발표했고, 삼성도 30퍼센트 축소를 발표했다. 재계는 정부에 '대출 연장 긴급명령'을 호소했다. 대규모 실직과 부도 사태의 서막이었다.

11월 29일 밤, 정부는 구제금융의 조기 지원을 위해 IMF에서 요구한 '저성장, 저물가, 세금 인상'의 금융조건에 전격 합의했다.

12월 3일 오후 7시 40분, 임창열 경제부총리와 미셸 캉드쉬 IMF 총재가 긴급 경제구제자금 합의서에 서명했다. IMF로부터 195억 달러를 빌리면서, 우리나라 경제의 주도권을 IMF로 넘겨준다는 뜻이었다.

텔레비전을 통해 이 장면을 본 김수환 추기경은 참담한 마음을 안고 3층 성당으로 올라갔다. 그리고 밤이 늦도록 기도했다.

12월 15일 오전 11시, 김수환 추기경은 송월주 불교 조계종 총무원장 등 7개 종단 대표들과 서울 상공회의소에서 기자회견을 했다. 그는 종교계를 대표해서 읽은 '경제위기 극복을 위한 대국민 호소문'에서 정부, 기업, 근로자, 정치인, 언론인을 비롯해 온 국민이 "나라를 사랑하고 이웃을 존중하며 근검절약하는 생활에 적극 나서자"고 제안하면서, "종교계가 솔선수범해 경제 살리기 범국민운동을 전개하겠다"고 했다. 호소문 발표 후 그는 기자들에게 "현재의 심각한 위기를 벗어난다는 명목으로 감원 등 노동자의 희생만을 강요해서는 안 된다. 국민 대화합을 이뤄 모든 경영주체가 자발적으로 구조조정의 고통을 분담할 수 있도록 해야 한다"는 입장을 밝혔다.

이날 오후, 그의 집무실로 당시 일본 프로야구에서 활약하던 '나고야의 태양' 선동열 선수가 방문해서 불우이웃을 돕는 데 써달라며 1억 원을 전달했다. 그는 봉투를 받으며 고맙다는 인사를 했다.

"일본에서 승전보로 국민들을 즐겁게 해주는 선동열 선수가 이렇게

선동열 선수의 장학금 기증.

불우한 이웃까지 생각하다니 그 마음이 정말 갸륵합니다. 나라 경제가 어려워지면서 이번 겨울 불우이웃 돕기 성금도 미약한데, 이런 큰돈을 쾌척하셨으니 뜻있게 잘 쓰겠습니다."

"부끄럽습니다, 추기경님. 사실 지난해부터 생각은 했었지만 성적이 안 좋은데 성금을 내면 너무 어색할 것 같아 미뤘습니다. 선수생활을 그만둘 때까지 1세이브에 100만 원씩 적립하면서 1억 원 정도씩을 매년 연말 추기경님께 전달하겠습니다."

"하하, 그렇게 생각하고 있다니 고맙습니다. 그러면 나도 야구 공부를 좀 해서 선 선수가 나오는 경기마다 텔레비전을 봐야겠네요. 그런데 어떻게 이런 좋은 생각을 하게 되었어요?"

"추기경님, 그게 사실은 작년에 돌아가신 어머니께서 일본에서 성공하면 그중 일부는 가난한 이웃을 위해 쓰라고 하셨습니다."

"어머님이 천주교 신자셨어요?"

"예, 식구들이 모두 천주교 신자입니다. 저도 유아영세를 받았고, 집사람도 신자입니다. 저는 어릴 때는 복사를 하기도 했습니다."

"선 선수는 세례명이 뭐예요?"

"타데오입니다."

타데오는 예수의 12사도 중 한 명으로, '유다(가롯인 유다와는 동명이인)'로도 불리는 순교 성인이다. 한자식 표현으로는 '다두多竇'다.

선동열 선수의 대답에 그가 반갑다는 표정을 지으며 빙그레 웃었다.

"그래요? 제 큰매형의 세례명도 타데오였어요, 하하."

선동열 선수가 쑥스럽다는 듯 머리를 긁적이자, 그가 다시 빙그레 웃으며 물었다.

"그런데 작년 애틀랜타올림픽에서 배드민턴 금메달을 딴 방수현 선수와 복싱의 최용수 선수는 경기 때 성호를 긋고 기도하던데, 타데오도 성호를 긋고 기도합니까?"

그는 방수현 선수가 결승전에서 승리를 확인하는 순간 무릎을 꿇고 성호를 그으며 기도하는 모습을 텔레비전을 통해 보면서, 그녀가 가톨릭 신자임을 나타내는 것이 가슴 뿌듯하고 자랑스러웠다. 그녀의 눈물 젖은 얼굴이 천사 같다고까지 생각했다. 그리고 그동안 그녀가 달동네의 가난하고 불우한 사람들을 남몰래 돕고 있었다는 사실이 알려졌을 때는 서울대교구장으로서의 보람을 느낄 정도였다. 그래서 훗날 방수현 선수의 결혼미사를 집전하기도 했다.

"추기경님, 성호는 안 긋지만, 마운드에 올라 공을 던지기 전에 먼저 마음속으로 기도를 합니다. 그리고 경기 중에 위기상황이 오면 기도를 드립니다……."

선동열 선수는 얼굴이 조금 붉어지면서 대답했다.

"그렇군요. 타데오도 경기 중에 성호를 긋고 기도하면 좋을 것 같은데……."

"예, 추기경님. 생각해보겠습니다."

그는 선동열 선수에게 경기 중 어려울 때뿐 아니라 늘 기도를 열심히 하라면서 십자가 뒤에 자신의 이름이 새겨진 '김수환 추기경 묵주'를 선물했다.

12월 18일, 제15대 대통령선거에서 자민련의 김종필 총재와 야권 후보 단일화를 한 국민회의 김대중 후보가 40.3퍼센트를 득표해서 38.7퍼센트를 얻은 한나라당 이회창 후보와 19.2퍼센트의 국민신당 이인제 후보를 누르고 당선됐다.

김수환 추기경은 40년에 걸쳐 민주화투쟁에 헌신해온 그의 당선을 진심으로 축하했다.[157] 그의 입지전적인 성공이 많은 사람들, 특히 실패하거나 좌절한 사람들에게 희망을 줄 수 있을 거라고 생각했다. 그리고 그의 당선은 호남 사람들에게 그동안 알게 모르게 지니고 있던 한과 상처를 치유해주고, 긍지를 만들어줄 거라고 믿었다. 또한 지금 같은 IMF 위기를 이겨내기 위해서는 절대적으로 국민적 화합이 필요한데, 그것이 가능해졌다는 점에 안도했다.

며칠 후, 김대중 당선자가 김수환 추기경에게 전화를 했다. 그는 김 당선자에게 몇 가지 당부를 했다.

"제가 토마스(김대중 당시 당선자 세례명) 당선자께 부탁드리는 것은, 지금 경제 문제가 대단히 심각한 지경에 이르렀고, 그 때문에 대통령 당선자에게 거는 국민의 기대가 클 수밖에 없지만, 마음을 넉넉하게 가지시기를 바랍니다. 제가 토마스 당선자께 부탁드리고 싶은 건 첫째, 하느님께 의지하면서 지혜를 구하시고, 둘째는 참으로 이 시기에 맞는 인재를 등용하시기를 바랍니다. 그리고 무엇보다도 당선자와 그 가정, 일가친척, 참모들이 삶의 모범을 보임으로써 난국 타개에 가장 필요한 국민의 화합, 힘의 결집을 이루는 지도력을 가지시기를 빕니다."

김대중 당선자는 당선 직후부터 발 빠르게 움직였다. 레임덕과 IMF 구제금융의 늪에 빠진 김영삼 대통령을 대신해서 국정을 챙겼다.

12월 21일 오후 3시, 김수환 추기경은 혜화동성당에서 가톨릭대 신학대학으로 자리를 옮긴 안규리 교수의 외국인 노동자 진료소를 방문했다. 진료소는 그가 동성학교 소신학교 과정 5년과 대신학교 시절에 공부하던 건물에 있었다. 그는 감개무량한 표정으로 건물을 바라보았다. 그때 안규리 교수와 김전 교수가 건물에서 나와 인사했다.

---

157 평화방송·평화신문 신년 대담, 1998년 1월 11일자. 《김수환 추기경 전집》 16권 347~348쪽.

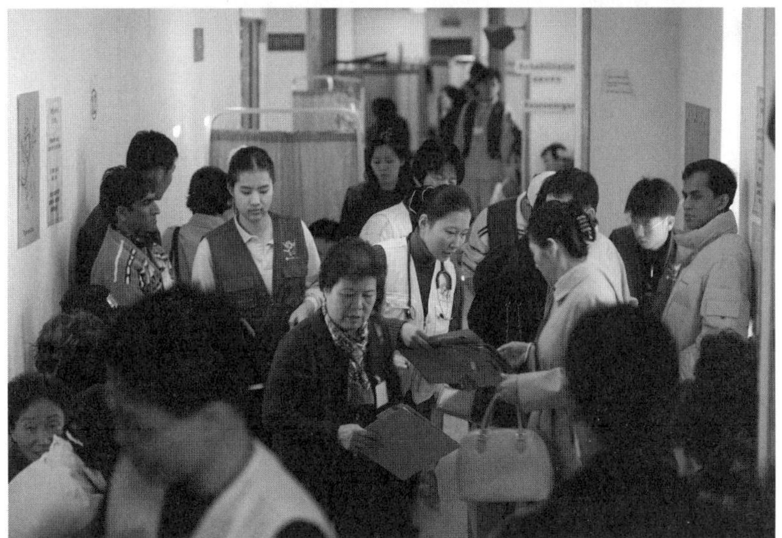

위는 외국인 노동자 무료진료소인 라파엘클리닉을 방문한 김수환 추기경. 첫째 줄 맨 오른쪽이 안규리 교수다. 아래는 발 디딜 틈 없을 정도로 환자들이 몰려드는 라파엘클리닉의 모습이다.

“테레사 선생, 이 건물이 바로 내가 소신학교 때부터 공부하던 건물이에요…….”

“예? 소신학교 때부터요? 동성학교 건물은 저 아래 있는데, 그때는 이 건물도 동성 건물이었나요?”

“예. 일반 학생들은 아래서 공부하고, 우리는 여기서 공부했어요. 여기에 교실도 있고 식당, 기숙사, 성당까지 있었지요…… 그러다가 해방 후에 소신학교가 용산으로 갔을 때 여기가 대신학교 건물이 되어서, 학병 갔다 와서는 다시 여기서 6·25 며칠 후까지 공부했고요…….”

“그럼 이 건물이 추기경님과는 인연이 깊은 곳이네요.”

“그렇죠. 내 청소년 시절과 젊은 시절의 자락이 담겨 있는 건물이지요. 그런데 나도 이제 이렇게 나이가 들었으니 건물도 리모델링을 해야 할 때가 된 거지요, 하하.”

오래된 건물이었지만, 환자를 진료하는 데는 아무 문제가 없었다. 내과 하나로 출발했던 무료진료소는 진료 과목이 소아과, 산부인과, 피부과, 이비인후과, 치과, 안과까지 확대되었고, 안 교수가 개업한 선후배들의 병원에서 안 쓰는 집기들을 얻어와 제법 종합진료소의 면모를 갖추고 있었다. ‘Clinic CaSA’라는 진료소 이름도 가톨릭대학교 총장인 강우일 주교의 제안에 따라 치유의 천사인 라파엘에서 따와 ‘라파엘클리닉’으로 바꿨다. 김전 교수가 소장을 맡아 총괄했고, 고찬근 신부가 지도신부를 맡고 있었다.

그는 안 교수와 김 교수의 안내를 받아 진료소 곳곳을 둘러보면서 순서를 기다리는 외국인 노동자들과 반갑게 악수를 했다. 안 교수는 그에게 IMF 여파로 외국인 노동자들도 일자리를 잃은 사람이 많아, 합법체류자들 중에서도 보험이 없어 이곳을 찾는 수가 늘어나고 있다고 했다.

그는 자원봉사를 하고 있는 의사와 간호사 그리고 50여 명의 일반 봉사자들에게 "정말 필요한 일을 하고 있는 여러분들에게 깊이 감사한다"면서 한 명 한 명의 손을 잡고 감사인사를 했다.

라파엘클리닉은 이듬해 6월, 이 건물의 리모델링으로 인해 언덕 아래 동성고등학교 대강당 4층으로 옮겼다. 궤짝 두 개였던 짐이 트럭 세 대분으로 늘어나 있었다. 강당을 둘러싼 복도 4층 공간에 차려진 진료소는 그 규모가 점점 불어났고, 매주 일요일 오후 2시에는 동성고등학교 정문에서 진료 번호표를 받기 위해 170~300명의 외국인 노동자가 길게 줄을 섰다. 학교 담 아래서는 각국의 식료품을 파는 벼룩시장이 펼쳐졌다. 그는 서울대교구장 은퇴 후 대신학교 뒤에 있는 주교관에서 살면서 그 광경을 흐뭇한 눈길로 바라봤다.

30년 만에 떠나는 명동성당

48

"진리가 너희를 자유롭게 할 것이다."

| 요한복음 8장 32절 |

1998년, 서울대교구장에 착좌한 지 30년이 되는 해였다. 연초 신문에는 하루도 빠짐없이 정리해고, 구조조정, 실업자, 물가 등의 단어가 등장했다. 환율은 연일 가격제한폭까지 폭등했다. 외환위기 전에는 800원이던 달러 환율이 2천 원을 향해 달려가고 있었다. 정부에서는 수출을 해서 달러를 벌어들이고 싶었지만 부도가 났거나 경영난에 허덕이는 수출기업이 너무 많았다. 길거리에는 해고된 이들이 버린 담배꽁초가 수북하게 쌓였다. 물가도 하루가 다르게 올랐다. 총체적 난국이었다. 국민들의 불안과 좌절은 깊어갔다.

2월 25일, 김대중 대통령이 제15대 대통령에 취임했다. 건국 후 처음으로 야당에서 대통령이 탄생한 것이다. 김 대통령은 '국민의 정부'로 명명하면서 정치개혁, 개혁을 통한 경제난 극복, 인간 존중의 정신혁명, 교육개혁, 냉전적 남북관계 청산 등을 다짐했다.

2월 말, 교황청에서 편지가 도착했다. 드디어 후임자가 정해지고 사임 수락이 났다 보다 하고 반갑게 봉투를 열었다. 그러나 다른 내용의 편지였다. 로마에서 열리는 아시아 특별 주교대의원회의(시노드) 날짜가 4월 18일부터 5월 14일까지로 확정되었고, 교황 요한 바오로 2세가 그를 공동의장대리로 임명했다는 내용이었다.

이번 회의는 가톨릭 역사상 처음으로 개최되는 아시아주교대의원회의였다. 아시아 교회에 있는 주교 1천여 명 중 200여 명이 모여, 아시아에서 어떻게 예수 그리스도의 복음을 전파할 것인가 하는 문제를 처음으로 논의하는 자리였다. 작년부터 준비한 회의라 논의해야 할 의제가 많았다. 그것은 회의 결과를 정리하는 데만도 1년 이상 걸린다는 뜻이기도 했다.

그는 '이제 곧 은퇴할 텐데 몇 년이 걸릴 수도 있는 회의에서 공동의장대리를 맡는 것은 무리인 것 같다'는 내용의 편지를 써서 교황청 사무국에 속달우편으로 보냈다. 일주일 후에 역시 속달로 답신이 왔다.

> 이번 회의 공동의장대리이자 교황청 인류복음화성 장관인 요제프 톰코 추기경과 상의했는데, 그래도 참석하라고 하십니다. 아울러 김 스테파노 추기경님은 공동의장대리로서 회의 개막 연설과, 이번 회의 의제 중 하나인 '아시아 교회의 현실' 토론 때 '북한의 교회와 현실'에 대한 발표를 준비하시라고 합니다.

그는 어쩌면 이 부분 때문에 사임 수락을 늦추는 것인지도 모른다는 생각이 들었다.

4월 8일 오전, 김수환 추기경은 명동성당 옆 가톨릭회관 지하주차장 150평에 실직자를 위해 만든 '평화의 집' 개원식에 참석했다. 그는 인사에서 "서울대교구에는 현재 성당터 구입 등 많은 일이 있지만, 그것

명동성당 옆 가톨릭회관 지하주차장에 마련된 '평화의 집' 개원식. 1998년 4월 8일.

을 못하더라도 고통받는 이웃을 돕는 일에 최선을 다해나가야 한다"면서, "평화의 집 개원을 계기로 실직자들을 돕는 운동이 각 본당으로 확산돼나갔으면 한다"고 희망했다.

'평화의 집'은 매주 월요일부터 토요일까지 오전 10시부터 오후 3시까지 열기로 했다. 안내실과 기도의 방, 법률상담방, 취업상담방, 주방, 휴게실 등이 있고, 각종 신문과 잡지, 구인안내 책자뿐 아니라 TV와 컴퓨터, 공중전화 등도 마련돼 있어서 실직자들이 언제든지 이용할 수 있었다.

'평화의 집' 운영은 명동성당 사목회를 비롯한 신자와 후원회원 등의 도움을 받기로 했고, 매일 200명 이상이 이용할 수 있는 식당에서는 점심식사를 무료로 제공하기로 했다. 당초에는 500~1,000원의 식사비를 받으려고 했지만, 김수환 추기경의 의견에 따라 무료로 결정했다. 그리고 명동성당에서 '한 달 한 끼 단식으로 실직자에게 점심을 마련하자'는 표어를 내걸고 후원회원을 모집하기로 했다. 식사봉사는 명동성당 사목회와 구역반, 여성단체 등에서 매일 열다섯 명 정도씩 나와서 하기로 했다.

요일별로 서울대교구 노동사목위원회와 사회복지회 등에서 나온 전문가들의 상담도 진행했다. 월요일은 서울 가톨릭법조인회 변호사들의 법률상담, 화요일은 나눔의 전화에서 개인과 가정 문제 심리상담 등 가정상담, 수요일은 가톨릭세무사에서 세무상담, 목요일에는 사회복지회에서 가정상담 및 신앙상담, 금요일은 건강 및 정신건강 상담이 진행되며, 토요일에는 각종 일반 민원성 상담으로 억울한 일에 대한 상담이 이루어졌다.

이날 오후 5시, 김수환 추기경은 명동성당 별관에서 '선동열장학금'을 전달했다. IMF 경제체제 이후 독지가들이 줄어들어 학업과 생활에 어려움을 겪고 있는 소년소녀 가장 학생 60명에게 선동열 선수의 이름으로 50만 원씩을 전달한 것이다. 이 소식을 들은 선동열 선수는 1세이브에 약속했던 100만 원의 성금을 300만 원으로 올렸고, 이해 12월에도 1억 원을 추가로 기탁했다. (그때는 그가 은퇴한 후라 정진석 대주교에게 전달했다.)

4월 16일, 김수환 추기경은 당시 한국주교회의 의장이던 청주교구장 정진석 주교, 강우일 주교, 이병호 주교 등과 함께 로마로 떠났다. 이번 회의에 한국에서는 그를 포함해 모두 여섯 명의 주교가 참석했다.

4월 19일, 그는 제1차 전체회의 개막 인사를 영어로 했다.

"……앞으로 3주 동안 우리는 함께 생활하고 기도하며 각자의 경험과 문제를 나누게 됩니다. 아시아 교회를 위한 논의를 하는 하나의 공동목표 아래 성령께서 우리를 하나로 일치시켜주시기 바랍니다. 시노

1998년 4월 로마 교황청에서 열린 아시아주교대의원회의 개막미사. 공동의장대리로 참석했기 때문에 교황 요한 바오로 2세 바로 옆자리에서 행사를 진행했다.

드의 임무를 수행하는 동안 특별히 우리는 우리의 형제인 중국 본토와 북한의 주교들이 이 자리에 없다는 사실에 마음의 고통을 느낍니다. 아시아는 세계 인구의 절반 이상의 고향이며, 위대한 종교와 철학, 사상의 요람입니다. 그러나 교회는 여전히 소수종교입니다…….”

개막연설 후 회의는 여러 분과로 나뉘어 본격적으로 시작되었다.

4월 24일, 그는 피데스FIDES통신과 이번 특별 시노드에 대한 기대와 한국 교회의 상황에 대한 인터뷰를 했다.[158] 그는 1953년 피데스통신의 대구교구 통신원을 하던 때를 떠올렸다. 벌써 45년 전의 일이었다. 그동안 너무나 많은 일들이 있었다. 그는 그것들은 자신이 할 수 있었던 일들이 아니라 하느님의 힘이었다는 생각을 하며 인터뷰를 시작했다.

“아시아 선교에 있어 시노드로부터 무엇을 기대할 수 있을까요?”

“제2차 바티칸공의회 이후 우리는 지난 30여 년간 타종교와의 대화, 토착화의 필요성에 대해 강조해왔습니다. 즉, 하느님의 말씀을 아시아의 토양, 아시아 민족들의 가슴속에 육화하는 것이 우리에게 주어진 도전이었지요. 교회는 사람들의 삶 안으로 들어가 함께 걸으면서 예수를 본받아 스스로를 비워야 한다, 그럴 때 교회는 가난한 사람들과 같아질 수 있다, 교회는 자신이 진정으로 사회와 인류를 위해 봉사하고 있다는 것을 증거해야 한다, 군림자가 아니라 봉사자가 되어야 한다…… 이런 생각을 가졌던 거지요. 이렇게 그리스도를 닮기 위한 길을 발견하는 것이 이번 아시아 특별 주교 시노드의 임무입니다. 우리가 그리스도와 닮는 만큼 우리의 복음 선포는 풍성한 열매를 맺을 테니까요.”

“한국 교회의 경험에 대해 말씀해주십시오.”

158 가톨릭신문 1998년 5월 24일자.

서울대교구장 퇴임신청을 수락해준 교황 요한 바오로 2세에게 감사의 인사를 하며 교황청을 떠나는 김수환 추기경. 1998년 5월 14일.

"한국 교회는 초창기부터 교회 지도자들이 교황과 하느님 백성들과의 관계에 대해 깊은 깨달음을 갖고 있었습니다. 교회의 보편성은 초기 선교사들에 의해 제시됐고, 거의 100년간에 걸친 박해시기 동안 지지와 위로의 원천이었습니다. 서울대교구장으로서의 지난 30년 동안 한국 교회의 가장 큰 열매는 평신도의 역할이 더 강조되고 많은 협력과 깊은 대화가 이루어지고 있는 것입니다. 장소로서의 교회 개념을 하느님 말씀의 삶이라는 개념으로 바꾸면서 신자들의 삶의 모든 요소에 영향을 줄 수 있도록 노력했습니다."

그는 회의 중 기회가 있을 때마다 함께 공동의장대리를 맡고 있으면서 교구장 사퇴와 신임 교구장 임명 업무를 주관하는 인류복음화성 장관인 요제프 톰코 추기경에게 "이번에는 사임 수락이 나도록 당신이 힘을 써줘야 한다"고 부탁했다. 그러나 그때는 이미 사임 수락이 나 있었고 후임자도 정해져 있었다. 발표 시기를 명동성당 축성 100주년 기념식과 그의 서울대교구장 착좌 30주년 기념일 후로 늦추고 있었을 뿐이다. 30년을 채우게 하려는 배려였을 것이다.

5월 14일, 아시아 특별 주교대의원회의는 교황 요한 바오로 2세가 집전한 폐막미사를 끝으로 26일간의 일정을 마쳤다.

5월 29일 오전 11시, 명동성당 축성 100주년과 김수환 추기경의 서울대교구장 착좌 30주년 기념미사가 명동성당에서 봉헌됐다. 지난 1968년 5월 29일 오전 10시, "교회의 높은 담을 헐고 세상 속에 교회를 심어야 한다"며 제12대 서울대교구장으로 착좌한 김수환 추기경이 이날로 만 30주년을 맞이한 것이다.

그가 서울대교구장으로 착좌할 당시인 1968년, 서울대교구의 규모는 본당 48개, 공소 63개, 신자 14만 명이었다. 그러나 30년 후인 1998년에는 본당 203개, 공소 6개, 신자 125만 명으로 성장했다. 인구증가율보다 훨씬 높은 수치였고, 한국 천주교 신자의 3분의 1이다. 서울대교구의 복지시설도 200여 개로 크게 늘었다.

김수환 추기경과 주교단, 사제단이 공동 집전한 이날 미사는 교황청대사 조반니 바티스타 모란디니 대주교, 주교회의 의장 정진석 주교, 윤공희 대주교, 이문희 대주교 등 각 교구 주교와 조선시대 조선교구를 관할하면서 명동성당을 건립한 파리 외방전교회의 에차렌 부총장신부 등 내외귀빈, 사제, 수도자, 평신도 등을 포함, 1,500여 명이 명동성당을 가득 메운 가운데 거행됐다. 명동성당에서는 입장하지 못한 600여 명

서울대교구장 착좌 30주년 인터뷰

인터뷰하는 모습.

김수환 추기경의 서울대교구장 은퇴가 기정사실화되자 각 언론에서 인터뷰를 했다. 중앙일보 이은윤 종교부장이 깊이 있는 질문을 했다.[159]

"서울대교구 사목 30년 동안 제사장직 사명에 입각한 개인의 영적 구원과 예언자적 사명의 사회 구원 중 어느 쪽에 더 비중을 두셨습니까?"

"사회 참여를 완전히 배제하는 사제들도 있습니다. 그러면 교회와 사회가 유리되지 않겠습니까? 저는 영적 구원과 사회 구원이 조화를 이뤄야 한다는 생각입니다. 하느님이 사랑하는 아들딸인 우리 모두는 하나의 공동체로서 사랑을 나누는 사회를 가꾸어야 합니다. 우리 모두가 하느님의 자녀라는 공동체의식이 새삼 절실히 요구되는 가치입니다."

"가톨릭 노동사목이 제시하는 노동윤리는 어떤 것입니까?"

"존엄한 인간이 자신의 생존과 성장 발전을 위해, 더 나아가 사회와 국가의 발전을 위해 할 수 있는 가장 존엄하고 신성한 행위가 바로 노동입니다. 노동이란 신성할 뿐만 아니라 개개인의 인격 완성에도 꼭 필요한 것입니다. 노동에는 충분한 보상도 따라야겠지요. 노동자와 사용자는 서로의 상호의존 관계를 충분히 이해하고 협조하기를 간곡히 부탁하고 싶습니다."

"21세기 이후를 종교의 세기, 철학의 세기 같은 '정신문명의 세기'로 예견하는 석학들이 있습니다. 그러면 종교의 역할에도 변화가 예상되는데……."

"컴퓨터에 빠지는 아이들을 보면 이웃과 친하게 지내지 못하는 경우가 많은데, 그 결과 인간소외를 부를 가능성이 큽니다. 인간소외에서 벗어나기 위해 사랑을, 진리를, 삶의 의미를 갈구한다면 종교의 세기, 철학의 세기라는 표현도 틀리지 않겠군요. (웃으면서) 그러면 저희들이 할 일이 너무 많아지는데……."

"골프는 안 배우셨습니까?"

"배우려고도 하지 않았지만, 외국을 다니다 보면 억지로 끌려갈 때가 있습니다. 열 번 휘두르면 공을 맞히는 경우는 한 번 있을까 말까고 다 땅을 칩니다."

의 신자들을 위해 문화관에 대형 스크린을 설치, 대성당과 동시에 미사를 봉헌할 수 있도록 했다.

그는 서울대교구장으로서 하는 마지막 강론이라는 생각에 가슴 벅찬 감회를 안고 강론대 앞으로 나왔다. 강론 원고도 지난 며칠 동안 밤이 늦도록 책상에 앉아 고치고 새로 쓰기를 반복했다.[160]

"친애하는 형제자매 여러분. 오늘 우리는 이 명동대성당 축성 100주년을 기리는 미사를 봉헌합니다. 지난 100년간 거센 풍랑의 밤바다를 비추는 등대와 같이 우리 사회의 어둠을 밝히며 이 언덕 위에 우뚝 서 있는 이 대성당을 통하여 우리는 수없이 많은 은혜를 하느님으로부터 받았습니다. 축성 100주년을 기리는 오늘, 우리는 자비로우신 하느님께 그 모든 은혜에 대하여 감사드리면서, 계속 이 성당이 한국 교회의 얼굴로서, 대표적인 성당으로서 이 땅을 밝히는 빛으로 살아 있도록 하느님께 간구해야 하겠습니다. 100년 전 이 성당이 건축될 때를 생각해 볼 때, 그것은 단지 땅이 있고 돈이 있어서 지어진 것이 아닙니다. 그전에 오랜 박해를 통하여 수많은 순교자들이 하느님께 대한 믿음 때문에 피를 흘리고 목숨 바친 연후에, 그 터전 위에 이 성당은 지어졌습니다. 특히 이 자리는 옛날 순교자 김범우의 집이었습니다. 신자들이 모여서 교리를 배우고 세례도 받고 함께 주님께 기도를 바친 그 명례방이 있던 곳입니다."

그는 한국 교회와 로마 교회의 순교사를 돌아보며, 그렇게 힘들게 세워진 명동성당의 의미를 이야기했다.

"그로부터 100년이 지났습니다. 교회를 상징하고 그 때문에 예수님

---

159 중앙일보 1998년 5월 25일자.

160 《김수환 추기경 전집》 12권 214~217쪽.

을 상징하는 이 성당은 우리 겨레와 함께 일제 침략과 억압, 해방의 소용돌이, 분단의 아픔, 6·25동란, 4·19, 5·16, 유신독재, 10·26, 5·18, 6·10항쟁, 문민정부를 거쳐 오늘의 국민의 정부가 탄생하기까지 이 겨레가 걸어온 긴 형극의 길을 같이 걸어왔습니다. 이 대성당은 우리 겨레의 기쁨과 희망, 고난을 함께하면서 이 사회를 밝히는 빛, 등대로서 비가 오나 눈이 오나 변함없이 여기 항상 자리를 지키며 서 있었습니다. 그렇기에 100주년을 기리는 오늘이 참으로 뜻깊다 아니할 수 없습니다. 그러나 우리는 동시에 이 대성당은 등대로서의 역할을 언제나 하였는지, 우리 탓으로 밤의 어둠을 밝혀야 할 때에 불을 끄고 있은 적은 없었는지, 이 성당이 상징하는 그리스도를 오늘도 충분히 증거하고 있는지를 반성해보아야 하겠습니다. 명동대성당이 이렇게 자기 사명을 다하느냐 아니냐는 전적으로 우리에게 달려 있습니다. 우리가 참으로 그리스도를 믿고 따르는 사람답게 살면 이 성당은 더욱더 그리스도의 빛을 밝힐 것입니다. 한마디로 우리들이 살아 있는 하느님의 성전이 되어야 합니다. 그렇지 못하면 이 성당은 여전히 여기 서 있어도 불 꺼진 등과 같을 것입니다. 우리는 여기에서 성당의 모습 그 자체로부터 우리 자신이 어떻게 살아야 할지 배워야겠습니다."

그는 30년 전 착좌 때 강조했던 것처럼 다시 한 번 "교회는 세상 안에, 세상을 위해서 있어야 한다"고 강조했다.

"그리스도께서 우리를 구원하기 위해 당신을 비우시고 낮추시어 우리와 같은 사람이 되어 오셨듯이, 우리 자신과 교회도 그리스도처럼 자신을 비우고 이 땅 깊이, 사람들의 삶 속 깊이, 정신과 마음 깊이 육화되어 들어가야 합니다. 모든 이에게 모든 것이 되어 사랑의 봉사를 다해야 합니다. 성당은 종탑이 상징하듯이 늘 하늘을 가리키고 있습니다. 그것은 곧 하늘과 땅의 주인이신 하느님이 계시다는 것을 말합니다. 하느님은 우리를 한없는 사랑으로 사랑하시고, 그 때문에 죄 많은 우리를 위하여 당신의 외아들을 보내시어 우리를 구원하신 아버지이십니다. 우리는 이런 아버지이신 하느님의 사랑, 특히 주 예수 그리스도를 통하여 드러나는 사랑을 깊이 깨닫고 믿고 살아야 합니다."

그는 사랑의 힘으로 오늘날 우리가 겪는 IMF시대의 모든 어려움도 이겨내고, 아름답고 인간다운 사회를 만들고, 분단도 극복하자고 했다. 이런 사랑의 마음이 바로 명동성당이 상징하는 예수님의 정신이고 마음이고, 복음의 핵심이라면서 강론을 마쳤다.

미사가 끝난 후 계성여고에서 명동성당 100주년과 그의 착좌 30주년을 기념하는 축하식이 열렸다. 조반니 바티스타 모란디니 대주교, 정진석 주교를 비롯해 동성 소신학교와 대신학교 동창인 김정진 신부, 파리외방전교회에서 온 베랑 신부, 평신도 대표 류덕희 평협 회장 등이 축사를 했다.

그는 답사를 통해 "못난 제가 30년 동안 여기 이렇게 주교로 서 있었다는 것은 하느님과 성모님, 한국의 순교 성인들의 도움이 있으셨기에 가능했다"면서, "잘 참아준 교구민들에게 감사를 드린다"고 말했다.

5월 30일, 로마 교황청과 한국 천주교중앙협의회는 "교황 요한 바오로 2세가 교구장 정년을 맞아 사의를 표명한 서울대교구장 김수환 추기경의 사임신청을 받아들이고, 후임 서울대교구장에 주교회의 의장과 청주교구장을 맡고 있던 정진석 주교(니콜라오, 67세)를 임명했다"고 발표했다. 그러나 서울대교구장에서 퇴임해도 추기경직은 유효했다.

그는 교구청 3층 성당에서 큰 잘못 없이 서울대교구장직을 마치게 해주신 하느님께 감사기도를 드렸다. 집무실로 내려온 그는 대주교로 승품된 정진석 신임 서울대교구장에게 축하전화를 넣어서, 내일 서울대교구 보좌주교들을 청주로 내려보낼 테니 착좌식 날짜와 준비를 상의하라고 했다.

그의 퇴임이 결정됐다는 소식이 알려지자 여기저기서 전화가 왔다. 그러나 그는 교회법적으로는 퇴임을 했지만, 신임 교구장이 올 때까지는 자리를 지켜야 했기 때문에 아직 실감이 나지 않았다.

5월 31일 오후 2시, 김수환 추기경은 명동성당 뒤편에 있는 성모동산에서 그동안 명동성당에서 농성을 했던 재야단체 대표들과 장애인단체, 양심수 가족 등 300여 명을 초청해서 '나눔의 잔치'를 열었다. 재야단체에서는 김수환 추기경의 도움에 감사한다는 인사를 했고, 그는 답사를 통해 지금은 서로 협력해서 국난 극복에 힘쓸 때라면서 양보하는 자세를 부탁했다. 그리고 당시 성모동산 옆에서 천막농성을 하며 이날 시위를 주도한 이갑용 민주노총 위원장을 불렀다. 그는 머리띠를 풀고 온 이 위원장을 소개하면서, "다음 달 초에 출범하는 노사정의 합의로 어려운 국난을 이길 수 있도록 부탁한다"며, "그러기 위해서는 우리 모두 실직한 노동자들의 물질적 · 정신적 고통을 나눌 줄 알아야 한다"고 당부했다. 이 위원장은 고개를 숙이며 "그동안 노동자들이 명동성당에 입은 은혜가 얼마나 큰지 모르겠다"며 그의 퇴임을 아쉬워했다.

그는 성모동산에 앉아 권영길 국민승리21 대표와 부인, 김귀식 전교조 위원장, 김정숙 민가협 상임의장 등과 국수를 나눠 먹으면서 농성 당시를 회고하며 이야기꽃을 피웠다.

국수잔치가 끝나자 재야단체에서 준비해온 커다란 케이크를 상 위에 올려놓았다. 그때 누군가가 어제까지는 명동성당 100주년과 그의 착좌 30주년을 축하하는 케이크였는데, 오늘은 퇴임을 슬퍼하는 케이크가 되었다고 해서 모두들 웃음을 터뜨렸다. 그러자 그가 제발 퇴임을 축하해달라고 해서 다시 한 번 웃음바다가 되었다.

케이크 절단식이 끝나자 명동성당 일요미사에 빠지지 않고 참석하

김수환 추기경은 명동성당 축성 100주년 행사 때 그동안 명동성당에서 농성을 벌였던 재야단체 대표들을 초청해서 함께 케이크를 잘랐다.

는 가수 인순이가 나와서 '소양강 처녀'를 부르며 흥을 돋웠다. 참가자들은 김수환 추기경의 노래를 요청했다. 그는 마이크를 잡고 "명동성당은 우리 사회의 등대여야 한다"면서 '등대지기'를 참석자들과 함께 불렀다. 그의 노래가 끝나자 참석자들은 열띤 박수로 그의 18번으로 알려져 있는 '애모'를 앙코르송으로 요청했다. 그러자 그는 빙그레 웃으며 요즘 18번이 바뀐 걸 모르고 옛날 18번을 요청한다면서 인순이와 함께 '애모'를 불렀다.

김수환 추기경의 송별미사는 6월 22일에 봉헌하기로 결정되었다. 후임 교구장인 정진석 대주교의 착좌식 일주일 전이었다. 새 교구장 착좌식에 앞서 지난 30년간 서울대교구장직에 봉직해온 김 추기경의 노고와 희생에 고마움을 전하는 감사미사가 여러 곳에서 봉헌되었다.

6월 19일 오후 3시, 서울대교구 보좌주교를 포함 약 400명의 사제들은 혜화동 가톨릭대 대신학교에서 김수환 추기경에 대한 감사미사를 봉헌했다. 공식적으로는 서울대교구 전체 사제들과의 마지막 미사를 드린 이날, 그는 강론을 통해 "인간적인 많은 부족함 때문에 상처를 주고 섭섭함을 준 분들에게 진심으로 사죄를 드리고 용서를 청하고 싶다"고 말하고, "앞으로 몇 해가 더 남아 있을지 모를 여생이지만 기도와 봉사로써 교회에 이바지하고 싶다"고 밝혔다. 아울러 "신임 서울대교구장 정진석 대주교와 함께 교구 사제가 참으로 하나 되어 믿음과 사랑의 교구로 아름답게 발전될 수 있길 기원한다"고 당부했다. 서울대교구 사제들은 그가 신학교를 떠날 때 두 줄로 서서 퇴장성가를 부르며 그의 은퇴생활이 행복하기를 기원했다.

6월 20일 오전 9시 30분, 명동성당에서 그는 교구청에서 함께 일하던 직원과 교구 소속 단체 직원 400여 명에게 감사를 전하는 미사를 봉헌했다. 보좌주교들과 각 국장신부들 그리고 명동성당 사제단 등 20여 명의 사제들이 공동으로 집전한 미사에서, "30년 동안 봉직한 교구장직을 떠나면서 직원들과 마지막 하직인사를 겸한 감사미사를 드리게 돼 감회가 새롭다"면서, "앞으로 새 교구장님을 잘 도와 한국 교회 복음화에 더욱 이바지해달라"고 부탁하자, 여직원들의 흐느낌이 여기저기서 흘러나왔다. 이어 가톨릭회관 강당에서 열린 다과회에서 새로 연습한 18번인 김종환의 '사랑을 위하여'를 부르며 직원들이 보여준 헌신적인 희생과 봉사에 다시 한 번 고마움을 전했다.

6월 22일 오전 11시, 김수환 추기경의 송별미사가 봉헌되는 명동성당 안팎에는 사상 유례없는 6천여 명의 수도자와 신자들이 운집했다. 복음 낭독이 끝나자 그가 신자들의 박수 속에 강론대 앞으로 나왔다.

"친애하는 형제자매 여러분. 30년간 봉직하였던 교구장직을 떠나면서 여러분과 함께 이 미사를 봉헌할 수 있게 되어 기쁩니다. 먼저 여러

1998년 6월 22일 명동성당에서 봉헌된 김수환 추기경 송별미사에서 강론하는 모습. 이날 그는 "그동안 상처와 실망을 드린 일이 있더라도 너그럽게 용서해주길 바란다"며 고개를 숙였다.

분이 저를 위해 바쳐주신 모든 기도와 봉사, 베푸신 사랑과 희생에 진심으로 감사드립니다. 때문에 오늘 미사는 감사의 뜻으로 여러분을 위해서 봉헌합니다. 이 자리에 계시는 분들만이 아니라 우리 교구민 모두를 위해서 봉헌합니다. 그리고 오늘 독서에서 사도 바오로가 당시의 신자들에게 하직인사와 함께 당부하신 말씀, '하느님을 굳게 믿고 하느님 안에 살며 순결한 사람이 되어 이 악하고 비뚤어진 세상에서 하느님의 흠 없는 사람이 되어 하늘을 비추는 별들처럼 빛을 내십시오'라고 하신 것은 바로 제가 오늘 여러분에게 드리고 싶은 말씀이라 해도 과언이 아닙니다. 결국 제일 중요한 것은 그리스도와 같이 되는 것입니다. 저는 여러분 모두 참으로 그리스도를 믿고 따르고 사랑하면서 그리스도를 닮는 분들이 되기를 간절히 바랍니다."

송별미사에서 감사인사를 하는 김수환 추기경.

그는 감개무량한 표정으로 성당에 꽉 들어찬 신자들을 바라보면서, 부귀와 영화가 우리를 유혹하는 세상이지만, 우리를 위해 당신을 비우시고 낮추신 주 예수 그리스도 그분만이 우리의 참된 행복이 될 수 있다고 강조하며 황금만능주의에서 벗어나자고 했다.

"친애하는 형제자매 여러분. 예수님은 '진리가 너희를 자유롭게 해줄 것이다'라고 말씀하셨습니다. 예수님 자신이 바로 우리를 자유롭게 해주는 진리입니다. 저는 저의 마음을 다하여, 저의 목숨, 저의 모든 것을 걸고서 이 말씀을 드립니다. 그것은 여러분이 저와 우리 교구를 위해 그동안 보여주신 사랑과 봉사, 기도와 희생에 감사하고 보답하기 위해서도 그렇고 동시에 여러분을 사랑하는 마음에서 여러분을 위해 최상의 선물이 될 말씀을 드리고 싶은 마음에서도 그렇습니다."

그가 지난 일주일 동안 이 강론을 준비하면서 교구 신자들에게 선물

명동성당 밖에 모인 환송 인파.

하기 위해 뽑은 성경구절은 요한복음 8장 32절의 '진리가 너희를 자유롭게 해줄 것이다'였다. 진리가 이끄는 대로 따라가고자 최선을 다하는 것이 신앙인의 길이고, 그 길을 따를 때 참된 자유인이 된다는 뜻이었다.

그는 "30년 동안 도와주신 여러분께 감사한다"면서, "혹시 상처와 실망을 드린 일이 있더라도 너그럽게 용서해주길 바란다"며 고개를 숙였다. 그리고 후임 교구장에 대한 부탁을 했다.

미사 후 '감사의 자리' 순서가 되었다. 이날 미사를 주관한 서울대교구 평협 류덕희 회장과 서울대교구 염수정 사무처장을 선두로 각 수도회, 교회 기관, 각 성당 대표들이 줄을 지어 꽃다발과 함께 묵주의 기도를 비롯한 '영적 예물'을 전달했다.

그는 금방이라도 눈물을 터뜨릴 듯한 표정으로 "여러분의 사랑에 가슴이 벅차서 터질 것 같다"고 감사의 인사를 한 뒤, 수북이 쌓인 영적 예물을 가리켰다. "제가 하늘나라에 갔을 때 만일 베드로 사도께서 아직 천당에 올 때가 못 되었으니 연옥에 가서 기다리라고 하면 여러분이 오늘 제게 주신 이 영적 예물을 보여주겠습니다. 신자들이 나를 위해 이토록 기도를 많이 해줬는데 천당에 보내주면 안 되겠느냐고 떼를 써 보겠습니다"라고 말하자, 성당 안에서 웃음소리와 함께 우레와 같은 박수소리가 울려퍼졌다.

그는 사회자의 요청으로 김정식의 '난 하느님 사랑해요'를 독창한 후, 신자들과 함께 김종환의 '사랑을 위하여'를 합창하며 명동성당 30년을 마무리했다.

신자들은 명동성당 마당에서 주교관으로 내려가는 그를 향해 '추기경님 사랑해요', '우리의 등불', '가난한 이웃들의 영원한 친구', '영원한 젊은 오빠', '추기경님, 뜨겁게 기억하겠습니다' 등의 글귀를 적은 피켓을 흔들었다. 그는 다시 한 번 가슴이 울컥했다.

이날 밤 그는 교구청 마당에서 명동성당 첨탑과 검푸른 하늘 위에 떠오른 달을 바라봤다. 지난 30년이 주마등처럼 스쳤다. 나름대로 최선을 다했다는 생각 때문일까. 30년 전으로 되돌아간다고 해도 더 잘할 자신은 없다는 생각이 들었다. 물론 아쉬운 점도 있었다. 하느님께 모든 걸 맡기지 못하고 인간적인 판단을 했던 약한 믿음과, 하느님께서 맡겨주신 양떼를 죽도록 사랑하지 못한 점, 하느님께 은총을 구하는 기도가 부족했던 점이 후회라면 후회였다. 또 한 가지 아쉬운 점이라면, 명동성당 첨탑 십자가 위에 걸려 있는 달을 못 본다는 점이었다. 그는 30년 동안 어깨를 짓누르던 무거운 십자가를 내려놓았다는 생각에 마음이 홀가분했다. 후임 교구장이 자리를 잡을 몇 달은 외국에 다녀오고 싶었다. 그리고 운전면허를 따서 가고 싶은 곳을 자유롭게 달려보고 싶었다.

6월 28일, 김수환 추기경은 명동성당 주교관을 떠나 가톨릭대 대신

서울대교구장 퇴임 후 여생을 보낸 혜화동 주교관.

스승 게페르트 신부 방문. 김수환 추기경이 은퇴 후 가장 먼저 한 일은 일본에 가서 스승 게페르트 신부를 만난 것이었다.

학교에 있는 주교관으로 이사했다. 집무실을 비롯해 침실과 서재를 다 포함해도 20평 남짓한 공간이었다. 혜화동 주교관에는 30대부터 40대, 50대, 60대 등 다양한 연령층의 사제 열네 명이 살고 있었다. 그는 저녁 때 식당에서 사제들과 인사를 나누면서 은퇴생활을 시작했다.

보혁 갈등 속에서

VI

—

세상의 모든 것이 끊어지면 오직 하느님만이 남는다는 것을 내게 가르쳐주시려고 그러시나 봐. 하느님 당신을 더 사랑하게 하려고 그러시겠지? 아마, 죽고 나면 자네나 나나 모두 하나일 거야. 내가 죽으면 자네 꿈에 나타나서 꼭 가르쳐주겠네.

법이 앞서냐, 인간이 앞서냐

49

"추기경의 붉은색 복장은 그리스도처럼 피를 흘리는 삶을 살아야 함을 의미하나 30년 생활을 돌아볼 때 그러지 못한 것 같아 아쉽습니다."

| 김수환 추기경, 추기경 서임 30주년 축하미사 |

1999년, 추기경에 서임된 지 30년이 되는 해였다. 그는 나타나야 할 자리와 나타나지 말아야 할 자리를 구분했고, 기자들도 가능한 한 만나지 않았다.

2월 25일, 그와 천주교인권위원회가 구명운동을 벌였던 파키스탄인 사형수 무하마드 아제즈와 아미르 자므르가 대전교도소에서 석방되었다. 수감된 지 7년 만이었다.[161] 그러나 형집행정지로 석방은 하지만 곧바로 강제출국시킨다는 것이 법무부의 입장이었다. 두 파키스탄인은 대전교도소로 찾아온 천주교인권위원회 변호사들에게 강제송환되기 전에 김수환 추기경을 꼭 만나고 싶다고 말했지만 법무부에서는 허락하지 않았다. 그들이 김수환 추기경을 만날 경우 모든 언론에서 기사화

---

161 한겨레신문 1999년 2월 28일자, 평화신문 518호.

형집행정지로 석방되어 조국으로 돌아가는 파키스탄인 사형수가 공항에서 김수환 추기경에게 감사 전화를 하는 모습.

하면서 판결의 정당성에 대해 다시 거론할 수 있기 때문이었을 것이다.

인권위 변호사들로부터 그 소식을 들은 그는 아쉬운 마음에 비서인 고찬근 신부를 공항으로 보내 그들의 앞날이 평화롭기를 기원하는 축복을 주도록 했다. 추기경의 환송 안부를 전달받은 두 사람은 고 신부에게 전화로라도 인사를 할 수 있게 해달라고 부탁했다. 그리고 "추기경님이 저희 목숨을 구하셨습니다. 영원히 잊지 않겠습니다"라며 울먹였다. 천주교인권위원회는 후원자들이 모금한 1,500달러를 두 사람에게 전달했고, 고찬근 신부도 봉투를 건넸다.

출국 시간이 되자 두 사람은 "김수환 추기경님과 천주교인권위원회 그리고 한국의 가톨릭 형제들을 영원히 잊지 않겠습니다. 정말 감사합니다. 한국의 형제자매들에게 사랑한다는 말과 함께 김대중 대통령께 감사의 인사를 전합니다"라고 작별인사를 했다. 그들은 못내 아쉬운 듯 "단 1분간만이라도 김 추기경님을 만나뵙고 싶은데……" 하고 말끝을 흐리며 출국심사대로 향했다.

4월 14일, 김수환 추기경은 서초동 사법연수원 대강당에서 700여 명의 사법연수생들에게 '법과 인간'이라는 제목으로 강연을 했다.[162]

---

162 가톨릭신문 1999년 4월 25일자.

사법연수원 강연. 김수환 추기경은 이날 강연에서 인간존엄성과 평등을 강조했다.

그는 예비법조인들에게 '법이 앞서냐, 인간이 앞서냐'라는 질문을 던지며, "법은 어디까지나 근원적으로 모든 선의 근원이신 하느님의 사랑과 정의에 입각해 있어야 합니다. 그럴 때 법은 참으로 법으로서의 권위를 가질 수 있습니다"라고 말했다. 계속해서 법 우선주의에서 오는 폐해들을 들려주고, "국가가 법을 제정하고 운용함에 있어서 가장 우선적 목표로 삼아야 할 것은 인간존엄성과 그 기본권의 존중"이며, "법은 어디까지나 사람들을 위해서 있어야 참법이라 할 수 있다"고 목소리를 높였다. 그리고 빅토르 위고의 《레미제라블》의 장발장과 자베르 이야기를 예로 들어 인간과 법의 상관관계를 설명하면서, "성경에서도 모든 법에 우선하는 것은 사랑의 법이며 인간에 대한 사랑이 모든 법에 앞선다는 것을 명확히 밝히고 있다"고 강조했다.

그는 강연 후 질의응답 시간에 어느 연수생이 사형제도와 관련한 질문을 하자, "사형은 범죄를 근절시킨다는 입법자들의 근본 취지와는 달리 잔혹범죄가 줄어드는 효과를 보지 못하고 있을 뿐 아니라, 인간적 오류를 범할 수 있기 때문에 개인적으로 반드시 없어져야 할 제도라고 생각한다"고 밝혔다. 양심수 문제에 대해서도 "아직도 상당수의 양심수들이 감옥에 있을 것이라 본다"면서, "그런 이들은 반드시 사면 복권돼야 한다"고 강조했다.

그는 마무리 발언을 통해 "여러분들이 법관이 됐을 때는 피고인들이 재판 결과를 수긍할 수 있도록 공정한 판결을 해달라"면서, "법은 인간을 위해 있다는 신념으로 살며 모든 인간을 이웃으로 존경하고 위하는 훌륭한 법관 또는 변호사가 되기를 바란다"고 당부했다.

4월 27일, 김수환 추기경은 강릉을 방문했다. 군종교구 신부들의 부탁으로 공군 동성대성당 봉헌미사에 참석하기 위해서였다. 미사를 마친 후 그는 '서로 사랑하십시오'라는 휘호를 했고, 공군부대를 방문해 전투기에 올라서 기념사진을 찍었다. 그날 저녁에는 강원도 양양군 하조대 육군휴양소에서 파도소리를 들으며 깊은 잠에 빠져들었다.

이튿날 아침, 그는 시원한 동해바다에서 떠오르는 붉은 해를 바라보았다. 긴 밤을 돌아 수평선 위에서 붉은 기운을 발산하며 솟아오르는 아침 해! 얼마 만의 해맞이인가. 아니, 평생 처음의 해맞이였다. 그는 환희에 찬 표정으로 수평선 위로 솟아오르는 붉은 해를 바라보았다. 바다 위로 퍼져오르는 아침 햇살이 백사장 모래 위에 부서졌다. 멀리서 갈매기들이 날아올랐다.

그게 벌써 30년 전이구나…… 한국 최초 그리고 세계 최연소 추기경 서임식이 있던 1969년 4월 28일, 그날 나는 무엇을 했던가. 그날 아침 햇살도 이렇게 눈부셨던가. 교황 바오로 6세는 바티칸에서 새 추기경 33명의 서임을 공식적으로 결정하는 추기경회의를 열었고, 나는 다른

'서로 사랑하십시오' 휘호(위)와 공군 비행기에 탄 모습. 1999년 4월 27일.

추기경후보들과 함께 우르바노대학에서 대기하고 있었지.

그가 바다를 바라보며 상념에 잠겨 있을 때 군종신부들이 그를 불렀다.

오전 8시, 그는 어제 봉헌미사를 올린 '동성대 성 김대건 안드레아 성당'에 도착했다. 차에서 내려 성당 입구를 보는 순간, '김수환 추기경 서임 30주년 축하미사'라고 쓰인 현수막이 보였다. 그는 가슴이 먹먹해졌다. 성당 안에는 강릉 지역 신자들과 군종교구 신자들로 가득했다. 그와 한 번도 미사를 드려보지 못한 신자들이었다.

미사를 마치고 식당으로 들어섰다. 조촐한 잔칫상이 차려져 있었고 신자들이 박수를 치면서 그를 맞았다. 콧등이 시큰거렸다. 그는 박수를 치는 신자들의 손을 잡고 고맙다는 인사를 하며 잔칫상 앞에 앉았다.

"오늘 저는 생각지도 못한 축하미사를 봉헌받고 이렇게 잔칫상도 받았습니다. 이렇게 하느님은 늘 우리가 생각도 못한 은총을 베풀어주시며 함께해주십니다. 하느님은 우리 가운데 현존하고 계십니다."

그가 감격 어린 목소리로 인사말을 하자 다시 한 번 우레 같은 박수가 식당에 울려퍼졌다. 축하의 노래가 끝나고 케이크를 자를 시간이 되자 그가 다시 마이크를 잡았다.

"여러분, 제 별명이 뭔지 아세요?"

아무도 대답을 않자 그가 빙그레 웃으며 말했다.

"제 별명이 '소품'입니다. 행사 후 사진 찍을 때 꼭 필요하다고 해서 붙여진 별명입니다."

신자들이 까르르 웃었다.

"케이크를 자른 후에 찍는 것보다 지금 찍어야 잘 나오니까 단체로도 찍고 개인별로도 찍겠습니다."

다시 한 번 박수가 터져나왔다.

축하잔치가 끝난 후 그는 군종신부 10여 명과 바닷가를 거닐며 고맙다는 인사를 했다. 군종신부들은 오신 김에 소금강도 보고 가시라며 그를 안내했다. 그는 마치 소풍 온 학생처럼 환한 표정으로 소금강을 향해 발걸음을 옮겼다. 등산객과 주민들이 추기경을 알아보고 건강을 기원했다. 그는 일일이 악수를 청하며 감사의 말을 건넸다. 산중턱 식당에서도 그를 알아보는 이들이 찾아와 사인을 해달라거나 사진을 찍자고 하면 모두 응했다.

5월 4일 오후 5시, 이번에는 가톨릭대 신학대학에서 김수환 추기경 서임 30주년을 축하하는 미사를 마련했다. 학교 성당에서 서울대교구 사제단 그리고 신학생 300여 명이 참석한 가운데 축하미사를 봉헌했다. 미사에 앞서 사제단을 대표한 이기명 신부는 인사말을 통해 "추기경 서임 30주년 미사 봉헌은 영광되고 기쁜 일이며, 형식적인 행사가 아니라 추기경께서 사제단, 신학생들과 함께 계심을 감사하는 자리"라고 취지를 밝히고, "오래 사시고 건강하시도록 기원한다"고 말했다.

김수환 추기경은 강론에서 "교구장 은퇴를 하면서 될 수 있는 한 공적으로 많은 이들에게 폐를 끼치는 일은 없도록 하겠다는 생각이었는데, 또다시 폐를 끼치는 느낌"이라면서, "추기경의 붉은색 복장은 그리스도처럼 피를 흘리는 삶을 살아야 함을 의미하나 30년 생활을 돌아볼 때 그러지 못한 것 같아 아쉽다"며 고개를 숙였다.

이날은 그의 뜻에 따라 외부인사 초청 없이 조촐하고 가족적인 분위기 속에서 미사 봉헌과 축하식, 축하연으로 이어졌다. 그는 인사말을 통해 "추기경에 서임될 수 있었던 것은 초기 한국 교회 순교 성인들이 흘린 신앙적 선혈과 한국 교회의 열정적이고 활발한 신앙 덕택일 것"이라고 밝혔다.

12월 17일 오후, 김수환 추기경은 서울 서초동 대검찰청 별관 4층 대강당에서 검사와 검찰 직원 300여 명이 참석한 가운데 '검찰의 현주소

진단, 나아갈 길'이라는 제목의 강연을 했다.[163] 그는 11월 초에 이 제목으로 강연을 해달라는 초청을 받고, 검찰의 현주소를 진단할 지식이 없고, 그렇기에 나아갈 길을 밝힐 능력도 없다며 사양하다가 "국민의 한 사람으로 오늘의 검찰을 어떻게 보고 느끼는지 솔직히 말하면 된다"고 해서 오게 되었다고 밝히면서 강연을 시작했다.

"저에게 초청 편지를 쓰신 분이 오늘 이야기에 참고하라고 하시며 '검사윤리강령'과 함께 몇 가지 참고자료를 보내주셨습니다. '검사윤리강령'은 참으로 지당한 말씀들이고, 그렇게만 검찰이 살아왔더라면, 검찰에 대한 국민의 신뢰는 높을 것이며, 국민은 믿음직한 검찰로 말미암아 이제 우리나라도 정말 정직과 진실에 바탕을 둔 민주국가로 발전한다는 자신감을 얻고 희망찬 미래를 내다볼 수 있었을 것입니다. 검찰에 대한 신뢰는 곧 나라에 대한 신뢰이고, 그것은 또한 우리 자신에 대한 자신감과 같은 것입니다. 그렇기에 그 반대의 경우가 되면 국민은 검찰과 정부에 대해서까지 큰 배신감을 느끼지 않을 수 없습니다. 검찰은 그만큼 이 나라의 신임도 자체를 가늠하는 중요한 위치를 차지하고 있다고 보아야 하겠습니다. 얼마 전 TV를 보고 있는데, 검찰총장님 방이 화면에 비춰지면서 벽에 걸린 액자의 글귀를 보게 되었습니다. 그것은 '검찰이 바로 서야 나라가 바로 선다'였습니다. 너무나 좋은 말씀이라서 즉시 종이에 옮겨적었습니다. 바로 그것입니다. 검찰이 바로 서야 나라가 바로 섭니다. 국민 앞에는 물론이요, 대외적으로 한국이라는 나라가 얼마나 바로 선 나라이며, 믿을 수 있는 나라이냐는 것은 검찰에 달려 있다고 말해도 좋을 만큼 검찰의 위치와 역할은 중요합니다."

---

163 《김수환 추기경 전집》13권 221~231쪽.

그는 검찰이 바로 서기 위해서는 '검찰윤리강령' 3조에서 분명히 밝힌 대로 검찰이 정치적 중립을 지킬 수 있어야 한다고 지적했다.

"정치권과 통치권자가 만에 하나라도 정권의 안보나 나라를 위해서 검찰을 직접 잡고 있지 않으면 안 된다고 생각한다든가, 또한 검찰 자체도 정치권과 통치권자의 보호 아래에 있어야만 검찰의 위치나 권력이 확고히 보장될 수 있다고 생각한다면, 그것은 큰 오산이라고 생각합니다. 그것은 참으로 백년하청百年河清입니다. 그것은 결코 검찰도 바로 서지 못하고 나라도 바로 서지 못하는, 돌이킬 수 없는 불행을 자초하는 것이라고 생각합니다."

모두들 조용히 그의 말을 경청했다.

"오늘날 우리 사회에는 거짓이 성행하고 있습니다. 정직의 결핍이 심각합니다. 얼마 전 어느 월간지와의 새천년 인터뷰에서 우리가 버리고 가야 할 것 세 가지를 말해달라고 해서 '거짓, 허영, 이기주의'라고 했습니다. 또 가지고 가야 할 세 가지 가치로는 '정직, 검소, 이웃 사랑 즉 이웃과 더불어 살 줄 아는 것'이라고 말했습니다. 저는 지금까지 자주 정직과 성실, 이것을 강조해왔습니다. 왜냐하면 정직과 성실이야말로 어떤 첨단기술이나 경제력보다 더 크고 기본적인 국가의 힘이 될 수 있기 때문입니다. 우리 검찰이 환골탈태의 정신으로 이 땅에 떨어진 정직과 신의를 앞장서 바로 세움으로써, 나라도 바로 서게 하는 검찰로 다시 나기를 기원해마지않습니다. 우리 검찰이 신뢰를 회복하고 우리나라가 빛나는 발전을 이룩하게 되기를 간절히 기원합니다. 검찰이 바로 서야 나라가 바로 섭니다. 장시간 두서없는 말씀 들어주셔서 감사합니다. 오는 성탄과 새해, 새천년기에 여러분 모두가 주님의 풍성한 은총 속에 평안하시기를 빕니다."

그가 강연을 마치자 우레와 같은 박수가 쏟아졌다. 그러나 그는 이날 자신의 강연이 얼마나 효과가 있을지, 훗날 역사가 평가할 것이라고 생각했다.

2000년 6월 13일, 김대중 대통령은 연초 기자회견에서 밝힌 대로 남북관계의 역사적 전환점이 되는 남북정상회담을 위해 2박3일 일정으로 평양을 방문했다. 김대중 대통령이 태극기가 선명한 특별기를 타고 평양 순안공항에 도착하자, 김정일 국방위원장이 그를 영접했다. 분단 55년 만에 처음으로 남한과 북한의 정상이 만난 것이다. 두 정상은 평양의 백화원 영빈관에서 6월 14일 오후 3시부터 6시 50분까지 세 시간 50분에 걸친 회담 끝에 5개항에 합의했다. 그리고 6월 15일에 '남북공동선언'을 발표했다.

이때부터 남북관계는 해빙무드 속에서 진전되었다. 그러나 부정부패는 여전히 기승을 부렸다. 10월의 '정현준 게이트'에 이어 11월에는 '진승현 게이트'가 터졌다. 서민들로서는 상상조차 하기 어려운 액수에 국민들은 분노했다.

김수환 추기경은 그런 암울한 소식이 들려올 때마다 허탈했다. 새천년을 시작하는 2000년이 부정부패로 얼룩지고, 그로 인한 혼란과 서민들의 고통이 그를 슬프게 했다. IMF 위기는 1년 만에 모면했지만, 경제는 다시 위기를 맞고 있었다. 실업자가 다시 100만 명에 육박했다. 서울역 노숙자도 늘어났다. 부익부 빈익빈 현상이 더욱 심해졌고 가난한 사람은 더욱 어려워졌다. 결식아동 수가 17만 명에 이르렀다는 보도도 나왔다.

2000년의 마지막 날, 그는 십자가 앞에 무릎을 꿇었다.

"주님, 대한민국을 불쌍히 여겨주소서……."

2001년 4월 24일 오후 4시, 김수환 추기경은 인기리에 진행 중인 KBS 프로그램 〈도올과 논어 이야기〉에 출연했다. 지난 4월 4일 도올 김용옥 교수가 혜화동 주교관으로 방문해서 "제가 진행하고 있는 프로그램에 출연해주시어 국민들의 삶에 지표가 될 수 있는 말씀을 해주시길 진심으로 열망한다"고 부탁했던 것이다. 그는 "논어에 대해 잘 모르지만 유교는 기독교적 세계관과 배치되지 않는다"면서 도올의 요청을 수락했다. 독일에서 박사논문을 준비할 때 조선시대 유교사상에 대한 공부를 어느 정도 했기 때문에 망신을 당하지는 않을 것 같다는 자신감도 있었다.

KBS에서는 그가 도올의 프로그램에 출연한다고 홍보했고, 모든 신문에서도 보도했다. 많은 이들은 가톨릭의 고위 성직자와 동양사상의 대중화를 위해 노력하는 도올의 대담에 관심을 기울였다. 논어와 성경이 어떻게 부딪칠지, 누가 창이고 방패가 될지 궁금해했다.

녹화를 하는 KBS 여의도 본관 스튜디오에는 한 시간 전부터 방청객이 몰려들었다. 스튜디오는 순식간에 방청객으로 입추의 여지가 없었다. 그래도 방청객이 계속 몰려들어 진행요원들이 진땀을 뺐다. 각 언론사에서도 20여 명의 기자가 취재를 나왔다.

이날 프로그램은 김수환 추기경이 '공자의 인간관과 그리스도교의 인간관'이라는 제목으로 강의를 하면 중간중간에 도올이 질문하는 형식으로 진행되었다.[164]

"제가 오늘 도올 선생 프로에 나온다니까 반응이 다양했습니다. 찬성하는 분도 있었지만 '절대로 나가지 말라'고 하는 분도 있었고, 어떤 분

---

164 《매스컴에서 본 33가지 김수환 추기경 모습》(안문기 · F. 하비에르 신부, 퍼시픽북스, 2009) 117~124쪽.

도올 김용옥 교수와의 대화.

은 자신이 쓴 책 두 권을 보내며 '이걸 다 읽고 가면 도올이 무슨 소리를 해도 다 감당할 수 있을 것'이라고 했는데, 내용이 어려워서 미처 못 읽었습니다."

방청객들이 첫 번째 웃음을 터뜨렸다. 그가 말을 이었다.

"또 미국에서 유교를 공부하는 어느 분은 제게 '도올은 공자를 모독한 고얀놈'이니, 나가면 혼 좀 내달라고 하셔서, 이렇게 말을 전합니다."

방청석에서 폭소가 터져나왔다.

"제가 그 고얀놈입니다."

도올이 웃으면서 대답하자, 다시 한 번 폭소가 터졌다.

"주신 논어 책인《도올의 논어 1》을 읽어보았는데, 서두의 말이 참 인상 깊어요. '공자는 한 번도 유교를 말한 적이 없다. 그는 인간을 말했고 삶을 말했다.' 말하자면 공자님의 가르침은 정치의 문제가 아니라 인간을 위하는 거라는 말이죠. 인간을 중심에 놓은 것이 논어요 유학이라는 것입니다. 공자가 보는 인간상은 군자君子입니다. 제가 이런 말을 하면 공자 앞에서 문자 쓰는 격이 되겠지만요."

그의 농담에 방청객과 도올은 폭소를 터뜨렸다. 그가 다시 계속했다.

"논어는 군자로 시작해서 군자로 끝난다고 해도 과언이 아닙니다. 논어에서 군자와 인仁이 가장 많이 나오는 말인데, 총 몇 번 나오는지 아십니까? 군자가 107번, 인이 109번입니다."

"아, 그건 저도 몰랐습니다."

"다행이네요."

그가 빙그레 웃으며 말하자, 방청석에서는 다시 폭소가 터졌다.

그는 해박한 유교 경전 지식으로, 공자의 인과 하느님의 사랑이 다르지 않음을 강조했다. 인간의 존엄성이 어디서 왔느냐는 문제를 제기하면서 "하느님의 사랑으로 창조된 존엄한 인간"이라는 그리스도교의 인간관을 설명했다. 그리고 이 역시 천인합일天人合一의 상태를 지향하는 유교와 어긋나지 않는다고 했다. 그는 인간이 지켜야 할 가치가 "하느님의 마음인 모든 생명을 사랑하고 살리는 생생지도生生之道인 인仁, 곧 사랑의 실천"임을 역설했다. 방청석에서 박수가 터져나왔다.

독설로 유명한 도올은 평소와 달리 공손하게 질문했고, 그는 풍부한 학식에다 유머를 섞어 대답을 해서 방청석을 웃음바다로 만들었다. 그는 한참 이야기하다 PD를 바라보며 "그런데 이렇게 얘기를 길게 해도 됩니까? 편집할 때 다 커트해버리는 거 아닙니까?" 하고 물어 또 방청객들이 웃음을 터뜨리게 했다.

녹화가 끝날 무렵 도올은 진지한 표정으로 물었다.

"추기경님, 정말 고해성사하는 기분으로 여쭙겠습니다. 제 나름대로 선행을 하며 산다고 해도 터무니없는 질시나 박해, 왜곡이 견디기 어려울 정도로 다가옵니다. 그걸 어떻게 극복해야 합니까?"

당시 도올의 논어 해석 방식과 강의 스타일에 대해 "어려운 동양 고

전을 자신의 체험을 바탕으로 쉽고 재미있게 전달함으로써 동양학의 대중화에 공을 세웠다"며 환호하는 시청자가 많았지만, "고전을 왜곡하고 자기과시적인 허세꾼의 쇼에 지나지 않는다"고 평가하는 이들도 있었다. 결국 그는 한 달 후에 자신의 공부가 찬반의 희롱물이 되는 것을 참기 어렵다면서 TV 강의를 중단했다. 그러나 도올이 질문할 당시에는 한 달 후에 그런 결과가 있으리라는 사실을 담당 PD조차 짐작하지 못했다.

"그 답은 강의하시는 논어에 이미 적혀 있는 것 같은데요. 도올 선생은 지천명知天命(50세)은 지났지만, 이순耳順(60세)이 안 돼서 질시를 받아들이기 힘든 것 아닌가요?"

그의 대답에 방청객들은 박수를 치며 화답했다.

어느덧 두 시간이 흘렀다. 도올이 마지막으로 다소 민감한 질문을 꺼냈다.

"기독교의 가장 큰 문제점은 배타적 복음주의 같습니다. 우리나라와 같이 다종교 국가에서 문제가 되지 않을까요?"

그가 천천히 입을 열었다.

"천주교에서는 적어도 천주교 전래 이전에 이 땅에 있던 천天의 개념, 상제의 개념을 부정하지 않습니다. 천의 개념을 하느님으로 수용했지요. 그래서 순교자 정하상은 유학자들에게 '왜 우리를 박해하느냐? 오해 풀고 박해하지 말아달라'고 했거든요. 다른 종교를 믿든 안 믿든 인간으로서 참되게 사는 사람은 하느님께서 다 구원해주신다고 생각합니다."

방청객들은 다시 한 번 우레와 같은 박수를 보냈다.

이날 녹화된 내용은 27일 밤 10시에 KBS 1TV를 통해 방영되었고, 큰 반향을 일으켰다.

김수환 추기경의 팔순잔치. 왼쪽부터 강영훈 전 총리, 모란디니 주한 교황청 대사, 김수환 추기경, 박정일 주교, 김옥균 주교, 서울대교구장 정진석 대주교.

6월 27일 오후 6시 30분, 가톨릭신앙생활연구소(소장 신치구)는 혜화동 가톨릭대 성신교정 내 식당에서 '김수환 추기경 팔순잔치 겸 전집 출판기념회'를 열었다. 《김수환 추기경 전집》은 그가 1965~2000년에 쓴 미사 강론, 강연, 인터뷰, 성명서, 묵상, 피정일기 등을 주제별로 수록했다. 3,500여 편의 글 가운데 2,500여 편을 정리한 18권 중 김수환 추기경의 팔순에 맞춰 9권을 출판했다. 나머지 9권은 9월 15일 사제 서품 50주년 기념행사에 맞춰 출판되었다.

김수환 추기경은 답사를 통해 "사제 50년간 하느님에게 받은 은총을 충분히 빛나게 하지 못한 죄가 크다"면서, "얼마나 더 살지 알 수 없지만 아버지 앞에 무릎 꿇은 탕자와 같이 속죄하는 마음으로 여생을 하느

전집 봉정. 오른쪽이 신치구 가톨릭신앙생활연구소 소장.

《김수환 추기경 전집》 출판을 주도한 신치구 소장

전집 출판을 주도한 신치구 가톨릭신앙생활연구소 소장은 헌정사에서 "보다 많은 이들이 김수환 추기경을 알기 바라는 마음에서 전집 출판을 계획했다"면서, "김수환 추기경의 전집을 펴낸다는 것은 단순히 한 개인의 신앙과 철학을 정리한다는 의미에 머무르지 않고 제2차 바티칸공의회의 정신으로 살아온 목자의 말과 글을 빌려 한국 현대사를 재조명하는 일"이라고 밝혔다.

그러나 김수환 추기경은 본인 생전에 전집이 나오는 것에 부담을 느껴 반대하다가 서울대교구장에서 은퇴한 후인 1998년에야 허락했다. 신치구 소장은 전집 출판 준비를 위해 가톨릭신앙생활연구소를 설립했고, 뜻을 같이하는 젊은 평신도 학자들을 모아 편찬작업에 착수했다. 그 결과 2001년 6월과 9월에 걸쳐 총 1만 쪽이 넘는 18권의 《김수환 추기경 전집》이 출판되었다.

1932년 경북 김천에서 태어난 신치구 소장은 1951년 육군에 입대해 40년 동안 군생활을 하면서 군종단 일에 적극 협조했다. 1981년부터 전방부대 사단장, 군단장, 교육사령관 등 지휘관으로 근무했는데, 김수환 추기경은 가끔 몸과 마음을 쉬기 위해 깊은 산골에 있는 부대를 방문했다. 육군 중장으로 예편한 뒤 국방부 차관을 역임했고, 은퇴 후에는 가톨릭신앙생활연구소를 설립해 교회사업에 전념했다. 교황청에서 수여하는 그레고리오 기사 훈장을 받았고, 가톨릭문화대상을 수상했다.

님의 영광을 위해 모두 바치겠다"고 했다.

9월 11일, 뉴욕의 맨해튼에 있는 세계무역센터 쌍둥이 건물을 비롯해 워싱턴의 국방부 등 미 정부 건물이 동시다발 테러공격을 받았다.

김수환 추기경은 텔레비전을 통해 무역센터 건물 두 동이 붕괴되는 모습을 보며 경악을 금치 못했다. 그는 1만여 명의 무고한 인명이 사상된 대참사 현장을 차마 다 보지 못하고 눈을 감고 기도했다.

9월 12일, 그는 사제 수품 50주년 기념일을 사흘 앞두고 혜화동 가톨릭대 교리신학원에서 언론사 합동 기자회견을 가졌다.[165] 기자들의 질문이 이어졌다.

"1951년 처음 사제의 길을 택했을 때 생각했던 것이 얼마나 이뤄졌다고 생각하시는지요?"

그는 잠시 눈을 감았다. 나지막이 한숨을 내쉬었다.

"50년 전 사제의 품을 받기 위해 하느님 앞에 엎드렸을 때에는 주님의 부르심에 응답하고 착한 목자로서의 삶을 살겠다고 생각했지요. 그러나 인간이 약해서인지 살다 보니 편안함을 찾게 되더군요. 지금 하느님 앞에 나선다면 50년 동안 충실했다 말할 수 없습니다. 충실하려고 했지만 그러지 못했으니 이 죄를 용서해달라고 하고 싶은 마음입니다."

"추기경님은 평생을 고통받는 사람들과 같이하셨는데 어떻게 그렇게 말씀하시는지 궁금합니다."

그는 손사래를 치며 대답했다.

"나는 그렇게 착한 사람이 아니에요. 그러고픈 열정이 있었으나 용기가 부족해 그런 사람들과 같이 먹고 자고까지는 하지 못했습니다. 저는

165 2001년 9월 13일자 각 일간지 종합.

가난한 사람들, 병들고 소외된 이웃들과 함께하는 사제와 수도자와 평신도들을 진짜 존경합니다."

"사제로서 가장 어려웠던 때는 언제였으며, 어떻게 극복하셨는지요?"

"언제나 힘들었습니다."

그는 빙그레 웃고는 대답을 계속했다.

"그중에서도 70~80년대 군사정권 아래 있을 때 인권·사회 문제 등으로 많은 분들이 고통을 겪고 국민적 화합도 잘 안 될 때였지요. 어떻게 하면 평화롭게 대화로 문제를 해결할까 하고 방법을 찾는 데 많은 어려움이 있었어요. 정권 쪽은 브레인들이 머리를 맞대고 대책을 논의할 때 저는 누구하고 의논할 사람도 없이 혼자서 결정하고 대처해야 했던 것입니다. 제가 할 수 있었던 것은 하느님께 기도하고 양심과 대화하는 것이었습니다."

그는 잠시 생각에 잠겼다가 말을 이었다.

"고 지학순 주교가 군사재판을 거부하는 양심선언을 했을 때에도 '양심대로 하라'고 했던 기억이 납니다. 어떤 일이든 양심대로 최선을 다하면 된다고 생각하면서 지나왔습니다."

"현 시국에 대해서는 어떻게 생각하시는지요?"

"요즘 관심은 제발 우리나라가 잘되는 것입니다. 정치권은 지금이야말로 국민이 원하는 것이 무엇인지 알아야 합니다. 지금처럼 여·야가 싸우는 것은 원하는 바가 아니지요. 국민의 뜻을 하나로 모을 때입니다. 정치와 경제를 책임진 분 모두가 힘을 합쳐야 할 필요성이 있지요. 그러나 힘을 모으는 것은 안 하고 흩어지고 대립하는 쪽으로 가는 게 안타깝습니다. 이 나라를 이끌어가야 할 책임은 여·야 모두에게 다 있습니다. 나라를 위한 협력과 양보로 나아갈 때 힘을 가질 수 있습니다. 정치인들이 화합의 정치를 한다면 국민이 힘을 낼 것 같습니다."

"앞으로의 계획은 무엇이신지요?"

그는 웃으며 대답했다.

"80이 되니까 70대하고 다릅니다. 이제 갈 날이 멀지 않았구나 하는 생각이 듭니다. 지금은 잘 죽도록 준비를 잘하는 것이 소망입니다."

그는 쓸쓸한 눈길로 기자들을 바라봤다. 기자들은 이구동성으로 그의 건강을 기원했다.

천국에 출마합니다

50

"저도 올해 출마합니다. 기호는 1번입니다."

| **김수환 추기경** |

2002년 새해가 밝았다. 김수환 추기경은 80세가 되었지만 건강은 무난한 편이었다. 북한산 등반은 무리라서 집무실이 있는 혜화동 주교관 근처를 매일 30분 정도 산책하는 것으로 대신했다. 방 안에서도 왔다갔다 하면서 걷곤 했다. 식사량은 많지 않지만 고르게 세끼 다 먹고, 간식은 적게 하는 편이었다. 담배는 교황이 한국을 방문했던 1984년에 끊었고, 술은 본래 잘 못해 입에 대지 않았다.

저녁식사와 가벼운 산책 후에는 TV 드라마를 보거나 책을 읽었다.[166] 드라마는 당시 인기리에 방영되던 〈태조 왕건〉과 〈여인천하〉를 즐겨봤다. 〈태조 왕건〉에서 견훤이 자신의 후계 자리를 놓고 아들과 다툼하는 것을 보면서는 '권력이란 부자간도 갈라놓을 수 있을 만큼 무서운 것

166 동아일보 인터뷰, 2005년 1월 15일자.

이구나' 하는 생각을 했다. 최근에는 최한철, 고종순 부부가 쓴《사랑과 아픔은 돌아누울 수 없는 것》과《하늘나라 여보에게 띄우는 사연》을 읽었다. 비장애인으로서 장애인 남성과 결혼해 돌보면서 25년을 함께 살아온 여인의 이야기였는데, 깊은 감동을 느꼈다. 스포츠 중계도 열심히 봤다. 테니스는 잘하지는 못했지만 보는 것을 좋아해 윔블던테니스대회는 밤을 새우면서 볼 정도였다. 축구도 좋아해 한일전은 빠짐없이 시청했다. 은퇴가 가져다준 여유였다.

1월 8일, 그는 감사원에서 '삶의 지혜'라는 주제로 한 시간 30분 동안 강연을 했다. 이날 강연에는 이종남 감사원장 등 400여 명의 직원이 참석했다.[167]

김수환 추기경은 참석한 감사원 직원들에게 "우리는 지금 어디로 가고 있습니까?"라고 묻고 "은퇴한 내가 듣고 보기에도 지금 우리나라는 대단히 어지러운 와중에 있다. 무슨무슨 게이트에다, 뜻도 잘 모르겠는 리스트가 왜 그렇게 많은지 정말 혼란스럽다"고 말했다.

2000년 말의 '정현준 게이트', '진승현 게이트'에 이어 2001년 7월에는 '이용호 게이트', 새해에는 '윤태식 게이트'가 터진 걸 두고 한 말이었다. 그는 이런 각종 부정부패 사건에 공무원들이 연루되는 등 공직자들의 도덕적 해이가 만연해 있는 현실이 국민들에게 큰 실망을 안겨주고 있다고 지적했다. 그러고는 "우리나라가 지금 황금만능주의로 중병을 앓으면서 바로 가고 있지 않은 것만은 사실이고, 우리나라는 경제가 발전할수록 더욱 부패하는 나라가 되고 있다. 돈을 벌겠다고 수단과 방법을 가리지 않다 보니 부정과 비리가 나타나는 것이다. 우리나라는 부

---

167 2002년 1월 9일자 각 일간지 종합, 평화신문 1월 20일자.

패한 가운데서도 발전하는 나라인 동시에, 발전하면서 동시에 부패하는 나라"라며 안타까워했다.

그는 감사원의 표어 '바른 감사, 바른 나라'를 인용하면서 "공직자들이 성실하고 정직한 사회를 만드는 데 우리 사회의 성패가 달려 있다. 공직 기강 확립의 최일선에 있는 감사원이 앞장서서 역할을 다해줄 것"을 당부했다.

1월 14일, 김수환 추기경은 동아일보 이광표 기자와 인터뷰를 했다. 지난 연말부터 몇 번이나 혜화동 주교관 비서수녀에게 간곡히 부탁을 한 끝에 이뤄진 인터뷰였다. 그는 이 기자와 함께 온 윤정훈 기자 그리고 사진기자에게 차를 권했다. 이 기자가 "추기경님 건강해 보이신다"며 덕담을 건넸다. 그러자 그는 빙그레 웃고는 이제는 청력이 많이 약화되었다며 왼쪽 귀에 보청기를 끼었다. 이 기자는 새해 벽두부터 각종 비리가 터져나오고 검찰총수가 한밤에 사퇴하는 등 나라가 뒤숭숭하다며, 국민들에게 용기를 줄 수 있는 덕담을 부탁했다.[168]

"국민 여러분이 복 많이 나눠 가지시길 진심으로 바랍니다. 인간을 존중하고 나라를 사랑하는 마음을 갖는다면 우리에게 닥친 모든 어려움을 극복해나갈 수 있다고 봅니다."

이광표 기자가 자세를 고치면서 질문을 했다.

"올 한 해는 지방선거와 대통령선거, 월드컵 등이 잇따라 열리는데 국가적 대사를 성공적으로 치르기 위해 어떤 마음가짐을 가져야 하겠는지요?"

"서울올림픽 때도 그랬던 것처럼, 우리 국민은 국가적 대사가 열리면

---

168 동아일보 인터뷰, 2002년 1월 15일자.

친절과 봉사, 희생정신으로 일을 잘 치러냅니다. 이번 월드컵도 그럴 것이라고 봅니다. 올해에는 지방선거와 대통령선거, 그리고 몇 군데 보궐선거와 대통령후보 선출을 위한 정당별 선거도 있습니다. 그러다 보면 선거로 한 해를 보내게 될 텐데, 아무쪼록 출마하는 분이나 투표하는 분 모두가 권력에 대한 욕망을 비우고 나라와 민족을 위해 진심으로 봉사하겠다는 자세를 가져주시기 바랍니다."

"추기경님께서는 김대중 대통령을 위해 특별히 많은 기도를 해주셨고, 대통령 취임 초기에는 '전임 대통령의 전철을 밟지 말라'고 충고하신 적이 있습니다. 김 대통령에게 해주실 말씀은……?"

"김 대통령께서 그동안 수고도 많이 했고 성과도 있었습니다. 그러나 비판도 많아 괴로운 시간도 있었으리라 봅니다. 아무쪼록 마지막 한 해는 사심私心을 버리고 오로지 나라와 국민을 위해 모든 것을 헌신해주시기 바랍니다. 특히 공명정대한 선거를 치르기 위해 많은 노력을 기울여주실 것을 당부합니다. 꼭 유종의 미를 거두셔서 임기 후에는 5년 동안의 잘못된 것도 덮어둘 만큼 훌륭한 대통령이었다는 평판을 받을 수 있게 되기를 진심으로 바랍니다."

그의 대답이 끝나자 이광표 기자가 재미있는 질문을 던졌다.

"'천주교 평신도' 김대중과 '대통령' 김대중에 대해서 혹 차이를 느끼셨습니까?"

그는 과거를 회상하는 듯 눈을 지그시 감았다. 그러고는 잠시 후 대답했다.

"그분은 줄곧 야당 지도자였기 때문에 단순한 평신도로 대해본 적은 없습니다. 초창기에 저는 그분의 말씀을 듣는 편이었어요. 공부도 많이 하고 말씀도 잘하시고, 우리나라 현안과 미래에 대해 논리정연한 사고를 갖고 계신, 보기 드문 정치인입니다. 지금도 많이 아시고 말씀을 잘

하세요. 평신도 김대중과 대통령 김대중 사이에 본질적인 차이는 없었던 것으로 기억합니다. 어쨌거나 김 대통령이 이제는 자신에 대한 비판에 초연하실 수 있었으면 좋겠습니다."

"대권후보들이 올해 추기경님을 찾아뵙고 서로 지지를 부탁할 것으로 보입니다. 추기경님이 생각하시는 이번 대통령선거의 의미는 어떤 것인가요?"

그는 "제 방에는 오지 않을 텐데요"라며 빙그레 미소를 지은 뒤 말을 이어나갔다.

"대선이 어느 한 사람을 대통령으로 뽑는 데 그치는 게 아니라 우리 정치 풍토를 혁신적으로 바꾸는 계기가 됐으면 합니다. 네루 수상은 '국민의 눈에서 눈물을 닦아주는 것이 정치'라고 했습니다. 지도자가 되려는 사람은 국민과 함께 희로애락을 나누면서 국민에게 자신이 갖고 있는 모든 것을 나눠줘야 합니다."

"평소 생각해오신 바람직한 대통령의 조건은……?"

"말(言)을 신뢰할 수 있는 사람, 룰을 존중하는 사람, 인간에 대한 깊은 통찰력과 애정을 가진 대통령입니다."

"이번 대통령선거를 통해 '3김金 청산'과 '세대교체'가 이뤄질 것으로 보십니까?"

"세대교체는 외치지 않아도 자연스럽게 되지 않을까요? 어차피 젊은 사람들이 치고 올라갈 테니까요."

"올 한 해 국민 모두가 가슴에 새겨둘 만한 짧은 메시지 하나만 들려주십시오."

"한마디로 '바르게 살자'입니다. 도산 안창호 선생이 하신 말씀이 생각납니다. '진리는 반드시 밝혀질 날이 있고, 정의는 반드시 이룩될 날이 있다. 죽더라도 거짓이 없어라' 하는 말입니다. 인도의 간디도 비슷한 말을 했어요. '인도의 독립과 진리를 같이 놓고 이를 맞바꾸라면 독립을 포기하더라도 진리를 택하겠다'고 했어요. 그만큼 진리를 소중하게 여긴 것이죠. 미래를 위해 더 소중한 것은 과학 정보 기술이 아니라 '인간다운 인간'이 되는 것, 민족을 떠나 인류 전체를 소중히 여기고 사랑할 줄 아는 마음을 갖는 것입니다."

"혹시 인간적인 고뇌를 갖고 계시다면……?"

"제가 부족하다는 것이지요. 하느님을 믿고 그리스도를 따라야 하는 사람으로서 그리스도의 사랑을 입으로는 많이 말했지만, 그리스도처럼 남을 사랑하고 봉사하지 못했습니다. 이렇게 살다가 하느님 앞에 가면 제가 고할 수 있는 것은 용서와 자비뿐이라는 생각이 듭니다. 조만간 제게도 죽음이 오지 않겠습니까. 하느님께 저 자신을 모두 맡길 수 있도록 마음을 비우고 죽음을 맞이하고 싶습니다."

중요한 인터뷰는 끝났다. 이광표 기자는 간단하게 근황을 묻고는 "추기경님의 숙소를 구경하고 싶다"고 했다. 이제까지 언론에 공개된 적이 없었던 것이다. 그는 숨길 것도 없어 침실까지 보여줬다.

다시 집무실로 내려온 후 그는 이 기자에게 "부탁을 들어줬으니 나도 부탁할 게 있다"면서, 자신의 얼굴 사진이 담긴 열쇠고리를 건넸다.

"저도 올해 출마합니다. 기호는 1번입니다."

이광표 기자가 깜짝 놀라며 그의 얼굴을 쳐다봤다.

"지역구는……."

'지역구'라는 말에 이광표 기자의 얼굴이 달아올랐다. 그때 그가 빙그레 웃으며 말했다.

"천국입니다."

그 특유의 유머였다. 그러나 기자들은 올해 80세 노老 추기경이 떠날 준비를 하고 있음을 암시하는 말에 웃을 수가 없었다. 이광표 기자는

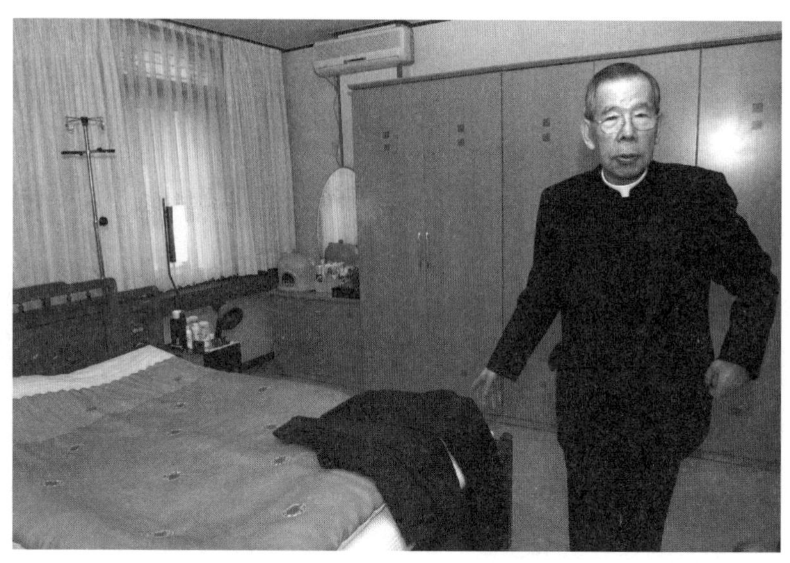

언론에 처음으로 공개한 혜화동 주교관 침실.

가슴이 울컥하며 코끝이 찡했다. 기자들은 고개를 숙이며 건강하시라는 인사를 하고는 주교관 계단을 내려갔다. 그가 계단 위에서 손을 흔들었다.

2월 25일, 음력 정월 보름, 김수환 추기경은 경기도 강화도에 설립된 탈성매매 중장년 여성들의 장기 쉼터인 보듬네를 방문해 축성식을 했다.[169] '보듬네'는 용산 막달레나공동체 이옥정 대표가 나이 든 여성들을 위해 설립한 장기 쉼터였다. 당시 막달레나공동체는 함께 일하던 메리놀수녀회의 문애현 수녀가 1999년 70세가 되어 은퇴한 후 이옥정 대표 혼자 일을 감당하고 있었다. 문 수녀는 먼저 떠나는 것이 미안해 여

---

169 《막달레나, 용감한 여성들의 꿈 집결지》(이옥정 구술, 엄상미 글, 그린비, 2011) 246~248쪽.

기저기서 도움을 받아 이 대표의 퇴직금을 만들어주고 떠났다.

이 대표는 그 돈을 종잣돈으로 2001년 서울에서 차로 한 시간 30분 정도 걸리는 강화도 한적한 곳에 200여 평의 땅을 샀다. 그때부터 장기 쉼터를 지을 돈을 구하기 위해 사방팔방으로 뛰어다녔다. 그러나 문 수녀가 있을 때와 없을 때가 너무 달랐다. 천주교회 안에서 평신도 혼자 일하는 것이 쉽지 않았던 것이다. 그래도 이 대표는 실망하지 않고 어떻게든 장기 쉼터를 마련해야 한다는 각오로 계속 뛰어다녔다.

그때 비밀리에 성매매 현장의 여성들을 지원해주고 있는 어느 수녀원에서 '큰돈'을 빌려줬다. 그 수녀원에서는 장기 쉼터의 필요성을 누구보다 깊이 공감하고 있었기 때문이었다. 힘을 얻은 이 대표는 기금을 마련하기 위해 '하루 주점'을 열었고, 국내외 재단과 천주교회, 개인들을 대상으로 대대적인 모금활동을 했다. 그 결과 땅 구입 1년 만에 국내 처음으로 성매매 경험이 있는 중장년 및 장애 여성들을 위한 장기 쉼터인 '보듬네'가 완공되었다. 진짜로 만들어질지 다들 회의적이었지만, 이 대표 특유의 추진력이 이뤄낸 결과였다.

'보듬네'는 한적한 시골이라 용산과 달리 창문으로 햇볕이 잘 들어왔고, 집 옆에는 채소를 가꿀 수 있는 텃밭도 만들었다. 그리고 누구나 편하게 올 수 있도록 담장을 쌓지 않았다. 아치형 입구만 있을 뿐이었다.

집이 완공되자 이 대표는 김수환 추기경에게 연락해서, 오셔서 축성식을 해달라고 부탁했고, 그는 흔쾌히 달려왔다. 기념식수를 할 튼실한 소나무 한 그루도 준비했다. 그리고 이날 용산 성매매 집결지 여성들은 대형 버스를 전세 내서 타고 왔다. 김수환 추기경은 준비해온 소나무를 앞마당에 심으며 "이곳이 나이 든 여성들의 안식처가 되기를 바라다"며 축복했다. 그리고 '서로 사랑하라'는 메시지를 참석자들에게 전했다.

탈성매매 여성 장기 쉼터인 '보듬네' 축성식에서 기념식수. 김수환 추기경 바로 뒤 여인이 이옥정 대표다.

5월 8일, 김수환 추기경은 만 80세가 되었다. 가톨릭교회법에 의하면, 만 80세가 넘으면 교황에 대한 선거권과 피선거권을 상실하고 사실상 상징적 존재로 남게 된다. 그는 450만여 명의 신도가 있는 한국 천주교에 교황 선출권을 갖는 추기경이 없다는 것을 안타까워하면서, 기회가 있을 때마다 교황 요한 바오로 2세에게 추가 추기경 선임을 청원했다.

6월 20일 오후, 민주당 노무현 대통령후보가 찾아왔다.[170] 노 후보는 "진작 찾아뵀어야 하는데 그러지 못했다"고 정중히 인사했다. 그가 자리를 권하자, 노 후보는 "국민에게 봉사하는 경쟁을 해야 하는데, 이를 제쳐놓고 싸우는 모습만 보여 면목없다"고 고개를 숙였다. 그는 "너무

170 동아일보 2002년 6월 21일자, 평화신문 6월 30일자.

민주당 경선에서 대통령후보로 지명된 노무현 후보의 혜화동 주교관 방문.

싸워서 국민들이 어지럽다"면서, "노 후보는 그동안 어려운 사람 편에서 일하고 있다는 인식을 주어왔다. 그런 사람들에게 희망을 주라"는 당부를 했다. 덕담을 나누면서 차를 마신 노무현 후보는 김수환 추기경에게 해명해야 할 일이 있다고 했다.

"지난 86년 부산에서 송기인 신부로부터 '유스토'라는 세례명으로 세례를 받았지만 이후 제대로 신앙생활을 하지 못해 그동안 모든 프로필에 종교가 없다고 썼습니다. 일부러 거짓말을 할 생각은 아니었습니다."

"하느님을 믿습니까?"

노 후보는 한참을 생각하다 대답했다.

"믿습니다."

그가 다시 물었다. 대선후보자가 아니라 '냉담자'에 대한 성직자로서의 질문이었다.

"확실하게 믿습니까?"

만약 확실하게 믿지만 다른 이유 때문에 냉담 중이라면 냉담을 푸는 기도를 하기 위해서였다. 노 후보는 얼굴이 붉어지면서 잠시 머뭇거리다 대답했다.

"희미하게…… 믿습니다. 앞으로 종교란에 '방황'이라고 쓰겠습니다. 없다고 쓰면 신부님께 죄짓는 것 같고……."

"노 후보가 몰두하는 정치라는 것은 나라를 위한 것이기도 하지만 권력을 좇는 것이기도 한데, 그게 답을 줄 수 있다고 보세요?"

"정치만 갖고는 다 해결되지 않는다고 생각합니다."

그는 고개를 끄덕이며 "돈도 권력도 아니다"라고 하면서, "항상 하느님께 의지하고 특히 어려울 때 모든 것을 그분에게 맡기라"며 성경책과 묵주를 선물했다. '정치적 방문'을 '신앙면담' 자리로 바꾼 것이다.

11월 13일, 혜화동 주교관으로 서울대교구 제8지구장인 박신언 구의동성당 주임신부(2003년 9월 27일 교황 요한 바오로 2세에 의해 고위 성직자인 몬시뇰에 임명되었다)가 방문했다. 박신언 신부는 1984년 '교황 요한 바오로 2세 방한 준비위원회' 사무국장을 지냈고, 그 후에는 서울대교구 사무처장, 평화신문·평화방송 사장을 지냈다. 이렇듯 오랫동안 그와 함께 서울대교구에서 한솥밥을 먹으며 지낸 박 신부는 그의 은퇴 후에도 자주 혜화동 주교관에 들르곤 했다.

"추기경님, 요즘도 건강하시지요?"

"응, 박 신부. 아직은 지낼 만해. 왜? 또 보약 갖고 왔어?"

그가 웃으며 물었다. 박신언 신부는 내년에 환갑이었지만, 40대 초반부터 함께 일을 해 막냇동생처럼 대했다. 박 신부 역시 개구쟁이 막내처럼 말했다.

박신언 당시 구의동성당 주임신부가 김수환 추기경을 방문해 북방 선교 사제 양성을 위한 장학회 설립 제안을 설명하고 있다. 2002년 11월 13일.

"보약 너무 잡수시면 나중에 고생하실까 봐 안 갖고 왔어요."

"그런 것도 안 갖고 왜 왔어?"

그가 장난기 가득한 표정으로 물었다.

"추기경님, 오늘은 진지하게 상의할 게 하나 있어서 왔어요."

"그래? 얘기해봐."

"추기경님께서 북방 선교와 그걸 감당할 선교사제 양성에 관심이 많으신 거 맞죠?"

"응…… 그런데?"

"그래서 몇 사람이 뜻을 모아서 북방 선교를 담당할 사제들을 위한 장학재단을 만들기로 뜻을 모았습니다."

그는 북방 선교를 위한 사제 양성은 꼭 필요한 일이라고 생각했다. 통일이 늦어져 북한 선교가 안 되더라도 중국이나 아시아 다른 나라에도 선교사제는 필요하기 때문이었다.

그가 흡족한 표정을 지으며 말했다.

"그래? 그거 아주 좋은 생각을 했구나."

"이 장학재단의 이름을 '스테파노장학회'로 하면 좋을 것 같은데, 어떠세요?"

"뭐? 스테파노장학회? 그건 절대 안 돼."

그가 손사래를 치며 고개를 흔들었다.

"아니, 왜요? 추기경님 뜻을 받들어서 만든 거고, '김수환 추기경 장학회'도 아니고 '스테파노장학회'인데 왜 안 돼요? 다들 좋다고 하던데요……."

"글쎄, 내가 드러나는 건 절대 안 돼. 내 이름이나 스테파노 들어가지 않는 다른 이름으로 해야 한다."

"아니, 스테파노장학회로 해도 될까 말까 한데 다른 이름으로 하라시면 어쩝니까?"

"못하면 못해도 내 이름은 안 돼."

박신언 신부는 난감한 표정을 짓고는 다시 말했다.

"그럼 다른 이름을 지어주세요."

"그런데 누가 하려고 하는 건데?"

"한승수(다니엘) 의원, 이관진(베드로) 한국샤프 회장, 김정식(헨리코) 대덕전자 회장, 최영광(바오로) 변호사, 조병우(베네딕토) 유풍실업 회장 등 10여 명이 발기인으로 참여해서 기금을 출연하고, 제가 운영위원장을 맡으려고요."

박신언 신부는 준비해온 기획안을 그에게 보여줬다. 모두 아는 이들이었고, 계획도 거창하지 않고 소박했다. 매해 대신학교 학생들 중 북방 선교에 뜻이 있는 학생들에게 장학금을 주는 내용이었다. 그는 잠시 생각을 했다.

"그럼…… 옹기장학회로 해."

"예? 옹기요?"

"응. 옹기는 곡식이나 음식도 보관할 수 있지만 오물도 담을 수 있고, 우리 선조들이 박해시대 때 옹기를 짊어지고 팔러 다니면서 천주교 전교활동을 했으니까 의미가 있잖아. 그리고 나도 신자들이 좋은 데 쓰라고 준 돈 모아둔 게 있으니까, 그것도 보태. 그렇지만 내가 세상을 떠나기 전에는 장학사업을 너무 확대하려고 하지 말고 조용하게 해야 한다."

"예, 알겠습니다."

박신언 신부는 '스테파노장학회'로 정하지 못한 것이 못내 아쉽다는 듯 마지못해 대답했다.

"그래, 그럼 가봐라."

박신언 신부가 인사를 꾸벅 하고 그의 집무실을 나오자 비서수녀가 물었다.

"이름을 뭐라고 정하셨어요?"

"응, 옹기장학회로 하래……."

비서수녀가 웃으면서 박 신부의 말을 받았다.

"그러실 줄 알았어요."

"그걸 수녀가 어떻게 알아?"

"옹기가 실은 추기경님 아호예요."

"아니, 추기경님이 아호가 있으셨어?"

"예, 밖으로는 사용하지 않고, 마음속으로 간직한 아호세요. 추기경님 부모님께서도 옹기장수를 하셨잖아요."

옹기장학회 장학금 수여. 아래 왼쪽에서 두 번째가 서경원 의원의 아들 서정훈 신학생이다.

박신언 신부는 다시 집무실로 들어갔다. 그러나 그는 성직자는 세례명으로 충분하니, 옹기가 자신의 아호라는 사실은 세상 떠나기 전에는 절대 세상에 알리지 말라고 당부했다.

11월 22일, 옹기장학회는 한 음식점에서 발기인총회를 했다.[171] 김수환 추기경은 "옹기는 박해시대 선조들의 생업 수단이자 복음 전파 매개체였으며, 사도 바오로는 자신을 그리스도의 보화를 담기에는 너무나 약한 질그릇에 비유했고(2고린 4:7), 복음을 열렬히 전파했다"고 장학회 이름에 내포된 영성적 의미를 설명하고는, "신학생들이 학업과 성덕을 쌓아 참된 목자가 되도록 격려하는 일은 한국 교회뿐 아니라 장차

171 평화신문 2002년 12월 8일자.

북한과 아시아 복음화에도 큰 도움이 될 것"이라고 격려했다. 그리고 "십시일반十匙一飯의 정성으로 기금을 모으고 있는 만큼 나도 기꺼이 동참하겠다"면서, 그동안 신자들이 좋은 데 쓰라고 맡긴 돈 모아둔 통장을 박신언 신부에게 건넸다.

이날 발기인총회에서는 한승수 의원을 회장으로 선출하고, 박신언 신부를 지도신부로 추대했다. 한승수 회장은 "옹기장학회는 신학생들이 학업에 전념해서 참된 사제가 되고, 한국 교회의 사제들이 아시아 복음화의 초석이 될 수 있도록 뒤에서 적극 도울 것"이라고 밝혔다.

옹기장학회는 이듬해인 2003년 3월 17일부터 교구를 초월해 가정형편 때문에 어려움을 겪는 사제 지망 신학생들과 북방 선교에 뜻을 갖고 있는 신학생들을 학기당 여덟 명씩 매년 열여섯 명을 선발했다. 김수환 추기경은 선종 전까지 직접 장학금을 수여하면서, "한국 교회는 이제 중국 선교와 아울러 북한 선교를 본격적으로 준비해야 한다. 오늘 장학금을 받은 신학생들은 북방 선교에 뜻을 두고 학업에 정진하길 바란다"고 격려했다.

나를 우상으로 만들려는가

51

"그런 비판을 한 분들께 감사하다는 생각을 합니다.
지금까지 너무 칭찬 말씀만 듣고 살아서 '나를 우상으로 만들려는가' 하고
은근히 걱정하고 있었습니다."

| 김수환 추기경 |

2003년 2월 25일, 노무현 대통령이 제16대 대통령에 취임했다.

3월 4일, 김수환 추기경은 혜화동 주교관에서 이창동 신임 문화관광부 장관을 만났다. 그는 이 장관에게 "어려운 시기에 중책을 맡아 힘드시겠지만 우리 국민들이 극과 극으로 치닫지 않고 화합할 수 있도록 해 달라"고 당부했다. 그는 당시 우리 사회에서 찬성과 반대의 목소리가 갈수록 양극화로 치닫고 있는 상황을 우려했다. 3월 1일 서울시청 앞 광장 일대에서 '북핵 저지와 주한미군 철수 반대'를 주장하는 군중대회와 '미국의 이라크 침공과 대북 강경정책을 규탄'하는 촛불행진 등 상반된 성격의 대규모 집회가 동시에 열렸다. 그는 서로 다른 생각을 가진 집단 간에 투쟁적 양상을 보이는 '보혁 갈등'이 점점 심화되는 것을 걱정스럽게 지켜보고 있었다.

김수환 추기경은 시간이 흐를수록 자신이 이미 구세대에 속한 존재임을 절감했다. 젊은 세대들은 급격하게 변해가고 있었다. 그래도 그는

이 나라의 미래인 젊은이들이 진리의 인간, 정의의 인간, 사랑의 인간이기를 바랐다. 마음이 넓고 이웃을 위하고 온 세계를 품을 줄 알면 좋겠다고 생각했다. 그러나 지금의 젊은이들이 이런 가치관을 지니고 있는지는 의문이었다.

그는 사람 만나는 시간을 줄이고 숙소와 성당에서 홀로 기도하고 묵상하는 시간을 늘렸다. 그리고 노무현 대통령을 위해서도 자주 기도했다.[172]

"자비로우신 하느님. 간절히 비옵나니, 참으로 어려운 시대 우리 민족과 나라의 운명을 그 두 어깨에 지고 가시는 대통령에게 당신의 은총을 베푸소서. 주님의 지혜와 빛으로 인도하사, 대통령의 목표이자 우리 모두가 뜻을 같이하는 이 나라의 평화와 번영을 이루게 도와주시옵소서. 이 모든 것이 주님의 뜻대로 이뤄지도록 하소서!"

9월 27일, 김수환 추기경은 대구대교구청 성모당에서 열린 셋째형 김동한 신부 20주기 추모미사에 참석했다. 그는 형님이 선종한 지 벌써 20년이 되었다는 사실이 실감나지 않았다. 아직도 어디선가 "추기경님!" 하며 부를 것 같았고, "시루에 물 붓기라도, 그 시루에서 콩나물이 자라는 걸 왜 모르시나!" 하며 퉁을 줄 것 같은 착각이 들 때도 있었다.

그는 미사 강론에서 "형님은 주님을 사랑하고, 가난한 이들에게 특별한 애정을 가졌던 빈첸시오 성인을 닮기 위해 노력하며 병자들과 함께 사신 분"이라고 회상하면서, "남을 위해 목숨까지 내놓은 예수님의 자녀답게 우리도 가난하고 소외된 이들을 위한 사랑의 전령이 되자"고 말했다.

---

172 문화일보 2003년 8월 18일자.

대구교구 이문희 대주교는 이날 미사 후, 김동한 신부가 선종한 후에도 대구결핵요양원 환우들을 위해 꾸준히 후원·봉사하고 있는 배은영 밀알회 회장을 비롯한 회원 22명에게 감사패를 전달했다. 형님 김동한 신부가 남긴 밀알들이었다. 특히 배은영 회장은 서울에 거주하면서도 32년 동안 변함없이 밀알회를 지키고 있었다.

10월 12일 아침, 형님의 20주기에 다녀와서였을까. 지난 일들이 떠오르며, 몇 년 전 용인 성직자묘지에 들렀을 때 소신학교 시절 반장을 했던 '최 도마(토마스)'를 알아보지 못한 것이 후회로 다가왔다.

최 도마는 용인에서 김수환 추기경이 위령미사를 집전한다는 소식을 듣고 왔다가 묘지 주변을 홀로 산책하고 있는 그를 발견했다. 반가운 마음에 다가가서 그의 등을 어루만지며 인사를 건넸다.

"추기경님, 그동안 안녕하셨습니까?"

그는 고개를 돌렸지만 얼굴에 화상을 입은 최 도마를 알아보지 못했다. 1956년 여름 벨기에로 떠나기 전 서울에 올라와 소신학교 동창들을 만났을 때 본 것이 마지막이었고, 그 후로는 서로 길이 달라 화상을 입었다는 소식을 듣지 못했기 때문이었다.

"죄송합니다만, 누구신지 제가 모르겠는데요."

그의 말에 최 도마는 그럴 수도 있겠다고 생각하며 그의 등에서 손을 내렸다.

"모르셔도 괜찮습니다."

최 도마는 쓸쓸히 돌아섰다.

얼마 후, 김수환 추기경은 전자업계에 종사하는 가톨릭 신자들의 모임에 참석했다. 그때 한 사람이 그에게 다가서며 인사를 했다.[173]

"추기경님, 안녕하세요? 추기경님과 동창인 최익철 신부님이 저희 집안 어른이십니다."

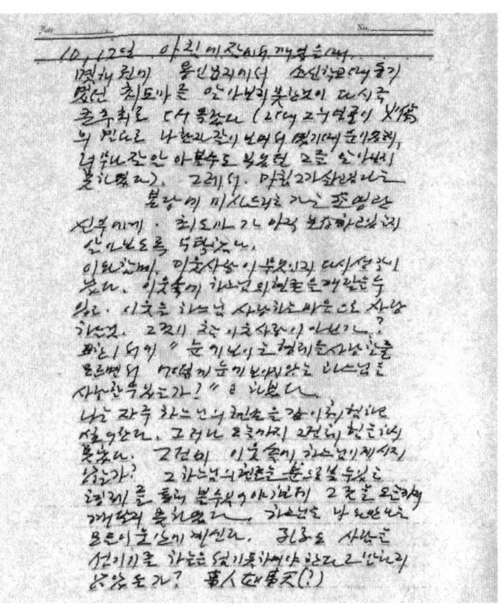

소신학교 동창 최 도마를 알아보지 못했던 일을 자책하는 2003년 10월 12일 일기.

그때 그는 최익철 신부보다 나이는 많지만 항렬로는 조카였던 최 도마가 생각났다.

"아, 그래요? 그럼 한 집안인 최 도마 형도 알겠네요?"

"예, 얼마 전에도 뵈었습니다. 용인 성직자묘지에서 추기경님을 뵈었다고 하셨습니다."

그 순간 그는 망치로 머리를 얻어맞은 것 같았다. 그가 최 도마였구나. 도대체 언제 화상을 입었단 말인가. 아무리 그렇더라도 내가 최 도마 형을 몰라보다니…… 가슴이 먹먹해지면서 자책이 몰려왔다. 조금

173 윤문자, 〈못다한 우정〉(《내가 만난 추기경》, 가톨릭대학교 김수환추기경연구소, 2013, 28~32쪽)

만 더 자세히 쳐다봤으면 알아봤을 텐데, 최 도마 형이 얼마나 서운했을까…….

"혹 최 도마 형께서 어느 본당에 나가시는지 알아요?"

"예, 전농동본당에 나가신다고 들었습니다."

최 도마는 대신학교를 그만두고 직장에서 일을 하다가 화상을 당한 후 평생 독신으로 수도자처럼 살고 있었다.

"그럼 최 도마 형에게 그날 용인 성직자묘지에서 누구신지 못 알아봐 죄송하다는 말을 꼭 전해주세요."

"예, 추기경님."

그 이야기를 전해들은 최 도마는 다시 반가운 생각이 들었다. 얼마 후 김수환 추기경이 관악구 삼성산 성지에서 강론을 한다는 소식을 듣고 그곳으로 향했다. 그러나 전농동에서 삼성산까지는 너무 멀어, 한 시간쯤 늦게 도착했다. 김수환 추기경의 강론은 이미 끝났고, 그가 탄 차가 막 언덕 아래로 내려가고 있었다.

그리고 또 몇 년의 세월이 흘렀다.

그런데 이날 아침에 깨었을 때 다시 최 도마 생각이 났다. 그때 알아보지 못한 게 마음속 깊이 남아 있었던 것이다. 그는 전농동성당에 연락을 했다. 그러나 최 도마는 이미 전농동에서 이사를 간 후였다. 홀로 살고 있었기에 소식을 아는 이가 별로 없었지만, 전농동성당 송천오 주임신부가 꼭 찾아드리겠다고 약속했다.

주교관 뒷동산에는 붉은 단풍이 가득했다. 그는 시간이 날 때마다 낙엽을 밟으며 오솔길을 걸었다. 떠날 날이 가까워오고 있다는 생각에 단풍이 아름다웠고, 세상이 아름다웠다.

12월 15일, 전농동성당 송천오 신부가 기쁜 소식을 전해왔다. 최 도마가 번동으로 이사 갔다는 사실을 알아냈고, 연락이 되었다고 했다.

송 신부는 그에게 전농동성당에서 성탄전야 미사를 집전하면서 최 도마 형제님을 만나시는 게 어떻겠냐고 물었다. 그보다 더 기쁜 성탄선물이 어디 있으랴! 그는 흔쾌히 그러자고 했다.

12월 24일, 김수환 추기경은 전농동성당에서 성탄전야 미사를 집전했다. 미사를 마치자 송천오 신부가 최 도마를 불렀다.

"최찬옥 토마스 형제님, 앞으로 나와주세요."

송 신부의 말에 최 도마는 제대를 향해 조심스럽게 발걸음을 옮겼다. 그리고 제대에 올라 추기경이 된 옛 동창 앞에 무릎을 꿇었다. 어린 시절 '그리스도의 대리자'인 사제에 대한 존경의 뜻으로 무릎을 꿇던 것과 같은 의미였다. 그는 황급히 최 도마를 일으켜 세우며 끌어안았다. 성당을 가득 메운 신자들이 우레와 같은 박수를 보냈다. 두 사람은 나란히 섰다. 그는 마이크를 잡고 최 도마를 소개했다.

"여러분들과 십수 년 동안 이곳 전농동본당에서 함께 신앙생활을 하셨던 최찬옥 토마스 형은 저와 동성 소신학교에서 한솥밥을 먹었던 동창이십니다. 그리고 소신학교 5년 동안 반장을 하면서, 저뿐 아니라 이제는 하늘나라에 계신 지학순 주교님, 김재덕 주교님 그리고 한국교회사연구소를 설립하시고 소장신부님으로 활동하고 계시는 최석우 신부님과 해방 후 소신학인 성신중고등학교 교장선생님을 오래 역임하신 김정진 신부님 등 저희 45명을 화목하게 이끄셨습니다."

다시 한 번 커다란 박수소리가 울려퍼졌다. 오랫동안 없는 듯 조용히 봉사하던 최찬옥 토마스 형제가 그런 분인 줄 몰랐다는 듯 웅성거리는 소리도 들렸다.

"그런데 대신학교 때 개인적인 사정으로 성직자의 길을 포기하셨습니다. 그러나 평생 독신으로 수도자처럼 기도와 봉사 속에서 하느님만 바라보고 사셨습니다. 제가 최 도마 형을 마지막으로 만났던 건, 1956

찬미예수, 최 도마 형에게

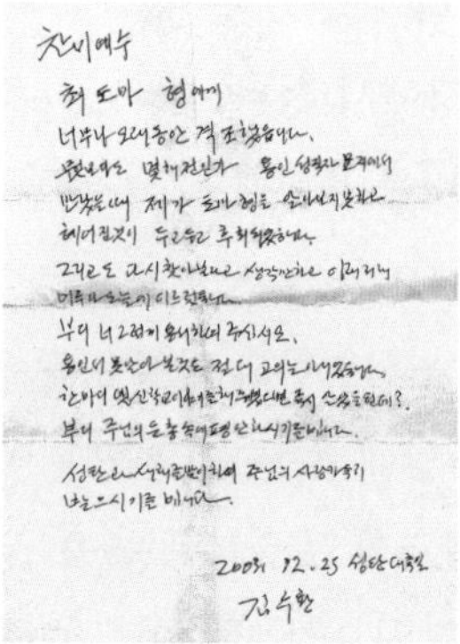

최 도마에게 쓴 편지.

너무나 오랫동안 격조했습니다.
무엇보다도 몇 해 전인가 용인 성직자묘지에서 만났을 때 제가 도마 형을 알아보지 못하고 헤어진 것이 두고두고 후회되었습니다.
그러고도 다시 찾아보자고 생각만 하고 이래저래 미루다 오늘에 이르렀습니다.
부디 너그럽게 용서하여주십시오.
용인서 못 알아본 것도 절대 고의가 아니었습니다. 한 마디 신학교 이야기를 해주셨으면 즉시 알았을 텐데…….
부디 주님의 은총 속에 평안하시기를 빕니다. 성탄과 새해를 맞이하여 주님의 사랑 가득히 받으시기 바랍니다.
_2003. 12. 25. 성탄대축일, 김수환

년 독일 유학을 떠나기 전날 저녁입니다. 그날 함께 저녁을 먹고 헤어진 후 오늘에야 다시 만나게 되었습니다. 이렇게 다시 만날 수 있도록 도와주신 송천오 주임신부님께 감사드립니다."

다시 박수가 나왔다. 그가 최 도마에게 마이크를 건넸지만 손사래를 치며 극구 사양했다.

두 사람은 송 신부를 따라 친교실에 마련된 축하의 자리로 향했다. 그는 옆에 앉은 최 도마의 손을 잡으며 어제 쓴 편지를 주머니에 넣어주었다. 서로 건강을 물으며, 남은 생을 힘들지 않게 보내다 천국에서 만나자면서 웃었다. 신자들이 기념촬영을 부탁하자, 최 도마는 어서 가보라며 그를 밀었다. 그리고 그가 신자들에게 파묻혀 사진 찍는 모습을 바라보다 조용히 성당을 빠져나갔다. 그날 밤 최 도마는 김수환 추기경이 쓴 편지를 읽고 또 읽었다.

며칠 후 최 도마는 김수환 추기경이 보낸 신년카드를 받았다. "전농동에서 다시 만나게 해주신 하느님과 도마 형께 진심으로 감사하고, 새해에는 주님의 은총 풍성히 받으시고 영육 간 평안하시기를 빈다"는 내용이었다.[174]

2004년이 밝았다. 그의 나이 이제 82세였다.

1월 12일, 그는 아침신문들을 훑어보다 눈이 휘둥그레졌다. 조선일보 '여론' 난에 실린 기사 때문이었다.

> 여론조사 전문기관인 리서치앤리서치(대표 노규형)가 지난 5일 전국 성인 800명을 대상으로 실시한 전화조사에서 '우리나라 안보에 가장 위협적인 국가는 어디인가'라는 질문에 미국(39%)이란 응답이 북한(33%)보다 더 많았다. 그다음은 중국(12%), 일본(8%) 순이었고, '모름 · 무응답'은 8%였다.

연령별 조사 결과는, 20대에서는 우리나라 안보에 가장 위협적인 국가로 미국(58%)이 북한(20%)의 세 배가량에 달했고, 30대에서도 미국(47%)이란 응답이 북한(22%)의 두 배 이상이었다. 지난해 9월 한국갤럽의 조사에서는 '북한의 김정일 국방위원장과 미국의 부시 대통령 중 누가 더 우리나라의 평화에 위협적인가'라는 물음에 김정일 위원장(42%)이란 응답이 부시 대통령(38%)보다 약간 높았었다. 1993년에 한국갤럽이 '향후 한국의 안보에 군사적으로 위협이 될 나라'를 조사한 결과에

---

174 최찬옥 토마스는 2008년 1월 17일 세상을 떠났다.

서는 북한(44%), 일본(15%), 중국(4%)에 이어 미국이 1퍼센트에 불과했던 것에 비하면 상전벽해였다.

김수환 추기경은 이 결과를 매우 충격적으로 받아들였다. 그는 박정희 대통령 시절에도 국가안보는 철저히 유지되어야 한다는 생각을 갖고 있었다. 가톨릭은 신神을 부정하는 공산주의를 '적그리스도'로 간주했기 때문에, 1980년대와 1990년대 중반 학생들과 젊은이들의 좌경화를 우려하기도 했다. 이념에 있어서는 철저한 반공산주의였다.

1월 29일, 가톨릭 신자인 열린우리당 정동영 의장이 이부영 상임중앙위원 등 몇몇 당직자들과 함께 취임인사 차 혜화동 주교관을 방문했다. 그는 반미 · 친북 기류, 총선 관권선거 논란, 행정수도 이전 등을 지적하며 "우리나라의 미래가 어떻게 될지 걱정되는 부분이 많다"고 쓴소리를 했다. 남북문제에 대해 "한 리서치에 의하면 한반도 평화와 안보를 위협하는 나라로 미국을 가장 많이 꼽을 정도로 미국이 주적主敵이 됐다"면서, "군종신부들의 말에 의하면, 군에도 그렇게 생각하는 사병이 있을 정도로 반미 · 친북 세력이 커져가는 게 사실"이라고 말했다.

그의 발언에 대해 김영춘 의장비서실장이 "그 결과는 북핵 문제와 관련해 부시 미 대통령과 극우파에 대한 우려를 나타낸 것"이라고 대답하자, 그는 얼른 되받았다. "부시 대통령에 대해선 나도 이의가 없지 않지만, 요즘 감정적 반미가 많아졌는데, 반미 · 친북으로 가는 것은 위험하다. 나라의 전체적 흐름이 반미 · 친북 쪽으로 가는 것은 대단히 걱정스럽다. 그런 식으로 이끌어지면 우리 미래는 어떻게 되나 걱정된다"고 했다. 이어 "화해와 협력에는 동의하지만, 저들에게 끌려다니기만 해서는 안 된다"고 지적했다. 이부영 상임중앙위원이 "대북관계에서 북한 인권과 군비 축소 문제 논의를 병행할 것"이라고 말하자, 그는 "그것 반드시 하십시오"라면서, "열린우리당이 남북문제를 풀면서 북한의 인권 문제도 해결한다면 우리당을 100퍼센트 찍겠다"고 말했다. 장내에는 웃음이 터졌다.

이튿날, 그의 '쓴소리'가 각 언론에 크게 보도되었다. 특히 조선, 중앙, 동아에서 매우 크게 다뤘다. 문제가 커지자 정동영 의장과 함께 혜화동 주교관을 방문했던 열린우리당 박영선 대변인은 "일부 언론이 보도한 추기경의 말씀은 발췌록이며 전체가 전달되지 않은 상태이기 때문에 이런 일이 있다"고 밝혔다.

1월 31일, 손석춘 한겨레신문 논설위원이 인터넷 매체인 오마이뉴스에 '추기경의 근심, 백성의 걱정'이라는 제목의 칼럼을 발표했다. 손 위원은 칼럼에서, 김수환 추기경이 최근 열린우리당 의원들이 혜화동 주교관을 방문했을 때 한 발언이라고 언론에 보도된 것을 인용하면서 비판했다.

> 두루 알다시피 김 추기경은 원로가 드문 한국 사회에서 노상 '원로'로 꼽혀왔다. 민주화운동 과정에서 서울 명동성당이 지닌 상징성—언젠가부터 시나브로 빛바래가고 있지만—과 추기경이라는 '권위'가 이어졌기에 더욱 그랬다.
>
> 실제 민주화운동에서 김 추기경의 모습이 과대평가된 대목이 많다는 사실을 알 사람은 다 알면서도 침묵해왔다. 그만큼 이 땅의 '영혼'이 가난해서였다. '낮은 데'로 임하는 종교인들이 적어서였다.
>
> 하지만 가톨릭 추기경의 말에 이제 더 침묵할 수 없는 상황이 되었다. 추기경의 정치적 발언이 현실을 호도할 뿐만 아니라 민족의 내일에 심각한 걸림돌로 불거졌기 때문이다.

손석춘 위원은 조선일보가 이 여론조사를 보도한 후 다음 날 사설 제목을 '미국이 한국의 주적主敵이란 말인가'라고 달았다면서, 이 제목은 '논리의 비약이고 감정적 선동'이라고 지적했다. 그리고 "문제는 조선일보의 선동을 꾸짖어야 마땅할 '원로 종교인'이 되레 확대재생산하는 데 있다"면서, 다시 한 번 김수환 추기경을 비판했다.

이 칼럼이 발표되자 다시 모든 언론에서 크게 다뤘다. 대부분의 언론은 손석춘 논설위원의 칼럼에서 나타난 '민주화운동에 대한 폄하'와 인신공격적인 언어 사용에 대해 "사회 원로의 발언을 이렇게 심하게 매도할 수는 없다", "김수환 추기경이 군사독재 시절 제 목소리를 내 올곧은 방향을 제시했던 것까지 '과대포장'됐다고 하면 어떡하느냐"며 비판했다.

천주교 서울대교구 홍보실장인 정웅모 신부는 2월 2일, "나라를 걱정하는 김 추기경의 진솔한 마음이 왜곡되는 것이 안타깝다"며 "원로의 고언을 귀담아듣고 한마음으로 나아가도 어려운 상황인데, 이렇게 하면 누구에게 득이 될까 아쉬운 마음뿐"이라고 말했다.[175]

비판이 쏟아지자 손석춘 논설위원은 2월 2일자 오마이뉴스에 다시 칼럼을 발표하면서 "국어의 상식만 지닌 사람이라면 알겠지만, 이는 김 추기경의 인격이 그렇다는 것과 전혀 다른 문제이다"라는 말도 곁들였다.

한겨레신문은 2월 4일자에서 "손석춘 논설위원이 개인 자격으로 기고한 칼럼"임을 명확히 했다.

논쟁은 연일 계속되었다. 오마이뉴스는 손 위원의 칼럼을 비판하는 신문들을 비난했다. 인터넷 댓글과 블로그가 '1인 미디어'가 되면서, 논쟁은 정치권과 언론뿐 아니라 네티즌 세계에서도 활발하게 이어졌다.

---

175 한국경제 2004년 2월 3일자.

정의구현사제단 상임고문이자 제기동성당 주임 함세웅 신부도 3월 25일 한겨레신문과의 인터뷰에서 자신의 의견을 밝혔다.

"추기경의 의견도 여러 의견 중의 하나예요. 그냥 연세 드신 분의 말씀이라고 단순하게 여기면 되는 거죠. 물론 한때 높이 평가받았습니다만, 누구나 사람은 한계가 있거든요. 문제는 보수언론이 그것을 확대·과장 생산하는 거예요. 1970년대 빛났던 모습을 21세기에 와서 같은 잣대로 평가하는 그 자체가 우리 언론의 한계이자 현주소이고, 부끄러운 것이죠."

3월 12일, 사상 초유의 대통령탄핵안이 국회에서 가결, 통과되었다. 노무현 대통령의 권한과 비서실의 직무는 정지되었고, 헌법재판소 판결 때까지 고건 국무총리가 직무를 대행했다.

3월 21일 오후 2시, 김수환 추기경은 광주 문흥동성당에서 성직자와 수도자, 신자 등 1,100여 명이 참석한 가운데 '복음'을 주제로 사순절 특강을 했다. 그는 "복음의 핵심은 예수님"이라고 강조하고, "부활을 준비하는 우리들은 구원자로 오신 예수님을 잘 맞이하기 위해 회개와 보속을 통해 기쁜 부활을 맞이하자"고 말했다.

특강이 끝나고 질의응답 시간이었다. 한 신자가 노무현 대통령 탄핵과 촛불시위에 대한 그의 의견을 물었다. 그는 특강 주제와 다른 주제의 질문이라 잠시 생각을 했다. 그러나 답변을 안 하면 또 다른 구설에 오를 수 있어 조용히 말문을 열었다.[176]

그는 낮은 목소리로 "일어나지 말아야 할 일이 일어났다"면서 안타까운 표정을 지었다. "탄핵이란 것이 없으면 좋겠다 하는 마음을 가지

176 광주KBS 9시뉴스 동영상 녹취록, 2004년 3월 21일.

고 있는데 아무튼 일어났다. 나라 전체를 아주 양분한다고 할까, 너무나 분열이 심해가지고 갈피를 못 잡는 그런 지경까지는 가지 말아야 된다는 것이 제 생각이다. 민주주의 국가에서 여러 가지 입장 차이가 있을 수 있지만, 국론 분열로 치달아서는 안 된다"고 강조했다. 그는 "이 위기를 잘 넘기면 우리나라의 민주주의가 성숙했음을 세계가 인정하게 될 것"이라면서, "탄핵 문제에 대해서는 헌법재판소가 가부 판단을 내릴 테니까 조용한 가운데 결과를 지켜보자"고 당부했다.

그의 이날 발언은 당시 나온 수많은 의견 중 하나라는 판단에서였는지, 광주 외에 서울 지역 언론에는 보도되지 않았다.

4월 1일, 함세웅 신부는 오마이뉴스 인터뷰에서 김수환 추기경의 발언에 대해 언급했다.

"김 추기경은 시대의 징표를 제대로 읽지 못하셨습니다. 김 추기경께 정보를 건네주는 분들의 한계입니다. 그분의 '참으라'는 말씀은 불의한 독재시대에 권력자들이 늘 했던 표현입니다. 그분의 사고는 다소 시대착오적이라고 판단됩니다."

'시대의 징표'는 신학적 용어로, 제2차 바티칸공의회에서 채택한 〈사목헌장〉 4항에 나온다.

> 교회는 시대의 징표를 탐구하고, 복음의 빛으로 그것을 해명해줄 의무를 갖고 있다. 그렇게 함으로써 각 세대에 알맞은 방법으로 교회는 현세와 내세의 삶의 의미 그리고 그 상호관계에 대한 인간의 끝없는 물음에 대답해줄 수 있을 것이다. 그러므로 마땅히 우리가 살고 있는 세계와 그 세계의 기대와 열망 그리고 때로는 극적이기도 한 그 특성을 인식하고 이해하여야 한다.

따라서 '시대의 징표'를 탐구하는 일은 '신학적 성찰'의 영역이고, 사제에 따라 다른 탐구 결과가 나올 수도 있는 것이다.

함세웅 신부의 이 발언은 거의 모든 언론에서 다뤘지만 대부분 부정적으로 보도했다. "사태의 마무리를 헌법재판소에 맡기고 지켜보자"는 말이 왜 비판을 받아야 하는지 모르겠다는 내용이었다.

4월 15일, 제17대 국회의원선거에서 여당인 열린우리당이 152석을 차지해 총 299석의 과반수를 넘었다. 한나라당은 121석, 민주노동당 10석, 민주당이 9석, 자민련이 4석, 국민통합21 1석, 무소속 2석이었다. 한나라당은 수백억 원의 기업 비자금을 대선자금으로 수수한 이른바 '차떼기 사건'으로 당의 이미지가 크게 실추되었고, 민주당과 함께 노무현 대통령 탄핵소추안을 통과시키면서 지지도가 결정적으로 하락한 것이 패인이었다.

4월 28일, 김수환 추기경은 동국대 불교경영자 최고위 과정 초청 특강을 했다.[177] 그는 '21세기 지도자상'이라는 제목의 강연을 통해 "새로운 정치의 지도자들은 독선과 배척이 아니라 사랑과 진리에 기반을 두고 국민들에게 봉사해야 한다. 자기와 생각이 다르더라도 그들의 소리에 귀를 기울일 줄 아는 사람이야말로 새 시대의 지도자들이 가장 갖추어야 할 덕목"이라고 말했다. 계속해서 "우리나라의 고질적인 병폐가 되어 있는 지역 간, 세대 간, 계층 간 갈등도 이렇게 타인을 인정해주는 문화가 자리 잡아야 비로소 해소될 것이다. 민주주의와 정의를 외치면서 거기에 미움과 편가르기가 수반된다면 그 민주주의와 정의는 거꾸로 우리를 억압하고 이 사회를 비인간화시키는 계기가 될 뿐이다. 정치

---

177 연합뉴스 2004년 3월 28일 최종보도, 4월 29일자 각 일간지 보도 종합.

동국대 불교경영자 최고위 과정 초청 특강 때 스님들과 함께.

하는 분들은, 특히 지도자의 입장에 서 계신 모든 분들은 인간의 존엄과 소중함을 깊이 깨닫고 인간 평등을 근본적인 가치관으로 간직한 채 국민을 대해야 한다. 지도자의 권위는 자신을 비우고 낮추는 봉사에서 나오는 것이고, 그래야만 지도자는 리더십의 기본으로 꼽히는 신뢰를 줄 수 있고 구성원들은 그를 믿고 따르게 될 것"이라고 강조했다.

그는 "얼마 전 새로운 정치를 열망하는 국민들의 바람 속에 국회의원선거가 치러졌고 국민을 대표해 국가를 이끌어나갈 분들이 선출됐다"면서, "부디 이분들이 새로운 시대에 걸맞게 자신을 떠나서, 말로만 상생의 정치를 이야기하지 말고 여야가 형제와 같다고 생각하고 서로 마주앉아 나라와 국민을 위하는 마음으로 정치를 하기를 간절히 바란다"며 한 시간에 걸친 강연을 마쳤다.

특강이 끝난 뒤 질의응답 시간에 한 수강생이 질문을 했다.[178]

"얼마 전 추기경에 대해 인터넷 언론 오마이뉴스가 칼럼으로 비판한 데 이어 후배 되는 천주교 정의구현사제단의 함세웅 신부도 추기경께서는 시대에 뒤지신 분이라고 비판하기도 했는데……?"

그가 빙그레 웃으며 대답했다.

"그런 비판을 한 분들께 감사하다는 생각을 합니다. 그분들의 지적은 저에게도 큰 교훈을 줍니다. 지금까지 너무 칭찬 말씀만 듣고 살아서 '나를 우상으로 만들려는가' 하고 은근히 걱정하고 있었습니다. 죽어서 하느님 앞에 갔을 때 '너는 그동안 칭찬을 다 들었기 때문에 나에게 칭찬 들을 말은 없다'라는 말을 듣지 않을까 하는 걱정도 했습니다. 비판과 욕을 먹는 것이 제 삶에도 도움이 되지 않을까 생각합니다. 오늘 강연에서 남의 말을 들을 줄 알아야 된다고 한 것은 저에게도 해당되는 말입니다."

그의 대답에 수강생들은 박수로 화답했다. 그리고 이 대답은 오랫동안 언론과 사람들 입에 회자되었다.

5월 14일, 노무현 대통령 탄핵소추안이 기각됐다. 노무현 대통령은 63일의 칩거생활을 끝내고 다시 대통령직을 수행했다.

6월 8일, 김수환 추기경은 미국 한인성당 사목 방문을 위해 출국했다. 뉴욕, 필라델피아, 시애틀, 텍사스, 로스앤젤레스를 횡단하며 지난 몇 달 동안 복잡했던 일들을 훌훌 털어버렸다.

9월 14일 오후 7시, 김수환 추기경은 오랜만에 명동성당에서 강연을 했다. 서울대교구 평신도사도직협의회가 마련한 '하상 신앙대학'에

---

178 연합뉴스 2004년 3월 28일 최종보도.

2004년 9월 14일 하상 신앙대학 강연. 김수환 추기경은 이날 강연 후 질의응답 시간에 "국가보안법이 인권 침해의 위험조항이 있다면 이를 개정하는 데는 이의가 없지만 보안법 자체의 폐지에는 반대한다"고 밝혔다.

서 '삶이란 무엇인가'라는 제목으로 강의를 한 것이다. '하상 신앙대학'은 천주교의 대표적 지성 열두 명이 매주 한 차례씩 나서서 삶과 신앙, 사회에 대해 강의하는 프로그램이었다. 서울 평협은 500석 규모의 명동성당 코스트홀에서 강의를 진행하려고 했지만, 신청자가 쇄도해 1천 명에 이르자 대성당으로 장소를 옮겼다. 지난 9월 7일에 정진석 대주교가 첫 번째로 강의를 했고, 그가 두 번째였다.

김수환 추기경은 강연 후 청중들의 질문에 답하는 형식으로 "국가보안법이 인권 침해의 위험조항이 있다면 이를 개정하는 데는 이의가 없지만 보안법 자체의 폐지에는 반대한다"면서, "장기적으로 없어질 수밖에 없겠지만 아직은 필요하다"고 명확히 밝혔다. 아울러 "제가 보안법 폐지에 동조하는 것으로 최근 알려져 국민 여러분께 대단히 송구스럽다"면서, "우리 국민 다수가 공감하는 남북 간 교류에도 불구하고 북한의 체제가 변화하고 있다는 증거는 전혀 없다"고 말했다.

그는 "오히려 한국 내부에서 친북과 반북 논쟁이 번지면서 국가가 대단히 위태로운 지경으로 빠져들고 있다"고 덧붙였다. "북은 선군先軍정치로 우리의 평화를 위한 화해와 협력에 반하여 더 위협적"이라면서, "우리 사회에 퍼진 친북·반미 풍조는 우리가 도저히 받아들일 수 없는 북한 주체사상을 확대 전파하는 등 국가 안보를 대단히 위험한 지경으로 몰아가고 있다"고 지적했다. 그리고 "노무현 대통령과 열린우리당은 최근 성명서를 낸 국가 원로를 포함해 국민 대다수가 보안법 폐지에 반대하고 있는 현실을 깊이 감안해, 평화와 민주주의의 신장을 위해서라도 당분간 보안법 폐지를 서두르지 말 것을 간절히 호소한다"고 말했다.[179]

그의 발언에 천주교인권위원회, 정의구현사제단, 가톨릭농민회 등 33개 단체로 구성된 '국가보안법 폐지를 위한 천주교연대' 집행위원인 박창일 신부는 "가톨릭의 가장 웃어른인 김 추기경님의 말씀에 즉각적으로 반대성명을 낼 수는 없었지만, 공개적으로 그런 말씀을 하시는 것에 많은 후배 신부들이 당혹스럽고 유감스러운 것이 사실"이라고 밝혔다. 그는 "김 추기경께서 신앙적 고려보다 정치적 고려를 더 하신 게 아닌가 싶다"고 덧붙였다.[180]

---

179 인터넷 신문 업코리아는 2004년 9월 15일자에 김수환 추기경이 9월 13일 "'국가보안법 폐지를 위한 천주교연대' 고문으로 언론에 보도된 것은 사실과 다르다. 젊은 신부들이 보안법 폐지에 힘이 돼달라고 할 때 폐지는 시기상조라고 말했고, 고문으로 이름을 넣겠다고 했을 때 빼달라고 했는데, 들어갔다"고 밝혔다고 보도했다.

180 경향신문 2004년 9월 16일자.

그러나 당시 국가보안법을 폐지보다는 개정하자는 주장을 한 사람은 김수환 추기경뿐이 아니었다. 조계종과 기독교 대한감리회를 비롯해 대부분의 종교계 원로들도 같은 의견이었다. 국가보안법 폐지에 대한 여론의 역풍은 열린우리당의 생각과 달리 대단히 강했다. 여론조사에서도 열린우리당의 지지도가 한나라당(30.9%)에 비해 5.1퍼센트포인트 뒤지는 하락세를 보였다.

이부영 의장은 훗날, 열린우리당 내부에서도 국가보안법 폐지에 반대한 의원 수가 60명이 넘었다면서, "야당인 한나라당의 130석과 합하면 국가보안법의 폐지가 곤란한 상황이었다. 그래서 당시 여당의 중진 의원들과 상의를 통해 국가보안법을 존치하되 5개 독소조항을 걷어내기로 결정했고, 당시 박근혜 한나라당 대표와도 협상을 통해 합의점에 이르렀다. 그런데 당시 열린우리당 내의 강경파들은 국회 안에서 농성을 하며 국가보안법을 폐지하지 못한다면 그대로 놔둬야 한다고 주장했다. 그 결과 여야 합의안이 무산되어버렸고, 국가보안법은 악법 그대로 존속하게 되었다"고 밝혔다.[181]

12월 20일, 김수환 추기경은 2004년도 어느덧 지나가는구나, 생각하며 일기를 썼다.

주님, 주님 앞에 다시 나와 앉았습니다.

주님은 저를 잘 아십니다. 저의 모든 것, 저의 못남, 저의 죄, 저의 불충실, 메마른 제 영혼 상태, 모든 것을 다 아십니다. 시편 139편의 말씀처럼 주님의 면전을 떠나서 어디고 갈 데도 없습니다. 설령 있다 한들 주님을

181 이부영 페이스북, 서울대 외교정치학과 동창회보.

떠나서 무엇을 하오리까? 사도 베드로의 말씀대로 '생명의 말씀을 지니신 주님을 떠나서 우리가 어디로 가오리까?' 주님을 떠나는 그 순간 그것은 죽음입니다. 생명이신 당신을 떠나는 것이니 죽음밖에 무엇이 있겠습니까?

그리고 무엇보다도 주님 자신이 제가 주님을 떠나거나 잊고 살게 두시지 않으실 것입니다. 주님이 원하시는 것은 제가 죽는 것이 아니고 제가 사는 것입니다. 주님과 함께 영원히 사는 것입니다. 그만큼 주님은 저를, 이 못난 저를 사랑하십니다.

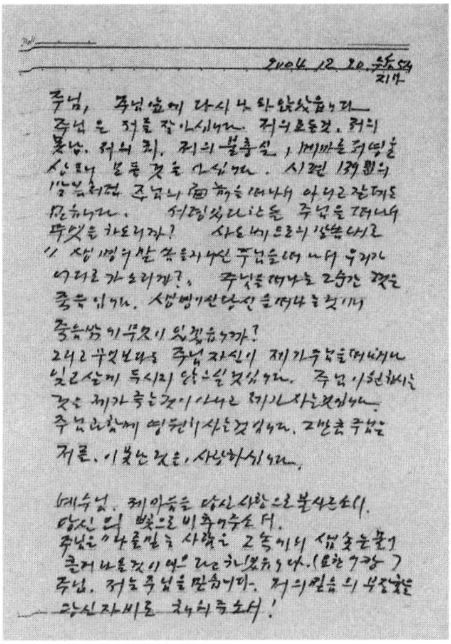

2004년 12월 20일 일기.

예수님, 제 마음을 당신 사랑으로 불사르소서.

당신의 빛으로 비추어주소서.

주님은 '나를 믿는 사람은 그 속에서 샘솟는 물이 흘러나올 것이다'라고 하셨습니다. (요한 7장)

주님, 저는 주님을 믿습니다. 저의 믿음의 부족함을 당신 자비로 채워주소서!

그는 일기장을 덮고, 눈 덮인 앞마당을 걸었다. 보혁 갈등의 한 해가 주마등처럼 스쳤다. 그는 하얀 눈을 밟으며 멀리 보이는 북한산을 바라보았다.

감당할 수 있는 육체의 고통을 주소서

52

"사랑은 사람의 마음을 변화시키고 평화를 가져온다."

| 교황 요한 바오로 2세 |

2005년 1월 12일, 김수환 추기경은 명동성당이 가까운 중앙시네마에서 열린 〈마더 테레사〉 시사회에 참석했다. 1968년 서울대교구장에 착좌했을 때 장익 신부가 몇 번 데리고 온 곳이라 감회가 새로웠다. 시작 시간보다 30분 정도 일찍 도착한 그는 영화관 입구에서 기다리던 기자들에게 "마더 테레사는 온몸으로 사랑을 실천한 사람"이라면서, "우리는 어떻게 하더라도 그분을 따라가진 못할 것이다. 새해에는 삭막한 사회에서 사랑을 실천할 수 있는 사람들이 많았으면 좋겠다"고 말했다. 그때 서울대교구장 정진석 대주교와 교구청 신부들이 극장 안으로 들어왔다. 그는 반갑게 인사를 한 후 준비된 자리로 갔다. 그는 영화를 보면서 기도와 가난한 이웃에 대한 사랑의 필요성을 다시 한 번 절실히 깨달았다. 영화가 끝날 무렵에는 여기저기서 수녀들의 흐느낌이 들려왔다.

영화가 끝나자 그는 서둘러 출구로 나왔다. 그리고 기다리는 기자들에게 인터뷰는 정진석 대주교와 하라면서 극장을 빠져나왔다. 혜화동 주교관으로 돌아오면서 올해는 한국 천주교에 추기경이 서품되면 좋겠다고 생각했다.

4월 3일 새벽 4시 37분(현지 시간 4월 2일 오후 9시 37분), 교황 요한 바오로 2세가 84세를 일기로 선종했다. 생명 연장을 위해 의료장비에 의존하지 않고 죽음을 맞겠다는 결심은 존중되었다. 요한 바오로 2세는 1978년 10월 16일, 제264대 교황으로 선출돼 27년 동안 재위했다. 지난 1984년 5월 한국을 방문해 103위 한국 순교 성인들을 시성했고, 1989년에는 서울에서 열린 제44차 세계성체대회에 참석해 한국 천주교의 위상을 드높여주었다.

새벽 4시 55분께 교황의 선종 소식을 접한 명동성당에서는 추모의 조종을 울린 후 곧바로 지하 성당에 교황의 선종을 추모하는 분향소를 마련했다.

김수환 추기경은 오전 7시경 교황 선종 소식을 접하고 곧바로 대신학교 성당에서 추모기도를 봉헌했다. 그는 자신보다 두 살 위인 교황의 선종을 애도하며 이제 자신의 시간도 그리 많이 남지 않았음을 실감했다.

오전 11시, 그는 서울 혜화동 가톨릭대학 대신학교 본관에서 침통한 표정으로 공식 인터뷰를 했다. "며칠 전부터 짐작은 했지만 막상 교황님이 별세했다는 소식을 들으니 마음이 무겁고 뭐라고 애석한 심정을 표현할 길이 없다"면서, "재임 기간 중 업적이 많았지만, 참으로 인간을 사랑하신 분으로, 인간의 존엄과 사회정의, 세계 평화를 위해 헌신한 분이었다"고 추모했다. 이어 "교황께서는 지난 몇 해 동안 건강 악화로 많은 고생을 하셨다"면서, "늘 '사랑은 사람의 마음을 변화시키고 평화를 가져온다'고 말씀하시고 실천하셨다. 우리도 그 모습처럼 '사랑'을 실천하는 것이 교황님에 대한 참된 추모"라고 말했다.

김수환 추기경은 4월 5일 오후 6시, 명동성당에서 주교단을 비롯해 주한 교황청 대사와 외교사절 등 1만여 명이 성당 안팎을 가득 메운 가운데 공식 추모미사를 주례했다.

4월 6일, 그는 한국 교회 공식 조문단 단장으로 조문단과 함께 로마로 향했다. 그가 지난번 교황 바오로 6세 선종 직후처럼 일찍 교황청으로 가지 않은 이유는, 80세가 넘은 추기경에게는 교황 선출권이 없기 때문이었다.

장례미사는 4월 8일 교황청 성베드로광장에서 교황청 신앙교리성 장관인 요제프 라칭거 추기경의 집전으로 거행됐고, 김수환 추기경은 "주님, 오늘 요한 바오로 2세가 당신 곁으로 갔음을 기억하소서"라는 성찬기도 중 한 부분을 낭독했다.

장례미사가 끝나자 교황 선출을 위한 콘클라베가 18일에 열렸고, 장례미사를 집전했던 라칭거 추기경이 새 교황으로 선출됐다. 김수환 추기경은 뮌스터대학원 때 그의 강의를 들었고, 자주 토론을 했다. 그래서 추기경회의 때 만나면 반갑게 인사를 하는 사이였다. 그는 즉위식이 끝나면 한국에 새 추기경 탄생의 필요성을 단단히 이야기해야겠다고 생각했다.

4월 24일, 라칭거 추기경은 베네딕토 16세라는 이름으로 즉위식을 했다. 김수환 추기경은 교황의 좌우에 배석하는 두 명씩의 추기경들 중 한 명으로 즉위미사를 집전했다. 182명의 사제급 추기경[182] 가운데 서임 날짜가 가장 빨랐기 때문이다. 그만큼 젊은 나이에 추기경에 서임되

182 사제급 추기경(cardinal-priests)은 로마의 주요 성당 주임사제 명의를 받은 추기경으로, 김수환 추기경을 비롯해 세계 각처에 있는 개별 교회 교구장들이 사제급 추기경이다.

새 교황의 즉위미사 집전. 제대 맨 왼쪽이 김수환 추기경이다.

었다는 뜻이고, 전세계 가톨릭교회의 원로 성직자 중 한 명이었다. 즉위미사 중 베네딕토 16세에게 어깨에 두르는 팔리움이 전달될 때 김 추기경은 기도문을 올렸고, 추기경단을 대표해 순명서약을 했다. 이 장면은 평화방송을 통해 위성중계되었다.[183]

4월 28일, 김수환 추기경은 인천공항에서 귀국 기자회견을 했다. 이 자리에서 그는 4월 26일 교황 베네딕토 16세를 알현했을 때 "한국 교회가 이번 교황 선출 콘클라베 때 추기경이 있음에도 연령 제한으로 참여하지 못한 것에 대해 아쉬워하고 있다는 말씀과 함께 그런 면에서 새로운 추기경 임명을 열망하고 있다고 하자, 새 교황께서는 '일리 있다'

183 평화신문, 가톨릭신문 2005년 5월 1일자.

새 교황 베네딕토 16세와 독대. 이 자리에서 한국에 새로운 추기경이 필요하다는 이야기를 했을 것이다.

는 의견을 표명하셨다. 당장 약속을 하신 것은 아니었지만 충분히 그 뜻을 받아들이는 듯했다"고 밝혔다. 교황 베네딕토 16세와의 뮌스터대학 시절 이야기는 하지 않았다.

9월 4일, 김수환 추기경은 시흥 전진상복지관에 가서 30주년 기념미사를 집전했다.[184] 판잣집이 다닥다닥 붙어 있던 이곳에 수도자도 아닌 평신도 최소희 약사, 유송자 사회복지사, 배현정 의사(당시에는 간호사) 세 명이, 국제가톨릭형제회AFI의 '온전한 자아 봉헌(全)', '참다운 이웃 사랑(眞)', '끊임없는 기쁨(常)'의 정신에 따라 가난하고 소외된 동네에 둥지

184 가톨릭신문, 평화신문 2005년 9월 11일자.

를 튼 것이 1975년이었다. 의사인 김중호 신부가 의료봉사진을 구성해 주말진료를 함께했으며, 1978년에는 김영자 간호사가 합류했다.

전진상공동체는 이날, 전진상 진료소가 문을 연 이후 봉사활동에 참여했던 307명의 의사를 비롯 간호사 65명, 약사 21명, 방사선사 5명, 물리치료사 14명, 위생사 11명 등 모두 426명을 초청했다. 30년 동안 이들의 손을 거친 환자들은 25만여 명. 의료진들 중 10년 넘게 봉사한 이는 19명이었다. 그중 홍석근(내과), 고영초(신경외과), 김정채(정형외과)-최선희(약사) 부부, 최경숙(산부인과) 등은 18~25년째 봉사를 하고 있었다.

초청을 받은 사람은 봉사자들뿐만이 아니었다. 오래된 주민들 그리고 이사를 갔어도 아직도 연락을 하고 있는 지난 이웃들도 모두 초청했다. 대규모 동네잔치가 벌어진 것이다.

그는 복지관 앞마당과 문 앞 인도까지 수를 셀 수 없이 많은 사람들이 온 걸 보며, 겨우 집만 얻어 이곳에 온 세 명의 젊은 여인이 이런 결과를 이룬 것은 하느님의 힘이라고 생각했다.

그는 미사 강론에서, "30년 동안 사랑과 희생으로 봉사해온 분들, 특히 병원 근무 후, 직장 근무 후 쉬고 싶을 시간에 멀리 시흥까지 찾아와 밤늦도록 봉사했던 마음들이 감사하다"면서, 봉사자들에게 감사인사를 했다. 주민들이 우레와 같은 박수를 쳤다. 그는 계속해서 "그럼에도 봉사하신 분들이 이구동성으로 '이 집을 통해 참삶의 보람과 기쁨을 누린다'는 이야기를 들었을 때, 사랑이신 하느님이 여러분과 함께한다는 것을 느낄 수 있었다"면서, "서로 앙금과 상처가 많은 세상이지만, 하느님의 참사랑으로 살아가면 행복을 찾을 수 있다"는 말로 강론을 마쳤다.

미사가 끝난 후 그는 작은 진료소와 약국만 있던 전진상공동체를 재가노인복지, 가정 호스피스, 무료 유치원과 공부방, 장학사업, 생활법률 상담 등으로 넓힌 최소희 · 유송자 · 배현정 · 김영자 등 국제가톨릭형제회 회원들에게 축하와 격려의 말을 전했다.

그는 저녁때가 되어서야 혜화동 주교관으로 돌아와 기도한 후 일기장을 펼쳤다.

성령이여, 저를 비추어주소서. 당신 은총의 빛을 가득히 제 마음에 부어주소서. 저는 보시다시피 지금 기도의 메마름 속에 갇혀 있습니다. 사막입니다. 당신만이 저를 이 사막에서 구하실 수 있습니다. 성령님, 제가 바라는 것은 오로지 당신의 인도에 따라 사는 것입니다. 주 예수님을 깊이 알고 사랑하고 따르는 것입니다. 그런데 저는 개미 쳇바퀴 돌리듯 늘 같은 자리에 맴돌고 있습니다. 사랑이신 주님의 마음, 우주 만물을 지으시고 다스리시는 주님의 사랑—그 마음과 그 사랑의 깊이를 누가 다 알 수 있겠습니까?

바이칼호수의 깊이가 1,600미터가 넘는다고 어제 읽었습니다. 그 속은 자연의 신비 그대로이겠지요. 하지만 바이칼호수가 아무리 깊고 아름답다 할지라도 하느님 당신 마음의 깊고 깊은 그 신비, 그 아름다움에 비길 수 있겠습니까? 바이칼호수 그보다 더 깊은 바다도 당신에 비길 수 없고 천억의 별을 지닌 은하계가 또 천억이 있다는, 이루 표현할 수 없이 넓고 깊고 높은 우주도 당신이 지으신 것, 당신의 피조물입니다.

그런데 하느님, 저는 그 하늘의 별들을 좋아합니다. 언젠가 30여 년 전, 용문에서 야영할 때 하늘 가득히 쏟아질 듯이 빛나는 별들이 얼마나 아름다웠는지요. 지금도 잊을 수 없습니다. 그렇게 아름다운 별들은 저의 마음을 당신께로 인도해줍니다. 그 별들을 보듯이 당신의 현존을 뵈옵고 싶습니다.

사랑이신 하느님, 당신 성령을 제게 부어주소서.

주 예수님을 더 깊이 알고 믿고 사랑하고 따르게 하소서!

그는 일기장을 덮었다. 저녁노을이 보고 싶었다. 내일 일찍 점심 먹고 안면도 꽃지해수욕장을 다녀와야겠다고 생각하며 불을 껐다.

안면도에 도착했을 때는 바다에 노을이 내리기 전이었다. 그는 아무도 없는 모래사장 위에서 먼 바다를 바라보았다. 금방이라도 바다로 걸어들어갈 사람처럼 바지를 무릎까지 걷어올리고 뒷짐을 진 채 아득한 눈길로 수평선을 바라보았다. 붉은 해가 수평선으로 가라앉자 바다 위에도 붉은 노을길이 생겼다. 저 길을 따라가면 수평선 아래…….

"주님, 하느님께서는 무엇이든 용서해주시는 분이지만, 이 죄 많은 죄인을 어떻게 받아주실지 걱정입니다. 그래도 남은 생 동안 주님께 더 가까이 가고 싶습니다. 당신 앞에 나아갈 때 부끄럽지 않은 영혼으로 서고 싶습니다. 주님, 이 스테파노를 불쌍히 여겨주소서…… 감당할 수 있는 육체의 고통을 주소서……."

12월 16일, 김수환 추기경은 혜화동 주교관에서 평화신문 이윤자 편집국장, 김원철 기자와 성탄 특별 인터뷰를 했다.[185] 차를 마시고 건강에 대한 덕담이 오간 후, 이윤자 국장이 황우석 교수 사태에 대한 지혜를 구했다.

"황우석 교수의 배아줄기세포 진위 논란으로 한국 과학계뿐만 아니라 국민 모두가 큰 상처를 입었습니다. 국제사회에서 신뢰도 추락 또한 심각한 문제입니다. 이 상처를 어떻게 치유하고 사태를 수습해야 하겠는지요?"

"어제 저녁 TV 뉴스를 보고 큰 충격을 받았습니다. 그동안 황우석 교

---

185 평화신문 2005년 12월 25일자.

김수환 추기경의 눈물.

수 연구 성과에 대한 의혹이 제기될 때마다 솔직히 속으로는 '그런 일이 없기를' 하고 바랐습니다. 전체 상황이 혼돈 속에 빠져들어 정확한 사실을 알 수 없지만, '의혹 일부'가 사실로 밝혀지고 있습니다. 어떻게 이런 일이 일어날 수 있습니까. 한국 사람이 세계 앞에 고개를 들 수 없는 부끄러운……."

그는 더 이상 말을 잇지 못하고 고개를 숙인 채 눈물을 떨궜다. 눈물이 계속 떨어지자 그는 안경을 벗었다. 2~3분 지났을까. 그가 손수건으로 눈물을 훔친 뒤 떨리는 입술로 힘겹게 다시 말문을 열었다.

"하느님은 한국인에게 좋은 머리를 주셨습니다. 그런데 그 좋은 머리를 좋게 쓰지 않고……."

그는 또다시 고개를 숙였다가 잠시 후 말을 이었다.

"가톨릭은 애초부터 황 교수의 배아줄기세포 연구가 인간 생명 존엄성을 침해한다는 이유로 반대했습니다. 저 역시 지난 4일 서울대교구 생명미사에 참례해 그 입장을 분명히 밝혔습니다…… 그렇다고 교회가 '그것 봐라. 우리가 옳지 않았느냐'라는 식으로 생각하면 안 됩니다. 지금 우리나라 신문·방송에는 사기행위와 관련된 뉴스가 너무 많아요. 돈을 벌기 위해 수단 방법을 가리지 않고 사기를 치다 붙잡힌 사람 얘기가 수없이 쏟아져나옵니다. 하느님은 우리에게 천연자원이 풍부한 국토를 주지 않으신 대신 똑똑한 머리를 주셨습니다. 그렇기 때문에 이 척박한 땅에서 이만큼 경제성장을 이룩하며 풍족하게 사는 것 아닙니까? 이 시점에서 우리에게 진정 필요한 것은 우직한 자세입니다. 우직한 사람은 정직합니다. 왜 한국인은 세계무대에서 정직하지 못하다는 눈총을 받아야 합니까? 논문에 관한 진실공방이 계속되고 있기 때문에 이 시점에서 무엇을 섣불리 단정하기는 힘듭니다. 그러나 분명한 것은, 이번 사태를 황 교수 논문에 국한시켜 생각해서는 안 된다는 것입니다. 우리 모두의 문제입니다. 이번 일을 계기로 우리가 그동안 얼마나 부정직하게 살았는지, 또 진실을 외면하고 살았는지 되돌아봐야 합니다. 그게 바로 치유책이자 수습책입니다."

이 국장은 그가 잠시 휴식을 취하기를 기다린 후 인터뷰를 계속했다.

"우리나라 경제규모가 세계 11위로 도약했습니다. 성장의 발목을 잡는 심각한 문제들이 많은데도 이 같은 성장을 이뤄낸 것을 보면서 한국인의 저력을 새삼 실감하게 됩니다. 어떻게 해야 이런 저력이 사회 전반에 긍정적으로 작용하겠습니까?"

"저 역시 자부심을 느낍니다. 지난 50년은 실로 격동의 세월이었습니다. 6·25전쟁으로 우리나라는 폐허나 다름없었습니다. 내다팔 천연자원도 없었습니다. 또 오랫동안 군사독재 속에서 신음했습니다. 그런 와중에서 민주주의의 꽃을 피우고 이만큼 경제성장을 이뤄냈다는 것은 실로 놀랄 만한 기적 아닙니까? 산업화 이전에 우리나라 일인당 국민소득은 70달러였습니다. 그때 필리핀은 180달러, 태국은 220달러였습니다. 그런데 지금 우리는 벌써 1만 달러 고지를 넘어서고 2만 달러를 향해 달려가고 있습니다. 우리나라 연간 교역규모가 5,450억 달러에 달한다고 합니다. 자원이라곤 사람밖에 없는 이 작은 땅덩어리에서 국민이 피땀 흘려 이룬 경제발전입니다. 정말 자부심을 가져도 좋은 저력입니다. 거듭 강조하지만, 하느님은 열심히 일하면 먹고살 수 있도록 배려해주셨습니다. 인터뷰 서두에서 그 똑똑한 머리와 저력을 좋은 데 써야 한다고 말한 것도 이런 이유에서입니다. 우리 장점을 살리려면 정직하고, 진실해야 합니다."

"그러나 날이 갈수록 사회가 메말라갑니다. 경제지표는 높아졌지만 빈부격차는 계속 벌어지고 있고, 행복지수도 후퇴하고 있습니다. 무엇이 문제일까요?"

"모든 가치 중에 으뜸은 사랑입니다. 사랑이 부족한 게 사회 양극화와 빈부격차의 주된 원인입니다. 사랑이 없으면 나도 못 살고 상대방도 못 삽니다. 사도 바오로의 말씀대로 사랑이 없으면 우리는 아무것도 아닙니다."

인터뷰가 끝났다. 그는 이마의 땀을 닦으며 기자들을 배웅했다.

12월 23일에 배포된 25일자 평화신문에 그가 눈물을 흘리는 사진이 실리자 많은 일간지들은 평화신문에 사진을 요청해서 인터뷰 내용과 함께 보도했다.

12월 29일, 평화방송 라디오에서는 황우석 서울대 교수 연구팀의 일원이며 2005년《사이언스》논문 공동저자인 서울대 의대 안규리 교수가 보내온 이메일 내용을 방송했다.

안규리 교수는 "커다란 성원과 기대를 가지셨던 난치병 환자들과 가족들에게 진심으로 죄송하다"고 사죄했다. "저는 연구팀 내에서 체세포핵이식 줄기세포의 생성 후 응용 분야에 대한 자문과 줄기세포 이식 후 거부반응 등 조직적합성 검증만을 담당했을 뿐 줄기세포의 생성, 배양에는 직접 관여하지 않았다"면서 참담한 심경을 밝혔다. 안 교수는 "배아줄기세포 연구 논문의 진위는 물론 조작이 밝혀지는 과정을 겪으면서, 진실도 중요하지만 더 귀중한 것은 생명이라는 사실, 그리고 희망과 사랑이 어우러질 때 진실이 더욱 빛난다는 사실"을 배웠다면서, "새해에 선후배 동료 의사들과 함께 정성을 다해 환자를 돌볼 수 있는 기회가 주어진다면 앞으로는 김수환 추기경님께서 또다시 눈물을 흘리시지 않게 해드리고 싶다"고 했다.

안 교수는 그동안 자신의 연구가 가톨릭교회의 가르침과 어긋남에도, '난치병 환자에게 꿈의 성배'를 찾아주겠다는 일념으로 황우석 연구팀에서 함께 일했다. 김수환 추기경은 안 교수의 줄기세포 연구와 라파엘클리닉 활동을 연결짓지 않고 자주 찾아와 격려를 하곤 했다. 안 교수는 그런 김 추기경이 눈물을 흘리게 한 것이 너무 가슴 아파 교회 방송인 평화방송을 통해 사죄와 앞으로의 각오를 밝힌 것이다.

방송 후 평화방송은 안규리 교수에게 "그동안 교회는 황우석 교수의 배아줄기세포 연구 반대 입장이었고, 교회 지도자들은 진작부터 안 교수에게 배아줄기세포 연구에서 손을 떼는 게 좋겠다는 취지의 조언을 했었다. 앞으로도 배아줄기세포 연구에 계속 참여할 것인가?"라는 질문을 보냈다. 그리고 다음 날 방송에서, 안 교수가 "김수환 추기경께 심려를 끼쳐드려 죄송스럽게 생각한다. 이미 밝혔듯이 앞으로는 추기경님을 슬프게 하는 일은 없도록 하겠다"고 말해, 더 이상 배아줄기세포 연구에 참여하지 않겠다는 의중을 밝힌 것으로 해석된다고 밝혔다.

방송을 들은 김수환 추기경은 안규리 교수가 교회의 가르침 안으로 들어온 것을 다행으로 생각하며 고개를 끄덕였다. 그리고 안 교수의 상처를 어떻게 보듬어줄 수 있을지를 생각하며 때를 기다렸다.

2006년 2월 22일, 로마 교황청은 22일 한국 천주교 서울대교구장 정진석 대주교를 추기경으로 임명했다고 공식 발표했다. 1969년 김수환 추기경이 서임된 이후 37년 만에 한국에서 두 번째 추기경이 탄생한 것이다.

그는 공식 발표가 난 후 소감을 묻는 기자들에게 "너무 기쁘다. 그동안 혹시 내가 죽지 않아서 한국에 새 추기경이 임명되지 않는 게 아닌가 하는 자책과 불안이 있었지만, 오늘부터는 마음의 짐을 덜고 편히 잘 수 있겠다"며 함박웃음을 터뜨렸다.

5월 16일, 새 추기경이 서임되고 긴장이 풀어져서였을까. 그는 서초구 반포동에 있는 강남성모병원에 입원했다. 노환에 따른 소화기 기능 저하였다. 이때부터 입·퇴원이 반복됐다. 행사에 초청을 받으면 "건강이 좋지 않으면 못할 수도 있다. 그날 아침에 일어나봐야 참석 여부를 알 수 있으니, 참석하지 못하는 걸로 생각하고 행사를 준비하라"고 했다.

5월 31일, 그는 주교 수품 40주년 축하행사도 사양하고, 혜화동 주교관에서 가까운 지인들과 조촐하게 모였다. 그는 모인 사람들에게 가톨릭시보 사장으로 있던 1966년 교황청 공사의 전화를 받고 기차를 타고 서울에 오던 때가 마흔네 살이었는데 벌써 여든네 살이 되었다는 게 실감이 나지 않는다며 너털웃음을 터뜨렸다.

11월 17일 오후, 그는 일기장을 펼쳤다.

> 오늘 문득 이런 생각이 났다.
>
> 이 세상은 참으로 허무하다. 사람이 아무리 오래 산다 해도 기껏해야 80년, 90년 또는 100년, 그 이상도 있을 수 있다.
>
> 하지만 세월은 지나고 나면 참으로 유수 같다. 남는 것은 아무것도 없다. 허무다.
>
> 더 길게 산다 해도 이 세상 모든 것은 허무다.
>
> 그런데 하느님은 이렇게 허무로 끝나고 마는 현세 인생을 위해 인간을

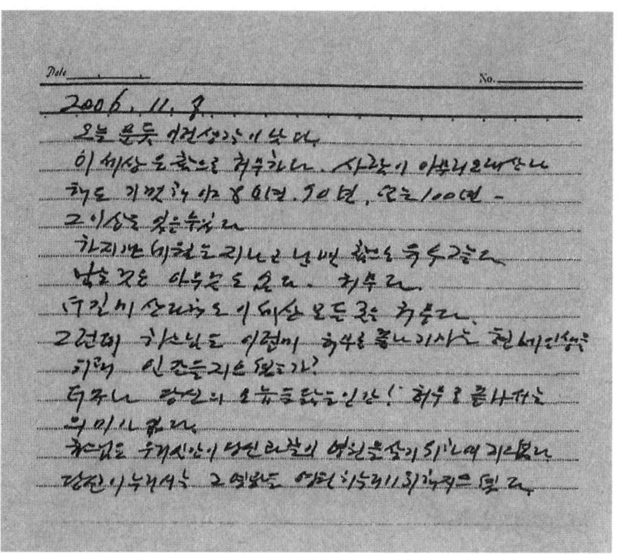

Date . .　　　　No.

2006. 11. 7.

오늘 문득 이런 생각이 났다.

이 세상은 참으로 허무하다. 사람이 아무리 오래 산다

해도 기껏해야 80년, 90년, 또는 100년 -

그 이상은 살 수 없다.

[illegible]

남는 것은 아무것도 없다. 허무다.

더 길게 살더라도 이 세상 모든 것은 허무다.

그런데 하느님도 이렇게 허무를 느끼시도록 현세의 생을

지닌 인간들을 지으셨는가?

더구나 당신의 모습을 닮은 인간! 허무로 끝나서는

의미가 없다.

하느님은 우리 인간이 당신과 같이 영원을 살기 위하여 지으셨다.

당신이 누리시는 그 영광을 영원히 누리기 위해 지으셨다.

2006년 11월 7일 일기.

지으셨는가?

더구나 당신의 모습을 닮은 인간! 허무로 끝나서는 의미가 없다.

하느님은 우리 인간이 당신과 같이 영원을 살기 위하여 지으셨다.

당신이 누리시는 그 영광을 영원히 누리기 위해 지으셨다.

그는 일기장을 덮었다. 털옷을 걸쳐입고 낙엽이 가득한 앞마당으로 나갔다. 뒷짐을 지고 낙엽을 밟으며 신학교 운동장을 향했다. 검은 수단을 입고 교정을 오가는 신학생들이 보였다. 나에게도 저런 날이 있었지. 성덕에 이르겠다며 열심히 읽던 《준주성범》을 옆에 끼고 저 운동장을 거닐면서 사색에 잠겼던 시절…….

나는 바보

53

"왜 그림 밑에 '바보야'라고 쓰셨는지요?"

"내 모습이 바보같이 안 보여요?
그림과 똑같지는 않아도 내 모습이 바보에 가까워요."

2007년, 85세가 된 김수환 추기경은 연초에 다시 입원을 했다. 특별히 위급한 상황이 발생한 게 아니라, 노환이었다. 소화기 기능이 많이 떨어졌고 관절염, 불면증 등이 그를 힘들게 했다. 관절이 아파 일어설 때마다 힘이 들었고, 손 마디마디에 통증이 와서 옷을 갈아입는 것도 쉽지 않았다. 그는 주교관을 방문하는 지인들이 오래 사시라고 하면, 오래 살수록 수족을 움직이기가 힘들다면서 하느님께서 제발 적당한 때 데리고 가주시면 좋겠다며 너털웃음을 터뜨렸다.[186]

4월 중순, 김전 라파엘클리닉 소장이 혜화동 주교관을 찾아왔다. 5월 13일에 동성고등학교 대강당에서 창립 10주년 기념행사를 하는데, 참석해서 미사를 집전해주실 수 있느냐고 물었다.

---

186 다큐영화 〈그 사람 추기경〉(2015).

청진기 몇 개로 시작한 라파엘클리닉은 10년 만에 종합병원 못지않은 조직을 갖추게 됐다. 진료 과목은 내과, 외과, 피부과 등 17개 과로 늘어났다. 서울대병원뿐 아니라 고대와 이대 병원에서도 의사들이 합류해, 200여 명의 의사와 간호사와 약사, 진료안내 · 통역 · 의무기록 등 일반 자원봉사자 250여 명이 주일마다 교대로 나와서 봉사했다. 10년 동안 혜택을 본 외국인 노동자는 9만여 명에 달했다. 말이 통하지 않아 약조차 구하기 힘들었던 외국인 노동자들과 신분이 노출될까 봐 병원에 가지 못하던 불법체류자들에게 라파엘클리닉은 '의료성당'으로 불렸다.

김수환 추기경은 김전 소장에게 안규리 교수의 근황을 물었다. 안 교수는 서울대 조사위원회의 조사 결과 가짜 줄기세포 조작에 가담하지 않은 것으로 밝혀졌고, 2개월의 정직 처분을 받은 후 다시 서울대 의대 신장내과 분과장에 임명되면서 대학에 복귀했다. 그리고 라파엘클리닉에도 다시 나와 봉사를 하고 있었다. 자신이 하느님으로부터 받은 은총을 가난하고 소외된 이웃에게 돌려주겠다면서 마음을 다잡은 것이었다. 그러나 아직 세상의 시선은 차가웠다. 그는 고개를 끄덕이며 주한 교황청 대사에게는 자신이 연락을 할 테니, 서울대교구에서 많은 사제들이 참석할 수 있도록 열심히 준비하라고 격려했다. 그는 먼저 교회 안에서 안규리 교수에 대한 시각을 바꿀 계기가 필요하다고 생각한 것이다.

5월 13일, 김수환 추기경은 동성고등학교 강당에서 라파엘클리닉 창립 10주년 기념미사를 서울대교구 사회사목 담당 김운회 주교, 동성고등학교 교장 김웅태 신부, 라파엘클리닉 고찬근 지도신부, 필리핀공동체 담당 글렌 신부, 베트남공동체 담당 방평화 신부 등 국내외 사제단과 공동으로 집전했다. 교황청 대사 에밀 폴 체릭 대주교, 이창준 서울대교구 가톨릭사회복지회 사무총장, 박상용 롯데복지재단 상임이사, 김정희 무궁화로터리클럽 회장 등 그동안 라파엘클리닉을 후원한 기관과 봉사자 등 700여 명이 참석했다.[187]

라파엘클리닉과 필리핀 · 베트남공동체에서는 기념미사에 앞서 축하공연을 했다. 베트남공동체에서는 전통춤을, 필리핀공동체에서는 합창을 했다. 서울 문정2동성당 파밀리아 청년성가대와 라파엘클리닉 봉사자들도 성가와 현악합주를 연주했다.

주한 교황청 대사 체릭 대주교는 축사에서 "자선과 선행을 베푸는 일은 천주교 신자라면 누구나 반드시 해야 할 일"이라면서, "특히 이주 노동자를 위해 선행을 베푸는 것은 결국 남이 아닌 우리 모두를 위해 베푸는 일"이라며 라파엘클리닉의 활동을 격려했다. 김운회 주교는 "라파엘클리닉이 이국땅에 와서 고생하는 이주 노동자들을 치유해온 지 10년이 지났다"면서, "우리가 이주 노동자들을 돕는 것은 우리 곁에 계신 예수님을 돕는 것과 같다"고 치하했다.

축하행사가 끝나자 한국어와 영어로 미사를 봉헌했다. 독서와 복음 낭독은 필리핀어와 베트남어로 했다. 복음 낭독이 끝나자 김수환 추기경이 강론을 했다.[188]

그는 마태오복음 25장 31~46절을 설명하면서, 주님이 굶주린 이, 헐벗은 이, 목마른 이, 나그네 된 이, 병고에 신음하는 이와 당신을 일치화시키고 '그들 하나하나에게 해준 것이 곧 내게 해준 것이다'라고 말씀하신 것은 대단히 뜻깊다고 강조했다.

"친애하는 형제자매 여러분. 라파엘클리닉의 10년은 참으로 이와 같

---

187 평화신문, 가톨릭신문 2007년 5월 20일자.
188 당시 강론 녹취록.

라파엘클리닉 창립 10주년 기념미사(동성고 강당).

은 사랑의 10년, 바로 그리스도께서 우리를 사랑하신 나머지 당신 자신을 아낌없이 속죄의 제물로 십자가에 바치신 그 엄청난 사랑의 10년이었다고도 말할 수 있겠습니다. 진실로 소중한 10년이고 빛나는 10년입니다. 어둠을 밝히는 빛의 10년입니다. 절망에서 일어서게 하는 희망의 10년입니다. 그래서 이 라파엘클리닉의 10주년을 맞이해서 헌신해오신 의료진 여러분, 간호사·의사·봉사자·후원자 여러분, 김유영 대표이사님을 비롯한 여러분 모두에게 진심으로 감사드립니다."

그는 잠시 말을 멈추고 안규리 교수를 바라봤다. 그리고 다시 말문을 열었다.

"이 라파엘클리닉은 서울대병원의 안규리 선생이 주축이 되어 출발했습니다. 안규리 선생께 특별한 감사를 모든 이를 대표해서 드립니다."

그는 안규리 교수에게 잠시 일어서라고 했다. 안 교수가 당황한 표정으로 일어서자 박수가 터져나왔다. 안 교수는 가슴이 먹먹해졌다. 김수환 추기경이 왜 자신을 일으켜 세우는지 알고 있었다. 박수소리가 멈추자 그가 말을 이었다.

“아, 미안합니다. 안규리 선생님을 수줍어하도록 만들어서 죄송합니다. 그리고 여기 여러 제대 주위에 많은 신부님들이 미사를 드렸는데, 고찬근 신부님을 비롯해서 이 라파엘클리닉을 그동안 음으로 양으로 지원하신 신부님들에게도 감사합니다. 그리고 이 자리에는 라파엘클리닉의 도움을 직간접으로 받으시는 외국인 근로자 분들도 참석하고 계셔서 몇 마디 준비해온 영어로 인사를 하겠습니다. (하략)”

미사가 끝나자 대강당은 축제 분위기가 되었다. 필리핀 노동자들과 베트남 노동자들이 그의 주위에 몰려와 함께 사진을 찍자며 매달렸다. 그는 허허 웃으며 그들을 얼싸안고 사진을 찍었다.

5월 30일, 혜화동 주교관으로 동성고등학교 동창회 관계자들이 찾아왔다. 10월에 있을 ‘동성고등학교 개교 100주년’ 기념행사의 하나로 미술전시회를 준비하고 있는 한진만 홍익대 미대 학장과 신현중 서울대 미대 교수, 임영길 홍익대 교수 등 동성미술회 임원들이었다.

“수고들이 많네. 그런데 내가 미술전시회에 무슨 도움을 줄 수 있을까?”

그의 물음에 한진만 학장이 대답했다.

“이번 미술전시회는 형편이 어려운 학생들을 위한 장학기금을 마련하기 위해 준비하고 있습니다. 추기경님께서 글씨나 그림을 출품해주시면 행사를 알리는 데도 도움이 되고 장학금도 마련할 수 있을 것 같습니다. 100주년이 갖는 의미가 남다르니, 꼭 도와주시기를 부탁드립니다.”

"그렇구나. 그 뜻은 좋고, 무슨 말인지 알겠어. 그런데 글씨는 한두 점 쓸 수 있겠지만, 내가 무슨 그림을 그리겠어? 허허."

그의 말이 끝나기가 무섭게 30년 후배라고 자신을 소개한 신현중 교수가 수채화 용지인 와트만지와 검은색 오일스틱 그리고 서예용 붓과 종이를 응접탁자 위에 올려놓았다.

"추기경님, 붓글씨를 쓰시는 분들은 손에 힘이 있어 그림이 어렵지 않습니다. 재미삼아 한번 그려보세요. 자화상이나 옛날 기억들 같은 거요……."

그가 어이없다는 듯 신 교수를 바라보며 너털웃음을 터뜨렸다. 그러나 편한 후배들 앞이라 장난삼아 한번 그려보고 싶다는 생각이 들었다. 그는 오일스틱을 들고 자세를 고쳐 앉았다. 임희중 교수는 준비해온 카메라를 들었고, 한진만 학장은 그림 그리는 그의 모습을 스케치했다.

그는 먼저 동그란 얼굴선을 그렸다. 후배들은 긴장이 가득한 눈빛으로 종이를 뚫어지게 바라봤다. 그때 장난기 많은 신 교수가 그를 부추겼다.

"역시 추기경님은 붓글씨를 쓰셔서 선에 힘이 있으십니다. 아주 훌륭하십니다."

그가 후배들을 바라보며 다시 한 번 허허 웃었다. 그러고는 이목구비를 어떻게 그릴지 생각하며 종이를 한참 바라보았다. 잠시 후 그는 생각났다는 듯 빙그레 미소를 지으며 눈, 코, 입을 그린 후 머리털을 몇 가닥 그렸다. 어린 시절 예비신학교에 갔을 때 까까머리를 그린 것이다. 그가 잠시 멈추자 후배들이 훌륭하다며 박수를 쳤다. 그때 그가 얼굴 아래에 '바보야'라고 쓰자 후배들이 깜짝 놀라며 물었다.

"추기경님, 왜 바보라고 쓰셨어요?"

그가 빙그레 웃으며 대답했다.

'바보야' 그리는 모습.

"내가 사실은 바보야…… 하느님은 위대하시고 사랑과 진실 그 자체인 걸 잘 알면서도 마음 깊이 깨닫지 못하고 사니까……."

후배들은 아득한 눈길로 그를 바라봤다. 한 학장이 조심스러운 목소리로 말했다.

"추기경님, 아주 소박하고 좋습니다. 이제 다 그리셨으니 그림 아래에 사인하시고 날짜를 쓰시죠."

그는 몇 번 더 그림을 바라보다 오른쪽 아래에 '김수환 자화상, 2007'이라고 서명한 후 그림을 건넸다. 그때 신 교수가 웃으면서 다시 부탁을 했다.

"추기경님, 한 장만 그려주시면 장학금이 부족하니까, 시간 나실 때 여기 이렇게 남은 종이에다 몇 점 더 그려주시죠……."

그가 어이없다는 듯이 너털웃음을 터뜨리며 후배들을 바라봤다. 이

옛집 | 종이 위에 오일파스텔, 2007.

번에는 한 학장이 머리를 조아렸다.

"추기경님은 동문이실 뿐 아니라 30년 동안 학교 이사장님이셨으니까, 후배들을 사랑하고 학교를 사랑하시는 마음으로 도와주시면 고맙겠습니다. 전시회를 10월에 할 예정이니까 9월까지 해주시면 됩니다."

"허허, 이런 막무가내가 있나…… 그래도 학교를 위하는 일이라니 조금씩 해보겠지만, 큰 기대는 하지 말게……."

후배들은 다시 이구동성으로 고맙다는 인사를 남기고 자리에서 일어났다.

자화상을 그린 후, 그의 가슴속으로 지나간 세월들이 밀려들었다. 선산에서 네 살 때 이사 가서 8년을 살았던 군위 용대리 옛집에서의 추억들이 주마등처럼 스쳐갔다. 세속에서의 삶이 오롯이 담겨 있는 초가집,

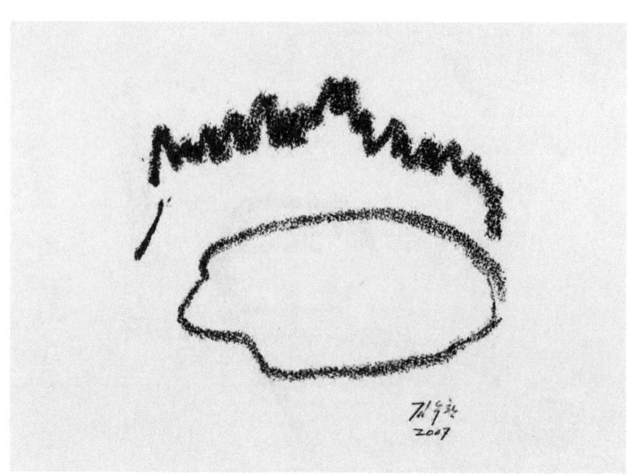

성소의 못자리 | 종이 위에 오일파스텔, 2007.

아직도 뚜렷하게 떠오르는 인자하면서도 엄격하셨던 어머니, 늘 자신에게 져주던 셋째형님, 모습조차 희미한 아버지의 기침소리, 그래도 저녁이면 초가집 굴뚝에서 모락모락 올라오던 밥 짓는 연기…… 그는 그 옛집을 그렸다. 어머니를 그리워하며, 아버지를 그리워하며, 형님들을 그리워하며 쓱쓱 초가지붕을 그리고 집 옆에 있던 미루나무도 그렸다. 그리고 어머니를 기다리며 바라보았던 초승달도 그려넣었다. 어머니를 향한 사모곡이었고, 70년도 더 지난 아득한 세월의 달이었다.

6월이 되자 6월항쟁과 6·29선언 20주년이라고 신문기자들에게서 전화가 걸려왔다. 그러나 그는 몸이 좋지 않다는 이유로 인터뷰를 사양했다. 그때 명동성당에 있던 사람들조차도 양분된 지금의 사회에서 그 때를 다시 되짚는 것이 의미가 없다고 생각했기 때문이리라.

그는 종이를 꺼내 신학생 때의 추억이 가득한 동성 소신학교를 그렸다. 멀리 북한산이 바라보이던 '성소의 못자리'. 주말이면 그 산에 올라

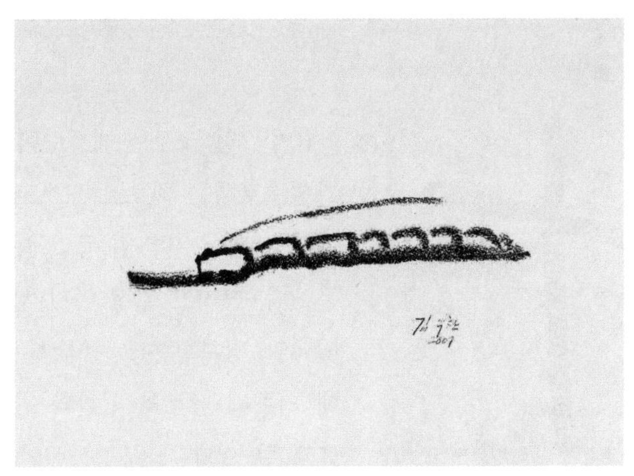

기차 | 종이 위에 오일파스텔, 2007.

가 목청 높여 성가를 부르던 그 시절을 떠올리며 산봉우리를 그렸다. 그리고 그 아래 넓은 운동장을 둥그렇게 그렸다. 성소들이 자라는 못자리였다. 대신학교 때도 공부를 한 곳, 성덕에 이르는 신부가 되겠다고 《준주성범》을 들고 거닐던 운동장, 그리고 은퇴 후에 다시 돌아온 곳.

그는 기차를 그렸다. 소신학교 때와 대신학교 때 방학이 되면 어머니가 기다리시던 집으로 가던 기차였다. 기적소리가 울릴 때마다 느꼈던 해방감…… 신부의 길이 자신의 의지가 아니라며 끊임없이 갈등하던 시절이었다.

이번에는 십자가를 그렸다. 일본에서 돌아와 방황할 때 "너는 신부 될 성소가 있다"는 장병화 신부의 말에 다시 대신학교에 들어가 십자가만 바라보던 시절. 그리고 1951년 9월 계산성당에서 자신의 이름을 부를 때 "예, 여기 있습니다" 하고 십자가 앞에 엎드려 세속의 잔영들을 밀어내고 "세상에서는 죽고 그리스도의 대리자로 살겠다"며 결심하던 일. 십자가를 지는 착한 목자가 되겠다고 결심했지만, 언제나 부족

십자가 | 260×380mm, 실크스크린(7판 7색), 2007.

했던 자신…….

10월 2일, 노무현 대통령이 남한 국가원수로서는 최초로 도보로 군사분계선을 넘어 2박3일 동안 북한을 방문했다. 그리고 일정 마지막 날인 10월 4일, 남북한은 6·15남북공동선언에 기초해 남북의 평화와 번영을 목표로 한 '2007 남북정상선언문'을 채택했다

10월 18일, '동성고 100주년 기념 특별전시회'가 세종문화회관에서 열렸다. 김수환 추기경은 드로잉 14점과 글씨 7점 등 모두 21점의 작품을 출품했다. 개막 오프닝에 참석한 그가 벽에 걸린 자신의 작품들을 둘러보자 기자들이 소감을 물었다. 그는 쑥스러운 표정으로 "전시회를 하게 된다고는 상상도 한 적이 없어서 부끄럽기만 하다. 하루빨리 철수하면 좋겠다"고 말해 웃음을 자아냈다. 기자들의 관심이 집중된 작품은 자화상 '바보야'였다. 기자들이 김수환 추기경에게 의자를 권한 후 질문을 했다.

"왜 그림 밑에 '바보야'라고 쓰셨는지요?"

"내 모습이 바보같이 안 보여요? 그림과 똑같지는 않아도 내 모습이 바보에 가까워요."

그가 빙그레 웃으며 대답했다. 그리고 잠시 생각을 하다 조금 더 구체적으로 설명했다.

"있는 그대로 인간으로서, 제가 잘났으면 뭐 그리 잘났고, 크면 얼마

자화상 '바보야'와 함께 웃는 모습.

나 크며, 알면 얼마나 알겠습니까. 안다고 나대고, 어디 가서 대접받길 바라는 게 바보지. 그러고 보면 내가 제일 바보같이 산 것 같아요."

"그렇다면 어떤 삶이 괜찮은 삶인가요?"

"그거야 누구나 아는 얘기 아닌가요? 사람은 정직하고 성실하고 이웃과 화목할 줄 알아야 해요. 어려운 이웃을 도울 줄 알고 양심적으로 살아야지요. 그걸 실천하는 게 괜찮은 삶 아닌가요?"

"추기경님, 전에도 그림을 그린 적이 있으신가요?"

"아니에요. 이번에 처음으로 그림을 그렸어요. 후배들의 성화 때문에 그리기는 했는데, 아무리 생각해도 이거 좀 미련스러운 일인 것 같아요. 구경 온 사람들이 '이걸 무슨 작품이라고 전시회에 내놨나'라고 흉을 볼 것 같아. 하하!"

"이번에 출품하신 작품 중 어떤 작품이 가장 마음에 드세요?"

그는 자신의 그림 중에는 마음에 드는 게 하나도 없다면서 손사래를 치며 웃었다. 그러고는 붓으로 쓴 '나는 길이요, 진리요, 생명이다'라는 구절이 좋다며 기자회견을 끝냈다.

김수환 추기경은 전시회 나들이 후부터 외출이 불가능할 정도로 기력이 떨어졌다. 그는 외출을 자제했다. 주교관 뜨락과 뒷동산을 걷는 일도 쉽지 않았다. 조금 걷다가 힘이 들면 벤치에 앉아 사색에 잠기곤 했다.

10월 23일, 그는 오랜만에 일기장을 펼쳤다. 손이 아파 일기를 쓰기가 힘들어 날이 갈수록 횟수가 줄어들고 있었다.

혜화동 주교관 뒷동산 벤치에 앉아 북한산을 바라보는 김수환 추기경.

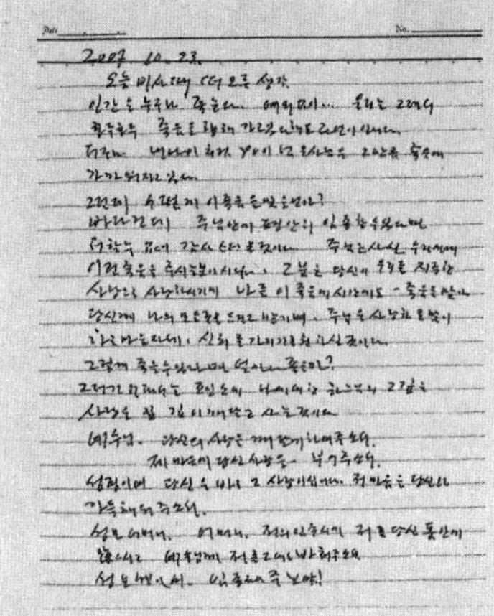

2007년 10월 23일 일기.

오늘 미사 때 떠오른 생각.

인간은 누구나 죽는다. 예외 없이…… 우리는 그래서 하루하루 죽음을 향해 가고 있다 해도 과언이 아니다. 더구나 내 나이처럼 80이 넘은 사람은 그만큼 죽음에 가까워지고 있다.

그런데 어떻게 이 죽음을 맞을 것인가?

바라건대, 주님 안에 평안히 임종할 수 있다면 더할 수 없이 감사스러울 것이다. 주님은 사실 우리에게 이런 죽음을 주시는 분이다. 그분은 당신이 우리를 지극히 사랑으로 사랑하시기에 나를 이 죽음의 시간에도—죽음을 맞아 당신께 나의 모든 것을 드리고 맡기며, 주님을 사랑하고 맞이하는 마음자세, 신뢰를 가지기를 원하실 것이다.

그렇게 죽을 수 있다면 얼마나 좋을까?

그러기 위해서는 평소에 나에 대한 하느님의 그 깊은 사랑을 잘 깊이 깨닫고 사는 것이다.

예수님, 당신의 사랑을 깨닫게 하여주소서.

제 마음에 당신 사랑을 부어주소서.

성령이여, 당신은 바로 그 사랑이십니다. 제 마음을 당신으로 가득 채워주소서.

성모 어머니, 어머니. 저의 임종 시에 저를 당신 품에 안으시고 예수님께 저를 그대로 바쳐주소서.

성 요셉이여, 임종자의 주보여.

김수환 추기경은 12월 초부터 다시 입원과 퇴원을 반복했다. 주교관에서도 환자복을 입은 채 링거를 꽂고 있었다. 그는 주교관 안 작은 성당에서 자신에게 다가오고 있는 고통을 하느님의 사랑으로 겸손하게 받아들일 수 있게 해달라고 기도했다.

12월 19일, 제17대 대통령선거에서 한나라당 이명박 후보가 당선되었다.

고맙습니다, 서로 사랑하세요

54

"나는 너무 사랑을 많이 받았습니다.
정말로 고맙습니다. 여러분들도 사랑하세요."

| 마지막 인사 |

2008년 2월 21일, 김수환 추기경은 달력을 봤다. 음력으로 정월 대보름이었다. 그는 고찬근 비서신부에게 저녁때 마당에 나가 보름달을 보고 싶다고 했다.[189]

사위가 어두워지자 그는 휠체어를 타고 마당으로 나갔다. 남산 위에 휘영청 떠오른 노란 보름달을 하염없이 바라봤다.

"고 신부!"

"예, 추기경님. 말씀하세요."

"예전에 명동 교구청에 살 때 말이지, 어쩌다 밤에 돌아올 때 보름달이 명동성당 종탑 위에 휘영청 떠 있는 게 보이면 말이지…… 성당 언덕을 오르락내리락하면서 몇 번이고 종탑 위에 걸린 그 보름달을 바라

189 《하늘나라에서 온 편지》(김원철 엮음, 평화신문 · 평화방송, 2009) 269쪽.

보곤 했어…… 왜 그랬는지 모르겠지만, 나는 명동성당 종탑 위에 걸린 보름달을 참 좋아했어…… 그래서 가끔 저녁때 명동성당 부근을 지나가게 되면 목을 빼고 달이 떴나 바라볼 때도 있었지…….”

고찬근 신부는 김수환 추기경의 쓸쓸하고 힘없는 목소리를 들으며, 어느 보름날 그와 함께 명동성당 언덕을 올라야겠다고 생각했다.

5월 23일, 고찬근 비서신부가 혜화동 주교관으로 김수환 추기경을 방문했다. 그를 즐겁게 해준다며 재미있는 이야기를 준비해왔다. 그러나 그는 별로 웃기지 않는다며 시큰둥한 반응을 보였다. 그러고는 스스로 병마개도 못 따고, 약도 혼자 못 먹는 자신이 웃기는 사람이라며 쓸쓸한 미소를 짓더니 작은 목소리로 물었다.[190]

“고 신부, 고독해보았는가?”

“예, 고독하게 사는 편입니다.”

“나는 요즘 정말 힘든 고독을 느끼고 있네. 86년 동안 살면서 느껴보지 못했던 그런 절대고독이라네. 사람들이 나를 사랑해주는데도 모두가 다 떨어져나가는 듯하고, 하느님마저 의심되는 고독 말일세. 모든 것이 끊어져나가고 나는 아주 깜깜한 우주공간에 떠다니는 느낌일세…….”

그의 목소리는 힘이 없었지만, 절규하는 듯했다.

“세상의 모든 것이 끊어지면 오직 하느님만이 남는다는 것을 내게 가르쳐주시려고 그러시나 봐. 하느님 당신을 더 사랑하게 하려고 그러시겠지? 아마, 죽고 나면 자네나 나나 모두 하나일 거야. 내가 죽으면 자네 꿈에 나타나서 꼭 가르쳐주겠네.”

---

190 고찬근 신부의 2008년 5월 23일 일기, 《하늘나라에서 온 편지》 270~271쪽.

2008년 6월 11일, 혜화동 주교관에서 마지막 생일 축하 케이크를 잘랐다. 맨 앞 왼쪽에 앉은 이가 2003년부터 선종 때까지 비서수녀를 지낸 노 율리안나 수녀다.

고 신부는 가슴이 먹먹해지면서, 자신이 "고독하게 사는 편"이라고 말씀드린 것이 송구스러웠다.

"예, 추기경님. 감사합니다. 꼭 가르쳐주세요……."

김수환 추기경은 피곤한 듯 눈을 감고 스르르 잠이 들었다. 고 신부는 그의 몸 위에 얇은 이불을 덮어주며 침대 옆에서 무릎을 꿇고 오랫동안 기도했다.

6월 11일, 그의 생일이라고 명동성당 주임 박신언 몬시뇰과 성라자로마을 후원회 운영위원, 평화신문 기자들이 케이크를 들고 주교관을 찾아왔다.[191] 그는 손에 링거를 꽂고 있었지만, 축하해주러 온 이들의 손을 잡으며 반가워했다. 그러나 케이크의 조그만 촛불도 서너 번 불어서 겨우 끌 만큼 건강이 쇠진해 있었다. 그가 촛불을 끄자 모인 사람들이 축하노래로 '당신은 사랑받기 위해 태어난 사람'을 부르며 그의 건강을 기원했다.

그는 방문객들로부터 추기경님의 건강을 위해 기도를 많이 한다는 이야기를 듣고 "좌절할 수 있으니 너무 많이 기도하지 말고 마음에 닿는 대로 하라"고 농담을 하며 너털웃음을 터뜨렸다. 그러고는 "빨리 사라져야 하는데 아직도 하느님 앞에서 머뭇거리고 있어 여러분을 힘들게 하는 것이 아닌지 모르겠다. 많은 분들의 기도에 감사한다"고 말해, 방문객들의 마음을 숙연하게 했다.

7월 30일, 그가 처음으로 혼수상태에 빠졌다. 비서수녀는 명동성당 주임 박신언 몬시뇰에게 전화해서, 빨리 와서 병자성사를 드려달라고 했다. 박신언 몬시뇰은 첫 번째 병자성사를 드렸다. 다행히 그는 얼마 후 의식을 회복했다. 모두들 가슴을 쓸어내렸다.

8월 29일, 김수환 추기경은 강남성모병원에 입원했다. 통원치료나 왕진치료의 한계를 벗어났다는 의료진의 판단에서였다. 그는 입원하면서 자신이 떠날 날이 머지않았음을 예견한 듯 "하느님의 뜻을 따르겠으니 인위적인 방법으로 생명을 연장하지 말라"고 당부했다.

10월 4일, 김수환 추기경은 이날 새벽부터 호흡곤란을 겪으며 의식불명 상태에 빠졌다. 정진석 추기경과 주한 교황청 대사 오스발도 파딜랴 대주교, 서울대교구 관계자 등이 병원으로 왔다. 평소에 가까이 지냈던 지인들도 속속 병원에 도착했다. 다행히 다음 날 아침 다시 의식을 회복했다.

---

191 연합뉴스, 조선일보 2008년 6월 18일자. 평화신문 6월 22일자.

10월 9일부터 면회가 사절되었다. 김수환 추기경은 박신언 몬시뇰을 불러 일생 동안의 죄를 고백하는 '총고해'를 했다. 하느님 앞으로 가는 마지막 준비였다.

11월 25일 아침, 봉두완 성라자로마을 후원회장이 미국 출장을 다녀온 후 부인과 함께 병문안을 왔다.[192] 봉 회장이 그에게 인사를 했다. 그러나 그는 목이 잠겨 한참 동안 입을 우물거린 후에야 말문이 열렸다.

"그래, 잘 갔다왔지?"

"예, 귀국 뒤 감기에 걸려 이제야 왔습니다. 빨리 일어나셔야죠."

"봉 회장, 나 이거 가야 할 텐데…… 갈 때가 됐는데, 왜 이렇게 남아 있을까……."

그의 표정에는 간절함이 가득했다.

"추기경님, 지금 많은 이들이 하느님의 뜻대로 되도록 기도하고 있습니다. 많은 이들이 줄기차게 기도하고 있습니다……."

"고마워……."

그가 고개를 떨궜다. 그러고는 심호흡을 한 후 가톨릭성가 283장인 '순교자 찬가'를 부르기 시작했다.

장하다 순교자 주님의 용사여
높으신 영광에 불타는 넋이여……

생의 마지막 순간에도 주님의 사랑을 외치던 순교 선조들처럼 자신도 주님의 사랑을 전하면서 마지막을 맞고 싶다는 의지에서였을까? 봉

192 중앙일보 2008년 11월 26일자, 《내가 만난 추기경》 96~98쪽.

두완 회장 부부와 비서수녀 그리고 간병인이 깜짝 놀라 그를 바라봤다. 그는 여기까지 부른 후 가래로 더 이상 목소리를 내지 못했다. 옆에 있던 이들이 나머지 부분을 불렀다.

푸르른 그 충절 찬란히 살았네
무궁화 머리마다 영롱한 순교자여
승리에 빛난 보람 우리에게 주소서

모두들 눈물을 흘렸다. 성가가 끝나자 비서수녀와 간병인이 힘들어하는 그를 침상에 뉘었다. 그는 조용히 눈을 감고 거친 숨을 내쉬었다.

12월 24일 저녁, 김수환 추기경은 병원 측의 만류에도 휠체어에 탄 채 강남성모병원 1층 로비에서 봉헌된 성탄대축일 밤미사에 참례했다.

2008년 12월 24일, 마지막 사진.

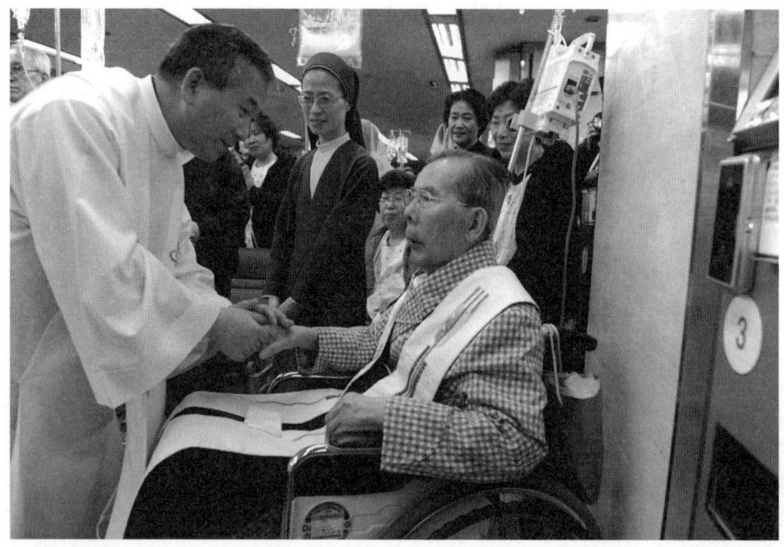

미사가 끝나자 참석했던 신자들이 그에게 와서 쾌유를 비는 인사를 했다. 그는 고개를 끄덕이며 작은 목소리로 힘들게 말했다.

"고맙습니다, 서로 사랑하세요."

그는 의사들, 간호사들, 문병 오는 모든 이들에게 같은 말로 인사했다.

2009년 2월 16일, 김수환 추기경은 전날부터 시작된 폐렴 증세로 병세가 급격히 악화되었다. 문병 온 정진석 추기경과 염수정 주교, 조규만 주교 등 서울대교구 주교단과 명동성당 주임 박신언 몬시뇰에게 "나는 너무 사랑을 많이 받았습니다. 정말로 고맙습니다. 여러분들도 사랑하세요"라며 마지막 인사를 건넸다.

오후 6시 12분, 그는 정진석 추기경 등 서울대교구 주교단, 박신언 몬시뇰, 비서수녀, 의료진이 지켜보는 가운데 자신의 영혼을 하느님께 돌

명동성당 앞 게양대에 걸린 김수환 추기경 휘장과 검은 리본.

려드렸다. 경건한 적막이 흘렀다. 잠시 후 '운명 후 바치는 기도'가 병실에서 흘러나왔다.

명동성당 종탑에서는 뎅그렁뎅그렁 열 번의 조종이 울렸다. 그가 늘 바라보던 십자가 아래에서는 추기경 휘장과 검은 리본이 바람을 따라 펄럭였다. 그의 나이 87세였다.

다음 날, 두 명의 시각장애인이 각막이식수술을 받고 눈에서 붕대를 풀었다. 조심스럽게 눈을 뜨자 빛이 보였다. 그가 세상에 남기고 간 사랑이었다.

(끝)

| 저자의 글 |

김수환 추기경을 찾아 떠났던 여정

김수환 추기경 전기를 쓰겠다고 했을 때 많은 이들이 물었다. 왜 김수환 추기경이냐고.

현재 우리 사회의 불평등과 부의 불균형 문제는 점점 심각해지고 있다. 사회 계층 간 갈등의 골도 깊어지고 가치관도 혼란해지고 있다. 이제 우리 사회는 이런 문제를 해결할 수 있는 길과 방법을 찾아야 한다. 그렇지 않으면 사회 갈등은 깊어갈 수밖에 없다. 그렇다면 그 길은 어디에 있고 방법은 무엇일까?

김수환 추기경은 우리 현대사에서 몇 안 되는 정신적 지도자 중 한 명이었다. 약자를 사랑했고, 도저히 풀 수 없을 것 같던 어려운 문제를 대화를 통해 풀어내곤 했던 사회 갈등의 중재자였다. 이런 김수환 추기경이 생전에 보여준 삶과 정신 그리고 그가 추구했던 가치관에서 우리 사회가 가야 할 길과 방법 하나를 발견할 수 있을지도 모르겠다는 생각이 들었다. 이 책을 쓴 이유다.

김수환 추기경의 말과 생각과 가치관을 독자들에게 정확하게 전달하기 위해 3년을 자료 속에서 살았다. 가장 먼저 한 작업은 사진의 연도별 분류였다. 초등학교 5학년 때인 성유스티노 신학교 예비과 입학 사진이 가장 오래된 사진이었다. 검은색 두루마기를 입은 열두 살 소년 김수환은 굳은 얼굴로 주먹을 꼭 쥐고 있었다. 가족을 떠나 2년 동안 기숙사에서 신앙 훈련을 받는 것에 대해 두려움을 느끼는 듯한 모습이었다. 그러나 그는 예비신학교 과정을 잘 마쳤고 제법 의젓한 모습으로 졸업사진을 찍었다.

한 달 후 동성상업학교 을조에 입학해 소신학교 신학생이 된 그는 가슴을 활짝 펴고 사진을 찍었다. 한 달 전과는 또 다른 모습이었다. 열여섯 살 때 사진에서는 키가 훌쩍 큰 모습이었다. 앳된 모습은 사라지고 건강한 청소년으로 성장하고 있었다. 여기저기 덧대 기운 교복 바지에서 가난이 보였지만 그의 표정은 당당했다. 실제로 그는 가난을 부끄러워하지 않았다.

사진 취합 작업을 가장 먼저 한 이유는 글을 쓸 때의 감정이입을 위해서였다. 1930년대 그의 모습과 삶을 생생하게 묘사하기 위해서는 사진이 다른 자료만큼 중요하다는 믿음에서였다. 글을 읽는 독자들도 사진과 함께 그의 삶을 읽는 것이 더 실감나리라는 나름의 판단도 있었다.

그러나 김수환 추기경의 사진자료는 방대했고 한곳에 있지 않았다. 30년 동안 교구장 생활을 한 천주교 서울대교구의 절두산 순교 성지 박물관에 가장 많이 있지만, 그곳에 있는 사진이 전부가 아니었다. 그의 출신 교구인 대구대교구에도 있었고, 역사가 깊은 가톨릭신문에도 많았다. 서울에 있는 한국교회사연구소, 평화신문사, 김수환 추기경이 각별히 신경 썼던 시흥 전진상, 막달레나의 집, 라파엘클리닉에도 있었다. 그러나 천주교 교구나 단체에는 시국과 관련된 사진은 없었다. 많은 곳을 다니며 사진을 구했고, 주요 일간지 사진도 1천여 장 이상 열람했다.

이 과정에서 여러 미공개 사진을 구할 수 있었다. 사진 구하는 게 너무 힘들어 털썩 주저앉고 싶을 때도 여러 번이었지만, 새로운 사진을 찾는 성취감에 다시 일어서곤 했다. 그러나 찾는 게 끝이 아니었다. 김수환 추기경이 사제 서품식 때 부복한 사진은 이제껏 공개된 적이 없다. 부복은 사제에게 가장 중요한 순간 중 하나이고, 그의 경우 부복 때의 심정을 여러 인터뷰를 통해 밝혔다. 다행히 오래된 앨범에서 그 사진을 발견했는데, 엎드려 있는 사진이라 누가 김수환 추기경인지 알 수 없었다. 다행히 함께 사제 서품을 받은 정하권 당시 부제(현재 몬시뇰)가 아직 생존해 있어 확인할 수 있었다.

1930년대부터 1950년대까지 사진 중에서도 미공개 사진의 경우 옆에 있는 이들이 누구인지 정확히 알아야 했다. 그럴 때는 소신학교 동창 중 유일한 생존자인 최익철 신부님을 찾아가 여쭸다. 최 신부님은 사진 판독뿐 아니라 소신학교 당시의 생활과 추억도 생생하게 증언해 주셨다.

미공개 사진 중에는 김수환 추기경이 일본이 패망한 후에도 조국으로 돌아오지 못하고 일본군 전범재판의 증인으로 갔던 괌에서 찍은 사진도 있다. 매우 중요한 사진인데, 그 당시 상황을 모르면 언제 어디서 찍은 사진인지를 알기 어려워 묻혀 있었던 것이다.

사진 찾는 작업과 함께 병행한 것은 김수환 추기경이 남긴 기록의 조사와 검토였다. 다행히 2001년에 출판된 《김수환 추기경 전집》 18권에 2,079편의 미사 강론과 강연, 인터뷰, 개인 메모 등이 수록되어 있었다. 덕분에 자료조사 시간을 많이 절약할 수 있었다. 전집에 수록된 자료들을 연도별, 월별, 날짜별로 정리하는 기본 초고 작업을 시작했다. 그리고 동창과 선후배 신부 중 그와 가깝게 지냈던 분들, 비서신부들의 책에서 그와 관련된 부분을 찾기 시작했다. 오래전에 절판된 책을 구하기 위해서 헌책방 사이트를 뒤졌다. 구체적인 동선動線, 당시 사회적 상황과 배경을 파악하기 위해서 50년 동안의 주요 일간지와 가톨릭신문, 평화신문 기사를 검색했고, 중요한 부분은 기본 초고에 포함시켰다.

이 과정에서 풀리지 않는 의문이 두 가지 있었다. 첫 번째는 왜 독일로 유학 가서 당시 우리나라에서는 생소했던 그리스도교 사회학을 전공했는지였다. 그가 뮌스터대 대학원에서 공부한 그리스도교 사회학은 그의 삶에서 매우 중요한 위치를 차지했기 때문이었다. 물론 김수환 추기경은 벨기에 루뱅대 대학원 철학과로 유학을 가려고 했을 때 일본 조치대 유학 시절 스승인 게페르트 신부가 그리스도교 사회학을 추천했기 때문이라고 했다. 그러나 이 설명으로는 의문이 풀리지 않았다. 무엇보다도 왜 김천성당(지금의 황금동성당) 주임신부 자리를 내려놓고 철학을 공부하기 위해 벨기에로 유학을 가려고 했는지를 이해할 수 없었다. 그때부터 그가 사제가 된 1951년부터의 가톨릭신문(당시 천주교회보) 축쇄본을 한 장 한 장 넘겼다. 이 과정에서 그동안 알려지지 않았던 그의 글과 생각, 행적들을 발견할 수 있었다.

그가 안동성당(지금의 목성동성당) 주임신부 시절에 문서전교에 뜻을 가지고 있다는 인터뷰가 있었다. 그리고 1953년 대구교구장 비서신부 시절에는 로마 교황청 산하 피데스통신의 대구교구 통신원에 임명되었다. 그때부터 유럽에서 전개되고 있던 '가톨릭 운동(가톨릭 액션)'에 관심을 갖기 시작했고, 가톨릭신문(당시 가톨릭신보)에 '가톨릭 운동을 위하여'라는 글을 5회에 걸쳐 연재하면서 한국에서도 가톨릭 운동이 필요하다고 역설했다. 그는 한국에서 가톨릭 운동을 활성화시키기 위해서는 신부를 유럽에 보내 체계적으로 공부하게 해야 한다고 주장했다. 그가 독일에 가서 그리스도교 사회학을 공부하게 된 이유였다.

그렇다면 그는 생전에 왜 이런 자세한 이유를 밝히지 않았을까? 아마도 자세히 물어보는 사람이 없어서였거나, 누가 물었다 해도 자세하게 설명하려면 복잡했기 때문이었을 것이다. 실제로 그는 인터뷰 때 '그걸 설명하려면 복잡하고 기니까 생략하자'는 답변을 많이 했다.

두 번째로 궁금했던 것은, 당시 한국 천주교 교구 중 가장 작았던 신설 마산교구의 신출내기 주교가 2년 후에 어떻게 서울대교구장에 임명되고, 그다음 해인 1969년에 세계 최연소 추기경에 임명되었는지에 대한 부분이었다. 이에 대해 그는 어느 날 교황청 공사가 불러서 갔더니 통보해줬고, 추기경 서임도 스승 게페르트 신부가 뉴스를 듣고 알려줘서 알았다고 했다. 교구장 임명과 추기경 서임은 교황의 고유 권한이고, 이에 대한 내용은 외부에서 알 수 없기 때문에 이렇게 말한 것이다.

그렇다고 그의 삶과 정신을 총체적으로 조명하는 전기에서 그렇게 두루뭉술하게 넘어갈 수는 없는 일이었다. 서울대교구장 임명과 추기경 서임은 그의 일생에서 가장 중요한 일이었다고 해도 과언이 아니기 때문이다. 결국 이 부분에 대한 의문을 조금이라도 풀기 위해 그가 마산교구장에 임명된 1966년부터의 가톨릭신문(당시 가톨릭시보)을 읽으면서 그 이유를 짐작할 수 있는 몇 가지 단초를 찾을 수 있었다.

이런 조사 과정을 거치면서 초고를 쓰기 시작했다. 전기는 역사적 평가나 저자의 판단을 곁들이는 평전과 달리, 독자들 스스로 주인공의 삶을 평가하게 하는 장르이기 때문에, 독자들이 정확하게 판단할 수 있도록 사실에 근거해서 서술해야 한다. 그래서 철저하게 사실에 근거하는 작업을 했고, 그의 기록과 객관적 자료가 많이 남아 있는 1964년 가톨릭시보 사장신부 때부터의 그의 동선, 생각, 독백은 물론이고 거의 모든 대화도 기록에서 인용했다.

초고를 완성하고 보니 원고지로 8천 매, 두꺼운 책 네 권 분량이었다. 취사선택은 불가피했고, 우선순위를 정했다. 그의 삶에 직접적인 영향을 준 일과 배경 그리고 우리 사회에 영향을 미친 사건을 우선적으로 다뤘고, 그동안 잘못 알려졌던 사실을 바로잡았다. 분량을 반으로 줄이면서 꼭 들어가야 할 부분은 모두 포함시켰지만, 묻어두기에는 아까운 내용과 사진들이 꽤 있었다. 이런 부분들은 2권 말미의 화보에 포함시켰다.

자료를 조사하고 글을 쓰는 3년 동안 역부족임을 느낄 때가 한두 번이 아니었다. 과연 내가 김수환 추기경의 전기를 쓸 능력이 있는 것일까, 하는 의문도 여러 번 품었다. 그러나 이미 너무나 많은 분들이 인터뷰에 응해주셨고, 서울대교구와 많은 교회기관의 도움을 받았기에 포기하겠다는 말을 할 용기가 나지 않았다. 특히 서울대교구에서는 교회의 여러 기관에 20여 장의 협조 요청 공문을 발송해줬고, 절두산 순교성지 박물관에서는 수십 권에 달하는 김수환 추기경의 사진첩을 열람하도록 허락했으며, 여러 차례에 걸쳐 200여 장의 사진자료를 제공했다.

이 모든 진행 상황이 나의 능력이 아니라 '추기경님 책'이기에 가능했고, 중간에 포기하면 '내 이름을 팔아먹고 끝을 내지 못한 한심한 놈'이라는 꾸지람을 들을 것 같았다. 그래서 김수환 추기경님께 누가 되지 않는 책을 만들겠다고 마음을 다잡으며 나름대로 최선을 다했다. 그러나 돌이켜보면 부족한 부분이 많다. 이 책을 뛰어넘는 또 다른 김수환 추기경 전기나 평전이 출판되어 많은 독자들이 그의 깊고 넓은 삶과 정신세계를 온전히 만날 수 있기를 기대한다.

이 책의 추천사를 써주신 서울대교구장 염수정 추기경님과 감수자

조광 교수님께 깊은 감사를 드린다. 다른 분들에 대한 감사는 '감사의 글'에서 밝혔다.

김영사에서 다섯 번째 책이다. 두 권짜리인데도 흔쾌하게 출판을 허락해주신 김강유 대표께 감사드린다. 그리고 좋은 책으로 만들겠다며 오랜 시간 고생해주신 김윤경 편집주간과 편집부, 디자인부 여러분께 감사드린다.

이 책 인세의 반은 김수환 추기경께서 생전에 직접 설립한 옹기장학회의 장학기금으로 사용하기로 했고, 구체적인 실천은 출판사에 위임했다. 김수환 추기경님의 '마음 속 아호'를 따서 설립된 옹기장학회가 더욱 발전하고, 나눔의 정신이 더욱 확산될 수 있기를 바란다.

이 책을 삼가 김수환 추기경님 영전에 바친다.

2016년 1월

이충렬

| 감사의 글 |

자료를 찾고 책으로 출판하는 과정에서 많은 분과 기관의 도움을 받았다.

김수환 추기경님의 저작권을 관리하고 있는 서울대교구 홍보국 허영엽 신부님과 이희연 대외협력팀장님은 지난 3년 동안 각 교회기관에 20여 장의 협조 요청 공문을 발송해주셨다. 깊은 감사를 드린다.

김수환 추기경님의 사진앨범을 관리하고 있는 서울대교구 절두산 순교 성지 정연정 신부님의 도움에도 큰 감사를 드린다. 아울러 여러 차례에 걸쳐 많은 사진을 스캔 작업해주신 절두산 순교 성지 한국천주교순교자박물관의 강정윤 학예실장님께도 감사를 드린다.

평화방송·평화신문 안병철 사장신부님은 사진자료 사용과 김수환 추기경님의 구술 회고록인 《추기경 김수환 이야기》의 인용을 허락해주셨다. 큰 도움에 감사드린다. 한국교회사연구소에서는 미공개 사진자료를 제공해주셨다. 그리고 출판부 송란희 팀장님은 1권의 사진 캡션에 나오는 신부님들의 성함과 전례 부분을 감수해주셨고, 방상근 연구실장님은 김수환 추기경님의 조부에 대한 학술적 감수를 해주셨다.

대구대교구 문화홍보실장 정태우 신부님, 가톨릭대학교 김수환추기경연구소 박일영 소장님도 많은 도움을 주셨다. 동성고등학교 총동창회에서는 김수환 추기경님의 '바보야' 도판과 그림 그리실 때의 사진 등 많은 자료를 제공해주셨다.

대구대교구사 연구에 깊은 관심을 갖고 오랫동안 자료조사를 해오신 대구의 김진식 전 가톨릭상지대학교 학장님은 많은 자료들과 지금은 구할 수 없는 가톨릭신문 창간호부터의 영인본 여덟 권을 빌려주셨다. 이 자료들로 이 책의 내용이 좀 더 풍성하고 정확해졌다.

김수환 추기경님의 동성상업학교 을조(소신학교) 동창으로 함께 일본 유학을 했던 최익철 신부님은 고령의 나이에도 불구하고 여러 차례에 걸쳐 많은 증언을 해주셨다. 최 신부님 덕분에 김수환 추기경님의 소신학교 시절을 복원할 수 있었고, 당시 사진 속의 인물들도 정확하게 알 수 있었다.

김수환 추기경님과 함께 사제 서품을 받은 정하권 몬시뇰도 중요한 증언을 해주셨고, 김수환 추기경님이 서울대교구장에 착좌하셨을 때 비서 신부였던 장익 주교님도 귀한 증언들을 해주셨다. 깊은 감사를 드린다.

서울대교구 사목국장을 역임하신 송광섭 신부님과 김수환 추기경님께 옹기장학회를 제안하고 함께 설립한 박신언 몬시뇰도 많은 증언들을 해주셨다. 조카인 김병기 님도 가족과 관련된 많은 증언을 해주셨고 사진도 제공해주셨다. 막달레나의 집 이옥정 대표님, 시흥 전진상의 유송자 선생님, 라파엘클리닉의 안규리 교수님도 귀한 사진자료를 제공하고 증언도 해주셨다. 이 외에도 많은 분들의 도움을 받았다. 이 자리를 빌려 도와주신 모든 분들께 깊은 감사를 드린다.

| 김수환 추기경 연보 |

1922. 정음력 윤5월 28일 대구 남산동에서 출생.

1925. 경북 선산으로 이사.

1926. 경북 군위군 군위면 용대리 238번지로 이사.

1929. 군위보통학교 입학. 아버지 김영석 별세.

1934. 대구 성유스티노 신학교 예비과 입학.

1936. 서울 동성상업학교(현 동성중고등학교) 을조(소신학교 과정) 입학.

1941. 일본 조치대학교 예과 입학.

1942. 일본 조치대학교 문학부 철학과 입학.

1943. '학도병 미지원자 징용령'으로 학병 입대 통보받음(12월).

1944. 일본 마쓰모토 훈련소에서 훈련병 생활.

1945. 지치지마섬에서 일등병으로 섬 경비 근무.

1946. 일본군 전범재판의 증인으로 괌에서 생활.

1947. 귀국. 성신대학(지금의 가톨릭대학교 신학대학) 본과에 편입.

1950. 한국전쟁으로 대구로 피난. 대구교구청에서 신학 수업 계속.

1951. 사제 수품. 안동성당(지금의 안동교구 주교좌 목성동성당) 주임신부.

1953. 대구교구장 비서신부. 로마 교황청 산하 피데스통신의 대구교구 통신원.

1955. 3. 어머니 서중하 별세. 김천성당(지금의 황금동성당) 주임신부 겸 성의중고등학교 교장.

1956. 독일 뮌스터대학교 대학원 신학부 입학. 그리스도교 사회학 전공.

1964. 논문 지도교수의 공석으로 박사학위 과정을 중단하고 귀국. 가톨릭시보사(지금의 가톨릭신문사) 사장신부.

1966. 마산교구 초대교구장. 주교 수품.

1967. 한국 주교회의 공동부의장. 가톨릭노동청년회(JOC) 총재주교. 로마 교황청에서 열린 제1회 세계주교대의원회의(시노드)에 한국 주교회의 대표로 참석.

1968. 서울대교구장. 대주교 서임.

1969. 추기경 서임(당시 세계 최연소).

1970. 한국 주교회의 의장(1970~1975, 1981~1987).

1974. 지학순 주교의 중앙정보부 감금 사태와 관련해 박정희 대통령 면담.

1975. 평양교구장서리 겸임.

1977. 미국 노트르담대학교 명예법학박사 학위 수여. 카터 미 대통령과 백악관에서 면담.

1979. 박정희 대통령 추모미사.

1980. 광주민주화운동 관련 서한 발표 및 시국담화문 발표.

1983. 형님 김동한 신부 선종.

1984. 한국 천주교회 200주년 기념 신앙대회 및 103위 시성식. 교황 요한 바오로 2세 내한.

1987. 박종철 군 추모미사. 4·13 호헌조치 철회 촉구 미사. 명동성당에서 농성 중인 학생들 체포를 위한 공권력 투입 계획에 대해 강력히 경고.

1989. 제44차 세계성체대회 개최.

1995. 명동성당 공권력 투입에 대한 항의공문 발송.

1998. 서울대교구장 및 평양교구장서리 사임.

2001. 팔순 기념 미사.

2002. 옹기장학회 발족.

2007. 자화상 '바보야' 등을 동성중고등학교 개교 100주년 기념 전시회에 출품(그림과 글씨 21점).

2009. 2. 16. 선종.

| 인터뷰 및 참고자료 |

인터뷰

- **장익 주교** | 전 천주교 춘천교구장. 김수환 추기경이 대주교로 승품되어 서울대교구장 재임 초기 비서신부 역임.
- **박신언 몬시뇰** | 천주교 서울대교구 옹기장학회 운영위원. 김수환 추기경 선종 전에 총고해를 받았다.
- **최익철 신부** | 김수환 추기경과 동성상업학교 을조(소신학교 과정) 동창. 일본 유학 시절 대학은 다르지만 함께 어울렸다.
- **송광섭 신부** | 천주교 서울대교구 사목국장 역임.
- **허근 신부** | 김수환 추기경 비서신부 역임.
- **허영엽 신부** | 천주교 서울대교구 홍보국장.
- **노 율리안나 수녀** | 2003년부터 선종까지 김수환 추기경 비서수녀.
- **김병기** | 조카.
- **신치구** | 예비역 장군. 전 가톨릭신앙생활연구소 소장.
- **노길명 교수** | 고려대 사학과 명예교수. 한국교회사연구소 고문.
- **조광 교수** | 고려대 사학과 명예교수. 한국교회사연구소 고문.
- **김진식** | 대구교회사 연구자. 가톨릭상지대학교 학장 역임.
- **김병규** | 전 소년한국일보 편집국장.
- **유송자** | 시흥 전진상 창립 멤버.
- **이옥정** | 막달레나공동체 대표.
- **안규리** | 서울대 의대 교수. 라파엘클리닉 창립 멤버, 현 대표이사.
- **김형태 변호사** | 천주교인권위원회 위원장.
- **권정신** | 김수환 추기경이 가톨릭시보 사장신부 시절 기자.
- **신현중** | 전 서울대 미대 교수.
- **임영길** | 홍익대 미대 교수.
- **유광호** | 김수환 추기경의 군위 옛집 바로 옆 옹기가마를 소유했던 유덕수柳德秀 공의 아들.

참고자료

· 김수환 추기경 전집 편찬위원회, 《김수환 추기경 전집 1~18권》, 가톨릭출판사, 2001.
· 가톨릭신문사, 《가톨릭신문 영인본 1~8권, 1927–1985》, 1982~1986 발행.
· 한국교회사연구소, 《서울대교구사》, 천주교 서울대교구, 2011.
· 천주교 서울대교구 주교좌 명동성당 편, 《명동본당사 1·2, 1982–2006》, 한국교회사연구소, 2007.
· 가톨릭대학 신학대학 150년사 편찬위원회, 《가톨릭대학교 신학대학 1855–2005》, 가톨릭대학 신학대학, 2007.
· 가톨릭대학 신학대학 150년사 편찬위원회, 《가톨릭대학교 신학대학 화보집, 1855–2005》, 가톨릭대학 신학대학, 2005.
· 홍장학·김경원, 《동성 100년사 1·2》, 동성중고등학교(1권), 동성총동창회(2권), 2011.
· 이원순, 《소신학교사》, 한국교회사연구소, 2007.
· 천주교 대구대교구, 《천주교 대구대교구 100년사–은총과 사랑의 자취》, 2012.
· 천주교 대구대교구, 《천주교 대구대교구 100년사 별책 1–너도 가서 그렇게 하여라》, 2012.
· 천주교 대구대교구, 《천주교 대구대교구 100년사 별책 2–연대기》, 2012.
· 천주교 대구대교구, 《천주교 대구대교구 100년사 별책 3–교구본당사》, 2012.
· 김진식, 《천주교 대구대교구 교육사업–복음화를 위한 학교》, 천주교 대구대교구, 2009.
· 김진식, 《천주교 대구대교구 100년사》, 우경출판인쇄사, 2012.
· 김진소 신부, 《천주교 전주교구사》, 천주교 전주교구, 1998.
· 한국천주교중앙협의회, 《제2차 바티칸공의회 문헌》, 제2판 1쇄, 2002.
· 평화방송·평화신문 편, 《추기경 김수환 이야기》, 증보판, 2009.
· 한국교회사연구소 엮음, 《김수환》(화보집), 천주교 서울대교구, 2001.
· 요셉 회프너 추기경 저, 박영도 역, 《그리스도교 사회론》, 분도출판사, 1979.
· 요셉 회프너 추기경 저, 로타 로스 신부 편집·수정·보완, 윤여덕 역, 《가톨릭 사회론》, 서강대학교 출판부, 2000.
· 하인, 《제2차 바티칸공의회의 정신을 산다》, 가톨릭출판사, 1995.
· 모린 설리반 저, 이창훈 역, 《제2차 바티칸공의회로 가는 길》, 성바오로출판사, 2012.
· 윤형중 신부, 《상해 천주교 요리 상·중·하》, 개정판, 가톨릭출판사, 1990.
· 토마스 아 켐피스 저, 윤을수 신부 역, 《준주성범》, 개정판, 가톨릭출판사, 1994.
· 뮈텔 주교, 《치명일기》, 영인본, 1895.
· 노길명, 《민족사와 천주교회》, 교회사연구소, 2005.
· 방상근, 《19세기 중반 한국 천주교사 연구》, 한국교회사연구소, 2006.
· 천주교 서울대교구 홍보국 편, 《이 땅에 평화를–김수환 추기경과의 대화》, 햇빛출판사, 1988.
· 천주교 서울대교구 엮음, 《김수환 추기경의 신앙과 사랑 1》, 개정판, 가톨릭출판사, 1998.

· 천주교 서울대교구 엮음, 《김수환 추기경의 신앙과 사랑 2》, 개정판, 가톨릭출판사, 1998.
· 천주교 서울대교구 엮음, 《김수환 추기경의 신앙과 사랑》, 가톨릭출판사, 1997.
· 명동천주교회 편, 《한국 가톨릭 인권운동사》, 1984.
· 김동한 신부 10주기 추모 문집 발간위원회 편, 《밀알회와 김동한 신부》, 도서출판 예감, 1993.
· 지학순정의평화기금 엮음, 《그이는 나무를 심었다-지학순 주교의 삶과 사랑》, 도서출판 공동선, 2000.
· 김정진 신부, 《추억의 산책》, 가톨릭출판사, 2003.
· 이문희 대주교, 《저녁노을에 햇빛이》, 대건인쇄출판사, 2008.
· 마리 마들렌 수녀 저, 서울 가르멜 여자수도원 엮음, 《귀양의 애가-가르멜 수녀들의 북한 피랍기》, 개정판, 기쁜소식, 2012.
· 김병도 몬시뇰, 《흘러가는 세월과 함께-김병도 신부 40년 회고록》, 천주교 구의동교회, 2001.
· 기쁨과희망 사목연구소, 《암흑 속의 횃불-70~80년대 민주화운동의 증언 제1권》, 1996.
· 구중서 편, 《대화집 김수환 추기경》, 지식산업사, 1981.
· 구중서, 《사랑하고 또 사랑하고 용서하세요》, 책만드는집, 2009.
· 정채봉, 《바보 별님》, 솔출판사, 2009.
· 류가형 편, 《김수환 추기경, 로마에서 명동까지》, 규장각, 1987.
· 신치구 엮음, 《참으로 사람답게 살기 위하여-김수환 추기경의 세상 사는 이야기》, 도서출판 사람과사람, 1994.
· 신치구 엮음, 《우리가 서로 사랑한다는 것은-김수환 추기경의 명상록》, 도서출판 사람과사람, 1999.
· 신치구 엮음, 《너희와 모든 것을 위하여-김수환 추기경의 신앙고백》, 도서출판 사람과사람, 1999.
· 안문기·F. 하비에르 신부, 《매스컴에서 본 33가지 김수환 추기경 모습》, 퍼시픽북스, 2009.
· 가톨릭대학교 김수환추기경연구소, 《그리운 김수환 추기경》, 2013.
· 가톨릭대학교 김수환추기경연구소, 《그리운 김수환 추기경 2》, 2014.
· 가톨릭대학교 김수환추기경연구소, 《내가 만난 추기경》, 2013.
· 가톨릭대학교 김수환추기경연구소, 《김수환 추기경 일기 모음집》, 2012.
· 김정남, 《진실, 광장에 서다-민주화운동 30년의 역정》, 창비, 2005.
· 김정남, 《이 사람을 보라-어둠의 시대를 밝힌 사람들》, 두레, 2012.
· 한인섭 대담, 《인권변론 한 시대-홍성우 변호사의 증언》, 경인문화사, 2011.
· 천주교 서울대교구 노동사목위원회 엮음, 《광야에서 외치는 이의 소리-도요안 신부 전기》, 가톨릭출판사, 2013.
· 이옥정 구술, 엄상미 글, 《막달레나, 용감한 여성들의 꿈 집결지》, 그린비, 2011.
· 한국 천주교 순교자현양위원회 주관, 한국교회사연구소 편, 《병인박해 순교자 증언록-고문·색인 편》, 한국교회사연구소, 1987.

· 한국 천주교 순교자현양위원회 주관, 한국교회사연구소 편, 《병인박해 순교자 증언록-현대문 편》, 한국교회사연구소, 1987.
· Chesler Hearn, 《Sorties into Hell: The Hidden War on ChiChiJima》, Prager Publisher, 2003.
· James Bradley, 《Fly Boys》, Little, Brown and Co., 2003.

영상자료

· 〈우리 안의 그 사람-김수환 추기경〉, 평화방송, 2009.
· 〈김수환 추기경에 관한 마지막 보고서〉, 평화방송, 2009.
· 〈김수환 추기경이 남긴 사랑〉, 천주교 서울대교구·KBS 공동 제작, 2009.
· 〈김수환 추기경의 마지막 선물-바보야〉, KBS미디어, 2011.
· 〈김수환 추기경의 삶과 사랑〉, 바오로딸, 2010.
· 〈그 사람 추기경〉, 평화방송, 2015.
· 〈김수환 추기경 영상어록-정의, 고백, 소명, 삶의 지혜〉, 자료 평화방송 제공, 가톨릭대학교 김수환추기경연구소 발행.

| 사진 출처 |

일러두기

1. 이 책에 실린 사진 중 언론사 사진과 저작권자가 확인된 사진은 사용 허락을 받았습니다. 김수환 추기경의 앨범에 있는 사진 중 저작권자를 확인할 방법이 없는 일부 사진은 사용 허락을 받지 못하고 수록합니다. 출판 후 저작권자가 확인되면 수록 동의 절차를 밟을 예정입니다.
2. 수록된 사진은 이 책에 대해서만 사용한다는 조건으로 사용 허락을 받았습니다. 한국교회사연구소에서는 제공 사진에 대해 "무단 전재 및 복제할 수 없음"을 명시해달라는 요청을 받았음을 밝힙니다.
3. 김수환 추기경의 저작권과 초상권은 천주교 서울대교구 홍보국에서 관리하고 있고, 사용 허락을 받았습니다.
4. 사진 표기 앞 숫자는 권, 뒤 숫자는 수록된 쪽입니다(1-23은 1권 23쪽). 화보는 수록 번호로 표기했습니다.

| **절두산 순교 성지 소장 김수환 추기경 앨범** | 1-23, 1-27(위, 아래), 1-29, 1-72, 1-92, 1-106, 1-111, 1-114, 1-122, 1-138, 1-154, 1-169, 1-171, 1-175(위, 아래), 1-184, 1-185, 1-190, 1-193, 1-201, 1-206(위, 아래), 1-215, 1-225, 1-228(위, 아래), 1-230, 1-239, 1-240, 1-244, 1-250, 1-251, 1-256, 1-259, 1-264, 1-266, 1-271, 1-276(아래), 1-278, 1-288, 1-289, 1-291(위, 아래), 1-292, 1-293, 1-298, 1-316, 1-318(위), 1-319(위, 아래), 1-330(위, 아래), 1-331(아래의 좌우), 1-335(위, 아래), 1-348(가운데, 아래), 1-349, 1-350, 1-351, 1-353(위, 아래), 1-371, 1-398, 1-404, 1-451, 1-459, 1-483, 1-503, 1-509, 1-513, 1-520, 1-541(위), 1-542, 2-23, 2-40, 2-45, 2-71, 2-72, 2-73, 2-78, 2-225, 2-255, 2-257(위), 2-265, 2-278, 2-279, 2-299, 2-318, 2-323, 2-325, 2-337, 2-338, 2-363, 2-371, 2-380, 2-381, 2-400, 2-402, 2-406, 2-409, 2-418, 2-420(위, 아래), 2-422, 2-435(아래), 2-441, 2-443(위, 아래), 2-450, 2-453, 2-488, 2-497, 2-498, 2-525, 화보-3, 4, 5, 6, 7, 8, 10, 11, 14, 15, 16, 17, 23, 24, 25, 26, 27, 29, 30-1, 30-2, 32, 33, 34, 36, 유품 전체

| **대구대교구** | 1-22, 1-32, 1-36, 1-43, 1-45, 1-46, 1-54, 1-57, 1-60, 1-65, 1-100, 1-102, 1-160, 1-209, 1-276(위), 화보-1, 9, 28

| **한국교회사연구소** | 1-78, 1-108, 1-147, 1-247(좌우), 1-254, 1-331(위), 1-337

| **평화방송 · 평화신문** | 2-221, 2-399, 2-432, 2-435(위), 2-440, 2-502, 2-520, 2-528,

화보-21, 39

| **가톨릭신문사** | 1-50, 1-272, 1-291(가운데), 1-323, 2-74, 2-378

| **중앙일보** | 1-318(가운데, 아래), 1-382, 1-388, 1-393, 1-414, 1-457, 1-468, 1-500, 1-512, 2-25(아래), 2-27, 2-29, 2-30, 2-34, 2-39, 2-53, 2-56, 2-68, 2-81, 2-104, 2-138, 2-143, 2-159(위), 2-182, 2-249, 2-257(아래), 2-261, 2-273, 2-277, 2-282, 2-285, 2-290, 2-356, 2-367, 2-389, 2-391, 2-424, 2-429, 2-431, 2-433, 2-467, 2-519, 2-529, 화보-35

| **연합뉴스** | 2-65, 2-90, 2-100, 2-107, 2-112, 2-151, 2-190, 2-194, 2-202, 2-310, 2-333, 2-343, 2-359, 2-361, 2-454

| **동아일보** | 1-474, 1-541(아래), 2-80, 2-122, 2-129, 2-159(아래), 2-170, 2-174, 2-188, 2-196, 2-383, 2-464, 화보-2, 18, 37, 38

| **조선일보** | 1-348(위), 2-25(위), 2-180, 2-191, 2-490

| **한겨레신문** | 2-350

| **서울 동성고등학교 총동창회 제공 이미지** | 1-80, 1-560, 2-514, 2-515, 2-516, 2-517, 2-518

| **《가톨릭대학교 신학대학 1855-2005》 수록 사진 인용** | 1-66, 1-75, 1-163, 1-167, 1-189

| **가톨릭대학교 김수환추기경연구소 소장 이미지** | 1-33, 1-89, 2-477, 2-480, 2-493, 2-507, 2-521

| **《김수환 추기경 전집》 중 15권 수록 이미지** | 화보-12

| **《경향잡지》** | 1-38, 1-93(좌우)

| **서울대교구 홍보국** | 1-52

| **서울대교구 옹기장학회** | 2-469, 2-472

| **서울대교구 민족화해위원회** | 2-366

| **서울대교구 사회사목국 빈민사목위원회** | 2-154

| **서울 가톨릭사회복지회** | 1-506

| **예수회** | 1–480, 1–493

| **서울 가르멜 여자수도회** | 화보–31

| **밀알회**(김동한 신부 10주기 추모 문집 발간위원회) | 1–236, 2–46

| **시흥 전진상** | 1–473, 2–336

| **막달레나공동체** | 2–209, 2–211, 2–213, 2–233, 2–466

| **라파엘클리닉** | 2–413(위, 아래), 2–511

| **김정남, 《진실, 광장에 서다–민주화운동 30년의 역정》, 창비, 2005** | 2–121, 2–156

| **한인섭 대담, 《인권변론 한 시대–홍성우 변호사의 증언》, 경인문화사, 2011** | 화보–22

| **장준하기념사업회** | 화보–19

| **서정훈 신부** | 2–262

| **도진순 교수** | 2–312

| **권정신 전 가톨릭시보 기자** | 화보–13

| **정태원** | 2–167

| **대우자동차** | 2–296

| **노무라 모토유키野村基之** | 1–477

| **Hans Lachmann** | 1–510

| **미 해군 자료 사진 및 지치지마섬 관련 미국 서적 자료 사진** | 1–129, 1–131, 1–134, 1–140, 1–143(위, 아래)

| **저작권이 소멸된 옛 엽서 및 인터넷 검색 이미지** | (1977년 1월 1일 이전의 사진은 구저작권법 제35조와 제40조에 의해 저작권이 소멸되었습니다.) 1–37(좌우), 1–41, 1–97, 1–199, 1–212, 1–220, 1–241, 1–243, 1–260, 2–313, 2–314(좌우), 화보–20

| **저작권자 미확인 이미지** | 1–116, 1–369

화보로 보는 못다한 이야기

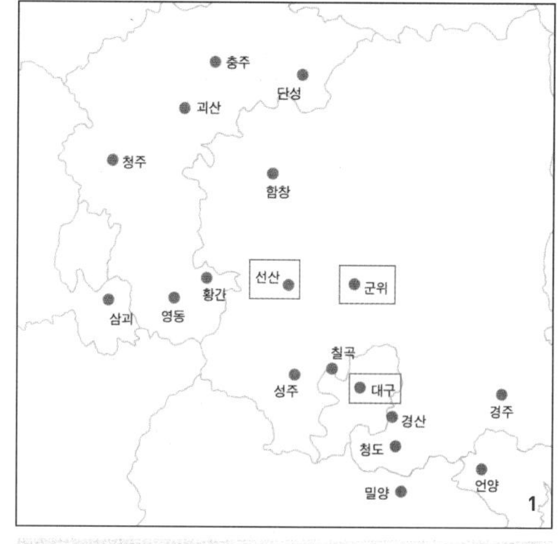

1_천주교 교우촌이 있던 경상도 지역(1920년대). 이 지역의 교우촌은 천주교 박해가 완화된 1880년대부터 대구교구 로베르 신부가 사목활동을 하던 곳이다. 김수환 추기경의 부모 역시 교우촌에서 생활을 했고, 로베르 신부의 중매로 결혼했다. 김수환 추기경은 1922년 대구 남산동 번지 없는 초가집에서 태어난 후 1925년에 선산으로 이사를 갔다가 이듬해인 1926년에 군위군 용대리에 정착했다.

2_1920년대 천주교 교우촌 옹기가마. 김수환 추기경 가족이 이사 온 용대리 초가집 옆에는 유덕수 씨 소유의 옹기가마가 있었다. 당시 가마는 경사진 언덕에 만든 통가마였고, 김수환 추기경의 어머니는 이 가마에서 옹기를 받아 인근 장터와 마당에 가서 곡식과 바꿨다. (유덕수 공 아들 유광호 씨 증언)

3_조치대학 예과 2학년 때인 1942년 12월 겨울방학. 왼쪽이 셋째형인 김동한 당시 신학생이다. 당시에는 삭발례를 하면 성직자로 인정했기 때문에 신학생임에도 검은색 수단을 입고 있다. 앞줄 왼쪽 안경 낀 이가 서동정 이모부, 가운데 여학생은 외가 사촌, 오른쪽은 작은이모부다. (조카 김병기 증언)

4_25세의 청년 김수환, 1947년. 넥타이를 매고 찍은 유일한 사진으로, 안경테가 대신학교 신학생 때와 다르다. 일본에서 돌아와 신학생이 되기 전의 약 8개월 공백기에 찍은 사진으로 추정된다.

5_대신학교 본과 3학년 때 김포공항 옛 건물 앞에서, 1950년 5월. 왼쪽에서 두 번째가 김수환 당시 신학생, 그 오른쪽이 프랑스로 유학을 떠나는 대구교구 이영식(히지노) 신학생이다. 김수환 신학생도 다음 달인 6월에 최덕홍 대구교구장으로부터 로마 유학지명을 받았다. 그러나 여권 수속을 시작할 때 한국전쟁이 일어나 로마로 떠나지 못하고 대구로 피난을 갔다.

6_사제 서품 직후 대구 27육군병원에서 근무하던 군인들과 함께, 1951년 9월 15일. 김수환 추기경은 남산동에 있는 대구 성요셉성당(지금의 남산성당)에서 부제 수업을 받았다. 당시는 전쟁 중이라 27육군병원이 남산동 성유스티노 신학교 건물을 사용했고, 이곳에 근무하던 군인들과 간호장교 및 자원입대 군속(지금의 군무원) 간호사들 중 천주교 신자들은 성요셉성당 주일미사에 참례했다. (김병기 증언) 김수환 추기경은 이때부터 군종사목에 관심을 가졌다.

7_안동성당 주임신부 시절 여자 교리반 이수자들과 함께, 1952년. 김수환 추기경은 사제 서품 후 첫 부임지인 안동성당 주임신부 시절 교리 교육을 중요시했다. 가난의 구제도 중요하지만 영혼의 구제가 더 중요하다고 생각했기 때문이다.

8_낙동강에서 지인들과 망중한, 1952년. 첫 부임지인 안동성당에서 멀지 않은 곳에 낙동강이 흐른다. 안동성당을 방문한 지인들과 나룻배를 타고 휴식을 취할 때 찍은 사진이다. 왼쪽 군복 입은 이의 목에 로만칼라가 보이는 것으로 미루어 군종신부임을 알 수 있다.

9_대구교구장 비서신부 시절, 1953년 6월 19일. 대구교구에서 발행하던 가톨릭신보(지금의 가톨릭신문)를 방문한 메리놀 외방전교회 미국 본부 출판부장 콘시다인 몬시뇰(앞줄 왼쪽) 일행과 대구교구청 성모동굴 앞에서 찍은 사진이다. 앞줄 가운데 앉은 이가 대구교구장 최덕홍 주교, 그 옆이 김수환 신부가 안동성당 주임신부 시절 많은 도움을 받았던 메리놀 외방전교회의 캐롤 안 주교. 뒷줄 왼쪽부터 가톨릭신보 편집국 직원 김용태, 김수환 신부, 편집국 직원 강달수, 편집국장 윤광선. 김수환 추기경은 대구교구장 비서신부 시절 교황청 피데스통신의 대구교구 통신원을 하면서 가톨릭신보에 많은 글을 썼고, 독일 유학 시절에는 독일 통신원을 지냈으며, 유학 후에는 사장신부에 임명되었다.

10_김천성당 주임신부 시절, 1956년 4월 1일. 김수환 신부는 33세 때인 1955년 5월 13일 김천성당 주임신부로 발령을 받았다. 천주교에서는 6개월의 교리 교육을 마친 예비신자들에게 성탄절과 부활절 때 세례를 주는데, 이 사진은 부활절 때다.

11_독일 유학을 떠나기 나흘 전인 1956년 7월 12일에 학생들과 찍은 송별 기념사진. 김천성당 주임신부 시절, 성당에서 운영하는 김천 성의중학교와 성의상업고등학교 교장신부도 겸임했다.

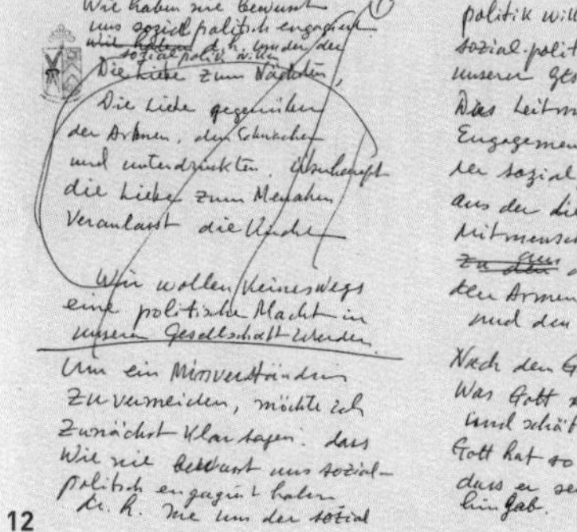

Wir haben uns bewusst uns sozial-politisch engagiert d. h. um der sozialpolitik willen
Die Liebe zum Nächsten,
Die Liebe gegenüber der Armen, der Schwachen und Unterdrückten. Überhaupt die Liebe zum Menschen Veranlasst die ...

Wir wollen keineswegs eine politische Macht in unserer Gesellschaft werden.

Um ein Missverständnis zu vermeiden, möchte ich zunächst klar sagen: dass wir uns bewusst uns sozial-politisch engagiert haben d. h. nie um der sozial-

politik willen oder um eine sozial-politische Macht in unserer Gesellschaft zu üben. Das Leitmotiv für unser Engagement auf dem Feld der Sozialpolitik war aus der Liebe zu unseren Mitmenschen, besonders der Liebe gegenüber den Armen, den Schwachen und den Unterdrückten

Nach dem Geist des Evangeliums Was Gott am meisten liebt und schätzt ist der Mensch. Gott hat so sehr die Welt geliebt dass er seinen einzigen Sohn hingab.

12_김수환 추기경의 독일어 필체. 1983년 9월 16일, 독일의 마틴 신부가 인터뷰를 위해 미리 보내온 질문 중 "한국에서 천주교가 정치·사회에 활발하게 참여하며, 실제로 영향력도 커 보입니다. 특별한 이유라도 있습니까?"에 대한 답변 초고. (왼쪽 페이지의 지운 표시 다음부터) "우리는 우리 사회에서 어떤 정치적인 영향을 행사하고자 하는 것이 아닙니다. 우리가 사회·정치적인 문제에 관심을 가지는 동기는 사회·정치적인 우리의 주장을 관철하거나 어떠한 힘을 행사하고자 하는 것이 아니라 우리가 함께 사는 삶, 특히 가난한 사람들과 힘없는 사람들 그리고 억압받는 사람들을 사랑하면서 함께 살아가기 위해서입니다. 성서에서 하느님이 가장 사랑하시고 높이 평가하였던 것은 우리 인간입니다. 그러나 오늘날 세계의 상태는 어떠하며 인간은 어떻습니까?"

13_가톨릭시보 사장신부 시절. "당시 신문사 사정은 굉장히 어려웠고 기자와 직원도 부족했다. 때문에 추기경님은 같이 교정도 보고 기사를 쓰고 광고영업도 하고 신문대금 수금도 하는 1인 4역을 하셨다. 추기경님은 가톨릭시보사 일도 바쁘셨지만 어려운 이웃들과 함께하시기에도 여념이 없으셨다. 바쁜 일정 중에서도 틈이 나면 교도소에 가서 미사를 봉헌하셨다. 마음이 여리셨던 분이라서 사형 집행에 참관하고 오셔서는 며칠을 잠을 못 이루기도 하셨다." _권정신 당시 기자

14_주교 서품식과 마산교구장 착좌식 후 형님인 김동한 신부와 함께, 1966년 5월 31일. "당시 마산교구 신자 수가 3만 명 정도였습니다. 거리도 멀고 교통도 불편했지만 거창이며 산청 등 시골 본당들을 골고루 방문해 신자들을 만났었지요. 한 곳 한 곳 모두 생생히 기억납니다. 그렇게 순정을 갖고 내 모든 것을 다 바치는 마음으로 일했습니다." _김수환 추기경

15_서울대교구장 착좌식에서 "교회는 모든 것을 사회에 다 바쳐서 봉사하는 '세상 속의 교회'가 되어야 합니다"라고 선언하는 김수환 대주교, 1968년 5월 29일. 김수환 추기경이 주교품을 받은 지 2년 만에 서울대교구장직에 서품된 이유에 대해 장익 주교는 이렇게 말했다. "사견임을 전제로 말하겠습니다. 교황청은 한국 천주교의 큰 물줄기를 '개인 구원'에서 '사회 구원'으로 바꾼 제2차 바티칸공의회의 정신을 꿰뚫고 있는 분을 필요로 했고, 추기경님은 유학 당시 이런 시대정신을 온몸으로 체득하셨습니다. 특히 추기경님이 가톨릭시보 사장으로 재직하면서 보여준 개혁적 태도를 주목했을 겁니다."

16_견진성사를 집전한 후 동성중고등학교 후배들과 함께, 1968년 12월 9일. 김수환 당시 대주교는 혜화동성당에서 모교인 동성중고등학교의 종교반 학생들 중 견진교리 이수자들에 대한 견진성사를 집전했다. 사진 중 왼쪽 네모가 훗날 김수환 추기경에게 자화상을 그려보시라고 권했던 신현중 전 서울대학교 미대 교수(당시 중3). 이때 그린 자화상이 2007년 동성중고등학교 개교 100주년 기념 전시회에 출품된 '바보야'다. 그 오른쪽 네모가 동성중학교 3학년에 재학 중이던 필자다.

17_종교계 3거두 조선일보 1971년 새해 좌담, 1970년 12월 23일. 왼쪽부터 당시 조계종 총무원장 이청담 스님, 사회를 본 조덕송 조선일보 논설위원, 한경직 영락교회 담임목사, 김수환 추기경.

18_김지하 시인과 김수환 추기경, 1975년 2월 15일. 박정희 대통령은 민청학련 사건 및 긴급조치 위반 구속자 중 반공법 위반자를 제외하고 모두 석방한다는 특별담화를 발표했다. 저녁 10시, 김지하 시인은 영등포교도소에서 출감했다. 당시 가톨릭 신자이던 그는 부인과 장모 박경리 작가 그리고 고은 시인과 함께 명동성당으로 와서 감사기도를 드린 후 그동안 여러 가지로 신경을 써준 김수환 추기경에게 인사를 하기 위해 주교관을 방문했다.

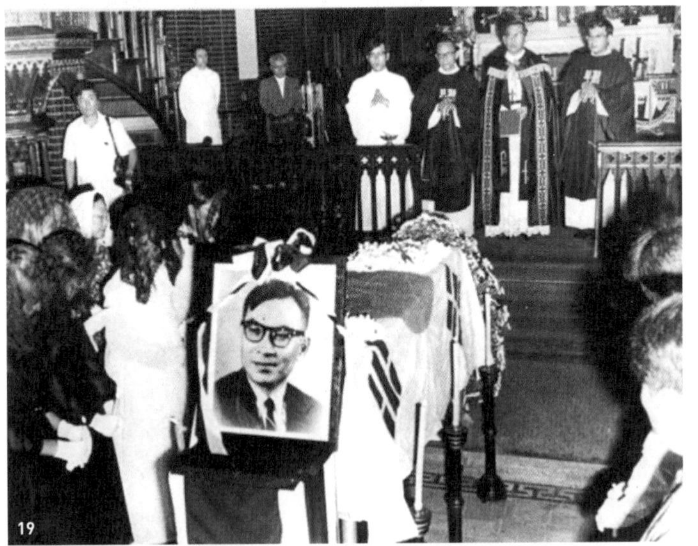

19_장준하 선생 영결미사를 집전하는 김수환 추기경, 1975년 8월 21일. 긴급조치 위반으로 구속되었다가 지난해 12월 형집행정지로 석방되었던 장준하 전 《사상계》 발행인이 8월 17일 경기도 포천시 이동면 약사봉에서 절벽 아래로 떨어져 사망했다. '의문의 추락사'였다. 8월 21일 오전 10시, 김수환 추기경은 명동성당에서 장준하 영결미사를 집전했다. 장준하 선생은 개신교 가정에서 태어나 신학교까지 다닌 개신교 신자였고, 이런 이유에서 김수환 추기경 옆에 목사님들이 보인다. 그러나 부인 김희숙 여사가 독실한 가톨릭 신자여서 세상을 떠나기 얼마 전인 7월 28일 가톨릭으로 개종했다. 2년 전인 1973년 12월 장준하 선생이 주도하는 유신헌법 개정 청원운동본부 결성 때 참여했던 김수환 추기경은 영결미사 강론에서 "장준하 루도비코(가톨릭 세례명)는 높은 인격을 갖고 민주주의에 헌신하였습니다. 그의 나라사랑, 겨레사랑은 진실했으며, 이것을 떠나서는 자신의 존재가치도 없다고 생각했었습니다. 별이 떨어진 것이 아니라 죽어서 새로운 빛이 되어 우리의 갈 길을 밝혀줄 것입니다"라며 참석자들에게 고인을 위해 많은 기도를 해달라고 부탁했다.

20_성탄절 즈음에 방문한 '양평동 복음자리'에서, 1976년 12월. 제정구와 함께 도시 빈민을 위한 사목활동을 하던 정일우 신부는 자신이 살고 있는 네 평짜리 판잣집을 동네 어른들이 쉬고 놀고 싸우는 공간이자, 아이들이 몰려와서 공부도 하고 놀기도 하는 '양평동 복음자리공동체'로 만들었다. 김수환 추기경 왼쪽이 제정구(훗날 국회의원), 오른쪽이 정일우 신부다.

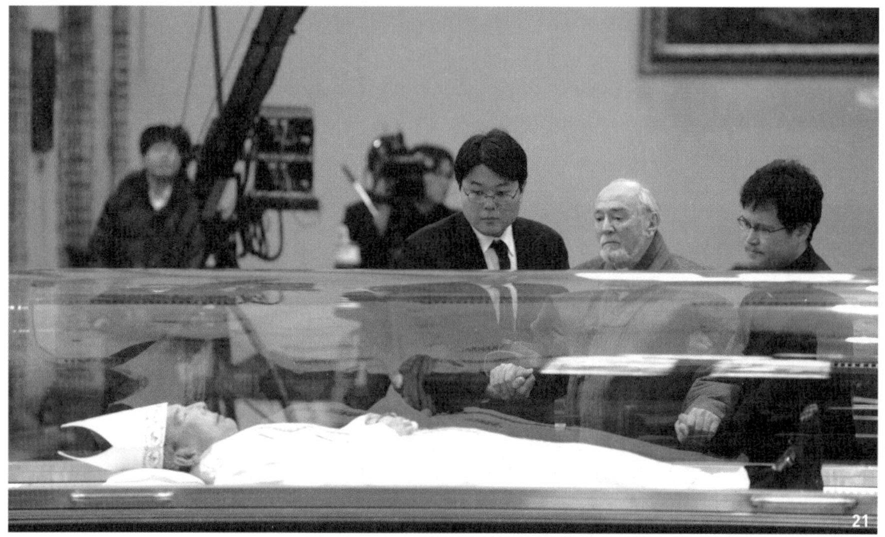

21_김수환 추기경에게 인사하는 정일우 신부, 2009년 2월 17일. 김수환 추기경은 한국의 가난한 사람들을 위해 헌신하는 정일우 신부를 각별하게 생각했고, 정일우 신부는 김수환 추기경을 존경했다. 각자 병석에 있을 때도 서로를 걱정하며 안부를 물었다. 정일우 신부는 김수환 추기경이 선종했을 때 휠체어에 의지해 생활했다. 그러나 조문할 때는 휠체어에 앉지 않고 부축을 받아 인사를 했다. 정일우 신부는 5년 후인 2014년 선종했다.

22_홍성우 변호사에게 거북선 담배를 권하는 김수환 추기경, 1977년경. 김수환 추기경 왼쪽은 송건호 전 동아일보 편집국장으로, 1975년 동아일보사가 기자들을 해직하자 이에 항의하면서 사표를 냈다. 사진의 모습은 그 후 저술활동을 하면서 언론자유운동과 민주화운동에 참여하고 있을 때다. 김수환 추기경 오른쪽은 민청학련 사건의 변호를 맡았던 황인철 변호사, 그 옆에서 홍성우 변호사가 담배를 받고 있다. 이 두 변호사는 이돈명·조준희 변호사와 함께 '인권변호사 4인방'으로 활약했다.

23_농성 노동자들과 대화하는 김수환 추기경, 1978년 3월 23일. 김수환 추기경과 강원룡 목사가 명동성당과 사제관에서 12일째 단식농성을 벌이고 있는 동일방직 노동자들에게 관계당국과 합의한 내용에 대해 설명하고 있다.

24_마더 테레사와 김수환 추기경, 1981년 5월 3일. '빈자들의 어머니', '살아 있는 성녀'라고 불리며 1979년 노벨평화상을 받은 인도 콜카타의 '마더 테레사' 수녀가 방한했다. 김수환 추기경은 마더 테레사 수녀가 창설해서 세계 여러 나라에서 활동하고 있는 '사랑의 선교 수녀회'를 한국에 파견해달라고 부탁했고, 테레사 수녀는 "나에게는 금도 은도 없지만 수녀는 있다"면서 수락했다. 그리고 7월 20일 세 명의 수녀가 입국해서 봉천동 산동네로 올라갔다.

25_절두산 순교 성지 고문서고에서 조선시대 순교 성인들 자료에 대해 설명을 듣는 김수환 추기경, 1984년 10월. 김수환 추기경 왼쪽은 103위 시성 관계 로마 임시직무대리로 위촉된 장익 신부(현재 주교). 김수환 추기경은 기해박해와 병오박해 순교자 79위와 1968년에 시복된 병인박해 순교자 24위, 모두 103위 순교자들이 시성될 수 있도록 많은 노력을 기울였다. 그 결과 1984년 5월 6일 여의도광장에서 100만 신자들의 환호 속에 교황 요한 바오로 2세의 집전으로 103위 시성식을 거행할 수 있었다.

26_절두산 순교 성지를 방문한 교황 요한 바오로 2세와 김수환 추기경, 1984년 5월. 김포공항에 도착한 교황 요한 바오로 2세가 가장 먼저 방문한 곳은 절두산 순교 성지였다. 김수환 추기경이 순교자들의 이름과 세례명 그리고 순교 연도가 기록된 동판 앞에서 순교 행적에 대해 설명하고 있다.

27_일산 '예수의 작은 자매들의 우애회' 수녀원에서, 1985년 겨울. 김수환 추기경은 가끔 경의선을 타고 일산에서 내려 10리 길을 걸어가곤 했다. 경기도 고양군 중면 일산9리 밤가시골의 초가집 수녀원을 방문하기 위해서였다. "작은 자매들은 일용직 근로자, 파출부 등으로 일하며 혹은 난지도에서 쓰레기를 줍는 등 세속의 가치를 거슬러 되도록 가난하고 겸손하게 묵묵히 기도하며 가난한 이들과 희로애락을 나누며 살아왔습니다. 작은 자매들은 가난하고 겸손한 예수 그리스도만 바라보고 사는 주님의 딸들입니다. 더욱더 가난한 자리로 내려가려고 노력하는 자매들 삶은 더욱더 부유해지려고 애쓰는 현대인들에게 많은 것을 생각케 합니다." _김수환 추기경

28_서정길 대주교의 운구 행렬을 보내며 슬퍼하는 김수환 추기경, 1987년 4월 11일. 대구 대건고등학교의 성 김대건 신부 기념관에서 장례미사를 마치고 대구대교구청 안에 있는 성직자묘지로 향하는 서정길 대주교의 운구 행렬을 슬픈 표정으로 바라보고 있다. 서정길 대주교는 1955년 대구교구장에 착좌한 후 김수환 당시 신부가 독일로 유학 갈 수 있게 배려했고, 귀국 후에는 가톨릭시보 사장신부에 임명했으며, 초대 마산교구장 주교 후보 중의 한 명으로 추천하기도 했다. 김수환 추기경 뒤가 장례미사를 집전한 이문희 대주교다.

29_59년 만에 방문한 군위 옛집에서, 1993년 3월 31일. 김수환 추기경은 정채봉 동화작가, 배재균 소년한국일보 편집국장, 김병규 소년한국일보 기자(동화작가), 조승래 소년한국일보 사진기자와 함께 대구 생가 터와 군위 옛집을 방문했다. "그해 3월 31일, 우리는 추기경을 모시고 생가 터와 경북 군위군 모교와 옛집을 찾았습니다. 59년 만의 방문이라고 하셨습니다. (…) 중절모를 쓰고 가장 연장자로 보이는 노인이 김수환 추기경을 한참 동안 바라봤습니다. 그러더니 반가운 표정을 지으며 '이 집에 살던 아들 하나가 서울에서 유명하게 되었다더니, 막내이던 자네구먼. 자네가 맞네'라고 하셔서 모두 웃었지요. 대한민국에서 추기경님께 반말하는 사람은 그분뿐이었을 테니까요." _당시 방문자 중 유일한 생존자인 김병규 동화작가의 증언

30_어머니, 수환이가 왔습니다. "옆집 언덕에 있었다던 옹기가마는 자취도 없었습니다. 그냥 숲이 우거진 산언덕으로 변해버렸으니까요. 다만 옛집을 보시고는 그대로라고 하셨습니다. 지붕만 초가에서 슬레이트로 바뀌었을 뿐이라시더군요." _김병규 동화작가

31_가르멜 동산에서, 1994년 봄. 김수환 추기경은 종종 수도원이나 수녀원의 행사에 참석해 미사를 집전했다. 북한산 아래에 있는 서울 가르멜 여자수도원 안에 있는 '가르멜 동산'에서 찍은 사진이다. 그의 비서를 역임한 고찬근 신부는 김수환 추기경이 이 사진을 좋아해 여러 장 인화해서 원하는 지인들에게 나눠줬다고 했다.

32_한라산 중턱에서, 1995년 11월 27일. 김수환 추기경은 2박3일 일정으로 교구청 신부들과 함께 제주도로 휴가를 떠났다. 김수환 추기경은 당시 73세였지만 한 달에 두 번 정도 북한산 등산을 하고 있었기 때문에 중턱까지 올라갈 수 있었다.

33_결재 서류 속에서, 1996년 2월 집무실. 책상 위에는 늘 결재해야 할 서류가 많았다. 그래서 서울대교구장 착좌 때부터 시작된 불면증은 퇴임 후까지 그를 힘들게 했다.

34_집무실을 방문한 마이클 잭슨, 1996년 10월 14일. 일부 가톨릭 신자들은 김수환 추기경이 마이클 잭슨을 만나기로 했다는 소식에 거부반응을 보였지만 그는 "종교적 입장에서 누구라도 만날 수 있다"는 입장을 밝혔다. 집무실에 들어선 마이클 잭슨은 김수환 추기경에게 "눈이 충혈되어 선글라스를 벗을 수 없어 죄송합니다"라면서 양해를 구했다. 이날 마이클 잭슨은 김수환 추기경으로부터 묵주를 선물로 받았다.

35_길상사 회주 법정 스님이 초청한 개원법회에 참석한 김수환 추기경, 1997년 12월 14일. 법당 앞줄에 정좌한 김수환 추기경은 찬불가, 반야심경 독송 등 예식이 진행되는 동안 눈을 지그시 감거나 정면을 응시했다. 축사 차례가 되자 불단(佛壇)으로 나갔다. 추기경이 부처님 앞에 서자 기자들의 플래시가 요란하게 터졌다. "길상사의 개원을 축하드리고자 이 자리에 왔습니다. 평소 존경해마지않던 법정 스님이 회주이신 길상사가 도심의 한가운데 이렇게 새들의 소리와 물소리, 수려한 경관 속에 자리하게 되어 참으로 기쁘게 생각합니다. (…) 부디 오늘 문을 여는 길상사가 맑음과 향기를 솟아나오게 하는 샘으로서 큰 도량이 되기를 기원합니다. 감사합니다." 축사가 끝나자 법정 스님은 "김수환 추기경님께서 주일임에도 귀한 시간을 내어 자리를 빛내주신 데 대해 감사의 인사를 올린다"며 허리를 숙였다. 법정 스님은 길상사 개원법회에 김수환 추기경이 참석해 축사를 해준 것에 대한 보답으로 평화신문에 성탄 메시지를 기고했다.

36_"이제는 나보다 김 기자님에게 관심을 갖는 분들이 더 많아요", 도올과 김수환 추기경, 2002년 12월 20일. 문화일보 기자가 된 도올 김용옥은 혜화동 주교관에서 인터뷰를 마치고 돌아오다 차 안에서 한시 한 수를 지었다. "吾人耶蘇在心中(우리의 예수 우리의 마음속에 있어라) / 開天闢地永遠輝(하늘이 열리고 땅이 열릴 때 그 한 빛줄기 영원히 빛나리)."

37_최인호 작가와 동아일보 2003년 신년 인터뷰를 마치고, 2002년 12월 27일. 김수환 추기경은 최인호 작가와 인터뷰를 마치고 혜화동 주교관을 함께 걸었다. "이봐요, 최 선생. 내가 질문 하나 할까요?" "하십시오." "이 세상에서 가장 어렵고도 긴 여행이 무엇인지 아세요?" "모르겠습니다." 추기경은 손을 들어 자신의 머리와 가슴을 가리키면서 말했다. "바로 '머리'에서 '가슴'으로 가는 여행이지요. 나 역시 평생 이 짧은 것처럼 보이는 여행을 떠났지만 아직도 도착하기엔 멀었소이다. 내 삶이 얼마나 남았는지는 모르지만 그 남은 생 동안 하느님께 얼마나 더 가까이 갈 수 있을까, 그것이 걱정이에요."

38_입원과 퇴원을 반복하던 혜화동 주교관에서의 모습, 2008년 1월.

39_김수환 추기경의 선종, 2009년 2월 16일 저녁 8시 30분. 서울대교구 홍보국장 허영엽 신부가 명동성당 문화관 앞에서 김수환 추기경의 선종을 발표했다.

유품

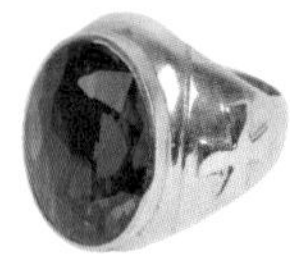

추기경 서임 반지

주교 반지

주교 십자가

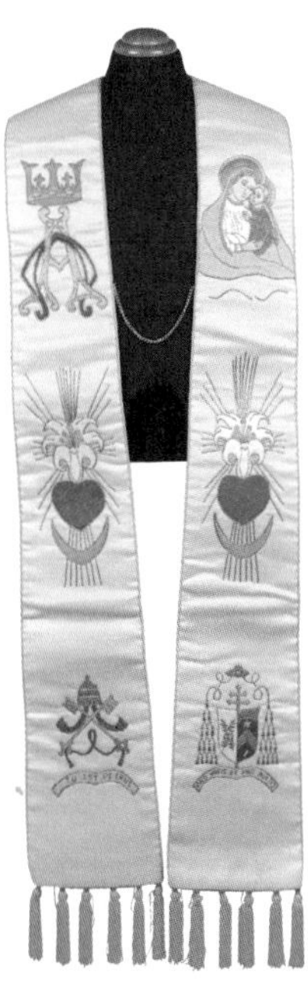

추기경 문장이 있는 영대

금색 영대

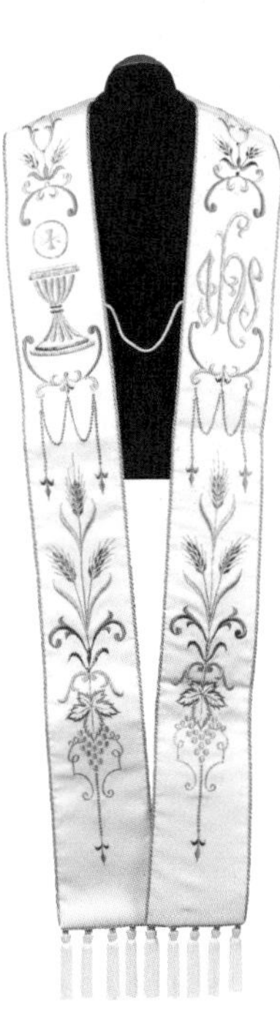

백색 영대

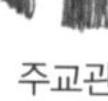

주교관

주교관

추기경 수단

적색 수단

중백의

장백의

추기경 문장기

소장하고 있던 그리스도상